# FOGO
# DO CÉU

**MARY RENAULT**

# FOGO DO CÉU

TRADUÇÃO
Lya Luft

COPYRIGHT © FIRE FROM HEAVEN © 1970 BY MARY RENAULT
COPYRGHT © FARO EDITORIAL, 2023

Todos os direitos reservados.
Nenhuma parte deste livro pode ser reproduzida sob quaisquer meios existentes sem autorização por escrito do editor.

Diretor editorial **PEDRO ALMEIDA**
Coordenação editorial **CARLA SACRATO**
Assistente editorial **LETÍCIA CANEVER**
Tradução **LYA LUFT**
Preparação **MONIQUE D'ORÁZIO** e **ANGÉLICA BORBA**
Revisão **BÁRBARA PARENTE** e **THAÍS ENTRIEL**
Capa e diagramação **VANESSA S. MARINE**

Dados Internacionais de Catalogação na Publicação (CIP)
Jéssica de Oliveira Molinari CRB-8/9852

---

Renault, Mary
 Fogo do céu / Mary Renault ; tradução de Lya Luft. — São Paulo : Faro Editorial, 2023.
 352 p.

 ISBN 978-65-5957-254-0
 Título original: Fire from Heaven

 1. Ficção inglesa 2. Ficção histórica I. Título II. Luft, Lya

 22-6382                                            CDD 823

---

Índices para catálogo sistemático:
1. Ficção inglesa

1ª edição brasileira: 2023
Direitos de edição em língua portuguesa, para o Brasil, adquiridos por FARO EDITORIAL.
Avenida Andrômeda, 885 - Sala 310
Alphaville — Barueri — SP — Brasil
CEP: 06473-000
www.faroeditorial.com.br

*Quando Perdicas lhe perguntou em que momento gostaria que lhe prestassem honras divinas, ele respondeu que desejava que o fizessem quando estivessem felizes.*
*Essas foram as últimas palavras do rei.*

Quinto Cúrcio

# 1

A CRIANÇA ACORDOU COM A SERPENTE SE ENROLANDO EM SUA CINTURA. Por um instante, ficou assustada; aquilo dificultara sua respiração, provocando um pesadelo. Porém, assim que acordou, o menino descobriu o que era e colocou as duas mãos dentro da espiral, que mudou de lugar; a parte mais grossa em suas costas foi ficando mais fina. A cabeça deslizou sobre seu ombro, ao longo do pescoço, e então ele sentiu a língua inquieta junto da orelha.

A obsoleta lamparina do quarto infantil, pintada com figuras de meninos jogando aros ou assistindo a brigas de galo, ardia debilmente em seu suporte. O cair da noite em que ele adormecera há muito já se fora; somente um luar frio e penetrante entrava pela alta janela, marcando de azul o chão de mármore amarelo. Ele baixou o lençol para ver a serpente. Sua mãe lhe dissera que não se devia mexer com as manchadas, aquelas de dorso como fímbrias bordadas, mas estava tudo bem; era a marrom-clara de barriga cinza, lisa como esmalte polido.

Quando ele fizera quatro anos, havia quase um ano, ganhara uma cama maior, de 1,70 metro, mas os pés eram curtos, para o caso de ele cair, de modo que a serpente não tivera de se esforçar muito para subir. Todos no quarto dormiam profundamente; sua irmã Cleópatra no berço ao lado da ama espartana; mais perto, numa cama melhor, de pereira esculpida, estava sua própria ama, Helanique. Devia ser alta madrugada, mas ainda se ouviam os homens no átrio, cantando juntos. O som era alto e dissonante, arrastado no fim dos versos. Ele já sabia o motivo.

A serpente era um segredo só dele. Nem Lanique, tão perto, percebera que eles estavam se cumprimentando em silêncio. Ela roncava tranquilamente. Ele levara um tapa por comparar aquele ronco a uma serra de carpinteiro. Lanique não era uma ama comum, mas uma dama de linhagem real que, duas vezes ao dia, o lembrava de que não prestaria aqueles serviços a ninguém menos do que o filho de seu pai.

Os roncos, as cantorias distantes, eram sons de solidão. Os únicos acordados eram ele próprio e a serpente, e a sentinela andando de um lado para o outro no corredor, o tilintar das fivelas de sua armadura ouvidas apenas quando passava pela porta.

O menino virou-se de lado acariciando a serpente, sentindo aquela força escorregadia deslizar pelos dedos, sobre sua pele nua. Ela pousara a cabeça chata sobre o coração dele como se quisesse escutar as batidas. Antes estava fria, o que ajudara a acordá-lo. Agora assimilava seu calor, tornando-se preguiçosa. Com certeza dormiria, e podia ficar assim até a manhã seguinte. O que diria Lanique se a encontrasse? Ele segurou o riso, para que a serpente não se assustasse e fosse embora. Nunca a vira tão longe do quarto de sua mãe.

Ficou à espreita para ouvir se ela não mandara suas mulheres procurarem o animal, cujo nome era Glauco. Porém, apenas ouviu dois homens discutindo aos gritos no átrio; depois, a voz de seu pai, mais alta, berrando para que se calassem.

Ele a imaginou em seu traje de lã branca com barrados amarelos que usava depois do banho, a lamparina vermelha brilhando através da mão em concha, chamando brandamente: "Glauco!"; ou talvez tocando música para a serpente em sua minúscula flauta de osso. As mulheres vasculhariam por toda parte, entre as mesinhas onde ficavam os pentes e potes de pintura, dentro das cômodas ornadas com bronze cheirando à canela; ele as vira dessa maneira procurando um brinco perdido. Ficavam assustadas e desajeitadas, e ela se zangava. Ouvindo novamente o rumor vindo do átrio, ele se lembrou de que o pai não gostava de Glauco e ficaria bem contente se o animal se perdesse.

Foi então que resolveu devolvê-lo à mãe naquele mesmo instante, e pessoalmente.

Era preciso agir. O menino postou-se sob o luar azul refletido no chão amarelo, a serpente enroscada nele, apoiada em seus braços. Não podia perturbá-la ao vestir roupas; assim mesmo pegou seu manto da cadeira e enrolou-o em torno de ambos para que o animal ficasse aquecido.

Parou por um instante para pensar. Tinha de passar por dois soldados. Mesmo que fossem seus amigos, a essa hora o fariam parar. Escutou o que havia lá fora. A passagem tinha uma curva que levava a uma sala-forte. A sentinela cuidava das duas portas.

Os passos se afastaram. Ele abriu a porta e espreitou para planejar seu trajeto. Havia um Apolo de bronze sobre uma base de mármore verde no ângulo da parede. O menino ainda era suficientemente pequeno para esconder-se atrás dela. Quando a sentinela passou para o outro lado, ele correu. O resto era fácil, até chegar ao pequeno pátio que levava aos aposentos reais.

Os degraus ficavam entre paredes pintadas com árvores e pássaros. Havia um pequeno patamar no alto, além da porta polida com sua grande maçaneta na forma de um anel saindo da boca de um leão. Os degraus de mármore ainda não estavam muito gastos. Antes do reinado de Arquelau, não havia nada além de uma pequena cidade portuária na laguna em Pela. Agora era uma cidade, com templos e grandes casas; Arquelau construíra aquele seu famoso palácio, admirado em toda a Grécia, sobre uma colina suave. Era famoso demais para ser mudado; tudo era esplêndido, segundo os parâmetros de cinquenta anos atrás. Zêuxis passara anos pintando as paredes.

Ao pé da escada estava a segunda sentinela, o guarda-costas real. Naquela noite, era Ágis. Estava, sem nenhuma formalidade, apoiado em sua lança. O menino, observando do corredor lateral escuro, recuou, mantendo-se à espreita.

Ágis, filho de um senhor dos domínios reais, tinha cerca de vinte anos. Vestira a armadura de desfile para vigiar o entorno do rei. Seu elmo tinha um penacho de crina de cavalo vermelha e branca, e havia leões gravados nas articulações de suas mandíbulas de bronze. O escudo mostrava a elegante pintura de um javali correndo; ficava pendurado em seu ombro, e só podia ser largado depois de o rei estar a salvo na cama, mesmo assim sempre a seu alcance. Na mão direita, uma lança de 1,50 metro.

O menino olhava deliciado, sentindo, debaixo do manto, a serpente mover-se e enroscar-se docemente. Conhecia bem o jovem; gostaria de saltar diante dele com um berro, fazendo-o levantar o escudo e apontar a lança, ser erguido até o ombro para tocar aquele penacho lá em cima, mas Ágis estava em serviço. Era ele que arranharia a porta e entregaria Glauco a uma criada; para ele próprio, sobrariam Lanique e a cama. Já tentara outras vezes entrar ali de noite, embora nunca tão tarde; sempre lhe diziam que ali ninguém entrava, senão o próprio rei.

O chão da passagem tinha a forma de um mosaico em xadrez branco e preto. Os pés do menino doíam por estar parado e em pé, e a noite trazia calafrios. Ágis estava ali para vigiar a escada, apenas isso. Era diferente do outro guarda.

Por um momento o menino pensou em aparecer, conversar com Ágis e voltar, mas a serpente deslizando sobre seu peito lembrou-lhe de que viera para ver a mãe. Portanto, era o que faria.

Se pensássemos com firmeza naquilo que desejávamos, a ocasião aparecia. Glauco também era mágico. Ele acariciou o pescoço afinado da serpente, dizendo sem emitir um som: "Agatodemo, Sabázio-Zagreu, mande-o embora, vamos, vamos!". E acrescentou um feitiço que ouvira sua mãe usar. Embora não soubesse para que servia, valia a pena tentar.

Ágis virou-se das escadas para a passagem oposta. Lá estava a estátua de um leão sentado. O soldado encostou o escudo e a lança ali, e rodeou-o por trás. Embora absolutamente sóbrio, bebera demais para aguentar a espera da sentinela seguinte. Todos os guardas iam para trás do leão. Antes do amanhecer, os escravos limpariam tudo.

Assim que o homem fez menção de andar antes de largar as armas, o menino entendeu o que significava e começou a correr. Disparou pelas escadas frias e suaves silenciosamente. Isto sempre o espantara: quando brincava com outras crianças, ao ver como as alcançava ou vencia facilmente, parecia impossível estarem realmente se esforçando.

Ágis, atrás do leão, não esquecia seu dever. Quando um cão de guarda latiu, voltou-se imediatamente, mas o som vinha do outro lado; ajeitou suas roupas e pegou as armas. A escada estava vazia.

Empurrando atrás de si silenciosamente a porta pesada, o menino ergueu a mão para fechar o trinco. Era bem polido e lubrificado, portanto, fechou sem um único ruído. Feito isso, caminhou na direção do quarto.

Havia apenas uma lamparina acesa sobre um suporte alto de bronze brilhante acoplado a uma trepadeira dourada e sustentado sobre patas de cervo também douradas. O aposento estava quente, exalando por toda parte uma vida secreta. As cortinas de lã azul com barrados bordados, as pessoas pintadas nas paredes, todos emanavam essa vida; a chama da lamparina também transmitia isso. As vozes dos homens, agora abafadas pela porta pesada, não passavam de murmúrios.

Sentiam-se densos aromas de óleo de banho, incenso e almíscar, além de cinzas de resina de pinheiro na lareira de bronze; das pinturas e óleos de sua mãe, do pequeno frasco de Atenas; de alguma coisa acre que ela queimava para suas magias; de seu próprio corpo e cabelo. Na cama, cujas pernas eram incrustadas com marfim e tartaruga terminando em patas de leão, estava ela, adormecida, cabelo espalhado sobre o travesseiro de linho trabalhado. Nunca a vira em sono tão profundo antes.

Parecia não sentir nenhuma falta de Glauco. Ele parou, para saborear aquela possessão imperturbável. Sobre o toucador de oliveira havia potes e frascos limpos e fechados. Uma ninfa dourada sustentava no alto a lua do seu espelho de prata. O roupão cor de açafrão estava dobrado sobre uma cadeira. De trás do aposento destinado às criadas vinha um ronco distante e débil. Seus olhos passaram pela pedra solta junto da lareira, sob a qual viviam coisas proibidas; ele muitas vezes desejara tentar fazer suas próprias mágicas, mas Glauco podia escorregar. A serpente tinha de ser entregue agora.

Caminhou mansamente, senhor absoluto e único guardião do sono da mãe. A coberta de peles de marta, com beiradas vermelhas e franjas de ouro, ergueu-se e caiu sobre ela. As sobrancelhas arquearam-se sobre as pálpebras tênues e macias que pareciam revelar os olhos acinzentados. Os cílios eram escuros; a boca, firmemente fechada, tinha a cor de vinho. Seu nariz era branco e reto, expirando tenuemente conforme respirava. Tinha então 21 anos.

A coberta afastara-se um pouco dos seios, onde, até pouco tempo, jazia a cabeça de Cleópatra. Agora estava com a ama espartana, e o reino do menino era novamente seu.

Uma madeixa de cabelo esparramava-se através dele, um vermelho-escuro forte e lustroso que se assemelhava a labaredas de fogo na luz móvel da lamparina. Ele pegou um pouco de seu cabelo e comparou-os: o dele era como ouro bruto, pesado e brilhante; Lanique, em dias de festa, sempre reclamava que os cachos nunca ficavam direito. Os cabelos dela eram abundantes e ondulados. A mulher espartana dizia que o de Cleópatra seria igual, embora agora fosse como plumagem. Ele a odiaria, se ela ficasse mais parecida com sua mãe do que ele, mas talvez morresse; bebês morriam com muita frequência.

Na sombra, o cabelo parecia escuro, diferente. Ele olhou ao redor, para o grande mural na parede interna: a guerra de Troia, que Zêuxis pintara para Arquelau. As figuras eram de tamanho natural. O cavalo de madeira erguia-se no fundo; na frente, gregos enfiavam espadas em troianos, corriam em sua direção com lanças ou carregavam nos ombros mulheres aos gritos. Na frente, o velho Príamo e o menino Astíanax rolavam em seu próprio sangue. Era aquela cor. Satisfeito, ele desviou-se. Nascera naquele aposento; a pintura não era novidade para ele.

Glauco enroscava-se em sua cintura debaixo do manto, certamente contente de estar em casa. O menino olhou de novo o rosto da mãe; depois deixou cair seu único traje, ergueu com delicadeza o lençol e, em silêncio, enfiou-se ao lado dela.

Seus braços o rodearam. Ela gemeu docemente colocando o nariz e a boca no cabelo do menino; sua respiração ficou mais pesada. Ele enfiou a cabeça debaixo do queixo dela; seus seios envolveram-no, e podia sentir a pele nua grudar-se na dela em toda a extensão do corpo. A serpente, apertada demais entre os dois, retorceu-se com força e deslizou para o lado.

Ele sentiu que a mãe acordava; os olhos cinzentos com seus secretos anéis de fumaça estavam abertos quando ergueu os seus. Ela o beijou e acariciou, depois disse:

— Quem foi que deixou você entrar?

Enquanto ela ainda estava adormecida e ele se deitava envolto em sua felicidade, tinha uma resposta pronta. Ágis não vigiara o suficiente. Soldados eram punidos por isso. Meio ano se passara desde que ele vira, da janela, um guarda sendo morto no campo de treinamento. Depois de tanto tempo, ele esquecera a ofensa, se é que alguma vez soubera dela; mas lembrava-se do magro corpo distante amarrado no poste, os homens parados ao redor com dardos posicionados nos ombros, o comando estridente seguido de um único grito; depois, quando todos se juntavam para arrancar as cerdas das lâminas, a cabeça mole, e o enorme jato de sangue.

— Eu disse ao homem que você estava me chamando.

Não era preciso dar nomes. Para uma criança que gostava de falar, ele aprendera cedo a controlar a língua.

A face dela abriu-se num sorriso. Ele dificilmente a ouvira falar com seu pai sem mentir a respeito de uma coisa ou outra. Pensava ser uma habilidade dela, como a música de serpentes na flauta de osso.

— Mãe, quando a senhora se casará comigo? Quando eu for mais velho e fizer seis anos?

Ela beijou sua nuca e passou o dedo ao longo da espinha.

— Peça-me de novo quando tiver seis. Quatro é muito pouco para um compromisso sério.

— Mas vou fazer cinco no mês do leão. Eu te amo. — Ela o beijou sem dizer nada. — Você me ama mais do que tudo?

— Eu o amo plenamente. Talvez eu vá te devorar.

— Mais que a todos? A senhora me ama acima de todos os outros?

— Quando você é bonzinho.

— *Não!* — Ele rodeou a cintura dela com os joelhos, dando socos em seus ombros. — Mais do que todos, de verdade. Mais ainda do que Cleópatra.

— Ela emitiu um som brando, mais carícia do que censura.

— A senhora me ama! A senhora me ama! Mais do que ao rei.

Ele raramente dizia "pai", e sabia que isso não a desagradava. Através da pele sentiu seu riso silencioso. Então ela disse:

— Talvez.

Vitorioso e exultante, aproximou-se dela.

— Se prometer me amar mais do que aos outros, eu lhe dou um presente.

— Ah, tirano. O que seria?

— Veja, achei Glauco. Ele veio para minha cama.

Afastando o lençol mostrou a serpente enroscada de novo em sua cintura, e parecia que achava aquele um lugar agradável.

A mãe olhou a cabeça lustrosa que se ergueu do peito alvo do menino e sibilou mansamente em direção a ela.

— Ora — disse ela —, onde foi que achou isso? Esse não é Glauco. Do mesmo tipo, sim, mas é muito maior.

Ambos olharam fixamente a cobra enrolada; a mente do menino encheu-se de orgulho e mistério. Acariciou o pescoço erguido, como lhe tinham ensinado, e a cabeça abaixou-se novamente.

Os lábios de Olímpia abriram-se, suas pupilas dilataram-se ainda mais, invadindo as íris cinzentas; ele as viu como seda macia pregueada. Seus braços envolveram o menino, totalmente paralisado nos olhos dela.

— Ela conhece você — sussurrou a mãe. — Pode ter certeza de que esta noite não foi a primeira vez. Ela deve ter vindo muitas vezes enquanto você dormia. Veja como se agarra em você. Ela o conhece bem. Vem do deus. Ela é o seu *daimon*, Alexandre.

A lâmpada bruxuleou. A ponta de uma pinha escorregou nas brasas, mostrando uma chama azul. A serpente apertou-o rapidamente, como se partilhassem um segredo; seu couro fez um rumor semelhante à água.

— Eu a chamarei Tique[1] — disse ele imediatamente. — Beberá leite em minha taça de ouro. Será que vai falar comigo?

— Quem sabe? Ela é o seu *daimon*. Ouça, eu vou lhe contar...

Os ruídos abafados vindos do átrio aumentaram quando as portas foram abertas. Homens gritavam boa-noite uns para os outros, faziam piadas ou insultavam bêbados. O barulho invadiu suas defesas. Olímpia parou por um instante, apertou-o contra si e disse docemente:

— Não se importe, ele não virá aqui.

Mas o menino sentiu que estava tensa, à escuta. Houve um som de passos pesados, um tropeço, um xingamento; depois a batida da lança de Ágis no assoalho e, em seguida, a da sola de suas sandálias quando apresentava armas.

Eram passos arrastados entre tropeços subindo as escadas. A porta abriu-se num arranco. O rei Filipe bateu-a assim que entrou, e sem olhar para a cama começou a tirar as roupas.

Olímpia puxara o lençol para cima. O menino, de olhos arregalados, por um momento ficou contente de estar ali escondido. Depois, agarrado naquele ventre de lã macia e pele perfumada, começou a sentir horror do perigo que não podia enfrentar, muito menos ver. Remexeu numa prega para abrir um buraco e espiar; era melhor ver do que adivinhar.

O rei estava nu, apoiando um dos pés sobre a banqueta almofadada da penteadeira para soltar a tira da sandália. Seu rosto, barba muito preta, estava inclinado para o lado, para ver o que fazia, enquanto seu olho cego voltava-se para a cama.

Por um ano ou mais, a criança entrara e saíra do campo de treinamento, quando alguém de confiança o tirava das mãos das mulheres. Corpos nus ou vestidos era tudo a mesma coisa; apenas as cicatrizes de guerra dos homens podiam ser vistas, mas a nudez de seu pai sempre lhe causava repulsa. Agora que perdera uma vista no cerco a Metona, era assustador. No início, ele o tapara com uma atadura, da qual lágrimas de sangue pingavam, abrindo uma trilha em sua barba. Depois secou, e a atadura foi retirada. A pálpebra furada pela lança fora despedaçada e trespassada; os cílios estavam grudados com algo amarelo. Eram escuros como seu olho bom e sua barba, e os pelos em

---

1. Tique na mitologia grega é a personificação feminina do Acaso, isto é, da Sorte. Por vezes, era representada cega. (N. T.)

suas pernas, braços e peito; uma trilha de pelos pretos descia pelo ventre até o púbis, como uma segunda barba entre suas virilhas. Seus braços, pescoço e pernas estavam cobertos por grossas cicatrizes brancas, vermelhas ou roxas. Ele arrotou, enchendo o ar com cheiro de vinho azedo, e mostrando uma falha nos dentes. O menino, olhando pelo buraco, soube de repente o que seu pai o lembrava. Era o ogro Polifemo de um único olho no meio da testa, que pegara os companheiros de Odisseu e os devorara crus.

Sua mãe erguera-se apoiada num cotovelo, lençóis puxados até o queixo.

— Não, Filipe, esta noite não. Não é hora.

O rei deu um passo na direção da cama.

— Não é hora? — disse ele em tom elevado. Ainda ofegava por ter subido as escadas de barriga cheia. — Você me disse isso há quinze dias. Acha que não sei fazer contas, sua cadela da Molóssia?

O menino sentiu a mão da mãe, protegendo o corpo dele, fechar-se em punho. Quando falou de novo, sua voz estava alterada:

— Contar, seu barril de vinho? Você não consegue nem ao menos distinguir inverno de verão. Vá procurar o seu rapazinho favorito. Para *ele*, qualquer dia do mês dá na mesma.

O menino ainda não tinha muito conhecimento sobre esses assuntos; mas tinha noção do que significava. Não gostava daquele jovem favorito do pai, que se achava muito importante; odiava os segredos que havia entre eles. O corpo da mãe estava tenso, todo rijo. Ele suspendeu a respiração.

— Sua gata montanhesa! — disse o rei.

O menino viu-o se jogar em cima deles, como Polifemo com suas presas. Parecia todo eriçado; até a haste que pendia de sua virilha preta e peluda se levantara sozinha e avançava, sinal de algum mistério horrível. Então levantou os lençóis.

O menino estava nos braços da mãe, dedos enfiados nos flancos dela. O pai recuou, praguejando e fazendo ameaças, mas não era para eles; seu olho cego ainda estava voltado para outro ponto. A criança percebeu por que sua mãe não ficara surpresa ao sentir a nova serpente ao lado, pois Glauco já estivera ali, certamente dormindo.

— Como se atreve? — berrou Filipe, rouco. Levara um choque repugnante. — Como se atreve, se eu já o proibi de trazer esse verme nojento para a minha cama? Sua bruxa, feiticeira bárbara...

Sua voz estancou-se. Repelido pelo ódio nos olhos da esposa, seu único olho desviara-se e avistara a criança. Os dois se encararam: o do homem, vermelho por causa do vinho e de raiva, agora aumentado pela vergonha; o da criança, brilhante como uma joia em ouro, os olhos azul-acinzentados fixos e arregalados, pele translúcida, a carne delicada retesada numa agonia incompreensível junto aos ossos finos.

Resmungando algo, Filipe instintivamente pegou a roupa para cobrir a nudez; mas não era mais preciso. Fora ofendido, insultado, exposto e traído. Se tivesse a espada à mão, podia tê-la matado.

Perturbada com tudo isso, a cinta viva do menino retesou-se e levantou a cabeça. Filipe ainda não vira a outra serpente.

— O que é isso? — Apontou com o dedo que tremia. — O que é isso em cima desse menino? Agora você ensina essas coisas a *ele*? Está transformando esse *menino* em um charlatão retrógrado que dança com cobras e uiva? Acredite, não suportarei esse tipo de coisas, preste atenção no que eu digo, antes que seja tarde demais; por Zeus, falo sério. Meu filho é grego, não um desses seus montanheses bárbaros ladrões de gado...

— Bárbaros? — A voz dela alterou-se, depois baixou em um murmúrio implacável, o mesmo que fazia com Glauco quando estava zangada. — Meu pai, seu camponês, nasceu de Aquiles, e minha mãe, da casa real de Troia. Meus antepassados eram governantes quando os seus ainda eram trabalhadores temporários nas fazendas em Argos. Já se olhou no espelho? Pode-se ver que é um trácio. Se meu filho é grego, é de minha parte. Em Epiro, nosso sangue é legítimo.

Filipe rangeu os dentes. O contorno quadrado de seu queixo acentuou-se, os ossos de sua face tornaram-se mais evidentes do que já eram. Mesmo sob esses insultos mortais, ele lembrou a presença do menino.

— Não respondo por desprezo. Se você é grega, mostre modos de uma dama grega. Tenha um pouco de decência, modéstia. — Ele sentia a falta das roupas. Olhos cinzentos e anuviados fitavam-no da cama. — Ensinamentos gregos, raciocínio, civilidade, acho que o menino deve ter isso, como eu tive. Lembre-se disso.

— Ora, *Tebas*! — Ela gritou a palavra como uma maldição ritualística. — Então agora é Tebas, novamente? Sei o suficiente sobre Tebas. Lá fizeram de você um grego, lá você aprendeu civilidade! Tebas! Já ouviu um ateniense falar de Tebas? Sinônimo de tédio para um grego. Não se faça de idiota.

— Atenas, onde se apreciam belas palavras. Seus grandes dias acabaram. Deveriam calar a boca sobre Tebas, apenas por vergonha.

— Você é quem deveria fazer isso. Quem foi *você* em Tebas?

— Um refém, garantia política. Acaso fiz o tratado de meu irmão? E joga isso na minha cara? Eu tinha dezesseis anos. Encontrei lá mais gentileza do que tive com você. E me ensinaram a guerrear. O que era a Macedônia quando Perdicas morreu? Ele tombou diante dos ilírios com quatro mil homens. Os vales estavam abandonados; nosso povo tinha medo de descer dos fortes construídos nas montanhas. Tudo o que tinham eram ovelhas que mal podiam sustentar, e cujas peles usavam. Logo os ilírios teriam tomado tudo; Bardelis estava se preparando. Agora você sabe quem nós somos e até onde se estendem nossas fronteiras. Por Tebas e os homens que lá me fizeram soldado, eu cheguei até você como rei. E sua parentela ficou bem contente com isso.

Apertado junto dela, o menino sentia sua respiração forte. Esperava cegamente pela tempestade desconhecida que irromperia do céu escuro. Seus dedos agarravam o cobertor. Sabia que agora estava esquecido e sozinho.

A tempestade desabou:

— Um soldado, foi isso que fizeram de você lá? E o que mais? — Ele podia sentir os músculos das costelas dilatados de ódio. — Você foi para o sul aos dezesseis, e todo o país já comentava sobre seus bastardos, acha que não os conheço? Aquela meretriz, Arsínoe, esposa de Lagos, com idade para ser sua mãe... Depois, o grande Pelópidas lhe ensinou tudo aquilo que torna Tebas famosa... Guerras e meninos!

— Cale a boca! — berrou Filipe, como num campo de batalha. — Você não tem respeito pelo menino? O que é que ele está vendo neste quarto? E ouvindo? Pois saiba que meu filho será criado com civilidade, ainda que eu tenha de...

O riso dela abafou a voz do marido. Ela afastou a mão do menino atirando-se à frente. Os braços e as mãos apoiavam o peso, o cabelo rubro caindo pelos seios nus e sobre a boca e olhos abertos da criança. Ela riu, e o som ecoou pelo aposento.

— *Seu* filho? — gritou ela. — *Seu* filho?

O rei Filipe respirava ofegante, como se acabasse de percorrer um longo caminho. Avançou e ergueu a mão.

Rápido como um raio, o menino afastou o cabelo da mãe e ficou de pé no leito. Os olhos cinzentos, de tão dilatados, pareciam quase pretos; seus lábios estavam brancos. Ele golpeou o braço erguido do pai, que, espantado, reteve o movimento.

— Vá embora! — gritou a criança num fulgor feroz semelhante ao de um gato selvagem. — Vá embora! Ela odeia você! Ela vai se casar comigo!

Em três profundas respirações, Filipe pareceu ter criado raízes, olhos e boca abertos como um homem golpeado no crânio. Depois, avançando, pegou o menino pelos ombros, brandiu-o no ar, soltou uma das mãos com que abriu a grande porta e arremessou-o fora. Paralisado pelo choque e pela fúria, o menino não tentou se proteger. Seu corpo, escorregando, chegou ao topo da escada e despencou pelos degraus.

Com um grande rumor de metais, o jovem Ágis deixou cair a lança, estendeu os braços para fora das tiras do escudo e, subindo os degraus três a três, pegou a criança. Sua cabeça não parecia ferida e os olhos estavam abertos. Lá em cima, o rei Filipe observava com a mão na porta, e não a fechou até certificar-se de que tudo estava bem; mas o menino não soube disso.

Apanhada de surpresa e machucada, a serpente libertou-se assim que ele começou a cair e escorregou escada abaixo, sumindo na escuridão.

Depois do primeiro susto, Ágis compreendeu do que se tratava. O menino já era preocupação suficiente. Carregou-o até embaixo e, sentando-se, colocou-o nos joelhos para examiná-lo à luz da tocha na parede. A criança estava dura como uma tábua, olhos revirados mostrando o branco. *Em nome de todos os deuses*, pensou o rapaz, *o que é que eu faço? Se deixar meu posto, o capitão vai me esfolar vivo. Se o filho do rei morrer em minhas mãos, acontecerá o mesmo.* Uma noite, no ano anterior, antes de começar o reinado do seu novo favorito, Filipe lançara olhares para Ágis, que fingira não entender. Agora, era demais; pensou que sua sorte valeria menos que um saco de feijões. O menino estava roxo em torno dos lábios. No outro extremo estava o manto de lã grossa de Ágis para as frias horas da madrugada. Enrolou o menino nele protegendo-o contra seu colete duro, depois disse ansioso:

— Venha, está tudo bem.

A criança parecia não respirar. O que fazer? Dar-lhe um tapa, como numa mulher em crise de nervos? Podia matar a criança. Os olhos dele então começaram a se mover. Respirou fazendo um barulho, depois deu um violento grito.

Aliviado, Ágis fechou o manto ao redor do corpo que se debatia. Emitia sons estranhos e murmurava como para um cavalo assustado, sem segurá-lo com força excessiva, mas deixando-o sentir suas mãos firmes. No quarto, seus pais se insultavam e amaldiçoavam aos berros. Algum tempo depois, Ágis não soube ao certo, os sons pararam e o menino começou a soluçar, mas logo se aquietou. Deitado, mordia o lábio inferior, olhando fixo para Ágis, que de repente tentou lembrar a sua idade.

— Este é o meu jovem capitão — disse gentilmente, comovido com a luta quase viril no rosto infantil. Secou-o com seu manto, depois o beijou, tentando imaginar como ficaria aquele menininho dourado quando tivesse idade suficiente para o amor. — Venha, querido, nós dois vamos fazer a guarda juntos. Cuidaremos um do outro, certo?

Ele abraçou a criança e afagou-a. Algum tempo depois, a tranquilidade, a vivacidade, a inconsciente sensualidade da carícia do jovem rapaz, uma vaga percepção do ser mais inclinada à admiração que a compaixão, começou a curar a enorme ferida que parecia constituir seu inteiro e único ser. Ela começou a cicatrizar, deixando sequelas internas.

O menino descobriu a cabeça e olhou ao redor.

— Onde está a minha Tique?

O que queria dizer aquela criança estranha, invocando sua sorte? Percebendo que Ágis não compreendera, acrescentou:

— Minha serpente, o meu *daimon*. Aonde ela foi?

— Ah, sua serpente da sorte. — Ágis achava os animais de estimação da rainha completamente horrendos. — Está escondida, logo voltará. — Enrolou melhor o manto em torno do menino, que começava a tremer de frio. — Não fique triste, seu pai não queria machucar você. Foi o vinho que o transtornou. Recebi muitos tapas de meu pai por esse motivo.

— Quando eu crescer... — Ele parou e contou até dez. — Quando eu crescer, vou matar ele.

Ágis suspendeu a respiração estalando a língua.

— Psiu! Nunca diga isso ou será amaldiçoado pelos deuses. As Fúrias perseguem quem faz isso. — Começou a descrevê-las, mas interrompeu quando o menino arregalou os olhos. Já passara por maus bocados aquela noite. — Todas as surras que levamos quando crianças são maneiras de aprendermos a suportar nossos ferimentos quando formos para a guerra. Veja o que me aconteceu da primeira vez em que lutei contra os ilírios.

Ele afastou a saia de lã escarlate e mostrou a longa cicatriz, um buraco fundo na perna onde a lança entrara quase até o osso. O menino olhou com respeito, depois apalpou com o dedo.

— Bem — disse Ágis cobrindo-se de novo —, pode imaginar como isso dói. E por que não berrei, nem me envergonhei diante dos companheiros? Por causa dos beliscões de meu pai em minhas orelhas. O homem que me feriu não sobreviveu para se gabar. Foi o meu primeiro homem. Quando mostrei a cabeça dele ao meu pai recebi meu cinturão para a espada, e ele ofereceu aos deuses meu cinto de menino com uma festa para toda a família.

Ágis olhou para a passagem. Ninguém viria, afinal, levar essa criança para a cama?

— Pode ver a minha Tique? — perguntou o menino.

— Não deve estar longe. É uma serpente domesticada, portanto não emigra. Virá tomar seu leite. Nem todo menino pode domesticar uma serpente dessas. Acho que é o sangue de Hércules em suas veias.

— Como se chamava a *dele*?

— Bem, quando ele ainda era um bebê, duas delas entraram em seu berço...

— Duas? — As finas sobrancelhas juntaram-se.

— Ah, mas eram serpentes más que Hera, mulher de Zeus, mandara para sufocá-lo e matá-lo, mas ele as pegou pelo pescoço, uma em cada mão... — Ágis parou, amaldiçoando-se. Ou o menino teria pesadelos ou quem sabe tentaria estrangular uma víbora, o que era mais provável. — Não, sabe, isso só aconteceu com Hércules porque ele era filho de um deus. Passava por filho do rei Anfitrião, mas nascera do amor de Zeus pela rainha de Anfitrião. Por isso Hera tinha ciúmes.

A criança escutava atenta.

— E ele teve de trabalhar. Por que precisou trabalhar tanto?

— Euristeu, o rei seguinte, tinha inveja porque ele era um grande homem, um herói e semideus. Euristeu era apenas um mortal, e Hércules deveria receber o reino, mas Hera fez Euristeu nascer primeiro. Por isso Hércules teve de fazer os seus Trabalhos.

O menino balançava a cabeça, como quem tivesse entendido tudo.

— Teve de fazer os Trabalhos para mostrar que era o melhor.

Ágis não escutara, pois finalmente ouvira no corredor o capitão da noite fazendo sua ronda.

— Não apareceu ninguém, senhor — explicou. — Não sei onde está a ama. O menino estava roxo de frio correndo pelo palácio nuzinho em pelo. Disse que estava procurando sua serpente.

— Aquela cadela preguiçosa. Vou acordar alguma escrava para chamá-la. É tarde demais para perturbar a rainha.

Saiu rapidamente a largos passos. Ágis colocou o menino nos ombros, dando-lhe palmadinhas na bunda.

— Cama para você, meu Hércules, e já passou da hora.

O menino contorceu-se para passar os braços no pescoço do homem. Ágis curara suas feridas e não as revelara. Nada era excessivamente bom para tal amigo. Então partilhou seu segredo, pois era tudo o que tinha para dar.

— Se a minha Tique voltar, diga-lhe aonde fui. Ela conhece meu nome.

\* \* \*

Ptolomeu, conhecido como o filho de Lagos, conduzia seu novo cavalo castanho para o lago de Pela; ali havia bom terreno para cavalgar ao longo da praia. Fora presente de Lagos, que com o passar dos anos começara a gostar do filho, embora sua infância tivesse sido menos feliz. Tinha dezoito anos; era um rapaz moreno de estrutura grande, cujo perfil forte indicava que seria adunco. Já matara seu urso com lança e partilhara da mesa com os homens; matara seu homem num motim na fronteira e trocara o cordão de menino pelo cinturão de espada de couro vermelho com um punhal de cabo de chifre. Concordava-se que ele era um orgulho para Lagos. No fim de tudo, entendiam-se bem; e o rei com ambos.

Entre os pinheirais e o lago avistou Alexandre, que lhe acenava, e caminhou em sua direção. Gostava do menino, que parecia não pertencer a lugar nenhum: inteligente demais para meninos de sete anos, embora tivesse menos, e muito baixo para os mais velhos. Ele veio correndo pelo terreno pantanoso mas seco em torno dos juncos por causa do verão; seu cachorro enorme cavava procurando ratazanas do campo, depois voltava metendo o focinho sujo na orelha do menino sem levantar do chão as patas dianteiras.

— Upa! — disse o jovem levantando-o para a sela a sua frente. Trotaram procurando um trecho bom para galopar. — Esse seu cachorro ainda vai crescer?

— Vai. Vê-se pelas patas.

— Você tinha razão; é um cão molosso de ambas as partes. Está ficando peludo agora.

— Foi exatamente aqui que o dono estava tentando afogá-lo.

— Quando não se conhece a linhagem, não pagam pelos filhotes.

— Ele disse que não valia nada e amarrou uma pedra nele.

— Ouvi dizer que no fim alguém foi mordido. Eu é que não queria ser mordido por esse cachorro.

— Era pequeno demais para morder, fui eu. Olhe, podemos ir.

Feliz por poder estender as longas patas, o cachorro passou por eles, disparando ao longo da ampla laguna que unia Pela ao mar. Corriam ao longo da margem, enquanto gaivotas, patos selvagens e garças-azuis saíam grasnando do juncal, espantados com aquele trovão. O menino cantava alto, em sua voz límpida, o hino da Companhia de Cavalaria, um crescendo feroz ao ritmo do ataque. Seu rosto estava corado; o cabelo agitava-se e os olhos cinzentos pareciam azuis; todo ele brilhava.

Ptolomeu freou um pouco o cavalo para que ele respirasse, e elogiou suas virtudes. Alexandre respondeu em termos tão peritos como os de um cavalariço. Ptolomeu, que por vezes se sentia responsável por ele, disse:

— Seu pai sabe que você passa tanto tempo com soldados?

— Ah, sim. Disse que Silano podia me ensinar tiro ao alvo, e Menesta, me levar para caçar. Eu só vou com amigos.

Quanto menos se falar, menos se terá de emendar. Ptolomeu já ouvira dizer que o rei preferia deixar o menino em companhia de homens rudes a passar os dias com a mãe. Fez o cavalo trotar até uma pedra se alojar em seu casco, e teve de apear para verificar isso. A voz do menino acima dele disse:

— Ptolomeu, é verdade que você é realmente meu irmão?

— O quê? — Sua surpresa incitou o cavalo, que começou a se afastar.

O menino, pegando as rédeas, puxou-as com firmeza, controlando o animal, mas o rapaz, desconcertado, caminhava à frente dele, sem montar. Percebendo que alguma coisa estava errada, o menino acrescentou, sensato:

— Disseram isso na sala da Guarda.

Continuaram calados, cavalgando. O menino sentia mais consternação do que raiva, e aguardava gravemente.

Por fim, Ptolomeu disse:

— Pode ser que digam; mas não na minha frente nem na sua. Do contrário terei de matar o homem que o disser.

— Por quê?

— Bem, é preciso, só isso.

Não houve resposta. Ptolomeu viu, consternado, que o menino estava muito magoado. Não tinha pensado nisso.

— Vamos — disse, desajeitado. — Um menino grande como você, se ainda não sabe por quê... Claro que eu gostaria de ser seu irmão, não tem nada a ver com isso. A questão é o casamento de minha mãe com o meu pai. Significaria que eu sou bastardo. Você sabe o que isso quer dizer.

Sim. Alexandre sabia que era um insulto mortal.

Em meio à confusão que sentia ou ignorância, Ptolomeu cumpriu um dever fraternal. Suas perguntas francas obtiveram respostas francas; o menino mantinha-se atento às conversas entre os amigos da sala da Guarda, mas parecia achar que nascimento era algo mágico. O rapaz, sabendo lidar de maneira sensata com o assunto, ficou surpreso pelo silêncio tenso e longo no fim.

— O que foi? Todos nascemos assim, nada de errado com isso, os deuses agiram assim, mas as mulheres só podem dormir com seus maridos, ou o filho será bastardo. Por isso o homem quis afogar o seu cachorro; por medo de que não fosse de linhagem.

— Sim — respondeu o menino, e voltou a mergulhar em pensamentos.

Ptolomeu estava aborrecido. Em sua infância, quando Filipe fora apenas o filho mais moço e refém, tinham-no feito sofrer; mais tarde perdera a vergonha. Se sua mãe não fosse casada, ele seria reconhecido como filho e não teria sido miserável. Era uma questão de descendência; sentiu que tratara mal o menino por não ter esclarecido isso.

Alexandre olhava à frente. Suas mãos infantis, sujas, manejavam bem as rédeas e agiam com autonomia, sem que ele tivesse de se concentrar nelas. Sua capacidade, tão além da idade dele, era quase anormal; causava uma sensação de desconforto. Em seu rosto redondo e infantil já se destacava o perfil nítido. Ptolomeu pensou: *É a imagem da mãe, não tem nada de Filipe.*

Uma ideia o atingiu como um raio. Desde que comia com os homens, ouvira histórias sobre a rainha Olímpia. Estranha, turbulenta, sinistra, selvagem como uma bacante trácia, capaz de lançar mau-olhado em qualquer um que a aborrecesse. O rei a teria conhecido numa caverna à luz de tochas, nos Mistérios da Samotrácia; ficara louco por ela à primeira vista, antes mesmo de saber sua origem e, com um tratado de aliança bastante útil, trouxera-a para casa em triunfo. Dizia-se que em Epiro, até pouco tempo antes, as mulheres governavam junto com os homens. Às vezes, címbalos e tambores ressoavam a noite toda no bosque de pinheiros, e do quarto dela vinha um estranho som estridente. Dizia-se que copulava com serpentes; histórias de velhas comadres, mas o que acontecia no bosque? Será que, há tanto tempo à sua sombra, o menino sabia mais do que deveria? Aquilo tudo apenas lhe seria familiar?

Como se rolasse uma pedra da boca da caverna do submundo, libertando um bando de sombras que guinchavam como morcegos, passou pela mente de Ptolomeu uma série de histórias sangrentas de séculos atrás, de brigas pelo trono da Macedônia; tribos lutando pelo Grande Reino, parentes matando-se entre si, pessoas do sangue do Grande Rei; guerras, massacres, envenenamentos; lanças traiçoeiras no campo de caça, punhais nas costas, no escuro, no leito do amor. Ele tinha ambição; mas a ideia de mergulhar naquela torrente dava-lhe frio na espinha. Era tudo uma adivinhação perigosa, e que prova poderia haver? Ali havia um menino com problemas. Era preciso esquecer o resto.

— Olhe aqui — disse ele. — Você sabe guardar um segredo?

Alexandre levantou a mão e pronunciou cuidadosamente um juramento reforçado por maldições mortais.

— Este é o mais forte de todos — concluiu. — Foi Silano quem me ensinou.

— Esse é forte demais. Eu o absolvo dele. Tem de tomar cuidado com juramentos desse tipo. A verdade é que seu pai me gerou em minha mãe; mas era só um menino, uns quinze anos. Foi antes de ele ir a Tebas.

— Ah, Tebas — sua voz ecoava.

— Nesses assuntos ele era maduro para sua idade e famoso por isso. Bom, não faz mal, um homem não pode esperar até o casamento, nem eu, se quer saber a verdade, mas minha mãe já era casada com meu pai, de modo que falar nesse assunto é uma desonra para eles. É uma das coisas que exige coragem de um homem. Não se importe se você entende isso ou não; é assim que é.

— Eu não vou dizer nada. — Os olhos dele, já mais profundos do que os de outras crianças, fitavam ao longe.

Ptolomeu lidava com os arreios do cavalo, pensando, infeliz, *bom, o que mais eu podia dizer? Outra pessoa teria lhe dito.* O menino que ainda havia nele resgatava o homem derrotado. Ele segurava o cavalo.

— Se nós fôssemos irmãos de sangue poderíamos contar a todo mundo. — E acrescentou, dissimulado: — Mas você sabe o que teríamos de fazer?

— Claro que sei! — Ele pegou as rédeas na mão esquerda, estendeu a direita, punho fechado erguido, uma veia azul aparecendo no pulso. — Vamos; faça logo.

Ptolomeu tirou seu novo punhal afiado do cinto vermelho, vendo o menino concentrado no seu orgulho e determinação, como uma fagulha.

— Espere, Alexandre. O que vamos fazer é uma coisa solene. Os seus inimigos serão meus, e os meus serão seus até morrermos. Nunca levantaremos a mão um contra o outro, mesmo que nossa gente esteja em guerra. Se eu morrer em país estrangeiro, você me concederá meus rituais, e eu farei isso por você. Significa tudo isso.

— Prometo. Pode cortar aqui.

— Não precisamos de tanto sangue. — Ele desviou-se da veia oferecida, picando de leve a pele branca. O menino baixou o olhar, sorrindo. Picando o próprio punho, Ptolomeu juntou os dois cortes.

— Feito — disse. E pensou, *e bem-feito; algum daimon bom me ajudou. Agora não poderão mais dizer: "É só o bastardo da rainha, você é o bastardo do rei, reclame seus direitos".*

— Vamos, irmão — disse o menino. — Levante-se, ele farejou seu rumo. Podemos ir.

\* \* \*

Os estábulos reais tinham sido construídos numa larga praça de tijolos feita com estuque e pilastras de pedra. Estavam meio vazios; o rei dirigia manobras; era seu costume sempre que lhe ocorria uma nova ideia sobre tática.

Alexandre ia assistir, mas parou para ver uma égua que acabara de parir. Como esperava, não havia ninguém perto para lhe dizer que nessa hora ela era perigosa. Aproximou-se, agradou-a, acariciou o potrinho enquanto as narinas dela, cálidas, remexiam no cabelo dele. Depois ela o acariciou também para dizer que agora bastava, que os deixasse em paz.

No campo espezinhado, com seu cheiro de mijo de cavalo e palha, couro, cera e linimento, acabavam de entrar três cavalos estranhos. Cavalariços estrangeiros, vestindo calças, os esfregavam. Seus cabrestos, que estavam sendo limpos por um escravo dos estábulos, eram bizarramente enfeitados; brilhavam pelas placas de ouro e plumas vermelhas, com touros alados esculpidos nos bocais. Eram belos cavalos, altos, vigorosos e não estavam cansados; uma parelha sobressalente estava a caminho.

O chefe do almoxarifado comentou com o cavalariço-chefe que os bárbaros teriam muito que esperar até a volta do rei.

— A falange de Brisão — disse o menino — ainda está desajeitada com seus aríetes. Leva muito tempo para aprender. — Agora ele já conseguia levantar a meio caminho uma daquelas lanças gigantescas. — De onde vêm esses cavalos?

— De longe, da Pérsia, enviados do Grande Rei. Vieram apanhar Artabazo e Menapis.

Depois de uma rebelião mal calculada, aqueles sátrapas tinham fugido para a Macedônia, como refugiados. O rei Filipe os julgara úteis; o menino, interessantes.

— Mas são hóspedes amigos — disse ele. — Papai não vai deixar que o Grande Rei os pegue para matar. Diga aos homens que não esperem.

— Não, entendi que foram perdoados. Podem ir para casa em liberdade. De qualquer modo, os enviados têm de dar a mensagem, seja qual for. É assim que se faz.

— Meu pai só volta ao meio-dia, mais tarde até, eu acho, por causa dos Companheiros da Infantaria. Eles ainda não conseguem cumprir a ordem de abrir-fechar. Quer que eu busque Artabazo e Menapis?

— Não, não, os enviados precisam ter uma audiência antes disso. Deixe que esses bárbaros vejam como nós fazemos as coisas. Atos, guarde esses cavalos separados dos nossos; os estrangeiros sempre trazem doenças.

O menino deu uma boa olhada nos cavalos e seus arreios, depois ficou ali parado, meditando. Lavou depois os pés no canal, olhou seu quíton, entrou e vestiu outro limpo. Muitas vezes escutara pessoas interrogando os sátrapas sobre os esplendores de Persépolis: a sala do trono com sua videira e árvore de couro, a escadaria por onde podiam subir os cavalos, os curiosos rituais de homenagem. Estava claro que os persas eram cerimoniosos. Sofrendo um pouco, e do jeito que podia, ele penteou seus cabelos.

No Aposento de Perseu, um dos pontos de exibição de Zêuxis onde se recebiam convidados de alto prestígio, um camareiro observava dois escravos trácios, de tatuagens azuis, arrumando mesinhas com bolo e vinho. Os enviados estavam instalados em assentos de honra. Na parede acima deles, Perseu salvava Andrômeda do dragão marinho. Segundo diziam, ele era um dos ancestrais que também fundara a Pérsia. Seus descendentes pareciam ter mudado. Ele estava nu, exceto pelas sandálias aladas; já os enviados usavam o traje medo completo que os exilados tinham deixado de lado durante sua estada ali. Tirando o rosto e as mãos, aqueles homens estavam inteiramente cobertos por roupas, e cada milímetro era bordado com ornamentos. A aba preta dos chapéus tinha lantejoulas bordadas; até suas barbas, penteadas em cachinhos como conchas, pareciam enfeitadas. Suas túnicas, com franjas, tinham mangas; as pernas estavam envoltas em calças, sinal notório de barbárie.

Três cadeiras haviam sido postas para eles: só dois barbudos estavam sentados. O mais jovem, um ajudante, estava parado atrás da cadeira do enviado mais velho. Tinha cabelo preto-azulado longo e sedoso, pele de marfim, rosto ao mesmo tempo delicado e altivo, olhos escuros e brilhantes. Os mais velhos estavam falando, por isso ele foi o primeiro a ver o menino parado na soleira, e lançou-lhe um sorriso encantador.

— Saudações — disse este, entrando. — Eu sou Alexandre, filho de Filipe.

As duas cabeças barbudas viraram-se. Um momento depois, os dois se levantaram e invocaram o Sol para que o iluminasse. O camareiro, controlando-se, pronunciou os nomes deles.

— Por favor, sentem-se. Tomem seus refrescos, devem estar cansados da jornada. — Ele ouvira muitas vezes essa frase. Notou que esperavam que se sentasse primeiro; isso nunca lhe acontecera antes. Encarapitou-se na poltrona que fora preparada para o rei. A ponta de sua sandália ainda não alcançava o chão; então, o camareiro chamou um escravo para que trouxesse uma banquetinha.

— Vim recebê-los porque meu pai está fora treinando o exército. É esperado por volta do meio-dia. Depende de os Companheiros da Infantaria aprenderem direito a ordem de abrir-fechar. Hoje talvez tenham melhorado. Estão trabalhando nisso com dedicação.

Os enviados, escolhidos por falarem grego fluente, inclinaram-se para a frente. Ambos se sentiam um tanto inseguros com aquele dialeto macedônico, as vogais dóricas, as consoantes grosseiras; mas a voz da criança era muito clara.

— Este é seu filho? — perguntou.

O enviado mais velho respondeu gravemente que era filho de um amigo e apresentou-o. O jovem, com uma profunda mesura, recusou-se de novo a sentar-se, mas sorriu. Por um momento, alegraram-se na companhia um do outro. Os enviados trocavam olhares deliciados. Tudo tão encantador! O príncipe de lindos olhos cinzentos, aquele pequeno reino, aquela ingenuidade provinciana. O rei treinava suas tropas em pessoa! Era como se o menino estivesse se gabando porque o rei preparava seu próprio jantar.

— Você não come seus bolos. Também quero um para mim. — Deu uma mordidinha, não queria ficar de boca cheia. Seu conhecimento de etiqueta não incluía conversa amena durante as refeições. Foi direto ao assunto.

— Menapis e Artabazo vão ficar contentes por serem perdoados. Muitas vezes falam sobre sua terra natal. Acho que não vão se rebelar de novo. Podem dizer ao rei Oco.

O enviado mais velho entendera quase tudo, apesar da linguagem inculta. Sorriu com seu bigode preto, e disse que certamente faria isso.

— E quanto ao general Mêmnon? Também foi perdoado? É provável que sim, depois que seu irmão Mêntor ganhou a guerra no Egito.

Os olhos do enviado piscaram por um instante. Mêntor, de Rodes, era um valioso mercenário, e sem dúvida o Grande Rei sentia-se grato.

— Mêmnon é casado com a irmã de Artabazo. Sabe quantos filhos eles têm? Vinte e um! Todos vivos! Sempre têm gêmeos, onze meninos, dez meninas. Eu só tenho uma irmã, mas acho que já é o suficiente.

Os dois enviados fizeram mesuras. Sabiam das discórdias domésticas do rei.

— Mêmnon fala macedônio. Ele me contou como perdeu a batalha.

— Meu príncipe — sorriu o enviado mais velho —, deveria estudar a guerra partindo dos vencedores.

Alexandre o encarou pensativo. Seu pai sempre queria saber onde os perdedores tinham falhado. Mêmnon enganara um amigo num negócio de cavalos; não se importaria de contar como perdera a batalha; mas procurava patrocínio. Se o jovem tivesse indagado, seria diferente.

O camareiro mandou os escravos saírem, demorando-se no auxílio que logo seria necessário. O menino mordiscava seu bolo, lembrando as questões de maior importância. Quantos homens o Grande Rei teria em seu exército?

Os dois enviados ouviram bem; ambos sorriram. A verdade podia ser dita, ele certamente lembraria a maior parte.

— Incontáveis — disse o mais velho. — Como as areias do mar, ou as estrelas numa noite sem luar.

Falaram-lhe dos arqueiros medos e persas, da cavalaria com os enormes cavalos da Nísia; as tropas do Império externo, quíssios e hircanos, assírios com elmos de bronze e cetros com pontas de ferro, pártios com arcos e cimitarra; etíopes em peles de leopardo e leão com suas faces vermelhas e brancas pintadas para a guerra e lançando flechas com pontas de pedra; a unidade de camelos da Arábia; os bactrianos; e assim por diante, até a Índia. Ele escutou, olhos atentos, como qualquer criança ouvindo maravilhas, até acabarem o relato.

— E todos terão de lutar quando o Grande Rei exigir?

— Todos, sob pena de morte.

— Quanto tempo levariam para vir?

A expedição de Xerxes ocorrera havia um século; eles próprios não sabiam a resposta. Disseram que o rei comandava vastos domínios e homens de muitas línguas. Da Índia até a costa, digamos, um ano de viagem talvez, mas havia tropas onde quer que ele precisasse.

— Tomem mais um pouco de vinho. Existe uma estrada até a Índia?

Era preciso tempo para encontrar uma resposta. As pessoas acotovelavam-se na soleira para escutar, pois a notícia se espalhara.

— Como é o rei Oco na batalha? É valente?

— Como um leão — disseram os enviados, ao mesmo tempo.

— Que ala da cavalaria ele comanda?

Ficaram admirados… Os enviados tornaram-se evasivos. O garoto deu uma grande mordida no pedaço de bolo. Ele sabia que não deveria ser grosseiro com os convidados, então mudou de assunto:

— Se os soldados vierem da Arábia, da Índia e da Hircânia e não souberem falar persa, como ele fará?

— Falar com eles? O rei? — Era comovente aquela criança estrategista.

— Ora, os sátrapas das províncias escolhem oficiais que falam as línguas deles.

Alexandre entortou um pouco a cabeça e franziu o cenho.

— Soldados gostam de ouvir seu rei antes da batalha. Gostam de que a gente conheça seus nomes.

— Certamente gostam que você os conheça — disse o segundo enviado, com jeito encantador. E acrescentou que o Grande Rei só conversava com seus amigos.

— Meu pai conversa com eles no jantar.

Os enviados murmuraram qualquer coisa, sem se atrever a se entreolhar. A barbárie da corte da Macedônia era famosa. Dizia-se que os simpósios reais eram antes como banquetes de bandoleiros das montanhas, feitos com despojos e não banquetes de um governante. Um grego de Mileto, que jurava ter testemunhado isso, contara que o rei Filipe não se importava de descer os degraus de seu divã e dirigir a linha de bailarinos. Uma vez, durante uma discussão, aos gritos no salão, ele jogara uma romã na cabeça de um general. O grego, com a arrogância dessa raça de mentirosos, continuara vivo, na verdade continuava até sendo general, mas se alguém acreditasse em pelo menos metade dessa história já era muito.

Alexandre, por sua vez, lidava com um problema. Menapis contara uma história na qual ele não acreditara e queria conferir. Um exilado podia querer fazer o Grande Rei parecer um bobo, mas aquela gente o informaria, e ele seria crucificado quando chegasse em casa. Era maldade trair um hóspede amigo. Por isso, ele disse:

— Um menino daqui contou que, quando as pessoas saúdam o Grande Rei, têm de se deitar de rosto no chão, mas eu disse que ele era um bobo.

— Os exilados podiam ter lhe contado, meu príncipe, a sabedoria dessa homenagem. Nosso senhor não governa apenas muitos povos, mas muitos reis. Embora nós os chamemos sátrapas, alguns são reis por causa do sangue, e seus ancestrais governaram até o Império. Assim, ele tem de ser elevado muito acima de outros reis, como eles acima de seus súditos. Sub-reis não devem sentir mais vergonha de se prostrar diante dele do que diante dos deuses. Se ele parecer menos que isso, seu governo será breve.

O menino ouviu e compreendeu. Respondeu cortesmente:

— Bem, aqui não nos prostramos diante dos deuses. Por isso não precisam fazê-lo diante de meu pai. Ele não está habituado e não vai se importar.

Os enviados mantiveram-se em sua seriedade. A ideia de se prostrarem diante daquele chefe bárbaro cujo ancestral fora vassalo de Xerxes — e, ainda por cima, traidor — era grotesca demais para os ofender.

O camareiro, vendo que estava mais do que na hora, adiantou-se; inclinou-se diante da criança por achar que ela merecia e inventou um chamado que poderia ser explicado lá fora. Saindo de seu trono, Alexandre despediu-se de cada um lembrando seus nomes.

— Lamento não poder voltar aqui. Tenho de ir até as manobras. Alguns dos Companheiros da Infantaria são meus amigos. O aríete é uma arma muito boa numa frente sólida, diz meu pai; o problema é torná-la ágil. Assim ele vai continuar até que acertem. Espero que não tenham de esperar demais. Por favor, peçam o que quiserem.

Voltando-se na soleira, ele viu os lindos olhos do jovem ainda fixos nele e parou acenando adeus. Os enviados, conversando entre si num persa animado, estavam ocupados demais para ver aquela troca de sorrisos.

Mais tarde, naquele dia, ele foi para o jardim do palácio ensinar seu cão a apanhar objetos entre as urnas esculpidas de Éfeso, cujas flores raras morriam nos rigorosos invernos da Macedônia, a não ser que as levassem para dentro de casa. Do pórtico pintado, acima, seu pai desceu até ele.

O menino chamou o cachorro para perto de si. Lado a lado, orelhas em pé, prudentes, ficaram à espera. O pai sentou-se num banco de mármore e virou-se para o lado do olho bom. A vista danificada já estava curada; apenas uma mancha branca na íris dava indícios de onde a flecha entrara. Fora uma flecha gasta, à qual ele devia sua vida.

— Venha aqui, venha aqui — disse ele sorrindo e mostrando os dentes brancos fortes, com uma falha. — Venha, conte-me o que lhe disseram. Ouvi dizer que você lhe fez algumas perguntas bem difíceis. Conte-me as respostas. Numa emergência, quantas tropas tem Oco?

Falava macedônio. Via de regra falava grego com seu filho, pelo bem de sua educação. Sentindo-se à vontade, o menino pôs-se a falar dos Dez Mil Imortais, de arqueiros, lanceiros e lenhadores, de como ataques de cavalaria recuavam diante do cheiro dos camelos e como reis na Índia viajavam sobre bestas pretas e sem pelos, tão enormes que podiam carregar uma fortaleza nos dorsos. Não querendo parecer ingênuo, ele olhou de soslaio para o pai. Filipe balançou a cabeça:

— Sim, elefantes. Foram-me oferecidos por gente que me pareceu honesta. Prossiga; tudo isso é muito útil.

— Dizem que pessoas que saúdam o Grande Rei devem deitar-se com o rosto no chão. Eu lhes disse que não precisavam se comportar dessa forma com você. Tive medo de que alguém pudesse rir deles.

Seu pai jogou a cabeça para trás. Deu uma gargalhada e bateu nos joelhos do garoto.

— Eles não fizeram isso? — perguntou o menino.

— Não, mas tiveram sua permissão. Sempre faça da necessidade uma virtude, e lhe agradecerão por isso. Bom, tiveram sorte de receber coisa melhor de você do que os enviados de Xerxes receberam do seu homônimo no salão de Aigai.

Ele se sentou confortavelmente. O menino estava inquieto, perturbando o cão, que cheirava seu pé.

— Quando Xerxes atravessou o Helesponto e trouxe seus reféns para dominarem a Grécia, mandou emissários para todos os povos exigindo terra e água. Uma pequena quantidade de terra para a pátria, um cantil de água para os rios: era a homenagem da rendição. Ela tinha caminho livre para chegar a nossa terra pelo sul; devíamos estar atrás dele quando prosseguisse; ele queria ter certeza da nossa presença. Então mandou-nos sete enviados. Isso foi na época em que o primeiro Amintas foi rei.

Alexandre tinha a curiosidade de saber se esse Amintas era seu bisavô ou se outro grau de parentesco os unia; mas ninguém falava abertamente sobre os ancestrais, a não ser sobre heróis e deuses. Perdicas, irmão mais velho de seu pai, fora morto em batalha, deixando um filho recém-nascido. Os macedônios, contudo, queriam alguém que pudesse lutar e dominar os ilírios a fim de governar o reino; por isso tinham pedido ao seu pai que assumisse o posto de rei em lugar da criança. E, recuando no tempo, sempre lhe diziam que quando adquirisse mais idade tomaria conhecimento de tudo.

— Naquela época, não havia o palácio aqui em Pela; só o castelo lá em cima, em Aigai. Suportamos as dificuldades. Os líderes do Ocidente, Orestides e Linquestides, autodenominavam-se reis; ilírios, peônios e trácios atravessavam a fronteira todos os meses para capturar escravos e roubar o gado, mas todos eram crianças comparados aos persas. Amintas não preparara defesas, pelo que sei. Quando os enviados chegaram, os peônios, que podiam servir como aliados, haviam sido derrotados. Assim ele desistiu e homenageou sua própria nação. Você sabe o que é um sátrapa?

O cachorro parou ereto e olhou ao redor, feroz. O menino fez com que se abaixasse, dando-lhe palmadinhas.

O filho de Amintas chamava-se Alexandro. Devia ter quatorze ou quinze anos; já tinha sua própria guarda. Amintas banqueteava os enviados no salão de Aigai, e ele estava lá.

— Então ele tinha matado seu javali?

— Como vou saber? Era um banquete oficial, ele estava ali.

O menino conhecia Aigai quase tão bem quanto Pela. Todos os velhos santuários dos deuses, onde se faziam os grandes festivais, estavam situados lá em cima, em Aigai. Nas tumbas reais dos ancestrais, havia antigos sepulcros nas colinas sempre limpos, desarborizados, com entradas semelhantes a grutas e portas maciças de bronze e mármore. Costumava-se dizer que, quando um rei da Macedônia era enterrado longe de Aigai, sua linhagem morreria. Em Pela, quando o verão atingia seu ápice, os habitantes subiam até lá em busca de um clima mais ameno. Naquele lugar, as torrentes nunca secavam, descendo de suas montanhas cobertas de samambaias, frias por causa da neve; desabavam sobre os penhascos junto das casas, pelo pátio do castelo, até se unirem, formando uma grande catarata que fechava a caverna sagrada como uma cortina. O castelo era velho, compacto e forte, diferente do palácio de finas colunas; o grande salão tinha uma grande fornalha e um buraco no teto destinado à saída da fumaça. Nos banquetes, quando os homens bradavam, o som ecoava. Ele imaginava persas com barbas crespas e chapéus ornamentados abrindo caminho naquele assoalho tosco.

— Estavam bebendo. Talvez os enviados estivessem acostumados com vinho mais fraco; talvez se sentissem livres para fazer como bem quisessem, pois tinham obtido sem problemas o que desejavam. Um deles perguntou onde estavam as damas reais, dizendo que na Pérsia era costume que participassem dos banquetes.

— As damas persas acompanham nas bebidas?

— Isso é uma mentira deslavada. Nem era para enganar, apenas insolência. Damas persas são mais reclusas que as nossas.

— E nossos homens lutaram?

— Não, Amintas mandou buscar as mulheres. As da Peônia já eram escravas na Ásia porque seus homens tinham desafiado Xerxes. Para ser justo, acho que ele não teria feito melhor que eles. Não tinha exército como nós o entendemos. Os companheiros de sua própria região dominaram; os recrutas tribais eram escolhidos e treinados pelos seus senhores da maneira como desejavam, e se não quisessem nem trariam. Ele não tomara o monte Pangeu com as minas de ouro. Eu fiz isso. Ouro, meu filho, ouro, a mãe dos exércitos. Pago meus homens todos os anos, com ou sem guerra, e eles lutam por *mim*, subordinados a meus oficiais. Lá no Sul, eles os despedem em tempos de paz, e os empregados encontram trabalho onde conseguem. Assim, só lutam por seus generais, que são, a seu modo, muitas vezes bons, mas apenas contratados. Na Macedônia, eu sou o general. E por isso, meu filho, os enviados do Grande Rei não vêm agora pedir terra e água.

O menino balançou a cabeça, pensativo. Os enviados barbudos tinham sido educados porque precisavam, embora aquele rapaz fosse diferente.

— E as damas realmente vieram?

Vieram, ofendidas como você pode imaginar, não se dignando a arrumar os cabelos e colocar um colar. Esperavam aparecer por um momento e depois se retirar.

Alexandre imaginou sua mãe recebendo esse tipo de chamado. Duvidou de que ela iria se expor, nem mesmo para impedir que o povo da terra se tornasse escravo. Se o fizesse, arrumaria seu cabelo e colocaria todas as suas joias.

— Quando souberam que deveriam ficar, procederam como mulheres decentes — continuou Filipe —, até os lugares mais afastados, junto da parede.

— Onde se sentam os pajens?

— Ali. Um ancião que sabia do fato pelo seu avô me mostrou o local. Os meninos cederam seus lugares. Elas puxaram seus véus e sentaram-se em silêncio. Os enviados as elogiaram calorosamente, insistindo para que tirassem os véus; mas se suas mulheres tivessem agido dessa forma com homens estranhos, eles cortariam o nariz delas. E pior ainda, acredite. Ante tal ultraje o jovem Alexandro viu sua mãe e suas irmãs e o resto da estirpe real. Ficou indignado e censurou o pai, mas se os persas viram, não demonstraram nada. Quem se importa se o cachorrinho late, quando o grande está quieto? Um deles disse ao rei: "Meu amigo macedônio, seria melhor que essas damas nem tivessem vindo; desta forma são apenas um tormento para nossos olhos. Por favor, observe nosso costume; nossas damas conversam com os convidados. Lembre-se, o senhor deu terra e água para nosso rei".

"Foi como ameaçar com uma espada. Pode-se imaginar o silêncio que se fez. Então o rei caminhou até suas mulheres e levou-as para se sentarem nas pontas dos divãs de jantar dos persas, como nas cidades do Sul sentam as flautistas e bailarinas. O jovem príncipe viu os homens colocarem as mãos nelas, e seus amigos tiveram dificuldade em detê-lo. Depois, de repente, ele ficou quieto. Chamou os jovens de sua guarda, escolheu sete ainda sem barba. Falou em particular com eles e mandou que saíssem. Dirigindo-se ao pai, que sem dúvida parecia doente quando notava qualquer vestígio de vergonha, disse: 'Está cansado, senhor. Não fique até o final enquanto os outros bebem; deixe os convidados comigo. Prometo que não lhes faltará nada.'

"Bem, foi um jeito de o homem salvar as aparências. Preveniu o filho de que não fizesse nada brutal, pediu desculpas e retirou-se. Os enviados, naturalmente, concluíram que a partir daquele momento nada era proibido. O príncipe não demonstrava ira. Foi até eles sorrindo e fez uma ronda pelos divãs. 'Queridos convidados, vocês honram nossas mães e irmãs, mas elas vieram tão apressadas, ansiosas pela sua cortesia, que não estão preparadas para serem vistas. Permitam que se refresquem, sejam vestidas e coloquem seus ornamentos. Assim que voltarem, os senhores poderão dizer que aqui na Macedônia foram tratados como merecem.'"

Alexandre endireitou-se; seus olhos brilhavam. Adivinhara o plano do príncipe.

— Os persas tinham vinho e a noite inteira pela frente. Não se queixaram. Depois entraram sete damas veladas em roupagens esplêndidas. Cada uma andou até o divã de um enviado. Até então, embora sua insolência tivesse ofendido os direitos dos hóspedes amigos, ele aguardou para ver como se portariam. Quando a verdade apareceu, ele deu seu sinal. Os jovens vestidos com roupas de mulher desembainharam suas adagas. Os corpos rolaram sobre pratos e travessas de frutas e derramaram o vinho, sem muito rumor.

— Ah, que bom! — disse o menino. — Bem feito para eles.

— Naturalmente, tiveram de reter alguns no salão. As portas estavam trancadas; ninguém poderia sair vivo, para não contar a ninguém de Sardes. Jamais se poderia provar que não tinham sido atacados por bandidos a caminho da Trácia. Quando tudo estava acabado, enterraram os corpos na floresta. Conforme me disse o ancião, o jovem Alexandro ainda falou: "Vieram em busca de terra e água. Pois contentem-se com a terra".

O pai fez um intervalo para saborear o louvor daquele silêncio radiante. O menino, que ouvia histórias de vingança desde que entendia a linguagem humana — não havia casa antiga ou tribo camponesa que a desconhecesse na Macedônia —, achou que aquilo era tão bom quanto o teatro.

— Então, quando o rei Xerxes chegou, Alexandro lutou com ele?

Filipe balançou a cabeça.

— Nessa época ele já era rei. Sabia que não podia fazer nada. Tinha de liderar seus homens na trilha de Xerxes junto com os outros sátrapas; mas, antes da grande batalha de Plateia, foi contar aos gregos a disposição dos persas. Provavelmente salvou aquele dia.

As feições do menino demonstravam desapontamento. Franziu o cenho em sinal de aborrecimento. Depois disse:

— Bom, ele foi esperto, mas eu teria preferido uma batalha.

— Mesmo? — perguntou Filipe sorrindo. — Eu também. Se vivermos, quem sabe?

Ele se levantou do banco, ajeitando seu traje muito alvo e de contorno purpúreo.

— Nos tempos de meu avô, para assegurar seu poder sobre o Sul, os espartanos formaram uma aliança com o Grande Rei. Seu preço eram as cidades gregas da Ásia, que até então eram livres. Ninguém jamais tirou aquela vergonha atroz do rosto de Hélade. Nenhum deles quis enfrentar Artaxerxes e os espartanos juntos. E eu lhe digo: as cidades não serão libertadas enquanto os gregos não estiverem prontos para seguir um único líder de guerra. Dionísio, de Siracusa, pode ter sido o homem; mas contentou-se com os cartagineses, e seu filho é um tolo que pôs tudo a perder. A hora chegará. Bem, se vivermos, veremos. — Ele fez um sinal afirmativo com a cabeça, sorrindo. — Esse brutamontes feio e grande é o melhor cachorro que você conseguiu? Vou falar com o caçador e encontrar outro de melhor raça.

Saltando na frente do cão, cujos pelos tinham se arrepiado, o menino exclamou:

— Mas eu gosto dele! — Sua voz não era terna, mas sugeria um desafio até a morte. Aborrecido com a decepção, Filipe disse:

— Muito bem, muito bem. Não precisa gritar comigo. O bicho é seu, ninguém vai lhe fazer mal. Eu só estava lhe oferecendo um presente.

Houve uma pausa. Finalmente, o menino disse, constrangido:

— Obrigado, pai, mas acho que ele teria ciúmes, e iria matar o outro. É um cachorro muito forte.

O cachorro enfiou o nariz na axila do menino. Ficaram parados lado a lado, numa sólida aliança. Filipe deu de ombros e entrou em casa.

Alexandre e o cachorro começaram a brincar no chão. O cachorro o derrubava como se fosse um animalzinho novo. Depois enovelaram-se e deitaram-se ao sol, cochilando. O menino imaginava o salão de Aigai coberto de taças, pratos, almofadas e persas esparramados no sangue, como os troianos na parede do quarto de sua mãe. No outro extremo, onde estavam sendo mortos os criados, o jovem que viera com os enviados ainda lutava, o último que restava, defendendo seu território contra um bando.

— Pare! — gritou o príncipe. — Não se atrevam a matá-lo, é meu amigo.

Quando o cachorro o despertou coçando-se, já haviam partido em cavalos com arreios emplumados para ver Persépolis.

\* \* \*

O brando dia de verão cedia lugar à noite. No lago salgado de Pela formava-se a sombra do forte da ilha, onde estavam o tesouro e os calabouços. Lâmpadas brilhavam nas janelas acima e abaixo da cidade; um escravo saiu com uma tocha de resina para acender os grandes recipientes sustentados por leões sentados ao pé dos degraus do palácio. Na planície soava o mugido do gado; as montanhas voltadas para Pela tinham a superfície sombreada no lado leste, e fogueiras distantes das sentinelas cintilavam no crepúsculo.

O menino, sentado no telhado do palácio, olhava a cidade abaixo, a lagoa e os barquinhos de pescadores procurando seus ancoradouros. Era hora de ir para a cama, e ele estava se esquivando da ama até ver sua mãe, que talvez o deixasse ficar acordado. Os homens que consertavam o telhado tinham ido para casa, sem retirar as escadas. Era uma oportunidade rara.

Ele se sentou nas lajotas de mármore pentálico trazido de navio pelo rei Arquelau; a calha sob suas coxas, entre seus joelhos um antefixo na forma de uma cabeça de górgona, fora desbotado pelo tempo. Agarrando o cabelo de serpente, ele evitava olhar para baixo, desafiando os *daimons* da terra. Voltando, ele teria de baixar os olhos; era preciso acalmar-se com antecedência.

Logo cederam, como fazem tais criaturas quando desafiadas. Ele comeu o pão amanhecido que roubara, em vez do jantar. Havia leite quente com vinho e mel; o cheiro fora tentador, mas depois do jantar seria obrigado a ir para a cama. Tudo tinha seu preço.

Um balido soou abaixo. Tinham trazido a cabra preta, devia estar quase na hora. Melhor não perguntar antes. Uma vez que estivesse lá, ela não o mandaria embora.

Ele desceu pelos degraus da escada de mão, afastados um do outro; era feita para homens adultos. Os *daimons* da terra, vencidos, mantiveram-se distantes; ele cantou para si mesmo uma canção de vitória. Do telhado mais baixo até o chão só havia alguns escravos fatigados que saíam do serviço. Em casa, Helanique devia estar à procura dele; era preciso dar a volta por fora. Ela não o aguentava mais; o menino ouvira sua mãe dizer isso.

O átrio estava iluminado; na cozinha, escravos falavam trácio e empurravam mesas. Logo acima havia uma sentinela fazendo sua ronda; Menestas com sua barba ruiva cerrada. O menino sorriu e cumprimentou-o.

— Alexandre! Alexandre!

Era Lanique que estava no canto de onde ele acabava de sair. Ela mesma viera procurá-lo. Logo o veria. Ele começou a correr e pensar ao mesmo tempo. Ali estava Menestas.

— Depressa! — sussurrou. — Esconda-me no seu escudo!

Sem esperar que o homem o levantasse, subiu em seu corpo, passando braços e pernas ao seu redor. A barba dura espetou a cabeça do menino.

— Seu macaquinho! — resmungou Menestas, escondendo-o com o escudo bem na hora e recuando em direção à parede. Helanique passou chamando, furiosa, mas era educada demais para falar com soldados.

— Aonde é que você vai? Não tenho nada a ver... — Mas o menino o abraçara pelo pescoço, saltara no chão e sumira.

Ele caminhava pelos cantos evitando ser visto, pois ninguém podia servir aos deuses se tivesse alguma mácula; e chegou seguro ao átrio dos fundos dos aposentos de sua mãe. Do lado de fora, nos degraus, algumas mulheres já esperavam com suas tochas apagadas. Ele se manteve distante delas, atrás da sebe de murta; não queria ser visto até chegarem ao bosque. Entretanto, sabia aonde ir.

Perto dali ficava o santuário de Hércules, seu ancestral paterno. Dentro do pequeno pórtico, a parede azul era sombria na penumbra do crepúsculo, mas a estátua de bronze brilhava nitidamente, com seus olhos de ágata refletindo o resto de claridade. O rei Filipe a mandara fazer logo depois de assumir seu posto; tinha então 24 anos, e o escultor, que sabia como tratar um patrocinador, fizera um Hércules com a mesma idade, mas sem barba, no estilo do Sul, cabelo e pele de leão dourado. Uma máscara de leão com presas ficava sobre sua fronte como um barrete, e o resto formava um manto em seus ombros. A cabeça fora copiada da efígie de Filipe.

Ninguém estava olhando; Alexandre subiu até o nicho e esfregou o dedo do pé direito do herói, acima da beirada da base. Há pouco, sobre o telhado, ele o invocara em suas palavras secretas, e ele viera logo subjugar os *daimons*. Era hora de lhe agradecer. Seu dedo era mais claro que o resto do pé, de tanto que o esfregavam.

Do outro lado da sebe ele ouviu tilintar o sistro e também o resmungo de um pandeiro roçado de leve. Uma tocha lançou brilho sobre a soleira pintada, transformando a penumbra em noite. Ele rastejou até a sebe. A maior parte das mulheres viera. Usavam vestidos claros e finos; iam apenas dançar diante do deus. Nas festas de Dioniso, quando subiam de Aigai para as florestas da montanha, usavam verdadeiros vestidos de mênades, e levavam os tirsos vermelhos com seu cone de pinha e coroas de hera. Seus trajes pregueados e peles de corça não voltariam a ser vistos — seriam jogados fora com as manchas de sangue. As peles pequenas que usavam agora estavam displicentemente jogadas nos ombros, presas com fivelas de ouro; seus tirsos eram cetros delicados, dourados e entremeados de joias. O sacerdote de Dioniso acabara de chegar, e um menino vinha trazendo a cabra. Estavam apenas aguardando que sua mãe aparecesse.

Ela chegou rindo na soleira, com Hermínia de Epiro, vestida num traje de açafrão e sandálias douradas com fivelas de granada. A coroa de hera em seu cabelo era de ouro, suas folhas finas tremiam e cintilavam à luz das tochas sempre que ela movia a cabeça. Em seu tirso enroscava-se uma pequena cobra esmaltada. Uma das mulheres trazia a cesta com Glauco, que sempre comparecia à dança.

A moça com a tocha carregou-a ao redor de todas as outras; as chamas inflamaram-se causando brilho em seus olhos e fazendo as cores vermelha, verde, azul e amarela de seu traje assemelharem-se a joias. Aparecendo das sombras, pendia como uma máscara a cabeça triste, sábia e perversa da cabra, olhos de topázio e cornos dourados. Uma guirlanda de cachos de uvas verdes rodeava seu pescoço. Com o sacerdote e seu assistente, ela abriu caminho para o bosque; as mulheres seguiam falando baixinho. O sistro emitia sons brandos a cada passo dos que o carregavam. Rãs coaxavam na torrente que nutria as fontes.

Subiram até a colina aberta acima do jardim; tudo ainda era terreno real. A trilha seguia sinuosa entre muitas, tamariscos e arbustos de oliveiras silvestres. Atrás de todos eles, sem ser visto, guiado pelas tochas, o menino caminhava discreto.

O alto negrume do pinheiral erguia-se acima dele. Alexandre saiu da trilha e deslizou cautelosamente pela vegetação baixa. Era cedo demais para ser visto.

De seu esconderijo, deitado e estendido sobre as agulhas de pinheiro, ele espiou o bosquezinho. As mulheres tinham colocado as tochas em suportes fincados no solo. Fora preparada uma pista de dança, um altar enfeitado de guirlandas, uma mesa rústica com taças de vinho, recipientes para misturar e leques sagrados. Sobre sua base, bem cuidada como sempre, lavada e sem sujeira de pássaros, polido a ponto de suas partes de mármore manchado de marrom brilharem como novas, estava Dioniso. Olímpia mandara trazê-lo de Corinto, onde fora esculpido conforme ordens dela. Tinha quase o tamanho natural, um jovem de aproximadamente quinze anos, cabelos claros, músculos esguios de bailarino. Usava botas vermelhas ornamentadas, e tinha pele de leopardo sobre um dos ombros. Levava um tirso alongado na mão direita; a esquerda estendia uma taça dourada: sinal de boas-vindas. Seu sorriso não era o de Apolo, que dizia: "Homem, conhece-te a ti mesmo; isso basta para a sua pequena vida". Aquele era um sorriso sedutor; seu segredo era para ser partilhado.

Pararam em círculo, de mãos dadas, e entoaram uma invocação antes de sacrificar a cabra. Chovera desde o último derramamento de sangue no local; ela se aproximou sem medo, e só quando a faca penetrou, soltou um único e solitário lamento. Seu sangue foi apanhado numa taça rasa e misturado com o vinho do deus. O menino observava calado, com o queixo apoiado nas mãos. Vira incontáveis sacrifícios em santuários públicos e naquele bosque, onde ainda bebê fora trazido para as danças, dormindo em esteiras de agulhas de pinheiro ao pulsar dos tambores.

A música começara. As moças com os tambores e o sistro, a menina com a flauta dupla, começaram a movimentar-se docemente ao seu ritmo. A cabeça de Glauco em seu cesto aberto oscilava também. Ritmo e som aumentaram; braços entrelaçaram-se em cinturas, as mulheres batiam os pés no chão, seus corpos arqueando para a frente e para trás, seus cabelos soltos e agitados. Bebiam vinho puro para as danças de Dioniso; depois do sacrifício, continuavam bebendo com o deus.

Logo Alexandre poderia sair de seu esconderijo e já não o mandariam embora.

A moça com os címbalos juntou-os bem no alto, sobre a cabeça, num som fremente. Ele rastejou para a frente até ficar quase sob a luz das tochas; ninguém o viu. Virando-se devagar para adquirirem fôlego para cantar, as mulheres entoavam o hino e triunfo do deus.

Ele podia ouvir a maior parte das palavras, mas já havia decorado o hino. Ouvira-o ali muitas vezes. Depois de cada verso, os címbalos retiniam e as mulheres cantavam em coro, cada vez mais alto:

— Evoé, Baco! Evoé, Baco! Evoé, Baco!

A mãe dele iniciou o hino louvando o deus como filho de Sêmele, nascido do fogo. Seus olhos, suas faces e seus cabelos brilhavam, sua grinalda de ouro reluzia, e o vestido amarelo refletia a luz das tochas como se ela própria estivesse em chamas.

Hermínia de Epiro, sacudindo seu cabelo preto, cantou como o deus quando criança fora escondido em Naxos para salvá-lo da ciumenta Hera, e vigiado por ninfas que cantavam para ele. O menino rastejou para mais perto. Sobre sua cabeça ficava a mesa do vinho; ele espiou sobre a borda: taças e misturador eram antigos, com pinturas. Pegou uma taça para olhar; ainda continha um pouco de vinho. Ele derramou uma gota ou duas em libação ao deus, pois era perito nesses assuntos; depois bebeu o resto. O gosto forte de vinho sem água era doce e bom. O deus parecia contente com essa homenagem, pois as tochas ficaram mais brilhantes, e a música tornara-se mágica. Ele sabia que em breve também ia dançar.

Cantaram como o filho de Zeus fora trazido para o covil do velho Sileno, que lhe ensinara a sabedoria, até que, superando seu mestre, ele encontrara o poder da uva roxa. Então, todos os sátiros o adoraram, pelas alegrias e fúrias que tinha em seu poder. A canção agora era vertiginosa, a dança girava como uma roda em torno de um eixo bem lubrificado. Sozinho entre as árvores, o menino começou a movimentar-se ritmicamente e a bater palmas.

O deus tornou-se um adolescente de belo rosto, gracioso como uma moça — mas ardente com o fogo de relâmpago — que fora a parteira de sua mãe. Veio à humanidade demonstrando todos os dons aos que notaram sua deidade, mas terrível para os descrentes, como um leão feroz. Sua fama aumentara; ele se tornara brilhante demais para manter-se oculto. Hera, ciumenta, já não podia ser enganada. Conhecia-o pelo brilho e poder, e o enlouqueceu.

A música agora fazia espirais mais rápidas e altas: era o grito de morte de uma pequena presa na floresta da meia-noite; os címbalos retumbavam. Já faminto e sedento por causa da dança, o menino tentou pegar outra taça. Desta vez, não o sufocou, mas foi como fogo do céu no hino.

O deus enlouquecido vagou pela Trácia e atravessou o Helesponto, andou sobre as montanhas da Frígia e foi para a Cária, no Sul. Seus adoradores, que partilhavam de sua alegria, não o abandonaram, mas ficaram para partilhar agora de sua demência, que lhes dava êxtase, pois até a loucura dele era divina. Ele seguiu a costa asiática até o Egito, cuja sábia raça o recebeu bem; lá ficou para aprender a sabedoria deles e ensinar-lhes a sua. Então, cheio de loucura e divindade, ele partiu pela vasta Ásia, viajando para o Leste. Continuava dançando, reunindo adoradores como o fogo que causa um incêndio; atravessou o Eufrates numa ponte de hera, o Tigre, no dorso de um tigre. Ainda dançava em campinas sobre rios e em montanhas altas como o Cáucaso até chegar à Índia, na outra extremidade do mundo. Além dela não havia nada senão a Torrente do Oceano, que tudo circundava. A maldição de Hera acabara. Os indianos o adoraram; leões e panteras selvagens mansamente puxavam sua carruagem. Assim ele voltou glorioso para as terras helênicas; a Grande Mãe limpou-o de todo o sangue que derramara em sua loucura, e ele deu alegria ao coração dos homens.

O coro aumentou; a voz do menino cantava estridente com a flauta. Ele jogara fora seu quíton, excitado com a dança, as tochas e o vinho. As rodas douradas da carruagem puxada pelo leão giravam debaixo dele ao soarem os peãs, rios recuavam para ele passar, povos da Índia e Ásia dançavam à sua canção. As bacantes o invocavam; ele saltou da carruagem para dançar entre as mulheres, que romperam o movimento da roda, rindo e bradando alto, fechando a roda novamente de modo que ele pudesse rodopiar em seu próprio altar. Enquanto cantavam, ele dançava, pensando no orvalho, fazendo suas mágicas, até o bosque começar a girar e ele já não distinguir entre terra e céu. Mas diante dele estava a Grande Mãe, com uma grinalda de luz no cabelo; pegou-o nos braços e beijou-o por inteiro; ele viu em seu traje dourado as marcas vermelhas de seus próprios pés manchados de sangue, onde caminhara no local do sacrifício. Seus pés estavam rubros como as botas da estátua pintada.

Envolveram-no num manto e deitaram-no numa esteira feita de pinheiro, beijaram-no de novo e disseram-lhe docemente que até os deuses, quando jovens, tinham de dormir. Devia ficar ali e ser bonzinho, e logo todos iriam para casa. Estava aquecido nas folhas de pinheiro aromáticas e na lã vermelha; a náusea passara, as tochas pararam de girar. Queimavam menos agora, mas ainda eram suaves e brilhantes. Espiando do manto que o envolvia, ele viu as mulheres entrando no bosque de pinheiros, de mãos dadas ou braços entrelaçados. Futuramente ele tentaria lembrar se ouvira vozes mais profundas respondendo às delas no bosque; mas as lembranças eram enganosas, e cada vez que as invocava, falavam com vozes diferentes. Fosse como fosse, ele não sentiu medo nem solidão; havia sussurros e risos perto dali. Uma chama bruxuleante foi a última coisa que viu antes de seus olhos se fecharem.

# 2

ALEXANDRE ESTAVA COM SETE ANOS, IDADE EM QUE OS MENINOS DEIXAVAM de ser cuidados pelas mulheres. Estava na hora de torná-lo um grego.

O rei Filipe estava novamente guerreando na costa nordeste da Cálcida para assegurar suas fronteiras, o que significava aumentá-las. Seu casamento estava em crise; parecia-lhe que, em vez de esposa, casara-se com uma nobre grande e perigosa que não podia ser subjugada pela guerra e cujos espiões sabiam tudo. Passara de menina a mulher, e de esplendorosa beleza; mas, menina ou adolescente, o que incendiava seus desejos era a juventude. Por algum tempo, contentara-se com rapazes; depois, segundo o costume de seu pai, pegara uma jovem concubina de boa família com *status* de esposa inferior. O orgulho indignado de Olímpia sacudira o palácio como um terremoto. Fora vista à noite perto de Aigai andando com uma tocha até as tumbas reais; era uma bruxaria arcaica escrever uma maldição em chumbo e deixá-la ali para ser trabalhada pelos fantasmas. Dizia-se que levava consigo uma criança. Ao encontrá-lo novamente, Filipe encarara seu filho; os olhos cinza-esfumaçados tinham encarado os seus, fixos, mudos e assombrosos. Afastou-se, sentindo aquele olhar em suas costas.

A guerra na Cálcida não podia esperar; nem o menino. Embora não fosse alto para sua idade, ele era precoce. Helanique ensinara-o a ler e a cantar (sua voz aguda era legítima, e o tom, perfeito); os soldados da guarda, e até nas casernas para onde ele escapava a toda hora, ensinaram-lhe seu dialeto camponês e tudo o mais que se podia imaginar. A respeito do aprendizado que obtinha com a mãe, era melhor nem pensar.

Quando o rei da Macedônia ia para a guerra, sua segunda função era cuidar da retaguarda. Para o Oeste, os ilírios tinham sido domados nos primeiros anos de seu reinado. O Leste estava para ser ocupado. Restavam os velhos perigos dos reinos tribais: conspirações em casa e hostilidades.

Se antes de avançar ele tivesse tirado o menino de Olímpia e indicado um de seus próprios homens como governador, esses dois males seriam certos.

Filipe orgulhava-se de ver onde se podia contornar uma passagem sem batalha. Pensou no problema, dormiu e acordou lembrando-se de Leônidas.

Era tio de Olímpia, porém mais helenizado do que o próprio Filipe. Como todo jovem, apaixonado antes pela impressão do que pelos conceitos da Grécia, viajara para o Sul, primeiro para Atenas. Lá adquirira uma fala clássica e pura, estudara oratória e composição; reunira as linhas filosóficas até decidir que apenas podiam solapar a tradição sólida e o bom senso. Como era natural num homem de sua linhagem, fez amigos na aristocracia, oligarcas hereditários saudosos dos bons e velhos tempos e deploradores atuais, e, como seus antepassados na Grande Guerra, admiradores dos costumes de Esparta. E, no tempo devido, Leônidas foi visitar a cidade.

Acostumado aos sofisticados entretenimentos em Atenas, festivais de teatro, concertos, procissões sagradas com grandes encenações, jantares em sociedade com conversas eruditas, ele achara a Lacedemônia rígida e provinciana. Para um senhor feudal de Epiro com profundas raízes em sua terra, a superioridade racial de espartanos sobre hilotas era estranha e constrangedora; a familiaridade e ausência de cerimônia entre os espartanos e com ele próprio pareciam-lhe rústicos. E também ali, como em Atenas, os tempos áureos haviam passado. Como um cachorro velho enxotado por outro mais jovem que quer mostrar seus dentes mas manter distância, Esparta não era a mesma desde que os tebanos a haviam invadido. O escambo acabara, a circulação de dinheiro aumentara e agora era tão valorizado quanto em qualquer parte; os ricos possuíam grandes extensões de terra; os pobres não conseguiam mais pagar seus impostos aos eupátridas, transformando-se em servos cuja elegância acabara com o orgulho. Porém, num aspecto ele encontrara semelhanças com o passado: ainda sabiam educar meninos disciplinados, intrépidos e respeitosos que seguiam ordens sem perguntar por quê, levantavam-se quando entravam os mais velhos e nunca falavam sem serem interpelados. A cultura ática e os modos espartanos, pensava ele indo para casa: *Bastava combinar isso na mente incipiente dos jovens, e eles seriam homens perfeitos.*

Voltou de Epiro num posto mais elevado em consequência das viagens. Muito tempo depois de sua sabedoria ter ficado conhecida, ainda era universalmente respeitada. O rei Filipe, que tinha agentes em todas as cidades gregas, sabia mais do que isso; e quando falou com Leônidas, notou que seu próprio grego era antes beócio. Acompanhando o discurso ático vinham as máximas helênicas: "Nada em excesso"; "Bem iniciado, feito pela metade"; e "A glória de uma mulher é não ser comentada, nem em elogio nem em censura".

Lá estava o acordo perfeito. A família de Olímpia ficara honrada. Leônidas, com paixão por tudo que era correto, exigia dela os deveres de uma dama de alta linhagem e, a si próprio, os de um homem. Ela veria que ele era ainda mais difícil de ser manipulado do que Filipe. Pelos seus hóspedes e amigos do Sul, ele podia contratar todos os tutores adequados, já que o rei não dispunha de tempo para encontrar, e assegurar que fossem íntegros política e moralmente. Trocaram-se cartas, Filipe partiu com a consciência tranquila deixando ordens para que Leônidas recebesse as solenes boas-vindas.

No dia em que o aguardavam, Helanique separou as melhores roupas de Alexandre e mandou sua escrava encher a banheira. Cleópatra entrou enquanto ela o esfregava. Era uma menininha gorducha, com o cabelo vermelho igual ao de Olímpia e a estrutura atarracada de Filipe. Comia demais porque muitas vezes sentia-se infeliz por notar que sua mãe gostava mais de Alexandre e de um jeito diferente.

— Agora você é um estudante — disse. — Não pode mais entrar nos aposentos das mulheres.

Quando a via aborrecida, ele a consolava, divertia ou dava-lhe presentes. Quando ela o assustava com sua feminilidade, ele a odiava.

— Entro aqui quando quiser. Quem pensa que vai me deter?

— Seu professor. — Ela começou a dizer isso numa cantilena, saltitando. Ele saiu da banheira molhando o chão e jogou-a na água, vestida como estava. Helanique deitou-o sobre seu joelho e bateu-lhe com a sandália. Cleópatra zombou dele, levou algumas palmadas e saiu correndo aos gritos para que a criada a secasse.

Alexandre não chorou. Compreendera toda aquela história de compromisso. Ninguém precisava dizer-lhe que se não obedecesse àquele homem sua mãe perderia uma batalha na guerra; nem que a seguinte seria lutada por ele mesmo. Trazia cicatrizes internas de tais batalhas. Quando outra ameaçava, as cicatrizes latejavam, como antigos ferimentos advertindo chuva.

Helanique penteou o cabelo emaranhado, fazendo-o ranger os dentes. Alexandre chorava facilmente ouvindo velhas canções de guerra em que camaradas jurados morriam juntos, na cadência lenta da flauta. Chorara metade de um dia quando seu cão ficara doente e morrera. Já conhecia o luto da morte; chorara convulsivamente por Ágis, mas chorar por suas próprias feridas faria com que Hércules o abandonasse. Isso fazia parte, havia muito tempo, do pacto secreto deles.

Banhado, penteado e vestido, ele foi chamado ao Aposento de Perseu, onde Olímpia e o visitante sentavam-se em cadeiras de honra. O menino esperava um intelectual velho; viu um homem ereto e elegante por volta dos quarenta anos, barba escura com alguns fios brancos, olhando a sua volta como um general que, de folga no serviço, se lembraria de tudo no dia seguinte. O menino sabia de muita coisa sobre oficiais, em geral dos subordinados. Seus amigos guardavam os segredos dele, e ele, os de seus amigos.

Leônidas foi cordial, beijou-o nas duas faces, colocou as mãos firmes em seus ombros, certificou-se de que honraria seus ancestrais. Alexandre submeteu-se educadamente; seu senso de realidade fez com que suportasse tudo como um soldado num desfile. Leônidas não esperava ver o treinamento espartano tão bem iniciado. O menino, embora bonito demais para estar seguro, parecia saudável e alerta; sem dúvida seria suscetível ao ensino.

— Criou um belo filho, Olímpia. Essas belas roupas infantis mostram seus cuidados. Agora, temos de lhe comprar roupas de rapaz.

Seus olhos procuraram os da mãe, que bordara sua macia túnica de lã penteada. Sentada ereta em sua cadeira, ela lhe acenou a cabeça discretamente e desviou os olhos.

Leônidas acomodou-se em seus aposentos no palácio. Negociar professores adequados levaria tempo. Os que eram ilustres teriam de deixar suas escolas; alguns precisariam ser avaliados para ver se não tinham ideias subversivas. O trabalho dele teria de começar imediatamente; notou que não era prematuro.

A aparência comportada fora uma ilusão. O menino fazia o que queria. Levantava-se com o cantar do galo ou dormia demais; andava com homens e meninos. Embora muito mimado, não era um maricas; mas sua linguagem era medonha. Não era apenas quase ignorante no grego, mas onde aprendera aquele linguajar macedônico? Era de se supor que fora gerado contra a parede de uma caserna.

Era óbvio que as horas passadas na escola não bastariam. Era preciso controlá-lo de manhã à noite.

Todos os dias, antes de amanhecer, ele praticava exercícios; duas voltas na pista de corrida com pesos nas mãos, saltando e rolando. Quando finalmente chegava a refeição matinal, nunca era suficiente. Se ainda reclamava de fome, mandavam-no pedir no grego correto, e respondiam na linguagem grega correta que refeições frugais eram benéficas para a saúde.

Suas roupas tinham sido trocadas por outras tecidas em casa, ásperas e sem adornos. Eram boas o bastante para filhos dos reis de Esparta. O outono avançava; o clima tornava-se mais frio, mas ele ia ficando mais resistente e dispensava o manto. Correr para se manter aquecido aumentava sua fome, mas não lhe davam muita comida.

Leônidas era obediente; obstinado, conformado, possuía um ressentimento constante e franco. Estava evidente que ele e seu regime eram apenas uma provação abominável, que o menino suportava pelo bem de sua mãe, sustentado pelo orgulho.

Leônidas estava constrangido, mas não conseguia romper as barreiras. Era um daqueles homens em quem o papel de pai, uma vez obtido, apagava todas as memórias da própria infância. Seus filhos podiam ter dito isso a ele, se é que alguma vez lhe diziam alguma coisa. Ele cumpriria seu dever com o menino, e não conhecia ninguém que pudesse fazer isso melhor.

Começaram as aulas de grego. Logo se viu que Alexandre realmente era fluente. Apenas não gostava do idioma; uma desgraça, disse-lhe o tutor, uma vez que seu pai o falava tão bem. Rapidamente ele o repetia; logo aprendeu a escrever em grego, mas ficava ansioso para sair das aulas e retornar ao macedônio inculto e à gíria dos soldados.

Quando percebeu que deveria falar grego o dia todo, não conseguiu acreditar. Até escravos podiam falar entre si em suas línguas nativas.

Ele tinha folgas. Para Olímpia, a língua do Norte era a herança impoluta dos heróis, e o grego, um dialeto decadente. Ela usava o idioma com gregos como um favor para com inferiores, e somente com eles. Leônidas tinha deveres sociais, durante os quais seu prisioneiro podia escapar. Se conseguisse chegar à caserna na hora da refeição, havia sempre um mingau para partilhar.

Ainda gostava de montar; mas logo perdeu seu favorito, um jovem oficial dos Companheiros, a quem dava o costumeiro beijo quando o homem o ajudava a descer. Leônidas viu isso do átrio dos estábulos. Cumprindo suas obrigações longe do amigo e vendo-o ficar vermelho, o menino concluiu que haviam ultrapassado os limites. Caminhou de volta e parou entre os dois.

— Eu o beijei primeiro. E ele nunca tentou me comer. — Usou o termo utilizado nas casernas, pois não conhecia outro.

Depois de um intervalo em que ninguém disse nada, ele foi conduzido dali em silêncio. Durante a aula, sem dizer uma palavra, Leônidas lhe bateu.

Batera bem mais em seus próprios filhos, mas a hierarquia e Olímpia tinham lá seus direitos. Surrara um rapaz, não uma criança. Leônidas não escondeu que aguardara essa ocasião para ver como seu discípulo suportaria aquilo.

Não se ouviu ruído senão o das pancadas. Intencionava mandar o rapaz se virar e encará-lo ao final de tudo, mas ficou frustrado. Esperava apenas fortaleza espartana ou autocompaixão. Enfrentou olhos secos e bem abertos, íris de contorno descorado em volta das pupilas pretas; lábios brancos firmemente cerrados, narinas dilatadas; uma ira incandescente adensada pelo silêncio, como o coração de uma fornalha. Por um momento, o homem teve a sensação de uma verdadeira ameaça.

Era o único em Pela que estivera presente durante a infância de Olímpia. Mas *ela* voaria em cima dele com suas unhas; o rosto de sua ama mostrava sinais delas. Aquela contenção era diferente. Tinha-se medo até de que ela se excedesse.

O primeiro instinto do homem foi pegar o menino pela nuca e bater nele até acabar com aquela provocação, mas apesar de ser um homem intolerante, ele também era justo: tinha amor-próprio acentuado. Mais ainda, fora chamado ali para criar um rei da Macedônia guerreiro, não para treinar um escravo. Pelo menos, o menino se controlava.

— O silêncio de um soldado. Aprovo um homem que consegue suportar seus ferimentos. Hoje não vamos mais trabalhar.

O olhar que recebeu em troca revelava o rancor de um inimigo mortal. Quando o menino saiu, Leônidas viu uma mancha de sangue nas costas de seu quíton de tecido grosseiro. Em Esparta isso não seria nada; mas no fundo, desejou não ter sido tão duro.

O menino nada contou à mãe, mas ela descobriu os vergões. No quarto onde tinham partilhado muitos segredos, abraçou-o, soluçando, depois choraram juntos. Ele foi o primeiro a parar; foi até a pedra solta debaixo do fogão, tirou um boneco de cera que vira ali e pediu-lhe que enfeitiçasse Leônidas. A mãe o afastou depressa, dizendo que não deveria tocar naquilo e, além disso, não era essa a sua serventia. Seu falo fora varado por um espinho comprido, mas não tivera efeito em Filipe, por mais que Olímpia tentasse. Não percebera que a criança tinha observado tudo.

Para ele o conforto das lágrimas fora breve e falso. Sentiu-se traído quando encontrou Hércules no jardim. Não chorara de dor, mas pela felicidade perdida; poderia ter aguentado firme se a mãe não o tivesse amolecido. Da próxima vez, ela não deveria saber de nada.

Mesmo assim, partilhavam um complô. Ela nunca se identificara com aquelas roupas espartanas, e gostava muito de vestir seu filho. Criada numa casa onde as damas sentavam-se no salão como rainhas de Homero ouvindo os bardos cantarem façanhas dos heróis ancestrais, ela desprezava os espartanos, raça de infantaria obediente, com caras inexpressivas e mulheres mal-lavadas, meio-soldados, meio éguas reprodutoras. Se achasse que podiam forçar seu filho a parecer-se com aquela raça pardacenta e aplebeada, teria ficado enfurecida. Amargurada com essa tentativa, ela trouxe a ele um novo quíton trabalhado em azul e escarlate, dizendo, enquanto o guardava na cômoda, que não havia mal em parecer um cavalheiro quando seu tio estava longe. Mais tarde acrescentou sandálias coríntias, uma clâmide de lã de Mileto e uma fivela de ouro para o ombro.

Com boas roupas, sentiu-se ele mesmo outra vez. A princípio discreto, aos poucos passou a ser menos cuidadoso. Sabendo a quem acusar, Leônidas não disse nada. Apenas foi até a gaveta e tirou as roupas novas junto com um cobertor extra que encontrou escondido ali.

Finalmente, pensou Alexandre, ele desafiara os deuses; isso tinha de acabar com ele. Sua mãe apenas sorriu, triste, e perguntou como se deixara apanhar. Não deveria desafiar Leônidas; ele poderia se ofender e ir para casa.

— E aí, meu querido, veríamos que nossas dificuldades estão apenas começando.

Brinquedos eram brinquedos, poder era poder. Tudo tinha seu preço. Mais tarde ela lhe contrabandearia outros presentes. Ele estava mais cauteloso, porém Leônidas tornara-se mais alerta, e passou a revistar a cômoda com frequência.

O menino tinha permissão de ficar com presentes mais valiosos. Um amigo fizera-lhe uma aljava, uma miniatura perfeita, com alça no ombro. Como a alça estava muito frouxa, ele sentou-se no átrio do palácio para abrir a fivela. A lingueta era torta; o couro, duro. Estava quase entrando para procurar uma sovela para movê-la, quando um menino maior se levantou e postou-se na luz. Era belo e forte com cabelos de um bronze dourado, e olhos cinza-escuros. Estendendo a mão, ele disse:

— Vou tentar, deixe-me ver. — Falava em tom confiante, num grego muito superior ao que se aprendia na escola.

— É novo, por isso é duro. — Ele tivera suas aulas de grego e respondeu em macedônio.

O estranho agachou-se ao lado dele.

— Parece de verdade, como o de um homem. Foi seu pai quem fez?

— Claro que não. Foi Doreio de Creta. Não pode me fazer um arco cretense, pois são de chifre e só homens conseguem esticá-los. Corago vai fazer um arco para mim.

— Por que quer desmanchar isso?

— É comprido demais.

— Pois eu achei que estava bom. Não, você é menor. Veja, vou arrumar.

— Eu já medi. É preciso diminuir dois furos.

— Quando crescer você pode soltar de novo. Está difícil, mas eu consigo. Meu pai está visitando o rei.

— O que é que ele quer?

— Não sei, ele me mandou esperar.

— Ele faz você falar grego o dia todo?

— É o que sempre falamos em casa. Meu pai é hóspede e amigo do rei. Quando eu ficar mais velho, terei de vir para a Corte.

— Você não vai querer vir?

— Não muito; gosto de estar em casa. Olhe, naquela colina; não, não a primeira, a segunda; toda aquela terra é nossa. Você não sabe nada de grego?

— Sim, se eu quero, consigo falar, mas paro quando enjoo.

— Ora, você fala quase tão bem quanto eu. Por que então falava daquele jeito? As pessoas vão pensar que é filho de camponeses.

— O meu tutor me obriga a usar essas roupas para ser como os espartanos. Eu tenho roupas boas; mas só as uso nas festas.

— Em Esparta, batem nos meninos.

— Ah, uma vez ele me tirou sangue, mas eu nem chorei.

— Ele não pode bater em você. Ele deveria apenas contar ao seu pai. Quanto foi que ele custou?

— É tio de minha mãe.

— Hum, entendi. Meu pai arranjou um tutor só para mim.

— Bom, assim aprendemos a suportar os ferimentos quando for o momento de ir para a guerra.

— Guerra? Mas você só tem seis anos.

— Claro que não, faço oito no mês do leão. Não está vendo?

— Eu também, mas *você* parece ter seis.

— Ah, deixe que eu faço isso, você é lento demais.

E retirou a tira do menino. O couro deslizou de volta para dentro da fivela. O estrangeiro agarrou-o, aborrecido.

— Seu bobalhão. Eu estava quase conseguindo.

Alexandre insultou-o naquele macedônio das casernas. O outro menino abriu olhos e boca e escutou atento. Alexandre, usando aquela linguagem algum tempo, deu-se conta do respeito do outro. Com a aljava no meio deles, agacharam-se esquecidos de sua briga.

— *Heféstion!* — gritou alguém do pórtico. Os meninos sentavam-se como cães diante de quem se despejou uma tigela de comida.

Terminada sua audiência, Amíntor constatou, preocupado, que seu filho deixara o pórtico onde o mandara aguardar, invadira o átrio do príncipe e tirara seu brinquedo. Nessa idade, é sempre arriscado descuidar de uma criança. Amíntor acusou sua própria vaidade; gostava de exibir o menino, mas fora bobagem trazê-lo até ali. Zangado consigo mesmo, foi até lá, agarrou o filho pelas roupas e deu-lhe um tapa na orelha.

Alexandre saltou de pé. Já esquecera por que estivera bravo.

— Não bata nele. Não me importo. Ele veio me ajudar.

— É bondade sua dizer isso, Alexandre, mas ele me desobedeceu.

Por um momento, os meninos se olharam partilhando confusamente a consciência da mutabilidade humana, enquanto o culpado era arrastado dali.

Seis anos se passariam até se encontrarem novamente.

* * *

— Falta-lhe disciplina e aplicação — disse Timantes, o gramático.

A maior parte dos professores contratados por Leônidas achava um exagero tanta bebida no salão, e acabavam indo dormir ou conversar em seus quartos, com desculpas que divertiam os macedônios.

— Talvez — disse o professor de música, Epícrates. — Mas valorizamos mais o cavalo do que o bridão.

— Ele se aplica quando lhe convém — disse Naucles, o matemático. — No começo, nada lhe era suficiente. Sabe calcular a altura do palácio pela sombra do meio-dia, e se a gente pergunta quantos homens há em quinze falanges, responde quase sem pensar, mas nunca consegui fazê-lo perceber a beleza dos números. Você conseguiu, Epícrates?

O músico, um efésio grego escuro e magro, balançou a cabeça, sorrindo:

— Com você ele faz o que interessa à vida prática; comigo, à emoção; mas, como sabemos, a música é ética. Tenho de preparar um rei, não um concertista.

— Comigo ele não vai progredir muito mais — disse o matemático. Eu diria que não sei por que fico aqui, se eu achasse que acreditariam em mim.

Uma risada obscena soou no salão, onde alguém talentoso improvisava um escólio[2] tradicional. Pela sétima vez, berraram em coro.

— Sim, somos bem pagos — disse Epícrates. — Mas eu podia ganhar o mesmo em Éfeso dando aulas e concertos; e ganhar como músico. Aqui sou um feiticeiro, posso invocar sonhos. Não é isso que vim fazer; mesmo assim, me atrai. Não atrai você, Timantes?

Timantes fungou. Achava as composições de Epícrates modernas e emotivas demais. Por ser ateniense, primava pela pureza de estilo; na verdade fora mestre de Leônidas. Fechara sua escola para ir até lá, achando que na sua idade o trabalho o cansava mais, e era bom poder desfrutar seus últimos anos daquela forma. Lera tudo o que valia a pena ser lido, e quando jovem entendera o que significavam os poetas.

— Parece-me — respondeu — que aqui na Macedônia eles têm muitas paixões. Ouvi falar muito na cultura de Arquelau quando era estudante. Com as últimas guerras de sucessão tenho a impressão de que o caos voltou. Não digo que a Corte não tenha seus refinamentos; mas de forma geral, estamos no meio de selvagens. Vocês sabem que aqui os meninos atingem a maioridade quando matam um javali ou um homem? Parece que estamos na era de Troia.

— Isso deverá aliviar sua tarefa — disse Epícrates — quando falar em Homero.

— Disciplina e aplicação, é disso que precisamos. O menino tem boa memória, quando se interessa em usá-la. No começo aprendia bem suas listas, mas não consegue disciplinar a mente. A gente explica a construção,

2. Ode grega direcionada aos homens. (N. T.)

cita o exemplo adequado, mas aplicá-lo? Não. Ele sempre pergunta: "Por que Prometeu foi acorrentado no rochedo?" Ou: "Por quem Hécuba estava de luto?".

— E você lhe contou? Reis deveriam sentir pena de Hécuba.

— Reis deveriam desenvolver a disciplina. Esta manhã ele interrompeu a lição porque, apenas pela sintaxe, eu lhe dei algumas linhas de *Sete contra Tebas*. "Por que, me diga, por favor, havia sete generais conduzindo a cavalaria, a falange e os atiradores?", "Não é esse o objetivo", respondi, "e não ao objetivo; preste atenção na sintaxe". Ele teve a insolência de responder em macedônio. Tive de açoitar sua mão.

As cantorias no salão foram interrompidas por gritos e brigas. Entre cerâmicas quebradas, a voz do rei soava alta; o ruído cedeu, e começou uma canção diferente.

— Disciplina — disse Timantes, em tom significativo. — Moderação, controle, respeito pela lei. Se não lhe fundamentarmos nisso, quem o fará? A mãe?

Houve uma pausa enquanto Naucles, em cujo quarto estavam, abriu nervosamente a porta e olhou para fora. Epícrates disse:

— Se quiser competir com *ela*, Timantes, é melhor adoçar seus poderes mágicos, como eu faço.

— Ele tem de se esforçar para ser aplicado. É a raiz de toda educação.

— Não sei do que vocês todos estão falando — disse subitamente Derquilo, o treinador de ginástica.

Os outros pensavam que ele estivesse dormindo. Estava reclinado na cama de Naucles; achava que deveria haver alternância entre esforço e relaxamento. Tinha pouco mais de trinta anos, cabeça oval, cachos curtos admirados por escultores e um belo corpo absolutamente em forma — um exemplo para seus alunos, costumava dizer —; mas para seus colegas invejosos, isso sem dúvida era pura vaidade. Ele tinha uma lista de vencedores coroados para seu crédito e nenhuma pretensão intelectual.

— Você queria que o menino se esforçasse mais — disse Timantes em tom protetor.

— Ouvi o que você disse. — O atleta ergueu-se apoiado num ombro, numa aparência agressivamente escultural. — Vocês disseram palavras de mau augúrio. Cuspam, para dar sorte.

O gramático deu de ombros. Naucles disse, rispidamente:

— Derquilo, vai nos dizer por que *você* não sabe o motivo de ficar aqui?

— Parece que eu sou o que tem os melhores motivos. Se puder, quero evitar que se mate jovem demais. Ele não tem noção de perigo. Certamente vocês também notaram isso.

— Receio que os termos dessa conversa sejam antiquados demais para mim — disse Timantes.

— Eu já notei, se você está falando do que eu suponho — disse Epícrates.

— Não conheço a história da vida de todos vocês — disse Derquilo —, mas se qualquer um de vocês já sentiu ira numa batalha, ou medo, pode se lembrar talvez de ter empregado forças que jamais sonhou ser capaz. Nos exercícios, até num torneio, não tiveram a mesma energia. Há uma chave para essa força que a natureza ou a sabedoria dos deuses colocou ali. É a cautela contra extremos.

— Lembro-me — disse Naucles — de que no terremoto, quando a casa desabou sobre nossa mãe, eu levantei as vigas, mas depois eu nem as consegui mover.

— A natureza foi quem extraiu essa força de você. Poucos homens podem fazer isso por sua própria vontade. Esse menino será um deles.

Epícrates disse:

— Sim, talvez você tenha razão.

— E eu adivinho isso num homem. Preciso observar esse menino. Uma vez ele me disse que Aquiles escolhera entre a glória e uma vida.

— O quê? — disse Timantes, espantado. — Mas mal começamos com o Livro Um.

Derquilo fitou-o em silêncio, depois disse, brandamente:

— Você se esqueceu de seus ancestrais maternos.

Timantes estalou a língua e deu-lhes boa-noite. Naucles mexeu-se inquieto; queria ir para a cama. O músico e o atleta caminharam lentamente para o parque.

— Não adianta falar com *ele* — disse Derquilo. — Mas duvido que o menino ganhe o suficiente para comer.

— Você deve estar brincando. Aqui?

— É o sistema daquele velho teimoso e tolo, Leônidas. Todos os meses confiro a altura dele; não cresce o suficiente. Claro que não morre de fome; mas gasta tudo, podia comer o dobro. Raciocina muito rápido, e seu corpo precisa acompanhar, pois ele não aceita recusas. Sabe que ele consegue acertar o alvo com um dardo enquanto corre?

— Você o deixa manusear armas pontiagudas? Nessa idade?

— Queria que adultos lidassem tão bem com armas quanto ele. Isso o deixa calmo... O que será que lhe dá tanta energia?

Epícrates olhou ao redor. Estavam num lugar aberto, ninguém por perto.

— Sua mãe fez muitos inimigos. É estrangeira, de Epiro; e dizem que é bruxa. Nunca ouviu boatos sobre o nascimento dele?

— Lembro que certa vez... Mas quem se atreveria a *deixá-lo* ouvir uma coisa dessas?

— Pois a mim, parece-me que ele carrega um ônus. Gosta de música, isso o alivia. Estudei um pouco esse aspecto da arte.

— Preciso voltar a falar com Leônidas sobre a dieta do menino. Da última vez disse-me que em Esparta havia uma parca refeição ao dia, o resto deveria ser encontrado no campo. Não comente por aí, mas às vezes eu mesmo lhe dou comida. Costumava fazer isso uma vez ou outra em Argos, com algum bom menino de família pobre... Esses boatos, você acredita neles?

— Minha razão diz que não são verdade. Ele tem a capacidade de Filipe, embora não tenha seu rosto nem sua alma. Não, não, não acredito nesses rumores... Conhece a velha canção sobre Orfeu, que tocou sua lira na encosta da montanha e encontrou um leão que se agachou a seus pés para escutar? Não sou Orfeu, sei disso; mas às vezes vejo os olhos daquele leão. Aonde ele foi depois da música, o que aconteceu com ele? A história não revela.

\* \* \*

— Hoje — disse Timantes — você fez alguns progressos. Para a próxima lição, decore oito linhas. Estão aqui. Copie-as na cera, do lado direito no díptico. Do lado esquerdo, faça a lista das palavras arcaicas. Trate de fazer tudo corretamente; espero que repita aquelas primeiro. — Entregou a tabuinha e guardou o pergaminho; as mãos rígidas, de veias azuis, tremiam enquanto o guardava na pasta de couro. — Sim, é isso. Pode ir agora.

— Por favor, pode me emprestar o livro?

Timantes ergueu os olhos, surpreso e indignado.

— O *livro*? Claro que não, é um exemplar muito valioso. O que quer com o livro?

— Quero ver o que aconteceu. Vou guardá-lo no meu cofre e me livrar da responsabilidade.

— Naturalmente todos gostaríamos de correr antes de saber andar. Aprenda este trecho, e preste atenção às formas jônicas. Seu sotaque é ainda dórico demais. Isto, Alexandre, não é diversão da hora do jantar. Isto é Homero. Domine a linguagem dele, então poderá pensar em ler a obra. — E amarrou as tiras da pasta.

O trecho era aquele em que Apolo vingativo desce correndo o pico do Olimpo com as flechas retinindo nas costas. Revisto na aula, analisado em partes como lista de despensa relacionada por escravos da cozinha, tudo se juntava quando o menino estava sozinho: um grande panorama de melancolia iluminado por fogos fúnebres. Ele conhecia o Olimpo. Imaginava a luz morta de um eclipse; a treva excessiva e vasta, ao redor um débil contorno de fogo, como diziam haver no sol oculto, capaz de cegar os homens. *Ele desceu como a noite cai.*

Caminhou no bosquezinho acima de Pela ouvindo a nota profunda e trêmula da corda do arco, o sibilar das setas, pensando em macedônio. No dia seguinte, isso se revelou quando ele recitou o trecho. Timantes censurou longamente sua preguiça, desatenção e falta de interesse nos estudos, e mandou-o imediatamente copiar o trecho vinte vezes, e depois, à parte, os erros.

O menino riscava a cera com olhos dispersos e sem brilho. Timantes, a quem alguma coisa fizera erguer o olhar, encontrou os olhos cinzentos e examinou-o com uma expressão distante e fria.

— Não devaneie, Alexandre. Em que está pensando?

— Nada. — Ele se inclinou de novo sobre seu estilo. Andava pensando se havia algum jeito de matar Timantes. Provavelmente não; seria desleal pedir aos seus amigos, que poderiam ser castigados por isso, e achariam uma infâmia matar um homem tão velho. Também, traria problemas para sua mãe.

No dia seguinte ele faltou à aula.

Depois de caçadores e cães o procurarem, ele foi trazido de volta, à noite, por um lenhador, sobre seu velho burro magro: com manchas pretas, coberto de escoriações sangrentas por ter caído de uns rochedos e com um pé inchado que não lhe obedecia. O homem disse que o menino tentava andar de quatro; à noite, a floresta estava cheia de lobos, não havia lugar para um jovem senhor sozinho.

Ele abriu a boca o suficiente para agradecer ao homem, para pedir que o alimentassem, pois estava faminto, e para que lhe dessem um burrico mais novo, que lhe fora prometido no caminho. Depois de atendido, ficou mudo. O médico não conseguia extrair-lhe mais que um sim ou não, e um gemido quando mexeu seu pé. Colocaram-lhe compressa e atadura; sua mãe veio para junto de sua cama. Ele desviou o rosto.

Ela deixou de lado o aborrecimento que dirigia aos outros; trouxe ao filho um jantar com todas as guloseimas que Leônidas banira; ajeitou-o contra o peito enquanto o alimentava com vinho doce. Na medida em que ela entendia os problemas que o filho contava, ela o beijava e ajeitava nos cobertores, saindo em seguida numa ira terrível para brigar com Leônidas.

A tempestade sacudiu o palácio, como um ataque de deuses à planície de Troia, mas muitas armas que lhe serviram contra Filipe, aqui lhe eram negadas. Leônidas foi muito correto, muito ateniense. Ofereceu-se para partir, contando ao pai do menino o motivo. Quando saiu do gabinete dele (estava zangada demais para esperar que o trouxessem até ela), todos os que a viram chegar esconderam-se; mas a verdade era que estava em prantos.

O velho Lisímaco, que a aguardava desde que passara por ele sem o ver, enfurecida, saudou-a quando ela voltou, usando da mesma simplicidade que usaria com uma mulher de um fazendeiro de sua nativa Acarnânia:

— Como está o menino?

Ninguém prestava atenção em Lisímaco. Estava sempre por ali, hóspede amigo do palácio desde o início do reinado de Filipe. Dava sua assessoria quando se precisava de apoio; era boa companhia no jantar, e fora recompensado com a mão de uma herdeira sob tutela real. Cultivava e caçava na terra da propriedade que produzia, mas os deuses lhe haviam negado filhos; não apenas com ela, mas com todas as mulheres com que se deitara. Com essa acusação à disposição de qualquer homem que a quisesse usar, ele achava que o orgulho não lhe convinha, e era um homem despretensioso. Sua única honra era dirigir a biblioteca real; Filipe aumentara a bela coleção de Arquelau, e cuidava muito de quem ali podia entrar. Das profundezas de seu quarto de leitura, podia se ouvir a voz de Lisímaco murmurando sobre os rolos de pergaminho, saboreando palavras e cadências; mas nada resultara disso, nem tratado, nem história, nem tragédia. Era como se sua mente fosse tão infértil quanto seus rins.

Vendo seu rosto quadrado e rude, cabelo e barba loiro-acinzentados, olhos azuis pálidos, sentiu um conforto familiar e convidou-o para sua sala de visitas particular. Sentou-se ao ser convidado, enquanto ela andava de um lado para outro, e, sempre que ela parava para respirar, murmurava palavras inofensivas, até que finalmente ela se cansou e parou. Então ele disse:

— Minha querida senhora, agora que o menino cresceu e não precisa mais dos cuidados de uma ama, não acha que talvez necessite de um tutor?

Ela se virou tão bruscamente que suas joias tilintaram.

— Nunca! O rei sabe que não admito isso. O que querem fazer dele? Um funcionário, um mercador, um administrador? *Ele* sabe quem é. Esses pedantes de classe inferior trabalham diariamente para alquebrar seu espírito. Quase não lhe sobra tempo, do momento em que levanta até se deitar, quando sua alma tem espaço para respirar. Agora deve viver como um prisioneiro, um ladrão, caminhando aos cuidados de um escravo? Não deixe que ninguém fale disso diante de mim. E se o rei o mandou para contar-me isso, pode lhe dizer, Lisímaco, que se meu filho tiver de suportar tal coisa, eu quero ver sangue, pela Hécate Tripla, quero ver sangue!

Ele aguardou até achar que ela lhe ouviria, e disse:

— Eu lamentaria muito isso. Prefiro eu mesmo ser seu tutor. Na verdade, senhora, foi o que vim lhe dizer.

Ela se sentou em sua cadeira alta. Ele esperou pacientemente, sabendo que não parara para perguntar a si mesma por que um cavalheiro se ofereceria para fazer o trabalho de um servo, mas se ele o faria...

Lisímaco disse:

— Muitas vezes me pareceu que Aquiles retornou nesse menino. Se for isso, precisará de uma Fênix... *Você, divino Aquiles, foi o filho que escolhi para mim, para que um dia mantivesse longe de mim os dias difíceis.*

— Ele fez isso? Quando a Fênix disse essas palavras, ele foi arrancado de Pítia e trazido para Troia. E Aquiles não garantiu o que ela pedia.

— Se o tivesse feito, teria lhe poupado muito sofrimento. Talvez sua alma tenha se lembrado disso. Como sabemos, as cinzas de Aquiles e Pátroclo foram misturadas numa urna. Nem mesmo um deus poderia separar um do outro. Aquiles voltou com sua ferocidade e seu orgulho, e com os sentimentos de Pátroclo. Cada um deles sofreu pelo que era; esse menino vai sofrer pelos dois.

— Existe ainda — disse ela — o fato de como os homens verão.

— Não questiono isso. De momento, basta. Deixe-me tentar com ele; se ele não gostar, eu o deixarei em paz.

Ela se levantou de novo e deu uma volta no aposento.

— Sim, tente — respondeu. — Se conseguir ficar entre ele e aqueles idiotas, eu serei sua devedora.

Alexandre teve febre durante a noite e dormiu a maior parte do dia seguinte. Lisímaco, ao fazer-lhe uma rápida visita na manhã seguinte, encontrou-o sentado na janela, seu pé bom balançando do lado de fora, gritando para baixo em sua voz aguda e clara; dois oficiais da Companhia de Cavalaria tinham vindo da Trácia a serviço do rei, que queria saber notícias da guerra. Informaram-lhe, mas recusaram-se a levá-lo em seus cavalos quando perceberam que teriam de apanhá-lo se saltasse do andar superior. Rindo e acenando, partiram ruidosamente. Quando o menino se virou com um suspiro, Lisímaco estendeu os braços e levou-o de volta para a cama.

Ele cedeu facilmente, pois conhecia o homem a vida toda. Desde que aprendera a correr por ali, sentara-se nos joelhos dele para ouvir suas histórias. Timantes até dissera a Leônidas que Alexandre, mais do que um erudito, era um estudante aplicado. O menino pelo menos gostou de vê-lo e confiou-lhe toda a história daquele seu dia na floresta — não sem uma ponta de orgulho.

— Você consegue andar nesse pé?

— Não consigo, mas saltito num pé só. — Franziu o cenho, desgostoso. Lisímaco ajeitou o travesseiro embaixo de seu pé dolorido.

— Cuide dele. Sabe que o calcanhar era o ponto fraco de Aquiles. Sua mãe o segurou pelos pés quando mergulhou todo seu corpo no Estige e esqueceu-se de molhá-los depois.

— No livro diz como foi que Aquiles morreu?

— Não, mas ele sabe que vai morrer porque cumpriu seu destino.

— E os adivinhos não o preveniram?

— Sim, preveniram-no de que morreria logo depois de Heitor; mesmo assim ele o matou. Vingava Pátroclo, seu amigo, a quem Heitor tinha assassinado.

O menino refletiu atentamente.

— Era o melhor amigo dele?

— Sim, cresceram juntos.

— E por que Aquiles não o salvou, então?

— Ele e seus homens estavam em batalha, porque o Grande Rei o insultara. Os gregos estavam levando a pior sem ele; era o que o deus lhe prometera. Mas Pátroclo, que tinha um coração sensível, ao ver seus velhos camaradas se renderem foi em prantos até Aquiles, pedindo piedade. "Empreste-me somente sua armadura e deixe que me vejam no campo de batalha. Pensarão que você voltou; será o suficiente para espantá-los." Então Aquiles o dispensou e ele realizou grandes façanhas, mas... — O olhar chocado do menino o fez parar.

— Mas ele não podia fazer isso! Era um general! E mandou um oficial jovem, quando ele não queria ir! Foi *culpa* dele Pátroclo ter morrido.

— Sim, e ele sabia disso. Teve de sacrificá-lo ao seu orgulho. Foi por isso que cumpriu seu destino e morreu.

— Como o rei o insultara? Como foi que tudo começou?

Lisímaco ajeitou-se na banqueta de pele de ovelha tingida junto da cama.

Enquanto a história se desenrolava, Alexandre percebeu, surpreso, que tudo poderia ter acontecido na Macedônia.

O leviano filho caçula roubando a esposa de seu anfitrião poderoso, trazendo-a junto com a rixa até a fortaleza de seu pai — as antigas casas da Macedônia e Epiro sabiam de cor o resultado de tais histórias. O Grande Rei convocara seus recrutas e seus subchefes. O rei Peleu, por estar velho, mandara o próprio filho, Aquiles, nascido de uma rainha-deusa. Quando, aos dezesseis anos, chegou à planície de Troia, já era o melhor dos guerreiros.

A própria guerra era apenas uma espécie de briga de tribos nas colinas; guerreiros lutando em combates isolados sem consentimento, a infantaria numa disputa desordenada em meio à multidão atrás dos seus soberanos. Ele ouvira falar de uma dúzia dessas guerras durante a vida, de homens que contavam tais histórias irrompendo velhas rixas ou incendiando-se por causa de sangue derramado em bebedeira, por uma pedra fronteiriça que fora removida, um dote de noiva não pago, um corno de quem zombavam num banquete.

Lisímaco contou-lhe o que imaginara em sua juventude. Tinha lido as especulações de Anaxágoras, as máximas de Heráclito, a história de Tucídides, a filosofia de Platão, os melodramas de Eurípides e as românticas peças de Ágaton; mas Homero o devolvera à sua infância, quando ele se sentava sobre o joelho do pai ouvindo o bardo e olhando seus irmãos altos caminharem com espada tilintando no quadril, como os homens ainda faziam nas ruas de Pela.

O menino, que sempre desdenhara um pouco de Aquiles por fazer tanta confusão por causa de uma garota, agora entendia que ela era um prêmio por coragem, que o rei lhe roubara para humilhá-lo. Agora entendia bem a ira de Aquiles. Imaginou Agamemnon como um homem atarracado de barba preta.

Então Aquiles estava sentado em sua tenda de guerra, autoexilado de sua glória, tocando sua lira para Pátroclo, o único que compreendia suas ideias, quando os enviados do rei chegaram. Os gregos se encontravam em grande dificuldade; o rei tinha de pôr fim ao escândalo. Aquiles teria sua jovem de volta. Também podia casar-se com a própria filha de Agamemnon e obter enorme dote de terras e cidades. Se quisesse, até podia ter esse dote sem ela.

Como fazem as pessoas no auge de uma tragédia, embora saibam o fim, o menino desejou que tudo acabasse bem: que Aquiles cedesse, que ele e Pátroclo pudessem lutar juntos, felizes e gloriosos, mas Aquiles negara adesão. "Ainda pediam demais", disse, "pois minha deusa-mãe me disse que posso escolher a hora de minha morte através de dois destinos que trago comigo. Se eu for a Troia e lutar não volto mais ao meu lar, mas terei fama eterna. Ou, se for para casa, para minha amada pátria, perderei o auge de minha glória, mas terei uma vida longa, a morte não chegará tão cedo." Agora sua reputação estava abalada, ele escolheria o segundo destino e voltaria para casa de barco.

O terceiro enviado ainda não havia falado, mas adiantou-se; o velho Fênix, que conhecera Aquiles desde a infância, quando o punha em seus joelhos. O rei Peleu o adotara depois que seu próprio pai o expulsara de casa, amaldiçoando-o. Fora feliz na corte de Peleu; mas a maldição do pai funcionara, deixando-o estéril. Aquiles fora o filho que ele escolhera como seu, de modo que um dia o livraria dos tempos difíceis. Agora, se embarcasse, iria com ele; nunca o abandonaria, mesmo em troca de uma nova juventude. Apesar disso, implorou a Aquiles que atendesse suas orações e liderasse os gregos na batalha.

Seguiu-se uma digressão moral; o menino, dispersivo, voltou-se para dentro de si mesmo. Impaciente com adiamentos, queria pedir a Lisímaco um presente que sempre desejara. E parecia-lhe possível.

— Eu teria dito sim se me tivesse pedido. — Quase sem sentir o pé machucado quando se moveu, ele agarrou o pescoço de Lisímaco, que o abraçou chorando abertamente. O menino não se perturbou; Hércules permitia essas lágrimas. Era grande sorte estar com o presente certo à mão. E era real, ele não mentira; realmente gostava do homem, seria como seu filho e o preservaria dos dias difíceis. Se tivesse chegado como Fênix até Aquiles, teria dado o que ele pedia; teria conduzido os gregos à batalha, assumiria o primeiro dos seus destinos mortais — de jamais voltar para casa, a amada pátria, e nunca envelhecer. Era tudo bem verdadeiro, e lhe dera felicidade. Por que então acrescentar que, embora consentisse, não seria pelo bem de Fênix?

Faria tudo aquilo para que sua fama durasse para sempre.

\* \* \*

A grande cidade de Olinto, na costa nordeste, caíra nas mãos do rei Filipe. Seu ouro entrou primeiro, seus soldados depois.

Os habitantes dessa cidade ficaram desconfiados de seu crescente poder. Durante dois anos, haviam asilado dois meios-irmãos bastardos daquele que reclamava o trono; semearam discórdia entre Filipe e Atenas sempre que lhes era interessante, mas aliaram-se depois aos atenienses.

Primeiro, ele tratou de que os homens comprados na cidade enriquecessem e mostrassem isso. O partido deles cresceu. Em Eubeia, no Sul, fomentou uma rebelião a fim de manter os atenienses preocupados com seus próprios negócios. No entanto, cambiava enviados com Olinto barganhando demoradamente os termos de paz, enquanto reduzia o território estratégico ao redor.

Feito isso, mandou-lhes um ultimato: ou iriam embora, ou ele iria; decidiu então que seriam eles. Caso se rendessem, iriam embora com salvo--conduto. Sem dúvida, seus aliados atenienses cuidariam deles.

Apesar do partido de Filipe, votaram pela resistência. Custaram-lhe algumas batalhas difíceis antes que seus constituintes achassem uma forma de perder algumas batalhas e deixá-lo entrar na cidade.

Agora, pensou ele, era hora de prevenir outros, para que não lhe causassem tantos problemas. Olinto seria um exemplo. Os meios-irmãos rebeldes tinham morrido nas lanças dos Companheiros. Logo, grandes fileiras de escravos acorrentados atravessariam a Grécia, impelidos pelos comerciantes ou homens cuja utilidade merecera um presente. Cidades que tinham visto em tempos imemoriais seu trabalho pesado feito por trácios, etíopes ou citas de faces largas, fitavam indignados homens gregos carregando peso debaixo de chibatadas, e meninas gregas vendidas aos bordéis no mercado público. A voz de Demóstenes instigava todos os homens decentes a enfrentarem o bárbaro.

Os meninos da Macedônia viam passar aqueles comboios desolados, crianças choramingando na poeira, agarradas às saias das mães. Aquilo trazia uma mensagem milenar. *Isto é a derrota: evitem-na.*

Ao pé do monte Olimpo ficava a cidade de Díon, escabelo sagrado de Zeus olímpico. Ali Filipe realizou seu banquete de vitória, no mês sagrado do deus, com esplendores que Arquelau jamais igualara. Chegaram ao Norte convidados importantes de toda a Grécia; citaristas e flautistas, rapsodos e atores competiam pelas coroas de ouro em trajes purpúreos e bolsas de prata.

Seria encenada a peça *As bacantes*, de Eurípides, que ele apresentara primeiro em seu próprio teatro. O melhor pintor de cenários de Corinto pintava chapas com colinas tebanas e um palácio real. Todas as manhãs ouviam-se os atores ensaiando as tragédias em seus alojamentos, desde o troar dos deuses até o tremular das vozes das donzelas. Até os diretores das escolas estavam de férias. Aquiles e seu Fênix (o apelido logo pegara) tinham a soleira do Olimpo e as visões do festival à disposição. Fênix dera a Aquiles sua própria Ilíada, escondido de Timantes. Não incomodavam ninguém, absortos em seu jogo particular.

No dia da festa anual do deus, o rei deu um grande banquete. Alexandre deveria comparecer, mas sairia antes de começarem a beber. Usava um traje novo, bordado a ouro; seu longo cabelo ondulado estava penteado em cachos. Sentou-se na ponta do divã de refeições do pai com sua própria tigela e taça de prata. O salão estava brilhando com a luz das lamparinas; os filhos dos senhores da guarda pessoal do rei andavam entre este e seus convidados de honra, trazendo presentes.

Havia alguns atenienses do grupo que favoreciam a paz com a Macedônia. O menino notou que o pai era cauteloso com o sotaque ao falar. Os atenienses podiam ter favorecido os inimigos dele, podiam ter tramado intrigas com os persas que seus ancestrais haviam combatido em Maratona; mas ainda tinham a vantagem de serem gregos.

O rei, berrando pelo salão, perguntava a um dos convidados por que estava tão triste. Era Sátiro, o grande comediante de Atenas. Depois de ter recebido o mote, ele fez divertidas mímicas que expressavam medo, e disse que raramente se atrevia a pedir o que queria.

— Diga o que deseja! — gritou o rei, estendendo a mão.

Era a liberdade de duas meninas que vira entre as escravas, filhas de um velho hóspede de Olinto: queria salvá-las de seu destino e dar-lhes dotes de casamento.

— Uma felicidade! — gritou o rei. — Garantir um pedido tão generoso.

Houve murmúrios de aprovação; uma sensação que aquecia o quarto. Os convidados que tinham passado pelas barracas de escravos acharam que sua comida tinha um gosto um pouco melhor agora.

Entraram as grinaldas e grandes recipientes de resfriar vinho com neve do Olimpo. Filipe virou-se para o filho, afastou da fronte quente o cabelo louro e úmido que já perdia os cachos, deu-lhe um breve beijo enquanto os convidados murmuravam, deliciados, e mandou-o para a cama.

Ao sair, deu boa-noite ao guarda na porta, que era seu amigo, e foi até o quarto da mãe para lhe contar tudo.

Antes de sua mão tocar a porta, algum aviso veio do seu interior.

O lugar estava uma confusão. As mulheres postavam-se unidas como galinhas assustadas. Sua mãe, ainda vestida com a túnica que usara para as odes corais, andava de um lado para outro. A cômoda e o espelho foram derrubados; uma criada, de quatro no chão, juntava frascos e alfinetes. Quando a porta se abriu, ela soltou um dos frascos, e a sombra escura se derramou. Olímpia foi até ela e a derrubou no chão com um tapa.

— Saiam, todas! — berrou. — Porcas, idiotas, relaxadas! Saiam e me deixem com meu filho!

Ele entrou. O rubor provocado pelo salão quente e pelo vinho aguado sumiram de seu rosto; seu estômago contraiu-se com a comida. Avançou calado. Quando as mulheres saíram apressadas, ela se jogou na cama, golpeando e mordendo os travesseiros. Ele se ajoelhou a seu lado, sentindo o frio de suas próprias mãos enquanto acariciava o cabelo dela. E não perguntou qual era o problema.

Olímpia contorcia-se na cama; agarrou-o pelos ombros, invocando todos os deuses como testemunhas das ofensas sofridas para que a vingassem. Apertou-o contra si com tanta força que os dois tremiam; que os céus proibissem, gritou ela, que ele jamais soubesse o que sua mãe sofrera com o mais vil de todos os homens; não era apropriado à inocência de sua idade. A princípio, ela sempre dizia isso. Ele mexeu a cabeça para poder respirar. Desta vez, pensou, não se trata de um rapaz; deve ser uma moça.

Era um provérbio na Macedônia que o rei tivesse uma esposa para cada guerra. Era verdade que esses matrimônios, sempre selados com rituais para agradar as famílias, eram um bom meio de fazer aliados confiáveis. O rapaz só conhecia o fato. Agora lembrava-se de uma espécie de insinceridade no jeito do pai, que já notara antes.

— Uma trácia! — berrava sua mãe. — Uma trácia imunda, indecente! — Em alguma parte em Díon, então, todo esse tempo tinham escondido essa moça. As heteras andavam por toda parte, todo mundo as via.

— Lamento, mãe — disse ele deprimido. — Papai se casou com ela?

— Não chame aquele homem de pai! — Ela o segurou, braços estendidos, encarando seu rosto; os cílios dela estavam entrelaçados, as pálpebras listradas de preto e azul; os olhos dilatados mostravam o branco ao redor das íris. Seu chambre abrira, revelando um dos ombros; seu vasto cabelo ruivo eriçava-se em torno do seu rosto e caía emaranhado sobre seus seios nus. Ele recordou a cabeça da górgona no Aposento de Perseu, e, horrorizado, afastou o pensamento.

— Seu pai! — gritou ela. — Zagreu seja a minha testemunha de que você é inocente disso! — Seus dedos enterraram-se nos ombros dele, fazendo-o cerrar os dentes com a dor. — Chegará o dia, sem dúvida, chegará o dia em que ele saberá o papel que *ele* teve no seu nascimento! Ah, sim, saberá que antes dele esteve aqui outro mais poderoso! — Soltando-o, ela se jogou para trás sobre os cotovelos e começou a rir.

Enrolava-se em seu próprio cabelo ruivo, rindo e soluçando com a respiração entrecortada, emitindo sons esganiçados, o riso cada vez mais agudo e forte. O menino, que nunca vira isso, ajoelhou-se junto dela hirto de terror, puxando suas mãos, beijando seu rosto suado, implorando em seu ouvido para que parasse, que falasse com ele; estava ali com ela, ele, Alexandre; ela não podia enlouquecer, ou ele morreria.

Finalmente ela deu um gemido profundo, sentou-se, pegou-o nos braços, apertou sua face contra a cabeça do filho.

— Pobre menino, pobre criança. Foi só um riso de desabafo; a que ponto ele me levou. Eu deveria ter vergonha, logo na sua frente, mas você sabe o que tenho de suportar. Veja, querido, eu o estou reconhecendo, não estou louca. Embora ele fosse gostar disso, esse homem que diz ser seu pai.

Ele abriu os olhos e sentou-se ereto.

— Quando eu crescer, quero que você seja tratada com justiça.

— Ah, ele nem adivinha quem você é, mas eu sei. Eu e o deus.

Ele não fez perguntas. Já acontecera o suficiente. Mais tarde, à noite, com o estômago vazio de tanto vomitar, ele se deitou de lábios secos na cama ouvindo o rumor distante da festa, lembrando-se das palavras dela.

No dia seguinte, começaram os jogos. As bigas fizeram seu percurso: o cavaleiro desmontava, corria com a carruagem e voltava a subir nela. Fênix, que notara as olheiras do menino e adivinhara a causa, ficou contente ao vê-lo entretido.

Ele acordara um pouco antes da meia-noite, pensando na mãe. Saiu da cama e vestiu-se. Sonhara que ela o chamava do mar, como a deusa, mãe de Aquiles. Queria ir até ela e perguntar o significado do que falara na noite anterior.

O quarto dela estava vazio. Apenas uma mulher velha e enrugada, que fazia parte da casa, rastejava por ali resmungando, pegando coisas; todos a tinham esquecido. Olhou-o com um olhinho vermelho e molhado e disse que a rainha fora ao altar de Hécate.

Ele esgueirou-se para a noite entre bêbados e prostitutas, e soldados, e batedores de carteira. Precisava vê-la, quer ela o visse ou não. Conhecia o caminho para a encruzilhada.

Os portões da cidade estavam abertos para o festival. Bem adiante estavam os mantos pretos e o archote. Era uma noite de Hécate, sem lua; não o viram seguindo atrás delas. Ela precisava agir sozinha por não ter filho em idade de ajudá-la. O que ela fazia era, portanto, do interesse dele.

Ela fizera suas mulheres esperarem e prosseguiu sozinha. Ele contornou os oleandros e tamargas, até o altar com sua imagem de três rostos. Lá estava ela, com alguma coisa ganindo nas mãos. Metera o archote no suporte junto da pedra do altar. Estava toda vestida de preto e segurava um cachorrinho preto. Ergueu-o pela nuca enfiando uma faca em sua garganta. Ele se retorcia e gania, o branco dos olhos brilhava na luz do archote. Depois, pegou-o pelas patas traseiras, sacudindo-o enquanto o sangue escorria. Quando ele se contraiu um pouco, ela o depositou no altar. Ajoelhada diante da imagem, ela bateu os punhos no chão. Alexandre ouvia seus murmúrios enfurecidos, sussurrantes como uma cobra, passando a um uivo como se fosse o próprio cão; as palavras desconhecidas do encantamento, as palavras conhecidas da maldição. Seus cabelos compridos arrastavam-se na poça de sangue. Quando se levantou, as pontas estavam grudentas, e as mãos, manchadas de preto.

Quando tudo acabou, ele a seguiu de volta ao palácio, sempre escondido. Ela parecia familiar novamente, em seu manto preto, andando entre suas mulheres. Ele não a queria perder de vista.

No dia seguinte, Epícrates disse a Fênix:

— Você deve poupá-lo para mim hoje. Quero levá-lo ao torneio de música.

— Pensara em ir com amigos, com quem pudesse comentar as técnicas; mas a aparência do menino o preocupava. Como todos, ouvira os comentários.

Era um torneio de citaristas. Quase não havia artistas importantes do continente, ou da Ásia grega, ou das cidades da Sicília e Itália que não tivessem comparecido. A beleza inimaginável arrebatou o menino, mudando seu ânimo, lançando-o num êxtase imediato. Assim, atordoado pela grande pedra de Ajax, Heitor erguera os olhos para uma voz que fazia levantar os cabelos em sua cabeça, e viu Apolo parado a seu lado.

Depois disso, ele retomou sua vida, bem melhor que antes. Sua mãe o lembrava frequentemente com um suspiro ou olhar significativo; mas o choque passara, seu corpo era forte e a idade ajudava na recuperação rápida; procurou curar-se conforme a natureza o ensinava. Nas encostas do monte Olimpo, cavalgava com Fênix por bosques de castanheiros, recitando versos de Homero, primeiro em macedônio, depois em grego.

Fênix teria gostado de afastá-lo dos aposentos das mulheres, mas se a rainha desconfiasse de sua lealdade, o menino estaria perdido para ele, definitivamente. Ela não deveria procurar o filho em vão. Finalmente ele parecia mais animado.

Encontrou-a ocupada com algum plano que a deixou quase alegre. Primeiro, ele esperara com terror que ela viesse com seu archote noturno levá-lo para o altar de Hécate, mas nunca o mandara amaldiçoar o pai; na noite em que foram até a tumba, ele apenas tivera de segurar coisas e ficar por perto.

O tempo passou; ficou claro que não haveria nada disso; por fim, ele até a interrogou. Ela sorriu, sombras sutis destacando seus zigomas. Ele saberia na hora certa e ficaria surpreso. Era um serviço jurado a Dioniso; prometeu que ele estaria presente. Alexandre ficou mais feliz. Devia ser uma dança para o deus. Nos dois últimos anos, ela andara dizendo que ele já estava velho demais para os mistérios das mulheres. Tinha oito anos agora. Era duro pensar que em breve Cleópatra iria com a mãe.

Como o rei, ela dava audiências a muitos convidados estrangeiros. Aristodemo, o trágico, não viera para apresentar-se, mas para exercer a função de diplomata, papel muitas vezes confiado a atores famosos; arranjava meios de pagar resgates para atenienses presos em Olinto. Homem esguio e elegante, manipulava sua voz como uma flauta afinada; quase se podia vê-lo acariciando-a. Alexandre admirava o bom senso das perguntas de sua mãe sobre teatro. Mais tarde ela recebeu Neoptólemo de Ciro, protagonista mais famoso ainda. Estava ensaiando para *As bacantes*, no papel do deus. Desta vez, o menino ficou ausente.

Não teria descoberto que sua mãe lidava com feitiçaria se não tivesse escutado certo dia atrás da porta. Embora a madeira fosse espessa, ele ouvira algo do encantamento. Era um que não conhecia, sobre matar um leão na montanha. Como o propósito era sempre o mesmo, ele se afastou, sem bater.

Foi Fênix quem o despertou ao amanhecer para ver a peça. Era jovem demais para os assentos de honra; ficaria sentado com seu pai quando fosse maior de idade. Pedira à mãe para sentar-se com ela como fizera até o ano anterior; mas ela disse que não ia assistir, estava ocupada. Depois ele lhe diria se gostara ou não.

Alexandre amava o teatro; acordar para um prazer que iniciaria logo; os doces aromas da manhã, o solo úmido de orvalho, capim e ervas esmagados por muitos pés. A fumaça dos archotes dos primeiros trabalhadores tornava--se visível ao amanhecer; pessoas descendo pelas arquibancadas, o murmúrio profundo de soldados e camponeses nas fileiras superiores, o rebuliço com almofadas e tapetes nos assentos de honra, a tagarelice na ala das mulheres. Depois, subitamente, às primeiras notas da flauta, todos os outros rumores morreram, exceto o canto matinal dos pássaros.

A peça começava fantasmagoricamente no lusco-fusco da madrugada; o deus, mascarado como um belo adolescente louro, saudava o fogo na tumba de sua mãe planejando vingança contra o rei de Tebas, que zombara dos seus rituais. Sua voz jovem, percebeu o menino, era habilmente feita por um homem; suas bacantes tinham seios chatos e vozes frias de meninos; mas, uma vez observados esses detalhes, ele entregou-se à ilusão.

O jovem Penteu de cabelo escuro falava maldosamente das bacantes e de seus rituais. O deus ia matá-lo. Vários amigos tinham descrito antecipadamente a trama. A morte de Penteu era a mais medonha que se podia conceber; mas Fênix prometera que não se veria nada.

Enquanto o profeta cego zombava do rei, Fênix sussurrava que essa velha voz atrás da máscara era a mesma do ator que representara o deus adolescente; essa era a arte dos trágicos. Quando Penteu morresse, fora do palco, também esse ator trocaria de máscara e encenaria a rainha doida, Agave.

Aprisionado pelo rei, o deus irrompeu com fogo e terremoto; os efeitos, arranjados por artesãos atenienses, deixaram o menino em transe. Penteu, desafiando milagres, enfeitiçado pelo destino, rejeitava a divindade. Perdida sua última chance, Dioniso enredou-o numa magia mortal, roubando seu juízo. Ele via dois sóis no céu; pensava que podia remover montanhas; mas o deus zombeteiro ainda o disfarçaria absurdamente de mulher, para espreitar os rituais das bacantes. O menino partilhou dos risos instigados pela sensação do iminente horror.

O rei saiu agonizante; o coro cantou, e então o mensageiro chegou com as novidades. Penteu subira numa árvore para espionar; as bacantes o viram e, tomadas por uma loucura divina, atribuíram-no uma força sobre-humana. Sua mãe, louca, vendo apenas um animal selvagem, fez com que elas o dilacerassem em diversos pedaços. Estava acabado e, como Fênix dissera, não havia necessidade de ser visto. O mero relato já era suficiente.

— Agave está chegando com o troféu que testemunha seu crime! — gritou o mensageiro.

Entraram correndo entre os párodos, em trajes ensanguentados. A rainha Agave carregava a cabeça espetada numa lança, à maneira dos caçadores. Era feita com a máscara e a peruca de Penteu com enchimento, e nacos de carne vermelha pendiam dela. Agave ostentava uma medonha máscara de louca, com expressão agonizante, olhos fundos e fixos, boca num esgar frenético de onde saía uma voz. Nas primeiras palavras, ele se sentou como se também tivesse visto dois sóis no céu. Não estava muito acima do nível do palco; mantinha olhos e ouvidos bem alertas. A peruca da máscara era loura, mas entre suas ondas pareciam cair madeixas de cabelo verdadeiro, cuja cor era de um ruivo acentuado. Os braços da rainha estavam nus. Alexandre os conhecia bem, até os braceletes.

Os atores, fingindo horror e choque, recuaram para lhe ceder lugar no palco. A plateia começou a murmurar; imediatamente perceberam, depois dos rapazinhos assexuados, que aquilo era uma mulher de verdade. Quem... o quê...? O menino sentia-se como se tivesse se isolado com seu conhecimento, horas a fio, antes que as perguntas começassem a ser respondidas e o boato se espalhasse. Alastrou-se como fogo em arbustos secos; olhos bons insistindo com os indistintos, a tagarelice aguda das mulheres e seus sibilos indignados; o murmúrio profundo dos homens mais no alto; dos assentos de honra, um silêncio assombrado e mortal.

O menino sentava-se como se sua própria cabeça tivesse sido trespassada. Sua mãe sacudiu a cabeleira e fez gestos para o seu troféu sangrento. Ligara-se àquela terrível máscara que se tornara seu verdadeiro rosto. O menino enfiava os dedos na borda de seu assento de pedra a ponto de quebrar as unhas.

A flautista soprou no orifício duplo e cantou:

> *Fui glorificada*
> *Sou grande nesta terra!*
> *Que me louvem os homens...*
> *Esta caçada era minha!*

Duas fileiras abaixo, o menino viu as costas do pai, que se virou para um convidado ao seu lado. Não se avistava o rosto dele.

A maldição na tumba, o sangue do cachorro preto e o bonequinho trespassado de espinhos tinham sido rituais secretos, mas aquilo era a mágica de Hécate em plena luz do dia, sacrifício por uma morte. E a cabeça na lança da rainha era a de seu filho.

As vozes ao redor o despertaram daquele pesadelo. E o lançaram noutro. Elevavam-se como zumbido de moscas enxotadas da carniça, quase abafando as falas do ator.

Era dela que falavam, não da rainha Agave da peça. Estavam falando dela! A mulher do Sul dizia que a Macedônia era terra de bárbaros; os nobres, e os camponeses, e os donos de terras. Os soldados estavam falando.

Podiam chamá-la de bruxa. As deusas faziam mágicas, mas aquilo era diferente; ele conhecia aquelas vozes. Assim falavam os homens da falange, na sala de guarda, a respeito de uma mulher que a metade deles possuíra; ou de alguma mulher de aldeia com seu bastardo.

Também Fênix sofria. Sendo antes calmo que perspicaz, primeiro ficara atônito; não acreditara que nem mesmo Olímpia fosse capaz de tamanha loucura. Sem dúvida, ela dedicara isso a Dioniso enquanto seus rituais prosseguiam vertiginosamente com vinho e danças. Começou a estender a mão para confortar o menino; mas olhou de novo, e recuou.

A rainha Agave saiu de seu frenesi para lucidez e desespero; o deus implacável apareceu no alto, para encerrar a peça. O coro cantou os versos que continham a moral da peça:

> *Os deuses têm muitas faces,*
> *E muitos destinos ordenam,*
> *Para cumprir sua vontade.*
> *Não acontece o fim esperado;*

*Deus faz suceder o impensável,*
*Como aqui nos foi mostrado.*

Estava encerrado; mas ninguém se movia para sair. O que faria a rainha? Com uma reverência para a estátua de Dioniso na plateia, desapareceu com os demais. Um espectador pegou a cabeça; estava claro que ela não retornaria. Bem do alto, na multidão sem rosto dos homens, ouviu-se um longo assobio agudo.

O protagonista voltou, recebendo distraidamente os aplausos. Não estivera em seus melhores dias, com aquela maluquice na mente; mas valera a pena.

O menino levantou-se sem olhar para Fênix. Queixo erguido, olhando em frente, abriu caminho entre a multidão que se demorava tagarelando. Quando passavam, todos paravam de falar; mas não com rapidez suficiente. Fora do propileu, ele se virou, olhou no rosto de Fênix e disse:

— Ela estava melhor que os atores.

— É verdade. O deus a inspirou. Ela dedicou isso em sua honra; e Dioniso gosta muito desse tipo de oferendas.

Saíram para a praça de terra palmilhada, fora do teatro. As mulheres, em grupos alvoroçados, dirigiam-se para casa, enquanto os homens ficaram parados por ali. Bem perto, fora das convenções, havia um grupo de heteras bem-vestidas, mocinhas com cara de Éfeso e Corinto, que serviam aos oficiais em Pela. Uma disse numa voz doce e arrastada:

— Pobre menininho, a gente vê que está sentido.

O menino seguiu andando, sem virar a cabeça.

Estavam quase fora da multidão; Fênix começava a respirar mais facilmente, depois notou que Alexandre sumira. E como não o faria? Mas lá estava ele, a menos de seis metros de distância, perto de um grupo de homens que conversavam. Fênix ouviu as risadas deles; correu, mas chegou tarde.

O homem que falara a última palavra nada ambígua não percebera nada errado, mas outro, cujas costas se voltaram para o menino, sentiu um rápido puxão no cinturão da espada. Olhando em torno, na altura do homem, chegou em tempo de livrar o braço do menino. O homem que falara foi atingido de raspão pelo punhal no flanco, em vez de direto no ventre.

Fora tudo tão rápido e silencioso que ninguém do grupo se virara. O grupo ficou chocado; o homem apunhalado, com um filete de sangue serpenteando pela perna abaixo; o dono do punhal, que agarrara o menino antes de ver quem era, encarava estupidamente a arma manchada em sua mão; Fênix, atrás do menino, com as duas mãos em seus ombros; o menino fitando o rosto conhecido do ferido. O homem, tentando estancar o sangue quente em seu flanco, devolvia o olhar, cheio de espanto e dor; depois, com um choque de reconhecimento.

Ao redor, todos suspiraram. Antes que alguém falasse, Fênix ergueu a mão como se estivesse na guerra; seu rosto quadrado parecia maior — quase nem o reconheciam.

— Será melhor para todos se ficarem de boca fechada.

Puxou o menino, rompendo aquela indecisa troca de olhares, e levou-o dali.

Sem saber onde mais o esconder, conduziu-o aos seus próprios alojamentos na única rua boa da aldeiazinha. O pequeno quarto estava embolorado e cheirava à lã velha, pergaminhos velhos, lençóis velhos e ao unguento que Fênix esfregava em seus joelhos duros. O menino atirou-se na cama por sobre o cobertor xadrez azul e vermelho estendido nela, rosto voltado para baixo, e ficou calado. Fênix dava palmadinhas em seus ombros e na sua cabeça, e quando a criança rompeu em soluços convulsivos, pegou-o nos braços.

O homem não via o que mais poderia fazer naquele instante de crise. Seu amor, sendo assexuado, parecia-lhe altruísta. Certamente, teria dado tudo o que possuía, até seu próprio sangue, mas o que era exigido agora era muito menos que isso: apenas consolo e uma palavra amiga.

— Sujeito nojento, aquele. Se você o tivesse matado, seria uma perda bem pequena. Nenhum homem de honra podia ter perdoado aquilo... Um companheiro perverso que finge dedicação... Isso, meu Aquiles, não chore porque o guerreiro se revelou em você. O homem vai se curar, é mais do que merece; e ficará de boca fechada se souber o que é melhor. Ninguém saberá de nada por meu intermédio.

O menino murmurou, abafado, no ombro de Fênix.

— Foi ele quem fez o meu arco.

— Pois jogue-o fora. Vou conseguir um melhor para você.

Houve uma pausa.

— Aquilo não foi dirigido contra mim, ele nem sabia que eu estava lá.

— Mas quem quer ter um amigo como ele?

— Ele não estava preparado.

— Nem você estava preparado para ouvir o que ele disse.

Gentilmente, com cautelosa cortesia, o menino soltou-se dele e deitou-se de novo, escondendo o rosto. Depois se sentou, passando a mão pelos olhos e pelo nariz. Fênix torceu uma toalha molhada no jarro d'água e limpou seu rosto. O menino, sentado, olhava fixamente em frente e de vez em quando repetia "obrigado".

Fênix pegou sua melhor taça de prata de um baú almofadado e o resto do vinho do desjejum. O menino bebeu, depois de um pouco de insistência;

parecia correr debaixo de sua pele, corando seu rosto magro, sua garganta e seu peito. Depois ele disse:

— Ele insultou minha família, mas não estava preparado. — Sacudiu o cabelo, ajeitou o quíton amarrotado, amarrou uma tira solta da sandália. — Obrigado por me trazer para a sua casa. Agora, vou andar a cavalo.

— Mas isso seria bobagem. Você ainda nem tomou o desjejum.

— Já estou satisfeito, obrigado. Até logo.

— Então espere. Vou mudar de roupa e vou com você.

— Não, obrigado. Quero ficar sozinho.

— Não, não; vamos ficar quietos um pouco, ler ou dar uma caminhada...

— *Deixe-me.*

A mão de Fênix recuou, como a de uma criança assustada.

Mais tarde, tentando saber o que ele fazia, viu que as botas de montaria do menino tinham sumido com seu pônei e dardos com que praticava tiro ao alvo. Fênix procurou ter notícias dele. Fora visto ao norte da cidade cavalgando em direção ao monte Olimpo.

Faltavam ainda algumas horas para o meio-dia. Aguardando sua volta, Fênix ouviu pessoas concordando que a rainha fizera aquela cena bizarra como uma oferenda. Os pirotas eram misteriosos com o segredo de suas mães, mas não faria nenhum bem a ela ser assim com os macedônios. O rei assumira a melhor feição possível por causa dos convidados, e fora educado com Neoptólemo, o trágico. E onde andava o jovem Alexandre?

Ah, fora cavalgar, respondeu Fênix escondendo seu medo crescente, mas o que lhe dera, para deixar o menino sair daquele jeito como um adulto? Não o deveria ter perdido de vista um só momento. Não adiantava segui-lo agora; no imenso maciço do Olimpo, até dois exércitos podiam se esconder um do outro. Havia penhascos insondáveis, inacessíveis; havia ursos, leopardos e lobos; ainda havia leões por ali.

O sol desceu a oeste; as encostas íngremes do leste, sob as quais ficava Díon, escureciam; nuvens enovelavam-se em torno dos picos escondidos. Fênix cavalgou por ali, examinando o território limpo acima da cidade. Ao pé de um carvalho sagrado, esticou os braços para o pico sempre tingido de sol, trono do rei Zeus banhado em seu éter límpido. Chorando, rezou e prometeu suas oferendas. Quando anoitecesse, não poderia mais esconder a verdade.

A grande sombra do Olimpo avançava além do limite da costa, extinguindo o brilho do mar. O bosque de carvalhos encheu-se de penumbra; mais no interior, as matas já estavam pretas como breu. Entre o crepúsculo e a noite, algo se movia. Fênix saltou sobre o cavalo, articulações rígidas instigando o animal, e cavalgou em sua direção.

O menino descia entre as árvores caminhando ao lado da cabeça do pônei. O animal, cansado, de cabeça baixa, arrastava-se a seu lado, mancando um pouco com uma pata. Avançavam sempre em direção da clareira vendo Fênix, o menino ergueu a mão em saudação, mas não disse nada.

Seus dardos estavam amarrados sobre a sela; ele ainda não tinha coldre. O pônei, como um cúmplice, encostava a cara na dele. Suas roupas estavam rasgadas, os joelhos sujos de capim e terra, braços e pernas arranhados; parecia ter emagrecido visivelmente desde a manhã. Seu quíton estava todo escuro de sangue na frente. Ele avançava calmamente entre as árvores, olhos fundos e dilatados; caminhava com leveza, quase flutuava; de uma serenidade inumana.

Fênix desmontou junto dele, agarrando-o, censurando, interrogando. O menino passou a mão pelo focinho do pônei e disse:

— Ele estava ficando manco.

— E eu andei correndo por aí feito louco. O que você fez consigo mesmo? Onde está sangrando? Onde esteve?

— Não estou sangrando. — Ele estendeu as mãos, que lavara em uma torrente de montanha; havia sangue em torno das unhas. Seus olhos fitaram os de Fênix revelando apenas o impenetrável.

— Fiz um altar e um nicho, e um sacrifício a Zeus. — Ergueu a cabeça; sua fronte branca sob os cabelos crespos parecia transparente, quase luminosa. Seus olhos arregalados brilhavam nas órbitas fundas: — Fiz um sacrifício ao deus. E ele falou comigo. *Ele falou comigo!*

# 3

O gabinete do rei Arquelau era mais esplêndido do que o Aposento de Perseu, pois gostara mais dali. Era onde tinha recebido os poetas e filósofos cuja generosa hospitalidade e ricos presentes o tinham atraído a Pela. Nos braços da cadeira do Egito em forma de cabeça de esfinge tinham pousado as mãos de Ágaton e Eurípides.

As Musas, a quem o aposento era dedicado, cantavam em torno de Apolo num extenso mural que ocupava a parede interna. Apolo, tocando sua lira, fitava com ar inescrutável as prateleiras polidas com seus preciosos livros e rolos de pergaminho. Encadernações cinzeladas, estojos dourados e com joias; remates de marfim, ágata e sardônia; enfeites de seda e cordões dourados; de reinado em reinado, até durante as guerras de sucessão, aqueles tesouros tinham sido limpos e cuidados por escravos bem treinados. Fazia uma geração que ninguém os via. Eram valiosos demais; os livros verdadeiros estavam na biblioteca.

Havia uma refinada estatueta de bronze ateniense de Hermes inventando a lira, comprada de algum miserável nos últimos anos prósperos da cidade; os archotes pendurados em forma de colunas com ramos de louro ficavam junto da imensa escrivaninha marchetada de lápis-lazúli e calcedônia, e sustentada por patas de leão. Tudo isso pouco mudara desde os tempos de Arquelau. No entanto, pela porta no extremo oposto, as paredes pintadas da sala de leitura tinham sumido atrás de prateleiras e arquivos lotados com documentos administrativos; seu divã e mesa tinham cedido lugar a uma escrivaninha lotada onde o primeiro-secretário trabalhava examinando a correspondência do dia.

Era um dia de março, claro e brilhante, com vento nordeste. As persianas tinham sido fechadas para que os papéis não voassem; um sol frio e ofuscante passava pelas frestas, misturado com uma corrente de ar gelado. O primeiro-secretário tinha um tablete aquecido escondido no manto para aquecer as mãos; seu ajudante, despeitado, soprava os dedos silenciosamente para que o rei não ouvisse. O rei Filipe sentava-se à vontade. Acabara de voltar da campanha na Trácia; depois do inverno que passara lá, considerava seu palácio um conforto sibarita.

Enquanto seu poder avançava firmemente para a imemorial rota do trigo do Helesponto, canal de toda a Grécia, e cercava as colônias, extraía de Atenas a vassalagem das terras tribais sitiando as cidades aliadas a ela; os sulistas consideravam um de seus piores insultos o fato de o rei quebrar a velha e honesta regra de interromper a guerra no inverno, quando até os ursos hibernavam.

O rei sentava-se diante da mesa enorme, mão morena cheia de cicatrizes curtidas pelo frio e calos das rédeas e do cabo da lança, agarrando um estilo de prata que usava para palitar os dentes. Numa banqueta, de pernas cruzadas, um escrivão com uma tábula nos joelhos aguardava o ditado de uma carta a um cliente na Tessália.

Lá ele poderia averiguar sua trajetória; era tarefa do Sul, que o trouxera para casa. Finalmente seu pé estava na soleira. Em Delfos, os ímpios habitantes da Fócida voltavam-se uns contra os outros feito cachorros loucos, exauridos pela guerra e pela culpa. Tinham gastado bem o dinheiro fundido, transformando os tesouros do templo em moedas para pagar os soldados; agora, Apolo estava atrás deles; sabia esperar. No dia em que escavaram debaixo da Trípode procurando ouro, ele lhes enviara um terremoto. Depois disso, pânico, acusações frenéticas mútuas, exílios e torturas. O líder perdedor agora mantinha com sua força banida as bases de Termópilas, um homem desesperado que em breve poderia ser dobrado. Já devolvera uma guarnição de Atenas, embora fossem aliados da Fócida; receava ser entregue à facção governante. Logo estaria maduro e pronto. O rei Leônidas devia estar se retorcendo no sono eterno em sua sepultura, pensava Filipe.

*Viajante, vá dizer aos espartanos...* Diga a todos eles que a Grécia vai me obedecer dentro de dez anos, porque nenhuma cidade pode cumprir com o prometido à cidade, nem o homem com o homem. Esqueceram até o que você poderia lhes mostrar, como resistir e morrer. Inveja e cobiça fizeram com que os conquistasse para mim. Vão me seguir e renascerão com isso; sob meu governo recuperarão o orgulho. Verão em mim o seu líder, e o mesmo se dará com meu filho.

A peroração lembrou-o de que mandara chamar o menino havia algum tempo. Sem dúvida, viria quando fosse encontrado; com dez anos, não se podia esperar que ficasse sentado quietinho. Filipe voltou a pensar na carta.

Antes de concluí-la ouviu a voz do filho lá fora, saudando o guarda. Quantos homens — talvez cem — aquele menino conhecia pelo nome? Aquele estava na Guarda fazia apenas cinco dias.

As altas portas abriram-se. Ele parecia pequeno no meio delas, brilhante, compacto, pés descalços no chão frio de mármore desenhado, braços dobrados dentro do manto não para aquecê-los, mas na postura bem treinada de meninos espartanos modestos que Leônidas lhe ensinara. Naquele aposento, onde literatos pálidos trabalhavam, pai e filho tinham o brilho de animais selvagens entre os domados: o soldado trigueiro, pele quase negra de tanto sol, braços marcados com cicatrizes rosadas da guerra, fronte atravessada pela marca leve deixada pela tira do elmo, olho cego com sua mancha leitosa espreitando debaixo da pálpebra semicerrada; o menino na porta, pele morena e sedosa maculada apenas pelas marcas e arranhões das aventuras de criança, cabelo vasto e desgrenhado, fazendo os dourados de Arquelau parecerem cobertos de poeira. Suas roupas, tecidas em casa, amaciadas e descoradas por muito lavar e bater nas pedras do rio, havia muito adaptadas a quem as usava, agora tinham seu estilo, como se ele próprio as tivesse escolhido numa arrogância voluntariosa. Os olhos cinzentos, iluminados pelo sol frio e oblíquo, guardavam algum pensamento que carregava com ele.

— Entre, Alexandre. — Ele já estava entrando; Filipe só falara para ser ouvido, ressentindo-se daquele retraimento.

Alexandre adiantou-se notando que lhe tinham dado permissão para entrar como se fosse um servo. O vento do lado de fora ruborizara seu rosto, a pele pareceu mudar de textura tornando-se mais opaca. Na porta, estivera pensando que Pausânias, o novo guarda pessoal do rei, tinha o aspecto físico que seu pai apreciava. Se aquilo resultasse em alguma coisa, talvez não houvesse moça nova por algum tempo. Havia uma expressão que se podia reconhecer quando os olhos deles se encontravam ou se evitavam; não, ainda não tinha acontecido nada.

Ele se aproximou da escrivaninha e aguardou, mãos escondidas no manto, mas havia um aspecto do comportamento espartano que Leônidas, contudo, nunca conseguira lhe impor; ele deveria estar de olhos baixos até o mais velho lhe dirigir a palavra.

Filipe, encontrando aqueles olhos firmes, sentiu a punhalada de uma dor familiar. Até mesmo o ódio teria sido melhor que aquilo. Vira esse olhar em homens preparados para morrer antes de cederem em um portão ou uma passagem; não era um desafio, mas uma coisa interior. *Por que mereci isso? É aquela bruxa que chega com seu veneno sempre que viro as costas para roubar meu filho de mim.*

Alexandre viera com intenção de perguntar ao pai sobre a ordem de batalha dos trácios; os relatos diferiam, mas o pai saberia… Contudo, não seria agora.

Filipe mandou o escrivão sair e fez sinal para que o menino ocupasse a banqueta vazia. Ao sentar-se ereto na pele de ovelha escarlate, Filipe sentiu que já estava em posição de partir.

Sendo o ódio mais cego que o amor, os inimigos de Filipe gostavam de imaginar que os homens dele nas cidades gregas tinham sido todos comprados; mas, embora nenhum tivesse perdido por servir a ele, muitos não teriam aceitado nada se Filipe não os tivesse conquistado primeiro pelo encanto.

— Aqui — disse, tirando da mesa um novelo brilhante de couro macio.

— O que você faz com isso?

O menino revirou-o; de repente seus dedos longos de pontas retangulares começaram a trabalhar, fazendo deslizar laços por cima e por baixo, puxando, alisando. Quando do caos emergiu a ordem, suas feições tornaram-se atentas, com um grave prazer.

— É uma atiradeira e uma bolsa para projéteis. Deveria ficar presa num cinto através disso. Onde é que fazem trabalho como esse?

A bolsa era bordada com plaquinhas de ouro, cortadas na forma tosca, estilizada, de veados. Filipe disse:

— Foi encontrada num chefe trácio, mas vem de longe, do Norte, das planícies de pastagem. É da Cítia.

Alexandre estudou cuidadosamente aquela relíquia da fronteira da floresta ciméria, pensando nas estepes infinitas além do Ister, território fúnebre e fabuloso dos reis com seus círculos de cavaleiros mortos amarrados em estacas ao redor, cavalos e homens deteriorando-se no ar frio e seco. Seu desejo de saber mais era intenso; e por fim ele perguntou sobre todas as dúvidas que guardava na mente. Falaram por algum tempo.

— Bem, experimente a atiradeira; eu a trouxe para você. Veja o que consegue trazer, mas não vá longe demais. Os enviados atenienses estão a caminho.

A atiradeira jazia no colo do menino, só suas mãos se lembravam dela.

— É para negociar a paz?

— Sim. Fixaram-se em Halos e pediram salvo-conduto pelas formações em linhas sem esperar o arauto. Parece que têm pressa.

— As estradas estão ruins.

— Sim, terão de degelar antes que eu os escute. Quando acontecer, você pode vir e assistir. Será assunto sério; está na hora de você ver como são feitas as coisas.

— Vou ficar perto de Pela. Eu gostaria de estar presente.

— Finalmente podemos ver conversa transformada em ação. Eles têm zumbido por aí como um ninho de vespas desde que tomei Olinto. Metade do ano passado ficaram aliciando as cidades do Sul, tentando formar uma liga contra nós. Não conseguiram nada além de pés sujos de barro.

— E estavam *todos* com medo?

— Nem todos; mas desconfiam uns dos outros. Alguns confiam em homens que confiam em mim. E vou recompensar essa confiança.

As extremidades internas e finas das sobrancelhas castanho-douradas do menino uniram-se delineando os ossos sobre os olhos fundos.

— Nem mesmo os espartanos quiseram lutar?

— Para servir sob o comando dos atenienses? Não vão liderar, já tiveram a sua cota; e jamais obedeceriam. — Ele sorriu para si mesmo. — E não são plateia para nenhum orador que bate no peito em prantos ou xinga como uma vendedora de mercado lograda em um óbolo.[3]

— Quando Aristodemo voltou por causa do resgate de Iátroclo, disse que achava que os atenienses votariam pela paz.

Fazia muito tempo que esses comentários não tinham o poder de espantar Filipe.

— Bem, para encorajá-los mandei Iátroclo para casa na frente dele, sem resgate. Eles que me mandem os enviados. Se pensam que conseguirão incluir a Fócida ou a Trácia em seu tratado, são idiotas; melhor ainda, poderão ficar votando enquanto estou em ação. Nunca desencoraje seus inimigos de perderem tempo. Iátroclo será um enviado; Aristodemo também. Isso não nos fará mal algum.

— Quando esteve aqui, ele recitou Homero no jantar. Aquiles e Heitor, antes de lutarem, mas ele está velho demais.

— Isso acontece com todos nós. Ah, e Filócrates estará aqui, claro. — Ele não perdeu tempo dizendo que era seu principal agente ateniense; o menino certamente saberia. — Será tratado como todos os outros; não seria bom para ele, em sua terra, ter sido destacado. São dez ao todo.

— *Dez?* — questionou o menino, arregalando os olhos. — Para quê? Todos vão fazer discursos?

— Bom, todos têm de se vigiar. Sim, todos falarão, ninguém vai querer ser ignorado. Esperemos que concordem em dividir os temas entre si. Pelo menos teremos um espetáculo à parte, pois Demóstenes está vindo.

O menino pareceu ficar de orelha em pé, como um cachorro chamado para passear. Filipe viu seu rosto iluminar-se. Será que todos os seus inimigos eram heróis de seu filho?

Alexandre pensava na eloquência dos guerreiros de Homero. Imaginava Demóstenes alto, moreno como Heitor, voz de bronze e olhos flamejantes.

— Ele é valente? Como os homens de Maratona?

Filipe, para quem essa pergunta vinha como se de outro mundo, parou para concentrar-se naquilo, e sorriu, irritado, em sua barba preta.

— Você o verá e vai adivinhar, mas não diga isso na cara dele.

---

3. Foi uma unidade de massa usada na Grécia Antiga, correspondente a cerca de 0,5 grama. Como era usada para medir a quantidade de metal precioso, acabou por designar também uma moeda de valor pequeno. (N. E.)

Um rubor lento subiu do pescoço do menino até a fronte; os lábios comprimiram-se, mas ele não disse nada.

Raivoso, parecia-se exatamente com sua mãe. Aquilo sempre incomodara Filipe.

— Você não consegue entender quando um homem está brincando? — perguntou, impaciente. — É tão sensível quanto uma menina.

*Como se atreve a falar em meninas comigo?*, pensou o garoto. Suas mãos fecharam-se na atiradeira, o ouro cortava sua pele.

*Agora*, pensou Filipe, *todo o bom trabalho foi desfeito*. Amaldiçoou, no coração, sua mulher, o filho, a si mesmo. Forçando a voz a ficar calma, disse:

— Bom, nós dois veremos. Não o conheço mais do que você. — Era desonesto; através dos relatórios de seus agentes, ele sentia que tinha convivido anos com aquele homem. Sentindo-se injustiçado, permitiu-se um pouco de malícia. Que o menino se fechasse em si mesmo com suas expectativas.

Poucos dias depois, mandou chamá-lo de novo. Para ambos, aquele dia fora muito movimentado; para o homem, com negócios, para o menino, com a busca perene de novos testes nos quais se exercitar, saltando sobre lendas em rochedos, cavalgando cavalos cansados, vencendo recordes em lançamentos e corridas. Também aprendera uma peça recente em sua cítara nova.

— Devem estar aqui ao anoitecer — disse Filipe. — Eles descansarão pela manhã; depois do almoço, eu os ouvirei. Há um jantar público à noite; assim, o tempo limitará a eloquência deles. Naturalmente você usará trajes da Corte.

Sua mãe guardava as melhores roupas. Encontrou-a no seu quarto, escrevendo uma carta ao irmão em Epiro, queixando-se do marido. Escrevia bem, pois tinha muitos assuntos que não podia confiar a um escriba. Quando ele entrou, ela fechou o díptico e pegou o filho nos braços.

— Preciso me vestir para os enviados atenienses — disse ele. — Vou colocar o azul.

— Sei exatamente o que fica bem em você, querido.

— Não, tem de ser adequado aos atenienses, e vou vestir o azul.

— Psiu! O meu senhor tem de ser obedecido. O azul, pois, o broche de lápis-lazúli...

— Não, só mulheres usam joias em Atenas, com exceção dos anéis.

— Mas, meu querido, é adequado você se vestir melhor que eles. Esses enviados não são nada.

— Não, mãe. Acham que joias são coisas de bárbaros. Não as usarei.

Ela começara a ouvir esse tipo de conversa ultimamente. E gostava disso. Nunca imaginara que pudesse ser usado contra ela.

— Então, meu senhor, você será um homem. — Sentada como estava, podia encostar-se nele e erguer os olhos ao falar. Acariciou seu cabelo desgrenhado pelo vento. — Venha cedo, está selvagem como um leão das montanhas, eu mesma preciso cuidar disso.

Quando a noite chegou, ele disse a Fênix:

— Quero ficar acordado, por favor, para ver a chegada dos atenienses.

Fênix olhou, aborrecido, a penumbra que baixava.

— O que espera ver? — resmungou. — Um grupo de homens com chapéus caídos sobre os mantos. Com essa cerração noturna, não vai distinguir servo de senhor.

— Não faz mal, eu quero ver.

A noite desceu gélida e úmida. Os juncos gotejavam junto do rio, os sapos coaxavam incessantemente como um rumor na cabeça. Um nevoeiro sem vento pairava em torno dos carriços, rodeando a lagoa até encontrar a brisa do mar. Nas ruas de Pela, canais lamacentos carregavam a sujeira e o lixo acumulados havia dez dias para as águas pluviais. Alexandre estava parado na janela do quarto de Fênix, aonde fora para chamá-lo. Já havia calçado suas botas de montaria e vestido seu manto com capuz. Fênix sentava-se diante de seu livro com lamparina e braseiro como se tivessem a noite toda pela frente.

— Olhe! As tochas dos batedores estão dobrando a curva.

— Bom, agora pode ficar de olho neles. Sairei nesse mau tempo quando for a hora, nem um instante antes.

— Quase nem está chovendo. O que fará quando formos para a guerra?

— Estou me poupando para isso, Aquiles. Não esqueça que Fênix arrumou sua cama junto do fogo.

— Vou queimar esse seu livro se não se apressar. Você nem calçou suas botas. — Ele se pendurou na janela; pequenas com a escuridão e borradas pelo nevoeiro, as tochas pareciam rastejar como vaga-lumes numa pedra. — Fênix?

— Sim, sim. Há tempo o bastante.

— Ele pensa num tratado de paz? Ou só vai deixá-los quietos até estar preparado, como os de Olinto?

Fênix colocou o livro no joelho.

— Aquiles, meu querido menino. — E começou a falar num ritmo mágico: — Seja justo com o rei Peleu, seu honrado pai. — Há pouco tempo sonhara que estava num palco, vestido para representar o líder do coro numa tragédia da qual por enquanto só uma página fora escrita. O resto já estava na cera, mas não passado a limpo, e ele implorava ao poeta que modificasse o final; mas quando tentava lembrar isso, só recordava suas lágrimas.— Foram os habitantes de Olinto que primeiro quebraram o compromisso. Fizeram tratado com os atenienses e acolheram os inimigos dele, tudo contrariando o juramento. Todo mundo sabe que um tratado é invalidado quando se quebra o juramento.

— Os generais da cavalaria abandonaram seus próprios homens no campo de batalha. — A voz do menino subiu um pouco. — Ele os pagou para fazer isso. *Ele os pagou.*

— Isso deve ter salvado muitas vidas.

— Eles são escravos! Eu preferiria morrer.

— Se todos os homens preferissem, não haveria escravos.

— Quando eu for rei, não utilizarei traidores, jamais. Se me procurarem, eu os matarei. Não me importa quem me ofereçam para vender, ainda que seja meu maior inimigo. Mesmo assim, vou enviar a cabeça deles. Odeio-os como à morte. Esse sujeito, Filócrates, é um traidor.

— Apesar disso, pode fazer o bem. Seu pai tem boas intenções com os atenienses.

— Se fizerem o que ele diz.

— Ora, até se pensa que ele quer impor uma tirania. Quando os espartanos os conquistaram, nos tempos de meu pai, então, sim, tinham uma tirania. Você conhece muito bem nossa história quando deseja. Até Agamemnon, o Grande Rei, os helenos tiveram um líder de guerra, seja cidade ou homem. Como foi que o refém gritou para Troia? Como os bárbaros entraram na guerra de Xerxes? Só hoje, em nossos dias, eles brigam e mordem como cachorros, mas ninguém lidera.

— Você faz com que nem pareça valer a pena a liderança. Não podem ter mudado tão depressa.

— Depois de duas gerações houve grande mortandade entre os seus melhores homens. Na minha opinião, atenienses e espartanos vivem perseguidos pela maldição de Apolo, desde que alugaram nossas tropas aos da Fócida. Sabiam muito bem que espécie de ouro estava sendo usada para pagá-los. Para onde quer que esse ouro tenha ido, sempre trouxe morte e ruína, e não vimos ainda o fim de tudo isso. Agora seu pai tomou o lado do deus, e veja como prosperou; é isso que se fala na Grécia. Quem é mais adequado para o cetro de líder? E um dia, ele virá para você.

— Eu preferiria... — começou o menino lentamente. — Ah, olhe, passaram pelo Bosque Sagrado, quase na cidade. Depressa, apronte-se.

Quando montaram no pátio enlameado dos estábulos, Fênix disse:

— Baixe bem seu capuz. Quando o virem na audiência, você não vai querer que saibam que andou pelas ruas para observá-los, feito um camponês. O que espera dessa saída é mais do que posso adivinhar.

Levaram os cavalos por uma trilha relvosa e pequena até diante de um nicho do herói. Botões de castanheiro pendurados, semiabertos, pareciam bronze trabalhado contra as aguadas nuvens pálidas que filtravam o luar. As tochas dos batedores, queimadas quase até os suportes, dançavam ao passo das mulas no arquiteto. Mostravam o enviado principal escoltado por Antípatro; Alexandre teria conhecido os grandes ossos e barba quadrada do general, ainda que estivesse oculto como os demais. Acabando de chegar da Trácia, achava a noite quente. O outro devia ser Filócrates. O corpo informe em seus cobertores, olhos espiando atrás do manto e do chapéu pareciam a alma do mal. Cavalgando atrás, ele reconheceu a barba de Aristodemo. Os olhos dele passaram a fileira de cavaleiros, em geral espiando debaixo das abas dos chapéus para ver onde pisavam as patas de seus cavalos naquela imundície. Perto da cauda, um homem alto e bem-feito de corpo sentava-se ereto como um soldado. Tinha barba curta, não parecia jovem nem velho; a luz da tocha destacava um perfil ossudo. Quando ele passou o menino ficou olhando, tentando combinar o rosto com seus sonhos. Vira o grande Heitor, que não ficaria velho antes de Aquiles estar preparado.

\* \* \*

Demóstenes, filho de Demóstenes da Peônia, acordou à primeira claridade na casa de hóspedes real, afastou a cabeça um pouco dos lençóis e olhou ao redor. O aposento era grandioso, com chão de mármore verde; as pilastras da porta e da janela tinham capitéis dourados; a cadeira com suas roupas era incrustada de marfim; o penico era de porcelana italiana com guirlandas em alto-relevo. A chuva passara, mas o ar úmido estava frio. Ele estava com três cobertores e podia ter usado mais três. A necessidade de usar o vaso o acordara, mas estava na outra extremidade do quarto. O chão não tinha tapetes. Ele deixou-se ficar naquele desconforto, braços em torno do corpo. Ao engolir sentiu a garganta áspera. Seus receios, adquiridos durante a cavalgada, realizavam-se; havia contraído um resfriado.

Pensou com saudade em sua confortável casa de Atenas, onde Cicno, seu escravo persa, teria apanhado mais cobertores, trazido o vaso e cozido o caldo quente de ervas e mel que abrandaria sua garganta. Agora deitava-se como o grande Eurípides, que adoecera e morrera entre aqueles esplendores bárbaros. Ele seria mais um sacrifício naquela terra inóspita, de piratas e tiranos, com aquela águia preta no penhasco acima da Hélade, pronta para atacar violentamente qualquer cidade que esmorecesse, falhasse ou sangrasse? Mas com os pinheiros escurecendo o céu acima deles, haveriam de se dispersar depois de pequenos ganhos ou rixas, zombando do aviso do pastor. Hoje ele encontraria o grande predador cara a cara; e seu nariz começava a inchar.

No navio, na estrada, repetiu diversas vezes seu discurso. Seria a última; para resolver as discussões sobre a precedência, tinham concordado que deveriam levar em conta a idade. Ansiosamente, enquanto outros davam provas de maturidade, ele se proclamou o mais jovem, quase nem acreditando que seriam tão cegos a ponto de não verem o que estavam perdendo. E só quando a lista final foi escrita, entendeu sua desvantagem.

Do vaso distante, seu olhar moveu-se para a outra cama. Seu companheiro de quarto, Aisquines, dormia profundamente, de costas; por ser alto, seus pés quase emergiam dos cobertores, e o peito largo fazia ressoar mais alto seus roncos. Quando acordasse, correria animadamente para a janela para os ostentosos exercícios vocais que fazia desde sua época de teatro, e se alguém mencionasse o frio, diria que fora pior numa tenda de exército. Seria o nono a falar, Demóstenes, o décimo. Pensou que nenhum bem era completo. Teria a palavra final, lugar inestimável nos tribunais, e isso não tinha preço, mas alguns dos melhores argumentos tinham sido reclamados pelos que falariam antes dele; e teria de suceder a prodigiosa presença daquele homem, sua voz profunda e seu senso preciso de tempo, sua memória de ator que o habilitava a falar sem anotação e, o mais invejável dom dos deuses injustos, seu poder de falar de improviso conforme a necessidade.

Um mero joão-ninguém criado na pobreza; seu pai, um diretor de escola que obrigara-o ao aprendizado de escrever dando-lhe uma ninharia por servir de escriba; sua mãe, sacerdotisa de alguma seita estrangeira das ruas mais pobres que deveria ser punida pela lei; quem era ele para brandir a voz naquela Assembleia, em meio a homens que lecionavam em escolas de retórica? Sem dúvida, vivia de subornos; mas hoje em dia se fala constantemente de seus antepassados, naturalmente eupátridas — história gasta! — arruinados na Grande Guerra, seu serviço militar na Eubeia e sua tediosa menção em alguns despachos.

Um milhafre gritou no ar frio, um vento gelado soprou em volta da cama. Demóstenes prendeu os cobertores em torno do corpo magro, lembrando amargurado como na noite anterior, Aisquines dissera, descuidado, quando se queixara do chão de mármore: "Achei que você, com esse seu sangue nórdico, não se importaria". Fazia anos que ninguém mencionava o casamento de seu avô com sua avó da Cítia; só a fortuna de seu pai lhe concedera cidadania, mas pensara que tudo estava esquecido havia muito tempo. Olhando a figura adormecida, distraído, por um momento, da urgência de ir até o vaso, murmurou maldosamente: "Você era um meirinho, eu, um estudante; você era um acólito, eu, um iniciado; você copiava as atas, eu fazia a moção; você era terceiro ator, eu sentava na primeira fila". Na verdade, nunca vira Aisquines representar; mas seus desejos acrescentaram: "Você foi vaiado, eu, aplaudido".

O mármore era um gelo verde sob os pés, a urina fumegava no ar. A cama já devia estar fria; agora podia vestir-se, mexer-se, fazer o sangue circular. Se ao menos Cicno estivesse ali! Mas o Conselho mandara que se apressassem, os outros tinham estupidamente se oferecido para dispensar ajudantes; valeria mil palavras para qualquer orador hostil, se ele ao menos tivesse trazido um criado.

Um sol tênue ia nascendo. O vento diminuiu; talvez estivesse mais quente lá fora do que naquela tumba de mármore. O jardim estava vazio, exceto por um menino escravo ocioso. Levaria seu pergaminho e repassaria mais uma vez seu discurso. Se o fizesse no quarto acordaria Aisquines, que expressaria surpresa por ele ainda precisar de texto escrito, sempre gabando--se de decorar muito depressa.

Ninguém na casa se movia, a não ser os escravos. Olhou todos, pro-curando um grego; muitos atenienses tinham sido apanhados no sítio de Olinto, e todos os enviados tinham ordem de conseguir resgates onde pudes-sem. Ele resolvera salvar os que encontrasse, ainda que fosse à própria custa. No frio gelado, naquele palácio pomposo e arrogante, seu coração se aquecia com a lembrança de Atenas.

Na infância fora mimado; na meninice, infeliz. O pai, rico mercador, morrera deixando-o aos cuidados de gente desinteressada. Fora um rapaz fran-zino, sempre excitado mas nunca excitando o desejo de ninguém; no ginásio, isso ficara muito evidente, e os rapazes lhe deram um apelido obsceno que perdurara anos a fio. Adolescente, vira que seus tutores roubavam sua herança; não havia quem o defendesse legalmente senão ele próprio, com sua gagueira nervosa. Treinara obstinadamente em segredo, imitando atores e retóricos, até ficar pronto; mas quando vencera, o dinheiro se reduzira a um terço. Ganhara dinheiro com a única habilidade que tinha, construindo um capital de ganhos razoavelmente respeitáveis; e finalmente começara a saborear o grande vinho do poder, quando a multidão na Pnyx fora um só ouvido; uma só voz, fora toda sua. Em todos esses anos, ele fortalecera seu frágil orgulho ferido com o orgulho de Atenas. Ela voltaria a ser grande; seria seu troféu de vitorioso, e duraria até o fim dos tempos.

Odiava muitos homens, alguns por bom motivo, outros apenas por inveja; e mais do que a todos, odiava o homem que ainda nem vira, no coração daquele velho palácio arrogante, o tirano macedônio que transformaria Atenas numa cidade subordinada. No saguão, um escravo trácio tatuado de azul esfregava o chão. Agora, como sempre, sustentava-o a sensação de ser ateniense e não inferior a nenhuma outra estirpe na terra. O rei Filipe iria aprender o signifi-cado disso. Sim, fecharia a boca daquele homem, como diziam nos tribunais. E assegurara isso a seus colegas.

Se fosse possível desafiar aquele rei, não teria sido necessário outros enviados, mas sutilmente, lembrando velhos laços, podia-se mencionar com razoável clareza suas promessas quebradas e afirmações tranquilizadoras que só serviam para ganhar tempo, seu hábito de lançar cidade contra cidade, facção contra facção; seu apoio aos inimigos de Atenas, enquanto seduzia ou esmagava os aliados dela. O preâmbulo era perfeito, mas logo depois teria de contar uma historieta, que, bem formulada, serviria. Era preciso impressionar não só a Filipe, mas aos demais enviados; a longo prazo, eles poderiam até negociar mais. De qualquer modo, ele o publicaria.

O pátio pavimentado estava coberto de ramos quebrados pelo vento. Contra o muro baixo havia potes de roseiras desfolhadas e aparadas; seria possível que florescessem um dia? O horizonte distante era uma montanha azul--esbranquiçada com fendas pretas, margeada por florestas densas como peles. Passaram dois jovens correndo, sem manto, do outro lado do muro, falando alto num sotaque bárbaro. Dando pancadas no peito com os braços, batendo os pés no chão, engolindo numa esperança vã de melhorar sua dor de garganta, ele admitiu o pensamento involuntário de que os homens criados na Macedônia deviam ser muito resistentes. Até o menino escravo, que sem dúvida deveria estar varrendo os ramos do chão, parecia à vontade em sua única roupa de tecido grosso sentado sobre o muro, sentindo-se suficientemente aquecido para ficar ali, sem se mover. Pelo menos seu amo podia ter lhe dado sapatos.

*Ao trabalho, ao trabalho.* Abriu seu rolo de pergaminho no segundo parágrafo e, caminhando de um lado para o outro para não congelar, começou a falar tentando um caminho e outro. O encadeamento das cadências, subindo e descendo, o ataque persuasivo, fazia de cada discurso terminado um traje sem costura. Se alguma interjeição forçasse uma resposta, ele a fazia tão breve quanto possível, nunca satisfeito enquanto não voltava ao texto escrito. Só se desempenhava realmente bem quando estivesse bem ensaiado.

— Esses — disse para o ar — foram os generosos serviços de nossa cidade ao seu pai Amintas, mas tendo eu falado de coisas que naturalmente não fazem parte de sua memória, uma vez que você ainda não era nascido, permita que fale da bondade que testemunhou e recebeu pessoalmente. — Fez uma pausa; nesse ponto, Filipe estaria curioso. — Homens de sua estirpe que agora estão velhos testemunharão o que digo. Pois, depois que seu pai Amintas e seu tio Alexandre morreram, enquanto seu irmão Perdicas e o senhor mesmo eram crianças, Eurídice, sua mãe, foi traída pelos que afirmavam ser seus amigos; e Pausânias, exilado, voltava para contestar o trono, favorecido pela oportunidade, e não desprovido de apoio.

Caminhar e declamar ao mesmo tempo obrigava-o a parar para recuperar o fôlego. Ele percebeu que o menino escravo saltara do muro para andar bem atrás dele. Num instante, voltou aos anos em que zombavam dele. Virou-se bruscamente, pensando em apanhar um sorriso irônico ou algum gesto atrevido, mas o menino o encarava com seus olhos cinza-claros numa expressão grave e franca. Devia estar fascinado pela inovação dos gestos e inflexões, como algum animal pela flauta do pastor. Em casa, estavam acostumados a criados que iam e vinham enquanto ensaiavam.

— Quando, pois, nosso general Epícrates entrou nessas terras, Eurídice, sua mãe, mandou-o chamar e, como todos os que estiveram aqui confirmam, conduziu aos braços dele seu irmão mais velho, Perdicas; e o senhor, que era apenas uma criança, foi depositado em seus joelhos. "O pai desses órfãos", disse ela, "adotou-o como seu filho, enquanto vivo."

Ele parou aqui. O olhar do menino perfurava-lhe as costas. Estava ficando cansativo ser encarado como um palhaço por aquele camponesinho boquiaberto. Demóstenes fez um gesto como se enxotasse um cão.

O menino recuou alguns passos erguendo os olhos, cabeça um pouco inclinada. Num grego bastante precário e com forte sotaque macedônio, disse:

— Por favor, prossiga. Continue falando em Epícrates.

Demóstenes começou. Acostumado a falar a milhares, achou absurdamente desconcertante aquela plateia de um espectador. Além do mais, o que significava aquilo? Embora estivesse vestido como escravo, não podia ser um jardineiro qualquer. Quem o mandara, e por que motivo?

Examinando melhor, viu que até seu cabelo era limpo. Sabia o que aquilo significava, combinado com aquela aparência. Era o companheiro de cama de seu amo, sem dúvida, jovem como era, já empregado para os assuntos secretos de um homem, mas por que andara escutando? Não fora em vão que Demóstenes vivera trinta anos no meio de intrigas. Sua mente explorou, durante algum tempo, meia dúzia de possibilidades. Algum subordinado de Filipe tentava testá-lo antecipadamente? Mas um espião tão jovem era improvável demais. O que mais, então? Um mensageiro? Da parte de quem?

Entre os dez enviados deveria haver alguém pago por Filipe. Essa ideia o perseguira durante a viagem. Começava a duvidar de Filócrates. Como pagara sua grande casa nova, comprando ainda um cavalo de corrida para o filho? Seus modos tinham mudado desde que se aproximaram da Macedônia.

— O que foi? — perguntou o menino.

Demóstenes percebeu que, enquanto estava absorto em si mesmo, era observado. Sentiu uma raiva irracional. Lenta e claramente, no grego vulgar usado com escravos estrangeiros, ele disse:

— O que você quer? Procura alguém? Qual é seu amo?

O menino inclinou a cabeça para o lado e começou a falar, mas pareceu mudar de ideia. Num grego quase correto e com menos sotaque do que antes, disse:

— Por favor, pode me dizer se Demóstenes já saiu?

Nem para si mesmo ele admitiu estar ofendido. Sua cautela o fez dizer:

— Todos somos igualmente enviados. Pode me dizer o que quer dele.

— Nada — disse o menino, aparentemente sem se perturbar por aquela voz inquisidora. — Eu só quero vê-lo.

Parecia não haver mais motivos para rodeios.

— Sou eu. O que tem a me dizer?

O menino deu um daqueles sorrisos com que crianças educadas reagem a piadas bobas de adultos.

— Eu sei qual é ele. E o senhor, quem é de verdade?

Aquelas eram realmente águas bem profundas! Ali deveria haver um grande segredo. Instintivamente, o homem olhou ao redor. A casa podia estar sendo vigiada; não tinha ninguém para ajudar a deter o menino e impedi-lo de gritar, e isso poderia causar problemas. Muitas vezes em Atenas ele parava junto do cavalete onde se interrogavam escravos conforme a lei permitia; deveria haver algo que temiam mais do que aos amos, ou jamais testemunhariam contra eles. Uma vez ou outra aparecera algum jovenzinho como aquele. Não se podia ser brando num processo, mas ali estava ele entre bárbaros, sem recurso legal à mão. Precisava agir da melhor forma possível.

Então, da janela do quarto de hóspedes, uma voz profunda e melodiosa começou a entoar a escala ascendente e descendente. Aisquines, torso nu visível até a cintura, amplo peito expandido, parado ali. O menino, que se virara ao ouvir o som, gritou:

— Ali está ele!

O primeiro sentimento de Demóstenes foi uma fúria cega. Sua inveja guardada e acumulada quase o fez explodir, mas era preciso ter calma, pensar, agir passo a passo. Então ali estava o traidor! Aisquines! Não podia ter desejado nada melhor, mas precisava de provas, ou um indício; era demais esperar uma prova.

— Esse — disse então — é Aisquines, filho de Atrômeto, até pouco tempo ator profissional. Está fazendo exercícios que atores fazem. Qualquer pessoa na casa de hóspedes lhe dirá quem ele é. Se quiser, pergunte.

Lentamente, o menino olhou de um homem para outro. Lentamente, uma onda rubra espalhou-se de seu peito tingindo sua pele clara até a fronte, mas permaneceu em silêncio.

*Agora*, pensou Demóstenes, *podemos descobrir alguma coisa*. Era certo que — essa ideia lhe veio enquanto imaginava o próximo movimento — nunca vira menino mais belo. O sangue derramava-se como vinho em alabastro e brilhava na luz. O desejo ficou mais premente, perturbador. Mais tarde, mais tarde; era importante, agora, manter a cabeça fria. Quando descobrisse o dono do menino podia tentar comprá-lo. Cicno havia muito perdera a beleza, era apenas útil. Seria preciso ter cuidado, usar um agente confiável... Aquilo era loucura. Deveria ter se definido logo. Demóstenes disse, asperamente:

— E agora conte-me a verdade, sem mentiras. O que queria de Aisquines? Vamos, diga. Já sei de muita coisa.

A pausa fora longa demais; o menino se controlara; parecia bem insolente.

— Não creio que saiba — disse.

— Sua mensagem para Aisquines. Vamos, nada de mentiras. O que era?

— Por que eu mentiria? Não tenho medo de você.

— Veremos. O que queria dele?

— Nada. Nem com você.

— Você é um menino despudorado. Acho que seu dono o mima demais.

— E continuou nessa linha, para sua própria satisfação.

O menino entendera a intenção, ainda que não tivesse entendido bem o grego.

— Adeus — disse laconicamente.

Aquilo não ficaria assim.

— Espere! Não corra antes de eu terminar de falar. A quem você serve?

Friamente, com um sorriso leve, o menino ergueu os olhos:

— A Alexandre.

Demóstenes franziu o cenho; parecia ser o nome de cada um em três macedônios de boa família. O menino parou, pensativo, e acrescentou:

— E aos deuses.

— Você está desperdiçando meu tempo — disse Demóstenes, irritado.

— Não se atreva a ir embora. Venha.

Agarrou o pulso do menino que estava virando-se. Ele recuou, mas não lutou. Simplesmente o fitou. Seus olhos primeiro pareceram aumentar nas fundas órbitas, depois empalidecer quando as pupilas diminuíram. Num grego vagaroso, com minuciosa exatidão, disse, calmamente:

— Tire sua mão de mim. Ou você vai morrer. Acredite.

Demóstenes largou-o. Menino assustador, perverso; evidentemente, era amante de algum grande senhor. Sem dúvida, ameaças vazias... mas aquilo era a Macedônia. O menino, embora liberto, ainda estava parado fitando intensamente o rosto dele. As entranhas de Demóstenes retorceram-se num calafrio. Pensou em emboscadas, veneno, punhais em quartos escuros; seu estômago contraiu-se, sua pele ficou arrepiada. O menino, imóvel, encarava-o fixamente debaixo de seus cabelos compridos e crespos. Depois virou-se, saltou o muro baixo e sumiu.

Da janela, a voz de Aisquines retumbava em seu registro mais baixo, e depois, para causar efeito, num falsete puro. Suspeita, apenas suspeita! Nada que se pudesse ligar a uma acusação. A mágoa subiu da garganta ao nariz; e Demóstenes deu um forte espirro. Precisava de uma tisana quente, ainda que preparada por algum ignorante. Quantas vezes, em seus discursos, dissera que a Macedônia era uma terra da qual não se conseguia nem comprar um escravo decente.

* * *

Olímpia sentava-se em sua cadeira dourada, esculpida com rosas e palmeirinhas. Agora o sol entrava pela janela aquecendo o aposento alto, bordando o chão com sombras de ramos em botão. Uma mesinha de cipreste ficava junto do cotovelo dela; numa banqueta a seus pés sentava-se seu filho. Os dentes dele estavam cerrados, de vez em quando escapavam arquejos de agonia. A mãe penteava seu cabelo.

— O último nó, querido.

— Não pode cortar isso?

— Está doido? Quer parecer um escravo? Se eu não cuidasse, você até teria piolhos. Pronto, acabou. Um beijo por ser bonzinho, e pode comer suas tâmaras. Não toque no meu vestido com mãos lambuzadas. Dóris, os ferros.

— Ainda estão quentes, senhora; em brasa.

— Mãe, pare de fazer cachos no meu cabelo. Nenhum dos outros meninos usa assim.

— O que interessa isso? Você lidera os outros, não os segue. Não quer ficar lindo para mim?

— Pronto, senhora. Acho que agora não vão mais queimar.

— Melhor não! Agora, fique quietinho. Sou melhor nisso que os barbeiros. Ninguém vai adivinhar que não é natural.

— Mas eles me veem todo dia! Todos menos...

— Fique quieto ou vai se queimar. O que foi que disse?

— Nada. Estava pensando nos enviados. Acho que afinal vou mesmo usar minhas joias. Você tem razão, não devemos nos vestir como os atenienses.

— Realmente, não. Vamos procurar alguma coisa, e roupas adequadas.

— Além disso, meu pai vai usar joias.

— Ah, sim. Bem, em você ficam melhor.

— Acabo de encontrar Aristodemo. Disse que estou tão crescido que quase nem me reconheceu.

— Um homem encantador. Temos de convidá-lo para vir nos visitar, a sós.

— Teve de ir, mas me apresentou outro homem, um ator. Gostei dele; chama-se Aisquines, e me fez rir.

— Também podemos convidá-lo. É um cavalheiro?

— Com atores, isso não importa. Falou sobre teatro, como viajam, como agem com um colega difícil de trabalhar.

— Você precisa ter cuidado com essa gente. Espero que não tenha dito nada indiscreto.

— Ah, não. Perguntei sobre o partido de guerra e o partido da paz em Atenas. Acho que ele é do partido de guerra, mas não somos como ele pensava. Afinal, nos demos bem.

— Não dê a nenhum desses homens oportunidade de se gabar por receber favores seus.

— Ele não fará isso.

— O que quer dizer? Tratou você com familiaridade?

— Não, claro que não. Apenas conversamos.

Ela levantou a cabeça do menino para que os cachos se erguessem em sua fronte. Quando sua mão passou junto da boca do menino, ele a beijou. Ouviu-se um arranhão na porta.

— Senhora, o rei mandou avisar que já chamou os enviados. Gostaria de que o príncipe entrasse com ele.

— Diga que já vai. — Ela acariciou o cabelo, cacho a cacho, e examinou o filho. Suas unhas estavam aparadas, acabara de sair do banho, as sandálias douradas estavam preparadas. Sua mãe procurou um quíton de lã açafrão com contornos bordados por ela mesma em quatro ou cinco cores; uma clâmide vermelha para o ombro, e um grande alfinete também de ouro. Ao vestir o quíton, ela lhe pôs um cinto de filigrana de ouro. Agia com calma; se o menino chegasse cedo, esperaria com Filipe.

— Não acabou? — perguntou ele. — Meu pai está esperando.

— Ele apenas convocou os enviados.

— Espero que todos estejam a postos.

— Você vai achar a tarde bem comprida, e os discursos monótonos.

— Bem, é preciso aprender como fazer as coisas… Eu vi Demóstenes.

— O grande Demóstenes! Bom, e o que achou dele?

— Não gostei. — Ela ergueu os olhos do cinto de ouro, arqueando as sobrancelhas. O menino virou-se para ela, com um esforço que ela percebeu. — Meu pai me disse que seria assim, mas não acreditei. Pois ele tinha razão.

— Vista seu manto. Ou quer que eu o vista como a um bebê?

Ele o jogou no ombro, sem dizer nada; em silêncio, com dedos firmes, ela meteu o alfinete pelo tecido, que cedeu depressa demais. Alexandre não se mexeu. Ela disse, bruscamente:

— Eu espetei você?

— Não. — O menino ajoelhou-se para amarrar as sandálias. A roupa escorregou do seu pescoço, e ela viu sangue.

Olímpia colocou uma toalha sobre o arranhão, beijando o cabelo cacheado do menino, fazendo as pazes antes que ele fosse ao encontro do inimigo dela. Quando ia em direção ao Aposento de Perseu, a picada do alfinete já havia sido esquecida. Quanto a outra, era uma dor com a qual nascera. Não recordava o tempo em que ela não tivesse existido.

\* \* \*

Os enviados estavam em pé, de frente para o trono vazio, atrás do grande mural com Perseu libertando Andrômeda. Atrás deles havia dez cadeiras duras e ornamentadas; era evidente, até para os mais ardentes democratas, que se sentariam quando o rei os convidasse, e não antes disso. O líder, Filócrates, olhava gravemente ao redor, numa expressão franca, procurando parecer à vontade. Assim que fora determinada a ordem e temas dos discursos, ele fizera um breve resumo e o mandou secretamente ao rei. Filipe era conhecido por falar de improviso com vigor e inteligência, mas ficaria grato pela oportunidade de fazer plena justiça a si mesmo. Sua gratidão a Filócrates já era muito sólida.

Na extremidade esquerda (paravam na ordem de discurso), Demóstenes engolia dolorosamente e limpava o nariz com a ponta do manto. Erguendo o olhar, viu os olhos pintados de azul de um esplêndido jovem com pés alados, que pairava no ar. Na mão direita segurava uma espada; na esquerda, pelos cabelos, a horrenda cabeça da Medusa, que dirigia seu olhar letal para um dragão marinho nas ondas abaixo. Acorrentada a um rochedo com os braços abertos, o corpo brilhando pela túnica leve, seu cabelo claro erguido pela brisa que trazia o herói, Andrômeda fitava seu salvador com olhos doces e selvagens.

Era uma obra-prima; tão boa quanto o Zêuxis da Acrópole, e maior. Demóstenes sentiu-se triste, como se ela tivesse sido saqueada numa guerra. O belo jovem bronzeado, de uma nudez soberba (um atleta ateniense dos grandes dias devia ter posado para o primeiro esboço), baixava os olhos com a altivez dos herdeiros da grandeza daquela cidade. Mais uma vez, como nos tempos antigos do ginásio, Demóstenes sentiu a pausa do medo antes de despir seu corpo magro; admirava meninos que passavam elaboradamente desinteressados do seu público; para ele, havia risadinhas e um apelido odioso.

Você morreu, Perseu; belo, corajoso e morto. Por isso, não precisa olhar para mim. Morreu de malária na Sicília, afogou-se num porto de Siracusa ou tostou no antro sem água. Foi amarrado e degolado pelos espartanos no rio da Cabra. O carrasco dos Trinta queimou você com seus ferros e o estrangulou. Andrômeda precisa ficar sem você. Deixe-a buscar ajuda onde puder, porque as águas se abrem mostrando a cabeça do dragão.

Com os pés numa nuvem, Atenas, de elmo radiante, flutuava para o herói inspirar. Dama das Vitórias, de olhos cinzentos! Pegue-me e use-me;

sou seu, pelo que sou. Se só tenho palavras para vos servir, e seu poder pode transformá-las em espadas contra a górgona. Deixe-me apenas guardar sua cidadela até que ela volte a produzir heróis.

Atenas devolveu-lhe um olhar fixo. Como era adequado, seus olhos estavam cinzentos. Ele voltou a sentir o frio da madrugada, e seu ventre vazio retorceu-se de medo.

Houve um movimento na porta interna. O rei entrou com seus dois generais, Antípatro e Parmênion; um trio formidável de guerreiros endurecidos, cada um dos quais, sozinho, já enchia os olhos. Junto dos três, quase perdido ao lado deles, caminhava junto do cotovelo do rei um menino de cabelos cacheados, vestido com muita pompa, olhos baixos. Dispuseram-se em suas cadeiras de honra; Filipe saudou os enviados educadamente e pediu que se sentassem.

Filócrates fez seu discurso cheio de aberturas úteis para o rei, mascaradas por uma firmeza falsa. As suspeitas de Demóstenes cresceram. Todos tinham recebido o resumo; mas esses elos fracos poderiam ser apenas deslizes? Se ao menos ele pudesse concentrar-se nisso... se ao menos seus olhos não ficassem procurando o rei...

Odioso ele esperara que Filipe fosse, mas não enervante. Seu discurso de boas-vindas, embora perfeitamente cortês, fora conciso, e sua brevidade aludia sutilmente ao fato de que cortinas verbais de fumaça não adiantariam nada. Sempre que o orador se voltava para os demais enviados pedindo apoio, Filipe examinava a expressão em cada rosto. Demóstenes achava seu olho cego, móvel como o bom, o mais maligno dos dois.

O dia avançava; as manchas de sol debaixo das janelas estendiam-se pelo assoalho. Orador após orador insistia nos direitos de Atenas sobre Olinto, Anfípole, suas velhas esferas de influência na Trácia e Quersoneso; referia-se à guerra da Eubeia, sua escaramuça naval ou coisa assim; retomou velhas negociações com a Macedônia no longo complexo de guerras de sua sucessão; falou da rota do trigo do Helesponto, dos objetivos da Pérsia e das intrigas de seus sátrapas costeiros. A toda hora, Demóstenes via aquele olho preto e seu companheiro cego moverem-se em sua direção e permanecerem ali.

Estava sendo aguardado o famoso tirano, como o protagonista era aguardado durante o coro de abertura. Quantas vezes, nos tribunais e na Assembleia, tal conhecimento fizera seu sangue e pensamentos correrem mais depressa! Agora, ocorreu-lhe que nunca antes se dirigira assim a um único homem.

Conhecia cada corda de seu instrumento; podia medir a menor rotação de cada tom; podia transformar justiça em ódio, jogar com interesse próprio até parecer-lhe um dever altruísta; sabia como enlamear a reputação de um homem íntegro e encobrir as faltas de homens sórdidos; até para um advogado e político de seu tempo, quando eram rígidos os padrões de habilidade, ele era um profissional de primeira. E sabia que era mais que isso; em época ilustre, saboreara o puro êxtase do artista quando lhe revelara seu sonho de grandeza ateniense. Estava atingindo o auge de seu poder; seria ainda melhor, mas agora percebera que seu instrumento era a multidão. Quando iam para casa, ainda louvavam seu discurso; mas ele se fragmentava em milhares de homens, nenhum dos quais realmente gostava dele. Não havia ninguém em cujo lado ele pudesse baixar o escudo na batalha. E quando queria amor, custava duas dracmas.

Tinham chegado ao oitavo orador, Ctesifonte. Logo ele próprio estaria falando; não para o ouvido múltiplo que conhecia, mas para aquele único olho que o examinava.

Seu nariz congestionara de novo; teve de assoá-lo no manto, pois o assoalho parecia enfeitado demais. E se começasse a escorrer enquanto falava? Para desviar o pensamento do rei, ele olhava Antípatro, de ossos compridos, e Parmênion com seus ombros largos, a barba castanha, os joelhos tortos de cavaleiro. Não era a coisa mais sábia a se fazer. Eles não tinham as obrigações de Filipe para com o orador, e avaliavam abertamente todos os enviados juntos. O feroz olho azul de Antípatro, no momento em que encontrou o seu, trouxe de volta o jovem com quem fizera seu treinamento compulsório no exército, um rapaz esguio de dezoito anos.

Durante todo esse tempo, o principezinho enfeitado sentou-se imóvel em sua cadeira baixa, olhos nos joelhos. Qualquer menino ateniense estaria olhando em torno, talvez com impertinência (pois as boas maneiras estavam se deteriorando em toda parte), mas ao menos prestando atenção. Treinamento espartano. Esparta, símbolo de um despotismo que chegara ao fim, e da presente oligarquia. Era bem o que era esperado do filho de Filipe.

Ctesifonte terminara. Inclinou-se; Filipe disse algumas palavras de agradecimento. Conseguira fazer cada orador sentir-se notado e lembrado. O arauto anunciou Aisquines.

Este ergueu-se em toda a sua altura (era alto demais para desempenhar bem os papéis de mulheres, um dos motivos para deixar o palco). Ia se trair? Nem uma palavra ou entoação deveria ser perdida. E também era preciso vigiar o rei.

Aisquines deu início à introdução. Mais uma vez, Demóstenes foi forçado a ver como o treinamento era eficiente. Ele próprio apoiava-se muito na gesticulação; na verdade, introduzira isso na oratória pública, chamando a velha postura escultural de relíquia da aristocracia; mas quando se empolgava, tendia ao exagero. A mão direita de Aisquines repousava apenas sobre o manto; usava de uma dignidade viril sem tentar adular os três grandes generais diante dele, mas mostrando o respeito por quem conhece a face da guerra. Foi um bom discurso, seguindo o esquema preparado. Não revelaria nada, mesmo que fosse incitado. Cheio de repulsa, Demóstenes assoou novamente o nariz e mentalmente repassou seu próprio discurso.

*E os mais velhos de sua estirpe testemunharão o que digo. Pois, depois da queda de seu pai Amintas e de seu tio Alexandro, enquanto seu irmão Perdicas e o senhor eram crianças...*

Sua mente estava suspensa na pausa entre o choque e a reflexão. As palavras estavam certas, mas fora Aisquines e não ele quem as pronunciara.

*... traídos por falsos amigos; e Pausânias voltava do exílio, para contestar o trono...*

A voz prosseguia sem esforço, persuasiva, muito bem ritmada. Loucos pensamentos sobre coincidência surgiram e morreram enquanto as palavras se sucediam, confirmando a infâmia:

*O senhor era apenas uma criança. Ela o depositou nos joelhos, dizendo...*

Os primeiros anos de angustiada batalha para curar sua gagueira, projetar sua voz débil e controlar seu tom estridente obrigaram-no à autoafirmação. Repetidas vezes, com o texto na mão, ele ensaiara aquele trecho na viagem, a bordo de um navio ou em estalagens. Aquele charlatão, traficante de palavras alheias, naturalmente poderia ter feito isso.

A história chegou ao seu fim bem forjado. Todos pareciam impressionados; o rei, os generais, os outros enviados; todos menos o menino, que, finalmente agitado depois das horas de silêncio, começara a coçar a cabeça.

Demóstenes enfrentava não apenas a perda de seu trecho mais eloquente; este era o menor dos problemas, mas precisaria conduzir seu tema ao assunto central. Agora, nesse último instante, precisava refazer seu discurso.

Nunca fora bom no improviso, mesmo com o apoio da plateia. O olho do rei o seguiu novamente, em expectativa.

Freneticamente Demóstenes reuniu em pensamento fragmentos do seu discurso, tentando juntá-los, estruturá-los, reorganizar suas partes, mas não tendo se interessado pelo discurso de Aisquines, não sabia quanto restara do seu próprio, quando chegasse a sua vez. O suspense dispersou suas ideias. Só conseguia lembrar as vezes em que humilhara as pretensões de Aisquines lembrando-o e às pessoas influentes que o cercavam de que vinha de um povo derrotado; que, quando menino, mendigara tinta para a escola do pai e copiara listas para o serviço público; que no palco nunca tivera papéis principais. Quem teria adivinhado que aplicaria no nobre teatro da política as artimanhas de sua sórdida ocupação?

E não podia ser acusado disso. A verdade transformaria qualquer orador em objeto de risos em Atenas. Nunca esqueceriam isso.

A voz de Aisquines soou mais alta na peroração. Demóstenes sentiu um suor frio na fronte. Mantinha-se em seu parágrafo inicial; seu ímpeto poderia conduzi-lo. Perseu olhava com desdém. O rei sentou acariciando a barba. Antípatro murmurava alguma coisa para Parmênion. O menino passava os dedos nos cabelos.

Habilmente, em seu parágrafo final, Aisquines omitiu a passagem-chave para o final que Demóstenes preparara. Inclinou-se em agradecimento.

— Demóstenes — disse o arauto —, filho de Demóstenes da Peônia.

Ele ergueu-se e começou, avançando como para um precipício; perdera todo o sentido de estilo, ficou feliz pelo simples fato de lembrar as palavras. Quase no fim reviveu sua rápida impressão habitual; viu como superar a deficiência. Nesse instante, um movimento atraiu seu olhar. Pela primeira vez, o menino erguera a cabeça.

Os cachos, que já se soltavam antes de serem tocados, tinham se transformado numa melena desgrenhada. Seus olhos cinzentos estavam bem abertos. Sorria muito de leve.

— Ter uma ampla visão da questão... uma ampla visão... ter...

A voz sufocava em sua garganta. Sua boca se fechou e se abriu; nada saía dela, apenas ar.

Todos se endireitaram em suas cadeiras e olharam fixamente. Aisquines, erguendo-se, bateu-lhe nas costas, solícito. Os olhos do menino estavam fixos e alertas, sem perder nada, aguardando mais. Seu rosto tinha um brilho reluzente e frio.

— Ter uma ampla visão... eu... eu...

O rei Filipe, espantado e aborrecido, apoderou-se do único fato que podia usar para ser magnânimo:

— Meu caro senhor, não tenha pressa. Não se perturbe; vai lembrar tudo num instante.

O menino inclinara a cabeça um pouco para a esquerda; Demóstenes recordou aquela pose. Os olhos cinzentos abriram-se mais uma vez, avaliando seu medo.

— Tente pensar, lembrar aos pouquinhos, desde o começo — disse Filipe com bom humor. — Não precisa aborrecer-se porque esqueceu o que ia falar, como atores no teatro. Asseguro-lhe que podemos esperar.

Que jogo de gato e rato era aquele? Impossível que o menino não tivesse contado ao pai. Ele recordou a frase dita em um grego muito correto: "... você vai morrer. Acredite".

Um murmúrio vinha das cadeiras dos enviados; seu discurso continha assuntos importantes que ainda nem haviam sido mencionados. Se ao menos conseguisse se lembrar dos tópicos principais... Num pânico embotado, ele seguiu o conselho do rei, vacilando novamente na introdução. Os lábios do menino moveram-se num sorriso doce, silenciosamente. A cabeça de Demóstenes estava oca, como uma abóbora vazia. Disse que sentia muito e sentou-se.

— Nesse caso, cavalheiros... — disse Filipe. Fez sinal ao arauto. — Quando estiverem descansados e refrescados, eu lhes darei minha resposta.

Lá fora, Antípatro e Parmênion discutiam a disposição dos enviados na cavalgada. Filipe, voltando-se em direção ao seu gabinete, onde guardara o discurso escrito (reservara alguns espaços para assuntos que surgissem na hora), deu-se conta do filho erguendo os olhos para ele. Fez um sinal com a cabeça; o menino seguiu-o até o jardim, onde, num silêncio pensativo, andaram entre as árvores.

— Você podia ter saído — disse Filipe. — Não me lembrei de lhe dizer.

— Mas eu não tinha bebido nada antes. Um dia você me ensinou isso.

— Mesmo? Muito bem; o que achou de Demóstenes?

— Pai, você tinha razão; ele não é corajoso. — Filipe deixou cair seu manto e olhou ao redor; alguma coisa na voz do menino chamara sua atenção.

— O que estava inibindo aquele homem? Por acaso *você* sabe?

— O homem que falou antes dele é um ator. E roubou as frases dele.

— Mas como sabe disso?

— Eu o ouvi ensaiando no jardim. Ele falou comigo.

— *Demóstenes?* E sobre o que falou?

— Pensou que eu era um escravo, e perguntou se estava espionando. Depois, quando falei em grego, disse que achava que eu era o amante de algum homem. — Usou o termo das casernas que lembrou mais prontamente. — Eu não lhe contei nada, achei melhor esperar.

— *O quê?*

— Quando ele começou a falar, levantei o rosto e ele me reconheceu.

Com puro prazer, o menino viu o lento riso do pai denunciar a falha de um dente, seu olho bom e até o olho cego.

— Mas por que não me contou nada antes?

— Era o que ele esperava. Não sabia o que pensar.

Filipe encarou-o num lampejo.

— Ele lhe fez alguma proposta?

— Ele não teria *perguntado* a um escravo. Apenas ficou imaginando quanto eu custaria.

— Muito bem; podemos supor que agora ele sabe.

Pai e filho trocaram olhares num momento de perfeita harmonia; herdeiros não alienados de senhores de espadas de bronze para além do Ister que tinham conduzido suas tribos em milênios passados, alguns indo mais longe para se apossarem das terras do Sul e aprender seus costumes, outros tomando aqueles reinos das montanhas onde mantinham os velhos costumes;

enterrando seus mortos em tumbas ao lado de seus antepassados com os crânios cobertos de elmos de dentes de urso, ossos das mãos segurando machadinhas bifaciais; e, de pai para filho, transmitiam elaborados prazeres de hostilidade e vingança.

A afronta fora retribuída, a um homem imune à espada e, fosse como fosse, não merecedor de sua dignidade; com sutileza, em termos adequados à sua capacidade. Fora tão correto, à sua maneira, quanto a vingança no salão de Aigai.

\* \* \*

Os termos de paz foram debatidos longamente em Atenas. Antípatro e Parmênion, que representavam Filipe, observaram fascinados os estranhos costumes do Sul. Na Macedônia, a única coisa em que se votava era a sentença de morte de um homem; todos os demais assuntos públicos eram decididos pelo rei.

Quando as condições foram aceitas (Aisquines insistindo muito) e os enviados viajaram de volta para sancioná-las, o rei Filipe teve tempo de tomar a fortaleza trácia de Cersobleptes e aceitar a sua rendição nos termos estabelecidos trazendo seu filho a Pela como garantia de sua lealdade.

Entretanto, nas fortalezas das colinas acima das Termópilas, o ladrão de templo exilado, Falaico da Fócida, estava sem ouro, sem comida e sem esperança. Agora, Filipe negociava com ele em segredo. A notícia de que a Macedônia dominava os Portões Ardentes atingiria os atenienses como um terremoto; podiam suportar os pecados dos habitantes da Fócida (e na verdade tinham aliança com eles) bem mais facilmente do que aquilo. Era preciso manter em segredo até a paz ter sido ratificada por juramentos sagrados e comprometedores.

Filipe foi maravilhoso com a segunda embaixada. Aisquines foi valiosíssimo, homem não subornado mas de coração mudado. Aceitou com prazer a garantia do rei de que não pensava em prejudicar Atenas, o que era sincero; e o que viu não era falso, que seria brando com os da Fócida. Atenas precisava dela; não apenas para manter as Termópilas, mas para conter o velho inimigo, Tebas.

Distraíram-se os enviados, deram-lhes conspícuos presentes que todos aceitaram, menos Demóstenes. Fora o primeiro a falar desta vez, mas seus colegas concordaram que lhe faltava o ardor habitual. Na verdade, tinham brigado e feito intrigas durante todo o regresso de Atenas. As suspeitas de Demóstenes quanto a Filócrates transformaram-se em certeza; estava ansioso por convencer os outros, mas também para condenar Aisquines; sua acusação, mesmo colocada em dúvida, trazia descrédito para o outro. Pensando nessas injúrias ele foi ao jantar, onde os convidados eram entretidos pelo jovem Alexandre e outros meninos cantando ao som da lira. Por cima do instrumento, dois frios olhos cinzentos demoraram-se em Demóstenes; virando-se depressa, ele viu Aisquines sorrir.

Os juramentos foram ratificados; os enviados voltaram para casa. Filipe escoltou-os para o Sul até a Tessália, sem revelar que era o seu caminho. Assim que se foram, marchou para as Termópilas e recebeu as fortalezas das colinas de Falaico em troca de um salvo-conduto. Os exilados partiram, gratos, para alugar suas espadas nas intermináveis guerras locais da Grécia, morrendo aqui e ali, quando Apolo os apanhava.

Atenas estava em pânico. Esperavam que Filipe caísse sobre eles como Xerxes. As muralhas foram reforçadas, e refugiados da Ática entraram em grande quantidade, mas Filipe apenas mandou dizer que desejava acertar os assuntos de Delfos, por tanto tempo escandalosos, e pediu aos atenienses que mandassem uma força aliada.

Demóstenes fez um discurso irascível contra a traição dos tiranos. Disse que Filipe queria a flor de sua juventude para usar como reféns. Não enviaram nenhuma força. Filipe ficou sinceramente perplexo, afrontado e com a alma ferida. Dera demonstração de misericórdia, quando não esperavam nenhuma, e nem ao menos agradeciam por isso. Deixando Atenas entregue à própria sorte, pressionou com a guerra da Fócida. Tinha a bênção da Liga Sagrada, Estados que juntamente com a Fócida guardaram o santuário.

Tendo ajeitado os assuntos da Trácia, Filipe podia atacar com toda a sua força. Uma após outra, fortalezas entregavam-se ou caíam; logo tudo estaria acabado, e a Liga Sagrada encontrou-se para decidir o destino da Fócida. Era agora um povo odiado, cujos saques blasfemos tinham arruinado tudo em sua passagem. A maior parte dos deputados queria que fossem torturados até a morte, ou jogados dos picos das Fedríades, ou pelo menos vendidos como escravos. Filipe há muito estava perturbado com as selvagerias da guerra; previa guerras intermináveis pela posse das terras desocupadas. Argumentou em favor da misericórdia. No fim, decidiram recolocar aqueles que eram da Fócida em seu próprio país, mas em pequenas aldeias que não poderiam fortificar. Foram proibidos de reconstruir suas muralhas e tinham de pagar reparações anuais ao Templo de Apolo. Demóstenes fizera um discurso feroz, denunciando todas essas atrocidades.

A Liga Sagrada fez um voto de agradecimento a Filipe por livrar da impiedade o mais sagrado santuário da Grécia, e conferiu à Macedônia as duas cadeiras no Conselho que pertenciam à Fócida, agora deposta. Voltou a Pela quando lhe mandaram dois arautos convidando-o para presidir os próximos Jogos Pítios.

Depois da audiência, ficou parado sozinho na janela de seu gabinete, saboreando sua felicidade. Não era apenas um grande começo, mas um fim desejado. Agora, era recebido como um heleno. Fora amante da Hélade, desde que se tornara homem. O ódio dela queimava como uma chibatada. Ela se esquecera, seu padrão caíra em relação a seu passado; mas apenas precisava de liderança e, em sua alma, Filipe sentia qual era seu próprio destino.

Seu amor nascera do ódio, quando fora levado por estrangeiros das montanhas e florestas da Macedônia para as planícies áridas de Tebas, símbolo vivo da derrota. Embora seus companheiros e carcereiros fossem educados, muitos tebanos não eram; ele fora arrancado dos amigos, de sua gente, de moças que o desejavam e da amante casada que lhe dera as primeiras lições. Em Tebas, mulheres livres lhe eram proibidas; era vigiado em tudo o que fazia; se fosse a um bordel, só podia pagar prostitutas que o enojavam.

Seu único conforto tinham sido as horas no ginásio de esportes; ali ninguém o desprezava; mostrara ser atleta habilidoso, de força obstinada. Os frequentadores do ginásio o aceitaram, mostrando que seus amores não lhe seriam negados. Começando por mera solidão e necessidade, por fim os achara reconfortantes; aos poucos, numa cidade onde eram tradicionais e prestigiados, acabaram crescendo tão naturalmente como qualquer outro habitante.

Com as novas amizades vieram visitas aos filósofos e professores de retórica; e, depois, a oportunidade de aprender com peritos a arte da guerra. Ansiara pela terra natal e voltara contente; mas, nessa época, fora recebido no mistério de Hélade, para sempre seu iniciado.

Atenas era o altar dela, quase ela mesma. Tudo o que ele pedia a Atenas era a restauração de suas glórias; seus líderes atuais pareciam-lhe como os da Fócida em Delfos, homens indignos que ocuparam um altar sagrado. No fundo de sua mente movia-se a certeza de que para atenienses a liberdade e a glória andavam juntas; mas ele era como um homem apaixonado que pensava que a natureza mais forte da pessoa amada era fácil de ser mudada logo após o casamento.

Toda a sua política, desonesta e oportunista como fora muitas vezes, procurara abrir o caminho de Atenas para ele. Antes de perdê-la, em última instância ele a dobraria; mas ansiava por invadi-la. Agora tinha na mão o elegante rolo de pergaminho de Delfos; a chave, se não fosse do quarto mais íntimo, pelo menos era de seus portões.

Afinal ela teria de recebê-lo. Quando libertasse as cidades vizinhas da Jônia de suas gerações de servidão, seria aceito no coração dela. Essa ideia crescia em sua mente. Ultimamente, recebera, como um augúrio, uma longa carta de Isócrates, filósofo tão velho que fora amigo de Sócrates quando Platão ainda era menino de escola, e nascera antes de Atenas declarar guerra a Esparta para começar aquela sangria mortal da Grécia. Agora, em sua década de vida, ainda alerta para um mundo em mutação, ele insistia em que Filipe unisse os gregos e os liderasse. Sonhando junto da janela, ele viu uma Hélade novamente jovem, não pelo orador estridente que o chamava de tirano, mas por um Heráclidas mais verdadeiro do que aqueles reis de Esparta, exauridos e brigões. Viu sua própria estátua colocada na Acrópole; o Grande Rei instalado no lugar adequado de todos os bárbaros para fornecer escravos e tributos; com a Atenas de Filipe sendo mais uma vez a Escola da Hélade.

Vozes jovens interromperam seus pensamentos. No terraço logo abaixo, seu filho jogava o jogo das pedrinhas com o mais jovem filho do refém de Teres, rei dos agrinoi.

Filipe olhou para baixo, irritado. O que queria o menino com aquele selvagenzinho? Até o levara ao ginásio de esportes, dissera um dos chefes dos Companheiros, cujo filho também frequentava e não gostara daquilo.

O menino fora tratado humanitariamente, bem-vestido e alimentado, nunca fora obrigado a trabalhar ou fazer algo infame para sua posição. Naturalmente nenhuma das casas nobres estava preparada para aceitá-lo, como teriam feito com um menino civilizado de uma cidade grega da Trácia costeira; tivera de ser alojado no palácio e, como os agrinoi eram uma raça de guerreiros cuja submissão podia não ser duradoura, havia um guarda para vigiá-lo caso quisesse fugir. Por que Alexandre, podendo escolher qualquer menino de origem decente em Pela para brincar, escolhera logo aquele? Era incompreensível. Sem dúvida, em breve esqueceria esse capricho; não valia a pena interferir.

Os dois príncipes agachavam-se nas lajotas, jogando seu jogo numa mistura de macedônio e trácio ajudado por mímica; mais trácio, porque Alexandre aprendia mais depressa. O guarda sentou-se, entediado, na cabeça de um leão de mármore.

Lambaro era um trácio pele-vermelha de uma corrente de conquistadores do Norte que, fazia mil anos, viera para o Sul para conquistar tribos montanhesas entre os escuros pelasgos. Era um ano mais velho que Alexandre e parecia ter mais idade, por ter ossos grandes. Tinha um cabelo vermelho-fogo e uma tatuagem de um cavalo arcaico, de cabeça pequena, em seu braço, sinal de seu sangue real — como todo trácio de alta linhagem, dizia ser descendente direto do semideus Reso, o Cavaleiro. Em sua perna havia um cervo, sinal de sua tribo. Quando atingisse a maioridade, e seu crescimento já não prejudicasse as tatuagens, seria coberto com o elaborado desenho de espirais e símbolos a que tinha direito pela sua posição. Ao redor do pescoço, num barbante oleoso, havia um amuleto de grifo em ouro amarelo da Cítia.

Segurava uma bolsinha de couro com dados, murmurando um feitiço sobre ela. O guarda, que teria gostado de estar com seus amigos, tossiu impaciente. Lambaro lançou um olhar enfurecido por sobre o ombro.

— Não ligue — disse Alexandre —, é só um guarda. Não pode lhe dizer o que você deve fazer. — Achava ser uma grande desonra para a casa um refém real ser mais maltratado em Pela do que em Tebas. Pensara nisso desde o dia em que conhecera Lambaro, chorando desconsoladamente com a cabeça apoiada numa árvore, observado pelo seu carcereiro indiferente. Ao som de uma voz nova ele se voltara, como uma fera acuada, mas compreendera a mão estendida. Se tivessem zombado de suas lágrimas, teria lutado, ainda que o matassem. Sem falar nada, ambos tinham sentido isso.

O menino viera com piolhos vermelhos em seu cabelo ruivo, e Helanique reclamara até mesmo por ter de pedir à sua criada que cuidasse disso. Quando Alexandre pedira doces para oferecer a ele, foram trazidos por um escravo trácio.

— Ele é apenas um mensageiro. Você é meu hóspede. Agora é sua vez.

Lambaro repetiu sua oração ao deus-céu trácio, chamou um cinco, jogou um dois e um três.

— Você pede coisas tão pequenas ao seu deus; acho que ele se ofendeu. Os deuses gostam de pedidos grandiosos.

Lambaro, que agora rezava menos vezes para voltar para casa, disse:

— O seu deus venceu por você.

— Não, eu apenas tento sentir que tenho sorte. Economizo as minhas Orações.

— Para quê?

— Ouça, Lambaro. Quando formos homens, quando formos reis, entende o que estou dizendo?

— Quando nossos pais morrerem.

— Quando eu for para a guerra, você quer ser meu aliado?

— Sim. O que é um aliado?

— Você trará seus homens para combater meus inimigos, e eu combaterei os seus.

Da janela de cima, o rei Filipe viu o trácio pegar as mãos de seu filho e, ajoelhado, colocá-las sobre as suas próprias, num aperto formal. Ergueu o rosto dizendo alguma coisa longa e eloquente. Alexandre ajoelhava-se diante dele, mantendo suas mãos entrelaçadas, pacientemente e com toda a atenção. Depois Lambaro ergueu-se e soltou um pequeno uivo como um cão perdido tentando dar o grito de guerra dos trácios. Filipe, sem se importar com a cena, achou-a de mau gosto; ficou contente ao ver o guarda sair de sua letargia e ir até os dois.

Isso lembrou Lambaro de sua condição verdadeira. Interrompeu seu peã; olhou para o chão, infeliz.

— O que deseja? Não há nada errado, ele está me ensinando seus costumes.

O guarda viera para separar meninos que estavam brigando e, atônito, pediu desculpas.

— Vá embora. Se precisar de você, eu o chamarei. Lambaro, esse é um belo juramento. Repita o final.

— Manterei meu compromisso — disse Lambaro lento e grave —, a não ser que o céu desabe esmagando-me, ou a terra se abra e me engula, ou o mar se levante e me afogue. Meu pai beija seus chefes quando fazem o juramento.

Filipe, incrédulo, viu seu filho tomar nas mãos a cabeça ruiva do jovem bárbaro e dar o beijo ritual em sua fronte. Aquilo fora longe demais. Não era helênico. Filipe lembrou que ainda não contara ao menino as novidades sobre os Jogos Pítios, para os quais pretendia levá-lo. Isso lhe daria melhores coisas em que pensar.

Havia poeira nas lajes, e Alexandre escrevia nelas com um raminho cortado.

— Mostre-me como seu povo entra em forma para a batalha.

Da janela da biblioteca, um andar acima, Fênix viu com um sorriso a cabeça dourada e a ruiva baixando-se juntas sobre algum jogo solene. Sempre sentia alívio vendo seu pupilo ainda criança, o arco retesado. A presença do guarda aliviara suas obrigações, e ele voltou ao seu pergaminho aberto.

— Conquistaremos mil cabeças — disse Lambaro. — Pá, pá, pá!

— Sim, mas onde ficarão os fundeiros?

O guarda, que recebera uma mensagem, voltou:

— Alexandre, deixe esse rapazinho comigo. O rei, seu pai, está chamando.

Os olhos cinzentos de Alexandre ergueram-se um momento. Contrariado, moveu os pés.

— Muito bem. Não o impeça de fazer nada que ele queira. Você é um soldado, não um tutor. E não o chame de "esse rapazinho". Se eu reconheço a posição dele, você pode fazer o mesmo.

Passou então entre os leões de mármore, seguido pelo olhar de Lambaro, para ouvir as grandes novidades a respeito de Delfos.

# 4

— É uma pena — disse Epícrates — que não possa dedicar mais tempo a isso.

— Os dias deveriam ser mais longos. Por que precisamos dormir? Poderíamos viver sem isso.

— Você não tocaria melhor se não dormisse.

Alexandre acariciou a caixa polida da cítara com suas chaves de marfim e arabescos incrustados. As doze cordas suspiraram de leve. Retirou o laço que lhe permitia tocar de pé (sentado abafava o tom) e sentou-se junto dela sobre a mesa, puxando uma corda aqui e ali para testar a tonalidade.

— Você tem razão — disse Epícrates. — Por que temos de morrer? Deveríamos viver para sempre.

— Sim, o sono faz pensar nisso.

— Ora, vamos! Aos doze anos de idade, você ainda tem bastante tempo. Gostaria de vê-lo num torneio; isso lhe daria um objetivo para trabalhar. Pensei nos Jogos Pítios. Em dois anos, pode estar preparado.

— Qual o limite de idade para jovens?

— Dezoito. Seu pai consentiria?

— Não se eu me dedicasse só à música. Eu também não ia querer, Epícrates. Por que deseja que eu faça isso?

— Porque lhe daria disciplina.

— Pensei nisso também, mas se fosse assim, não me agradaria mais. — Epícrates deu seu suspiro habitual. — Não se aborreça. Leônidas me ensina disciplina.

— Eu sei, eu sei. Na sua idade, eu não tocava tão bem. Você começou mais moço e, posso dizer, sem falso orgulho, que teve o melhor mestre, mas nunca será músico se não estudar bem a filosofia da arte, Alexandre.

— É preciso ter a matemática na alma. Nunca terei isso, e você sabe. Seja como for, não serei músico. Terei outras coisas a fazer.

— Por que não entrar nos Jogos — disse Epícrates, tentadoramente — e também se inscrever no torneio de música?

— Não. Quando assisti, achei a coisa mais maravilhosa do mundo, mas ficamos lá depois, e falei com os atletas; vi como as coisas são de verdade. Aqui posso vencer os rapazes porque todos nós somos treinados para nos tornarmos homens, mas aqueles meninos são apenas meninos atletas. Muitas vezes, antes de se tornarem homens já estão acabados; e se não for assim, até para os homens os Jogos são toda a sua vida. É como, para as mulheres, ser mulher.

Epícrates concordou balançando a cabeça.

— Isso aconteceu praticamente durante a minha vida. As pessoas que não conquistaram orgulho interior contentam-se com o orgulho de suas cidades por intermédio de outros homens. No fim, a cidade não deixará mais nada para se orgulhar, exceto os mortos, que tiveram mais dificuldade com seu orgulho... Na música, possuímos os bens de todos os homens. Venha, toque outra vez; agora com um pouco mais do que o compositor pretendia ao escrever.

Alexandre prendeu o grande instrumento de lado sobre o peito, as cordas graves mais apertadas; testou-as brandamente, com dedos da mão esquerda, os agudos com o plectro na outra mão. Inclinou um pouco a cabeça; parecia ouvir mais com os olhos do que com os ouvidos. Epícrates fitava-o com uma mistura de exasperação e amor, perguntando-se, como sempre, se, caso não compreendesse aquele menino, poderia instruí-lo melhor. Não; provavelmente apenas teria desistido. Antes dos dez anos já podia tocar lira nos jantares como um cavalheiro. Ninguém teria insistido em que aprendesse mais que isso.

Alexandre deu três acordes sonoros, tocou uma cadência longa e ondulante e começou a cantar.

Na idade em que as vozes dos meninos da Macedônia começavam a ficar roucas, ele mantinha um soprano puro, apenas mais forte. E subia com as altas notas graciosas tiradas pelo plectro, enquanto Epícrates admirava-se porque isso não parecia deixá-lo perturbado. Também não hesitava em parecer entediado quando outros rapazinhos mantinham as obsessivas conversas obscenas próprias de sua idade. Um menino nunca visto amedrontado, pode ditar suas condições.

*Conforme Sua vontade, Deus faz tudo passar;*
*Alcança o voo da águia, o delfim no mar.*
*Os homens mortais com seu tolo orgulho Ele dirige;*
*Mas a glória de jamais envelhecer a alguns assiste*

Sua voz flutuou e parou; as cordas ecoaram como vozes selvagens numa ravina.

*Ele está distante*, pensou Epícrates, suspirando.

Quando o dramático *impromptu* longo e passional passava de clímax a clímax, Epícrates contemplava-o à vontade, pois não seria notado. Sentia-se dominado pelo desperdício ao qual, conscientemente, dedicava sua vida estética. Nem ao menos andava apaixonado; seus gostos seguiam outra direção. Por que então ficava ali? No Odeon de Atenas ou Éfeso, aquela execução teria arrebatado as arquibancadas superiores, que vaiariam os juízes, mas nada ali era para ser exibido; e não se salvava pela ignorância, Epícrates sabia disso, mas por uma perfeita inocência.

*E é por isso que fico aqui*, pensou. *Sinto nele uma necessidade cuja profundeza e vigor não consigo dimensionar; negar isso me assusta.*

Havia em Pela o filho de um comerciante a quem ouvira tocar certa vez, um verdadeiro músico; oferecera-se para ensinar-lhe, de graça, para redimir sua paz interior. O rapaz seria um profissional, trabalhava com dedicação, era grato; mas aquelas lições fecundas interessavam menos a Epícrates do que estas, quando tudo o que era sagrado para o deus a quem servia era lançado num altar desconhecido, como incenso desperdiçado.

*Enfeite a proa com guirlandas, minha canção é para os bravos...*

A música escalava um crescendo rápido. Os lábios do menino abriam-se no sorriso feroz e solitário de um ato de amor realizado no escuro; o instrumento não conseguia sustentar seus toques furiosos e estava desafinando; ele deveria ter percebido, mas prosseguia como se sua vontade pudesse compelir as cordas. *Está usando o instrumento*, pensou Epícrates, *como um dia usará a si mesmo.*

*Preciso ir, está mais do que em tempo; dei-lhe tudo de mim. E poderia fazer tudo isso sozinho. Em Éfeso, pode-se ouvir música boa o ano todo, e de vez em quando da melhor. E vou gostar de trabalhar em Corinto. Posso levar comigo o jovem Píton; ele deveria estar ouvindo os mestres. A este aqui, não estou ensinando, ele é que está me corrompendo. Quer de mim um ouvinte que conheça a sua linguagem, e eu fico ouvindo, embora ele assassine minha língua nativa. Esse menino deve tocar para os deuses que o escutam e me deixar partir.*

*Você conheceu sua origem; viva como você é!*

Alexandre passava o plectro nas cordas. Uma arrebentou, enroscando-se nas outras; um tom dissonante, depois silêncio. Ele olhava, incrédulo.

— Bem? — disse Epícrates. — O que esperava? Achou que ela fosse imortal?

— Achei que aguentaria até eu terminar.

— Você não trataria nem um cavalo dessa maneira. Vamos, deixe-me ver. Tirou de sua caixa uma corda nova e começou a consertar o instrumento. O menino caminhou até a janela, inquieto; o que quase lhe fora revelado não retornaria mais. Epícrates trabalhava afinando as cordas e demorava nisso. *Antes de partir, gostaria que ele me mostrasse o que realmente sabia.*

— Você nunca tocou para seu pai e os convidados dele, a não ser a lira.

— As pessoas querem ouvir lira na hora do jantar.

— Porque não conhecem coisa melhor. Faça-me um favor. Exercite essa peça para mim e toque certo. Tenho certeza de que ele gostaria de ver o seu progresso.

— Acho que ele nem sabe que tenho uma cítara. Eu mesmo a comprei, você sabe.

— Melhor ainda, vai lhe mostrar algo novo. — Como todo mundo em Pela, Epícrates sabia que havia problemas nos aposentos das mulheres. O menino sabia de tudo havia algum tempo. Não apenas deixara de se exercitar, como não fizera as lições. E assim que entrara na sala, Epícrates sabia o que aconteceria.

Por que, em nome de todos os deuses da razão, o rei não se contentava com heteras pagas? Podia ter as melhores. Também tinha seus rapazes; era demais pedir? Sempre precisava ser tão cerimonioso em sua lascívia? Devia ter realizado três casamentos desses antes daquele último. Podia ser um velho costume real naquele país atrasado, mas se pretendia ser considerado um heleno, deveria se lembrar: "Nada em excesso". Não se podia superar a barbárie em uma geração e isso também transparecia no menino; mesmo assim...

Este ainda olhava fixamente pela janela, como se tivesse esquecido onde estava. Sua mãe deveria ter lhe falado. Era digna de compaixão, aquela mulher, se não tivesse implorado pela metade de seus problemas, e também os de seu filho. Queria que o menino fosse dela, somente dela, e só os deuses podiam dizer o que mais, pois o rei, comparado a essa rainha, chegava a ser civilizado. Ela não notava que tinha uma reputação ruim demais? De qualquer outra dessas noivas poderia vir um menino que gostasse de ser filho de seu pai. Por que razão ela não fazia um pouco de política? Por que não poupava o rapaz?

Não havia esperança de que ele aprendesse alguma coisa naquele dia, pensou Epícrates. Podia largar a cítara... *Bem, mas se eu mesmo aprendi, e para que aprendi?* Epícrates colocou o instrumento no peito, levantou-se e começou a cantar.

Algum tempo depois, Alexandre virou-se da janela e se sentou sobre a mesa, primeiro inquieto, depois calmo, então finalmente imóvel. A cabeça um pouco inclinada para o lado, olhos perdidos na distância. Depois, lágrimas molharam seus cílios. Epícrates viu isso com alívio; sempre acontecia quando a música o comovia e não constrangia nem um dos dois. Quando acabou, ele enxugou os olhos com a palma das mãos e sorriu.

— Se quiser, eu aprendo uma peça para tocar no Salão.

Epícrates pensou, enquanto saía, *em breve terei de partir; o tumulto aqui é demasiado para um homem que deseja harmonia e equilíbrio na alma.*

Algumas lições depois, Alexandre disse:

— Há convidados para o jantar; se me pedirem que toque, devo tentar?

— Claro que sim. Toque como tocou pela manhã. Haverá lugar para mim?

— Ah, sim; serão todos conhecidos, nem um estrangeiro. Direi ao mordomo.

O jantar foi servido tarde; tiveram de esperar pelo rei. Ele saudou os convidados com educação, mas foi bastante brusco com os criados. Embora as faces estivessem coradas e os olhos injetados, estava sóbrio e ansioso por esquecer qualquer coisa que o tivesse aborrecido. Escravos comentaram que acabara de vir do quarto da rainha.

Os convidados eram velhos camaradas dos Companheiros da Cavalaria. Filipe olhou aliviado para os divãs; nenhum enviado oficial para quem representar ou com quem se aborrecer, caso começassem a beber cedo demais. Um bom vinho denso da Aquitânia, e sem água; depois do que tivera de suportar, bem que estava precisando.

Alexandre sentou-se na ponta do divã de refeições de Fênix, partilhando sua mesa. Nunca se sentava com o pai, a não ser que fosse convidado. Fênix, que não tinha interlocutor, mas conhecia todas as referências literárias da música, gostava de ouvir sobre a nova peça do menino e citou a lira de Aquiles.

— E não serei como Pátroclo, a quem Homero sempre deixava sentado esperando que seu amigo partisse.

— Isso é desleal. Só significa que Pátroclo queria conversar.

— Ora, ora, menino, o que pretende? Está bebendo da minha taça, não da sua.

— Bem, faço-lhe um brinde com ela. Experimente a minha. Eles se molharam com vinho antes de adicionarem água, foi só isso.

— É a mistura adequada para meninos, uma dose de vinho para quatro de água. Pode despejar um pouco na minha taça, nem todos podemos beber vinho puro como seu pai faz, mas não parece adequado pedir a jarra de água.

— Antes de colocar, vou beber um pouco.

— Não, não, menino, pare; já basta. Vai ficar bêbado quando tocar.

— Claro que não. Só bebi um gole. — E realmente não mostrava sinal de ter bebido, exceto um pouco de cor no rosto. Descendia de uma estirpe resistente.

Na medida em que enchiam as taças, o ruído na sala aumentava. Filipe gritou mais que os outros, convidando qualquer um deles a tocar música ou cantar.

— Senhor, aqui está seu filho — exclamou Fênix. — Aprendeu uma nova melodia para esta festa.

Duas ou três taças de vinho forte e puro fizeram Filipe sentir-se bem melhor. Pensou, com um sorriso amargo, que era o melhor remédio para mordida de cobra.

— Venha então, menino. Traga sua lira e sente-se aqui.

Alexandre fez sinal para o criado com quem deixara a cítara. Pegou-a com cuidado e parou ao lado do divã do pai.

— O que é isso? — perguntou o rei. — Você realmente sabe tocar isso aí? — Nunca vira um homem que não fosse pago usar o instrumento; e pareceu-lhe inadequado.

O menino sorriu, dizendo:

— Diga-me isso quando eu tiver terminado, pai. — Testou as cordas e começou.

Epícrates, ouvindo no outro canto do salão, olhava o rapaz com profundo afeto. Naquele momento, ele poderia posar para a estátua de um jovem Apolo. Quem sabe podia ser o verdadeiro início; talvez chegasse ao puro conhecimento do deus.

Todos os senhores macedônios que aguardavam a deixa para berrar o coro escutaram assombrados. Nunca tinham visto um cavalheiro tocar assim, ou querer fazê-lo. O que é que aqueles mestres tinham feito com o menino? Diziam que era destemido e estava pronto para qualquer coisa. Estariam transformando-o num sulista? Logo lhe ensinariam filosofia.

O rei Filipe assistira a muitos torneios de música. Embora sem grande interesse na arte, sabia reconhecer a técnica. Notou que ela estava ali, junto com a falta de aptidão. Podia ver que os presentes não sabiam o que pensar. Por que o professor nunca relatara aquele fervor mórbido? A verdade era evidente. *Ela* o induzira mais uma vez a praticar aqueles seus rituais introduzindo-o em seus frenesis, fazendo dele um bárbaro. Olhem só para ele agora, pensava Filipe; vejam só.

Por educação aos convidados estrangeiros, que sempre esperavam por isso, ele se habituou a trazer o menino para as refeições à maneira helênica; os filhos de seus amigos só poderiam comparecer quando fossem maiores de idade. Por que rompera aquele bom costume? Se o menino ainda tinha voz de menina, era preciso mostrar isso ao mundo? Aquela cadela de Epiro, aquela feiticeira maligna; há muito tempo deveria tê-la despachado, se sua poderosa estirpe não fosse como uma lança envenenada apontada para as costas dele quando ia para a guerra. Ela que não ficasse tão segura de si. Ele ainda o faria.

Fênix não tinha ideia de que o menino sabia tocar daquele jeito. Era tão bom quanto o sujeito de Samos, que viera meses atrás, mas deixava arrebatar-se, como às vezes fazia com Homero. Diante do pai sempre se controlara. Não deveria nunca ter bebido aquele vinho.

Chegara às cadências que levavam ao final. A torrente de sons fluía como cascata por sua garganta, a espuma brilhante cintilando no alto.

Filipe fitava, quase sem ouvir, dominado pelo que via; o brilho daquele rosto, os olhos profundos fora de foco brilhando com as lágrimas contidas, a boca num sorriso vago. Para ele, aquilo espelhava o rosto que deixara no andar de cima, as maçãs do rosto vermelhas, o riso desafiador, os olhos chorando de fúria.

Alexandre tocou o último acorde, respirou longa e profundamente, demorado. Não cometera um só erro.

Os convidados irromperam num aplauso constrangido. Epícrates acompanhou-os, animado. Fênix gritou, alto demais:

— Bom! Muito bom!

Filipe bateu a taça de vinho na mesa. Sua fronte estava rubra; a pálpebra do olho cego baixara um pouco, mostrando o ponto branco; o olho bom saltava da órbita.

— Bom? — disse. — Chamam isso de música de homem?

O menino virou-se lentamente, como se despertasse do sono. Piscou os olhos para ver nítido e fixou-os no pai.

— Nunca mais me deixe ver um espetáculo desses — disse Filipe. — Deixe isso para as putas de Corinto ou os eunucos persas; você canta como eles. Deveria ter vergonha.

Com a cítara ainda presa no peito, o menino ficou parado, imóvel, chocado, por alguns momentos, rosto inexpressivo, e, quando o sangue cedeu, ficou pálido. Sem olhar para ninguém, saiu entre os divãs e deixou o Salão.

Epícrates foi atrás, mas desperdiçara alguns momentos pensando no que dizer e não o encontrou mais.

\* \* \*

Alguns dias depois, Giras, um macedônio tribal das colinas, que havia partido ao longo de antigas trilhas, retornou a sua casa em uma licença. Ele dissera ao chefe que seu pai estava nos últimos momentos de vida e implorava para ver o filho pela última vez. O oficial, que o aguardava desde o dia anterior, dissera-lhe para não se demorar em casa depois de resolver os problemas, se quisesse receber seu ordenado. Guerras tribais eram ignoradas, exceto quando começavam a dar sinais de disseminação; eram imemoriais; reprimir essas lutas sangrentas mobilizaria o exército por muito tempo, mesmo se ele não estivesse impregnado de lealdade tribal. O tio de Giras fora morto, sua esposa estuprada e morta; se Giras se recusasse a partir, seria desertado. Coisas assim aconteciam mais ou menos uma vez por mês.

Era o seu segundo dia fora. Giras era um cavaleiro ágil, apesar de seu cavalo ser pequeno e raquítico, características partilhadas pelos dois; um homem moreno e animado, de nariz quebrado, inclinou-se levemente com sua barba curta e hirsuta trajando roupa de couro e armado até o pescoço; foi requisitado para a expedição com propósito determinado. Ele poupava o animal alimentando-o com capim retirado de qualquer lugar que encontrasse, mantendo o casco sem ferraduras a fim de evitar ruído para a próxima diligência. Por volta do meio-dia, ele atravessou um urzal com terreno acidentado entre a costa da montanha macedônica. Nos declives arborizados, bétulas e lariços flutuavam na brisa suave; era final de verão, mas lá em cima o ar era fresco. Giras, que não queria ser morto, mas preferia isso a uma vida repleta de desgraças a qual se seguiria uma vingança fracassada, olhou à sua volta o mundo que teria de deixar abruptamente. Nesse ínterim, contudo, teria um bosque de carvalho pela frente; em sua silenciosa e agradável solidão, um regato borbulhava cobrindo toda a superfície dos cristais das rochas e escuras folhas de carvalho. Depois de banhar e prender seu cavalo, lavou a taça de bronze e prosseguiu caminho, aprovando o frescor da água. Do alforje ele tirou queijo de cabra e pão preto e se sentou num rochedo para comer.

Ruídos de patas soaram na trilha atrás dele. Algum estranho entrara na floresta. Giras procurou seus dardos e manteve-os à mão.

— Um bom dia para você, Giras.

Até o último instante ele não acreditava em seus olhos. Estavam a uma distância de oitenta quilômetros de Pela.

— Alexandre! — O pão entalara em sua garganta; ele o cuspiu enquanto o garoto descia do cavalo e o levava ao regato.

— Como você chegou aqui? Está sozinho?

— Com você, agora.

Ele invocou o deus do regato da maneira adequada, controlou o cavalo para não beber em demasia e prendeu-o em um pequeno orvalho.

— Podemos comer juntos.

Ele desempacotou os alimentos e se apoderou deles. Usava uma tira no ombro que segurava sua comprida faca de caçador; suas roupas estavam rasgadas e sujas; o cabelo tinha agulhas de pinheiro. Era evidente que havia dormido fora. Seu cavalo carregava, entre outras coisas, dois dardos e um arco.

— Aqui, pegue uma maçã. Acho que posso fazer-lhe companhia na próxima refeição.

Aturdido, Giras consentiu. O garoto fechou as mãos em concha, bebeu água e jogou um pouco no rosto. Preocupado com os próprios assuntos, importantes para ele, Giras não ouvira nada a respeito do jantar comemorativo do rei Filipe. A lembrança de tal incumbência amedrontava-o. Do momento em que ele regressou e iniciou a expedição, alguma coisa poderia ter acontecido em sua casa.

— Como você chegou a um lugar tão distante sozinho? Você se perdeu? Tinha saído para caçar?

— Eu estou caçando o mesmo que você — disse Alexandre mordendo sua maçã. — É por isso que vim com você.

— Mas… mas… que ideia… Você não sabe por que estou aqui.

— É claro que sei. Todos em seu esquadrão sabem. Eu preciso de uma guerra, e suas intenções são boas. Você sabe que há muito tempo eu tenho meu cinturão. Eu vim para escolher meu homem.

Giras fitou-o, paralisado. O garoto devia tê-lo seguido durante todo o percurso, mantendo-se fora do alcance da vista. Ele estava provido de cuidado e prudência. Alguma coisa também mudara em seu rosto; estava abatido e sem vida; seus olhos pareciam mais fundos sob a cavidade das sobrancelhas, o osso nasal proeminente estava mais exposto. Havia uma ruga atravessando sua testa. Mal parecia um rosto de garoto. Contudo, ele tinha apenas doze anos, e Giras seria responsável por ele.

— Não é justo o que você fez — disse ele, desesperado. — Você sabe que não é justo. Precisavam de mim em casa, você sabe disso. Agora terei de deixá-los cuidar dos próprios problemas e levar você de volta.

— Você não pode, nós estamos juntos e somos amigos. — Ele censurou, mas não estava alarmado. — É cruel abandonar um amigo.

— Então você deveria ter me contado a verdade em primeiro lugar. Não posso fazer nada. Voltar é seu dever e obrigação. Você não passa de uma criança. Se algum mal lhe acontecer, o rei irá me matar.

O garoto levantou-se sem pressa e caminhou lentamente em direção ao seu cavalo. Giras pôs-se de pé num pulo, viu que ele não estava desamarrando o animal e sentou-se de novo.

— Ele não matará você se eu voltar. Se eu morrer, você terá tempo suficiente para fugir, mas eu acho que ele não vai matá-lo, de qualquer forma. Em vez disso, pense em mim. Se você fizer qualquer coisa na tentativa de me mandar de volta para casa antes de eu me dispor a isso, se você tentar voltar ou enviar uma mensagem, então *eu* poderei matar você. E disso você pode estar certo.

Ele se voltou, dando as costas ao cavalo com os braços erguidos. Os olhos de Giras percorreram a extensão do dardo, suspenso e oscilante.

— Fique quieto, Giras. Sente-se exatamente onde está, não se mexa. Eu sou rápido, você sabe, todos sabem. Posso atirar antes de você fazer qualquer movimento. Não quero que você seja meu primeiro homem. Não me bastaria, eu ainda teria de acertar algum outro numa batalha, mas você será, se tentar me deter agora.

Giras fitou-o. Ele já se deparara com aquele olhar através da abertura do elmo. Então disse:

— Ora, vamos, você não é medíocre assim.

— Ninguém nunca saberá que fui eu. Eu deixo seu corpo naquele matagal para os lobos e milhafres. Você nunca será sepultado ou receberá os rituais que o libertarão. — Sua voz tornou-se cadenciada. — E as almas dos mortos nunca o deixarão atravessar o rio para se unir a eles, e você vagará sozinho para sempre antes de adentrar nos amplos portões da morada de Hades. Não se mexa.

Giras sentou-se imóvel. Isso deu-lhe tempo para pensar. Apesar de nada saber a respeito do jantar comemorativo, ele tinha conhecimento sobre o mais recente noivado do rei e todos os outros precedentes. Já havia um filho de um deles. As pessoas comentavam que fora esperto, mas tornara-se um idiota, sem dúvida envenenado pela rainha. Talvez ela tivesse subornado a governanta para puni-lo. Talvez fosse um bastardo, mas devia haver outros. Se o jovem Alexandre pretendia tornar-se homem antes do tempo, era possível saber por quê.

— E então? — disse o garoto. — Você se garante? Eu não suporto coisas assim o dia inteiro.

— O que eu fiz para merecer isso dos deuses, só eles sabem. Você quer que eu prometa o quê?

— Não diga uma palavra em Pela a meu respeito. Não conte a ninguém meu nome antes da minha partida e não tente me impedir de ir a uma batalha, ou deixe que qualquer outra pessoa o faça. Você tem de me prometer tudo isso e invocar que uma maldição mortal recaia sobre você se quebrar o juramento.

Giras retraiu-se. Ele não queria fazer tais pactos com o filho de uma bruxa. O garoto baixou sua arma, mas manteve a tira de couro entre os dedos, torcendo-a para um arremesso.

— Você terá de jurar. Eu não quero que você chegue sorrateiro e me amarre enquanto estiver dormindo. Eu poderia ficar acordado, de sentinela, mas seria estupidez antes de uma batalha. Então, se pretende sair vivo desta floresta, terá de jurar.

— E o que acontecerá comigo depois?

— Se eu estiver vivo, cuidarei para que fique bem. Você pode presenciar minha morte; isto é a guerra.

Ele remexeu em seu alforje de couro, observando de cabeça erguida o silencioso e pensativo Giras, e retirou um pedaço de carne. O cheiro estava forte, não estava fresca quando partira de Pela.

— Isto é parte de um sacrifício — disse ele ao colocá-la sobre um rochedo. — Eu sabia que tínhamos de fazer isso. Venha cá. Coloque sua mão sobre ela. Você acata o juramento diante dos deuses?

— Sim. — Sua mão estava tão fria que o sangue da cabra morta parecia-lhe quente.

— Agora repita o que eu disser.

O juramento foi bem elaborado e rigoroso, o destino mortal invocado, horripilante. O menino estava acostumado a tais coisas e seu relato continha, conscientemente, argumentos a seu favor. Giras terminou comprometendo-se conforme lhe fora pedido, indo em seguida lavar a mão ensanguentada na água corrente do regato. O garoto cheirou a carne.

— Não acho conveniente comer isto, mesmo que perdêssemos tempo tentando fazer fogo.

Ele a atirou longe, guardou o dardo e foi até Giras.

— Bem, está feito. Agora podemos continuar como amigos. Vamos terminar de comer enquanto você me conta a respeito da guerra.

Passando a mão na testa, Giras começou a relatar as injúrias de seus parentes.

— Eu conheço essa história. Quantos vocês são e quantos eles são? Que tipo de país é esse? Vocês têm cavalos?

Suas pegadas formavam caminhos sinuosos por entre as colinas verdes em um aclive regular. A relva abria passagem para samambaias e tomilhos, havia vestígios de agulhas de pinheiro e arbustos caídos no chão. A região vasta e aberta erguia-se por inteiro ao redor deles; sentiram o ar da montanha, que dava vida à pureza sagrada. Entraram na desprotegida intimidade da altura.

Giras descobriu a causa da desavença que já durava três gerações. O garoto, tendo suas primeiras indagações respondidas, provou ser um bom ouvinte. De acordo com seus próprios interesses, disse apenas:

— Quando eu matar meu primeiro homem, você será minha testemunha em Pela. O rei só fez isso aos quinze anos. Parmênion me contou.

Giras planejava passar a última noite de viagem junto de seus parentes distantes, a meio dia de cavalgada de sua casa. Ele mostrou sua aldeia, próxima ao desfiladeiro cheio de pedras acima do declive. Havia pegadas de mula ao longo do precipício. Giras estava numa boa estrada, perto do declive, que remontava à época do rei Arquelau; mas o garoto, sabendo que a passagem era apenas razoável, insistiu no caminho para ver como era. Entre a inclinação do despenhadeiro e a vertiginosa altura, ele disse:

— Se estes são os membros de seu clã, não é conveniente dizer que sou seu parente. Diga que sou filho do comandante e vim para aprender a respeito da guerra. Eles nunca poderão dizer·que você mentiu a eles.

Giras concordou prontamente; até isso indicava que o garoto mantinha-se de olho em tudo. Ele não poderia fazer nada mais por causa do destino mortal. Era um homem crédulo.

Na saliência de um rochedo, a alguns metros ao redor, entre a encosta acidentada e o desfiladeiro, situava-se a aldeia de Escopas, construída com pedras desagregadas localizadas em toda sua volta como se tivessem aflorado à superfície espontaneamente. Em seu lado aberto havia uma paliçada de rochas desgastadas pela erosão, preenchidas com espinheiro cerrado. Dentro, a grama rasteira estava cheia de estrumes do gado que passara a noite lá. Um ou dois pequenos cavalos peludos estavam no pasto; o restante estava fora com pastores e caçadores. Cabras e algumas ovelhas hirsutas estavam na colina; um sinal estridente do garoto às cabras soou de cima, como o chamado de algum pássaro selvagem.

Acima do desfiladeiro, numa árvore nodosa e morta, havia um crânio amarelo e alguns ossos de uma mão. Quando o garoto indagou a respeito, Giras disse:

— Foi há muito tempo, quando eu era criança. É de um homem que matou o próprio pai.

A chegada de Giras e Alexandre seria novidade por meio ano. Uma trombeta soou para avisar aos pastores; os mais idosos foram carregados de suas tocas velhas cobertas com telhados revestidos de ardósia, à espera da morte. Na casa do chefe ofereceram aos dois figos pequenos e doces, além de um vinho denso na melhor e menor taça; as pessoas aguardaram o final do ritual de cortesia para fazer perguntas sobre a vida deles e sobre o distante mundo. Giras dissera que o Grande Rei tinha o Egito sob o seu domínio de novo e que o rei Filipe estivera na Tessália para implantar ordens; agora o Arconte estava lá, tão eficiente quanto o rei; tinha também capturado os sulistas. O irmão do chefe quis saber se era verdade que o rei Filipe arrumara uma nova esposa no lugar da rainha epirota.

Ciente de que o silêncio era mais penetrante que todas as vozes, Giras disse que isso não passava de um monte de mentiras. O rei, assim que pisou em novas terras, deveria, de acordo com as novas normas, honrar o senhor ou raptar uma de suas filhas; na opinião de Giras, ela seria uma espécie de refém. Para a rainha Olímpia, ela manteria sua reputação elevada por ser a mãe do herdeiro ao trono, motivo de glória para seus pais. Terminado seu discurso, depois de algumas horas de trabalho em silêncio, Giras interrompeu os comentários perguntando as novidades.

Tinham más notícias sobre as rixas. Quatro inimigos quimolianos encontraram dois homens do clã de Giras numa ravina no encalço de um cervo. Um vivera o suficiente para rastejar até sua casa e contar onde ficava o corpo do irmão antes de os chacais o comerem. Os quimolianos estavam muito orgulhosos; o ancião não esperava seus filhos; logo ninguém estaria a salvo deles. Muitos cervos estavam a quilômetros de distância e as palavras proferidas chocavam com a descrição, enquanto o gado era recolhido e as mulheres preparavam as cabras que haviam sido abatidas para serem oferecidas aos convidados no banquete. Ao anoitecer, todos foram dormir.

Alexandre partilhou a mesma manta com o filho do chefe, que era de lã adequada. Estava infestada de parasitas, ou então era a criança; mas por estar tão admirado com seu hóspede, deixou que ele dormisse com a parte que as pulgas permitiam.

Ele sonhou que Hércules ia à sua cama e o sacudia. Ele se parecia com aquele do nicho em Pela, sem barba e jovem, com uma máscara de leão, a juba jogada para trás.

— Levante, menino preguiçoso — disse ele — ou começarei sem você. Faz muito tempo que o estou chamando.

Todas as pessoas no quarto dormiam; ele pegou seu manto e saiu pisando macio. Uma lua tênue iluminava as amplas montanhas. Não havia vigias, apenas cães. Uma enorme fera parecendo um lobo correu até ele; parou, quieto, para ser farejado, e o animal deixou-o em paz. Um movimento fora da cerca os acuou.

Tudo estava calmo, por que Hércules o chamara? Seu olho dirigiu-se a um penhasco alto onde havia um caminho fácil para se subir, gasto por muitos pés. Era a torre de vigia da aldeia. Se houvesse um guarda ali... Mas não havia ninguém. Ele escalou. Podia divisar a estrada boa de Arquelau descendo a colina sinuosa; e sobre ela, uma sombra se arrastava.

Vinte cavaleiros trotando sem cargas. Até naquelas colinas distantes estavam longe demais para escutar; mas alguma coisa brilhou ao luar.

O menino arregalou os olhos. Ergueu as duas mãos para o céu com o rosto iluminado. Fizera um pacto com Hércules, e o deus respondera. Como não encontrasse uma batalha, mandava a batalha até ele.

Na claridade daquela lua convexa, imprimia em sua mente a forma do lugar, os pontos vantajosos e os riscos. Não havia, ali embaixo, nenhum ponto onde fazer uma emboscada. Arquelau, bom construtor de estradas, sem dúvida a planejara à prova de emboscadas. Teria de surpreendê-los ali, pois os de Escopas estavam em maior número. Tinha de despertá-los logo, antes que o inimigo estivesse próximo o suficiente para ouvir os rumores. Se corresse por ali, acordando-os, esqueceriam-se dele na confusão; era preciso que o escutassem. Diante da choupana do chefe estava pendurado o chifre que convocava os aldeões. Ele o testou, suavemente, depois soprou.

Portas se abriram, homens saíram correndo com trapos ao redor do corpo, mulheres gritando entre si, cabras e ovelhas balindo. O menino, parado sobre uma pedra alta contra o céu cintilante, gritou:

— Guerra! É a guerra!

O tumulto silenciou, sua voz clara se afirmava. Desde que deixara Pela, pensava em macedônio.

— Eu sou Alexandre, filho do rei Filipe. Giras sabe quem sou. Vim lutar à sua maneira, por vocês, porque o deus me preveniu. Os quimolianos estão ali, na estrada do vale, 23 cavaleiros. Ouçam-me, antes que o sol nasça teremos liquidado com eles. — E chamou, pelo nome, o chefe e seus filhos.

Avançaram num silêncio atônito, olhos brilhando na penumbra. Era o filho da feiticeira, da mulher do epirota.

Ele se sentou na pedra sem querer sair da altura que ela lhe conferia, e falava em tom grave, consciente o tempo todo de Hércules junto de seu ombro.

Quando acabou, o chefe mandou as mulheres para dentro das casas e disse aos homens que fizessem o que o menino ordenava. Primeiro discutiram; era contra seu feitio golpear os malditos quimolianos enquanto não entrassem nas paliçadas entre o gado que vinham roubar, mas Giras defendeu o outro ponto de vista. Assim, no crepúsculo da falsa aurora, os habitantes de Escopas armaram-se, pegaram seus pôneis e trancaram o fundo das casas. Era óbvio que os quimolianos achavam que, quando atacassem, todos os homens teriam saído para o trabalho. A barreira de espinheiros que fechava o portão fora reduzida para deixá-los entrar, mas não de modo a despertar suspeitas. Os meninos pastores e rebanhos de cabra tinham sido enviados colina acima para dar a impressão de uma manhã comum.

Os picos estavam escuros contra o céu, cujas profundezas empalideciam as estrelas. O menino, segurando suas rédeas e os dardos, esperava o primeiro tom rosa do amanhecer. Podia ser a única oportunidade que teria para vê-la. Sabia disso; pela primeira vez, agora, sentia. Toda a sua vida ouvira notícias de mortes violentas; agora seu corpo contava-lhe essas mesmas histórias; o ferro penetrando as entranhas, a dor mortal, as almas penadas aguardando alguém ser arrebatado para longe da luz para toda a eternidade. Seu guardião o abandonara. Em seu coração silencioso, Alexandre dirigiu-se a Hércules: *Por que me abandonaste?*

A aurora tingiu o pico mais alto com um brilho, feito uma chama. Estava completamente só; assim, a voz de Hércules, silenciosa, chegava até ele desimpedida. E dizia: "Deixei-o para que entendesse o meu mistério. Não creia que os outros vão morrer, e você não; não é para isso que sou seu amigo. Deitando-me na pira, tornei-me divino. Lutei com Tânato, corpo a corpo, e sei como se vence a morte. A imortalidade do homem não é a vida eterna, pois esse desejo nasce da morte. Cada momento isento de medo torna um homem imortal".

O vermelho rosado do topo das colinas transmutou-se em ouro. Ele estava entre a vida e a morte, como entre a noite e a manhã, e pensou com um arrebatamento impetuoso, *eu não tenho medo*. Aquilo era melhor do que a música ou o amor de sua mãe; era a vida dos deuses. Nenhuma dor poderia atingi-lo, nem ódio algum poderia prejudicá-lo. As coisas pareciam claras e brilhantes, como vistas por uma águia bem do alto. Sentia-se penetrante como uma seta, e iluminado.

Na terra dura da estrada, ouviram-se os cavalos dos quimolianos.

Pararam diante da paliçada. Um pastor de cabras deu o sinal na colina. Nas casas havia crianças inocentes falando; uma mulher pérfida cantava. Empurraram de lado os espinheiros e entraram a cavalo, rindo. O gado que vinham buscar estava silencioso no curral. Os homens queriam primeiro as mulheres.

De repente, ouviu-se um berro tão alto e agudo que pensaram que alguma moça doida os avistara. Depois, gritos de homens.

A cavalo e a pé, começaram a investir contra eles. Alguns se aproximavam das casas e foram alcançados primeiro. Logo, o número estaria quase equilibrado.

Por algum tempo, houve apenas caos, homens mergulhando e tropeçando por entre o gado, que mugia. Depois, um dos invasores deu um salto em direção ao portão e fugiu. Gritos de triunfo ergueram-se entre os guerreiros. O menino percebeu que era o começo da fuga e que eles permitiriam isso, contentes por terem ganhado o dia sem esperar por um outro, quando o inimigo voltaria, raivoso pela derrota em busca de vingança. Consideravam aquilo uma vitória? Com um grito, cavalgou para o portão, berrando ferozmente:

— Cortem a cabeça deles! — Arrebatados por sua firmeza, os homens de Escopas seguiram-no. O portão foi bloqueado, o gado ainda vagava por ali, mas os homens se enfrentavam; formavam linhas de batalha reproduzidas em escala menor.

*Agora*, pensou o menino. Olhou para o homem à sua frente, que usava um barrete de guerra de couro velho e sujo, bordado com placas de ferro rústicas e um corselete de cabra com os pelos já puídos aqui e ali. Sua barba ruiva era juvenil, o rosto, sardento e queimado de sol. Franzia o cenho não numa atitude irada, mas como um homem onerado com algum trabalho que não tinha habilidade para realizar, nem tempo para preocupações, exceto as suas próprias. Mesmo assim, pensou o menino, era um barrete de guerra velho, muito usado; e era um adulto, bem alto até. Era preciso pegar o primeiro que aparecesse, essa era a coisa correta a se fazer.

Ele tinha dois dardos, o primeiro para atirar, o segundo para combater. Voavam dardos, e um dos homens de Escopas saltara sobre o telhado de uma casa com um arco. Um cavalo ergueu-se e recuou, com uma lâmina enfiada no pescoço. O cavaleiro caiu e foi removido saltando numa perna só. O cavalo debatia-se em torno das casas. Pareceu passar muito tempo nesses prólogos. A maior parte das lanças tinham sido perdidas por impaciência, distância ou falta de treinamento. Os olhos do ruivo moveram-se, esperando que a escaramuça lançasse o adversário com que teria de lutar. Em pouco tempo, alguém o pegaria.

O menino apontou a lança enquanto fazia o pônei avançar. Alvo fácil; uma mancha preta na pele de cabra, bem sobre o coração. Não; era o seu primeiro homem, tinha de ser corpo a corpo. Junto havia um homem escuro, atarracado, com barba preta; o menino lançou o braço para trás e jogou, quase sem olhar; os dedos procurando a segunda lança no instante em que a primeira se fora, olhos buscando os do ruivo. O homem o vira, seus olhos encontraram-se. O menino deu um grito de guerra sem palavras, impeliu seu cavalo com o cabo da lança. Este saltou para diante, sobre o chão irregular.

O homem equilibrou sua lança, a mais longa, espreitando. Seus olhos ignoraram o menino, desviando-se à procura de alguma coisa. Aguardava alguém; um adulto, a quem tinha de observar.

O menino lançou a cabeça para trás e gritou com toda a força de seus pulmões. O homem tinha de ser incitado, acreditar nele, ou não seria uma morte adequada; seria como atacá-lo pelas costas, ou meio adormecido. Tinha de ser perfeito, não se poderia objetar coisa nenhuma depois. Ele gritou de novo.

Os invasores eram uma tribo de homens grandes. O ruivo achou que era uma criança que vinha a cavalo. Olhou inquieto, descontente com a necessidade de manter-se de olho nele, temendo que enquanto o golpeasse algum homem aparecesse de repente e o atacasse desprevenido. Sua visão era apenas razoável; embora o menino o visse nitidamente, ele levou alguns momentos para perceber o rosto que se aproximava. Não era uma criança; o fato fez o cabelo de sua nuca arrepiar-se.

O menino assumiu expressão de guerreiro confiável e, mais que isso, de alguém que desafiaria a morte. Numa perfeita neutralidade, livre de ódio, angústia ou dúvida, numa pura dedicação, exultante da vitória sobre o medo, lançou-se sobre o homem de cabelo vermelho. Com rosto e brilho desumano; com esse ser, fosse ele o que fosse, sinistro, misterioso, emitindo aqueles sons agudos feito águia, o homem não quis saber de mais nada. Virou seu cavalo; aproximava-se um escópio robusto, talvez para tirá-lo dali, outro que lidasse com esse assunto. O olho dele já vagara tempo demais. Com um agudo "Hiii-i!", a notável criança-homem estava sobre ele. O homem brandiu sua lança; a criatura saltou passando por ela; o ruivo viu olhos profundos cor do céu, uma boca em êxtase. Um golpe atingiu seu peito, de repente era mais do que um golpe, era escuridão e ruína. Quando perdeu a visão, pareceu-lhe que aqueles lábios sorridentes se abriam para beber sua vida.

Os homens de Escopas deram vivas ao menino, que evidentemente lhes trouxera sorte; fora a morte mais rápida daquele combate. Os invasores estavam abalados; era o filho favorito do seu chefe, um homem velho e não teria outros. Lutaram desordenadamente para chegar ao portão, forçando seus cavalos entre o gado e os homens; nem todos eram decididos. Cavalos relinchavam, vacas mugiam e pisoteavam os que estavam caídos; havia um mau cheiro de esterco, ervas amassadas, suor e sangue.

Quando conseguiram fugir, viu-se que buscavam a estrada. O menino, metendo o cavalo entre as cabras, lembrou a situação do terreno que vira do alto. Disparou gritando em voz agudíssima:

— Façam-nos parar! A passagem! Levem-nos para a passagem!

Nem olhou para trás; se os homens, enfeitiçados, não tivessem corrido atrás dele, ele teria enfrentado sozinho os quimolianos.

Chegaram na hora; contiveram quase todos os invasores, menos um. Agora, em pânico completo, incapazes de escolher sabiamente entre os infortúnios, apavorados com os precipícios, mas sem conhecer as trilhas das cabras na montanha rochosa, agruparam-se na trilha estreita acima do desfiladeiro.

Atrás da debandada, um único homem virou-se para enfrentar os perseguidores. Cabelo loiro e pele morena de sol, nariz adunco, fora o primeiro a atacar e o último a fugir; o último também a desistir de lutar para atingir a estrada. Sabendo que tinham errado na escolha dos infortúnios, ele esperou onde a boca da passagem se estreitava mais. Planejara e liderara o ataque; seu irmão mais moço tombara pela mão de um menino que ainda deveria estar pastoreando cabras; ele teria agora de encarar o pai com essa notícia. Melhor resgatar a vergonha com a morte. De qualquer modo, a vantagem estava na morte; podiam escapar uns poucos, se ele conseguisse manter a passagem por algum tempo. Pegou a velha espada de ferro que fora de seu avô e, apeando, postou-se de pernas abertas no caminho íngreme.

O menino, avançando na diligência, viu-o manter sua posição contra três, receber um golpe na cabeça e cair de joelhos. Os perseguidores atacaram-no. Adiante, os invasores enfileiravam-se no recife. Gritando de alegria, jogavam rochas sobre eles; o arqueiro soltou seu arco. Cavalos caíram aos berros pelo desfiladeiro, homens atrás. Tinham perdido metade de sua força antes que os remanescentes se dispersassem.

Tudo terminara. O menino puxou as rédeas de seu pônei, que começava a sentir dor devido a um corte que levara no pescoço, além de ser atormentado pelas moscas. Acariciou e tranquilizou o animal. Viera apenas pegar seu homem e vencera uma batalha. Isso fora uma dádiva do deus do céu.

Os que não tinham descido para saquear os corpos na ravina rodearam-no. Mãos pesadas pousavam nas costas e nos ombros dele, e o ar ao redor ficara denso do vapor de seus hálitos fortes. Era o capitão deles, líder da sua luta, seu pequeno leão, seu talismã. Giras caminhou a seu lado com o ar de um homem cuja posição mudara para sempre.

Alguém gritou:

— Esse desgraçado ainda está se mexendo! — O menino, para não perder nada, aproximou-se. O ruivo jazia onde ele o surrara, o escalpo arrancado sangrando, tentando levantar-se apoiado num braço. Um dos homens o agarrou pelo cabelo fazendo-o berrar de dor, e puxou-lhe a cabeça para trás para o degolar. Os outros pouco se interessavam por um ato tão natural.

— Não! — disse o menino. Todos se viraram, surpresos e atônitos. Ele correu até lá e ajoelhou-se junto do homem, empurrando a faca para o lado. — Foi um valente. Fez isso por outros. Foi como Ajax nos navios.

Todos começaram a discutir animadamente. O que ele queria dizer com isso? Alguma coisa sobre um herói sagrado, um presságio, de que seria má sorte matar o homem? Não, disse outro, era apenas um capricho do menino, mas guerra era guerra. Rindo, empurrando o outro, aproximou-se do homem caído, faca na mão.

— Se você o matar, vai lamentar isso — disse o menino. — Juro pela cabeça de meu pai.

O homem que segurava a faca olhou em torno, espantado. Um momento atrás, o rapazinho parecera radiante como o sol. Giras sussurrou:

— É melhor fazer o que ele manda.

Alexandre ergueu-se e disse:

— Deixem esse homem ir. Eu o reclamo como meu prêmio de batalha. Quero que lhe devolvam seu cavalo: eu recompenso você, dando-lhe o cavalo do homem que matei. — Ouviram-no, boquiabertos; mas, pensou olhando ao redor, adivinhavam que em breve ele se esqueceria, e então poderiam liquidar o homem mais tarde. — Coloquem-no em cima do cavalo agora, imediatamente, e levem-no até a estrada. Giras, ajude-os.

Apelaram para o riso. Carregaram o homem até seu cavalo, divertindo-se, quando a voz jovem e aguda atrás deles gritou:

— Parem de fazer isso. — Eles então golpearam o traseiro do cavalo, que saiu galopando ao longo da estrada, seu cavaleiro machucado agarrado à crina. O menino virou-se, com as rugas de expressão suavizadas, e disse: — Agora, tenho de encontrar o meu homem.

Não restavam feridos vivos no terreno. Os homens tinham sido levados para casa pelas mulheres, os invasores chacinados, em geral também pelas mulheres. Agora aproximavam-se de seus mortos, atirando-se sobre os corpos, batendo no peito, arranhando os rostos, puxando o cabelo desgrenhado. Seus lamentos pairavam no ar como vozes de coisas selvagens próprias do lugar, jovens lobos ou pássaros chorando, ou cabras parindo. Nuvens brancas flutuavam no céu calmamente, enviando asas escuras sobre as montanhas, tingindo de preto os cumes de florestas distantes.

O menino pensava, isso é um campo de batalha. É isso que parece. O inimigo morto espalhado e largado, abandonado, estatelado, retorcido. As mulheres, em grupos como corvos, escondiam os vencedores rendidos. Os abutres já apareciam, um a um, pairando alto no ar.

O ruivo jazia de costas, um joelho erguido, barba juvenil apontando para o céu. O barrete de guerra com placas de ferro: duas gerações anteriores à dele já haviam sido conquistadas; isso serviria a muitos outros homens. Não sangrava muito. Houve um momento, enquanto caía e o dardo o penetrara, que pensou que teria de removê-lo ou deixá-lo entrar, mas o arrancara mais uma vez, libertando-se na hora.

Olhou o rosto já lívido, a boca aberta, e novamente pensou, isto é um campo de batalha, um soldado tem de conhecer essas coisas. Pegara o seu homem e tinha de exibir um troféu. Não havia punhal, nem mesmo cinturão; o corselete de pele de cabra se fora. As mulheres foram rápidas. O menino ficou zangado, mas sabia que se queixar não adiantaria nada e o deixaria mal. Precisava de um troféu. Nada restava agora, a não ser...

— Aqui, pequeno guerreiro. — Um jovem com cabelo preto emaranhado observava-o, mostrando os dentes quebrados, num sorriso amigável. Trazia nas mãos um cutelo coberto de sangue meio seco. — Deixe que eu corto a cabeça para você. Conheço o jeito.

Entre o sorriso e o embasbacamento, o menino calou-se. O cutelo, leve na mão enorme do jovem, parecia pesado para a sua. Giras disse, depressa:

— Agora só fazem isso no interior, Alexandre.

— Seria melhor eu mesmo fazer — respondeu ele. — Não resta nada mais. — O jovem adiantou-se, solícito. Giras podia ser um citadino, mas para o filho do rei os velhos hábitos eram bons o bastante; era esse o feitio dos nobres. O menino testou o fio da lâmina com o polegar, mas sentira um grande prazer em ver que fariam o serviço por ele.

— Não. Eu mesmo tenho de cortá-la.

Enquanto os homens riam e praguejavam com admiração, o cutelo, quente, grudento, escorregadio, cheirando a carne viva, foi posto em sua mão. Ajoelhou-se junto do cadáver forçando-se a manter os olhos abertos, golpeando tenazmente a nuca, respingando-se de fragmentos ensanguentados, até a cabeça rolar, decepada.

Agarrando um punhado de cabelo morto — pois não deveria sobrar nada no lugar mais secreto de sua alma que ele tivesse receado fazer —, levantou-se.

— Giras, pegue minha bolsa de caçador.

Giras desamarrou-a do manto da montaria. O menino meteu a cabeça dentro e limpou a palma das mãos na bolsa. Ainda havia sangue entre seus dedos, fazendo-os grudar uns nos outros. O riacho ficava a cerca de trinta metros abaixo; ele lavaria as mãos quando fosse para casa. Virou-se para dar adeus aos anfitriões.

— Espere! — gritou alguém. Dois ou três homens, carregando alguma coisa, corriam e acenavam. — Não deixe o pequeno senhor partir. Aqui, temos outro troféu para ele. Dois, sim, vejam só, ele matou dois!

O menino franziu o cenho. Agora, queria ir para casa. Só lutara em um combate. O que estavam querendo dizer?

O homem da frente subia a encosta correndo, ofegante.

— É verdade. Este aqui — apontou o pescoço separado do tronco — foi o seu segundo homem. Matou o primeiro atirando um dardo antes de chegarmos perto deles. Eu mesmo vi. O homem arrastou-se por aí como um porco, mas morreu antes que as mulheres o alcançassem. Aqui está, pequeno senhor. Algo para mostrar ao seu pai.

O segundo homem exibiu a cabeça, segurando-a pelos cabelos pretos. A barba forte e vasta escondia o pescoço decepado. Era a cabeça do homem contra quem lançara o primeiro dardo, antes da luta corpo a corpo. Houve um momento, rápido como um piscar de olhos, em que vira que acertaria aquele homem. Esquecera-se disso; sua mente reprimiu-se depois como se nunca tivesse ocorrido. Pendurada pelos cabelos, a cabeça erguia-se numa postura arrogante; o rigor da morte imprimira-lhe um sorriso com falha nos dentes; a pele era morena, um dos olhos estava semicerrado, mostrando apenas o branco.

O garoto fitou-o, confrontando-o. Um frio espalhou-se no seu estômago; sentiu um enjoo nauseante, as palmas úmidas e frias. Ele engoliu e lutou contra a vontade de vomitar.

— Eu não o matei — disse ele. — Nunca matei este homem.

Os três tranquilizaram-se imediatamente, descrevendo o corpo, jurando que ele não tinha nenhuma outra ferida, oferecendo-se para levá-lo até lá, empurrando a cabeça em sua direção. Dois homens em sua primeira matança! Ele poderia contar isso a seus netos. Eles apelaram a Giras; o pequeno rei excedera-se, e isso não era de admirar; se tivesse deixado sua presa para trás, quando voltasse a si ele poderia arrepender-se; Giras cuidaria disso para ele.

— Não! — O tom de voz do menino aumentara. — Eu não quero isso. Eu não o vi morrer. Você não pode trazê-lo para mim se as mulheres o mataram. Você não pode contar o que aconteceu. Leve-o embora.

Estalaram as línguas, pesarosos por obedecê-lo em sua perda subsequente. Giras afastou-se do grupo junto com o líder e sussurrou algo em seu ouvido. Sua fisionomia mudara; ele pegou o garoto gentilmente nos ombros e disse que deveria ter cuidado ao beber vinho antes da longa caminhada para casa. O garoto acompanhou-o em silêncio com uma nítida expressão de lividez vaga e pacífica, um leve tom azulado sob os olhos. Em pouco tempo, o vinho acentuou as olheiras; ele começou a sorrir e logo se juntou aos outros numa gargalhada.

Lá fora havia um alvoroço causado por encômios. Que garoto fino! E que coragem ao levar a cabeça nas costas; agora demonstrava o sentimento adequado. Nada mais que aparência, contudo aquilo tocara seu coração. Que pai não ficaria orgulhoso de um filho assim?

*　*　*

— *"Observe bem os chifres nos cascos. Um chifre espesso ressoa a uma distância bem maior que outro mais fino. Cuide, também, de observar se os cascos possuem uma altura razoável, tanto os dianteiros quanto os traseiros, e se não estão achatados; cascos mais altos mantêm a parte central da pata distante do chão."*

— Há algo desse livro que você não conheça de cor? — perguntou Filotas, filho de Parmênion.

— Nunca se sabe muito sobre Xenofonte — disse Alexandre — quando chegam os cavalos. Eu também quero ler os livros que ele escreveu a respeito da Pérsia. Você vai comprar alguma coisa hoje?

— Este ano não. Meu irmão vai?

— Xenofonte diz que um bom casco timbra como um címbalo. É aquele que parece largo e achatado. Meu pai quer um novo cavalo de batalha. Ele tinha um que foi morto com ele em cima durante a luta contra os ilírios no ano passado.

Ele olhou o dossel ao lado deles e correu para a usual exposição de cavalos que acontecia na primavera; o rei ainda não havia chegado.

Era um dia de sol claro e brilhante; o lago e a laguna tinham um brilho obscuro em suas águas agitadas; as nuvens brancas que deslizavam sobre as distantes montanhas tinham afiadas margens azuis, como espadas. O gramado danificado da campina estava verde devido às chuvas de inverno. Os soldados faziam compras todas as manhãs; comandantes para si mesmos; chefes tribais, para os vassalos que formavam seus esquadrões (na Macedônia, o regimento e as disputas entre famílias sempre tinham sido ignorados) com bestas fortes, compactas, ativas e lustrosas da pastagem de inverno. Ao meio-dia, esse negócio comum estava feito; agora a família chegava, cavaleiros paravam para a exibição dos cavalos limpos e vestidos formalmente para a ocasião.

A exposição de cavalos em Pela era um ritual não menos respeitado que as festas sagradas. Comerciantes vinham a cavalo de terras da Tessália, da Trácia, do Epiro, e atravessavam até o Helesponto; estes sempre reclamavam das dificuldades que suas montarias passavam na bifurcação do lendário *Nisan* do reinado persa.

Compradores importantes começavam a chegar. Alexandre passou quase o dia inteiro lá. Seguindo-o por toda parte, ainda não inteiramente à vontade com ele e com as outras pessoas, havia seis meninos que Filipe reunira com a finalidade de homenagear os pais.

Há muito tempo fora arrumado na Macedônia um guarda real para o príncipe, para quando o herdeiro atingisse a idade apropriada. O rei nunca se manifestara em favor do herdeiro. Nas guerras de sucessão precedentes a esta, nenhum herdeiro durante consecutivas gerações tivera tempo para alcançar a idade determinada antes de ser assassinado ou deposto. Registros revelaram que o último príncipe da Macedônia a ter seus Companheiros escolhidos da forma adequada fora Perdicas I, havia uns cinquenta anos. Um homem idoso sobreviveu a todos; ele sabia de histórias tão antigas quanto as de Nestor a respeito de guerras em fronteiras e ataques de surpresa ao gado, e poderia dizer os nomes dos netos bastardos de Perdicas; mas esquecera tudo o que dizia respeito ao procedimento.

Os Companheiros deviam ter sido jovens na época do príncipe, que também passara no teste de coragem. Nenhum outro garoto como ele seria achado em terras reais. Os pais ofereciam avidamente os direitos dos filhos de dezesseis ou dezessete anos que já pareciam — e falavam como — homens. Eles argumentavam que a maioria dos atuais amigos de Alexandre eram até mais velhos. Isso era natural, eles acrescentavam com diplomacia, para um garoto tão corajoso e precoce.

Filipe suportou os cumprimentos com boa vontade, lembrando-se a todo instante dos olhos que encontraram os seus quando o comandante, malcheiroso por causa da expedição, prostrou-se diante dele. Durante os dias em que esperava receber novidades, ficara claro para ele que se o garoto não voltasse mais, ele seria obrigado a matar Olímpia antes que ela o matasse. Tudo isso era condição básica para participar do banquete. Epícrates também fora embora, dizendo que o príncipe decidira desistir da música; não queria encará-lo. Filipe doou generosos presentes aos convidados, mas notava o desagradável rumor que se espalhava no odeon da Hélade; estes homens estavam em toda a parte.

Como resultado, nenhum esforço foi feito para reunir as tropas da convencional Guarda Real do Príncipe. Alexandre não tinha nenhum interesse nessa instituição falida; ele mesmo teria de selecionar o grupo de homens jovens e adultos que já eram conhecidos em todos os lugares como os Amigos de Alexandre. Eles mesmos estavam aptos a esquecer que ele tinha apenas treze anos no verão anterior.

Contudo, na manhã em que ocorreu a exposição de cavalos, Alexandre manteve-se junto dos garotos escolhidos pelo rei. Ele estava satisfeito por ter a companhia deles; se os tratasse como subalternos, não era com a intenção de se autoafirmar ou de os rebaixar, mas porque nunca teve outro tipo de experiência. Ele falava a respeito de cavalos incansavelmente, e eles fizeram o possível para mantê-lo animado. Seu cinturão, a fama e o fato de ser o menor deles fazia com que os outros se sentissem desnorteados e constrangidos. Estavam mais calmos porque agora, ligados pela consanguinidade real, seus amigos estavam reunidos — Ptolomeu, Hárpalo, Filotas e o resto. Deixados em uma encosta, eles caminharam juntos e, com a partida do líder do grupo, deixaram o local, não obstante a precedência, como encontro ocasional de um bando de cachorros.

— Meu pai não poderia vir hoje. Não valeria a pena; ele importa seus cavalos direto da Tessália. Todos os criadores o conhecem.

— Logo vou precisar de um cavalo maior; mas meu pai vai deixar para o próximo ano, quando eu estiver maior.

— Alexandre é dez centímetros menor que vocês, e ele monta os cavalos dos homens.

— Bem, eu suponho que sejam treinados de forma especial.

O mais alto dos garotos disse:

— Ele tem seu próprio javali. Parece-me que você pensa que eles treinam o javali para ele.

— Isso foi arranjado, é sempre assim — disse o garoto cujo pai era o mais rico e podia ter tudo devidamente arrumado.

— Não foi arranjado! — disse o garoto alto, bravo. Houve uma troca de olhares entre os outros; o garoto enrubesceu. A voz oscilante manifestou seu descontentamento.

— Meu pai tomou conhecimento disso. Ptolomeu tentou organizar a situação sem que ele soubesse porque ele estava determinado a fazê-lo, e Ptolomeu não o queria morto. Eles esvaziaram a floresta, exceto por um pequeno javali. Então, pela manhã, quando o levaram até lá, havia um enorme. Ptolomeu ficou branco como cera, eles disseram, e tentou fazê-lo voltar para casa, mas ele compreendeu o que se passava; disse que esse era o javali que o deus enviara a ele, e o deus tinha conhecimento do que seria melhor. Eles não podiam contrariá-lo. Suavam de terror, sabiam que ele era muito ágil e difícil de dominar, e a rede não o prenderia por muito tempo.

"Mas ele foi direto à artéria situada no pescoço. Não havia ninguém para ajudá-lo. Todo mundo sabia disso."

— Você quer dizer que ninguém se atreveria a prejudicar a história. Olhe para ele agora. Meu pai me daria uma surra se eu ficasse no campo com o cavalo, deixando que os homens fizessem tudo por mim. Qual deles irá com você?

Um deles se interpôs:

— Ninguém, é o que meu irmão diz.

— Verdade? Ele tentou?

— O amigo dele tentou. Alexandre parecia gostar dele, até chegou a beijá-lo uma vez, mas quando ele quis descansar, pareceu espantado e muito aborrecido. Ele é muito jovem para a etapa da vida que vive, meu irmão diz.

— E quantos anos tinha seu irmão quando matou seu primeiro homem? — perguntou o garoto mais alto. — E seu javali?

— Isso é diferente. Meu irmão diz que ele aparecerá de repente, e que é maluco por garotas. O pai dele também.

— Ah, mas o rei gosta...

— Fique quieto, seu tolo! — Todos olharam por cima dos ombros; mas os homens observavam dois cavalos de corrida cujo comerciante os tinha colocado para correr em círculos no campo. Os garotos pararam de discutir até a escolta real se posicionar ao redor da plataforma, em prontidão ao rei.

— Olhe — sussurrou alguém apontando o oficial em comando. — É Pausânias.

Havia olhares de reconhecimento e inquiridores.

— Ele era o favorito do rei antes daquele que morreu. Ele era o rival.

— O que aconteceu?

— Ah, todos sabem. O rei o depôs, e ele ficou louco de raiva. Ele conseguiu se manter sóbrio numa festa onde se bebia muito, e solicitou para o garoto uma prostituta desavergonhada que ia com qualquer um que pagasse. As pessoas tiveram de apartar os dois; mas o garoto não estava verdadeiramente preocupado com o rei, nem negligenciava sua reputação; isso o atormentava, e no final ele pediu a um amigo, creio que Átalo, para transmitir uma mensagem ao rei após sua morte. Depois, então, eles lutaram contra os ilírios. Ele investiu na frente do rei entre o inimigo e foi retalhado até a morte.

— O que o rei fez?

— Enterrou-o.

— Não, com Pausânias?

Havia rumores confusos.

— Ninguém sabe realmente se...

— É claro que foi ele!

— Você poderia ser morto por dizer isso.

— Bem, ele não deve ter ficado triste.

— Não, era Átalo e os amigos do garoto, meu irmão diz isso.

— O que eles *fizeram*?

— Uma noite, Átalo encontrou Pausânias desmaiado de tanto beber. Então o levaram para os cavalariços e disseram que podiam divertir-se, que ele iria com qualquer um, mesmo que não pagasse. Suponho que eles o surraram também. Na manhã seguinte, ele acordou no estábulo.

Alguém assoviou levemente. Eles fitaram o oficial da guarda. Parecia envelhecido para sua idade e não era admiravelmente bonito. Ele deixara a barba crescer.

— Ele queria a morte de Átalo. É claro que o rei não poderia aceitar, mesmo se quisesse; imagine apresentar isso na Assembleia! Mas ele tinha de fazer alguma coisa. Pausânias era um Orestides. Ele lhe deu um pouco de terra e tornou-o Segundo Oficial da Guarda Real.

O garoto mais alto, que ouviu toda a história em silêncio, disse:

— Alexandre tem conhecimento de coisas assim?

— A mãe conta tudo a ele para jogá-lo contra o rei.

— Bem, mas o rei o insultou no Salão. Foi por isso que ele saiu para matar seu primeiro homem.

— Foi isso que ele contou a você?

— Não, é claro que ele não falaria a respeito disso. Meu pai estava lá; ele jantava com o rei frequentemente. Nossas terras são muito próximas.

— Então você já havia encontrado Alexandre antes?

— Apenas uma vez, quando éramos crianças. Ele não me reconheceu agora, eu cresci muito.

— Espere até ele descobrir que você tem a mesma idade que ele: ele não gostará disso.

— Quem disse que eu tenho?

— Você disse que nasceu no mesmo mês.

— Eu nunca disse nem no mesmo ano.

— Você disse na primeira vez que veio.

— Você está me chamando de mentiroso? Ora, pare com isso, você é?

— Heféstion, seu tolo, você não pode lutar lá.

— Então não me chame de mentiroso.

— Você parece ter quatorze anos — disse o pacificador. — No ginásio, pensei que você fosse mais velho.

— Você sabe em quem Heféstion está de olho? Alexandre. Não realmente *como*, digamos, como se fosse seu irmão mais velho.

— Você ouviu isso, Heféstion? Será que sua mãe conhece bem o rei?

Ele contara muito com a proteção de espaço e tempo. Depois, com uma dissidência fingida, ele chegara ao território. Com o tumulto causado pela aproximação do rei, poucas pessoas o viram. Com tudo isso, Alexandre manteve-se de olho neles porque considerava-se oficial comandante; mas ele decidiu não dar atenção a isso. Eles não estavam precisamente em serviço, e o garoto, que fora pego de surpresa, era de quem ele menos gostava.

Filipe subira na plataforma, escoltado pelo Primeiro Oficial da Guarda, o somatófilas. Pausânias prestou continência e colocou-se de lado. Os garotos mantiveram-se de pé respeitosamente, um beijando seus lábios; o outro, os dedos.

A exposição de cavalos era sempre tranquila, um passeio onde homens eram apenas homens. Filipe, que trajava o uniforme de equitação, levantou a cauda da roupa aos senhores, ao magistrado, aos oficiais e aos negociantes de cavalo; na plataforma, gritou para o amigo juntar-se a ele. Seu olho pousou no filho; ele fez um movimento, notou o pequeno cortejo ao seu redor e deu as costas. Alexandre retomou a conversa com Hárpalo, um jovem moreno, animado e belo, dono de um encanto espontâneo, cujo destino o amaldiçoara com um pé torto. Alexandre sempre admirara o jeito de ele caminhar.

A corrida de cavalos começou com um estampido, liderada por um pequeno jovem núbio de túnica listrada. Havia rumores de que naquele ano o rei comparecera à exposição apenas à procura de um cavalo de batalha; mas ele pagara a importância, já uma fábula, de treze talentos para o corredor que ganhara por ele em Olímpia; e o negociante concluiu que valia a pena tentar. Filipe sorriu e sacudiu a cabeça; o garoto núbio, que esperava ser comprado junto com o cavalo, usar brincos de ouro e comer carne em dias de banquete, conduziu o cavalo a meio galope para trás, com uma expressão de dor.

Os cavalos foram retirados por causa de uma briga feroz entre os negociantes ocorrida pela manhã, apaziguada no final por abastados subornos. O rei chegou depois para observar as entradas e ergueu-se para caminhar, a fim de sentir as pernas e escutar o peito. Os cavalos foram levados, para não correrem riscos. Houve um atraso. Filipe parecia impaciente. O importante negociante da Tessália, Filônico, que passara algum tempo enfurecido, disse ao seu corredor:

— Diga a eles que eu vou amarrar suas tripas numa estaca se eles não me trouxerem as bestas agora.

— Quito diz, senhor, que eles podem *trazê-lo*, mas...

— Eu mesmo tive de acabar com o covarde, eu tenho de provar para ele também? Diga a Quito que, se eu perder essa venda, eles não terão sola de pés nem sandálias suficientes para procurar um esconderijo.

Com um sorriso sincero e respeitoso, ele se aproximou do rei.

— Senhor, ele está a caminho. Verá que ele é realmente como eu lhe escrevi de Larissa, e mais ainda. Esqueça o atraso; eles acabaram de me contar que algum tolo o deixou escapar. Na condição primitiva em que ele está, será difícil segurá-lo. Ah! Ele está vindo.

Com extremo cuidado, eles traziam um animal preto com uma mancha branca. Os outros cavalos foram conduzidos para mostrar os passos. Apesar de o animal estar coberto de suor, não respirava como um cavalo que estivera correndo. Quando o pararam diante do rei, junto de seu treinador, suas narinas dilataram-se e seu olho preto moveu-se para o lado; ele tentou levantar a cabeça, mas o cavalariço forçou-o a abaixar-se. Suas bridas eram caras, de couro vermelho, ornamentadas com prata; mas ele não tinha manto no lombo. Os lábios do negociante moviam-se malevolamente em meio à barba.

Vozes abafadas ao lado da plataforma diziam:

— Olhe, Ptolomeu. Olhe *aquilo*.

— Lá, senhor! — disse Filônico com uma voz de ânimo dissimulada.

— É o Trovão. Se tivesse executado alguns passos próximos do rei...

Ele era, de fato, e em todos os aspectos, o cavalo ideal de Xenofonte. Começando, como ele avisara, com entusiasmo, viam-se que os chifres sob os cascos eram profundos nas patas dianteiras e traseiras; quando ele trotava, como ocorria agora (mais veloz que o cavalariço), fazia ressoar um som semelhante ao do címbalo. Suas pernas eram fortes, mas flexíveis; seu peito era largo, o pescoço arqueado, como o escritor concebeu, parecido com um galo de briga; a crina era longa, vasta, sedosa e mal penteada. Seu dorso era firme e extenso; a espinha, bem formada; o lombo, curto e largo. Sua pelagem preta brilhava; em um flanco havia uma marca de chifre triangular feita em brasa, o Cabeça de Boi, que era a marca da famosa linhagem. Admiravelmente, sua fronte tinha uma mancha branca quase igual àquela.

— E — disse Alexandre, estupefato — é um cavalo perfeito. Perfeito em tudo.

— Ele está viciado — disse Ptolomeu.

Acima das linhas da cavalaria, o cavalariço-chefe, Quito, disse, ao voltar à cidade, a um companheiro de trabalho que observara suas contendas:

— Eu preferiria que cortassem minha garganta e a de meu pai a ter dias como esse, quando tomaram nossa cidade. Minhas costas ainda não estão curadas da última vez, e eles precisarão de mim novamente antes do pôr do sol.

— Aquele cavalo é um assassino. O que ele pretende? Matar o rei?

— Não há nada errado com aquele cavalo, eu afirmo, nada além de espíritos elevados, até ele perder o humor quando o animal se voltar contra ele. Ele é como um animal selvagem bêbado e levaria embora a maioria de nossos homens; somos mais baratos que cavalos. Agora, ninguém poderia ser culpado, a não ser ele mesmo; ele me mataria se eu lhe contasse que o temperamento do cavalo é ruim. Ele o comprou de Creso há um mês, só para negociá-lo. Ele pagou dois talentos. — Seu ouvinte assoviou. — Ele reconheceu que valia três, mas só pagaria se o animal não fosse prejudicado durante a viagem. A oferta foi boa, eu falo pelo animal. Ele impediu que eu a fizesse há muito tempo.

Filipe, notando que o cavalo estava impaciente, distanciou-se um pouco.

— É, eu gosto da aparência dele. Bem, vamos vê-lo andar.

Filônico deu alguns passos em direção ao cavalo. O animal guinchou como uma trombeta de batalha, levantou a cabeça numa força oposta ao peso do cavalariço e deu patadas no ar. O negociante praguejou e manteve-se distante; o cavalariço controlou o cavalo. Como a brida vermelha estava perdendo a cor, algumas gotas de sangue pingaram de sua boca. Alexandre disse:

— Olhe aquele bocado que colocaram nele. Olhe aquelas rebarbas.

— Parece mesmo que não conseguem dominá-lo — disse o grande Filotas tranquilamente. — Beleza não é tudo.

— E ainda assim mantém a cabeça erguida. — Alexandre deu alguns passos. O homem percorreu o lugar, observando por cima dele; mal alcançava os ombros de Filotas.

— Pode ver o vigor dele, senhor — disse Filônico ao rei, solícito. — Um cavalo desses poderia ser treinado para se levantar e esmagar o inimigo.

— O jeito mais rápido de a montaria morrer com a gente em cima é fazê-la expor o ventre — disse Filipe rudemente. Chamou o homem curtido de pernas tortas que o servia: — Jasão, quer experimentá-lo?

O treinador real rodeou o cavalo até a frente, emitindo sons alegres e apaziguadores. O cavalo recuou, pateou o chão, revirou os olhos. O homem estalou a língua e disse com firmeza:

— Trovão, eia, rapaz, eia, Trovão. — O som de seu nome pareceu fazer o animal tremer de suspeita e ira. Jasão repetiu os ruídos.

— Segure a cabeça dele até eu montar — disse ao cavalariço. — Isso aí parece trabalho para um homem só. — Aproximou-se do lado do cavalo, pronto para agarrar-se à raiz da crina, único jeito de montar, a não ser que alguém tivesse uma lança para se montar com um salto. O manto no lombo ofereceria conforto se tivesse sido colocado, mas não havia nenhum tipo de apoio para o pé. Ser içado era coisa para idosos e persas, que notoriamente não eram vigorosos.

No último momento, a sombra dele passou diante dos olhos do cavalo. Este fez um movimento brusco, deu uma guinada e, por pouco, não aceitou Jasão, que recuou, olhando de esguelha, contraindo um olho e o canto da boca. Os olhos do rei encontraram os dele, e Filipe arqueou as sobrancelhas.

Alexandre, que suspendera a respiração, olhou para Ptolomeu e disse com voz angustiada:

— Ele não vai comprar o cavalo.

— E quem o faria? — perguntou Ptolomeu, surpreso. — Não entendo por que foi exibido. Xenofonte não o compraria. Você o citou há pouco como um cavalo nervoso que não lhe permitirá atacar o inimigo, mas vai prejudicar a você mesmo.

— Nervoso? Este aí? É o cavalo mais valente que já vi. Um guerreiro. Olhe onde lhe bateram, até debaixo do ventre, pode ver as marcas. Se meu pai não o comprar, aquele homem vai esfolá-lo vivo. Estou vendo isso na cara dele.

Jasão tentou de novo. Antes de se aproximar do cavalo, ele começou a dar coices. Jasão olhou para o rei, que deu de ombros.

— Foi a sombra dele — disse Alexandre para Ptolomeu. — Ele se assusta até com a própria sombra. Jasão deveria ter visto isso.

— Jasão já viu o suficiente; tem de pensar na vida do rei. Você cavalgaria um animal desses na guerra?

— Sim, claro que sim. Especialmente na guerra.

Filotas levantou as sobrancelhas, mas não conseguiu encarar Ptolomeu.

— Bom, Filônico — disse Filipe —, se esse é o melhor do seu estábulo, não vamos mais perder tempo. Preciso trabalhar.

— Senhor, dê-nos um momento. Ele está agitado porque precisa de exercício; comeu aveia demais. Com sua força, ele...

— Por três talentos posso comprar coisa melhor do que um pescoço quebrado.

— Meu senhor, só para o senhor faço um preço especial.

— Estou ocupado — disse Filipe.

Filônico apertou sua boca carnuda numa linha branca e reta. O cavalariço, com a vida dependendo daquele fracasso, começou a virar o cavalo para as fileiras de animais. Alexandre então gritou em sua voz aguda:

— Que desperdício! O melhor cavalo da exposição!

Ira e urgência davam uma nota de arrogância ao que dizia, e várias cabeças viraram-se para olhar. Filipe olhou em torno, surpreso. Nunca, nem na pior situação, o menino fora grosseiro com ele em público. Era melhor ignorar tudo até mais tarde. Cavalariço e cavalo afastaram-se.

— O melhor cavalo que já apareceu aqui. Tudo o que precisa é alguém que saiba lidar com ele. — Alexandre saíra para o campo. Todos os seus amigos, até Ptolomeu, deixaram um espaço discreto ao seu redor; estava indo longe demais agora. Toda a multidão os encarava. — Um cavalo em dez mil jogado fora.

Filipe, ao olhar de novo, decidiu que o menino não pretendera ser tão insolente. Desde suas duas proezas precoces, tornara-se um jovem principiante cheio de energia. Tudo lhe subia à cabeça. *Nenhuma lição é melhor do que aquela que o homem dá a si mesmo*, pensou Filipe.

— Jasão treina cavalos há vinte anos. E você, Filônico, há quanto tempo? — Os olhos do vendedor passavam do pai para o filho; estava numa corda bamba.

— Bem, senhor, fui educado para isso desde menino.

— Ouviu isso, Alexandre? Mas você acha que pode fazer melhor?

Alexandre lançou um olhar não ao pai, mas a Filônico. Com uma sensação desagradável, o vendedor desviou os olhos.

— Sim. Com este cavalo eu poderia.

— Pois muito bem — disse Filipe. — Se você conseguir, o cavalo será seu.

O menino fitou o cavalo, lábios entreabertos e olhos vorazes. O cavalariço parara. O cavalo bufou sobre seu ombro.

— E se você não puder? — perguntou o rei, bruscamente. — O que fará?

Alexandre respirou fundo, sem tirar os olhos do cavalo.

— Se não conseguir montar, eu mesmo pagarei por ele.

Filipe ergueu as sobrancelhas escuras e densas.

— Três talentos?

O menino apenas começara a receber uma mesada; levaria mais do que aquele ano e talvez o próximo para pagar tudo.

— Sim — disse Alexandre.

— Espero que esteja falando sério, porque eu estou.

— Eu também.

Despertando de sua concentração no cavalo, viu que todos os olhavam: os oficiais, os chefes, os cavalariços e negociantes de cavalos, Ptolomeu e Hárpalo, Filotas; os meninos com quem passara a manhã. O mais alto, Heféstion, que se movia bem a ponto de sempre atrair os olhares, avançara um passo à frente dos demais. Por um momento, ambos se entreolharam.

Alexandre sorriu para Filipe.

— Então, pai, é uma aposta. O cavalo é meu; e o perdedor pagará por ele.

Houve um rumor de risos e aplausos no círculo real, nascido do alívio de que tudo se transformara em humor. Só Filipe, que tinha conhecimento de tudo, sabia que o sorriso era expressão de batalha, exceto por um observador sem importância, que também sabia disso.

Filônico, quase sem acreditar naquela feliz virada do destino, correu para alcançar o menino, que caminhava em direção ao cavalo. Já que não podia vencer, era importante ao menos não quebrar o pescoço. Seria demais esperar que o rei o perdoasse.

— Senhor, vai ver que...

Alexandre olhou em volta e disse:

— Vá embora.

— Mas, senhor, quando chegar...

— Vá embora. Para aquele lado, contra o vento, para que ele não possa vê-lo ou farejá-lo. Você já fez o bastante.

Filônico encarou os olhos claros e arregalados. E, em silêncio, dirigiu-se exatamente para onde fora mandado.

Então Alexandre lembrou que não perguntara quando chamaram o cavalo de Trovão pela primeira vez, ou se tivera outro nome. Fora dito claramente que Trovão significava tirania e dor. Precisava de um novo nome, então. Rodeou-o, mantendo-o atrás, olhando a mancha debaixo da crina na fronte.

— Cabeça de Boi — disse, falando em macedônio, linguagem do amor e da verdade. — Bucéfalo, Bucéfalo.

O cavalo mexeu as orelhas. Ao som dessa voz, a presença odiada perdia a força e era expulsa. E agora? Perdera toda a confiança nos homens. Bufou e pateou no chão, num aviso.

Ptolomeu disse:

— O rei pode arrepender-se de expô-lo a isso.

— O menino nasceu com sorte — disse Filotas. — Quer apostar?

Alexandre disse ao cavalariço:

— Eu o seguro. Não precisa esperar.

— Ah, não, senhor! Só quando tiver montado, senhor. Vão me julgar responsável.

— Não, agora ele é meu. Só me dê a cabeça dele sem repuxar o bocado... Eu disse para me dar. *Agora!*

Pegou as rédeas, primeiro apenas soltando-as um pouco. O cavalo bufou, depois virou a cabeça e farejou Alexandre. A pata dianteira mexeu-se inquieta. O menino pegou as rédeas numa das mãos, passando a outra pelo pescoço úmido do animal. Depois deslizou a mão até o cabresto para que o bocado com farpas não pressionasse mais. O cavalo apenas avançou um pouquinho. O menino disse ao cavalariço:

— Vá por ali. Não atravesse na luz.

E forçou a cabeça do cavalo em direção ao sol claro de primavera. Suas sombras caíram atrás, distantes de suas vistas. Os cheiros do suor do cavalo, de sua respiração e do couro o inundaram.

— Bucéfalo — disse, brandamente.

O cavalo retesou-se para diante tentando puxá-lo; ele firmou um pouco a rédea. Uma mutuca pousou em seu focinho; o menino deslizou a mão até seus dedos sentirem o lábio macio. Quase implorando agora, o cavalo avançou, como se dissesse: "Venha, vamos sair daqui depressa".

— Sim, sim — disse Alexandre acariciando seu pescoço. — Tudo na hora certa; quando eu disser "vamos", nós vamos. Você e eu não somos de fugir.

Achou melhor tirar seu manto; enquanto levava a mão ao broche, continuava falando para que o cavalo se mantivesse atento nele:

— Lembre-se de quem nós somos. Alexandre e Bucéfalo.

O manto caiu atrás dele; deslizou o braço sobre o dorso do animal. Era um cavalo alto para os padrões gregos, a mesma altura do cavalo de Filotas de que ele tanto falava. O olho preto procurou-o.

— Tudo bem, tudo bem. Eu lhe digo quando.

Com as rédeas enroladas na mão esquerda, agarrou a crina; com a direita, tocou a base da crina entre as espáduas. Podia sentir o cavalo concentrar-se. Correu alguns passos junto com ele para ganhar impulso, depois saltou, jogou a perna direita por cima; conseguira montar.

O cavalo sentiu o peso leve no dorso, denso de segurança; a misericórdia de mãos invencíveis, a predominância de uma vontade indomável; uma natureza que ele conhecia, da qual partilhava, transfigurou-se em divindade. Os homens não o tinham domado; mas com o deus ele conseguiria.

Primeiro, a multidão ficou silenciosa. Eram conhecedores de cavalos e tinham sensibilidade suficiente para evitar o sobressalto daquele. Mal conseguindo respirar, esperaram o cavalo se mover, supondo que o menino seria carregado junto, ansiosos por aplaudir caso ele ao menos conseguisse montar e fazê-lo parar, mas Alexandre o tinha nas mãos; o animal aguardava seu sinal para partir. Houve um murmúrio de admiração; então, quando o viram inclinar-se para a frente e premi-lo com os calcanhares dando um grito, quando menino e cavalo dispararam na direção das campinas, começaram a gritar. Eles sumiram na distância; só as nuvens de poeira erguidas mostravam aonde estavam indo.

Finalmente voltaram com o sol batendo em suas costas, as sombras nítidas à frente. Como os pés de um faraó esculpido pisoteando os inimigos vencidos, os cascos trovejantes esmagavam a sombra no solo, triunfantes.

Na hípica diminuíram a marcha. O cavalo bufava e sacudia sua brida. Alexandre sentava-se à vontade, na postura que Xenofonte recomendara: pernas retas para baixo, segurando-se com a coxa, relaxando joelho abaixo. Foi até a plataforma; mas um homem estava parado embaixo, na frente, esperando por ele. Era seu pai.

Saltou do cavalo no estilo da cavalaria, sobre o pescoço, costas voltadas para o animal, considerada a melhor maneira na guerra uma vez que o cavalo permitisse. O cavalo lembrava de coisas aprendidas antes da tirania. Filipe estendeu os dois braços; Alexandre caiu dentro deles.

— Cuidado para não repuxar o bocado, pai. O cavalo está machucado — disse.

Filipe bateu-lhe nas costas. Estava chorando. Até seu olho cego derramava lágrimas verdadeiras.

— Meu filho! — disse, sufocando. Sua barba áspera estava úmida. — Muito bem, meu filho. Meu filho.

Alexandre retribuiu o beijo. Sentia que nada poderia desfazer aquele momento.

— Obrigado, pai. Obrigado pelo meu cavalo. Vou chamá-lo de Bucéfalo.

O cavalo moveu-se de repente. Filônico chegava, radiante e cheio de elogios. Alexandre virou o rosto e fez um sinal de cabeça; Filônico recuou. O comprador sempre tinha razão.

Reunira-se em torno deles uma multidão agitada.

— Por favor, pai, diga-lhes que não se aproximem tanto, sim? Ele ainda não suporta muita gente. Preciso escová-lo eu mesmo, ou vai apanhar um resfriado.

Ele cuidou do cavalo, mantendo o melhor dos cavalariços ao seu lado para que o conhecesse outra hora. A multidão na hípica estava quieta. Tudo estava quieto nos estábulos quando ele saiu, corado da cavalgada e do trabalho, desgrenhado, cheirando a cavalo. Só um retardatário estava por ali; o menino alto, Heféstion, cujos olhos tinham lhe desejado vitória. Ele sorriu num cumprimento. O menino devolveu o sorriso, hesitou e aproximou-se. Houve uma pausa.

— Gostaria de vê-lo?

— Sim, Alexandre... Foi como se ele conhecesse você. Senti isso, como um presságio. Como se chama?

— Eu o batizei Bucéfalo. — Estavam falando grego.

— Melhor do que Trovão. Ele odiava esse nome.

— Você mora aqui perto, não é?

— Sim. Posso lhe mostrar onde. Pode-se ver daqui. Não aquela primeira colina ali, mas a segunda, atrás dela...

— Você já esteve aqui antes. Estou lembrando. Ajudou-me a arrumar uma atiradeira; não, era uma aljava. E seu pai o levou dali, zangado.

— Eu não sabia quem você era.

— Você já tinha me mostrado as colinas; lembrei-me disso. E nasceu no mês do leão, no mesmo ano que eu.

— Sim.

— É um pouco mais alto, mas seu pai é alto, não é?

— Sim, e meus tios também.

— Xenofonte diz que se sabe quando um potro será um cavalo grande pelo comprimento da perna. Quando formos homens você ainda será o mais alto.

Heféstion fitou os olhos confiantes e francos. Lembrou que seu pai dissera que o jovem filho do rei poderia ter mais possibilidades de crescer se aquele seu tutor cara de pau não o fizesse trabalhar demais e comer de menos. Devia ser protegido, precisava ter tido amigos.

— Mas você ainda será aquele que pode montar Bucéfalo.

— Venha dar uma olhada nele. Não se aproxime muito, por enquanto; ainda tenho de chegar primeiro sempre que alguém vem cuidar dele, estou vendo.

Notou que voltara a falar macedônio. Encararam-se e sorriram.

Tinham conversado algum tempo quando ele recordou que pretendera sair direto do estábulo, do jeito que estava, e contar a novidade à mãe. Pela primeira vez na vida, esquecera-se inteiramente dela.

\* \* \*

Poucos dias depois, ele fez um sacrifício a Hércules.

O herói fora generoso. Merecia algo mais do que uma cabra ou bode.

Olímpia concordou. Se seu filho não achava nada suficientemente bom para Hércules, o mesmo se dava com seu filho. Andara escrevendo cartas a todos os seus amigos e parentes em Epiro, contando que Filipe tentara repetidamente montar no cavalo e fora jogado no chão com indignidade, diante de todas as pessoas; o cavalo era selvagem feito um leão, mas Alexandre o domara. Abriu seu novo baú com objetos de Atenas, convidando-o a escolher algo para o novo quíton de festa. Ele escolheu lã branca lisa e fina e, quando a mãe disse que era simples demais para um dia tão especial, ele respondeu que era adequado para um homem.

Levou sua oferta numa taça de ouro ao nicho do herói no jardim. Os pais estavam presentes; era um evento na Corte.

Depois da invocação apropriada ao herói, com seus louvores e epítetos, ele agradeceu os presentes à humanidade, e concluiu:

— Como fostes para mim, permanecei; sede-me favorável no que daqui por diante eu realizar, segundo minhas orações.

E virou a taça. Uma torrente translúcida de incenso, como grãos de âmbar, brilhou ao sol e caiu na madeira em brasa. Uma nuvem doce de fumaça azul ergueu-se no céu.

Todos, menos um, disseram Amém. Leônidas, que viera assistir porque achava que era seu dever, comprimiu os lábios. Logo partiria; outro assumiria seu cargo. Embora o menino ainda não soubesse, sua animação era insultante. A resina árabe continuava escorrendo do cálice; devia custar muitas dracmas. Isso depois de ser constantemente treinado na austeridade e prevenido contra excessos!

Em meio àqueles alegres atos piedosos disse, com voz mordaz:

— Esbanje menos coisas tão preciosas, Alexandre, enquanto não for dono das terras em que elas crescem.

Alexandre virou-se do altar, taça vazia na mão. Fitou Leônidas com uma espécie de surpresa alerta, seguida por grave atenção. Finalmente disse:

— Sim. Vou me lembrar disso.

Quando descia os degraus do nicho, seus olhos encontraram os de outra pessoa que aguardavam os dele; era Heféstion, que entendia a natureza dos augúrios. Não precisavam falar nada.

— Agora sei quem será. Meu pai recebeu uma carta, mandou me chamar esta manhã. Espero que seja um homem suportável. Se não, temos de armar um plano.

— Pode contar comigo — disse Heféstion —, mesmo que deseje afogá-lo. Você já suportou mais do que o suficiente. Ele é um filósofo de verdade?

Estavam sentados na depressão entre dois frontões do palácio; uma região privada; até mostrar o caminho a Heféstion, só Alexandre estivera lá.

— Ah, sim, da Academia. Platão foi seu mestre. Você virá assistir às aulas? Meu pai disse que você pode.

— Eu só atrasaria você.

— Sofistas ensinam pela discussão; ele quer amigos meus presentes. Podemos pensar mais tarde em quem chamar. Não será apenas um debate lógico, ele terá de ensinar coisas que me sejam úteis. Meu pai lhe disse isso. Ele respondeu que a educação de um homem deveria ser adequada à sua posição e seus deveres. Isso não nos revelou muita coisa.

— Pelo menos não pode bater em você. Ele é ateniense?

— Não, estagirita. Filho de Nicômaco, que foi médico de meu avô Amintas. Acho que de meu pai também, quando era criança. Você sabe como Amintas vivia, como um lobo num território de caça, expulsando os inimigos ou tentando ele mesmo voltar. Nicômaco deve ter sido leal, não sei se era bom médico. Amintas morreu na cama; em nossa família, isso é muito raro.

— Então o filho dele... como se chama?

— Aristóteles.

— Conhece este país, isso já é alguma coisa. É muito velho?

— Uns quarenta anos. Não é velho para um filósofo. Eles vivem para sempre. Isócrates, que quer que meu pai lidere os gregos, tem noventa e tantos, e ele queria o emprego! Platão viveu até mais de oitenta. Meu pai diz que

Aristóteles esperava ser chefe da escola, mas Platão escolheu um sobrinho. Por isso Aristóteles deixou Atenas.

— Então pediu para vir aqui?

— Não, partiu quando nós dois tínhamos nove anos. Sei disso porque foi o ano da guerra da Cálcida. E não podia ir para casa, para Estagira, porque meu pai acabara de queimar a cidade e escravizar o povo. O que está puxando meu cabelo?

— Um galhinho da árvore onde subimos.

Heféstion, que não tinha mãos muito hábeis, desembaraçou com cuidado ansioso o ramo de nogueira do emaranhado lustroso que cheirava a algum xampu caro que Olímpia usava, e a erva de verão. Depois deslizou o braço até a cintura de Alexandre. Fizera isso pela primeira vez quase por acaso; embora não rejeitado, esperou dois dias para atrever-se a tentar de novo. Agora aguardava sua oportunidade sempre que estavam a sós; e pensava nisso. Não sabia o que Alexandre pensava a respeito, se é que pensava. Aceitava-o satisfeito, e falava em outras coisas cada vez com mais liberdade e naturalidade.

— Os estagiritas eram confederados de Olinto; este deu exemplos dos que não quiseram entrar em acordo com ele. Seu pai lhe falou dessa guerra?

— O quê?... Ah, sim. Sim, falou.

— Ouça, é importante. Aristóteles foi para Asso como hóspede e amigo de Hérmias; tinham se conhecido na Academia. Ele é tirano de lá. Você sabe onde fica Asso, próximo a Mitilena; Asso controla os canais. Então, quando me dei conta, meu pai tinha escolhido esse homem, mas isso fica só entre nós dois.

Olhou no fundo dos olhos de Heféstion, como sempre antes de uma confidência. Como sempre, Heféstion sentiu seu diafragma derreter-se. Como sempre, demorou alguns momentos antes de entender direito o que o outro lhe dizia.

— ... que estavam em outras cidades e escaparam do sítio, e imploraram a meu pai que restaurasse Estagira e libertasse os cidadãos. É o que esse Aristóteles quer. O que meu pai quer é a aliança com Hérmias. É como um comércio de cavalos. Leônidas também veio pela política. O velho Fênix é o único que veio por *minha* causa.

Heféstion retesou o braço. Tinha emoções confusas; queria apertar até os ossos de Alexandre se confundirem com os seus, mas sabia que era perverso e insensato; mataria quem quer que machucasse um fio de seu cabelo.

— Eles não sabem que sei disso. Eu apenas digo "sim, pai". Nem contei à minha mãe. Quero decidir por mim mesmo quando vir esse homem, e fazer o que acho certo sem ninguém saber por quê. Isso fica só entre nós dois. Minha mãe detesta filosofia.

Heféstion pensava em como parecia frágil aquele tórax, como eram terríveis seus desejos de acariciar e apertá-lo. Continuava em silêncio.

— Ela diz que afasta o raciocínio humano dos deuses. Deveria saber que eu jamais negarei os deuses, não importa o que me digam. Sei que os deuses existem, tão certo quanto sei que você existe... e não estou conseguindo respirar.

Heféstion, que poderia ter dito o mesmo, soltou-o depressa. Depois conseguiu responder:

— Talvez a rainha o despeça.

— Ah, não, não quero isso. Só me traria problemas. Também pensei que ele pode ser do tipo de homem que responde perguntas. Desde que soube que vinha um filósofo, andei escrevendo minhas perguntas, coisas que ninguém aqui sabe me dizer. Já são 35, ontem as contei.

Não se afastara, mas, recostado no torreão do telhado, apoiava-se de leve em Heféstion, confiante e cálido. Isso, pensou Heféstion, era a verdadeira definição da felicidade; deveria ser; tinha de ser. E disse, inquieto:

— Sabe que eu gostaria de matar Leônidas?

— Ah, eu logo pensei nisso, mas agora, acho que ele foi mandado por Hércules. Um homem que nos faz bem contra sua vontade, isso mostra a mão do deus. Queria me reprimir, mas ensinou-me a lidar com a injustiça. Nunca preciso de manto de peles, nunca como depois de estar saciado, nem fico deitado na cama de manhã. Seria mais difícil começar a aprender agora do que foi com ele. Não pode pedir a seus homens que suportem coisas que você mesmo não pode suportar. E vão querer ver se sou mais brando do que meu pai. — Suas costelas e músculos retesaram-se; seu flanco era como uma armadura. — Uso roupas melhores, é só. Gosto disso.

— Você nunca mais vai usar esse quíton, acredite. Veja o que fez na árvore, um buraco onde posso enfiar a mão inteira... Alexandre, você nunca irá para a guerra sem mim, não é?

Alexandre sentou-se ereto, olhando-o fixamente; Heféstion tirou a mão depressa.

— Sem *você*? O que está querendo dizer, como pode pensar nisso? Você é meu amigo mais querido.

Heféstion sabia havia muito tempo que, se um deus lhe oferecesse uma única dádiva em toda a sua vida, seria aquela. A felicidade o atingiu como um raio.

— Fala sério? Realmente fala sério?

— Sério? — disse Alexandre numa voz de indignação atônita. — Você duvida? Acha que eu diria a alguém as coisas que tenho lhe dito? Sério... que coisa esquisita!

*Há apenas um mês*, pensou Heféstion, *eu teria medo de perguntar.*

— Não se zangue comigo. Sempre duvidamos de uma grande felicidade.

Os olhos de Alexandre suavizaram-se. Erguendo a mão direita, ele disse:

— Juro por Hércules. — Inclinou-se e deu em Heféstion um beijo esperado; o de uma criança afetuosa por natureza, que aprecia a atenção dos adultos. Heféstion mal teve tempo de sentir o choque delicioso antes de acabar o leve toque. Quando se recuperara e ia retribuir o beijo, a atenção de Alexandre se desviara. Parecia olhar fixamente o céu.

— Olhe — disse, apontando. — Vê a estátua da Vitória, no torreão mais alto de todos? Sei como chegar até lá.

Do terraço, a Vitória parecia pequena como o boneco de louça de uma criança. Quando a escalada vertiginosa os levara até sua base, viram que tinha um metro e meio de altura. Trazia na mão uma grinalda de louro dourada, esvoaçante no espaço.

Heféstion, que não perguntara nada durante o caminho todo porque nem se atrevia a pensar, enlaçou seu braço esquerdo à cintura de bronze da deusa, a pedido de Alexandre.

— Agora, segure meu pulso — disse Alexandre.

Assim apoiado, inclinou-se para fora, no espaço vazio, e partiu duas folhas da coroa. Uma saiu facilmente; a segunda deu trabalho. Heféstion sentia um suor grudento nas mãos; o medo de que sua mão escorregasse transformou-se em gelo no seu ventre, e arrepiava seu cabelo. Em seu terror, tinha consciência do pulso que segurava. Parecera delicado contra sua própria ossatura grande; mas era duro, resistente, punho cerrado sobre si num remoto e solitário ato de vontade. Depois de uma breve eternidade, Alexandre estava pronto para ser puxado de volta. Desceu com as folhas entre os dentes; quando estavam de volta no telhado, deu uma a Heféstion, dizendo:

— Agora sabe que iremos juntos para a guerra?

A folha pousou na mão de Heféstion; era de tamanho natural. Tremia, como se fosse verdadeira; ele cerrou depressa os dedos em torno dela. Sentia agora todo o horror da escalada, o minúsculo mosaico de grandes lajes bem embaixo, sua solidão no auge. Subira numa decisão feroz de enfrentar qualquer prova que Alexandre lhe impusesse, ainda que isso o matasse. Só agora, com as beiradas de bronze dourado entrando em sua palma, viu que o teste não fora para ele. Ele fora testemunha. Fora levado até ali em cima para segurar em sua mão a vida de Alexandre, a quem perguntara se falava sério. Era sua prova de amizade.

Quando desciam pela alta castanheira, Heféstion lembrou a história de Sêmele, amada de Zeus. Este aparecera em forma humana, mas isso não bastara para ela; exigira o abraço da sua divina epifania. Fora demais, ela se incendiara e se transformara em cinzas. Ele precisava preparar-se para o toque do fogo.

\* \* \*

Foi algumas semanas antes da chegada do filósofo; mas sua presença chegou antes.

Heféstion o subestimara. Não apenas conhecia o país mas a Corte, e seu conhecimento era atualizado; tinha laços familiares com moradores de Pela, e muitos amigos espalhados. O rei, sabendo disso, escrevera oferecendo-se para providenciar, se fosse conveniente, um recinto onde o príncipe e seus amigos pudessem estudar sem serem perturbados.

O filósofo lia entre as linhas, aprovando. O menino deveria ser tirado das garras da mãe; em troca, o pai também os deixaria em paz. Era mais do que se atrevera a esperar; escreveu logo em resposta, sugerindo que o príncipe e seus colegas fossem alojados a alguma distância das distrações da Corte, acrescentando, no final, uma recomendação de ar puro das montanhas. Não havia colinas perto de Pela.

Nas encostas do monte Bermion, a oeste da planície de Pela, havia uma boa casa que ficara arruinada na guerra. Filipe comprou-a e mandou reformá-la. Ficava a mais de 32 quilômetros; serviria muito bem. Acrescentou uma ala e um ginásio; e já que o filósofo pedira um lugar onde caminhar, mandou limpar um jardim; nada formal, um belo arranjo da natureza que os persas chamavam de "paraíso". Dizia-se que o lendário jardim do rei Midas ficara por ali. Tudo florescia.

Dadas as ordens, ele mandou buscar seu filho; sua esposa saberia de tudo pelos seus espiões na mesma hora e, de alguma forma, torceria o sentido de tudo para o menino.

Na conversa que seguiu, foi dito muito mais do que se expressava em palavras. Era o treinamento de um herdeiro real. Alexandre viu seu pai aceitar tudo com naturalidade. Todas as censuras, as palavras ambíguas como faca de dois gumes, tinham sido mais do que embates na interminável guerra com sua mãe? Todas as palavras tinham sido realmente ditas? Um dia pensara que ela jamais lhe mentiria; mas fazia algum tempo que sabia que isso era ilusão.

— Nos próximos dias — disse Filipe —, eu gostaria de saber com quais de seus amigos deseja passar o tempo. Pense no assunto.

— Obrigado, pai.

Ele recordou as horas de desonestas e sufocantes conversas nos aposentos das mulheres, interpretação de mexericos e boatos, intrigas e tramas, cismas e suposições a respeito de uma palavra ou olhar; gritos, lágrimas, declarações diante de deuses atrozes; aroma de incenso, ervas mágicas e carne queimada; confidências segredadas que o mantinham acordado à noite, de modo que no dia seguinte era mais lento na corrida, ou errava o alvo.

— Aqueles com quem você anda agora — disse seu pai — serão bem-vindos se os pais deles concordarem. Ptolomeu, suponho?

— Sim, claro, Ptolomeu. E Heféstion. Já lhe perguntei sobre ele.

— Eu me lembro. Heféstion, certamente. — Esforçava-se por parecer natural; tirara um peso de sua consciência e não queria retomá-lo. Os padrões eróticos em Tebas repetiam-se; um adolescente e um homem, a quem o jovem seguia como exemplo. Se as coisas eram como começavam a parecer, não havia ninguém que ele quisesse ver nessa posição poderosa. Nem Ptolomeu, fraterno e homem de mulheres, projetara-se tanto. A espantosa beleza do menino, e seu gosto por amigos crescidos, por algum tempo lhe causaram ansiedade. Era bem do seu jeito estranho atirar-se de repente nos braços de um menino nascido quase no mesmo dia. Fazia semanas que eram inseparáveis; era verdade que Alexandre nada demonstrava, mas o outro era um livro aberto. Mesmo assim, não havia dúvida de quem era o exemplo. Um caso para não interferir.

Havia problemas suficientes fora do reino. Os ilírios haviam sido expulsos no ano anterior da fronteira oeste; isso lhe custara muita dor, problemas, escândalo e um golpe de espada no joelho que ainda o fazia mancar.

Na Tessália tudo estava bem; ele derrotara uma dúzia de tiranos locais, impusera paz em vários conflitos sangrentos e todo mundo, exceto um tirano ou dois, estava agradecido, mas falhara com Atenas. Mesmo depois dos Jogos Pítios, quando, por ser ele o presidente, recusaram-se a enviar competidores, ele não os abandonara. Seus agentes diziam que o povo podia ser persuadido se os oradores os deixassem em paz. Sua primeira preocupação era não cortar o subsídio público; nenhuma política seria aprovada se ameaçasse isso, nem mesmo para defender a pátria. Filócrates fora acusado de traição e fugira antes da sentença de morte ser executada, gozando de uma generosa pensão; Filipe depositava agora suas melhores esperanças em homens que não se vendessem, mas favorecessem a aliança por acharem a melhor opção. Tinham visto, por si mesmos, que, sua primeira meta era a conquista da Grécia asiática; a última coisa que queria era uma guerra dispendiosa com Atenas na qual, perdendo ou vencendo, ficaria inimigo da Hélade, sem ter recompensa melhor do que assegurar a retaguarda.

Por isso, nessa primavera ele mandara outra delegação oferecendo-se para revisar o tratado de paz se fossem feitas emendas razoáveis. Um enviado ateniense fora mandado de volta, velho amigo de Demóstenes, um certo Hegesipo, conhecido por seus concidadãos como Topete por causa de seus longos cachos efeminados amarrados numa fita. Em Pela, ficou claro por que o tinham escolhido; além de condições inaceitáveis, acrescentara por sua própria conta uma grosseria intolerante. Não havia risco de Filipe vencê-lo; era o homem que arranjara a aliança de Atenas com os da Fócida, sua mera presença era um insulto. Ele veio e foi; e Filipe, que ainda não pressionara este povo a efetuar o pagamento anual por causa do templo saqueado, avisou- -os de que começassem a liquidar a dívida.

Agora fervilhava uma guerra de sucessão em Epiro onde o rei morrera recentemente. Fora pouco mais do que chefe de uma tribo; logo haveria o caos, a não ser que se instaurasse uma hegemonia. Filipe pretendia fazer isso, pelo bem da Macedônia. Dessa vez recebera a bênção da mulher para sua ação, uma vez que escolhera o irmão dela, Alexandro. Ele veria onde estavam seus interesses e seria um freio às intrigas dela; estava ansioso por apoio e poderia ser um aliado útil, pensava Filipe. Era pena que, sendo o assunto tão urgente, não pudesse ficar para dar boas-vindas ao filósofo. Antes de mancar até seu cavalo de batalha, mandou chamar o filho e disse-lhe isso e nada mais. Usava seus olhos, e por muitos anos fora diplomata.

\* \* \*

— Ele estará aqui amanhã pelo meio-dia — disse Olímpia. — Portanto, não se esqueça, esteja em casa.

Alexandre estava parado junto de um pequeno tear onde sua irmã aprendia a bordar fímbrias. Aprendera recentemente o ponto alinhavo, e queria ser admirada por isso; agora eram amigos e ele aplaudiu generosamente, mas olhou em torno, como um cavalo quando levanta as orelhas.

— Eu o receberei no Aposento de Perseu — disse Olímpia.

— Eu o receberei, mãe.

— Claro que você tem de estar presente, eu disse isso.

Alexandre afastou-se do tear. Cleópatra, esquecida, estava parada com a lançadeira na mão, olhando de um para outro com uma apreensão familiar. Seu irmão bateu no cinturão de espada de couro polido.

— Não, mãe. Agora que meu pai está fora, eu devo fazer isso. Darei suas desculpas e apresentarei Leônidas e Fênix. Depois trarei Aristóteles até aqui em cima, e o apresentarei a você.

Olímpia levantou-se da cadeira. Ultimamente ele crescera mais depressa; ela já não era tão mais alta quanto pensava.

— Está me dizendo, Alexandre — sua voz aumentara —, que não me quer lá?

Houve um silêncio breve, inacreditável.

— Só menininhos são apresentados por suas mães. Não é jeito de receber um sofista quando se é adulto. Tenho quase quatorze anos e começarei com esse homem do jeito que pretendo.

O queixo dela ergueu-se, suas costas ficaram rígidas.

— Foi seu pai quem lhe disse isso?

Ele não estava preparado, mas conhecia aquilo.

— Não — respondeu. — Não preciso que meu pai me diga que sou um homem. Fui eu quem disse isso a ele.

As faces dela coraram; seu cabelo vermelho pareceu arrepiar-se. Os olhos cinzentos arregalaram-se. Ele a fitava, petrificado, pensando que não havia olhos mais perigosos no mundo inteiro. Ninguém ainda lhe dissera o contrário.

— Então você é um homem! E eu, sua mãe, que o pari, amamentei, cuidei, lutei pelos seus direitos quando o rei o queria enxotar como um cão vadio para impor aqui o seu bastardo... — Ela o olhava com aquele olhar fixo de uma mulher que invoca um encantamento. Alexandre não a interrompeu; era verdade que ela queria feri-lo. As palavras seguiam-se como flechas ardentes. — Eu, que vivi por você cada dia de minha vida desde que você foi concebido; ah! Muito antes de você ver a luz do sol; eu, que atravessei o fogo e a escuridão por você, e andei pelas moradas dos mortos...! Agora você trama com ele para me derrubar como uma mulher de camponês. Agora sim, acredito que você é filho dele!

Alexandre ficou parado em silêncio. Cleópatra largou sua lançadeira e gritou:

— Papai é um homem mau. Não gosto dele. Só gosto de mamãe.

Nenhum dos dois olhou para ela; então começou a chorar, mas ninguém ouviu.

— Chegará o dia em que você se lembrará de hoje. — Realmente, pensou ele, não esqueceria tão cedo. — Então? Não tem nada a me dizer?

— Lamento, mãe. — Sua voz estava mudando; e traiu-o, ficando aguda. — Fiz meus testes de virilidade. Agora, preciso viver como homem.

Pela primeira vez, sua mãe riu dele como a ouvira rir de seu pai.

— Seus testes de virilidade! Menino bobo. Pois conte-me quando foi para a cama com uma mulher.

Caiu entre eles uma pausa provocada pelo choque. Cleópatra, negligente, correu para fora. Olímpia jogou-se na cadeira e rompeu numa tempestade de lágrimas.

Ele foi até ela, como tantas vezes, e acariciou seu cabelo. Ela soluçou no peito do filho, murmurando as crueldades que sofria, dizendo que não queria mais viver se ele se voltasse contra ela. Alexandre disse que a amava, ela sabia bem disso. Muito tempo se passou assim. No fim, ele mal soube como, decidiram que receberia o sofista com Leônidas e Fênix, e pouco depois saiu. Não se sentia vitorioso nem derrotado; apenas exaurido.

Heféstion esperava ao pé da escada. Estava por ali, e sempre tinha uma bola à mão quando Alexandre queria jogar, ou água quando ele tinha sede; não por calculismo, mas por uma atenção constante de quem não perdia um detalhe. Naquele momento, enquanto Alexandre descia a escada de boca cerrada e olheiras profundas, Heféstion recebeu algum sinal silencioso que compreendia, e acertou o passo ao seu lado. Subiram a trilha que percorria o bosque; numa clareira havia um velho tronco de carvalho com fungos de filamentos laranja e cordões de hera. Heféstion sentou-se de costas para ele. Alexandre, ainda em silêncio, ajeitou-se em seu braço. Depois suspirou. Por algum tempo não disseram nada.

— Afirmam que amam você — disse, por fim — e que o comem vivo.

As palavras deixavam Heféstion ansioso; seria mais simples e seguro viver sem elas.

— É que as crianças pertencem a elas, mas os homens precisam se afastar. É o que diz minha mãe. Ela quer e não quer que eu seja um homem.

— A minha quer. Não importa o que ela diga. — Aproximou-se mais do outro; *como um animal*, pensou Heféstion, *que se acalma quando tocado.* Não, para ele era mais que isso. Não importava, teria o que precisasse. O local era solitário, mas ele falava docemente, como se os pássaros fossem espiões. — Ela precisa de um homem para defendê-la. Você sabe por quê.

— Sei.

— Ela sempre soube que eu ia fazer isso, mas hoje percebi que pensa que, quando chegar a hora, eu a deixarei reinar por mim. Não falamos disso, mas ela sabe que minha resposta é não.

As costas de Heféstion arrepiaram-se com a sensação de perigo, mas seu coração estava cheio de orgulho. Nunca esperara ser convocado para uma aliança contra sua poderosa rival. Expressou essa aliança sem arriscar nenhuma palavra.

— Ela chorou. Eu a fiz chorar.

Ainda estava muito pálido. Era preciso encontrar palavras.

— Ela também chorou quando você nasceu, mas tinha de ser assim.

Houve uma longa pausa, e depois:

— Sabe aquela outra coisa que eu lhe contei?

Heféstion assentiu. Não haviam mais falado naquilo.

— Ela prometeu me contar tudo um dia. Às vezes diz uma coisa, depois diz outra… Sonhei que tinha apanhado uma serpente sagrada e tentava fazê--la falar comigo, mas ela escapava e ia embora.

Heféstion disse:

— Quem sabe ela queria que você a seguisse?

— Não, ela tinha um segredo, mas não queria falar… Minha mãe odeia meu pai. Acho que sou a única pessoa que ela ama de verdade. Quer que eu seja só dela e nada dele. Às vezes fico pensando… isso será *tudo*?

No bosque banhado de sol, Heféstion sentiu um leve tremor percorrer todo o seu corpo. O que Alexandre necessitasse, ele teria.

— Os deuses vão revelar. Revelaram tudo aos heróis, mas sua mãe… de qualquer modo… *ela* é mortal.

— Sim, é verdade. — Ele parou, remoendo o pensamento. — Uma vez, quando estava sozinho no monte Olimpo, recebi um sinal. Jurei guardar segredo para sempre, seria só entre mim e o deus. — Fez um pequeno movimento pedindo para ser liberado, e esticou o corpo todo num longo suspiro trêmulo. — Às vezes esqueço tudo isso por meses a fio, outras vezes penso dia e noite, e outras ainda, acho que se não descobrir a verdade vou enlouquecer.

— Isso é bobagem. Agora você tem a mim. Acha que eu o deixaria ficar doido?

— Com você posso falar. Enquanto você estiver aí...

— Prometo-lhe diante de Deus que, enquanto for vivo, estarei por perto.

Ergueram os olhos para as altas nuvens, cujo movimento quase imperceptível era como o silêncio no céu de um longo dia de verão.

\* \* \*

Aristóteles, filho de Nicômaco, o médico da especialidade de Asclepíades, olhou ao redor quando o navio entrou no ancoradouro tentando recordar cenas de sua infância. Fazia muito tempo; tudo parecia estranho. Ele fizera uma viagem rápida e tranquila de Mitilena, único passageiro numa segura embarcação de guerra enviada para apanhá-lo. Não foi surpresa, portanto, ver uma escolta montada aguardando no cais.

Esperou que o líder da escolta lhe fosse útil. Estava bem-informado, mas nenhuma informação era trivial: a verdade era a soma de todas as suas partes.

Uma gaivota sobrevoou o navio. Com o reflexo de muitos anos de treinamento, ele notou sua espécie, o ângulo do voo, a abertura de suas asas, seus mergulhos, o alimento que fora buscar. As linhas do rastro do navio mudaram com a velocidade reduzida; uma razão matemática formava-se em sua mente, onde a guardou para encontrá-la quando tivesse tempo. Nunca precisava carregar tábulas e estilos.

Através das pequenas embarcações agrupadas, não conseguia ver direito a escolta. O rei certamente mandara alguém responsável. Aristóteles preparou suas perguntas, as de um homem formado num tempo em que filosofia e política eram totalmente engajadas, e nenhum intelectual poderia conceber em sua mente maior valor do que ser médico das enfermidades da Hélade. Bárbaros por definição, eram casos sem esperança; o mesmo que tentar endireitar um corcunda. A Hélade precisava ser curada para guiar o mundo.

Duas gerações tinham visto todas as formas decentes de governo decaírem em sua própria perversão: aristocracia em oligarquia, democracia em demagogia, reinado em tirania. Em progressão matemática, segundo o número que partilhava o mal, aumentava o peso morto opondo-se à reforma.

Era impossível mudar uma tirania. Mudar uma oligarquia exigia poder e crueldade, ambos destrutivos para a alma. Mudar uma demagogia exigia um demagogo e também destruiria a mente, mas reformar uma monarquia exigia apenas moldar um homem. A oportunidade de modelar um rei, prêmio que todo filósofo desejava, cabia agora a ele.

Platão arriscara a vida por isso em Siracusa, uma vez com o pai tirano, outra com o filho fútil. Desperdiçara metade de sua última safra, em vez de recusar o desafio que ele próprio definira primeiro. Fora o aristocrata e o soldado nele; ou talvez o sonhador. Muito melhor seria ter primeiro colhido os dados confiáveis e poupar a viagem... Mesmo agora esse pensamento fulgurante evocou aquela impressionante presença silenciosa; a antiga insegurança, o senso de algo fugindo aos padrões de medida, derrotando categoria e sistema, voltou fantasmagoricamente com os aromas de verão no jardim da Academia.

Bem, ele falhara em Siracusa. Talvez por falta de bom material para trabalhar; mas seu fracasso ressoara por toda a Grécia. E antes do fim, sua mente deveria estar deteriorando-se também, para legar a escola a Espeusipo, aquele metafísico estéril. De qualquer modo, Espeusipo ficara ansioso por desistir até mesmo disso e vir para Pela. O rei sendo cooperativo, o menino inteligente e obstinado, sem vícios conhecidos, herdeiro de um poder que crescia a cada ano; não é estranho que Espeusipo ficasse tentado, depois das misérias e sujeiras de Siracusa, mas Espeusipo fora rejeitado. Demóstenes e sua facção tinham conseguido pelo menos isso, que ninguém de Atenas tivesse uma oportunidade sequer.

Quanto a ele, quando amigos elogiavam sua coragem por viver no país do Norte, atrasado e violento, apenas ignorava o assunto com seu sorriso austero. Ali estavam suas raízes; no ar daquelas montanhas conhecera a felicidade da infância, saboreando suas belezas enquanto a mente dos adultos se prendia aos cuidados da guerra. Quanto à violência, ele não era inocente, vivera à sombra do poder persa. Se lá conseguira transformar um homem de passado tão nefasto em amigo e filósofo, não receava fracassar com um menino ainda não formado.

Quando a galé atracava, recuando os remos para deixar passar uma tropa de trirremes, ele lembrou com afeto o palácio de Asso, na encosta da colina, com vista sobre as montanhas arborizadas de Lesbos, e o canal que tantas vezes atravessara; o terraço com suas fogueiras queimando em noites de verão; debates ou silêncio reflexivo, ou lendo um livro a dois. Hérmias lia muito bem; sua voz aguda era melodiosa e expressiva, jamais estridente, e a tonalidade andrógina não refletia sua mente. Quando menino, fora castrado para manter a beleza que seu mestre elogiava, e passara pelas profundezas antes de transformar-se em governante, mas como uma arvorezinha sufocada, crescera em direção à luz. Fora persuadido a visitar a Academia e de lá jamais saíra.

Condenado a nunca ter filhos, adotou uma sobrinha. Por bem da amizade, Aristóteles casou-se com ela; o fato de ela o adorar fora uma surpresa.

Ele estava contente por ter sido grato, pois a mulher já morrera; uma jovem morena, magra, estudiosa, que segurava a mão dele e o contemplava com olhos míopes e vagos e implorando-lhe que suas cinzas partilhassem com as dele a mesma urna. Ele jurara isso e acrescentara que jamais voltaria a se casar. Trazia a urna consigo, para o caso de morrer na Macedônia.

Naturalmente haveria mulheres. Orgulhava-se disso e não achava impróprio para um filósofo em sua saudável normalidade. Achava que Platão comprometera-se demasiadamente com o amor.

O barco atracava com a rapidez das manobras usuais em portos apinhados. Lançaram-se cordas, que foram amarradas, e a prancha de desembarque caiu com estrondo. A escolta apeara: eram cinco ou seis homens. Ele se virou para seus dois criados para assegurar-se de sua bagagem. Um movimento entre os marujos o fez erguer os olhos. No topo da prancha havia um menino parado olhando ao redor. Suas mãos repousavam num cinturão de espada masculino em torno da cintura, seu cabelo claro e vasto estava desgrenhado pela brisa do mar. Parecia alerta como um jovem cão de caça. Quando seus olhos se encontraram, ele saltou para a terra, sem esperar pelo marujo que correra para ajudar, com tamanha leveza que não alterou em nada seu passo.

— Você é Aristóteles, o filósofo? Que tenha uma vida feliz. Sou Alexandre, filho de Filipe. Bem-vindo à Macedônia.

Trocaram as cortesias formais, avaliando-se mutuamente.

Alexandre planejara essa expedição rapidamente, ajustando sua estratégia aos acontecimentos.

O instinto o fizera alerta. Sua mãe estava aceitando tudo aquilo bem demais. Sabia que ela concordara com o marido nisso ou naquilo apenas para dissimular seu próximo ataque. Indo ao quarto dela na sua ausência, ele vira um traje de gala exposto. Uma nova batalha seria mais sangrenta do que a última, e ainda não decidira nada. Ele se lembrou do admirável Xenofonte, que, quando acuado na Pérsia, decidira ganhar uma vantagem às escondidas.

Era preciso ser feito corretamente, sem se transformar numa escapadela. Alexandre fora até Antípatro, regente de seu pai na Macedônia, e pedira-lhe que viesse também. Era homem do rei, de lealdade inabalável; entendera tudo, mas não era tolo o bastante para demonstrá-lo. Estava ali agora, no cais, a recepção era oficial; e lá estava o filósofo.

Era um homem pequeno e magro, bem-proporcionado; porém, à primeira vista, parecia ser todo intelecto. Toda a sua pessoa era comandada por aquela ampla fronte convexa, como um recipiente inflado pelo conteúdo. Olhos pequenos e penetrantes ocupavam-se registrando, sem preconceito ou erro, exatamente o que viam. A boca fechava-se numa linha precisa como uma definição. Tinha uma barba curta e bem-aparada; seu cabelo, que começava a ficar ralo, dava a impressão de que as raízes tinham sido separadas pelo crescimento do enorme cérebro.

Um segundo olhar revelou que se vestira com algum cuidado e com a mesma elegância dos jônios, usando um ou dois bons anéis. Os atenienses consideravam-no um tanto afetado; na Macedônia, parecia de bom gosto, sem austeridade excessiva. Alexandre ofereceu-lhe a mão para subir na prancha e tentou ver qual seria o efeito de um sorriso. Quando o homem retribuiu, notou que sorrir era o melhor que conseguia fazer; raramente o veriam dar uma gargalhada, jogando a cabeça para trás, mas realmente parecia um homem que saberia esclarecer dúvidas.

*Beleza*, pensou o filósofo; *o dom divino*. E vinha junto com a mente; naquela casa havia alguém vivo. Sua tarefa não era tão desesperançada como as viagens do pobre Platão a Siracusa. Trataria de fazer com que essa notícia chegasse a Espeusipo.

As apresentações continuaram, o príncipe realizando-as com destreza. Um cavalariço trouxe uma montaria ao filósofo, oferecendo ajuda para montar ao estilo persa. Feito isso, o menino virou-se; um menino mais alto adiantou-se, mão na rédea de um magnífico cavalo de batalha preto com mancha branca. Durante todas as formalidades, Aristóteles percebera aquela criatura vibrante; ficou surpreso, por isso, ao ver o adolescente soltá-lo. O animal trotou direto para o príncipe encostando o focinho atrás de sua orelha. Este o acariciou, murmurando alguma coisa. Com elegância e dignidade, o cavalo baixou as ancas, aguardou enquanto era montado e, num estalar de dedos, endireitou-se. Houve um instante em que meninos e animal pareciam iniciados que trocavam uma palavra secreta de poder.

O filósofo afastou aquela fantasia. A Natureza não tinha mistérios, apenas fatos ainda não corretamente observados e analisados. Partindo desse sólido princípio, ninguém erraria seu caminho.

* * *

A fonte de Mieza era consagrada às ninfas. Suas águas tinham sido conduzidas a um velho tanque de pedra onde retiniam ao cair; embaixo, o tanque cheio de samambaias fora esculpido pela própria torrente que fazia redemoinho entre seus rochedos. Sua superfície marrom refletia o sol, era um lugar agradável para se tomar banho.

Canais e condutos cruzavam os jardins, regatos cintilantes jorravam com ímpeto ou rolavam em pequenas quedas d'água. Ali cresciam loureiros, murtas e sorveiras; na relva não lavada atrás do pomar cultivado, velhas macieiras retorcidas e maçãs pequenas e ácidas ainda floresciam na primavera. Uma fina turfa verde ocupava o lugar do cerrado que fora removido; da casa no tom de rosa desbotado, trilhas e degraus íngremes emendavam-se circundando algumas pedras com suas florezinhas agrestes, ou atravessavam uma ponte de madeira, ou estendiam-se em torno de um banco de pedra panorâmico. No verão, os bosques mais além eram um emaranhado de enormes rosas silvestres, dádiva das ninfas a Midas; o frescor noturno ficava carregado de seu aroma forte.

Os meninos cavalgavam ao amanhecer para caçar antes do início das aulas. Armavam suas redes em tocas e apanhavam lebres ou cervos. Debaixo das árvores os odores eram úmidos e densos; nas encostas abertas, eram aromáticos pelas ervas esmagadas. Ao nascer do sol, haveria aroma de madeira queimada e carne assada, suor de cavalo no couro, cheiros que atraíam cães em busca de refugos, mas se a caça era escassa ou ruim, iam para casa em jejum e guardavam-na para análise. Aristóteles aprendera essa habilidade com seu pai; era herança de Asclepíades. Não desdenhava nem dos insetos que apanhavam. Já conhecia quase tudo o que lhe traziam, mas de vez em quando dizia, em tom seco: "O que é isso, o que é isso?". E pegava suas anotações com seus finos desenhos à pena, e ficava bem-humorado o resto do dia.

Alexandre e Heféstion eram os meninos mais jovens. O filósofo deixara claro que não queria crianças no seu pé, por mais importantes que fossem seus pais. Muitos adolescentes e meninos mais velhos que tinham sido amigos de infância do príncipe eram agora adultos. Nenhum dos escolhidos recusou o convite para participar da escola. Isso os qualificava como Companheiros do Príncipe, privilégio que poderia levar a qualquer parte.

Antípatro, depois de esperar algum tempo em vão, apresentou ao rei as reivindicações de seu filho Cassandro. Alexandre, a quem Filipe dera essa notícia antes de partir, não a recebera bem.

— Não gosto dele, pai. E ele não gosta de mim, então por que deseja vir?

— Por que acha? Filotas virá.

— Filotas é um de meus amigos.

— Sim, eu disse que seus amigos podiam vir, e, como você sabe, não recusei nenhum deles, mas não prometi que não deixaria entrar ninguém mais na escola. Como posso admitir o filho de Parmênion e rejeitar o de Antípatro? Se vocês não se dão bem, agora é hora de corrigir isso. Será útil para mim. E essa é uma arte que reis precisam aprender.

Cassandro era um adolescente de cabelo vermelho-vivo e pele branco-azulada manchada de sardas escuras; gorducho, gostava de ser tratado com servilismo por todos os que conseguia assustar. Achava Alexandre um jovem exibicionista insuportável que merecia um castigo, mas era protegido por sua posição e pelos bajuladores que o cercavam.

Cassandro não queria ir para Mieza. Pouco antes apanhara de Filotas, a quem dissera alguma maldade sem saber que sua preocupação principal era então ser aceito no grupo de Alexandre. Nenhuma façanha de Filotas seria eficaz. Cassandro viu-se ignorado por Ptolomeu e Hárpalo; Heféstion encarava-o como um cachorro amarrado olha um gato; Alexandre o ignorava, mas era simpático na sua presença com todos os que sabiam de sua aversão. Se fossem amigos, poderia ter sido tudo acertado; Alexandre gostava de reconciliações e teria de estar realmente muito zangado para recusar uma; mas, do modo como as coisas estavam, uma antipatia casual transformara-se em hostilidade. Cassandro preferia vê-los mortos a bajular aquele meninote vaidoso, que, num curso natural das coisas, deveria estar aprendendo a respeitá-lo.

Em vão suplicara ao pai para não aprender filosofia; sabia-se que isso virava a cabeça dos homens; ele queria ser somente soldado. Não se atrevia a confessar que Alexandre e seus amigos não gostavam dele; levaria uma surra de cinto por ter permitido que isso acontecesse. Antípatro valorizava sua carreira e era ambicioso em relação ao filho. Portanto, fitou Cassandro com um penetrante olho azul e sobrancelhas eriçadas que um dia tinham sido vermelhas como as do menino, e disse:

— Comporte-se bem por lá. E cuidado com Alexandre.

Cassandro respondeu, em tom desdenhoso:

— Ele não passa de um menininho.

— Não se faça de mais bobo do que já é. Quatro ou cinco anos de diferença não é nada quando forem homens. Preste atenção no que vou lhe dizer: aquele menino tem a inteligência do pai; e se não for tão difícil de lidar quanto sua mãe, eu sou um etíope. Não o aborreça. O sofista é pago para fazer isso. A você, estou mandando para que melhore, não para fazer inimigos. Se criar problemas, eu lhe passo a cinta.

Assim, Cassandro foi para Mieza, onde sentia nostalgia, tédio, solidão e ressentimento. Alexandre era polido com ele, porque seu pai dissera que essa era a arte dos reis, e porque tinha coisas mais sérias em que pensar.

Via-se que o filósofo não era apenas solícito, mas ansioso por responder perguntas. Diferentemente de Timantes, fazia isso primeiro, e só depois explicava o valor do sistema, mas quando vinha, a exposição era sempre rigorosa. Era um homem que detestava o ócio e as coisas obscuras.

Mieza dava para o leste; os altos aposentos com seus afrescos desbotados eram inundados de sol durante toda a manhã e frescor a partir do meio-dia. Trabalhavam dentro de casa quando precisavam escrever, desenhar ou estudar espécimes; quando debatiam ou ouviam conferências, caminhavam pelos jardins. Falavam de ética e política, da natureza do prazer e da justiça; da alma, da virtude, da amizade e do amor. Analisavam as causas das coisas. Tudo tinha de ser investigado até sua causa; e não podia haver ciência sem comprovação.

Logo uma sala inteira estava cheia de espécimes; flores secas e plantas, sementes em potes; ovos de pássaros com embriões preservados em mel claro; cozimentos de ervas medicinais. O escravo treinado de Aristóteles trabalhava ali o dia todo. À noite, observavam o céu; as estrelas eram tema mais divino do que qualquer outra coisa que os olhos humanos pudessem alcançar, um quinto elemento que não havia na terra. Anotavam ventos, nevoeiros e o aspecto das nuvens, e aprendiam a prognosticar tempestades. Refletiam luz em bronze polido e mediam ângulos de refração.

Para Heféstion, tudo era uma nova vida. Alexandre, na visão de todos, era só seu. Seu lugar era reconhecido até pelo filósofo.

Na escola, frequentemente se discutia amizade. Aprenderam que era uma das coisas que o homem menos podia dispensar; necessária para a boa vida e bela em si mesma. Entre amigos não havia necessidade de justiça, pois não existia erro nem desigualdade. Ele descrevia os graus da amizade, da egoísta até a mais pura, quando se desejava o bem do amigo pelo seu próprio bem. A amizade era perfeita quando homens virtuosos amavam o bem um no outro; pois a virtude proporcionava mais encantamento que a beleza, além de permanecer intocada pelo tempo.

Ele continuava a valorizar muito mais a amizade do que o caráter fluido de Eros. Um ou dois jovens discutiram isso. Heféstion, que não era rápido em transformar pensamentos em palavras, habitualmente era ultrapassado por outro. Preferia isso a fazer-se de tolo. Cassandro contava isso como ponto contra Alexandre.

Heféstion rapidamente tornou-se possessivo. Tudo o conduzia a esse caminho: sua natureza, a integridade do seu amor e seu próprio senso dele; a doutrina do filósofo, de que para cada homem havia apenas um amigo perfeito; a certeza de seu instinto impoluto, de que a lealdade de Alexandre combinava com a sua; e o *status* reconhecido de ambos. Aristóteles era um homem que partia dos fatos. Vira de imediato a ligação de ambos, já fixada para o bem ou para o mal; uma relação de afeição real, não de incontinência ou adulação. Não se deveria fazer-lhe oposição, mas moldá-la em sua inocência. (Se ao menos algum homem sábio tivesse feito isso pelo pai...!) Quando, por isso, falava de amizade, olhava bondosamente os dois belos jovens infalivelmente lado a lado. Nas secretas intimidades de Pela, Heféstion apenas olhara Alexandre; agora via refratado, claramente como na aula de óptica, que formavam um par de grande beleza.

Não havia nada ligado a Alexandre que não o deixasse muito orgulhoso; isso incluía sua posição, pois não podia imaginá-lo sem ela. Se a perdesse,

Heféstion o teria seguido para o exílio, a prisão ou morte; tal conhecimento conferia dignidade a seu orgulho. Nunca tinha ciúmes de Alexandre, pois jamais duvidava dele; mas tinha ciúmes de sua própria posição e gostava de vê-la reconhecida.

Pelo menos Cassandro tinha consciência disso. Heféstion, que o observava sempre, sabia que embora ele não desejasse nenhum dos dois, odiava a intimidade existente entre eles, sua confiança e beleza. Odiava Alexandre porque, com os soldados de Antípatro, ele era preferido ao filho de Antípatro; porque ganhara seu cinturão aos doze anos; porque Bucéfalo se abaixava para ele. Heféstion era odiado por não ficar atrás de Alexandre na esperança de tirar disso alguma vantagem. Heféstion sabia de tudo isso e refletia seu fatal conhecimento para Cassandro, cuja autoestima ansiava pela certeza de só odiar Alexandre pelos seus defeitos.

Mais odioso de tudo era que ele recebia de Aristóteles aulas particulares de política. Na verdade, Heféstion comentava a inveja de Cassandro para divertir Alexandre, quando este se queixava de achar as aulas tediosas.

— Pensei que eram as melhores. Ele conhece a Jônia, Atenas e a Calcídica, e até um pouco da Pérsia. Quero saber como são os homens por lá, seus costumes, seu comportamento. O que ele quer é encher-me de respostas antes de tudo. O que faria eu se acontecesse isso ou aquilo? Quando acontecer, eu verei, respondi; acontecimentos são feitos por homens, seria preciso conhecê-los. Ele me achou obstinado.

— O rei permitirá que você desista dessas aulas?

— Não. Tenho direito de fazer isso. Além do mais, discordar faz a gente pensar. Eu sei o que é errado. Ele acha que é uma ciência inexata; mesmo assim um tipo de ciência. Ponha um carneiro com uma ovelha e você sempre terá um carneirinho, ainda que não idêntico; aqueça neve e ela se derreterá. Isso é ciência. Suas demonstrações deveriam ser passíveis de repetição. Bem, vejamos agora na guerra; mesmo que se pudessem repetir todas as outras condições, o que é impossível, não se poderia repetir a surpresa. Nem o clima. Nem o estado de espírito dos homens. Exércitos e cidades são todos constituídos por pessoas. Ser um rei... ser rei é como música.

Ele parou, franziu o cenho. Heféstion disse:

— Ele tem lhe pedido novamente para tocar?

— Apenas ouvindo, perde-se metade do efeito ético.

— Se ele não é sábio como um deus, é bobo como galinha velha.

— Eu lhe disse que aprendi o efeito ético por experiência, mas não se podia repetir. Acho que ele entendeu a alusão.

O assunto nunca mais foi comentado. Ptolomeu, que não lidava com alusões, levara o filósofo de lado explicando-lhe os fatos.

O jovem assistira sem rancor a ascensão da estrela de Heféstion. Se o novo amigo fosse adulto, certamente teria havido um embate; mas o papel fraternal de Ptolomeu permanecia firme. Embora ainda solteiro, era pai várias vezes, com sentimento de dever para com sua prole espalhada; e seu sentimento por Alexandre começava a fundir-se a isso. O mundo da amizade adolescente passional era para ele um país desconhecido; fora atraído por meninas desde a puberdade. Não perdera nada para Heféstion; exceto que já não estava em primeiro lugar. Não sendo essa a menor das perdas humanas, ele não se incomodava de levar Heféstion muito a sério. Sem dúvida, em breve cresceriam e sairiam dessa fase; mas, nesse ínterim, Alexandre deveria fazer o rapaz ser menos briguento. Podia-se ver que os dois nunca se separavam, uma alma em dois corpos, como dizia o sofista; mas Heféstion sozinho podia ser briguento.

Havia apenas uma desculpa para isso. Mieza, santuário das ninfas, também era abrigo da Corte com seu torvelinho de notícias, eventos, intrigas. Viviam e conviviam ali com ideias. Suas mentes estavam amadurecendo, crescimento que diariamente eram impelidos a apressar; não se falava muito sobre o fato de seus corpos também estarem amadurecendo. Em Pela, Heféstion vivera um devaneio de vagas aspirações incipientes. Agora eram desejos, e não mais vagos.

Verdadeiros amigos partilham tudo; mas a vida de Heféstion estava repleta de segredos. Era inerente à natureza de Alexandre amar as provas de amor, mesmo estando seguro disso; em seu espírito apreciava e retribuía as carícias do amigo. Heféstion nunca se atrevera a nada que lhe revelasse mais do que isso.

Quando alguém de raciocínio tão rápido era muito lento para compreender, devia ser falta de vontade. Gostando tanto de servir, talvez não oferecesse o que não possuía. Se o conhecimento lhe fosse imposto à força, talvez falhasse. Seu coração poderia perdoar, mas sua alma jamais esqueceria.

Mesmo assim, pensava Heféstion, às vezes podia-se jurar... Mas não era hora de perturbá-lo, Alexandre já tinha problemas suficientes.

Todos os dias tinham lógica formal. O rei proibira, e o filósofo não queria a logomaquia evasiva da erística, ciência que Sócrates definira como fazer a pior causa parecer a melhor. Apesar disso, a mente deveria ser treinada para detectar uma falácia, incorrer numa petição de princípio, silogismo ou sofisma; toda ciência dependia de saber quando duas proposições se excluíam entre si. Alexandre pegara rapidamente a lógica. Heféstion guardava para si seus fracassos. Só ele conhecia o segredo das alternativas impossíveis, evitadas pela quase crença de duas coisas ao mesmo tempo. À noite, uma vez que dividiam o mesmo quarto, ele olhava para a cama do outro e via-o de olhos abertos ao luar, enfrentando o silogismo do seu próprio ser.

Para Alexandre, o santuário deles não era inviolado. Meia dúzia de vezes ao mês chegava um mensageiro de sua mãe com um presente de figos doces, um chapéu de montaria ou um par de sandálias trabalhadas (o último par, pequeno demais, pois agora ele crescia depressa), e uma carta grossa, amarrada e selada.

Heféstion sabia o conteúdo das cartas porque as lia. Alexandre dizia que verdadeiros amigos partilhavam tudo. Não tentava esconder que precisava dividir seu problema. Sentado na beira de sua cama ou num dos caramanchões do jardim, com um braço em torno dele para ler sobre seu ombro, Heféstion assustava-se com sua própria ira e mordia a língua.

As cartas eram repletas de segredos, detração e intriga. Se Alexandre queria notícias das guerras de seu pai, tinha de interrogar o mensageiro. Antípatro ficara novamente como regente, enquanto Filipe estava em campanha no Quersoneso; Olímpia achava que ela mesma deveria governar, com o general como comandante da guarnição. Para ela, ele não fazia nada correto; era homem de Filipe, e fizera um complô contra ela e a sucessão de Alexandre. Ela sempre mandava o mensageiro aguardar a resposta do filho; e, naquele dia, ele não estudaria mais. Se parecesse indiferente a Antípatro, voltaria uma carta cheia de acusações; se apoiasse as acusações dela, ele sabia que ela seria capaz de mostrar a carta a Antípatro em sua próxima briga. Chegou, enfim, o dia inevitável em que ela soube que o rei tinha uma nova mulher.

Essa carta foi terrível. Heféstion ficou surpreso, até consternado por Alexandre lhe permitir que a lesse. No meio da leitura, recuou; mas Alexandre estendeu a mão para ele e disse:

— Prossiga.

Era como alguém com uma enfermidade recorrente, que sentia o toque familiar da dor. Por fim, disse:

— Preciso falar com ela.

Sua pele estava fria. Heféstion disse:

— Mas o que você pode fazer?

— Apenas estar lá. Volto amanhã ou depois de amanhã.

— Vou com você.

— Não, você se zangaria, poderíamos brigar. Já estou bastante sobrecarregado sem isso.

Ao saber que a rainha estava doente e seu filho precisava visitá-la, o filósofo ficou quase tão zangado quanto Heféstion, mas não disse isso. Alexandre não parecia um menino que cabulava aula para ir a uma festa; nem voltou como se tivesse ido a uma. Naquela noite, acordou Heféstion gritando "Não!" enquanto dormia. Heféstion foi até lá e deitou-se com ele; Alexandre agarrou seu pescoço com força selvagem, depois abriu os olhos e abraçou-o com um suspiro de alívio, como um gemido, e adormeceu de novo. Heféstion manteve-se deitado junto dele, mas acordado, e logo antes do amanhecer voltou para sua cama fria. De manhã, Alexandre não se lembrava de nada.

Também Aristóteles tentou consolá-lo à sua maneira, fazendo no dia seguinte um esforço especial para levá-lo de volta aos ares puros da filosofia. Agrupados ao redor de um banco de pedra com vista para as nuvens e pontos afastados, tinham discutido a natureza de um homem ilustre. A autocomplacência seria uma nódoa nele? Certamente sim, no que dizia respeito a prazeres e luxúria comuns; por outro lado, que "eu" deveria ser levado em conta? Nem o corpo nem suas paixões, mas a alma intelectual, cujo ofício é comandar o resto, como um rei. Amar esse eu, desejar honras a ele, ter indulgência com seu apetite de virtude e feitos nobres; preferir uma hora de glória próxima à morte a uma vida indolente, querer a parte do leão na dignidade moral: nisso reside a perfeição da autocomplacência. Os velhos provérbios que sugerem ao homem que seja sempre humilde diante de sua própria mortalidade são falsos, afirmava o filósofo. Era preciso antes esforçar-se para adquirir imortalidade, não se contentar em ficar abaixo da coisa mais alta que conhece.

Sobre um penedo grande e cinzento diante de um arbusto de loureiro, olhos na linha do horizonte, Alexandre sentou-se e agarrou os joelhos. Heféstion observava-o para ver se sua alma estava se acalmando, mas parecia antes uma daquelas jovens águias que, tinham lido, eram treinadas pelos pais para fitarem o sol do meio-dia. Se piscassem, diziam os livros, seriam jogadas fora do ninho.

Depois, Heféstion levou-o para ler Homero, confiando mais nesse remédio.

Agora tinham um novo livro. O presente de Fênix fora copiado havia algumas gerações por um escriba sem talento de um texto adulterado. Interrogado sobre uma passagem obscura, Aristóteles apertara os lábios e mandara buscar em Atenas um bom exemplar cujos erros ele próprio repassara. Não apenas continha trechos que o livro velho omitira, como agora fazia sentido sua interpretação. Aqui e ali também fora editado para ter um tom mais moral; uma nota de rodapé explicava então que quando Aquiles exclamara "intensamente" para o vinho era porque o queria depressa, não forte. O discípulo era interessado e grato; mas, para o mestre, desta vez as causas não eram reveladas. Estivera preocupado em tornar edificante um poema arcaico e Alexandre, em fazer com que uma escritura sagrada fosse infalível.

O filósofo sentiu-se menos à vontade quando, num dos banquetes, entraram na cidade e foram ao teatro. Para seu aborrecimento, era *Os mírmidons*, de Ésquilo, que mostrava Aquiles e o seu Pátroclo como mais (ou, na sua visão, menos) do que apenas bons amigos. Entre suas preocupações críticas, quando a notícia da morte de Pátroclo chegara a Aquiles, ele se deu conta de que Alexandre estava em transe, lágrimas correndo dos olhos bem abertos, e que Heféstion segurava sua mão. Um olhar de reprovação fez Heféstion largá-la, vermelho até as orelhas; Alexandre estava fora de alcance. No fim desapareceram; achou-os nos bastidores com o ator que representara Aquiles. Não conseguiu evitar que o príncipe realmente o abraçasse, dando-lhe uma pulseira preciosa que usava e pela qual certamente a rainha o questionaria. Era algo impróprio demais. Todo o dia seguinte foi devotado à matemática, saudável antídoto.

Ninguém o informara de que em sua turma, quando não se pedia que discutissem lei, retórica, ciência ou a boa vida, todos se ocupavam debatendo se aqueles dois estavam ou não fazendo aquilo. Heféstion sabia do fato, tendo recentemente batido em alguém que lhe perguntara isso diretamente por causa de uma aposta. Era possível que Alexandre não soubesse? Em caso afirmativo, por que nunca falara sobre o assunto? Era lealdade com relação à amizade, para que ninguém a julgasse incompleta? Ele talvez até pensasse que os dois já fossem amantes; seria assim que ele entendia? Às vezes, de noite, Heféstion imaginava se era tolo ou covarde por não tentar a sorte, mas o oráculo do instinto lhe dizia que não o fizesse. Diariamente lhes diziam que as coisas eram abertas à razão; mas ele sabia do contrário. Fosse o que fosse que ele estivesse aguardando — um nascimento, uma cura, a intervenção de um deus —, teria de esperar, ainda que para sempre. Só com o que tinha já era rico tirando o que sonhara; se desejasse mais e perdesse, logo morreria.

No mês do leão, quando se colhiam as primeiras uvas, fizeram seus aniversários de quinze anos. Na semana das primeiras geadas, o mensageiro trouxe uma carta. Desta vez não era da rainha, mas do rei. Ele saudava o filho; esperava que apreciasse a mudança daquela vida junto dos filósofos e convidava-o a visitar seu quartel-general. Não era cedo demais para ver a face da guerra, pois nesses assuntos ele estava adiantado.

* * *

Sua estrada cortava a praia, beirando as montanhas quando pântano ou embocaduras de rio a impeliam para o interior. Os exércitos de Xerxes tinham-na aberto primeiro, movendo-se a Oeste; os exércitos de Filipe a tinham reparado, movendo-se para o Leste.

Ptolomeu veio porque Alexandre achou que era necessário; Filotas, porque seu pai estava com o rei; Cassandro, porque se o filho de Parmênion viesse, o de Antípatro não poderia ficar atrás; e Heféstion, porque era esperado.

A escolta era comandada por Cleito, irmão mais novo de Helanique. O rei o escolhera para isso porque Alexandre o conhecia havia muito tempo. Com efeito, era uma das primeiras criaturas de que se lembrava, o menino moreno e gorducho que entrava no quarto das crianças e falava com Lanique por cima dele, ou atravessava o quarto aos berros, brincando de urso. Agora era Cleito Preto, um capitão barbudo dos Companheiros da Cavalaria; muito confiável, com uma franqueza arcaica. A Macedônia tinha muitos desses sobreviventes do passado homérico, quando o Grande Rei tivera de tomar, se os chefes decidissem dá-las, suas mentes inteiras. Agora, escoltando o filho do rei, ele quase não percebia que voltava às brincadeiras meio brutas do quarto de menino; Alexandre não sabia direito o que lembrava vagamente; mas havia uma rispidez em suas lutas, e embora risse, cuidava de dar o mesmo que recebia.

Vadearam rios que, segundo a lenda, secaram na passagem das hordas persas; atravessaram o Estrímon na ponte do rei Filipe, e escalaram o Pangeu até a cidade de terraços da Anfípole. Lá, nos Nove Caminhos, Xerxes enterrara nove meninos e nove meninas vivos para agradar aos deuses. Agora, entre montanhas e rios, erguia-se uma grande fortaleza, com grandes pedras brilhantes. Fundições de ouro soltavam fumaça dentro das muralhas; era certo que Filipe não queria perder, primeira conquista sua além do rio que outrora fora a mais distante fronteira da Macedônia. O Pangeu alteava-se acima deles com escuras florestas e sinais causados pelo trabalho nas minas, mármore branco emergindo cintilante ao sol; o rico ventre dos exércitos reais. Aonde quer que fossem, Cleito apontava mostrando rastros das guerras do rei; obras construídas para o sítio, agora cobertas de hera, rampas onde as torres e catapultas tinham sido erguidas contra as muralhas da cidade jaziam em ruínas. Sempre havia, ao longo do caminho, um forte de Filipe que os abrigava durante a noite.

— O que será de nós, rapazes — disse Alexandre, rindo —, se ele não deixar nada para a gente fazer?

Quando o terreno da planície costeira estava firme, os rapazes galopavam e voltavam como num ataque, cabelos gotejantes, chapinhando ao longo da praia, berrando uns com os outros acima dos gritos das gaivotas. Uma vez, enquanto cantavam, alguns camponeses que passavam tomaram-nos por um grupo de convidados de casamento, levando o noivo para a casa da noiva.

Bucéfalo estava muito animado. Heféstion tinha um belo cavalo novo, vermelho e de crina loura como a cauda. Costumavam trocar presentes, por impulso ou nas festas, mas tinham sido pequenas lembranças de infância; aquele era o primeiro presente valioso e sério que recebia de Alexandre. Os deuses haviam criado apenas um Bucéfalo; mas a montaria de Heféstion tinha de superar todas as demais. E era excelente. Cassandro admirou-o. Afinal, ele tirava proveito de seu servilismo. Heféstion percebeu o significado daquilo, e apreciaria uma oportunidade de vingança; mas nada fora expresso em palavras. Era inconcebível armar uma cena diante de Cleito e da escolta.

A estrada corria para o interior, contornando um pântano. Situada sobre uma colina controlando a passagem, alterando-se, orgulhosa, acima da planura, estava a rochosa cidadela de Filipe. Ele a tomara e selara com seu nome num ano excelente.

— Minha primeira campanha — disse Cleito. — Estava presente quando o mensageiro trouxe as notícias. Seu pai, Filotas, rechaçou os ilírios e os fez correr até metade do caminho para o mar do Oeste; o cavalo do rei venceu em Olímpia; e você, Alexandre, veio ao mundo, como nos disseram, com um grande berro. Recebemos uma provisão dupla de vinho. Não sei por que não foi tripla.

— Pois eu sei. Ele sabia o quanto você era capaz de aguentar.

Alexandre trotou em frente e murmurou para Heféstion:

— Desde meus três anos escuto essa história.

Filotas disse:

— Tudo isto aqui já foi terra tribal dos trácios.

— Sim, Alexandre — disse Cassandro. — Tem de cuidar do seu amigo Lambaro. Os agrinoi — ele apontou para o lado norte — devem ter esperança de lucrar com essa guerra.

— Ah, é? — Alexandre ergueu as sobrancelhas. — Pois cumpriram seus compromissos. Não como o rei Cersobleptes, que iniciou a guerra assim que lhe devolvemos os reféns.

Todos sabiam que Filipe estava farto das falsas promessas desse chefe e seus ataques de bandoleiro; o objetivo da guerra era transformar aquelas terras em uma província da Macedônia.

— Esses bárbaros são todos iguais — disse Cassandro.

— Recebi notícia de Lambaro no ano passado. Fez um mercador escrever por ele. Quer que eu visite sua cidade como seu hóspede.

— Não duvido. Sua cabeça ficaria muito bem num poste no portão da aldeia.

— Como você acabou de dizer, Cassandro, ele é meu amigo. Lembre-se disso.

— E cale sua boca — disse Heféstion, em tom audível.

Deveriam dormir em Filipe. A alta Acrópole brilhava como uma fogueira na luz rubra do sol que se punha. Alexandre fitou-a por um longo tempo, calado.

O rei estava acampado diante do forte de Dorisco, quando finalmente o alcançaram, perto do vale Hebro. Além do rio, ficava a cidade trácia de Cípsela. Era preciso tomar o forte, antes da investida.

O forte fora construído por Xerxes para proteger sua retaguarda depois de cruzar o Helesponto. Na vastidão do mar, ele adivinhara, por alto, o número de suas hostes, demais para ser contado, fazendo tropa após tropa marchar dentro de um quadrado desenhado em torno dos primeiros dez mil homens. O forte era sólido; não faltavam escravos, mas começara a deteriorar-se nesse século e meio de trácios; havia rachaduras tapadas com cascalho, canteiros cobertos de espinheiros como um curral de cabras nas montanhas. Resistira a guerras tribais trácias; até agora, não lhe exigira mais que isso.

Anoitecia quando se aproximaram. De dentro das muralhas, subia o aroma de fogueiras de cozinha e ouvia-se o balido distante das cabras. O acampamento dos macedônios ficava fora do alcance das flechas, uma aldeia composta por operários, tetos apoiados em caniços do rio Hebro e carroções virados. Num contorno geométrico e preto contra o céu crepuscular, erguia-se uma torre de madeira de dezoito metros de altura; seus guardas, protegidos por grossas tendas de couro de boi contra mísseis dos baluartes, cozinhavam seu jantar na base da torre. Nas linhas da cavalaria, os cavalos estavam amarrados em suas estacas. Tinham construído plataformas para as catapultas; as grandes máquinas pareciam dragões agachados prontos para saltar, vigas de madeira de árvore estendidas, arcos maciços que disparariam seus projéteis como asas. Os arbustos ao redor fediam a excremento; o ar cheirava a madeira queimada, a peixe grelhado e a corpos sujos de muitos homens e mulheres. As vivandeiras ocupavam-se com o jantar; aqui e ali algum de seus filhos esperneavam ou choravam. Alguém tocava uma lira desafinada.

Para os oficiais desocupara-se uma aldeiazinha, cujos moradores fugiram para o forte ou as montanhas. O alojamento do líder, dois quartos de pedra e uma meia-água, hospedavam o rei. Viram sua lamparina a alguma distância.

Alexandre tomou a frente, para que Cleito não a assumisse, entregando-o ao pai como uma criança. Seus olhos, ouvidos e nariz percebiam a presença da guerra, a diferença das casernas ou acampamento familiar. Quando chegaram a casa, a figura quadrada de Filipe escureceu a entrada. Pai e filho abraçaram-se, examinando-se à luz da fogueira do acampamento.

— Você está mais alto — disse o rei.

Alexandre balançou a cabeça afirmativamente.

— Minha mãe manda-lhe seus cumprimentos e espera que você esteja bem de saúde — disse, apenas para a escolta ouvir. Houve uma pausa tensa; ele prosseguiu, depressa: — Eu lhe trouxe um saco de maçãs de Mieza. Estão boas este ano.

O rosto de Filipe iluminou-se; as maçãs de Mieza eram famosas. Bateu no ombro do filho, saudou seus companheiros, mostrou a Filotas o alojamento do pai e disse:

— Bem, entrem; entrem e comam.

Acompanhado de Parmênion, comeram num cavalete, servidos por nobres rurais, jovens adolescentes cujos pais tinham condições sociais que lhes propiciavam o aprendizado de modos e procedimentos bélicos agindo como criados pessoais do rei. As doces maçãs douradas foram trazidas numa travessa de prata. Duas lamparinas em suportes de bronze iluminavam o ambiente; as armas e armadura do rei estavam encostadas num canto; das paredes exalava um remoto cheiro de umidade.

— Só um dia mais tarde — disse Filipe —, e podíamos tê-los alojado lá dentro. — Fez um gesto para o forte, com a maçã na mão.

Alexandre inclinou-se sobre a mesa. A longa cavalgada o deixara mais bronzeado de sol; uma cor viçosa brilhava em suas faces; cabelos e olhos cintilavam refletindo a luz das lamparinas; era como um graveto aceso por uma fagulha.

— Quando atacaremos?

Filipe sorriu para Parmênion, do outro lado da mesa.

— O que se faz com um menino desses?

Partiriam um pouco antes do amanhecer.

Depois do jantar, os oficiais entraram em reunião. Iriam se aproximar do forte na escuridão, depois disparariam flechas incendiárias contra os arbustos nas muralhas; as catapultas e torres de assalto abririam fogo para dar-lhes cobertura e limpar as plataformas enquanto as escadas de mão eram armadas. Enquanto isso, o aríete, amarrado em seu imenso andaime, seria brandido contra os portões, a torre de assalto lançaria sua ponte levadiça e então começaria o ataque.

Era uma velha história para os oficiais, apenas pequenos detalhes impostos pela nova localização.

— Muito bem — disse Filipe. — É hora de dormir um pouco.

Os jovens fidalgos colocaram uma segunda cama no quarto dos fundos. Os olhos de Alexandre a seguiram por um momento. Um pouco antes da hora de dormir, quando afiava suas armas, saiu em busca de Heféstion para lhe dizer que conseguira que fossem colocados lado a lado para o ataque e depois explicar que precisava dividir o alojamento com o pai. Por alguma razão, ele não esperava por isso.

Quando voltou, seu pai tinha acabado de se despir e entregava sua roupa a um rapaz. Alexandre parou um momento na soleira da porta, depois entrou dizendo-lhes alguma coisa para parecer à vontade. Não conseguia controlar o profundo aborrecimento e vergonha causados pela visão do pai. Não se lembrava de jamais tê-lo visto nu antes desse dia.

\* \* \*

Quando o sol nasceu, o forte caiu. Uma luz clara, dourada e pura erguia-se detrás das colinas que ocultavam o Helesponto. Uma brisa fresca soprava do mar. Sobre o forte pairava o cheiro acre de fumaça e fumo, o mau cheiro de sangue, de entranhas, do suor e do medo.

As escadas, estruturas sólidas de pinho cru da largura de dois homens, ainda estavam encostadas nas muralhas calcinadas pelo fogo, aqui e ali um degrau quebrado pelo peso dos homens na correria. Diante dos portões arrebentados pendia o aríete, alojado em seu andaime; a passagem da torre de assalto balançava nas rampas como uma língua enorme.

Lá dentro, os trácios sobreviventes eram agrilhoados para sua marcha até o mercado de escravos em Anfípole; o tilintar era musical a uma distância pequena. Filipe achava que seriam um exemplo para encorajar os de Cípsela a renderem-se quando chegasse sua vez. Por toda a parte, nas choupanas e casebres que se prendiam ao interior das muralhas como ninhos de andorinhas, os soldados perseguiam mulheres.

O rei, forte como um trabalhador, relaxado como um fazendeiro que tinha arado um grande campo e conseguido semeá-lo antes das chuvas, parou no alto da plataforma com Parmênion e dois corredores que estavam sob suas ordens. Uma ou duas vezes, quando um grito agudo feria os ouvidos, Alexandre olhava em sua direção; mas ele continuava falando com Parmênion, imperturbável. Os homens tinham lutado bem, mereciam os magros espólios que o lugar tinha a oferecer. Dorisco deveria ter se rendido e ninguém teria se machucado.

Alexandre e Heféstion estavam sozinhos no abrigo, conversando sobre a batalha. Era um quartinho de pedra e, além deles, havia ali um trácio morto, uma pedra gravada com o nome e letra de Xerxes, Rei dos Reis; algumas banquetas toscas de madeira; metade de um pão preto; e, isolado de tudo, o dedo indicador de um homem com uma unha preta quebrada. Heféstion o empurrara de lado com o pé; não era nada, diante do que já tinham visto.

Ele ganhara seu cinturão de espada. Matara um homem com certeza, e na hora; Alexandre achava que talvez fossem três.

Alexandre não ganhara troféus, nem contara seus mortos. Assim que chegaram às muralhas, o oficial que liderava seu grupo fora derrubado. Alexandre, sem dar a ninguém tempo de pensar, berrara que era preciso invadir o abrigo, enquanto se lançavam mísseis sobre o aríete lá embaixo. O segundo homem em comando, não treinado, hesitara, perdendo o comando de seus homens para a segurança de Alexandre; já o perseguiam, escalando, lutando, apunhalando e investindo ao longo da antiga construção de pedra de Xerxes, com seus defensores selvagens manchados de azul e fendas de fogo crepitante. A entrada para o abrigo era estreita; houve um minuto, depois que Alexandre se jogara lá dentro, em que os que vinham atrás ficaram comprimidos, e ele teve de lutar sozinho.

Estava parado coberto do sangue e poeira do combate, olhando para a outra face da guerra, mas, pensava Heféstion, não estava realmente enxergando-o. Falava com bastante clareza, lembrava-se de cada detalhe, e para Heféstion tudo já se confundia como num sonho. Para ele, tudo estava empalidecendo; mas Alexandre ainda vivia. Estava rodeado daquela aura; não queria sair daquele estado de espírito, como homens que não queriam se afastar do lugar onde tiveram uma visão.

Seu braço mostrava um corte de espada. Heféstion estancara a hemorragia com uma tira de seu saiote. Olhou para o oceano pálido e limpo e disse:

— Vamos descer até ali e tomar banho, limpar essa imundície.

— Sim — disse Alexandre. — Primeiro eu deveria ver Píton. Ele estendeu seu escudo para me proteger quando dois deles me atacavam, e aquele homem de barba aforquilhada o apanhou por baixo. Mas, por você, ele teria sido morto na hora.

Tirou seu elmo — ambos estavam armados com o equipamento comum dos armeiros de Pela — e passou a mão pelo cabelo úmido.

— Você deveria ter esperado antes de entrar ali sozinho, para ver se não vínhamos atrás. Corre mais depressa que todo mundo. Eu poderia tê-lo matado por isso, enquanto estávamos trancados ali na passagem.

— Eles iam deixar cair aquela pedra bem ali, olhe o tamanho dela. Eu sabia que vocês estavam perto.

Heféstion agora sentia a reação não só de seu medo por Alexandre, mas por tudo o que vira e fizera.

— Com ou sem pedra, você podia ter morrido. Só está vivo por pura sorte.

— Foi ajuda de Hércules — disse Alexandre, calmamente. — E o fato de eu tê-los acertado mais depressa do que eles a mim.

Achara tudo mais fácil do que o previsto. Como esperara, seu constante exercício com armas diminuíra sua desvantagem em relação a homens maduros. Heféstion, lendo seu pensamento, disse:

— Esses trácios são camponeses. Lutam duas, três vezes ao ano, roubando gado ou causando alvoroço. A maior parte deles é ignorante, não tem treinamento. Soldados de verdade, como os homens de seu pai, teriam derrubado você antes que estivesse ali dentro.

— Quando fizerem isso, você me conta — disse Alexandre, asperamente.

— Você entrou sem mim. Nem ao menos me procurou.

Subitamente transformado, Alexandre deu-lhe um sorriso afetuoso.

— O que há com você? Pátroclo censurou Aquiles por *não* ter lutado.

— E foi ouvido — disse Heféstion, num tom de voz diferente.

No forte lá embaixo, o choro de uma mulher lamentando ritmicamente algum homem morto foi interrompido por um guincho de terror.

— Ele deveria chamar seus homens — disse Alexandre. — Já chega. Sei que não havia nada mais de valor para pegar, mas...

Olharam ao longo da muralha; mas Filipe se fora, para cuidar de algum outro assunto.

— Alexandre, escute. Não adianta ficar zangado. Quando você for general, não poderá se expor desse jeito. O rei é um homem enérgico, mas não faz isso. Se você tivesse morrido, teria sido como uma batalha vencida para Cersobleptes. E mais tarde, quando for rei...

Alexandre virou-se e penetrou-o com aquele seu olhar intenso e peculiar de quando revelava um segredo. Baixando a voz, precaução desnecessária com tanto barulho, ele disse:

— Jamais conseguirei deixar de me expor. Eu sei, eu senti, é a verdade do deus. E é então que eu...

O som de uma respiração ofegante, transformando-se em soluços estridentes, chegou até eles. Uma jovem trácia saiu correndo da plataforma e, sem olhar para os lados, disparou para o largo parapeito sobre o portão. Ficava a uns nove metros do chão. Quando ela passou o joelho sobre a borda, Alexandre saltou e pegou-a pelo braço. Ela gritou e arranhou-o com a outra mão, até que Heféstion a segurou. Ela olhou fixamente o rosto de Alexandre como um animal acuado, libertou-se de súbito, agachou-se e agarrou os joelhos dele.

— Levante-se, não vamos lhe fazer mal. — O trácio de Alexandre melhorara em suas conversas com Lambaro. — Não tenha medo, levante-se. Vamos.

A mulher agarrou-o mais forte ainda, falando numa torrente de palavras abafadas enquanto comprimia seu rosto, com olhos e nariz molhados, contra a perna nua dele.

— Levante-se — disse ele de novo. — Nós não... — Ele nunca aprendera a palavra essencial. Heféstion ajudou com um gesto de significado universal, seguido por um firme gesto negativo.

A mulher soltou-o e sentou-se sobre os calcanhares, balançando-se e chorando. Tinha cabelo vermelho e desgrenhado, vestido de lã áspero e rasgado no ombro. A frente estava manchada de sangue; havia nodoas úmidas de leite em seus seios pesados. Ela se descabelava, e recomeçou a chorar. De repente, levantou-se de um salto e comprimiu-se contra a parede atrás deles. Passos aproximavam-se; uma voz grossa e arfante gritou:

— Eu a vi, sua cadela. Venha cá, eu a vi. — Cassandro entrou. Seu rosto estava rubro; a fronte sardenta, coberta de suor. Entrou correndo, às cegas, e parou, fulminado.

A moça, berrando maldições, ameaças e a história incompreensível de injustiça, correu para trás de Alexandre agarrando-se à cintura dele, usando-o como escudo. Sua respiração quente soprava na orelha dele; sua maciez úmida parecia passar através de seu colete; Alexandre estava meio sufocado pelo forte odor de fêmea, de carne e cabelo sujos, sangue, leite e sexo. Afastando os braços dela, ele olhou fixamente para Cassandro, com uma repulsa disfarçada.

— Ela é minha — disse Cassandro, com uma urgência que quase o impedia de falar. — Você não a quer. É minha.

Alexandre disse:

— Não. É uma vítima. Eu a protegi.

— Ela é *minha*. — Cassandro falava como se as palavras tivessem de surtir efeito, olhando-o por cima da mulher. Alexandre examinou-o, detendo-se no saiote de linho debaixo do colete. Enojado, disse:

— Não.

— Eu a peguei — insistiu Cassandro. — Mas ela fugiu. — Seu rosto tinha um lado todo arranhado.

— Então você a perdeu. Vá embora.

Cassandro não se esquecera de todos os avisos do pai. E mantinha a voz em tom baixo.

— Você não pode interferir nisso. É um menino. Não sabe nada dessas coisas.

— Não se atreva a chamá-lo de menino — disse Heféstion, furioso. — Lutou melhor do que você. Pergunte aos homens.

Cassandro, que vencera a golpes desajeitados os complexos obstáculos de uma batalha, confuso, atordoado e intermitentemente apavorado, lembrou com ódio a figura arrebatadora ordenando o caos, lúcida como uma labareda. A mulher, achando que tudo aquilo lhe dizia respeito, começou a falar rapidamente em trácio. Cassandro gritou mais alto que ela:

— Estavam cuidando bem dele! Não importa qual bobagem tenha feito, os outros eram obrigados a segui-lo! É o filho do rei. Ou é o que dizem.

Com o ódio reduzindo sua inteligência, olhou para Heféstion, demorou um instante, e Alexandre, saltando em sua garganta, o desequilibrou, jogando-o no chão. Ele debateu-se e esperneou. Alexandre, tentando sufocá-lo, recebia com indiferença golpes e pontapés. Heféstion hesitava, não se atrevendo a ajudar sem permissão. Alguma coisa passou por ele, vinda detrás. Era a mulher, a quem todos tinham esquecido. Atirou uma banqueta de três pernas, que passou perto de Alexandre e atingiu a cabeça de Cassandro. Alexandre saiu do caminho; com uma ira frenética, ela começou a golpear Cassandro por todo o corpo, jogando-o de volta sempre que ele tentava se levantar; e fazia isso agarrando a banqueta com as duas mãos, como se estivesse malhando trigo.

Heféstion, que estava ficando nervoso, desatou a rir. Alexandre, colocando-se de pé, parou e baixou os olhos, frio como pedra. Foi Heféstion quem disse:

— Temos de interrompê-la. Vai liquidar com ele.

Sem se mexer, Alexandre respondeu:

— Alguém matou o filho dela. Esse sangue nela é da criança.

Cassandro começava a berrar de dor.

— Se ele morrer — disse Heféstion —, ela será apedrejada. O rei não poderia negar. Você a protegeu.

— Pare! — disse Alexandre, em trácio. Os dois juntos tiraram a banqueta da mulher, que passou a chorar feito doida, enquanto Cassandro rolava no chão de pedras.

— Ele está vivo — disse Alexandre, virando-se para o outro lado. — Vamos achar alguém confiável e tirar a mulher do forte.

Pouco depois, o rei Filipe ouviu boatos de que seu filho batera no filho de Antípatro por causa de uma mulher. E disse, sem pensar muito:

— Parece que os meninos querem ser homens. — O tom de orgulho era evidente demais para qualquer um se arriscar a levar o assunto adiante.

Heféstion, voltando com Alexandre, disse sorrindo:

— Ele dificilmente se queixará a Antípatro de que você deixou uma mulher bater nele.

— Pois pode queixar-se com quem quiser — retrucou Alexandre. — Se quiser.

Tinham entrado no portão. Um som de gemidos vinha de uma casa de dentro da muralha. Ali jaziam os feridos, em macas improvisadas; o médico e seus dois criados andavam de um lado para o outro. Heféstion disse:

— Quero que o médico veja esse seu braço.

O ferimento começara a sangrar de novo, depois da briga no abrigo.

— Ali está Píton — disse Alexandre, espreitando na penumbra com as moscas zumbindo. — Primeiro preciso agradecer-lhe.

Abriu caminho entre esteiras e cobertores, à luz dos buracos no teto. Píton, um jovem que na batalha parecera severo e homérico, jazia ali com a atadura sangrando, fraco em decorrência da perda de sangue. Seu rosto pálido estava contraído, os olhos reviravam-se ansiosos. Alexandre ajoelhou-se ao lado dele e agarrou sua mão; imediatamente, enquanto lhe recordava suas façanhas, o outro recuperava um pouco da cor; ele brincou e ensaiou uma piada.

Quando se levantou, os olhos de Alexandre já estavam acostumados àquela penumbra. Viu que todos o encaravam, invejosos, desanimados, esperançosos; sentindo suas dores, querendo que sua colaboração fosse reconhecida. No fim, antes de sair, ele tinha falado com cada um deles.

\* \* \*

Era o inverno mais implacável de que os velhos se lembravam. Os lobos desciam até as aldeias, pegando os cães de guarda. Gado e pastores morriam de frio nas encostas mais baixas da pastagem de inverno. Os galhos dos pinheiros quebravam-se sob o peso da neve; as montanhas tinham cobertura tão grossa que só os grandes rochedos e as fissuras ainda permaneciam escuros. Alexandre não recusou um manto de peles que sua mãe lhe enviara. Pegando uma raposa dos espinheiros de roseira pretos e hirtos perto de Mieza, viram que sua pelagem era branca. Isso deixou Aristóteles muito satisfeito.

A casa estava cheia de odores picantes e fumacenta por causa dos braseiros; as noites eram tão frias que os rapazes deitavam-se aos pares, apenas para manterem-se aquecidos. Alexandre queria muito ser mais resistente que todos — o rei ainda estava na Trácia, onde o inverno soprava diretamente das estepes da Cítia. Achou que poderia passar o inverno sem dormir junto de ninguém; mas cedeu à ideia de Heféstion de que as pessoas poderiam pensar que tinham brigado.

Navios perdiam-se no mar ou ficavam presos ao continente. Mesmo próximas de Pela, as estradas por vezes ficavam impedidas pela neve. Quando o comboio de mulas passou, foi como um dia de festa.

— Pato assado para o jantar — disse Filotas.

Alexandre sentiu o aroma no ar e concordou:

— Há alguma coisa estranha com Aristóteles.

— Ele está de cama?

— Não, são más notícias. Eu o vi na sala dos espécimes. — Alexandre estava lá frequentemente; agora era capaz de montar suas próprias experiências. — Minha mãe mandou-me luvas; não preciso de dois pares, e ninguém manda presentes para ele. Estava lá com uma carta na mão, a aparência horrível; como uma máscara trágica.

— Imagino que outro sofista o tenha refutado.

Alexandre diminuiu o passo, e continuou seu relato a Heféstion:

— Perguntei qual era o problema e se podia ajudar. Ele disse que não, e nos contaria quando estivesse recomposto; disse também que os efeminados não eram dignos de um amigo nobre. Então saí, para que pudesse chorar.

Em Mieza, o sol de inverno descia depressa atrás da montanha enquanto os cumes ao leste ainda recebiam sua luz. Ao redor da casa, a penumbra ficava pálida pela neve. Ainda não era hora de comer; na grande sala de estar, com seus afrescos em azul e rosa descascado os rapazes reuniam-se em torno do fogo da lareira falando de cavalos, de mulheres ou de si mesmos. Alexandre e Heféstion, partilhando do mesmo manto de pele de lobo enviado por Olímpia, sentaram-se perto da janela porque as lamparinas ainda não estavam acesas. Estavam lendo *A educação de Ciro*, de Xenofonte, que era então o livro favorito de Alexandre depois de Homero.

— *"E ela não conseguia ocultar as lágrimas"* — leu Heféstion — *"que caíam vestido abaixo até os pés. Então o mais velho de nós disse: 'Não tenha medo, senhora. Sabemos que seu marido foi nobre, mas nós a estamos escolhendo para alguém que não seja inferior em beleza, nem inteligência, nem poder. Acreditamos que, se houver um homem admirável, é Ciro; e a ele a senhora pertencerá.' Ouvindo isso, a dama rasgou sua túnica de alto a baixo gritando muito alto, enquanto as criadas choravam com ela; e então vimos seu rosto, pescoço e braços. E acredite, Ciro, pareceu-me, e a todos nós, que jamais houve mortal mais bela nascida na Ásia, mas você precisa certificar-se disso pessoalmente. 'Não, por Deus', disse Ciro, 'especialmente se for adorável como você me diz'."*

Erguendo os olhos, Heféstion disse:

— Eles ficam me perguntando por que Cassandro não volta.

— Eu disse a Aristóteles que ele se apaixonou pela guerra e abandonou a filosofia. Não sei o que foi que ele contou ao pai. Não podia voltar conosco; ela lhe quebrou duas costelas. — Ele tirou do manto outro rolo de pergaminho. — Gosto desta parte: *"Lembre que as mesmas dificuldades não servem igualmente ao general e ao soldado comum, embora seus corpos sejam da mesma natureza; mas a honra que traz a posição do general e seu conhecimento de que nada do que fizer deixará de ser notado, torna seus trabalhos mais suportáveis".* Como isso é verdadeiro. Nunca poderá ser excessivamente ponderado.

— O verdadeiro Ciro pode ter sido tão parecido com Xenofonte?

— Os exilados persas costumavam dizer que era um grande guerreiro e rei nobre.

Heféstion examinou o pergaminho:

— *"Ele treinou seus companheiros para não cuspirem nem limparem o nariz em público, nem se virarem para olhar..."*

— Bom, naqueles tempos os persas eram gente rude, das montanhas. Devem ter se parecido com os medos, digamos, como Cleito pareceria um ateniense... Gosto da parte que seus cozinheiros lhe serviram uma coisa boa e ele mandou pedaços aos seus amigos.

— Gostaria que fosse a hora do jantar. Estou faminto.

Alexandre enrolou-se no manto, lembrando que à noite o outro sempre se aproximava por causa do frio.

— Espero que Aristóteles desça. Deve estar gelado lá em cima. Ele devia comer alguma coisa.

Entrou um escravo segurando uma lamparina e uma tocha; acendeu os lampiões mais altos, depois estendeu a chama para o lampadário no teto. O rude jovem trácio que ele treinava fechou as venezianas e puxou cuidadosamente as grossas cortinas de lã.

— "*Um governante*" — leu Alexandre — "*não deveria apenas ser verdadeiramente um homem melhor do que aqueles a quem governa. Deveria lançar sobre eles uma espécie de encantamento...*".

Ouviram-se passos nas escadas, interrompidos até a saída dos escravos. Na proteção da noite, Aristóteles desceu como um cadáver ambulante. Seus olhos estavam fundos; a boca cerrada parecia mostrar debaixo da carne o riso inflexível do crânio.

Alexandre tirou o manto, espalhando os rolos de pergaminho, e atravessou a sala até ele.

— Venha perto do fogo. Alguém traga uma cadeira. Venha aquecer-se. Por favor, conte-nos o que houve. Quem morreu?

— Meu amigo Hérmias de Atarneia. — Feita uma pergunta, ele mal conseguia pronunciar as palavras.

Alexandre gritou na soleira, mandando que aquecessem algum vinho. Todos se juntaram em torno do homem, subitamente envelhecido, sentado olhando fixamente o fogo. Por um momento, estendeu as mãos para aquecê-las, depois, como se isso lhe causasse algum pensamento pavoroso, escondeu-as no colo.

— Foi Mêntor de Rodes, general do rei Oco — começou ele, e parou novamente.

Alexandre disse aos demais:

— É irmão de Mêmnon, que reconquistou o Egito.

— Serviu bem ao seu amo. — Sua voz também parecia débil e velha. — Os bárbaros nascem assim; não têm condições básicas, mas um heleno que se submeta a servi-los... Heráclito diz: *O melhor, corrompido, é o pior.* Ele traiu a própria natureza. Assim, torna-se inferior a seu amo.

Seu rosto estava amarelo; os mais próximos viam que tremia. Para dar-lhe tempo, Alexandre disse:

— Nunca gostamos de Mêmnon, não é, Ptolomeu?

— Hérmias trouxe justiça e uma qualidade de vida melhor para os países que governava. O rei Oco cobiçava suas terras e odiava seu exemplo. Algum inimigo, suspeito que o próprio Mêntor, contou ao rei histórias que ele acreditou. Então, fingindo preocupação verdadeira, Mêntor preveniu Hérmias do perigo, e convidou-o a vir aconselhar-se. Este foi crédulo; em sua própria cidade, com muralhas, poderia ter resistido longo tempo, e podia ser auxiliado por... por um poderoso aliado, com quem tinha acordos.

Heféstion olhou para Alexandre; mas ele prestava atenção em Aristóteles.

— Veio para Mêntor como amigo e convidado e mandou-o, agrilhoado, ao Grande Rei.

Ouviu-se, entre os jovens, um burburinho de indignação, mas breve, ansiosos por saber mais coisas.

— Mêntor pegou o sinete dele e colocou-o em ordens forjadas, abrindo todos os pontos firmes de Atarneia para seus homens. Agora o rei Oco possui todos eles, e os gregos que neles vivem. Quanto a Hérmias...

Uma tocha acesa caiu da lareira; Hárpalo pegou o bastão de ferro empurrou-a de volta. Aristóteles umedeceu os lábios com a língua. Suas mãos cruzadas não se moveram, mas os nós dos dedos ficaram brancos.

— Sua morte estava definida desde o começo; mas não era o bastante para eles. O rei Oco primeiro queria saber que tratados secretos ele poderia ter com outros governantes. Então mandou homens peritos nessas coisas e disse-lhes que o fizessem falar. Dizem que o torturaram um dia e uma noite.

E continuou contando-lhes o que tinha acontecido; forçava a voz, quando conseguia, ela assumia o tom das palestras de anatomia. Os jovens escutaram, mudos; a respiração tornava-se audível quando inspiravam entre os dentes cerrados.

— Meu aluno Calímaco, a quem vocês conhecem, mandou-me notícias de Atenas. Disse que quando Demóstenes anunciou à Assembleia que Hérmias fora apanhado, reagiu afirmando que era um presente da sorte: "O Grande Rei agora vai ouvir falar das tramas do rei Filipe, não como queixa nossa, mas dos lábios do homem que trabalhou nelas". Ele sabe melhor que ninguém como são feitas essas coisas na Pérsia, mas comemorou cedo demais. Hérmias não lhes disse nada. No fim, depois de terem feito tudo o que podiam, ele ainda continuava vivo; então penduraram-no numa cruz. E ele disse aos que o podiam ouvir: "Digam aos meus amigos que não fraquejei, nem fiz nada indigno da filosofia".

Ouviu-se um murmúrio profundo. Alexandre estava enraizado, imóvel. Depois, quando todos se calaram, ele comentou:

— Lamento. Lamento muito. — Avançou, passou o braço pelos ombros de Aristóteles e beijou sua face. Este continuava olhando fixamente o fogo.

Um servo trouxe o vinho aquecido; ele bebericou, sacudiu a cabeça, depois colocou o copo de lado. De repente, sentou-se ereto e virou-se para eles. No brilho do fogo, as linhas de seu rosto pareciam esculpidas em argila, prontas para serem fundidas em bronze.

— Alguns de vocês serão comandantes na guerra. Alguns governarão países que hão de conquistar. Sempre se lembrem disto: assim como o corpo não é nada sem a mente, assim como sua função é trabalhar para que a mente possa viver, assim é o bárbaro na ordem natural ordenada por Deus. Tais pessoas podem ser aprimoradas, domadas e usadas como cavalos; como plantas ou animais, podem servir a objetivos muito além daqueles que sua natureza pode conceber. Esse é o seu valor. São do estofo de escravos. Nada existe sem função; essa é a deles. Lembrem-se disso.

Ergueu-se da cadeira, lançando um olhar assombrado para a lareira cujas barras de ferro estavam rubras. Alexandre disse:

— Se eu pegar os homens que fizeram isso a seu amigo, persas ou gregos, juro que o vingarei.

Sem olhar para trás, Aristóteles caminhou até a escadaria escura, e subindo por ela, desapareceu da vista deles.

O mordomo entrou anunciando que o jantar estava pronto.

Conversando animadamente sobre as novidades, os jovens dirigiram-se para a sala de jantar; não havia muita formalidade em Mieza. Alexandre e Heféstion atrasaram-se um pouco, trocando olhares.

— Então ele arranjou o tratado — disse Heféstion.

— Meu pai e ele fizeram isso. O que será que ele sente?

— Pelo menos sabe que seu amigo morreu fiel à filosofia.

— Espero que ele acredite nisso. Um homem morre fiel ao seu orgulho.

— Esperava que o Grande Rei tivesse matado Hérmias de qualquer forma por causa de suas cidades — disse Heféstion.

— Ou matou-o porque duvidava dele. Por que foi torturado? Adivinhavam que sabia de alguma coisa. — A luz do fogo avermelhava seu cabelo e o branco de seus olhos. — Se eu puser a mão em Mêntor algum dia, vou mandar crucificá-lo.

Com um estranho calafrio interior, Heféstion imaginou o belo rosto vívido observando a cena imóvel.

— É melhor você jantar. Não podem começar sem você.

O cozinheiro, que conhecia o apetite dos rapazes em tempo frio, concedera a cada um deles um pato inteiro. Os primeiros pratos, com peito, foram cortados e servidos; um vapor quente e aromático enriquecia o ar.

Alexandre pegou o prato que tinham posto à sua frente; erguendo-se do divã que dividia com Heféstion, disse:

— Comam todos, não esperem. Só vou ver Aristóteles. — Depois, dirigindo-se a Heféstion, disse: — Ele tem de comer antes de anoitecer. Vai adoecer se ficar em jejum nesse frio e com toda essa dor. Diga-lhes que levem alguma coisa para mim, qualquer coisa serve.

Os pratos tinham sido limpos com pão quando ele voltou.

— Ele comeu um pouquinho. Achei que comeria quando sentisse o aroma da comida. Talvez coma mais, agora... Há muita coisa aqui, vocês andaram me dando o que era seu. — E acrescentou: — Pobre homem, estava quase louco. Percebi isso quando fez aquele discurso sobre a natureza dos bárbaros. Imagine, dizer que um grande homem como Ciro é do estofo dos escravos só porque nasceu persa.

\* \* \*

O sol pálido ergueu-se e ficou mais forte; montanhas íngremes deixaram cair suas cargas de neve, que tombavam com estrondo achatando grandes pinheiros como se fossem capim. Torrentes espumejavam por seus desfiladeiros abrindo valas com som de trovão. Pastores vadeavam com neve até a altura das coxas para salvar os primeiros cordeirinhos. Alexandre guardou seu manto de peles para não se tornar dependente dele. Os rapazes que tinham dormido juntos voltaram a dormir sozinhos; assim ele também afastou Heféstion, mas com alguma tristeza. Secretamente, Heféstion trocara os travesseiros, para levar consigo o cheiro do cabelo de Alexandre.

O rei Filipe voltou da Trácia, onde depusera o rei Cersobleptes, deixara guarnições em seus redutos e colocara colonos macedônios no vale Hebro. Os que pediram terras naquele lugar selvagem eram em geral homens indesejados, ou gananciosos; as brincadeiras do exército diziam que ele não deveria ter chamado a nova cidade Filipópolis e sim Cidade do Velhaco, mas a fundação serviria a seu objetivo. Contente com o trabalho do inverno, ele voltou a Aigai para celebrar as festas de Dioniso.

Mieza ficou entregue aos escravos. Os rapazes e seu mestre arrumaram suas coisas e seguiram pela trilha que contornava a crista das montanhas até Aigai. Em diversos pontos tinham de descer para a planície a fim de evitar torrentes muito fortes. Muito antes de avistarem Aigai na trilha da floresta, sentiram a terra tremer debaixo de seus pés com a queda das cachoeiras.

O velho castelo imponente estava iluminado e tudo brilhava, polido com cera de abelha. O teatro estava sendo preparado para as peças. A meia-lua sobre a qual ficava Aigai era ela mesma um imenso palco, vista de cima por montanhas selvagens, cuja plateia podia-se adivinhar, quando, na ventania das noites de primavera, gritavam uns com os outros por sobre os sons da água, gritos de desafio, terror, amor ou solidão.

O rei e a rainha já estavam instalados. Lendo, ao cruzar a soleira, aqueles sinais que, com os anos, se tornara perito em entender, Alexandre achou que, pelo menos em público, manteriam a aparência, mas era difícil encontrá-los juntos. Aquela fora sua primeira longa ausência; qual dos dois deveria saudar primeiro?

Devia ser o rei. Assim decretava o costume; omitir isso seria uma ofensa ostensiva. E não provocada, também; na Trácia, Filipe dera-se ao trabalho de manter aparência decente diante dele. Nenhuma moça no lugar; jamais um olhar especial ao mais belo dos seus criados particulares que se julgavam acima dos demais. Seu pai o cumprimentara depois da batalha e prometera dar-lhe uma companhia própria, na próxima ação. Agora, não convinha insultá-lo. Na verdade, Alexandre teve vontade de vê-lo; o rei teria muito a contar.

O gabinete do rei situava-se na antiga torre que fora a primeira parte do castelo que ocupava todo o andar de cima. Uma imponente escadaria de madeira, remendada ao longo dos séculos, trazia ainda em sua base o pesado anel onde os antigos reis que ali dormiam acorrentavam um cão de guarda da raça dos grandes molossos, que, erguendo-se nas patas traseiras, ficavam mais altos que um homem. O rei Arquelau mandara colocar uma coifa sobre a lareira; mas fizera poucas mudanças em Aigai, pois era apaixonado pelo palácio em Pela. Os secretários de Filipe ocupavam a antecâmara debaixo da escada. Alexandre mandou um deles anunciá-lo antes de subir.

O pai levantou-se da escrivaninha para lhe dar tapinhas nos ombros. Seus cumprimentos nunca tinham sido tão afáveis. As perguntas de Alexandre irromperam bruscamente. Como caíra Cípsela? Ele fora mandado de volta à escola enquanto o exército ainda sitiava o local?

— O senhor entrou pelo lado do rio, ou por aquela porção encoberta perto dos rochedos?

Filipe o repreendera por ter visitado sem permissão, em sua viagem para casa, aquele jovem sinistro, Lambaro; mas agora tudo fora esquecido.

— Tentei pelo lado do rio, mas o solo era arenoso demais. Então construí uma torre de assalto para lhes dar o que pensar, enquanto assaltava a muralha no lado nordeste.

— E onde colocou a torre?

— Naquela elevação onde... — Filipe procurou sua tabuleta, encontrou-a repleta de anotações, gesticulou esboçando o local.

— Aqui. — Alexandre correu para o cesto de lenha junto da lareira, e voltou com ambas as mãos cheias de gravetos.

— Veja, este é o rio. — Filipe deitou um graveto de pinheiro. — Aqui está a torre de observação do norte.

Pôs uma acha de lenha de pé no extremo do graveto. Filipe pegou outra e fez uma muralha junto da torre. Começaram a mexer impacientemente os gravetos.

— Não, isso é longe demais, o portão ficava aqui.

— Mas veja, pai, aqui a sua torre de assalto... Ah, entendi, é ali. E a entrada foi ali?

— Agora as escadas de mão, dê-me aqueles gravetinhos. Aqui estava a companhia de Cleito. Parmênion...

— Espere, esquecemos as catapultas. — Alexandre pôs as mãos no cesto procurando pinhas. Filipe as ordenou.

— Assim Cleito estava parcialmente protegido, enquanto eu...

O silêncio caiu como um golpe de espada. Alexandre, de costas para a porta, precisou apenas ler o rosto do pai. Fora mais fácil saltar pelo portão de Dorisco do que agir agora; então ele se virou bruscamente.

Sua mãe vestia um traje de cor púrpura com barrados brancos e dourados. Seu cabelo estava preso com uma tiara de ouro e envolto por um véu de seda de bisso, de Cós, revelando o vermelho como fogo através da fumaça. Não lançou um olhar a Filipe. Seus olhos, ardentes, não buscavam o inimigo, mas o traidor.

— Alexandre, quando você tiver terminado seu estratagema, estarei em meu quarto. Não se apresse. Esperei meio ano; o que são algumas horas a mais? — Então virou-se, decidida, e desapareceu. Alexandre ficou parado, imóvel. Filipe viu o que queria ver. Ergueu as sobrancelhas com um sorriso, e voltou-se de novo para o plano de batalha.

— Desculpe, pai. É melhor eu ir.

Filipe era um diplomata; mas o rancor de anos, a exasperação presente, privaram-no de sua percepção instintiva para reconhecer o momento em que a generosidade valeria a pena.

— Imagino que possa ficar até eu ter terminado de falar.

O rosto de Alexandre transformou-se no de um soldado aguardando ordens.

— Sim, pai.

Com uma euforia que jamais teria revelado em negociações com inimigos, Filipe apontou uma cadeira e disse:

— Sente-se.

Fora um desafio inusitado.

— Lamento, mas preciso ver minha mãe agora. Até logo, pai. — Alexandre virou-se em direção à porta.

— Volte! — vociferou Filipe. Alexandre voltou o rosto para olhá-lo. — Acha que vai sair e deixar essa imundície na minha mesa? Você espalhou tudo isso aí; agora, limpe.

Alexandre voltou à mesa. Com gestos bruscos, precisos, empilhou a madeira, foi lentamente com ela até o cesto junto do fogo e jogou tudo dentro. Derrubara uma carta de cima da mesa. Ignorando-a, lançou um único olhar mortal a Filipe e saiu do cômodo.

Os alojamentos das mulheres eram os mesmos desde a construção do castelo. Na época de Amintas, tinham sido destinados aos enviados persas. Ele subiu as escadas estreitas até a pequena antecâmara. Uma mocinha que até então não havia visto saíra de lá, olhando por sobre o ombro. Tinha um belo cabelo fino e escuro, olhos verdes, pele pálida, um seio vigoroso sobre o qual amarrara firmemente seu vestido vermelho e fino; o lábio inferior estava um pouco contraído, numa linha natural. Ao ouvir os passos dele, assustou-se. Ergueu os longos cílios; o rosto, cândido como o de uma menina, mostrou admiração, entendimento, medo. Ele disse:

— Minha mãe está aí? — E soube que não havia necessidade de indagar, perguntara por querer.

— Sim, meu senhor — disse ela, fazendo uma mesura nervosa. Ele ficou imaginando por que a jovem parecia tão assustada, embora um espelho pudesse ter dado a resposta; teve pena dela e sorriu. Suas feições modificaram-se como se tocadas por um cálido sol.

— Alexandre, devo dizer a ela que você está aqui?

— Não é preciso, ela está me esperando.

Ela parou um instante, encarando-o, gravemente, como se não tivesse feito o bastante por ele. Era um pouco mais velha que Alexandre, talvez um ano. Ela desceu as escadas.

Ele se deteve diante da porta, seguindo a moça com o olhar. Parecera frágil e macia ao toque, como um ovo de andorinha; sua boca, sem pintura, era rosa e delicada. Ela fora um gole doce depois de outro, amargo. De fora da janela vinha o som de um coro masculino exercitando-se para as festas de Dioniso.

— Então você se lembrou de vir — disse a mãe assim que ficaram a sós.

— Como aprendeu cedo a viver sem mim!

Ela estava próxima da janela, junto à compacta parede de pedra; um raio oblíquo de luz tocava o contorno de sua face, iluminando seu véu fino. Ela se vestira e se maquiara para ele; também fizera um penteado inusitado. Ele observou tudo isso, da mesma forma que ela notara que ele crescera ainda mais, que a ossatura de seu rosto estava mais definida e sua voz perdera o timbre infantil. Ele se tornara um homem, e infiel como tal. Alexandre sabia que sentira falta dela; que amigos de verdade partilham de tudo, menos do passado antes de se conhecerem. Se ao menos ela pudesse chorar, ele a consolaria; mas Olímpia não se humilharia diante de um homem. Se ao menos ele corresse para junto dela e a agarrasse... mas sua virilidade fora conquistada duramente, nenhum mortal voltaria a fazê-lo criança. Assim, cegos pela sensação de sua própria singularidade, discutiram suas brigas de amantes, enquanto o bramido das cachoeiras de Aigai martelava em seus ouvidos como sangue.

— Como poderei ser alguém sem aprender a guerrear? Onde mais o poderia aprender? Ele é o meu general; por que insultá-lo sem motivo?

— Ah, agora não tem motivo. Outrora, você tinha: os meus.

— O que foi que ele fez? — Alexandre estivera afastado tanto tempo que até Aigai parecia mudada, como a promessa de uma nova vida. — Conte-me o que houve.

— Não se importe; para quê? Vá divertir-se com seus amigos. Heféstion deve estar esperando.

Ela andara interrogando alguém, pois Alexandre sempre fora cauteloso.

— Posso ver meus amigos a qualquer hora. Tudo o que eu queria era fazer as coisas certas. E sabe muito bem que foi por sua segurança também, mãe. Até parece que me odeia.

— Eu apenas contava com o seu amor. Agora, sei que não é assim.

— Diga-me o que foi que ele fez.

— Não se importe. Não é nada, sou eu apenas.

— *Mãe.*

Ela viu a ruga na testa dele, mais acentuada agora; duas rugas sutis desciam entre as sobrancelhas. Não precisava mais baixar os olhos para fitá-lo; os dele, apertados, estavam agora no nível dos dela. Olímpia adiantou-se e encostou o rosto no do filho.

— Nunca mais seja tão cruel comigo.

Se aquele rio crescente transbordasse, ela o perdoaria, e tudo voltaria atrás; mas não — isso ele não lhe daria. Antes que ela pudesse ver suas lágrimas, afastou-se dela e desceu correndo a escada estreita.

Na curva, olhos lacrimejantes, trombou com alguém. Era a mocinha de cabelo escuro.

— Ah! — gritou ela, como uma pomba arrulhando docemente. — Desculpe-me, desculpe-me, meu senhor.

Ele pegou em seus braços esguios.

— Foi minha culpa. Espero não tê-la machucado.

— Não, não de verdade. — Pararam por um momento, antes de ela baixar os cílios longos e subir as escadas. Ele tocou os próprios olhos para ver se trairiam sua emoção; mas quase nem estavam úmidos.

Heféstion, que procurara por ele em toda parte, encontrou-o uma hora depois num cômodo velho e pequeno que dava para as cataratas. O som ali era ensurdecedor quando o nível da água era alto. O chão parecia tremer com os rochedos abaixo. O quarto estava repleto de prateleiras e cômodas com velhos registros bolorentos e títulos de façanhas, tratados, longas árvores genealógicas do tempo dos deuses e heróis. Havia também uns poucos livros deixados por Arquelau ou por contingência do tempo.

Alexandre sentou-se, curvado no pequeno espaço da janela como um bicho numa caverna. Ao seu redor, havia um punhado de pergaminhos manuscritos espalhados.

— O que está fazendo aqui? — perguntou Heféstion.

— Lendo.

— Não sou cego. Qual o problema? — Heféstion aproximou-se para ver seu rosto, que tinha a fúria secreta de um cão ferido pronto para morder a mão que o agride. — Alguém me disse que você subiu até aqui. Nunca vi este cômodo antes.

— É a sala dos arquivos.

— O que estava lendo?

— Xenofonte, sobre caçadas. Ele diz que a presa do urso é tão quente que queima o pelo do cachorro.

— Eu não sabia.

— Não é verdade. Coloquei um fio de cabelo numa presa para ver. — Ele pegou o pergaminho.

— Logo vai ficar escuro aqui.

— Quando escurecer, eu desço.

— Não quer que eu fique?

— Eu só quero ler.

Heféstion viera dizer-lhe que seus alojamentos tinham sido dispostos da maneira arcaica, o príncipe num quartinho interno, os Companheiros num dormitório externo destinado a isso desde tempos imemoriais. Agora, sem questionar, Heféstion entendeu que a rainha notaria se essa disposição fosse mudada. O murmúrio da queda d'água e as sombras que se alongavam falavam de sofrimento.

Aigai vivia sua confusão anual para as festas de Dioniso, impulsionadas pela presença do rei tantas vezes ausente em época de guerra. As mulheres corriam de casa em casa, os homens encontravam-se para exercitar suas danças fálicas, comboios de mulas carregando vinho chegavam dos vinhedos e dos depósitos no alto do castelo. Os aposentos da rainha pareciam uma colmeia secreta cheia de zumbidos. Alexandre não tinha permissão para entrar — não por vergonha, mas porque agora era um homem. Cleópatra estava lá dentro, embora ainda não fosse mulher. Agora, devia conhecer quase todos os segredos, mas era jovem demais para subir com as outras até a montanha.

Na véspera da festa, ele acordou cedo e viu a luz fraca do alvorecer refletindo na janela. Os primeiros pássaros gorjeavam; a água soava mais distante ali. Escutou o machado de um lenhador e o gado mugindo à espera da ordenha. Levantou-se e vestiu-se; pensou em acordar Heféstion, depois olhou a escadinha dos fundos, que o deixaria sair dali despercebido. Era embutida na parede, de modo que podiam trazer mulheres para o príncipe com toda a discrição. Aquela escada devia ter muito o que contar, pensou ele, enquanto descia em silêncio, e, chegando embaixo, virou a chave na fechadura maciça.

Não havia jardim em Aigai, apenas um velho pomar encerrado na muralha exterior. Nas árvores pretas e nuas brotavam um ou dois botões rebentando sob o ímpeto das flores que desabrochavam. O orvalho pesava nos longos talos de grama; pendia nas teias de aranha como colares de cristal.

Os picos, ainda cobertos de neve, estavam tingidos de rosa. O ar frio cheirava a primavera e violetas.

Ele as descobriu pela fragrância, junto do barranco onde cresciam no meio da relva. Quando menino, ele as apanhava para sua mãe. Agora, pegaria algumas e as levaria até ela enquanto as mulheres lhe arrumavam o cabelo. Era bom ter vindo sozinho; mesmo com Heféstion, não teria se sentido à vontade para fazer aquilo.

Suas mãos estavam cheias de flores úmidas e frias, quando viu algo deslizando pelo pomar. Era uma moça, com um manto marrom espesso sobre um chambre claro e fino. Reconheceu-a logo e foi até ela. Parecia um daqueles botões de ameixeira, a luz envolvida na escuridão. Quando Alexandre emergiu das árvores, ela teve um grande sobressalto e ficou branca como a roupa que vestia. Que mocinha tímida.

— O que foi? Não vou devorar você. Apenas vim dizer bom-dia.

— Bom dia, meu senhor.

— Qual é seu nome?

— Gorgo, meu senhor.

Ainda parecia branca de susto. Devia ser extremamente modesta. O que se podia dizer a uma mocinha? Ele só sabia o que seus amigos e os soldados diziam para ele.

— Vamos, Gorgo, sorria para mim e vou lhe dar algumas dessas flores!

Ela lhe deu um sorriso breve e frágil, misterioso, de olhos baixos, como uma hamadríade que se esgueira rapidamente de sua árvore. Ele quase dividiu as flores em dois ramos, guardando algumas para sua mãe; mas pareceria um idiota.

— Tome — disse, e, quando ela as pegou, ele se inclinou e beijou sua face. Por um instante, ela encostou o rosto nos lábios dele, depois recuou, sem o encarar, meneando brandamente a cabeça. Abrindo o espesso manto, colocou as violetas entre os seios, e afastou-se por entre as árvores.

Alexandre ficou parado, olhando para ela, lembrando-se dos talos frios das violetas entrando naquela cavidade cálida e sedosa. Amanhã seria a festa de Dioniso. *E a Terra Santa fez a relva nova crescer debaixo deles, hera orvalhada, e açafrão, e jacintos, uma cama espessa e macia entre eles e o chão duro.*

Alexandre não comentou nada daquilo com Heféstion.

Quando foi cumprimentar sua mãe, percebeu que alguma coisa tinha acontecido. Estava enfurecida, como um incêndio abafado; mas, pelo olhar dela, não fora ele o ofensor. Olímpia refletia se diria ou não a ele qual era o problema. Ele a beijou, mas não perguntou nada. O dia anterior já havia sido o bastante.

O dia todo os amigos dele comentaram a respeito das moças que arranjariam no dia seguinte, caso conseguissem apanhá-las na montanha.

Ele contava as velhas piadas, mas nada falava a seu próprio respeito. As mulheres partiriam do santuário bem antes do amanhecer.

— O que faremos amanhã? — perguntou Heféstion. — Quero dizer, depois do sacrifício?

— Não sei. Fazer planos para a festa de Dioniso dá azar.

Heféstion lançou-lhe um olhar secreto e assombrado. Não, não era possível; Alexandre estava esquisito desde que chegaram, e tinha muitos motivos para isso. Era preciso deixá-lo em paz, até superar tudo.

O jantar foi servido cedo; todos se levantariam antes do amanhecer e, na véspera da festa de Dioniso, ninguém, nem mesmo na Macedônia, bebia até tarde. O crepúsculo da primavera caía cedo quando o sol se punha atrás das cadeias de montanhas no Oeste; em alguns cantos do castelo, as lamparinas eram acesas à tarde. A refeição no átrio tinha um aspecto de transitoriedade; Filipe usou essa sobriedade para colocar Aristóteles sentado a seu lado, cortesia menos conveniente em outras noites, pois o homem bebia muito pouco. Depois do jantar, a maioria das pessoas foi direto para a cama.

Alexandre não gostava de dormir cedo. Resolveu visitar Fênix, que muitas vezes lia até tarde; estava alojado do lado oeste da torre.

O lugar era um verdadeiro pombal, mas Alexandre conhecia seus caminhos mais curtos desde a infância. Atrás de uma antecâmara, onde se guardavam alguns móveis para eventuais hóspedes, havia uma escadinha que levava direto até o quarto de Fênix. O corredor não estava iluminado, mas um archote do outro lado quebrava a escuridão. Alexandre estava quase dentro quando ouviu um barulho e viu movimento.

Silencioso e imóvel, parou na escuridão. Na penumbra, a mocinha Gorgo estava de frente para ele, retorcendo-se e revirando-se nos braços de um homem parado atrás dela; uma mão escura e peluda apertava-lhe entre as pernas; outra, o seio. Da garganta dela vinham doces risadinhas abafadas. O vestido deslizou de seu ombro, cedendo à mão do homem; violetas murchas caíram na laje. O rosto do homem, procurando sua orelha, apareceu detrás de sua cabeça. Era seu pai.

Esgueirando-se, como na guerra, o rumor dos passos encoberto pelos gemidos da moça, ele se retirou, saindo pela porta mais próxima, para a noite fria e o fragor das águas.

No andar de cima, no alojamento da Guarda do Príncipe, Heféstion estava acordado na cama esperando Alexandre dormir para desejar-lhe boa-noite. Nas outras noites, todos tinham subido juntos; mas naquela, ninguém o vira desde o jantar. Sair à procura dele seria motivo de piadas para os outros; Heféstion, deitado no escuro, olhava a linha de luz sob a velha e compacta porta do aposento interno esperando que sombras de pés passassem atrás dela. Nenhuma se movia. Ele adormeceu, mas sonhou que ainda estava de vigia.

Nas escuras horas da madrugada, Alexandre subiu pela escadinha dos fundos para mudar de roupa. A lamparina, quase apagada, bruxuleava de leve. No frio gélido, dedos entorpecidos demais para manejar as coisas, meteu-se na túnica de couro, botas e perneiras usadas para caçar. Quando começasse a escalada, ficaria aquecido.

Debruçou-se na janela. Aqui e ali, balançando entre as árvores e piscando como estrelas nas gargantas entre a neve, brilhavam as primeiras tochas.

Fazia muito tempo que ele as seguira até o bosque. Nunca, em nenhum momento de sua vida, seguira as mulheres até os rituais no topo da montanha. Não sabia o que o impelira a isso agora, exceto o fato de que essa era a única coisa a fazer. Embora fosse ilegal, ia atrás delas. Não tinha outro lugar para ir.

Sempre fora um caçador rápido e leve, impaciente com os ruídos dos demais. Poucos homens eram tão ágeis; era fácil ouvi-los, rindo e falando alto com tempo disponível para encontrar as dóceis bêbadas que seriam suas presas. Ele passou deslizando, sem ser visto; logo deixara todos para trás, subindo pelos bosques de bétulas ao longo daquela trilha imemorial. Muito tempo atrás, após uma festa de Dioniso, ele seguira essa trilha em segredo até o local de danças graças a pegadas, fios presos em espinhos, ramos caídos de vinha ou hera, pele de animais rasgada e sangue.

Ela jamais saberia; mesmo depois de anos, ele jamais lhe diria. Pois mesmo possuído em segredo, aquilo pertenceria a ele apenas. Estaria com ela, invisível, como os deuses que visitam os mortais. E saberia dela o que homem algum jamais soubera.

A encosta tornava-se íngreme; a trilha, sinuosa. Ele seguia calmamente pelas suas curvas, iluminado pela lua que baixava e pela primeira claridade do amanhecer. Embaixo, em Aigai, os galos cantavam; o som, atenuado pela distância, era mágico e ameaçador, um desafio espectral. Na trilha em zigue--zague acima dele, a linha de tochas enroscava-se como uma serpente de fogo.

A madrugada vinha da Ásia e tocava os picos nevados. Bem acima, na floresta, ele escutou o guincho de morte de algum animal jovem, depois o grito báquico.

Um penhasco íngreme era rompido por uma garganta arborizada; suas águas espalhavam-se da fenda estreita em um leito sussurrante. A trilha dobrava à esquerda, mas ele se recordava do terreno, e parou para pensar. Essa garganta subia à direita até flanquear o local das danças. Seria uma dura escalada pela mata virgem até a outra margem, mas um esconderijo perfeito, fora do alcance, porém próximo; ali, a fenda era estreita. Ele dificilmente chegaria até ela antes do sacrifício; mas a veria dançar.

Vadeou as águas geladas e fluentes, agarrando-se aos rochedos. Os pinheirais acima eram densos, virgens, madeira morta jazia ali, abatida pelo tempo; os pés dele mergulhavam em húmus preto de mil anos. Finalmente avistou as tochas bruxuleando, como minúsculos pirilampos; depois, ao chegar mais perto, viu a límpida chama brilhante da fogueira do altar. Também os cantos eram como as chamas, agudos e estridentes, elevando-se mais nas passagens novas em que uma voz incitava outra.

Os primeiros raios de sol brilhavam acima, na margem descoberta da garganta. Ali crescia uma franja de vegetação baixa, nutrida pelo sol, murta, e medronheiros, e giesta. De quatro, aos saltos como um leopardo, ele rastejava atrás dessa proteção.

Do lado oposto, era campo aberto e limpo. Lá era o local destinado às danças, a campina secreta encerrada embaixo, exposta apenas aos picos das montanhas e aos deuses. Entre suas sorveiras-bravas, o prado estava coberto de florezinhas amarelas. O altar, defumado com a carne da vítima e resina em brasa; tinham jogado ali os restos de suas tochas. Abaixo de Alexandre, a ravina caía trinta metros, mas uma lança jogada alcançaria o outro lado. Podia ver os trajes das mulheres manchados de orvalho e de sangue, e seus tirsos de pinhas. Mesmo dali, seus rostos pareciam vazios para o deus.

A mãe dele estava junto do altar; na mão, o cetro pelo qual a hera subia. Sua voz conduzia o hino; seu cabelo solto descia sobre o traje; a pele de corça e os ombros brancos, debaixo de sua coroa de hera. Então, agora ele a vira. Fizera o que não era permitido aos homens, somente aos deuses.

Ela segurava um cantil de vinho redondo, próprio para o festival. Seu rosto não demonstrava impaciência nem perplexidade, como os de algumas outras, mas serenidade e satisfação; ela sorria. Hermínia de Epiro, que conhecia a maior parte dos seus segredos, dançou até ela; levou o cantil até sua boca e falou em seu ouvido.

Dançavam em volta do altar, indo e vindo, rogavam alto. Algum tempo depois, a mãe dele jogou fora seu tirso entoando uma palavra mágica no trácio arcaico, que era a linguagem dos rituais. Todas abandonaram seus cetros, deixaram o altar e deram-se as mãos numa ciranda. A mãe dele pediu a uma jovem que saísse do círculo e fosse para o centro. A mocinha veio, lenta, empurrada pelas mãos das outras. Ele a olhou atentamente. Claro que a conhecia.

De repente, ela se agachou debaixo dos braços enlaçados das outras e começou a correr em direção à ravina, sem dúvida tomada pelo frenesi das bacantes. Quando a moça chegou mais perto, Alexandre teve certeza de que era Gorgo. O frenesi divino, como o terror, deixara seus olhos arregalados e a boca aberta. A dança parou, enquanto algumas mulheres corriam atrás dela. Sem dúvida, eram procedimentos comuns nos rituais.

Ela corria loucamente, bem à frente das outras, até tropeçar em alguma coisa. Num instante, pôs-se de pé, mas foi apanhada. Em sua loucura dionisíaca, começou a gritar. As mulheres levaram-na de volta até as outras; primeiro de pé, até que seus joelhos cederam, e ela caiu no chão. A mãe dele aguardava, sorrindo. A moça ficou deitada aos seus pés, sem soluçar ou rezar, apenas soltando guinchos ininterruptos, uma nota aguda como uma lebre nas mandíbulas de uma raposa.

*   *   *

Passava do meio-dia. Heféstion caminhava pelas encostas mais baixas refletindo, parecia-lhe, havia muitas horas, embora não fosse tanto tempo assim; inicialmente tivera vergonha de procurar, sem saber o que encontraria. Só quando o sol estava alto, sua infelicidade transformara-se em medo.

— Alexandre! — chamava. Os rochedos no topo da geleira ecoaram "... andre!". Uma torrente jorrava da ravina, espalhando-se por pedras dispersas ali. Numa delas estava Alexandre, olhando adiante.

Heféstion correu até ele. O outro não se levantou, mal olhou ao redor. *É verdade*, pensou Heféstion, *aconteceu. Uma mulher: ele já está mudado. Agora, aquilo nunca acontecerá.*

Alexandre encarou-o tenso, com olhos fundos, como se precisasse urgentemente lembrar quem ele era.

— Alexandre, o que foi? O que aconteceu? Diga-me! Você caiu, machucou a cabeça? Alexandre!

— O que está fazendo aqui? — perguntou Alexandre em tom seguro e monocórdio. — Correndo pela montanha? Procurando uma moça?

— Não. Estava procurando você.

— Tente a ravina, lá em cima, vai encontrar uma moça, mas está morta.

Heféstion, sentado na pedra ao lado dele, quase perguntou: "Você a matou?". Porque, diante daquele rosto, nada parecia impossível, mas não se atreveu a falar.

Alexandre esfregou as costas da mão suja de terra na fronte, e piscou.

— Não fui eu, não. — Seu sorriso foi um ricto seco. — Era uma mocinha bonita, meu pai achava, minha mãe também. Foi o frenesi do deus. Tinham crias de gato selvagem, e uma corça, e outra coisa que não entendi. Se quiser, espere, o corpo dela vai descer na torrente.

Falando com calma, observando-o, Heféstion disse:

— Lamento que você tenha visto isso.

— Vou voltar e ler meu livro. Xenofonte diz que se você colocar uma presa de urso sobre elas, pode vê-la encolher. É o calor da carne delas. Xenofonte diz que queima violetas.

— Alexandre, beba um pouco disso. Você está acordado desde ontem. Trouxe um pouco de vinho comigo... Alexandre, olhe, eu trouxe vinho. Tem certeza de que não está ferido?

— Não. Não deixei que me apanhassem, apenas assisti ao espetáculo.

— Veja. Veja aqui. Olhe para mim. Agora beba isso, faça o que lhe digo. Beba.

Depois do primeiro gole, ele pegou o cantil da mão de Heféstion e esvaziou-o, sedento.

— Assim está melhor. — O instinto dizia a Heféstion que usasse o bom senso e fosse natural. — Também tenho um pouco de comida. Você não deveria ter seguido as bacantes, todo mundo sabe que traz má sorte. Não me admira que se sinta mal. Tem um espinho enorme na perna, aqui, fique quieto enquanto eu o tiro. — E continuou resmungando como uma babá limpando feridas de criança. Alexandre suportou docilmente o toque das mãos dele.

— Já vi coisa pior — disse Alexandre, de repente — num campo de batalha.

— Sim. Precisamos nos acostumar ao sangue.

— Aquele homem na muralha de Dorisco; suas entranhas saltaram para fora, e ele tentava colocá-las de volta para dentro.

— Mesmo? Eu devo ter desviado os olhos.

— É preciso ser capaz de olhar qualquer coisa. Eu tinha doze anos quando matei um homem. Eu próprio lhe cortei a cabeça. Queriam fazê-lo por mim, mas ordenei que me entregassem o machado.

— Claro, você pode ver qualquer coisa, todo mundo sabe disso, mas esteve acordado a noite toda... Alexandre, está me ouvindo? Está escutando o que eu digo?

— Fique quieto. Elas estão cantando.

Sentava-se com as mãos nos joelhos, olhos voltados para cima, na direção da montanha. Heféstion podia ver o branco abaixo das íris. Tinha de ser encontrado, não importava onde. Não deveria ficar só.

Calma e insistentemente, sem tocá-lo, Heféstion disse:

— Agora você está comigo. Prometi-lhe que estaria aqui. Ouça, Alexandre, pense em Aquiles, em como a mãe dele o mergulhou no Estige. Pense em como deve ter sido escuro e terrível morrer, transformar-se em pedra, mas depois disso ele se tornou invulnerável. Olhe, acabou, agora acabou tudo. Agora, você está comigo.

E estendeu a mão. Alexandre estendeu a sua e tocou-a, num frio mortal. Depois, Heféstion envolveu-a, apertadamente, fazendo-o suspender a respiração, com um misto de alívio e dor.

— Você está comigo — Heféstion disse.

— Eu amo você. Para mim, você significa mais do que tudo no mundo. Eu morreria por você, a qualquer momento. Eu o amo.

Ficaram sentados algum tempo assim, mãos unidas pousadas no joelho de Alexandre. Algum tempo depois, sua mão afrouxou um pouco; seu rosto perdeu aquela rigidez de máscara, parecendo apenas muito doente. Olhou vagamente para suas mãos unidas.

— Aquele vinho foi bom. Não estou tão cansado assim. A gente deveria aprender a passar sem dormir, é útil na guerra.

— Da próxima vez vamos ficar acordados juntos.

— A gente deveria aprender a viver sem tudo o que é indispensável, mas eu acharia muito duro viver sem você.

— Eu estarei sempre aqui.

Um cálido sol de primavera, caindo na tarde, foi invadindo a clareira. Um tordo cantou. Os presságios de Heféstion lhe falavam, dizendo-lhe que ocorrera uma mudança: uma morte, um nascimento, a intervenção de um deus. Isso que nascera manchara-se de sangue num difícil combate; ainda estava frágil, não podia ser manejado, mas vivia, e haveria de crescer.

Deviam voltar a Aigai, mas não havia pressa ainda, estavam bem como estavam; ele que tivesse um pouco mais de calma. Alexandre fugia de seus pensamentos num devaneio. Heféstion observava-o, com olhos firmes e a terna paciência do leopardo agachado junto da poça d'água, sua fome confortada pelo som de passos leves e distantes descendo pela trilha da floresta.

# 6

As flores de ameixeira tinham caído; jaziam por ali, golpeadas pela chuva da primavera. O tempo das violetas se fora, e as vinhas estavam em flor.

O filósofo achara alguns de seus estudantes um pouco dispersos depois das festas de Dioniso, coisa sabida até em Atenas; mas o príncipe estava estudioso e quieto, saindo-se bem na ética e na lógica. Às vezes era imprevisível; quando foi encontrado sacrificando uma cabra preta a Dioniso, era evasivo nas respostas; temia-se que a filosofia ainda não o tivesse libertado da superstição; mas tal reserva mostrava, talvez, uma reflexão que lhe era peculiar. Alexandre e Heféstion pararam e encostaram-se em uma das pequenas pontes rústicas que cobriam a torrente das ninfas.

— Agora — disse Alexandre —, acho que estou em paz com o deus. Por isso pude lhe contar tudo, Heféstion.

— Não foi melhor?

— Sim, mas primeiro tive de administrar o assunto em minha mente. A ira de Dioniso me perseguiu, até que fiz as pazes com ele. Quando penso racionalmente a respeito, vejo que seria injusto ficar abalado com o que minha mãe fez apenas por ela ser mulher, uma vez que meu pai matou milhares de homens. Você e eu matamos homens que nunca nos fizeram mal, a não ser no caso da guerra. Mulheres não podem desafiar seus inimigos como nós; elas só podem ser vingadas como mulheres. Em vez de acusá-las, deveríamos agradecer aos deuses por nos fazerem homens.

— Sim — disse Heféstion —, deveríamos, sim.

— Então eu vi que era a ira de Dioniso, porque profanei o mistério dele. Estive sob a proteção dele, você sabe, desde criança; mas depois fiz mais sacrifícios para Hércules do que para ele. Quando fui presunçoso, ele mostrou sua ira. Não me matou como Penteu na peça, porque estava sob sua proteção; mas me castigou. Teria sido pior, mas para você. Você era como Pílades, que ficou com Orestes até quando as Fúrias vieram buscá-lo.

— Claro que fiquei com você.

— Vou lhe dizer mais uma coisa. Essa mocinha, nas festas de Dioniso, eu pensei, quem sabe... Mas algum deus me protegeu.

— Pôde protegê-lo porque você soube se controlar.

— Sim. Tudo isso aconteceu porque meu pai não conseguiu ser moderado nem por decência a sua própria casa. Ele sempre foi assim. Todo mundo sabe. Pessoas que deveriam respeitá-lo porque foram vencidas na batalha, zombam dele pelas suas costas. Eu não suportaria viver se soubesse que falam assim de mim. Que não sou dono de mim mesmo.

— As pessoas nunca dirão isso de você.

— Eu nunca amarei alguém de quem me envergonhe, isso eu sei. — Apontou para as claras águas castanhas. — Olhe todos aqueles peixes. — Inclinaram-se juntos sobre o parapeito de madeira, cabeças encostadas; o cardume disparou como seta na sombra da margem. Endireitando-se, Alexandre disse:

— Ciro, o Grande, nunca foi escravo de mulheres.

— Não — respondeu Heféstion. — Nem da mais bela mortal da Ásia. Está no livro.

Alexandre recebeu cartas de seus pais. Nenhum deles ficara muito perturbado pelo estranho silêncio que sobreveio à festa de Dioniso, embora cada um, ao partir, percebesse que de alguma forma ele os examinava, como se os observasse de uma janela numa parede sem portas, mas muitos jovens mudavam com essas festas; preocupante seria se não se sentissem tocados.

O pai dele escreveu que os atenienses estavam despejando colonos nas costas gregas da Trácia, bem como os quersonesos; mas, enfrentando um corte nos subsídios governamentais, recusara-se a manter a frota de apoio que ajudava contra pirataria e assaltos costa adentro, como os *rievers* nos tempos de Homero. Navios e granjas macedônios tinham sido saqueados; um enviado, que viera resgatar prisioneiros, fora apanhado e torturado, e depois pediram nove talentos pelo seu resgate.

Olímpia, dessa vez quase de acordo com Filipe, tinha uma história parecida a contar. Um comerciante da Eubeia, Anaxino, que importava bens do Sul para ela, fora apanhado em Atenas, por ordem de Demóstenes, porque a casa de seu anfitrião fora visitada por Aisquines. Fora torturado até confessar ser espião de Filipe, e por isso o tinham assassinado.

— Fico imaginando quanto tempo vai demorar até começar a guerra — disse Filotas.

— Estamos em guerra — disse Alexandre. — É só questão de definir onde combateremos. Seria ímpio devastar Atenas; como saquear um templo, mas cedo ou tarde teremos de lidar com os atenienses.

— Você fará isso? — perguntou o aleijado Hárpalo, que via nos guerreiros ao seu redor uma raça amigável, mas alienígena. — Quanto mais alto latirem, tanto mais você poderá ver seus dentes podres.

— Não tão podres a ponto de podermos dispensá-los em nossa retaguarda quando atravessarmos a Ásia.

A guerra pelas cidades gregas na Ásia já não era uma visão; começara sua estratégia essencial. A cada ano notava-se o caminho dos países conquistados mais próximo do Helesponto. Os baluartes dos mares estreitos, Perinto e Bizâncio, eram os últimos grandes obstáculos. Se pudessem ser tomados, Filipe precisaria apenas assegurar sua retaguarda.

Com o fato esclarecido, os oradores atenienses viajaram novamente pela Grécia procurando aliados a quem Filipe ainda não conseguira persuadir, assustar ou comprar. À frota perto da Trácia fora enviado um pouco de dinheiro; colocou-se uma guarnição da ilha de Tasos, em ponto estratégico. No jardim de Mieza, os jovens discutiam quando teriam novamente o sabor da luta, ou, aos olhos do filósofo, debatiam a natureza e atributos da alma.

Heféstion, que em sua vida nunca se importara com nada, realizara o complexo negócio de encomendar de Atenas um exemplar de *Os mírmidonis*, que deu a Alexandre. Sob um arbusto em arco de lilases, ao lado do tanque das ninfas, discutiram a natureza e atributos do amor.

Era a época em que feras selvagens acasalavam na floresta. Aristóteles preparava uma tese sobre o acasalamento e a geração de seus filhotes. Seus alunos, em vez de caçar, abrigavam-se nos esconderijos e anotavam tudo. Hárpalo e um amigo divertiam-se inventando procedimentos artificiais, documentados com cuidados científicos a fim de obter credibilidade. O filósofo, que se considerava útil demais à humanidade para arriscar-se a contrair um resfriado por permanecer horas a fio agachado no chão úmido, agradecia calorosamente e anotava tudo.

Em um belo dia, Heféstion disse a Alexandre que encontrara uma toca de raposa e achava que ela estava em período de acasalamento. Uma velha árvore ali perto caíra numa das tempestades, deixando uma profunda cova; dali podia-se observar tudo. No fim do dia, foram para a floresta sem atravessar as trilhas de seus amigos. Ninguém comentou o fato nem deu nenhuma outra razão.

As raízes mortas da árvore caída cobriam a cavidade; o solo estava macio, coberto com as folhas caídas do ano anterior. Algum tempo depois, a raposa, prenha, entrou esgueirando-se pelas sombras com uma pequena perdiz na boca. Heféstion levantou a cabeça; Alexandre, que fechara os olhos, ouviu o farfalhar quando o animal passou, mas não os abriu para ver. Ela se assustou ao ouvi-los respirar e correu para sua toca, como um raio vermelho.

Pouco depois, Aristóteles quis dissecar uma raposa prenha; mas os dois protegeram aquela guardiã do seu mistério. Ela se habituou a eles depois de algum tempo, e trazia seus filhotes sem medo, alimentando-os e deixando--os brincar no local.

Heféstion gostou dos filhotes, porque faziam Alexandre sorrir. Depois do amor ele ficava calado, viajando por algum mistério particular; se chamado, não ficava impaciente, mas gentil demais, como se tivesse algo a esconder.

Ambos concordavam que tudo aquilo fora ordenado pelos seus destinos antes de terem nascido. Heféstion ainda sentia certa incredulidade, como se diante de um milagre; seus dias e noites eram vividos numa nuvem cintilante. Só nessas horas uma sombra a penetrava; ele apontava para os filhotes de raposa brincando, aqueles profundos olhos pensativos se moviam para lá e se iluminavam, e tudo ficava bem outra vez. Os tanques e riachos tinham a margem coberta de miosótis e íris; em pequenos bosques ensolarados as famosas roseiras de Mieza, abençoadas pelas ninfas, abriam seus grandes rostos doces e espalhavam seu perfume.

Os rapazes liam as mensagens com as quais sua juventude os familiarizava, e pagavam suas apostas. O filósofo, menos perito e não tão bom perdedor, enquanto todos caminhavam ou sentavam-se nos jardins floridos de rosas, encarava, com ar de dúvida, os dois belos rapazes inseparáveis. Não se arriscava a fazer perguntas; não havia lugar para respostas na tese dele.

As oliveiras estavam cobertas com flores de um verde pálido cuja suave fragrância a tudo invadia. Das macieiras caíam frutas falsas; e começavam a surgir pequenas maçãs verdes, as verdadeiras. A raposa levou seus filhotes para a floresta; era hora de aprenderem a viver por si mesmos.

Heféstion também se tornava um caçador paciente e hábil. Até sua presa cair pela primeira vez em sua armadilha, ele não duvidara de que a afeição apaixonada que lhe era tão livremente concedida continha, em si, o germe genuíno da paixão. E concluiu que a questão era complexa.

Mais uma vez disse a si mesmo que, quando os deuses são generosos, não se deve pedir mais. Pensou em como, à maneira do herdeiro de uma grande fortuna que fica feliz, no início, só por conscientizar-se de sua riqueza, ele fitara o rosto à sua frente; o cabelo despenteado pelo vento balançando livre, a fronte que o olhar intenso já marcara com leves rugas; os olhos em suas belas órbitas, a boca firme, mas sensível, o arco das douradas sobrancelhas. No começo, parecera-lhe possível contentar-se em apenas ficar sentado olhando tudo aquilo eternamente.

— Bucéfalo precisa de exercício, vamos cavalgar.

— Ele jogou o cavalariço no chão de novo?

— Não, foi só para lhe dar uma lição. Eu também o tinha prevenido.

O cavalo consentira, aos poucos, em ser montado para a rotina dos estábulos, mas uma vez que seus arreios estivessem colocados com placas de prata, colar de filigrana e sela franjada, ele sabia que se tornara assento de um deus, e recusava-se a servir aos ímpios. O cavalariço ainda estava no chão.

Cavalgaram pelas florestas de bétula com novas folhas rubras até o planalto coberto de relva num passo tranquilo, estabelecido por Heféstion, porque sabia que Alexandre não permitiria que Bucéfalo parasse suado. Apearam na beira de um bosque e pararam para olhar as montanhas da Calcídica através da planície e do mar.

— Encontrei um livro em Pela — disse Alexandre — da última vez em que estivemos lá. É um livro de Platão que Aristóteles nunca nos mostrou. Acho que por inveja.

— Que livro? — Heféstion, sorrindo, examinava as rédeas do cavalo.

— Decorei um pouco, escute: *"O amor nos faz ter vergonha da desgraça e nos torna ávidos de glória; sem ele nenhum povo ou homem pode realizar nada de grandioso ou belo. Se um amante fosse encontrado fazendo algo indigno dele próprio ou fosse incapaz de ressentir-se da desonra, preferiria expor-se diante da família, ou amigos, ou de qualquer outra pessoa, a fazê-lo diante daquele que ama"*. E em algum outro trecho ele diz: *"Imagine um Estado ou exército, feito só de amantes e amados. Como poderia qualquer companhia esperar atos mais grandiosos do que desprezar a infâmia e rivalizar entre si na honra? Mesmo uns poucos, lutando lado a lado, poderiam conquistar o mundo"*.

— Isso é lindo.

— Quando jovem, ele foi soldado, como Sócrates. Acho que Aristóteles sentiu inveja. Os atenienses nunca fundaram um regimento para amantes, deixaram isso para os tebanos. Ninguém ainda venceu a Liga Sagrada, sabia disso?

— Vamos para a floresta.

— Isso não foi a conclusão, ela foi determinada por Sócrates. Ele diz que o melhor, o maior amor, só pode ser sentido pela alma.

— Bem — disse Heféstion depressa —, mas todo mundo sabe que ele era o homem mais feio de Atenas.

— O belíssimo Alcibíades atirou-se no pescoço dele, mas Sócrates disse que fazer amor com a alma era a vitória maior, como ganhar a coroa tripla nos jogos.

Heféstion fitou a montanha da Calcídica, oprimido pela dor.

— Seria a maior vitória — disse então lentamente — para aquela pessoa que tem inclinação para tal coisa.

Sabendo estar a serviço de um deus implacável, ele armara sua armadilha com sabedoria adquirida no amor. Virou-se para Alexandre, que se manteve parado observando as nuvens, solitário, conversando com seu *daimon*.

Atormentado pela culpa, Heféstion agarrou seu braço.

— Se você quer dizer que é isso que realmente deseja...

Alexandre levantou as sobrancelhas, sorriu e jogou o cabelo para trás.

— Vou lhe dizer uma coisa.

— Sim?

— Se conseguir me alcançar.

Ele era sempre o mais veloz. Sua voz ainda pairava no ar, mas Alexandre já se fora. Heféstion seguiu uma trilha de bétulas claras e lariços sombreados até uma escarpa rochosa. Ao pé dela estava Alexandre, imóvel, de olhos fechados. Preocupado e ofegante, Heféstion desceu, ajoelhou-se junto dele, apalpou-o para ver se estava machucado. Nada havia de errado. Então ele olhou para Heféstion, sorrindo.

— Quieto! Você vai espantar as raposas.

— Eu podia te matar — disse Heféstion, enlevado.

A luz do sol, atravessando os ramos de lariço, movera-se um pouco para o oeste refletindo um brilho da muralha da cova rochosa onde estavam. Alexandre continuava deitado, observando as copas ondulantes, com o braço atrás da cabeça.

— Em que está pensando? — perguntou Heféstion.

— Na morte.

— Às vezes ela deixa as pessoas tristes. São os espíritos vitais que abandonaram a pessoa. Eu não discordo disso; e você?

— Não. Verdadeiros amigos deveriam ser tudo um para o outro.

— É isso que você realmente quer?

— Você deveria saber.

— Não suporto ver você triste.

— Logo passa. Talvez seja a inveja de algum deus. — Ele tocou a cabeça de Heféstion, ansiosamente curvado sobre ele, ajeitando-a em seu próprio ombro. — Um ou dois deles se envergonharam de suas escolhas indignas. Não mencione nomes, pois podem se zangar; mas nós sabemos. Até os deuses podem sentir inveja.

Heféstion, com a mente livre de nostalgia, viu num momento premonitório a sucessão de rapazes que o rei Filipe tivera; sua bela aparência rude, sua sexualidade crua como cheiro de suor, seus ciúmes, suas intrigas, sua insolência. De todos, fora ele o escolhido para ser tudo aquilo que aqueles jovens nunca tinham sido; em suas mãos fora colocado, com confiança, o orgulho de Alexandre. Enquanto ele vivesse, nada mais importante poderia lhe acontecer; para ter mais, seria preciso ser imortal. Lágrimas saltaram de seus olhos e desceram pelo pescoço de Alexandre, que, pensando que o outro também sentia aquela tristeza depois do amor, acariciou seu cabelo, sorrindo.

\* \* \*

Na primavera do ano seguinte, Demóstenes viajou de barco para o norte, para Perinto e Bizâncio, cidades fortificadas junto aos mares estreitos. Filipe negociara com ambas um tratado de paz: se os deixasse em paz, eles não impediriam sua marcha. Demóstenes persuadiu as duas cidades a denunciarem os tratados. As forças atenienses sediadas em Tasos realizaram uma guerra não declarada contra a Macedônia.

No campo de treinamento na planície de Pela, uma parte do mar que ficara restrita às memórias dos idosos, as falanges rodavam e faziam contramarchas de forma que as pontas de três tropas, em ordem aberta, atacassem a frente inimiga em uma só linha. Os homens da cavalaria faziam seus exercícios de combate prendendo-se com as coxas e os joelhos e agarrando-se às crinas dos seus animais para não desmontarem com o impacto do embate.

Em Mieza, Alexandre e Heféstion arrumavam a bagagem para partir ao amanhecer, enquanto examinavam o cabelo.

— Nada desta vez — disse Heféstion largando o pente. — É no inverno que os pegamos, quando todo mundo dorme junto.

Alexandre, sentado sobre os joelhos, enxotou um de seus cães que tentava lamber-lhe a cara, e trocou de lugar com Heféstion.

— Pulgas a gente pode afogar — disse enquanto trabalhava —, mas piolhos são como ilírios rastejando pelas matas. Teremos muitos nessa campanha, podemos pelo menos começar a nos ordenar. Acho que você não tem... não, espere... Bem, é só esse. — Ergueu-se para pegar uma garrafinha arrolhada numa prateleira. — Vamos usar isso de novo, é o melhor que existe. Tenho de dizer a Aristóteles.

— Isso cheira mal.

— Não, coloquei ervas aromáticas. Cheire.

No último ano, ele se interessara pela arte de curar. Entre inúmeras teorias, das quais ele achava que poucas seriam úteis na prática, aquilo era uma coisa útil que príncipes guerreiros não tinham desdenhado no campo de batalha de Troia; os pintores mostravam Aquiles colocando ataduras nas feridas de Pátroclo. Sua sagacidade de alguma forma deixava Aristóteles desconcertado, pois seu próprio interesse agora era acadêmico; mas a ciência fora sua herança paterna, e afinal agradava-lhe ensiná-la. Alexandre tinha agora um caderno de notas de bálsamos e unguentos com alusões ao tratamento de febres, ferimentos e membros quebrados.

— Realmente o cheiro é melhor — concedeu Heféstion. — E parece livrar a gente deles.

— Minha mãe tinha um feitiço contra piolhos, mas sempre acabava tirando-os com a mão.

O cachorro sentou-se junto da bagagem com ar tristonho, reconhecendo-a pelo cheiro. Alexandre estivera em atividade poucos meses antes comandando sua própria companhia como o rei prometera. O dia inteiro a casa estivera repleta de sussurros estridentes, como ruído de grilos; pedra de afiar dardos, punhais e espadas, quando os jovens se preparavam.

Heféstion pensava sem medo na guerra iminente, afastando de sua mente ou reprimindo em suas profundezas até mesmo o receio de que Alexandre fosse morto. Só assim era possível viver ao lado dele. Heféstion evitaria a morte, se pudesse, porque era necessário. Era preciso estudar como eliminar o inimigo para não ser eliminado. E, além disso, confiar nos deuses.

— Há uma coisa que me assusta — disse Alexandre, afiando a espada até a lâmina deslizar como seda pela bainha de couro bem encerada. — Que o Sul chegue antes de eu estar pronto.

Estendeu a mão pegando a escova com que limpava o trabalho em ouro.

— Dê-me isso, eu a limpo com a minha. — Heféstion inclinou-se sobre o elaborado acabamento da bainha e da correia trançada. Alexandre sempre se livrara rapidamente de seus dardos; a espada já era sua arma numa luta corpo a corpo, mão a mão. Heféstion murmurou um encanto para dar sorte, enquanto trabalhava.

— Espero ser general antes de entrarmos na Grécia.

Heféstion ergueu os olhos da pele de tubarão polida que estava esfregando.

— Não pense tanto nisso; o tempo é curto.

— Eles já teriam me seguido no campo de batalha se fosse preciso agir depressa. Sei disso. Não acham conveniente indicar-me agora. Um ano, dois... Mas já teriam me seguido.

Heféstion refletiu; nunca dizia a Alexandre o que este desejava escutar, se isso pudesse causar-lhe problemas mais tarde.

— Sim, teriam. Vi isso na última vez. Antes achavam que você lhes trazia sorte, mas agora entenderam que você sabe o que quer.

— Eles me conhecem há muito tempo. — Alexandre tirou seu elmo do gancho na parede e sacudiu o penacho de crina de cavalo branca.

— Ouvindo alguns deles falarem, até se pensaria que o educaram. — Heféstion escovou com tanta força que quebrou a escova e teve de consertá-la.

— Alguns deles realmente me educaram. — Depois de pentear o penacho, Alexandre foi até o espelho na parede. — Acho que vai servir. É um metal bom, está bem ajustado, e os homens podem me enxergar. — Em Pela não faltavam armeiros de primeira. Vinham para o Norte, vindos de Corinto, sabendo onde havia bons fregueses. — Quando for general, terei um elmo só para me exibir.

Heféstion, olhando sobre o ombro para aquele rosto no espelho, disse:

— Aposto que sim. Você adora enfeites.

Alexandre pendurou o elmo no lugar.

— Por que está zangado?

— Seja general e terá uma tenda só sua. A partir de amanhã nunca estaremos longe da multidão, até voltarmos para cá.

— Ah... sim, eu sei, mas a guerra é assim.

— Temos de nos acostumar com isso. Como com as pulgas.

Alexandre foi até ele, depressa, cheio de remorso por ter esquecido.

— Em nossa alma — disse — estaremos mais unidos do que nunca, conquistando fama eterna. *Filho de Menício, o Grande, você que deliciou meu coração.* — Sorriu olhando no fundo dos olhos de Heféstion, que sorriu também, fielmente. — O amor é o verdadeiro alimento da alma, mas a alma come para viver, como o corpo; não deve viver para comer.

— Não — disse Heféstion.

Ele vivia para seus próprios assuntos, parte dos quais era para que Alexandre não ficasse encarregado deles.

— A alma tem de viver para *agir.*

Heféstion largou a espada, pegou o punhal com seu cabo de delfins e castão de ágata e concordou.

\* \* \*

Em Pela ressoavam os ruídos da guerra. A brisa trazia até Bucéfalo o rumor e o cheiro de ataque; ele dilatava as narinas e relinchava.

O rei Filipe estava na praça de armas. Mandara colocar escadas de sítio contra altos andaimes e fazia os homens subirem em ordem, sem tumulto, atropelo ou golpes de armas, sem provocarem atrasos desnecessários. Mandou uma mensagem ao filho dizendo que precisava vê-lo depois das manobras. A rainha o veria imediatamente.

Quando ela o abraçou, notou que ele estava mais alto. Tinha mais de 1,60 metro; antes de sua estrutura se firmar, talvez crescesse ainda uns três centímetros, não mais que isso, mas conseguia quebrar nas mãos uma lança, caminhar 48 quilômetros por dia num terreno em declive e sem se alimentar (fizera isso certa vez também sem beber, como teste). Através de fases graduais, imperceptíveis, deixara de aborrecer-se por não ter se tornado um homem alto. Os homens altos da falange, que podiam brandir longas espadas, gostavam dele do jeito que era.

Sua mãe, embora houvesse entre eles uma diferença de apenas três centímetros, deitou a cabeça no seu ombro, terna e doce, como uma pomba arrulhando.

— Você é um homem, realmente um homem, agora. — E contou-lhe todas as maldades do pai; nada de novo. Ele acariciou seu cabelo, fez eco à sua indignação, mas pensava na guerra. Ela lhe perguntou que tipo de jovem era aquele Heféstion; se era ambicioso, como requisitara, extraíra dele alguma promessa? Sim. De que ficassem juntos na batalha. Ah! Se ele merecia confiança? Alexandre riu, deu uns tapinhas em sua face e leu em seus olhos a verdadeira pergunta; como num combate, Olímpia procurava um momento em que ele perdesse o controle e lhe permitisse indagar. Ele disfarçou, e ela não questionou. Isso o deixou enternecido e benevolente; recostou-se no cabelo dela, aspirando seu perfume.

Filipe estava pintando no estúdio numa escrivaninha desarrumada. Viera direto do campo de treinamento; o quarto tinha um odor acre, uma mistura do suor de seu cavalo e de seu próprio. No cumprimento, ele notou que depois de uma cavalgada de menos de sessenta quilômetros seu filho já se banhara para tirar o pó, mas o choque verdadeiro foi perceber em seu queixo uma fina penugem dourada. Espantado, perplexo, Filipe percebia que a puberdade, afinal, não atrasara. Alexandre andara raspando a barba.

Um macedônio, filho de rei, o que o estaria dominando a ponto de o fazer imitar os modos afetados do Sul? Suave como uma mocinha. Para quem exibia aquilo? Filipe estava muito bem-informado a respeito de Mieza; Parmênion arranjara isso secretamente com Filotas, que fazia relatórios regulares. Era algo para se esperar do filho de Amíntor, um jovem inofensivo e atraente a quem o próprio Filipe poderia ter desejado; mas andar por aí parecendo o amante de outro homem era diferente. E recordou a tropa de jovens que vira chegar; ocorreu-lhe que ali houvera queixos mais velhos, também sem barba. Devia ser moda entre eles. Um vago sentimento de subversão instigou-o, mas afastou do caminho. Apesar das esquisitices do menino, os homens confiavam nele; e, uma vez que as coisas estavam do jeito que estavam, não era hora de aborrecê-lo.

Filipe fez um sinal ao filho para que se sentasse a seu lado.

— Bem — disse —, como vê, estamos bem adiantados aqui.

Descreveu os preparativos; Alexandre escutava com os cotovelos nos joelhos, as mãos cruzadas; podia-se ver sua mente correndo um passo à frente.

— Será difícil dobrar Perinto, mas também teremos Bizâncio em nossas mãos; abertamente ou não, eles vão apoiar Perinto. E o Grande Rei também. Duvido que ele esteja em condições de guerrear, pelo que tenho ouvido; mas mandará suprimentos. Tem um tratado sobre isso com Atenas.

Por um momento, o rosto de ambos partilhou de um só pensamento. Era como se falassem de alguma grande dama, mentora rígida de sua infância, agora vista oferecendo-se nas ruas de um porto. Alexandre olhou a bela estatueta antiga de bronze, de Policleto, Hermes inventando a lira. Conhecia-a a vida toda; o rapazinho esguio, com seus ossos finos e músculos de corredor, sempre parecera ocultar, debaixo da divina calma imposta pelo escultor, uma profunda tristeza interna, como se soubesse que tudo chegaria àquele ponto.

— Bem, pai, e quando avançaremos?

— Parmênion e eu, em sete dias. Você, não, meu filho. Ficará em Pela.

Alexandre endireitou-se, olhando fixamente; parecia rígido.

— Pela? O que quer dizer?

Filipe sorriu.

— Você mais parece aquele seu cavalo, que se sobressalta com a própria sombra. Não perca o controle tão depressa. Não vai ficar sentado sem fazer nada.

Tirou de sua mão coberta de cicatrizes um anel maciço de antiga ourivesaria. Seu sinete de sardônica mostrava um Zeus esculpido, entronado, com a águia no punho; era o sinete real da Macedônia.

— Você vai tomar conta disto. — Jogou-o no ar e apanhou-o de novo. — Acha que consegue?

O rosto de Alexandre perdeu a expressão feroz, ficou quase tolo por um momento. Na ausência do rei, quem cuidava do sinete era o regente.

— Você já tem uma boa experiência na guerra — continuou o pai. — Quando tiver idade para ser promovido sem causar confusão, poderá ter uma brigada de cavalaria. Digamos, em dois anos. Enquanto isso, precisa aprender administração. É mais do que inútil expandir fronteiras se a retaguarda estiver um caos. Lembre-se, tive de lidar com isso antes de ir para qualquer lado, mesmo contra os ilírios que estavam em nossas terras. Não pense que isso não pode voltar a ocorrer. Mais ainda, precisará proteger minhas linhas de comunicação. Estou lhe dando um trabalho sério.

Vendo os olhos à sua frente, percebeu neles uma expressão que não vira desde o dia da exposição de cavalos, no final da cavalgada.

— Sim, pai, sei disso. Obrigado. Não vai se arrepender.

— Antípatro também vai ficar; se tiver juízo, vai consultá-lo, mas será sua própria escolha; o sinete é o sinete.

Cada dia, até que o exército avançasse, Filipe reunia conselhos: com os oficiais das guarnições locais, os arrecadadores de impostos, os oficiais de justiça, os homens a quem os chefes tribais, alistados nas tropas, tinham deixado para governar suas tribos; os líderes e príncipes que, por razões históricas, tradicionais ou legais, permaneciam na metrópole. Amintas era um deles, filho de Perdicas, irmão mais velho de Filipe. Quando seu pai tombara, ele ainda era criança. Filipe fora eleito regente; antes da maioridade de Amintas, os macedônios decidiram que a obra de Filipe era boa e quiseram que permanecesse. Com a linhagem real, o trono era eletivo por direito antigo. Ele negociou com Amintas, que lhe atribuiu *status* de sobrinho real e deu-lhe como esposa uma de suas próprias filhas quase legítima. A infância o destinara a essa sorte; agora ele vinha para os conselhos, um jovem gordo, de barba escura e bastante alto que qualquer estrangeiro numa multidão tomaria por filho de Filipe. Alexandre, sentado à direita do pai na conferência, olhava diversas vezes o rapaz imaginando se tamanha inércia podia ser real.

Quando o exército avançou, Alexandre escoltou o pai até a estrada da costa, abraçou-o e voltou para Pela. Bucéfalo bufava inquieto porque a cavalaria partira sem ele. Filipe estava contente por ter contado ao rapaz que estaria encarregado das linhas de comunicação. Uma boa ideia; o menino ficara encantado; e, na verdade, a rota já estava bem segura.

O primeiro ato de Alexandre como regente foi particular: comprou um fino aro de ouro que enroscou no engaste do sinete real, para que servisse em seu dedo. Sabia que símbolos eram mágicos, tanto na perfeição quanto nos defeitos.

Antípatro provou ser muito útil. Era homem de agir sobre fatos, não desejos. Sabia que seu filho tinha uma desavença com Alexandre, não acreditava na versão de Cassandro, e o mantinha longe do caminho do príncipe; pois ali, se jamais vira algum, Antípatro agora via um rapaz que precisava apenas de um empurrão desajeitado num momento crucial para se transformar num homem muito perigoso. Precisava servir e ser bem servido, ou destruído. Na juventude de Antípatro, antes de Filipe assegurar o reino, um homem podia a qualquer momento se surpreender sitiado em sua própria casa por um príncipe vizinho vingativo, uma horda de ilírios ou um bando de salteadores. E ele há muito fizera sua escolha.

Filipe sacrificara seu útil primeiro-secretário para que cuidasse do jovem regente. Alexandre agradeceu-lhe educadamente pelos resumos que preparara, depois pediu a correspondência original; explicou que queria sentir os homens que escreviam. Quando percebia qualquer coisa não familiar, questionava. Depois que tudo estava claro em sua mente, consultava Antípatro.

Não tinham diferenças, até o dia em que determinado soldado foi acusado de estupro, mas jurava que a mulher se oferecera. Antípatro estava inclinado a aceitar seu caso bem argumentado; mas como havia ameaça de derramamento de sangue, sentiu-se obrigado a consultar o regente. Um pouco acanhado, relatou o caso delicado ao adolescente no estúdio de Arquelau, que respondeu, sem hesitar, que Sotion, como toda a falange sabia, conseguia livrar-se de uma armadilha de lobos quando sóbrio, mas quando bebia não distinguia uma porca de sua própria irmã, e usaria qualquer uma das duas.

Poucos dias depois de o rei marchar para o Leste, toda a guarnição em torno de Pela foi convocada para manobras. Alexandre tinha algumas ideias sobre a utilização de cavalaria rápida contra infantaria de flancos. Além disso, disse, precisavam de exercício para manter-se em forma.

Aliviados ou frustrados por ficarem atrás, os homens não estavam propensos a levar as coisas muito a sério. Antes que o jovem bronzeado em seu cavalo preto esguio tivesse cavalgado diante da metade da linha, já estavam arrumando as fileiras com cuidado nervoso, tentando, com pouco sucesso, esconder os defeitos. Um ou dois foram mandados direto de volta aos quartéis, em desgraça. O resto teve uma manhã cansativa. Depois, os veteranos que anteriormente haviam reclamado mais, caçoaram das queixas inúteis dos homens; o jovem poderia tê-los levado à exaustão, mas não o fez.

— Eles estão muito bem — disse Alexandre a Heféstion. — O principal é que agora sabem quem está no comando.

Contudo, não foram as tropas que testaram isso primeiro.

— Querido — disse Olímpia —, há uma coisinha que você tem de fazer por mim antes que seu pai retorne; sabe como ele me contraria em tudo. Deinias tem sido tão bom comigo, cuidou de meus amigos, preveniu-me contra inimigos. Seu pai tem adiado a promoção do filho dele, só por raiva. Deinias queria que o rapaz tivesse um esquadrão. É um homem muito útil.

Alexandre, pensando mais nas manobras na montanha, disse:

— É mesmo? E onde está servindo?

— Servindo? É Deinias, é ele que considero útil.

— Ah. E como é o nome do filho dele? Quem comanda o seu esquadrão?

Olímpia parecia aborrecida, mas conferiu suas anotações e disse:

— Ah, Heirax.

— Ele quer que Heirax tenha um esquadrão?

— É um desaforo com um homem tão distinto quanto Deinias. Ele sente assim.

— Ele sente que esta é a hora de pedir. Imagino que Heirax tenha lhe pedido.

— Por que não, se seu pai está contra ele por minha causa?

— Não, mãe. Por minha causa.

Ela se virou e encarou o filho. Seus olhos pareceram examinar algum estranho perigoso.

— Eu estive em ação com Heirax e contei ao meu pai o que vi. Por isso ele está aqui, em vez de estar na Trácia. É obstinado e não gosta de homens mais inteligentes que ele; e, quando as coisas vão mal, tenta culpar os outros. Meu pai o transferiu para trabalho de guarnição, em vez de o rebaixar, mas eu mesmo o rebaixei.

— Ah! E desde quando é "meu pai" para cá, "meu pai" para lá? Não sou ninguém para você, agora que ele lhe deu o sinete? Você está do lado dele, contra mim?

— Estou do lado dos homens. Talvez sejam mortos pelo inimigo; mas isso não é motivo para que sejam mortos por causa de um idiota como Heirax. Se eu lhe desse um esquadrão, eles nunca mais confiariam em mim.

Ela recuou, vendo nele o homem, com amor e ódio. Uma vez, há muito tempo, na caverna da Samotrácia, à luz das tochas, quando tinha quinze anos, ela enfrentara os olhos de um homem antes de saber o que eram homens.

— Você está ficando ridículo. O que pensa que significa essa coisa enfiada no seu dedo? Você é apenas pupilo de Antípatro; Filipe deixou você aqui para observar como Antípatro governa. O que sabe sobre homens?

Estava pronta para a batalha, as lágrimas, a paz sangrenta. Por um momento, ele nada disse, de repente sorriu para ela.

— Pois muito bem, mãe. Menininhos devem deixar os negócios para os homens, e não interferir.

Enquanto ela ainda o encarava, Alexandre deu três passos rápidos até ela e passou o braço em sua cintura.

— Mamãe querida! Sabe que eu amo você. Agora esqueça esses assuntos, deixe-me lidar com eles. Posso fazer isso. Não quero que você se preocupe mais com eles.

Por um momento, ela se manteve imóvel. Depois, disse-lhe que ele era um menino mau e cruel e que agora não sabia o que dizer a Deinias, mas abrandara-se, no braço dele; Alexandre sabia que ela gostava de sentir a força dele.

O jovem renunciou a suas excursões de caça para ficar próximo a Pela. Na sua ausência, Antípatro se sentiria justificado a tomar decisões sem ele. Sentindo falta de exercício e vagando pelos estábulos, encontrou uma biga pronta para a corrida dos desmontadores. Anos antes, ele pensara em aprender o truque, mas depois fora a Mieza. A biga era uma daquelas carruagens de corrida para dois cavalos, de nogueira e pereira; a maçaneta de bronze para o desmontador era da altura certa; não era corrida para homens grandes. Ele mandou atrelar dois pôneis venezianos, chamou o cocheiro real e começou a exercitar-se saltando da biga em plena corrida, correndo junto dela e voltando a ela outra vez. Além de ser bom exercício, era homérico; o desmontador era o último herdeiro do herói das bigas, que dirigia até o local do embate para lutar a pé. Suas horas livres eram dedicadas ao aprendizado dessa habilidade arcaica; e tornou-se muito veloz nisso. Arranjaram antigas bigas para que amigos pudessem correr com ele; Alexandre gostou muito disso, mas nunca organizou uma competição formal. Não gostava de competições arranjadas, desde que atingira idade suficiente para notar que algumas pessoas o deixavam vencer.

Chegaram despachos da Propôntida, onde Filipe, conforme previra, encontrava dificuldades de dobrar Perinto. Ela ficava num cabo inacessível pelo mar, e fortemente murado na costa. Seus homens, prosperando e multiplicando-se em seus íngremes penhascos, tinham-na construído anos a fio na vertical; casas de quatro e cinco andares, erguendo-se em camadas como a bancada de um teatro, possibilitando a visão por cima dos baluartes, e agora armazenavam dardos e lanças para repelir ataques. Para dar cobertura de fogo a seus homens, Filipe construíra torres de assalto de mais de trinta metros e montara uma plataforma de catapultas; seus saqueadores tinham derrubado parte da muralha descobrindo outra, interna, feita da primeira fileira de casas sólidas de rocha, cascalho e terra. Assim como eles também esperavam, os bizantinos forneciam suprimentos ao inimigo; seus velozes barcos trirremes, com pilotos peritos naquelas águas (a Macedônia nunca tivera um poder naval muito forte), traziam tropas e mantinham aberto o caminho para os navios de provisões do Grande Rei, que cumpria seu pacto com Atenas.

O rei Filipe, que ditara os relatórios, era um expositor breve e claro. Depois de ler um deles, Alexandre resolveu prosseguir, consciente da grande campanha que perdia. Mesmo o sinete constituía um fraco consolo.

Certa manhã, ele estava na pista de corrida quando viu Hárpalo gesticulando. Um mensageiro do palácio transmitira o recado a alguém que o pudesse interromper sem ser desrespeitoso; devia ser urgente. Alexandre saltou da biga e foi até lá, coberto de poeira que grudava das pernas ao joelho, espessa como borzeguins. Através da máscara de pó formada pelo suor, seus olhos brilhavam numa tonalidade azul-turquesa, causando contraste. Seus amigos mantiveram-se afastados não por educação, mas para não sujarem suas roupas. Hárpalo murmurou atrás dele:

— Que coisa esquisita; vocês já notaram que ele nunca cheira mal, quando qualquer outro estaria cheirando a gambá?

— Pergunte a Aristóteles — disse alguém.

— Não, acho que ele queima tudo.

O mensageiro relatou que chegara um correio da fronteira nordeste, e agora aguardava que o príncipe lhe concedesse uma parte de seu precioso tempo.

Alexandre mandou um criado apanhar correndo um quíton limpo; despiu e lavou-se na fonte do pátio dos cavalos; apareceu na sala de audiência um pouco antes de Antípatro, de pergaminho ainda selado na mão, terminara de interrogar o mensageiro, que tinha mais coisas a relatar. Mal escapara com vida das montanhas acima do rio Estrímon, fronteira da Macedônia com a Trácia numa confusão de ravinas, montanhas, florestas e pastagens.

Antípatro piscou, surpreso com a estranha rapidez de Alexandre; o mensageiro piscava, exausto, olhos lacrimejantes pela falta de sono. Ao perguntar seu nome, Alexandre disse:

— Você parece cansado. Sente-se.

Batendo palmas, mandou trazer vinho para o homem; enquanto o traziam, leu o despacho para Antípatro. Depois que o homem bebeu, perguntou-lhe o que mais sabia.

Os maidoi eram montanheses de uma linhagem tão arcaica que os aqueus, dórios, macedônios e celtas, todos, em seu movimento para o Sul, tinham passado pela terra selvagem dessa tribo em busca de coisas melhores. Tinham sobrevivido nas montanhas e ao clima trácio, embora como cabras selvagens, mantendo costumes mais antigos do que a Idade do Bronze e, quando seus deuses da comida, apesar dos sacrifícios humanos, ainda eram pouco generosos, assaltavam terras colonizadas. Filipe conquistara-os havia muito tempo e jurara lealdade; mas com o passar dos anos afastara-se deles, desaparecendo gradualmente como uma lenda. Aumentaram consideravelmente em termos numéricos; meninos que se tornavam homens precisavam banhar suas lanças em sangue; tinham irrompido para o Sul como uma enchente súbita num leito de rio. Fazendas tinham sido saqueadas e queimadas; colonos macedônios e trácios leais tinham sido esquartejados vivos, cabeças levadas como troféus, mulheres raptadas.

Antípatro, para quem aquilo era uma segunda audiência, observava o jovem na cadeira de governante aguardando, bondoso, para atender suas necessidades de segurança, mas, de olhos fixos no mensageiro, Alexandre permanecia inclinado para a frente, muito atento.

— Descanse um pouco — disse então. — Quero algumas coisas por escrito.

Quando o escriba apareceu, ele ditou e conferiu com o mensageiro os movimentos dos maidoi e as principais características do território, acrescentando, pessoalmente, um esboço de mapa feito em cera. Conferido também isso, ordenou que o homem fosse lavado, alimentado e posto na cama, e em seguida mandou embora o secretário.

— Achei — disse procurando nas tábulas — que deveríamos tirar tudo isso dele agora. Uma boa noite de sono pode deixá-lo em forma, mas nunca se sabe, ele também pode morrer. Quero-o bem descansado até eu partir, para que me sirva de guia.

As sobrancelhas de Antípatro, hirsutas como pele de raposa, juntaram-se sobre seu nariz adunco. Sentira que isso estava por vir, mas decidiu não acreditar.

— Alexandre, você sabe como eu gostaria de tê-lo comigo, mas também sabe que é impossível nós dois sairmos da Macedônia com o rei ausente na guerra.

Alexandre recostou-se em sua cadeira. Seu cabelo, coberto de poeira e úmido do banho improvisado, caía sobre a fronte; suas unhas e dedos dos pés estavam sujos. Seus olhos frios não fingiram ingenuidade.

— Mas claro, Antípatro. Eu jamais pensaria numa coisa dessas. Eu lhe deixarei o sinete, enquanto eu estiver fora.

Antípatro abriu a boca e respirou fundo, hesitante. Alexandre prosseguiu numa cortesia inflexível.

— O anel não está comigo, pois estive me exercitando. Você o terá, quando eu deixar Pela.

— Alexandre! Pense apenas...

Alexandre, que estivera observando-o como um duelista, fez um pequeno gesto para dizer que não acabara de falar. Depois de um momento crucial, a voz de Antípatro sumiu. Com solene formalidade, Alexandre disse:

— Tanto meu pai quanto eu sabemos da nossa boa sorte em termos um homem como você a quem confiar nosso reino. — Levantou-se, pés afastados, mãos no cinturão, e jogou para trás o cabelo desgrenhado. — Estou indo, Antípatro. Coloque sua cabeça em ordem, pois temos pouco tempo. Parto amanhã ao amanhecer.

Antípatro, que também se levantara, tentou inibir com sua altura, mas viu que não surtiu efeito.

— Se você quer, você terá, mas primeiro, pense bem. Você é um bom oficial em campo de batalha, todos sabem disso. Os homens gostam de você, mas nunca montou uma campanha, nem a manteve suprida, nem planejou sua estratégia. Sabe como é o território?

— A esta altura terão descido para o vale do Estrímon; foi para isso que vieram. Discutiremos os suprimentos durante o conselho de guerra. Vou convocar um dentro de uma hora.

— Alexandre, você percebe que, se perder, metade da Trácia será consumida? As linhas de seu pai serão cortadas; e quando souberem de tudo, estarei mantendo o Noroeste contra os ilírios.

— De que tropas vai precisar para isso?

— Se você perder, não haverá tropas suficientes na Macedônia.

Alexandre inclinou a cabeça um pouco para a esquerda; seu olhar fixo, vagando sobre a cabeça de Antípatro, saiu levemente de foco.

— Se eu perder, os homens nunca mais confiarão em mim, e jamais serei general. Além disso, meu pai pode muito bem dizer que não sou seu filho e que jamais serei rei. Bem, parece que tenho de vencer.

Antípatro pensou que Cassandro não deveria tê-lo enfrentado... A casca de ovo começava a partir. Era preciso ser muito cauteloso a partir de agora.

— E quanto a mim? O que seu pai dirá se eu deixá-lo partir?

— Quer dizer, se eu for derrotado? Dirá que eu deveria ter ouvido seu conselho. Escreva-o, e assinarei, dizendo que você me aconselhou; ganhando ou perdendo, a carta irá para meu pai. Não é uma aposta justa?

Antípatro lançou-lhe um olhar penetrante por baixo de suas sobrancelhas hirsutas.

— Ah! Mas depois você me acusará.

— Lógico — disse Alexandre, com brandura. — Claro que sim; o que acha? Você fez sua aposta, Antípatro. Não pode querer escapar dela. Eu não posso escapar da minha.

— Acho que, do jeito que estão, as quantias são bastante altas. — Antípatro sorriu, lembrando que já era preciso ser cauteloso. — Então, diga--me o que quer. Em outros tempos, já apostei em cavalos ruins.

Alexandre passou o dia correndo de um lado para o outro, exceto durante o conselho de guerra. Podia enviar ordens sentado, mas pensava mais depressa andando; talvez isso fosse produto de sua conduta nas discussões em Mieza. Queria ver sua mãe mais cedo, mas não tivera tempo. Conseguiu vê-la quando ajeitara tudo, mas ficou pouco tempo; ela estava inclinada a discutir, embora, com certeza, seu desejo fosse aquele também. Mais tarde, ela perceberia isso. Agora ele precisava despedir-se de Fênix; e era importante dormir um pouco.

* * *

A manhã estava quieta no acampamento diante de Perinto; houvera um combate na muralha na noite anterior e os homens estavam descansando. Os sons eram de calmaria: mulas relinchavam; homens cuidavam das máquinas com gritos e batidas; um homem com ferimento na cabeça berrava feito louco da tenda usada como hospital; um capitão de artilharia, que cuidava que os sitiados não tivessem descanso, gritou com sua gente para que levantassem com uma cunha e lubrificassem o ferrolho; ouviram-se golpes da pilha de cabeças de cavilha maciça, cada uma trazendo gravada a mensagem lacônica: "De Filipe".

Filipe mandara erguer para si uma grande cabana de troncos; quando não estavam avançando, não fazia sentido usar a tenda real, suar debaixo daquele couro malcheiroso. Como veterano, tornara o lugar aconchegante: esteiras de palha locais cobriam o chão; sua comitiva trouxera a bagagem, cadeiras, lampiões, banheira e uma cama larga o bastante para se ter companhia. Sentou-se com Parmênion diante de uma mesa de pinho, feita pelos carpinteiros do acampamento, para ler um despacho.

> *Portanto, tendo reunido as tropas de Pidna e Anfípole, marchei para o Norte, para Terma. Eu planejara seguir pela grande estrada do Leste até Anfípole, para observar os movimentos do inimigo e tomar as decisões que parecessem as melhores, antes de seguir rio acima até o Norte. Mas em Terma, veio da terra dos agrinoi um cavaleiro mandado por Lambaro, meu amigo, que cumpria um juramento.*

— Amigo? — disse Filipe. — Amigo? O que quer dizer isso? O menino era refém. Você se lembra dele, Parmênion. Eu teria apostado um talento que os agrinoi se uniriam aos maidoi.

— O que foi que você me disse sobre o príncipe escapar para um passeio entre os homens dessa tribo, depois de você mandá-lo de volta para a escola? — indagou Parmênion. — Lembro bem o quanto você praguejou quando soube.

— É verdade, é verdade. Fugiu de minha memória. Um passeio doido, ele teve sorte de não lhe cortarem a garganta. Não pego reféns das tribos que julgo estarem seguras. Amigo! Bom, vamos ver.

> *Ouvindo que você estava no Leste, ele me mandou dizer que os maidoi estavam no vale acima de Estrímon devastando tudo. Tinha convidado o povo dele para reunir-se a eles na guerra; mas o rei Teras respeitou os juramentos trocados quando você lhe devolveu o filho.*

— Eu não botaria a mão no fogo, mas foi o menino quem enviou a mensagem. Que idade você acha que ele teria agora? Uns dezessete?

> *Ele me aconselhou a marchar rapidamente rio acima até o Portão Impetuoso, que é como chamam a íngreme garganta da ravina, e reforçar o velho forte dali antes que descessem até a planície. Por isso, decidi não perder tempo indo a Anfípole, mas enviei Coino com ordens minhas de trazer as tropas de lá; eu lideraria os homens que tinha diretamente pelas montanhas de Creso através das trilhas e ligaria Estrímon a Siris, onde Coino me encontraria com homens, cavalos novos e suprimentos, e nós mesmos viajaríamos sem muita carga. Quando contei aos homens que tipo de perigos ameaçavam nossos colonos na planície, seguiram com entusiasmo; como as trilhas eram difíceis, fui a pé com eles, encorajando-os a que se apressassem.*

Filipe ergueu os olhos.

— Algum secretário corrigiu esse texto, mas notam-se toques peculiares a Alexandre.

> *Atravessamos Creso e percorremos o Estrímon ao meio-dia do terceiro dia.*

— O quê? — disse Parmênion, arregalando os olhos. — Creso? São 96 quilômetros.

— Ele se movia com pouca carga, e os encorajava a irem depressa.

*Coino me encontrou na bora, com todas as ordens executadas. Esse oficial agiu com rapidez e habilidade, confio muito nele. Também falou com muita sensatez com Estasandro, que comandava em Anfípole e achou que eu deveria ter desperdiçado três dias marchando por aquele caminho e perguntando-lhe o que deveria fazer.*

Filipe acrescentou, sorrindo:
— Isso foi acrescentado com sua própria caligrafia.

*Porque Coino administrou tão bem sua tarefa, consegui as forças que pedira, mil homens...*

Parmênion ficou de queixo caído. Não se atreveu a fazer nenhum comentário.

*O que, embora deixasse Anfípole com poucos homens, ainda me pareceu o mais prudente, pois a cada dia que os maidoi passavam invictos, aumentava a chance de outras tribos se juntarem a eles. Entre mim e a costa coloquei espiões e informantes para me prevenirem caso os atenienses atacassem pelo mar.*

— Ah — refletiu Parmênion. — Mesmo assim, não sei como ele conseguiu que um homem inflexível como Coino fizesse isso.

*Mas antes de alcançarmos o Estrímon, os maidoi já tinham invadido o Portão Impetuoso, chegado à planície, e começavam a devastar as fazendas. Alguns tinham atravessado o Estrímon na direção oeste até a mina de prata, matando os guardas e escravos e levando para casa a prata em barra, atravessando de volta o rio. Concluí com isso que não bastaria expulsá-los das fazendas, mas seria necessário reduzir também a sua aldeia.*

— E ele sabia onde fica isso? — perguntou Parmênion, incrédulo.

*Quando examinei as tropas, sacrifiquei aos deuses devidos e a Hércules, e os adivinhos deram-me bons augúrios. Também um dos fiéis peônios me disse que, ao caçar pela manhã, avistara um lobo devorando uma carcaça ser capturado por um jovem leão. Os solda-dos gostaram do presságio e recompensei o homem com ouro.*

— Esse mereceu — disse Filipe. — O mais astuto dos adivinhos.

*Antes de começar minha investida, mandei quinhentos montanhe-ses escolhidos buscar proteção nas florestas e surpreender o forte no Portão. Lambaro, meu amigo, me prevenira de que ele seria man-tido pelo pior dos inimigos, pois nenhum de seus melhores guerrei-ros perderia sua parte naquele saque para manter sua retaguarda. Meus homens viram que era verdade. Também encontraram corpos de nossa guarnição e viram que nossos feridos tinham sido mal-tratados. Como ordenei que fosse feito, eles jogaram os maidoi dos penhascos nas cataratas, e depois ocuparam o forte e os dois flancos da ravina. Céfalon liderava, um oficial enérgico.*

*No vale, alguns de nossos colonos tinham enviado suas famílias para lugares seguros e ficaram para combater o inimigo. Recomen-dei-os por sua coragem, dei-lhes armas e prometi um ano de anistia a seus impostos.*

— Os jovens nunca sabem de onde vem o dinheiro — disse o rei. — Pode ter certeza de que ele nem pensou em perguntar quanto valiam os impostos deles.

*Então liderei todas as minhas forças para o Norte, vale acima, com meu flanco direito avançado para impedir que o inimigo invadisse o território situado na região mais elevada. Onde encontramos gru-pos dispersos saqueando, destruímos; o restante, expulsamos para o Nordeste, tangendo-os como cães pastores que juntam o rebanho para que não se espalhem pelas montanhas sem pelo menos nos ofe-recer combate. Os trácios confiam acima de tudo em sua velocidade e não gostam de oposições.*

*Uniram-se onde eu esperava, num recife onde o rio forma fron-teira com o lago. Como pensei que fariam, acharam que o rio asse-guraria sua retaguarda; pensei em jogá-los no rio. Na retaguarda deles havia um vau conhecido por ser profundo e traiçoeiro. Quando molharam as cordas de seus arcos e perderam as armas pesadas, esta-vam prontos para retornar a casa através do vau, mas não sabiam que meus homens o tinham tomado.*

*Esta foi, então, a ordem de batalha...*

Seguia-se um sumário detalhado. Filipe examinou-o murmurando, esquecendo-se de ler alto para Parmênion, que se inclinou para a frente para ouvir. Expulsos, dominados, os maidoi tinham passado o rio combatendo devidamente, caindo na armadilha de ferro da ravina. Alexandre devolveu a Anfípole a maior parte da guarnição emprestada, sob cuidado dos muitos prisioneiros.

> *No dia seguinte avançamos rio acima, além da passagem; muitos maidoi atravessaram as montanhas por outros caminhos, e eu não quis lhes dar tempo de entrar em formação outra vez. Assim, cheguei ao território dos agrinoi. Aqui, Lambaro, meu amigo, encontrou-me com uma tropa a cavalo, seus amigos e parentes. Pedira permissão a seu pai para cavalgar conosco na guerra, cumprindo um juramento. Mostraram-nos as passagens mais fáceis; mais tarde, saíram-se muito bem em combate.*

— Eles avaliaram bem o que seria mais vantajoso — disse Filipe. — Mas o menino não esperou. Por quê? Era uma criança quando estavam em Pela, nem ao menos me lembro de sua aparência.

Continuou murmurando enquanto lia os relatos da campanha vertiginosa que se seguira na montanha. Guiado por seus aliados até o ninho dos inimigos nos penhascos, Alexandre atacara seu acesso principal enquanto os seus montanheses escalavam o lado mais íngreme, que não era vigiado.

> *Os homens do vale, ansiando vingança, queriam matar todos os que encontravam; mas ordenei que poupassem mulheres e crianças, que não causaram nenhum mal a ninguém. Mandei-os para Anfípole; faça com eles o que achar melhor.*

— Rapaz sensato esse — disse Parmênion. — Essas montanhesas fortes sempre dão bons preços no mercado; trabalham melhor que homens.

Filipe continuou a leitura superficial, operações de reunião em equipes e recomendações — Heféstion, filho de Amíntor, de Pela, lutou com grande distinção —, voz murmurando apenas os assuntos de rotina. De repente, fazendo Parmênion saltar, ele berrou:

— *O quê?*

— O que foi? — perguntou Parmênion.

Erguendo os olhos do pergaminho, Filipe disse com voz moderada:

— Ele ficou lá para fundar uma cidade.

— Deve ser coisa do secretário que escreveu o texto.

— O secretário escreve livros. Os maidoi tinham boas terras de pastagem, e nas encostas pode-se cultivar vinhas. Portanto ele está refundando a cidade deles, aconselhado por Lambaro, seu hóspede amigo. Acho que os dois juntos não têm 33 anos.

— E isso ainda é muito — resmungou Parmênion.

— Ele pensou em colonos convenientes. Os agrinoi, claro; os peônios, leais; alguns macedônios sem-terra que ele conhece e... sim, espere. Será que tenho alguns bons homens a quem gostaria de recompensar com terras? Ele acha que pode precisar de uns vinte.

Decidindo que só um idiota abriria a boca, Parmênion pigarreou para preencher aquela pausa.

— Naturalmente, ele já batizou a cidade. Alexandrópolis.

Filipe olhava fixamente o pergaminho. Parmênion contemplou o rosto cheio de cicatrizes, rude, envelhecido, as sobrancelhas pretas já grisalhas como a barba; o velho touro farejando o novo ar da primavera, levantando seus velhos chifres gastos nas batalhas. *Eu também estou envelhecendo*, pensou Parmênion. Tinham partilhado dos invernos na Trácia, lado a lado tinham enfrentado o embate com os ilírios; tinham partilhado água lamacenta em tempos de seca, e vinho depois das batalhas; quando jovens, partilharam a mesma mulher; e ela nunca soubera ao certo qual deles era o pai de seu filho; os dois divertiam-se com isso. Parmênion pigarreou de novo.

— O menino está dizendo — explodiu ele, bruscamente — que você não lhe deixará nada para fazer, para divulgar seu nome. Ele está aproveitando todas as oportunidades possíveis.

Filipe deu um soco na mesa.

— Tenho orgulho dele — disse, em tom decidido. — Orgulho-me dele. — Puxou uma tábula limpa, e com traços rápidos e fortes fez um esboço da batalha. — É um belo plano, de boas disposições, mas se ficassem fora de alcance; se houvesse um desfiladeiro, digamos, *ali*, onde estaria ele agora, hein? Ou se a cavalaria tivesse pressionado no lugar errado? Mas, não; ele tinha tudo sob controle, ali, na linha de frente. E quando irrompiam pelo caminho errado, ele mudava o movimento, *assim*.

Filipe estalou os dedos.

— Parmênion, estudaremos o assunto com esse meu rapaz. Eu lhe darei aqueles vinte colonizadores para sua Alexandrópolis, prometo.

— Então vou começar a procurar. Por que não bebemos para comemorar?

— Por que não? — Mandou trazer vinho, e começou a enrolar a carta. — E isso aqui, o que é? Espere, o que é isso? Nunca consigo acabar.

*Desde que estou no Norte, ouço falar por toda parte nos triballoi, que vivem nos cumes do Haimon e são desregrados e belicosos, uma ameaça para as terras colonizadas. Parece-me que, enquanto estou em Alexandrópolis, eu podia guerrear lá em cima e colocá-los em ordem. Gostaria de pedir sua permissão antes de trazer da Macedônia as tropas de que vou precisar. Proponho...*

Chegou o vinho, e foi servido. Parmênion deu um grande gole, esquecendo-se de esperar pelo rei, que também não notou o fato.

— Os triballoi! O que é que esse menino pretende, será que quer chegar ao Ister?

Omitindo os pedidos, Filipe leu:

*Esses bárbaros podem nos aborrecer se vierem pela nossa retaguarda quando estivermos nos dirigindo à Ásia; e se fossem dominados, poderíamos estender nossas fronteiras para o Norte, até o Ister, que é uma muralha de defesa natural; sendo, como dizem os homens, o maior rio da terra depois do Nilo e do Oceano Circundante.*

Os dois homens, envelhecidos pelo tempo, examinaram mutuamente seus rostos, como se consultassem augúrios. Filipe quebrou o silêncio jogando a cabeça para trás numa gargalhada que exibia seus dentes quebrados e dava tapas no joelho. Parmênion também riu, sentindo-se aliviado.

— Simias! — gritou o rei por fim. — Cuide do mensageiro do príncipe. Um cavalo novo, amanhã. — E empurrou o vinho. — Preciso responder imediatamente, antes que ele comece a mobilizar homens. Não quero decepcionar o rapaz. Ah, eu sabia. Vou propor que consulte Aristóteles sobre a constituição de sua cidade. Que menino esse, hein? Que menino!

— Que menino! — ecoou Parmênion. Fitava sua taça, vendo sua própria imagem na face escura do vinho.

A comitiva marchou para o Sul, por falanges e esquadrões ao longo da planície do Estrímon. Alexandre comandava, tomando a frente de seu esquadrão pessoal. Heféstion vinha a seu lado.

A atmosfera era rumorosa: gritos estridentes, finos e pungentes, profundos estalos de madeira retesada. Era o grito dos milhanos pairando e mergulhando, disputando os melhores pedaços, misturado ao grasnar dos corvos.

Os colonos tinham enterrado seus mortos, os soldados queimavam os seus em piras cerimoniais. Na retaguarda da coluna, atrás das carroças que funcionavam como hospital, forradas de palha, uma carruagem transportava urnas de cerâmica local cheias de palha, cada uma com um nome inscrito.

As perdas tinham sido poucas, pois a vitória viera depressa. Os soldados comentavam isso enquanto marchavam, olhando os milhares de inimigos dispersos deitados onde tinham caído, recebendo os rituais da natureza. À noite, lobos e chacais deleitavam-se com eles; à luz do dia, os vira-latas da aldeia e os pássaros reuniam-se numa mortalha móvel. Quando a coluna passava perto, erguiam-se numa nuvem, aos gritos, e pairavam, zangados, sobre sua refeição; só então podiam-se ver os ossos expostos e farrapos rasgados pelos lobos na pressa de chegar às entranhas. O mau cheiro, como o barulho, vagava conforme a brisa.

Em poucos dias restariam apenas ossos limpos. Quem quer que fosse dono da terra, com o pior trabalho já feito pelos animais de rapina, queimaria os ossos em pilhas, ou os jogaria em uma vala.

Sobre um cavalo morto bailavam abutres, subindo e descendo com asas entreabertas, grasnando uns para os outros. Bucéfalo relinchou sufocado e desviou-se. Alexandre fez sinal para que a coluna prosseguisse, desmontou e gentilmente dirigiu o cavalo por aquele monte de carne apodrecida; acariciando seu focinho, andando à frente dele para espantar os abutres quando ameaçavam batendo as asas, e voltando com palavras apaziguadoras. Bucéfalo pateava e bufava, enojado mas tranquilo. Quando pararam por alguns momentos, Alexandre montou e voltou ao seu lugar.

— Xenofonte diz que sempre se deve agir assim quando alguma coisa assusta o cavalo — comentou com Heféstion.

— Eu nem sabia que havia tantos milhanos na Trácia. Do que vivem quando não há guerra? — Heféstion, com náuseas, falava para se distrair.

— Sempre há guerra na Trácia, mas vamos perguntar a Aristóteles.

— Você ainda lamenta que não tenhamos lutado contra os triballoi? — indagou Heféstion, baixando a voz.

— Claro que sim! — respondeu Alexandre, surpreso. — Estávamos a meio caminho de lá. No fim, teremos de lidar com eles; e teríamos visto o Ister.

Um pequeno grupo de cavalaria no flanco avançou a um sinal seu: havia alguns corpos bloqueando o caminho. Foram reunidos numa rede de caça e arrastados para fora da estrada.

— Cavalguem à frente — ordenou Alexandre — e vejam se o caminho está livre... Sim, claro que lamento, mas não estou zangado. É verdade, como ele diz, que suas forças agora estão sobrecarregadas. Ele me mandou uma carta muito bonita; quando vi que era um chamado, eu a li depressa demais.

— Alexandre, acho que aquele homem ali ainda está vivo.

Um bando de abutres examinava algo que não se avistara ainda; avançando, depois recuando como se estivessem machucados ou assustados. E viu-se um braço que acenava debilmente.

— Tanto tempo? — admirou-se Alexandre.

— Choveu — disse Heféstion.

Alexandre virou-se e chamou o primeiro cavaleiro que viu. O homem aproximou-se agilmente e fitou com ardente afeto aquele rapaz maravilhoso.

— Pólemon, se aquele homem ainda pode ser ajudado, pegue-o depressa. Eles lutaram bem por aqui. Ou acabe com ele o mais rápido possível.

— Sim, Alexandre — respondeu o homem, com adoração. Alexandre deu-lhe um leve sorriso de aprovação; o homem partiu, radiante, para cumprir sua tarefa. Depois montou de novo; os abutres aglomeraram-se, grasnando de contentamento.

À frente deles, o mar azul brilhava; logo, pensou Heféstion aliviado, teriam passado o campo de batalha. Os olhos de Alexandre vagaram sobre a planície povoada de pássaros no céu além dela. E declamou:

*"Muitas almas de bravos desceram para a morada de Hades,*
*Enquanto sua carne servia de banquete aos cães e pássaros.*
*E a vontade de Zeus foi cumprida."*

O ritmo dos hexâmetros combinava com o passo de Bucéfalo. Heféstion fitava-o em silêncio. Ele seguia em frente, em paz, sem ver seu companheiro.

\* \* \*

O sinete da Macedônia ficou algum tempo com Antípatro. Alexandre fora alcançado por um segundo mensageiro pedindo que fosse até a fronteira de sítio do pai para receber recomendações. Ele se virou para a Propôntida, ao leste, levando consigo sua companhia.

Nos alojamentos do rei diante de Perinto, agora já um lar aconchegante, pai e filho sentaram-se sobre cavaletes de pinho, diante de uma gamela contendo areia do mar e pedras; empilhando montanhas, cavando desfiladeiros com os dedos, desenhando com estiletes a disposição da cavalaria, das escaramuças, falanges e arqueiros. Ali ninguém perturbava o estratagema deles, exceto, por vezes, o inimigo. Os belos e jovens nobres rurais que serviam a Filipe portavam-se com decoro; o barbado Pausânias com sua beleza decadente, agora promovido a somatofilas, Comandante da Guarda, observava impassível, jamais interrompendo exceto para dar algum alarme. Então colocavam sua armadura, Filipe praguejando como um veterano, Alexandre ansioso. As tropas de cuja seção ele participava comemoravam. Desde sua campanha, ele adquirira um apelido: Basilisco, o Pequeno Rei.

Sua lenda corria à sua frente. Dirigindo uma patrulha contra os maidoi, ele rodeara um rochedo deparando-se com dois deles e os despachara, enquanto os homens atrás ainda buscavam ar, de tão ofegantes; nenhum deles tivera tempo de dar sequer um grito de alarme. Ele abrigara uma menina trácia de doze anos em sua tenda a noite inteira porque ela correra até ele quando os homens a perseguiram; não encostara um dedo nela e ainda lhe dera um dote de casamento. Alexandre correra entre quatro grandes macedônios com suas espadas já puxadas, e os afastara apenas com as mãos. Numa tempestade de montanha, com raios e trovões que pareciam dizer que os deuses estavam propensos a destruir a todos, ele achou que era sinal de sorte e os fez andar e rir. Um integrante tivera sua ferida vedada pelo manto do próprio Basilisco, afirmando-lhe que o sangue era uma tinta mais honrosa que púrpura; outro morrera em seus braços; outro ainda, que o considerara rude o bastante para aplicar-lhe truques de velhos soldados, lamentou-se do fato. Era preciso ter cuidado caso ele se aborrecesse com alguém, mas se lhe apresentassem com clareza um caso justo, ele faria justiça.

Assim, quando na luz dos fogos que caíam o viram correndo em direção às escadas de mão, brilhante como uma libélula, saudando-os como se os convidasse para um banquete, saudaram-no também e correram à procura de um espaço junto dele. Era bom, também, ficar de olho nele, já pensava mais rápido que todos.

Apesar de tudo isso, o assalto acabou mal. Fazer de Olinto um exemplo fora uma faca de dois gumes; os homens de Perinto tinham decidido que numa emergência preferiam morrer. E a emergência ainda estava longe. Os defensores, bem supridos pelo mar, resistiam aos ataques com força e muitas vezes passavam à ofensiva. Davam agora o seu próprio exemplo. Dos quersonesos, logo ao sul da grande estrada do Leste, dizia-se que as cidades submetidas estavam cobrando ímpeto. Os atenienses há muito insistiam em que se revoltassem; mas não queriam aceitar suas próprias tropas, que raramente eram pagas, além de serem forçadas a viverem exiladas. Agora as cidades estavam animadas. Postos macedônios avançados haviam sido apanhados e ameaçavam-se algumas bases sólidas. A guerra começara.

— Limpei um lado da estrada para você, pai — disse Alexandre, assim que chegaram as notícias. — Agora, deixe-me limpar a outra.

— Farei isso também, assim que chegarem tropas novas. Vou usá-las aqui; você precisará de homens que conhecem o país.

Ele planejava um ataque de surpresa a Bizâncio para interromper sua ajuda a Perinto; e era indiferente lidar com eles agora ou depois. Ele estava mais comprometido do que desejaria com aquela guerra dispendiosa e tivera de contratar mais mercenários. Estes vinham de Argos e da Arcádia, Estados favoráveis ao seu poder porque viviam sob ameaça de Esparta por gerações a fio; não partilhavam da ira e raiva dos atenienses, mas tinham seu preço; que fora sugado pelo sítio, como água derramada na areia.

Finalmente chegaram, homens atarracados do tipo de Filipe; a ascendência argiva ainda se revelava nele, ligando gerações. Ele os examinou e conferenciou com os oficiais que deveriam continuar comandando as tropas contratadas; do contrário, seria um elo fraco na cadeia de comando, mas eram homens treinados que mereciam seu pagamento. Alexandre e sua tropa marcharam para oeste; mesmo os homens que serviram com ele na Trácia já estavam protegendo-os demais.

A campanha dele foi rápida. A revolta ainda era incipiente; várias cidades assustaram-se, exilaram seus rebeldes e juraram lealdade. Aquelas já comprometidas, porém, alegraram-se ao ouvir dizer que Filipe, demente por vontade dos deuses, confiara suas tropas a um menino de dezesseis anos. Provocaram, e Alexandre ia até as cidadelas, observava-as uma a uma, procurava falhas em suas defesas, ou, se não houvesse nenhuma, criava-as com rampas, destruição de alicerces ou brechas. Aprendera suas lições em Perinto e melhorara algumas delas. Em pouco tempo a resistência cedeu; as cidades remanescentes abriram seus portões, atendendo aos pedidos dele.

Saindo a cavalo de Acanto, ele avistou a vala de Xerxes, o canal de navios através do istmo de Atos aberto para a frota persa evitar as tempestades das montanhas. Seu grande pico nevado alteava-se de suas escoras ásperas. O exército voltou-se para o norte, seguindo ao longo da curva de uma bela baía. Pousado nas encostas baixas, encimadas pelos morros arborizados, ficava uma cidade há muito em ruínas. Em suas muralhas caídas cresciam heras; os terraços de seus vinhedos estavam desabando em decorrência das chuvas de inverno; seus bosques de oliveiras, cobertos de ervas daninhas, estavam abandonados, exceto por um rebanho de cabras que mordiscavam a casca das árvores e alguns menininhos nus que arrancavam ramos mais baixos.

— Que lugar era este? — perguntou Alexandre.

Um membro da tropa foi indagar e, quando os meninos fugiram aos berros ao vê-lo, agarrou o mais lento deles, que esperneou como um lince pego numa rede. Arrastado até o general e vendo que este não era mais velho que seu próprio irmão, ficou mudo de assombro. Quando aquele portento esclareceu que só queriam o nome do lugar onde estavam, ele respondeu:

— Estagira.

A coluna seguiu em frente.

— Preciso falar com meu pai — disse Alexandre a Heféstion. Está na hora do velho ter sua recompensa.

Heféstion concordou balançando afirmativamente a cabeça. Vira que os dias de escola tinham terminado.

\*   \*   \*

Quando os tratados estavam assinados, os reféns soltos e as bases ocupadas, Alexandre foi até Filipe, que ainda estava sentado diante de Perinto.

O rei esperava por ele, antes de investir contra Bizâncio; precisava saber que tudo estava bem. Ele próprio marcharia, deixando Parmênion ali; Bizâncio seria mais insubordinada que Perinto, três lados protegidos por Propôntida e Chifre de Ouro, a parte da terra constituída por muralhas maciças. Ele esperava vencer pela surpresa.

Repassaram juntos a campanha sobre a mesa de cavaletes de pinho. Muitas vezes, Filipe esquecia que não falava com um adulto, até que alguma grosseria impensada fizesse o menino se endireitar. Isso era mais raro agora; rude, melindroso, cauteloso, seu contato era aquecido por um segredo, orgulho mútuo pela aceitação do outro.

— Como estão se formando os argivas? — perguntou Alexandre pouco depois, enquanto almoçavam.

— Pretendo deixá-los aqui. Parmênion tem de lidar com eles. Imagino que vieram para se exibir diante de recrutas mal treinados da cidade, como fazem nas cidades do Sul. Nossos homens os julgam grosseiros e contam-nos isso, mas o que são, soldados ou maricas? Bom pagamento, boa comida, bom alojamento; mas nada está certo para eles. Não gostam de exercícios, não gostam das espadas; ainda são desajeitados e nossos homens riem. Bem, podem ficar aqui e usar a lança curta, é boa para esse trabalho. Quando eu tiver partido com a minha gente, vão melhorar, me garantem os seus oficiais, mesmo que demonstrem arrogância.

Alexandre, umedecendo seu pão no molho de peixe, disse:

— Ouça.

Sua primeira pergunta foi acompanhada de sons confusos de desavença, que se tornaram mais audíveis.

— Que Hades os carregue — disse o rei. — O que foi agora? Agora escutavam-se insultos em grego e macedônio.

— Quando estão assim, insatisfeitos, qualquer coisa desencadeia uma briga. — Filipe empurrou a cadeira para trás, limpando os dedos na coxa nua. — Uma briga de galo, uma disputa por um menino... Parmênion está em patrulha. — O tumulto aumentava; cada partido era reforçado. — Eu mesmo vou ter de acabar com isso.

Ele foi até a porta, com aquele seu passo obstinadamente manco.

— Pai, parece coisa séria. Por que não chamar homens armados?

— O quê? Não, seria valorizar demais isso. Vão ceder quando me virem. Não vão lançar seus oficiais uns contra os outros.

— Eu vou com você. Se os oficiais não conseguirem acalmá-los...

— Não, não; não preciso de você. Termine de comer. Simias, mantenha minha comida quente.

Saiu como estava, desarmado, exceto pela espada que usava sempre. Alexandre levantou-se, e, da porta, seguiu-o com o olhar.

Entre a cidade e a desgarrada aldeia que fazia fronteira com o sítio havia um amplo espaço pelo qual corriam trincheiras abertas até as torres de assalto, além de postos de guarda reforçados. Ali, entre homens a serviço ou troca de guardas devia ter começado a rixa, visível ao longo das fronteiras, de modo que as facções tinham se formado rapidamente. Já havia algumas centenas: gregos, mais próximos, superavam os macedônios em número; lançavam insultos raciais. Acima do alarido, vozes que soavam como as de oficiais trocavam recriminações, havendo ameaças recíprocas com o rei. Filipe mancou alguns passos adiante e olhou de novo; depois berrou para um homem da tropa que cavalgava em direção à multidão. O homem desmontou, e ajudou-o a subir. Provido de um púlpito vivo, Filipe avançou, determinado, e gritou pedindo silêncio.

Era raro querer impressionar. Fez-se silêncio; a multidão abriu-se para deixá-lo entrar. Quando se fechou novamente, Alexandre viu que o cavalo estava impaciente.

Os jovens nobres rurais que esperavam à mesa falavam em voz baixa, mas excitada. Alexandre lançou-lhes um olhar; deviam estar aguardando ordens. A cabana seguinte era o alojamento de todos esses rapazes; viam-se várias cabeças na soleira. Ele gritou:

— Armem-se, depressa!

Filipe lutava com o cavalo. Sua voz, poderosa, agora parecia zangada. O cavalo empinou; houve gritos de maldição e insulto. O animal devia ter machucado um homem com as patas dianteiras. De repente, ele deu um grande grito, parou quase na vertical e desabou, o rei ainda agarrando-se teimosamente a ele. Homem e cavalo desapareceram numa vertigem de gritos e agitação.

Alexandre correu até as cavilhas onde se penduravam as armas, pegou seu elmo e escudo — o colete levaria tempo demais — e gritou para os nobres rurais:

— Mataram o cavalo dele. Venham!

À frente dos outros, ele correu sem olhar para trás. Os macedônios saíram das tendas. O momento seguinte era o que importava.

Primeiro, ele abriu caminho entre a multidão, que o deixou passar. Eram espectadores ou apenas curiosos, facilmente comandados por quem tivesse determinação.

— Deixem-me passar. Deixem-me ir até o rei. — Ele podia ouvir os guinchos do cavalo moribundo, que enfraqueciam e se transformavam em gemidos; de seu pai, nenhum som. — Para trás, para trás, deixem-me passar. Abram caminho. Quero ver o rei.

— Ele quer o seu papai. — Foi o primeiro desafio; um argivo de ombros e barba desiguais parava no seu caminho com sorriso irônico. — Olhem só, aqui está o garnisé. — A última palavra foi sufocada. Seus olhos e boca abriram-se, um arquejo saiu de sua garganta. Alexandre tirou a espada de novo, com um movimento brusco.

Abriu-se um espaço: pôde ver o cavalo, ainda se debatendo. Ao lado, o pai deitado com uma perna debaixo do animal, imóvel; sobre ele, um argivo com lança erguida, indeciso, esperando que o encorajassem. Alexandre o trespassou.

A multidão comprimiu-se agitada quando os macedônios lançaram-se contra suas linhas. Alexandre parou por cima do corpo do pai, uma perna contra o corpo do cavalo, agora rígido em consequência da morte; berrou: "O rei!", para guiar os que o vinham salvar. Ao seu redor, homens inseguros insistiam uns com os outros para que golpeassem. Para qualquer pessoa atrás dele, Alexandre seria um presente.

— Este é o rei. Mato o primeiro que tocar nele.

Alguns se assustaram; ele fixou os olhos no homem de quem buscavam orientação. Ele comprimiu o maxilar falando por entre os dentes, com olhos faiscantes.

— Todos para trás. Estão doidos? Acham que se matarem a ele ou a mim sairão vivos da Trácia?

Alguém disse que já tinham se safado de situações piores; mas ninguém se mexeu.

— Nossos homens estão do seu lado, e o inimigo ocupa o porto. Estão cansados de viver?

Um aviso, presente de Hércules, o fez girar rapidamente. Quase nem viu o rosto do homem de lança erguida, apenas a garganta exposta. Seu golpe fendeu a traqueia; o homem caiu para trás, dedos sangrentos agarrando a ferida sibilante. Alexandre virou-se de novo para enfrentar os outros; nesse instante a cena mudou: viu as costas dos jovens nobres, escudos unidos, afastando os argivos. Heféstion chegou abrindo caminho como um nadador através das ondas e parou para proteger as costas do amigo. Estava acabado e não levara mais tempo do que ele levaria para terminar de comer aquele peixe.

Alexandre olhou em volta. Nem um arranhão; mais uma vez, conseguira escapar. Heféstion falou com ele, e ele respondeu sorrindo. Estava radiante, e calmo, no centro do seu mistério, a liberdade divina de quem matou o medo. O medo jazia morto a seus pés.

Vozes altas, peritas em comandar, organizaram a confusão; o general argivo e o delegado de Parmênion berravam com suas tropas em tom familiar. Meros transeuntes transformaram-se em espectadores; o centro abriu-se revelando uma porção de mortos e feridos; todos os homens perto do rei caído foram presos e levados dali. O cavalo foi arrastado para um lado. A rebelião acabara. Quando os gritos recomeçaram, vinham daqueles mais afastados que não tinham visto nada, mas espalhavam rumores ou pediam novidades.

— Alexandre! Onde está o nosso rapaz? Aqueles desgraçados o mataram? — Depois, correndo para outro lado, num contraponto baixo e profundo: — O rei, mataram o rei! O rei morreu! — E, num tom mais agudo, como se fosse uma resposta: — Alexandre!

Paralisado, um instante de silêncio em meio à gritaria, olhava para além deles no céu azul resplandecente.

Havia outras vozes junto de seus joelhos.

— Senhor, senhor, como se sente? — perguntavam. — Senhor?

Por um momento ele piscou os olhos, como se acordasse; depois ajoelhou-se junto dos outros e tocou o corpo, dizendo:

— Pai? Pai?

Imediatamente sentiu que o rei respirava.

Havia sangue em seu cabelo. Sua espada estava meio desembainhada; deveria tê-la apanhado quando fora golpeado, talvez com um cabo de espada por alguém que não se atrevera a usar a lâmina. Seus olhos estavam cerrados, e quando o levantaram, ele se deixou levar. Alexandre, lembrando uma lição de Aristóteles, abriu a pálpebra do seu olho bom. Ela se fechou de novo, retorcida.

— Um escudo — disse Alexandre. — Coloquem-no devagar. Eu seguro a cabeça.

Os argivos tinham sido levados dali; os macedônios agrupavam-se ao redor, perguntando se o rei estava vivo ou morto.

— Está em choque — esclareceu Alexandre. — Logo ficará bom. Não tem outro ferimento. Mosquion! O arauto deve fazer o anúncio. Sipas! Ordene que as catapultas disparem uma saraivada. Vejam o inimigo, boquiaberto, na muralha; quero que percam toda a vontade de se divertir. Leonato, ficarei com meu pai até ele se recuperar. Traga-me todas as notícias.

Deitaram o rei em sua cama. Alexandre retirou a mão toda ensanguentada de debaixo de sua cabeça e ajeitou-a no travesseiro. Filipe gemeu e abriu os olhos.

Os oficiais mais antigos, que se sentiam no direito de rodeá-lo, asseguravam-lhe que tudo estava bem, todos os homens sob controle. Alexandre, parado na cabeceira da cama, disse a um dos jovens nobres:

— Tragam-me água e uma esponja.

— Foi seu filho, rei, quem o salvou — alguém disse.

Filipe virou a cabeça e disse, debilmente:

— É mesmo? Bom menino.

— Pai, você viu quem o golpeou?

— Não. — A voz de Filipe estava mais forte. — Ele me atacou por trás.

— Bem, espero tê-lo matado. Matei um homem, ali. — Os olhos cinzentos penetraram fundo no rosto do pai.

Filipe piscou, debilmente, e suspirou.

— Bom menino. Não me recordo de nada, até acordar aqui na cama.

O jovem nobre rural apareceu com uma bacia de água. Alexandre pegou a esponja e limpou cuidadosamente sua mão do sangue duas, três vezes. Depois virou-se para o outro lado; o rapaz parado com a bacia não sabia o que fazer; depois passou a esponja nos cabelos e na fronte do rei. Achava que era o desejo do príncipe.

À noite, embora sentindo náuseas e tontura ao se mexer, Filipe já conseguia dar ordens. Os argivos foram levados dali, como troca, para Cípsela. Alexandre era aclamado onde quer que fosse visto. Os homens o tocavam para dar sorte ou para que sua virtude os contagiasse, ou apenas pela glória de tê-lo tocado. Os sitiados, encorajados pelas desordens, apareciam na muralha ao anoitecer atacando uma torre de assalto. Alexandre liderou um grupo e derrotou-os. O médico anunciou que o rei estava se curando. Um dos jovens nobres cuidou dele a noite toda. Era meia-noite quando Alexandre foi dormir. Embora comesse com seu pai, tinha seu próprio alojamento. Agora ele era um general.

Houve um rangido leve na porta, uma periodicidade familiar. Ele abriu o cobertor afastando-se para o lado. Heféstion sabia que isso significava que Alexandre queria conversar. Ele sempre adivinhava.

Repassaram a luta, falando baixo nos travesseiros. Depois aquietaram-se; nessa pausa ouviam os sons do acampamento, os distantes baluartes de Perinto, a guarda noturna passando a campana de homem a homem, prova de vigilância.

— O que foi? — sussurrou Heféstion.

Na pálida claridade da janela, viu o brilho dos olhos de Alexandre próximos aos seus.

— Ele disse que não se lembra de nada, mas já tinha voltado a si quando o pegamos.

Heféstion, que certa vez fora atingido por uma pedra de uma muralha trácia, disse:

— Deve ter esquecido.

— Não. Estava se fingindo de morto.

— Sério? Bem, quem pode censurá-lo por isso? A gente nem consegue se mexer; tudo fica rodando. Ele esperava que se assustassem com a própria atitude e fugissem.

— Eu abri seu olho e ele me viu, sei disso, mas não me deu nenhum sinal, embora soubesse que era eu.

— Talvez porque tenha desmaiado de novo.

— Eu o observava, ele estava acordado, mas não quer dizer que se lembre disso.

— Bem, ele é o rei. — Heféstion, em segredo, gostava de Filipe, que sempre o tratara com cortesia, até com tato, e com quem também ele partilhava um inimigo. — As pessoas podem interpretar mal, você sabe como se distorcem os fatos.

— Mas a mim ele podia ter dito. — Os olhos de Alexandre, faiscando na penumbra, prenderam-se aos dele. — Ele não quer admitir que estava ali, deitado, devendo sua vida a mim. Não queria admitir, por isso não quer se lembrar.

*Quem sabe?*, pensou Heféstion. *Ou quem descobrirá? Mas* ele *sabe, e nada jamais mudará o fato.* Seu ombro nu, envolvido pelo braço de Heféstion, tinha um brilho muito suave, como o do bronze escurecido.

— Suponhamos que ele tenha seu orgulho. Você deveria saber o que significa isso.

— Sim, eu sei, mas no lugar dele, eu teria dito alguma coisa.

— Para quê? — Sua mão deslizou pelo ombro bronzeado até o cabelo desgrenhado; Alexandre encostou-se nela, como um vigoroso animal que consente em ser acariciado. Heféstion lembrou seu jeito de criança no começo; às vezes parecia que tinha sido ontem; às vezes, metade de uma vida. — Todo mundo sabe. Ele sabe, e você também. Nada pode mudar isso.

Ele sentiu Alexandre dar um longo e profundo suspiro.

— Não; nada. Você tem razão, você sempre compreende. Ele me deu vida, ou afirma isso. Pelo sim, pelo não, agora eu lhe dei a vida.

— Sim, portanto vocês estão quites.

Alexandre fitou as vigas pretas.

— Ninguém pode igualar as dádivas divinas, podemos apenas tentar entendê-las, mas é bom não se endividar com os homens.

No dia seguinte, faria um sacrifício a Hércules. Enquanto isso, sentiu um profundo desejo de fazer alguém feliz de imediato. Por sorte, não tinha de procurar muito.

* * *

— Eu o preveni para que não adiasse sua negociação com os triballoi — disse Alexandre.

Sentava-se com Antípatro na grande mesa de trabalho do estúdio de Arquelau, diante de um despacho repleto de notícias ruins.

— A ferida dele parece perigosa? — perguntou Antípatro.

— Ele não poderia assinar isso; só com o seu sinete e o testemunho de Parmênion. Duvido que tenha terminado de ditá-lo. A última parte parece de Parmênion.

— A cura de seu pai é rápida. Isso é consanguíneo.

— O que estão fazendo os adivinhos dele? Nada tem dado certo desde que fui embora. Talvez devêssemos consultar Delfos ou Dodona, caso algum deus precise ser apaziguado.

— Sua má sorte se espalharia como fogo em ramos secos por toda a Grécia. E ele não nos agradeceria por isso.

— É verdade, melhor não, mas veja Bizâncio. Ele fez tudo direito; chegou lá depressa, enquanto as melhores forças estavam em Perinto; escolheu uma noite nublada; subiu até as muralhas, mas de repente as nuvens se esparsaram e a lua apareceu; todos os cães da cidade começaram a latir. Latiam nas encruzilhadas... eles acenderam as tochas.

— Encruzilhadas? — indagou Antípatro, aproveitando a pausa.

— Ou quem sabe — disse Alexandre bruscamente —, ele se enganou na interpretação do tempo, que muda muito em Propôntida, mas uma vez que decidiu levantar os dois sítios, por que não deixou seus homens descansarem enquanto eu avançava com os da Cítia?

— Porque estes estavam no flanco dele, e tinham acabado de denunciar seu tratado; mas não se importariam se ele fosse enforcado em Bizâncio. Seu pai sempre soube compensar as perdas, mas suas tropas estavam com o moral abalado, precisavam de uma vitória consistente e de despojos; ele conseguiu as duas coisas.

Alexandre balançou a cabeça, confirmando. Sempre se deu bem com Antípatro, um macedônio do velho cepo, leal ao rei, ao lado de quem lutara na juventude — mas ao rei antes do homem. Era Parmênion que amava o homem antes do rei.

— Com efeito. Lá estava ele, carregado com mil cabeças de gado, um comboio de escravos e vagões de despojos na fronteira norte, onde podem sentir o cheiro de saque mais longe do que abutres. Moral abalado ou não, seus homens estavam cansados... Se ao menos ele tivesse me deixado ir para o Norte de Alexandrópolis não teria sofrido o ataque dos triballoi.

Agora o nome da cidade estava estabelecido; os colonos, instalados.

— Os agrinoi teriam se aliado a mim, já tinham concordado com isso... Bom, o que está feito, está feito. Por sorte não mataram o médico dele.

— Eu gostaria de desejar-lhe cura rápida, quando o correio partir.

— Claro. Não vamos perturbá-lo com negócios. — (Se chegassem ordens, seriam de Filipe ou de Parmênion?) — Enquanto isso, teremos de nos deslocar.

— Ele sorriu para Antípatro, de quem gostava ainda mais por ser facilmente seduzido e totalmente inconsciente disso. — Com a guerra sabemos lidar muito bem, mas o Sul é outra coisa. Significa muito para ele; ele vê a coisa diferente, e sabe mais a respeito. Eu não gostaria de agir lá sem ele.

— Bem, parece que estão trabalhando melhor por ele do que nós poderíamos fazer.

— Em Delfos? Estive lá para os Jogos quando tinha doze anos e nunca mais voltei. Agora, mais uma vez, para ter certeza de que estou entendendo: essa nova casa de oferendas que os atenienses construíram; colocaram suas oferendas lá antes de a terem consagrado?

— Sim, uma técnica impiedosa. Foi essa a acusação formal.

— Mas a verdadeira briga foi pela inscrição: ESCUDOS TIRADOS DE PERSAS E TEBANOS LUTAM CONTRA A GRÉCIA... Por que os tebanos *se aliaram* aos medos em vez de se ligarem aos atenienses?

— Porque os odiavam.

— Mesmo assim? Bom, essa inscrição deixou os tebanos furiosos. Assim, quando a Liga Sagrada de Delfos se reuniu, provavelmente envergonhados por terem de avançar, conseguiram que algum Estado dependente acusasse os atenienses de impiedade.

— Os anfíscios. Vivem abaixo de Delfos, rio acima.

— E se essa acusação tivesse dado certo, a Liga teria de guerrear com Atenas. Os atenienses tinham enviado três delegados; dois caíram com febre, o terceiro era Aisquines.

— Você se recorda do homem; era um dos enviados de paz há sete anos.

— Ah, eu conheço Aisquines, é um velho amigo meu. Você sabia que ele foi ator? Deve ter sido bom em piadas, porque quando o Conselho estava prestes a aprovar a moção, de repente ele lembrou que os anfíscios cultivavam cereais em alguma margem do rio que fora dedicada a Apolo. Então entrou correndo, conseguiu uma audiência e os contra-atacou. Certo? Depois de seu grande discurso, os délficos esqueceram Atenas e correram para liquidar as fazendas dos anfíscios, que lutaram; e as sagradas figuras de alguns dos conselheiros foram nocauteadas. Isso foi no último outono antes da colheita.

Agora era inverno. O estúdio estava mofado e frio, como sempre. O filho do rei, pensou Antípatro, parecia notar isso menos ainda que o próprio rei.

— Agora, a Liga está se reunindo nas Termópilas para julgar os anfíscios. É claro que meu pai não estará em condições de ir. Estou certo de que ele gostaria que você o representasse. Quer fazer isso?

— Claro que sim — respondeu Antípatro, aliviado. O rapaz conhecia seus limites, por mais ansioso que estivesse para ampliá-los. — Tentarei influenciar quem eu puder e onde puder para adiar as decisões até o rei estar curado.

— Vamos esperar que tenham conseguido uma casa aquecida para ele; a Trácia, no inverno, não é lugar para se curar ferimentos. Em breve teremos de consultá-lo sobre isso. O que você acha que vai acontecer?

— Em Atenas, nada. Mesmo que a Liga condene Anfissa, Demóstenes manterá os atenienses fora disso. O contra-ataque foi um triunfo pessoal de Aisquines, a quem ele odeia, uma acusação capital de traição depois de estarem aqui como enviados, e atrevo-me a dizer que você sabe disso.

— Ninguém sabe melhor do que eu. Parte da acusação recai sobre o fato de que ele também foi amigo meu.

— Esses demagogos! Ora, você tinha apenas dez anos. Bem, a acusação falhou, e agora Aisquines volta de Delfos como herói. Demóstenes deve estar amargando essa experiência. E, assunto ainda mais importante, os anfíscios apoiam os tebanos, a quem ele não vai querer se contrapor.

— Mas os atenienses odeiam os tebanos.

— Ele gostaria que nos odiassem ainda mais. Um pacto de guerra com Tebas é o que, no lugar dele, qualquer homem sensato lutaria para conseguir. Com os tebanos ele pode ter sucesso; o Grande Rei mandou-lhe uma fortuna para comprar apoio de outros contra nós. Os atenienses querem causar-lhe problemas; essa rixa é antiga demais.

Alexandre ficou sentado, pensativo. Depois disse:

— Faz quatro gerações que eles expulsaram os persas; e nós, como fizeram os tebanos, nos ligamos aos medos. Se o Grande Rei agora viesse da Ásia, fariam intrigas e criariam obstáculos mútuos, enquanto nós o faríamos voltar para a Trácia.

— Os homens mudam em menos tempo que isso. *Nós* aparecemos em uma geração graças a seu pai.

— E ele tem apenas 43 anos. Bom, vou sair e fazer algum exercício, caso ele não me deixe o que fazer.

Quando ia trocar de roupa, encontrou sua mãe, que perguntou pelas novidades. Alexandre foi com ela até seu quarto e lhe disse o que achava conveniente. O aposento era quente, suave, colorido; o fogo bruxuleava sobre as chamas desenhadas de Troia. Os olhos dele voltaram-se para a lareira; fitou, sem notar, a pedra solta que explorara na infância. Ela o achou reservado, acusando-o de formar aliança com Antípatro, que não se deteria diante de nada para prejudicá-la. Isso acontecia frequentemente, e ele resolveu tudo com as respostas habituais.

Ao sair, encontrou Cleópatra na escadaria. Aos quatorze anos, ela estava mais parecida com Filipe do que nunca, rosto quadrado, cabelo crespo e grosso; mas seus olhos não eram os do pai, eram tristes, como os de um cachorro mal--amado. Suas amantes tinham lhe dado filhas bem mais bonitas; ela era sem graça na idade em que, para ele, a beleza era o que mais importava; e para sua mãe, ela vestia a máscara de um inimigo.

— Venha comigo, quero falar com você — disse Alexandre.

No quarto de crianças, sempre tinham sido rivais em disputa. Agora, ele estava acima disso. Ela queria ser notada por ele, embora o temesse, sentindo-se inferiorizada. Era inusitado Alexandre chamá-la para uma conversa.

— Venha para o jardim — disse ele, e quando ela tremeu de frio e cruzou os braços, deu-lhe seu manto. Pararam num roseiral desfolhado junto à porta dos fundos da rainha, bem perto da parede. Restos de neve jaziam nas covas e entre os torrões de terra. Ele falava calmamente para não a assustar, e Cleópatra percebeu o quanto era insignificante; mas tinha medo.

— Ouça — disse ele. — Você sabe o que aconteceu com nosso pai em Bizâncio? — Ela balançou a cabeça afirmativamente. — Foram os cachorros que o traíram. Os cachorros, e aquela lua despontando.

Ele viu medo em seus olhos tristes, mas nenhuma culpa. Nenhum dos filhos de Olímpia procurava inocência no outro.

— Você me compreende. Sabe de que rituais estou falando. Você... a viu realizar algum?

Ela sacudiu a cabeça, calada; se contasse, tudo acabaria numa daquelas terríveis brigas de amor. Os olhos de Alexandre varreram os dela, como vento de inverno; mas o medo de Cleópatra ocultava tudo. De repente, ele ficou gentil e grave, pegou a mão dela debaixo das dobras do manto.

— Não direi que você me contou. Por Hércules. E esse é um juramento que eu jamais quebraria. — Ele olhou ao redor, para o nicho no jardim. — Me conte, você precisa contar. E eu preciso saber.

A mão de Cleópatra, envolvida pela do irmão, mexeu-se.

— Só o mesmo que das outras vezes, quando nada acontecia. Se houve mais, não vi nada. Verdade, Alexandre, isso é tudo que eu sei.

— Sim, sim, eu acredito — disse ele, impaciente; depois pegou sua mão de novo. — Não a deixe fazer nada disso. Ela agora não tem direito. Eu salvei a vida dele em Perinto e, se não fosse isso, agora nosso pai estaria morto.

— E por que você o fez?

Entre eles, muitas palavras eram dispensáveis. Os olhos dela prendiam-se no rosto que não era o de Filipe e no cabelo lustroso, de corte irregular.

— Seria uma desgraça se não o fizesse. — Ele parou, procurando, segundo Cleópatra pensava, algumas palavras adequadas. — Não chore — disse ele, passando docemente a ponta do dedo debaixo dos olhos dela. — Era só isso que eu queria saber. Você não teve culpa.

E levou-a para dentro, mas parou no umbral e olhou ao redor.

— Se ela quiser mandar um médico ao nosso pai, remédios, doces, qualquer coisa, você tem de me avisar. Fica encarregada disso. Se não o fizer, a responsabilidade será sua.

Ele notou o rosto da irmã branco de choque. Sua surpresa, não seu aborrecimento, o abalou.

— Ah, Alexandre! Não! Essas coisas de que você fala nunca funcionaram, ela sabe disso, mas são horríveis e quando... quando não consegue controlar sua alma, faz essa purgação. Tudo não passa disso.

Ele a contemplou quase com ternura e balançou a cabeça, lentamente.

— Ela sempre fez tudo a sério. — E lançou-lhe um daqueles seus olhares secretos. — Eu me lembro — disse, com brandura.

Alexandre viu aqueles tristes olhos de cachorro, assustados com a nova obrigação.

— Mas isso faz muito tempo. Espero que seja como você está dizendo. Você é uma boa menina. — Beijou sua bochecha e apertou seus ombros ao colocar o manto. Ela o observou da soleira, enquanto ele se afastava, brilhando no jardim morto.

O inverno se arrastava. Na Trácia, o rei se curava lentamente e já podia assinar cartas sem aquela letra trêmula de ancião. Compreendera as notícias de Delfos e ordenara que Antípatro apoiasse discretamente a guerra dos anfíscios. Os tebanos, embora comprometidos com a Macedônia, tinham sido aliados duvidosos, fazendo intrigas com os persas; e se fosse preciso, podiam ser sacrificados. Ele previa que os Estados da Liga votariam a favor da guerra, cada um esperando que sua carga fosse levada pelos outros; a Macedônia apoiaria, não oficialmente, com a amigável disposição de assumir aquela tarefa cansativa. Isso colocaria em sua mão a chave para o Sul.

Logo depois de meados do inverno, o Conselho votou pela guerra. Cada Estado ofereceu apenas uma força de garantia; nenhum cederia a liderança a uma cidade rival. Cotifo, um tessálio, sendo presidente do Conselho, deixara a seu encargo o comando daquele exército tão bizarro. Tessálios que Filipe salvara de uma anarquia tribal ficaram, em sua maioria, muito gratos. Não havia muitas dúvidas quanto a contra quem se voltaria Cotifo em momentos de aflição.

— Começou — disse Alexandre a seus amigos, quando se deitaram sob a comporta junto do estádio. — Se a gente ao menos soubesse por quanto tempo.

Ptolomeu, tirando a toalha da cabeça, comentou:

— Mulheres dizem que uma panela vigiada nunca transborda.

Alexandre, dedicado a uma constante prontidão, andara trabalhando arduamente com eles; Ptolomeu tinha uma nova amante, que gostaria de ver mais.

— Elas também dizem que, quando a gente a deixa de vigiar, ela transborda — objetou Heféstion.

Ptolomeu fitou-o com irritação; para ele estava bem, *ele* tinha de sobra o que queria.

Pelo menos, estava obtendo o que não teria trocado por nenhum outro destino humano; e o mundo podia tomar conhecimento disso. O resto era seu segredo; e lidava com ele do jeito que podia. Orgulho, castidade, contenção, devoção a coisas mais elevadas; com tais palavras ele tornava suportáveis seus encontros com certa relutância, enraizada no fundo da alma, profunda demais para ser questionada. Talvez as bruxarias de Olímpia tivessem marcado seu filho; talvez o exemplo do pai. Ou, pensava Heféstion, talvez nessa coisa precisamente ele não quisesse ser o mestre, e o resto de sua natureza se rebelasse; Heféstion entregara sua vida mais cedo e voluntariamente. Uma vez, no escuro, Alexandre murmurara em macedônio: "Você é o primeiro e o último", e sua voz parecia carregada de êxtase ou de um intolerável sofrimento; mas, na maior parte do tempo, era franco, reservado, sem evasivas; simplesmente não considerava aquilo muito importante. Podia-se pensar que o verdadeiro ato de amor consistia em deitar junto e conversar.

Ele falava do homem e do destino; de palavras ouvidas em sonhos, de serpentes falantes; da administração da cavalaria contra a infantaria e os arqueiros; citava Homero, falando de heróis, Aristóteles discorrendo a respeito da Percepção Universal e Sólon dissertando sobre o amor; falava de táticas persas e da mentalidade trácia em relação à batalha; sobre seu cão que morrera, sobre a beleza da amizade. Tramava a marcha dos dez mil de Xenofonte, passo a passo, da Babilônia até o mar. Detalhava os fuxicos do palácio, do compartimento dos empregados e da falange, e confiava-lhe a política mais secreta de seus pais. Meditava sobre a natureza da alma na vida e na morte, bem como a dos deuses; falava de Hércules e Dioniso e de como o anseio pode conseguir todas as coisas.

Escutando, na cama, no abrigo dos penhascos das montanhas, num bosque ao amanhecer, com um braço agarrando a cintura dele ou sua cabeça jogada para trás em seu ombro, tentando silenciar seu coração alarmado, Heféstion compreendia que o outro lhe contava tudo. Com veneração e orgulho, com ternura, tormento e culpa, ele perdia o fio do que lhe era contado e lutava consigo mesmo, pegava de novo o fio, para descobrir algo que se perdera e não podia ser lembrado. Tesouros desconcertantes eram despejados em suas mãos, e escorriam entre seus dedos, enquanto sua mente vagava na insignificância ofuscante de seu próprio desejo. A qualquer momento, Alexandre lhe perguntaria o que ele achava, pois valorizava-o mais do que apenas um ouvinte. Sabendo disso, voltava a prestar atenção, e era arrebatado até contra sua vontade; Alexandre podia transmitir sua fantasia assim como outros conseguiam transmitir luxúria. Às vezes, quando ficava alegre e cheio de gratidão por ser compreendido, o anseio, que tem poder de realizar todas as coisas, daria a palavra ou o toque certo; ele suspirava profundamente, arrancado do que pareciam ser as profundezas do seu ser, e murmurava, em macedônio, algo de sua infância; e tudo estava bem, ou tão bem quanto possível.

Alexandre gostava de servir aos deuses ou aos homens; gostava de realizar façanhas aqui e noutros lugares; amava Heféstion, a quem perdoou por tê-lo confrontado, irrevogavelmente agora, com suas necessidades mais humanas. Suportava conformado aquela profunda melancolia depois do amor, como uma ferida. Nada podia ser obtido em troca de nada, mas se mais tarde lançasse um dardo longe ou ganhasse uma corrida por duas cabeças em vez de três, Heféstion sempre suspeitava, sem uma palavra ou um olhar que o revelasse, que denunciasse que ele havia perdido algo de sua virtude.

Em seus devaneios, dos quais emergia o pensamento claro e sólido, como o ferro que nasce do fogo, ele se deitava na relva com o braço atrás da cabeça ou sentava-se com as mãos frouxas sobre a lança apoiada nos joelhos, andava de um lado para outro num quarto ou olhava fixamente de uma janela, cabeça pendendo um pouco para a esquerda e inclinada para cima, olhos vendo o que a mente concebia. Seu rosto, distraído, contava verdades que nenhum escultor jamais captaria; atrás de cortinas fechadas, a lamparina secreta brilhava, alta, via-se o brilho, ou uma deslumbrante fagulha através de uma fresta. Nesses momentos, quando, pensava Heféstion, até um deus teria dificuldade de não colocar as mãos nele, era a hora que mais precisava ficar sozinho; mas, afinal, Heféstion soubera disso desde o começo.

Uma vez tendo compreendido, o próprio Heféstion concluíra que, de alguma maneira, Alexandre dispendia energia para direcionar sua libido para algum outro objetivo. Suas próprias ambições eram mais limitadas; já conseguira a principal. O outro confiava nele plenamente e o amava constante e profundamente.

Amigos verdadeiros partilhavam tudo, mas uma coisa ele achava melhor guardar para si: o fato de que Olímpia o odiava, e que o sentimento era recíproco.

Alexandre nunca falava disso; ela devia perceber que, nesse aspecto, discutir seria inútil. Quando ela passava sem o cumprimentar, Heféstion atribuía o fato a simples ciúme. É difícil para um amante generoso ter pena de outro que é sôfrego; ele não podia nutrir muito sentimento por Olímpia, mesmo enquanto acreditou que aquilo era tudo.

Demorou a acreditar no que via, que ela estava jogando mulheres nos braços de Alexandre. Certamente, ela odiaria ainda mais essas rivais, mas criadas, cantoras e bailarinas visitantes, jovens esposas não muito vigiadas, mocinhas que não se atreviam a despertar a ira dela por amor à própria vida, agora estavam sempre por perto lançando-lhe olhares doces. Heféstion esperou que Alexandre comentasse primeiro.

Certa noite, logo depois de acenderem as lamparinas no Grande Pátio, Heféstion viu-o interpelado por uma jovem de notória beleza. Fuzilou-a com o olhar, disse algo brusco e seguiu adiante com um sorriso frio, que desapareceu quando viu Alexandre. Caminharam então lado a lado; Heféstion disse, casualmente:

— Dóris não teve sorte.

Alexandre olhava adiante, sobrancelhas franzidas. Os lampiões recém-acesos lançavam sombras pretas e raios de luz sobre o pórtico pintado.

Alexandre disse abruptamente:

— Ela quer que eu me case jovem.

— *Casar?* — disse Heféstion, arregalando os olhos. — Mas como é que você poderia se casar com Dóris?

— Não seja bobo — disse Alexandre, irritado. — Ela é casada, é uma prostituta, seu último filho foi de Hárpalo. — Seguiram andando em silêncio. Ele parou junto de uma coluna. — Minha mãe quer que eu ande com mulheres para ver se estou pronto.

— Mas ninguém se casa na sua idade, só as meninas.

— Ela pensa dessa maneira e quer que eu também pense assim.

— Mas por quê?

Alexandre lançou-lhe um olhar, não admirado da sua lentidão, mas invejando sua inocência.

— Ela quer criar meu herdeiro. Eu posso morrer numa batalha sem deixar nenhum.

Heféstion compreendeu. Estava estorvando mais do que amor e posse. Havia um obstáculo ao poder. Os lampiões bruxuleavam, a brisa noturna soprou fria em sua nuca. Depois ele disse:

— E você vai fazer isso?

— Me casar? Não, vou fazer o que eu quiser, quando decidir, quando tiver tempo de pensar nisso.

— Você teria de manter uma família, é muita preocupação. — Ele observou a fronte franzida de Alexandre e acrescentou: — Moças você pode pegar e largar quando quiser.

— É o que eu também acho. — Ele olhou Heféstion com gratidão, sem muita consciência disso. Pegou-o pelo braço e o conduziu para a densa sombra da coluna. — Não se aborreça com isso — disse docemente. — Ela jamais se atreveria a fazer qualquer coisa para afastar você de mim, pois me conhece muito bem.

Heféstion concordou balançando a cabeça, sem querer admitir que entendia o que ele dizia. Era verdade que ultimamente começara a observar quando serviam seu vinho.

Um pouco depois, Ptolomeu disse em particular a Alexandre:

— Fui convidado a oferecer-lhe uma festa e convidar algumas moças. Olharam-se. Alexandre respondeu:

— Talvez eu esteja ocupado.

— Eu ficaria grato se você viesse. Vai ver que não será chato, elas sabem dançar e nos divertir. E então? Não quero ter problemas.

Não era costume no Norte trazer heteras para o jantar; cada homem preocupava-se com suas próprias mulheres. Dioniso, e não Afrodite, encerrava a festa; mas, ultimamente, entre homens jovens e modernos em festas privadas, admitiam-se costumes gregos. Quatro convidados vieram para o jantar; as mocinhas sentavam-se na beira de seus divãs, falando graciosamente, cantando ao som da lira, enchendo suas taças de vinho e ajeitando suas grinaldas; parecia que estavam em Corinto. Para Alexandre, o anfitrião deixara a mais velha, Calixena, cortesã experiente e culta, conceituada. Enquanto uma menina acrobata dava alguns saltos nua e em outros divãs realizavam-se acordos com toques e apertões, ela falava com sua voz melodiosa sobre as belezas de Mileto, onde estivera recentemente, e a opressão dos persas por lá; Ptolomeu a treinara bem. Uma vez, inclinando-se graciosamente, deixou seu vestido cair um pouco para lhe mostrar seus elogiadíssimos seios; mas como fora prometido a Alexandre, ela se portou impecavelmente bem. Ele desfrutou de sua companhia e, ao partir, beijou seus lábios delicados, responsáveis por seu nome profissional.

Mais tarde, na cama, ele confidenciou a Heféstion:

— Não sei por que minha mãe quer me ver escravo de mulheres. Pode-se dizer que ela já teve o bastante disso com meu pai.

— Todas as mães são loucas por netos — disse Heféstion, tolerante. A festa deixara Alexandre vagamente inquieto e receptivo para o amor.

— Pense nos grandes homens que foram arruinados por isso. Veja a Pérsia. — Sua melancolia o fazia contar em detalhes uma horrenda história de Heródoto, de ciúme e vingança. Heféstion expressou um horror verdadeiro. Não dormiu bem.

No dia seguinte, Ptolomeu disse:

— A rainha ficou contente ao ouvir dizer que você gostou da festa.

Ele nunca dizia mais do que o necessário, característica que Alexandre valorizava. Mandou a Calixena um colar de flores de ouro.

Começava o inverno. Dois mensageiros da Trácia, o primeiro atrasado pelas enchentes nos rios, chegaram juntos. O primeiro despacho dizia que o rei já podia caminhar um pouco. Tinha novidades do Sul, através do mar. O exército da Liga, depois de problemas e atrasos, tivera uma vitória parcial; os anfíscios tinham aceitado os termos de paz, despachando seus líderes e aceitando a volta de sua oposição exilada. Era sempre uma condição repugnante, pois os exilados voltavam loucos pela desforra. Os anfíscios ainda não tinham cumprido esse acordo.

Na carta do segundo mensageiro ficou claro que Filipe agora negociava diretamente com seus agentes do Sul, que tinham relatado que os anfíscios ainda abrigavam seu antigo governo e ignoravam os protestos; a oposição não se atrevia a voltar. Cotifo, general da Liga, escrevera em confidência ao rei: se a Liga fosse forçada a entrar em ação, Filipe estaria preparado para a guerra?

Junto desta, vinha uma segunda carta, duplamente selada, endereçada a Alexandre como regente. Elogiava seu bom governo; informava-o de que, embora Filipe estivesse ansioso para viajar para casa, os assuntos não podiam esperar tanto tempo. Ele queria que fosse mobilizado um exército inteiro para ação, mas ninguém poderia suspeitar de que seus planos almejavam o Sul; só Antípatro podia saber disso. Era preciso buscar um pretexto. Ocorrera brigas tribais na Ilíria; podia-se dizer que a fronteira oeste estava sendo ameaçada e, por isso, as tropas seriam convocadas. Breves notas sobre treinamento e escolha de pessoal encerraram a carta com bênçãos paternas.

Como um pássaro livre da gaiola, Alexandre lançou-se à ação. Quando vagava procurando um bom terreno para manobras, ouviam-no cantando ao ritmo dos cascos de Bucéfalo. Antípatro pensou que, se alguma moça que ele amara anos a fio lhe tivesse sido subitamente prometida, ele não teria brilhado mais.

Convocaram-se conselhos de guerra; os soldados profissionais conferenciaram com os senhores tribais que comandavam suas próprias tropas. Olímpia perguntou a Alexandre o que o mantinha longe de casa com tanta frequência e por que parecia tão ocupado. Ele respondeu que esperava em breve ver ação contra os ilírios na fronteira.

— Tenho esperado para lhe falar, Alexandre. Ouvi dizer que depois de Calixena, a tessália, tê-lo divertido uma noite, você lhe enviou um presente, mas nunca mais mandou buscá-la. Essas mulheres são artistas, Alexandre; uma hetera desse nível tem seu orgulho. O que vai pensar de você?

Ele se virou, por um momento bastante consternado. Esquecera-se da existência daquela pessoa.

— Você acha — disse ele, olhando a mãe fixamente — que eu tenho tempo de brincar por aí com meninas?

Ela tamborilou com os dedos o braço dourado de sua cadeira.

— Neste verão, você completará dezoito anos. As pessoas podem comentar que você não se interessa por mulheres.

Ele fitou o Saque de Troia, as chamas, o sangue e as mulheres aos gritos jogadas sobre os ombros dos guerreiros, sacudindo os braços. Um momento depois, disse:

— Vou descobrir algum outro assunto para os comentários dos outros.

— Você sempre tem tempo para Heféstion — disse ela.

— Ele pensa em meu trabalho e, além disso, me ajuda.

— Que trabalho? Não tente me enganar. Filipe mandou-lhe uma carta secreta; você nem ao menos me contou isso. O que ele lhe disse?

Com contida precisão, sem uma pausa, ele lhe contou a história sobre a guerra dos ilírios. Ela viu o frio ressentimento nos olhos do filho e ficou abalada.

— Está mentindo — disse.

— Se pensa assim, por que me pergunta?

— Estou certa de que contou tudo a Heféstion.

Para que Heféstion não sofresse com a verdade, ele disse:

— Não.

— As pessoas andam comentando. Se ainda não sabe, é bom que seja por mim. Por que você se barbeia como um grego?

— Então eu não sou grego? Isso é novidade, deveria ter me contado há mais tempo.

Como dois lutadores que, agarrados, cambaleiam em direção de um precipício, unidos pelo mesmo medo, eles pararam e desviaram o rumo.

— Seus amigos são conhecidos por isso, as mulheres os apontam. Heféstion, Ptolomeu, Hárpalo...

Ele riu:

— Pergunte a Hárpalo por que elas apontam.

Ela ficou irada com a resistência dele, e o instinto lhe dizia que ela o provocava.

— Logo seu pai lhe arrumará casamento. Está na hora de você mostrar que deseja uma esposa, não um marido.

Depois de um instante de silêncio ele avançou, muito lentamente e, leve como um gato dourado, até parar ereto diante dela, antes de ela baixar os olhos. Olímpia abriu a boca, fechou-a de novo; pouco a pouco recuou em sua cadeira, que parecia um trono, até que o encosto alto a sustentasse e não houvesse mais como recuar. Julgando sob seu ponto de vista, ele disse então, brandamente:

— Nunca mais repita isso.

Ela ainda estava ali, não se movera, enquanto ouvia o galope de Bucéfalo desaparecer na distância.

Por dois dias, ele não se aproximou dela; suas ordens proibindo a entrada em seu quarto foram inúteis. Depois houve uma festa; houve trocas de presentes. A ruptura foi remediada; mas ninguém tocou no assunto, nem pediu perdão.

Ele esqueceu o fato quando chegaram notícias da Ilíria. Espalhara-se o boato de que o rei Filipe se armava e as tribos que se estabeleciam fermentavam da fronteira até o mar do Oeste.

— Não espero menos que isso — disse Antípatro a Alexandre, em particular. — O preço de uma boa mentira é que acreditem nela.

— Uma coisa é certa, não podemos desenganá-los. Por isso, estarão na fronteira a qualquer dia. Deixe-me pensar no assunto; amanhã eu lhe digo quais tropas levarei.

Antípatro conteve um suspiro; estava aprendendo quando deveria fazer isso.

Alexandre sabia que forças queria; o que mais o preocupava era como evitar, sem suspeitas, a incumbência de tantas tropas ao trabalho que eles supunham infalível. Logo, um fato forneceu o pretexto. Desde a Guerra da Fócida, o forte das Termópilas fora mantido por uma guarnição macedônica. Acabara de ser "aliviada", pela força e sem acordo, por uma tropa de tebanos. Explicaram que Tebas tinha de proteger-se da Liga de Delfos, que, atacando seus aliados, os anfíscios, lançava uma evidente ameaça. Era um insulto tão hostil quanto cabia a um aliado formal. Seria natural agora deixar na pátria uma boa força de defesa.

Os ilírios preparavam a artilharia para a guerra. Alexandre pegou os velhos mapas e os registros de seu pai; interrogou veteranos sobre o terreno, que era montanhoso e cheio de ravinas e testou seus homens em marchas pelo país. Voltou ao anoitecer, tomou banho, cumprimentou amigos, jantou e, pronto para dormir, foi direto ao seu quarto. Despiu-se imediatamente; com o vento frio da janela, veio um cálido aroma. A lamparina brilhava em seus olhos. Ele caminhou até ela. Havia uma moça sentada na cama.

Ele a encarou em silêncio; ela olhava para baixo, ofegante, como se a última coisa que esperasse ali fosse um homem nu. Depois, lentamente, levantou-se, deixou as mãos caírem dos lados e ergueu a cabeça.

— Estou aqui — disse como uma criança, repetindo uma lição — porque me apaixonei por você. Por favor, não me mande embora.

Ele foi até ela, em passo firme. O primeiro choque passara; não poderia ser visto hesitando. Aquela não era como as heteras pintadas, cobertas de joias, com seu encanto fácil, desgastadas pelo excesso de manuseio. Tinha uns quinze anos. Era uma menina de pele clara, cabelo fino e dourado caindo solto sobre os ombros. O rosto tinha forma de coração, os olhos azul-escuros, os seios pequenos, firmes e pontudos; o vestido de bisso de um branco cor de neve revelava os mamilos rosados. Sua boca não estava pintada, era fresca como as flores. Antes que a alcançasse, ele a sentiu enrijecer, assustada.

— Como foi que entrou aqui? — perguntou. — Há um guarda aí fora.

Ela cruzou de novo as mãos.

— Eu... estou tentando há muito tempo me aproximar de você. Aproveitei a primeira oportunidade que tive. — O medo a fazia tremer como uma cortina ao seu redor, quase movendo o ar.

Ele não esperava essa resposta. Tocou seu cabelo, que parecia uma fina seda; a menina tremia como a corda de uma cítara recentemente tocada. Não era paixão, era medo. Ele pegou seus ombros entre as mãos e sentiu que ela se acalmava um pouco, como um cachorrinho assustado. Por causa dele ou não, a moça estava com medo.

Eram jovens; dialogaram sua inocência e seu conhecimento, sem que quisessem. Ele estava parado segurando suas mãos, sem observá-la muito, mas escutando. Não ouvia nada, mas todo o quarto parecia respirar.

Beijou os lábios dela, que estavam na altura adequada para ele. Depois disse, bruscamente:

— O guarda deve ter dormido. Se a deixou entrar, vamos nos certificar de que não haja mais ninguém aí.

Ela o agarrou com um ímpeto de terror. Ele a beijou de novo, sorrindo-lhe com cumplicidade. Depois foi para o outro lado do quarto, sacudiu as cortinas da janela fazendo soar seus anéis, um depois do outro; olhou dentro da grande arca e bateu sua tampa. Depois, por último, a cortina diante da porta dos fundos. Quando a puxou de lado, não havia ninguém. Ele fechou a tranca de bronze.

Voltando para junto da moça, levou-a até a cama. Estava zangado, mas não com ela. Haviam-lhe desafiado.

O vestido de gaze branca estava preso nos ombros com broches de conchas de ouro. Ele os abriu, e também o cinto, e tudo caiu no chão. Ela era clara como se sua carne jamais tivesse visto o sol, exceto nos bicos dos seios rosados, e nos pelos dourados que pintores nunca conseguiam imitar. Pobre menina, pálida e macia, pela qual heróis lutaram dez anos em Troia.

Deitou-se ao lado dela. Era jovem e estava assustada, e lhe seria grata pelo tempo e pela doçura, não havia pressa. Uma de suas mãos, gelada de medo, começou a mover-se pelo corpo dele; hesitante e inexperiente, lembrava-se das instruções. Não era suficiente que a missão à qual fora enviada fosse apenas para descobrir se ele era homem, pois haviam mandado aquela criança lá para que o ajudasse. Ele a acariciava com delicadeza e cuidado, como um bichinho recém-nascido, protegendo-a da sua própria raiva.

Alexandre olhou a lamparina; mas seria uma espécie de fuga apagá-la, seria imoral tocá-la no escuro. Seu braço pousou sobre os seios dela, firmes, dourados, arranhados dos galhos nas montanhas; ela parecia frágil, como se até um beijo a fosse machucar. Escondera o rosto no ombro dele. Sem dúvida uma recruta, não uma voluntária. Ela pensava no que lhe aconteceria se falhasse.

E na melhor das hipóteses, pensou ele; na melhor? A penumbra, a cama, o berço; crianças, o preparo das camas nupciais, conversas próximas à lareira e à fonte da aldeia; amarga velhice e morte. Nunca os belos arcores, a aliança de honra, o fogo do céu ardendo no altar onde se matava o medo. Virou o rosto dela com a mão. Por essa vida perdida, a criatura que o fitava com aqueles olhos azuis, desamparada, na expectativa, fora transformada numa alma humana. Por que as coisas tinham de ser daquele jeito? Ele sentiu o choque da compaixão, que a feria com dardos de fogo.

Ele pensou nas cidades conquistadas, nas tendas queimando, as mulheres correndo da fumaça como ratos e lebres faziam quando a última parte do trigo caía sob a foice e meninos aguardam com os gravetos nas mãos. Lembrou-se dos corpos femininos deixados pelos homens, para quem o direito do vencedor, de acasalar-se, não bastava, embora bastasse para as feras selvagens. Tinham algo a vingar, algum ódio insaciado, talvez de si mesmos ou de alguém que não podiam nomear. A mão dele contornou suavemente o corpo macio e as feridas que ele vira; não havia mal nisso, ela não compreendia. Beijou-a para acalmá-la. Ela tremia menos, sabendo agora que sua missão seria cumprida. Ele a possuiu cuidadosamente, com a maior ternura, pensando em sangue.

Mais tarde, ela se sentou na cama, pensando que Alexandre dormia, e deslizou dela. Ele estava apenas pensando.

— Não vá — disse. — Fique comigo até de manhã.

Gostaria de dormir sozinho, não ser importunado por aquela carne estranha e macia; mas por que ela deveria enfrentar seu interrogatório àquela hora? Ela não chorara, apenas estremecera um pouquinho, como se fosse virgem. Claro, como não? Ela deveria fornecer a prova a Olímpia. Ele estava zangado por causa da menina; nenhum deus lhe revelara que ela viveria cinquenta anos mais que ele, vangloriando-se até o último deles, porque tirara a virgindade de Alexandre. A noite esfriou, ele puxou o cobertor sobre os ombros dela. Se alguém a esperava, melhor ainda. Que esperassem.

Ele se levantou, apagou a lamparina e deitou-se olhando a escuridão, sentindo a letargia da alma, que era o preço de se tornar refém da mortalidade. Morrer, mesmo que um pouco, deveria ser feito por algo grandioso. Porém, aquilo poderia transformar-se num tipo de vitória.

Ele acordou com o canto dos pássaros e a claridade; dormira demais, alguns homens que ele pretendia examinar já deviam estar se exercitando. A menina ainda dormia profundamente, boca um pouco aberta; isso a fazia parecer mais tola que triste. Ele nem perguntara seu nome. Sacudiu-a docemente; sua boca se fechou, seus olhos de um azul profundo abriram-se; parecia confusa, suave e cálida.

— Seria melhor nos levantarmos; preciso trabalhar. — E acrescentou por cortesia: — Gostaria que pudéssemos ficar assim mais tempo.

Ela esfregou os olhos, depois sorriu para ele. O coração dele se aliviou; a provação acabara, e fora bem cumprida. No lençol estava a pequena mancha rubra que as velhas esposas mostravam aos convidados nas manhãs depois das núpcias. Seria prático, mas indelicado, sugerir que ela levasse o lençol ao sair. Uma ideia melhor lhe ocorreu.

Colocou o quíton na cintura, foi até sua arca onde estavam guardadas suas roupas e joias e tirou uma bolsa de pelica macia, velha e gasta, bordada a ouro. Não fazia muito tempo que aquilo lhe fora dado solenemente. Ele a esvaziou, um grande broche com dois cisnes de ouro, pescoços enlaçados na dança nupcial. Era uma obra antiga, e os cisnes usavam coroas. "Tem passado de rainha para rainha há cerca de duzentos anos. Cuide dele, Alexandre; é um legado para sua noiva."

Ele afastou a bolsa bordada, contraindo os lábios; mas caminhou até a moça com um sorriso. Ela acabava de colocar o broche e amarrar o cinto.

— Aqui está uma lembrança. — Ela pegou o presente, olhos arregalados, examinando-o e sentindo seu peso. — Diga à rainha que você me agradou muito, mas no futuro eu mesmo escolherei. Depois mostre-lhe isso; e lembre-se de dizer o que eu lhe disse.

\* \* \*

Com bom tempo e ventos frescos de primavera, marcharam para oeste, afastando-se da costa e subindo para Aigai. Ali, no antigo altar de Zeus, Alexandre sacrificou um touro branco imaculado. Os videntes, examinando as entranhas, anunciaram-lhe bons presságios.

Passaram pelo lago Castória, cheio das torrentes de neve derretida, salgueiros meio afogados sacudindo cachos verdes sobre as águas azuis encrespadas pelo vento; depois seguiram para cima, em curvas, pela vegetação marrom de inverno, entrando nas alturas rochosas das Colinas dos Linces, as terras dos lincestas.

Lá ele achou melhor colocar seu elmo e a proteção de couro de suas rédeas, que mandara fazer segundo desenho de Xenofonte. Desde que o velho Airopo morrera, e o jovem Alexandro se tornara líder, não causara incômodo e ajudara Filipe na última guerra contra os ilírios; mesmo assim, aquele era um país perfeito para emboscadas, e os lincestas eram os lincestas, desde tempos imemoriais.

Mesmo assim, tinham cumprido seu dever de vassalagem; ali estavam os três irmãos, em pôneis montanheses, fortes e peludos, armados para a campanha seguidos por seus montanheses; homens altos, morenos e barbudos, não mais os rapazinhos que encontrara em festivais. Trocaram cumprimentos com cortesia escrupulosa, herdeiros comuns de uma hostilidade antiquíssima, mas apaziguada. Por gerações a fio, suas casas foram ligadas em parentesco, guerra, rivalidade e casamento. Os lincestas outrora tinham sido reis ali; haviam lutado pelo Supremo Reinado mais de uma vez no curso daquelas gerações, mas não eram fortes o bastante para deter os ilírios; Filipe, sim, e isso liquidara o assunto.

Alexandre, como anfitrião, aceitou seus presentes formais, comida e vinho, e convocou-os para conferenciar com seus principais oficiais num platô rochoso manchado de líquens e musgo em flor.

Vestidos com a rude praticidade da fronteira, túnicas de couro bordadas com placas de ferro, elmos trácios em forma de barrete, não conseguiam tirar os olhos daquele adolescente de rosto suave e barbeado que, enquanto sobrepujava os homens, decidira manter aquela expressão de menino, e cuja armadura reluzia com todos os refinamentos do Sul. Seu colete, elegantemente bordado, mas de acabamento tão uniforme que nenhum enfeite mostrava um só ponto, era feito para cobrir e marcar cada músculo. Seu elmo tinha um penacho branco alto, não para lhe conferir mais altura, mas para que seus homens o vissem na batalha; tinham de estar preparados para uma mudança de planos cada vez que a ação o fizesse necessário. Ele explicou isso aos lincestas, pois não conheciam seus artifícios de guerra. Não acreditavam nele antes de sua chegada; quando o viram, acreditaram ainda menos; mas quando observaram o rosto marcado de cicatrizes de batalha em guerreiros de quarenta anos de idade, atentos a cada palavra dele, finalmente passaram a acreditar.

Avançaram para ocupar os cumes acima dos desfiladeiros antes do inimigo; e chegaram a Heracleia, cujo fértil vale fora motivo de lutas por muitos anos. Os lincestas eram tão íntimos ali quanto cegonhas nos telhados das casas; animaram sua gente com complicadas piadas do interior e saudaram nichos de deuses imemoriais desconhecidos. O povo fitava Alexandre como um mito, e aceitavam sua aquisição por acreditarem em seus soberanos.

O exército subiu entre terraços de vinhedos construídos em pedra numa boa terra vermelha, até a próxima cordilheira; descendo pelo lago Prespa, aninhado nas colinas rochosas, seguiram até o Licínides sorrir, azul, abaixo deles, céu claro, com suas franjas dos álamos e acácias brancas e bosques de freixos com belas baías e penínsulas rochosas. Do lado mais próximo, erguia-se a fumaça da guerra. A Ilíria atravessara e invadira a Macedônia.

Num pequeno forte sobre uma colina, no desfiladeiro, homens do clã dos lincestas saudaram seu chefe com gritos de lealdade. E disseram aos seus próprios homens na força, sem que ele pudesse ouvir: "Um homem só vive uma vez; não teríamos esperado tanto tempo com essa horda tão próxima, mas ouvimos dizer que o filho da bruxa estava chegando. É verdade que um demônio-cobra o prendeu à rainha? Que ele tem corpo fechado? É verdade que nasceu em uma coifa?". Camponeses para quem uma visita ao mercado mais próximo, a dezesseis quilômetros de distância, seria motivo de grandes comemorações, que nunca tinham visto um homem barbeado, e perguntavam aos do Leste se era um eunuco. Os que tinham conseguido chegar mais perto, disseram que ele não tinha corpo fechado; jovem como era, já trazia cicatrizes de batalhas; mas podiam atestar que era mágico, pois tinham visto seus olhos. Também proibira os soldados, a caminho, de matar uma grande víbora que deslizara desfiladeiro abaixo, bem na frente deles, dizendo que era mensageira de boa sorte. Olhavam para ele, indecisos, mas com esperança.

Lutaram próximo ao lago, entre os bosques de freixos e pomares de álamos cintilantes, em encostas estreladas com margaridas amarelas ou azuis, com íris que os soldados esmagavam sob os pés ou manchavam de sangue. As águas de um azul lápis-lazúli estavam estagnadas e podres; as cegonhas e garças fugiram para os juncos; os abutres observavam cada vizinho descer do céu e baixavam sobre os cadáveres empilhados nas margens relvosas ou que boiavam debaixo das pedras.

Os lincestas obedeceram a ordens e lutaram pela honra de sua casa. Embora não tivessem planejado isso, reconheceram as táticas justas que tinham encurralado os bandoleiros ilírios entre as encostas e as praias. Uniram-se na perseguição até as montanhas do oeste, de cumes nevados, e desceram pelas ravinas, onde os ilírios que resistiam foram desalojados de seus abrigos para morrer ou render-se.

Os lincestas surpreenderam-se ao vê-lo fazer prisioneiros depois de sua ferocidade na batalha. Tinham pensado que os que o apelidavam de Basilisco deviam ter em mente o dragão coroado cujo olhar significa a morte; mas, agora, quando eles próprios não teriam poupado nenhum dos antigos inimigos, ele aceitava juramentos de paz como se não fossem bárbaros.

Os ilírios eram montanheses altos, magros, rijos, de cabelo castanho, semelhantes aos lincestas cujos antepassados muitas vezes casaram-se com as mulheres deles. Cosso, o chefe que liderara o ataque, fora apanhado vivo numa ravina de rio. Trouxeram-no amarrado até Alexandre, junto da torrente que disparava, com espumas castanhas nas margens. Era o filho mais novo do grande Bardílis, velho inimigo do rei Filipe, o terror da fronteira até sua queda, ainda de lança na mão, aos noventa anos. Agora, o ancião de cinquenta anos, duro e reto como uma lança, fitava impassível, ocultando seu assombro para com aquele menino de olhos de homem, montado num cavalo que por si só teria valido a pena um ataque à fronteira.

— Vocês devastaram nossas terras — disse Alexandre —, espantaram o gado, saquearam nossas cidades e violentaram nossas mulheres. O que pensam merecer?

Cosso sabia pouco macedônio, mas o suficiente. Não quis intérprete entre ele e o rapaz. Fitou demoradamente o rosto do jovem e respondeu:

— Podemos não concordar com o que me é devido. Filho de Filipe, faça comigo o que pensa que é devido a você.

Alexandre concordou.

— Desamarrem-no e devolvam-lhe a espada.

O homem perdera dois de seus doze filhos naquela batalha; cinco haviam sido capturados. Alexandre libertou três deles, sem resgate, e levou dois como reféns.

Viera estabelecer a fronteira, não criar novos conflitos. Embora tivesse entrado na Ilíria, não tentou empurrar a fronteira além do lago Licínides, onde Filipe a conquistara muito tempo atrás e onde os deuses que formaram a Terra a tinham desenhado. Uma coisa de cada vez.

Aquela era a primeira verdadeira guerra que ele estava em pleno comando. Estava em terra estranha e lidava com o que ia encontrando; todos achavam que era uma grande vitória. Com ele, estava o segredo de que era tudo máscara para uma guerra muito maior. Sozinho com Heféstion, disse:

— Teria sido covardia vingar-me de Cosso.

Junto do límpido lago Licínides, a lama da batalha assentada, lúcios e enguias limpavam os mortos que boiavam. Os lírios esmagados dormiam para brotar, verdes, no ano seguinte; as alvas flores de acácia tombavam como neve ao primeiro vento fresco, escondendo o sangue. Viúvas choravam seu luto, homens mutilados tentavam readquirir antigas habilidades, órfãos conheciam a fome que nunca tinham tido antes. O povo carregava seu destino como uma doença infecciosa no rebanho, ou como uma intempestiva chuva de granizo despindo as oliveiras. Mesmo viúvas e órfãos foram às oferendas de agradecimento nos nichos; os ilírios, notórios piratas e escravagistas, podiam ter vencido. Seus deuses, olhando bondosamente as oferendas, não lhes revelaram que tinham sido um meio, não um fim. Na dor, mais que na alegria, o homem anseia saber que o universo gira em torno dele.

*   *   *

Poucas semanas depois, o rei Filipe voltou da Trácia. Com os navios de Atenas ameaçando o litoral, fora-lhe negado o conforto de uma viagem por mar; viera quase todo o caminho de liteira; mas, no último trecho até Pela, montara num cavalo para mostrar que podia fazê-lo. Precisou de ajuda para desmontar; Alexandre, percebendo que o pai ainda sentia dor ao andar, ofereceu-lhe o ombro. Seguiram juntos em meio a um rumor de apreciação; um homem enfermo, encurvado, que envelhecera dez anos e perdera muito peso; e um adolescente brilhante que usava a vitória como o veludo da primavera nos chifres de um jovem touro.

Olímpia, em sua janela, exultou com a visão. Porém, sentiu-se incomodada quando Alexandre foi ao quarto do rei após seu descanso, onde ficou duas horas.

Alguns dias depois, o rei conseguiu manquitolar escadaria abaixo para jantar no Salão. Alexandre, ajudando-o a chegar ao seu divã, notou que ainda emanava dele um odor de pus. Por ser escrupulosamente limpo, lembrou-se de que era o cheiro de um ferimento honroso, e, vendo os olhos de todos presos naquela caminhada deselegante, disse:

— Não se importe, pai, cada passo seu testemunha sua coragem.

O grupo ficou muito contente. Fazia agora cinco anos desde aquela noite da cítara, e poucos deles se lembravam.

Com o conforto do lar e bons cuidados médicos, Filipe recuperou-se depressa, mas mancava muito mais agora; a mesma perna fora perfurada de novo, desta vez no tendão do jarrete. Na Trácia, a ferida entrara em decomposição; ele passara vários dias com febre, entre a vida e a morte; quando a carne putrefata foi removida, disse Parmênion, tinha surgido um buraco onde se podia colocar o punho. Levaria tempo até ele poder montar sem ajuda, se o conseguisse; mas uma vez montado, sentava-se com elegância, com a perna esticada como nas escolas de equitação. Em poucas semanas, assumiu o treinamento do exército; elogiou a bela disciplina que encontrou, mas não comentou nada sobre as inovações. Valia a pena manter algumas dessas mudanças.

Em Atenas, a tabuleta de mármore que testemunhava a paz com a Macedônia fora arrancada, numa declaração formal de guerra. Demóstenes convencera quase todos os cidadãos de que Filipe era um bárbaro ébrio de poder que os considerava fonte de espoliação e de escravos. O fato de terem sido presa fácil cinco anos antes e ele não os ter machucado foi atribuído a tudo menos a ele próprio. Mais tarde, Filipe oferecera-se para tratar tropas atenienses como aliadas na Guerra da Fócida; mas Demóstenes os mantivera na pátria declarando que seriam presos como reféns; enviar tantos homens sem motivo aparente só podia causar mais confusão. Fócio, o general que melhor se saíra na ação contra a Macedônia, declarou que a oferta de Filipe era sincera e quase foi acusado de traição; foi salvo apenas por uma probidade conhecida, que rivalizava com a de Aristides, o Justo.

Demóstenes considerava tudo aquilo um aborrecimento constante. Não tinha dúvida de que estava investindo nos interesses da cidade o ouro que os persas lhe enviavam, mas grande parte passava por suas mãos; ele não prestava contas a ninguém, permitindo-se naturalmente a parte que cabia ao agente. Isso o libertava das obrigações diárias — e desta vez pelo bem do serviço público; que objetivo podia ser mais digno? Mas era preciso ter cuidado com Fócio.

Na Grande Guerra com Esparta, os atenienses lutaram por glória e pelo império; acabaram derrotados na poeira e sem nada. Lutaram pela liberdade e democracia e terminaram sob a mais brutal tirania já registrada. Ainda viviam anciãos que haviam passado fome no sítio durante o inverno; os de meia-idade tinham ouvido falar nisso em primeira mão, em geral, de gente que ficara arruinada. Tinham perdido a fé na guerra. Se voltassem a participar dela, seria apenas por uma causa: a mera sobrevivência. Passo a passo, foram induzidos a pensar que Filipe pretendia destruí-los. Não destruíra Olinto? Então, no final, desistiram da pensão governamental para aplicá-la na frota; a taxa para os ricos foi registrada acima da antiga, em proporção a suas posses.

Foi a marinha ateniense que a tornara mais segura que Tebas. Poucos entendiam que seu alto comando não era muito talentoso; Demóstenes julgava correto o fato de meros números serem decisivos. Poder marítimo salvara Perinto, Bizâncio e a rota do trigo no Helesponto. Se Filipe forçasse caminho para o Sul, teria de ser por terra. Demóstenes agora era o homem mais poderoso de Atenas, símbolo de salvação da cidade. A aliança com Tebas seria seu trunfo; ele substituiria a antiga inimizade por outra bem maior.

Tebas deteve-se, hesitante. Filipe confirmara o poder da cidade sobre o território beócio ao seu redor, questão que durara séculos; Atenas, declarando isso antidemocraticamente, procurara enfraquecer Tebas dando aos beócios um governo autônomo. No entanto, Tebas controlava a rota por terra até a Ática; era isso que importava a Filipe. Todo o poder de barganha de Tebas desapareceria se houvesse uma trégua entre Filipe e Atenas.

Assim discutiam, desejando que as coisas permanecessem imutáveis, não querendo reconhecer que acontecimentos eram produzidos e modificados por homens.

Na Macedônia, Filipe ficou moreno e curtido, suportando, inicialmente, meio dia a cavalo, depois um dia inteiro; no grande campo de equitação junto do lago de Pela, a cavalaria fazia a conversão e atacava em complexas manobras. Agora havia dois esquadrões reais, o de Filipe e o de Alexandre. Viam-se pai e filho cavalgando juntos, entretidos em estratégias, a cabeça dourada inclinada em direção à grisalha. As criadas da rainha Olímpia pareciam pálidas e assustadas; uma delas fora surrada e ficou de cama dois dias.

Em pleno verão, quando o trigo estava alto e vigoroso, o Conselho de Delfos reuniu-se de novo. Cotifo relatou que os anfíscios ainda estavam ausentes, e os líderes proscritos não tinham sido expulsos; estava além da capacidade de seu exército forçá-los a submeterem-se. Propôs no Conselho que o rei Filipe da Macedônia, que defendera o deus contra os homens ímpios da Fócida, fosse chamado a assumir aquela guerra santa.

Antípatro, que estava lá como enviado, levantou-se para dizer que fora autorizado a dar o consentimento do rei. Mais ainda, Filipe, como piedosa oferta, custearia a campanha. Votos de agradecimentos e primorosos louvores foram registrados e inscritos pelo escriba local; ele concluiu sua tarefa quando o mensageiro de Antípatro, para quem havia bons cavalos esperando o dia inteiro, chegou a Pela.

Alexandre estava no ginásio de esportes com seus amigos. Era sua vez de ficar no centro do círculo e tentar pegar a bola. Conseguira isso com um salto de quase um metro e meio de altura, quando Hárpalo, como sempre condenado a observar os outros, ouviu um rumor vindo de fora e anunciou que o mensageiro proveniente de Delfos chegara. Alexandre, ansioso por saber do que se tratava, levou a carta ao rei, que estava no banho.

Estava próximo a uma grande bacia de bronze ornamentada, tratando a perna ferida com o vapor quente, enquanto um dos fidalgos rurais limpava-a com um linimento de cheiro forte. Sua pele ainda estava frágil; as cicatrizes, fundas e nodosas por todo seu corpo; uma clavícula, quebrada havia muito, quando seu cavalo fora morto em uma batalha, colara-se de novo deixando uma grande saliência. Ele parecia uma árvore velha na qual o gado esfregara os cornos ano após ano. Por instinto, sem pensar, Alexandre notou que tipo de arma provocara essas feridas. *Que cicatrizes terei eu quando chegar a essa idade?*

— Abra para mim — disse Filipe. — Minhas mãos estão molhadas. — Ele baixou os olhos, sinal para que o filho ocultasse as más notícias, mas nem era preciso.

Quando Alexandre voltou correndo ao ginásio, os rapazes barbeados estavam na fonte jogando jarras de água uns nos outros para tirar a poeira e refrescarem-se. Ao verem-no, pararam, imóveis em plena ação, como um grupo esculpido por Escopas.

— Chegou! — disse ele. — Vamos para o Sul.

# 7

Ao pé da escadaria ornamentada, o guarda pessoal encostou-se em sua lança. Era Ceteu, veterano, de barba grisalha, atarracado, medindo cerca de 1,80 metro. Não parecia adequado que jovens fizessem a guarda da rainha, uma vez que o rei afastara-se dela.

O jovem de manto preto parou no corredor sombrio cujo chão era de mosaico xadrez. Nunca entrara tão tarde no quarto da mãe.

Ouvindo seus passos, o guarda ergueu o escudo e apontou a lança, pedindo que ele se identificasse. Alexandre mostrou o rosto e subiu as escadas. Arranhou a porta, mas não houve resposta. Ele pegou seu punhal e arranhou forte com o cabo.

Um alvoroço vinha do interior, seguido por uma respiração no silêncio.

— É Alexandre — disse ele. — Abra a porta.

Uma mulher desalinhada, pestanejando, chambre jogado sobre o corpo, meteu a cabeça para fora; atrás dela, vozes sussurravam como camundongos. Deviam ter pensado que era o rei.

— Madame está dormindo. É tarde, Alexandre, já passou da meia-noite.

A voz de sua mãe disse, lá dos fundos:

— Deixem-no entrar.

Estava parada junto da cama amarrando o cinto de seu roupão de lã cor de creme contornado por pele escura. Ele mal a podia ver na luz bruxuleante; uma criada, confusa por causa do sono, tentou acender a lamparina. A lareira estava limpa; agora era verão.

O primeiro dos três pavios pegou fogo. Ela disse:

— Basta.

Seu cabelo vermelho misturava-se, nos ombros, com a pele escura de sua roupa. A luz da lamparina, oblíqua, destacava as rugas entre suas sobrancelhas franzidas e as linhas que emolduravam os cantos de sua boca. Quando virou-se para a luz, notava-se apenas a esbelta estrutura, a pele clara e os lábios contraídos. Ela tinha 34 anos.

Com apenas uma lamparina acesa, os cantos do quarto ficavam escuros.

— Cleópatra está aqui? — perguntou ele.

— A essa hora? Ela está em seu quarto. Quer falar com ela?

— Não.

Olímpia disse às mulheres:

— Voltem para suas camas.

Quando a porta se fechou, ela jogou sobre a cama o lençol bordado e fez sinal para que ele se sentasse a seu lado; mas ele não se moveu.

— O que foi? — disse ela, suavemente. — Já nos despedimos. Você deveria estar dormindo, se vai marchar ao amanhecer. O que foi? Parece esquisito. Teve algum sonho?

— Estive esperando. Esta não é uma guerrinha, é o começo de tudo. Achei que você fosse mandar me chamar. Deve saber o que me traz aqui.

Ela afastou o cabelo do rosto, a mão escondendo os olhos.

— Quer que eu adivinhe algo?

— Não preciso de adivinhos, mãe. Apenas da verdade. — Ela deixara a mão cair depressa demais, os olhos dele se prenderam nos dela. — Quem sou eu? — perguntou Alexandre. — Diga-me quem sou eu.

Ela o olhou fixamente. Ele notou que a mãe aguardava outra pergunta.

— Não importa o que você anda fazendo — disse ele. — Não sei de nada. Conte-me o que perguntei.

Ela viu que nas poucas horas desde seu último encontro, o filho ficara abatido. Ela quase lhe disse: "É só isso?".

Era um longo passado, recoberto de vida; o melancólico tremor, o sonho ardente que a consumia, o choque do despertar, as palavras da velha sábia trazidas à noite para aquele quarto, em segredo, de sua cova. Como fora tudo? Ela já não sabia mais. Parira o filho do dragão, e ele agora indagava "quem sou eu?". *Sou eu quem lhe deve perguntar isso.*

Ele caminhava de um lado para o outro do quarto, leve e rápido como um lobo enjaulado. Parou de repente diante dela e disse:

— Sou filho de Filipe, não sou?

Ainda no dia anterior, ela os vira juntos indo ao campo de treinamento; Filipe falava, sorrindo, Alexandre jogava a cabeça para trás numa gargalhada. Ela ficou quieta, lançou um longo olhar e disse:

— Não finja que pode acreditar nisso.

— Bem, e então? Vim para ouvir o que tem a me dizer.

— Não podemos revolver essas coisas por mero capricho à meia-noite. É um assunto sério. Há poderes que precisam ser aplacados...

Os olhos dele, sombrios, inquisidores, pareciam trespassá-la, entrar em seu íntimo.

— Que sinal meu *daimon* lhe deu? — perguntou ele, brandamente.

Ela pegou suas mãos, puxou-o para perto de si e sussurrou. Quando terminou, afastou-se para olhar. Ele estava totalmente absorto, mal a percebia, e lutava com aquilo. Seus olhos não revelavam o resultado.

— E isso é tudo?

— O que mais? Ainda não está satisfeito?

Ele fitou a escuridão além da lamparina.

— Todas as coisas são conhecidas dos deuses. A questão é como interrogá-los. — Ergueu-a, e por um momento segurou-a com os braços estendidos, as sobrancelhas unidas. Por fim, ela teve de baixar os olhos.

Os dedos dele apertaram-se mais; depois abraçou-a, rápido e forte, e soltou-a. Quando saiu, a escuridão a envolveu. Ela acendeu duas outras lamparinas, e finalmente adormeceu com elas ainda queimando.

Alexandre parou na porta de Heféstion, abriu-a depressa e entrou. Este dormia profundamente, um braço para fora da cama, num ângulo que lembrava a lua. Alexandre estendeu a mão, e depois retirou-a. Pensara em acordá-lo e contar-lhe tudo, se sua mente estivesse convencida, mas tudo ainda era obscuro e incerto, a mãe humana demais; era preciso aguardar a palavra certa. Por que interromper seu sono com aquilo? Teriam uma longa cavalgada no dia seguinte. A lua brilhava sobre os olhos cerrados dele. Alexandre fechou um pouco a cortina, para que os poderes da noite não lhe fizessem mal.

\* \* \*

Na Tessália, encontraram a cavalaria aliada; elas vinham em torrentes das colinas, sem formação, berrando e brandindo as lanças, exibindo sua perícia ao cavalgar. Era uma terra onde os homens cavalgavam tão logo começavam a andar. Alexandre franziu o cenho; mas Filipe disse que fariam na batalha o que lhes fosse mandado, e o fariam bem. Aquele espetáculo era uma tradição.

O exército foi para sudoeste, em direção a Delfos e Anfissa. Algumas tropas de recrutas da Liga Sagrada juntaram-se a eles no caminho; alguns generais receberam as boas-vindas e deram rápidas instruções. Acostumados com as forças confederadas de pequenos Estados rivais, a briga pela precedência e as longas disputas com qualquer general que assumisse o comando, eram arrastados, surpresos, num exército móvel composto por trinta mil homens a pé e dois mil a cavalo, cada homem consciente do lugar onde devia estar, indo para lá.

Não havia forças de Atenas. Os atenienses tinham um assento no Conselho da Liga; mas quando encarregaram Filipe, nenhum ateniense estivera presente para discordar. Demóstenes os persuadira a boicotar. Um voto contra Anfissa teria antagonizado Tebas. Ele não vira nada além disso.

O exército chegou às Termópilas, os portões impetuosos entre montanhas e mar. Alexandre, que não passara por ali desde os doze anos, foi banhar-se com Heféstion nas fontes quentes que davam nome ao canal. Na tumba de Leônidas, com seu leão de mármore, depositou uma grinalda.

— Não creio que ele fosse realmente um grande general — comentou depois. — Se tivesse se certificado de que as tropas da Fócida compreendiam suas ordens, os persas jamais teriam retornado ao canal. Esses Estados do Sul nunca funcionam juntos, mas é preciso honrar um homem tão valente.

Os tebanos ainda detinham o forte acima. Filipe, fazendo o jogo deles, enviou um mensageiro lá para o alto, pedindo que saíssem para que ele pudesse substituí-los. Olharam para a longa fila de homens aumentando ao longe, lá embaixo, ocupando a estrada litorânea; imperturbáveis, pegaram suas bagagens e partiram para Tebas.

Agora o exército estava na grande estrada do sudeste; viram à sua direita as íngremes montanhas da cordilheira de Hélade, sem vegetação, mais árida, mais espoliada pelos machados dos homens e seus rebanhos do que as montanhas arborizadas da Macedônia. Nos vales entre esses altos desertos, carne entre ossos, jaziam terra e água que nutrem a humanidade.

— Agora que estou vendo isso de novo — disse Alexandre a Heféstion enquanto cavalgavam —, posso compreender por que os sulistas são como são, ávidos por terra; cada homem cobiça a de seu vizinho, e sabe que o vizinho cobiça a dele. E cada Estado tem sua orla de montanhas. Você já viu dois cachorros junto do portão da casa onde um deles vive correndo para cima e para baixo, latindo?

— Mas quando os cachorros divergem eles lutam, não saem investindo; apenas parecem surpresos, e vão embora. Às vezes, cachorros têm um bom senso mais refinado que o homem — disse Heféstion.

A estrada para Anfissa desviava-se para sul; um grupo avançado, sob comando de Parmênion, fora à frente para tomar a base de Quitínio, e assegurar essa estrada, como garantia de que Filipe pretendia prosseguir com a guerra santa. Porém, a força principal avançou pela estrada na direção sudeste, para Tebas e Atenas.

— Olhe — disse Alexandre apontando para diante. — Ali está Elateia. Veja, os pedreiros e engenheiros já estão lá. Não devem demorar muito para erguer as muralhas. Dizem que todas as pedras ainda estão ali.

Elateia fora um forte dos homens da Fócida — que saqueavam os deuses —, derrubado no final da última guerra santa. Controlava a estrada e, marchando, ficava a dois dias de Tebas e três de Atenas.

Mil escravos, sob ordens de experientes pedreiros, logo devolveram as pedras de cantaria, bem cortadas. O exército ocupou o forte e os cumes ao redor. Filipe instalou seu alojamento e mandou um enviado a Tebas.

Durante anos, dizia sua mensagem, os atenienses combateram Filipe, primeiro velada, depois abertamente; ele não podia manter-se impassível. Foram hostis com Tebas mais tempo ainda e agora tentavam arrastá-la na guerra contra ele. Por isso mesmo, pedia aos tebanos que se definissem. Ratificariam sua aliança com ele permitindo que seu exército passasse para o Sul?

A tenda real fora erguida dentro das muralhas; os pastores que tinham construído cabanas nas ruínas fugiram quando o exército chegou. Filipe mandara trazer um divã numa carroça para repousar sua perna ferida depois do dia de trabalho. Alexandre sentou-se numa cadeira ao lado dele. Os jovens nobres serviram vinho e retiraram-se.

— Isso deve resolver a questão definitivamente — disse Filipe. — Chega um momento em que é preciso arriscar e lançar a sorte. Acho que foi dada uma grande vantagem nessa guerra. Se os tebanos forem sensatos, ficarão a nosso favor; os atenienses vão acordar e perceber onde seus demagogos os meteram. O grupo de Fócio vai chegar, e então poderemos cruzar a Ásia sem derramar uma gota de sangue na Grécia.

Alexandre virou sua taça de vinho nas mãos e inclinou-se para cheirar o vinho local. Faziam melhor na Trácia, mas a Trácia o recebera de Dioniso.

— Bem, sim... mas veja o que aconteceu enquanto estivemos nos armando contra os ilírios; e todo mundo acreditou, especialmente os ilírios. Agora, e os atenienses? Faz anos que Demóstenes lhes pede que nos aguardem; e aqui estamos. E o que será *dele*, se o grupo de Fócio conseguir o voto?

— Ele não poderá fazer nada, caso Tebas se declare a nosso favor.

— Em Atenas, há dez mil mercenários treinados.

— Ah, sim, mas são os tebanos que vão decidir. Você conhece a constituição deles. Uma oligarquia moderada, é o que dizem ser, mas testar o direito de voto é fácil; aceitam qualquer homem que se permita a uma panóplia hoplita. Aí está. Em Tebas, é o eleitorado que vai lutar em qualquer guerra pela qual der seu voto.

Ele começou a falar dos anos em que fora refém por lá, quase com nostalgia. O tempo diminuíra as dificuldades, e tudo tinha o sabor da juventude perdida. Uma vez ele fora contrabandeado por amigos para entrar em ação sob o comando de Epaminondas. Conhecera Pelópidas. Alexandre atendia às considerações da Sagrada Confederação que Pelópidas reunira em apenas uma corporação, em vez de realmente fundá-la; pois seus votos heroicos eram antigos, remontando à época de Hércules e Iolau, em cujo altar eram realizados. Cada homem da Confederação tinha em sua incumbência o peso de uma dupla honra, e nunca recuavam; avançavam, mantinham-se parados ou morriam. Havia muita coisa que Alexandre gostaria de saber a respeito deles e contar a Heféstion, se houvesse alguém a quem perguntar. Em vez disso, ele disse:

— Fico imaginando o que está acontecendo em Atenas agora.

Atenas recebeu as notícias ao pôr do sol, no dia em que a Elateia foi ocupada. Os Conselheiros da Cidade estavam em refeição cívica no Salão do Conselho com alguns vencedores olímpicos consagrados, generais aposentados e outros dignitários honrados com esse privilégio. Havia muitas conversas na Ágora; chegavam boatos de todas as partes no correio de Tebas. Todas as noites as ruas pareciam como em dias de mercado, com famílias reunindo-se, mercadores para os Pireus; estrangeiros falando apaixonadamente com estrangeiros, mulheres correndo com faces semiveladas para os aposentos das mulheres em casas onde tinham amigos. Ao amanhecer, o trombeteiro da cidade convocou a Assembleia; na Ágora, os tapumes dos currais e as bancas do mercado foram queimados para avisar os subúrbios mais distantes. Os homens corriam para a colina Pnyx com sua tribuna de pedra. Lá contaram-lhes as novidades; esperavam que Filipe marchasse para o Sul imediatamente, e que Tebas não resistisse. Anciãos lembravam um dia tenebroso em sua infância, o começo da vergonha, da fome, da tirania, quando os primeiros soldados extraviados entraram, vindos do rio da Cabra no Helesponto, local onde a frota fora aniquilada; a Grande Guerra perdida, e as angústias da morte ainda por vir. O ar frio e revigorante de uma manhã de outono penetrava nos ossos como gelo de inverno. O conselheiro que presidia bradou:

— Alguém deseja falar?

Seguiu-se um demorado silêncio. Ninguém teve a audácia de interferir na escolha do povo. Quando o viram subir no tribunal, ninguém aplaudiu; o frio era forte demais. Houve apenas um intenso murmúrio, semelhante a uma prece.

No estúdio de Demóstenes, a lamparina queimara a noite inteira; homens andando pelas ruas, preocupados demais para dormirem, foram confortados pela luz. Na escuridão antes do amanhecer, ele aprontara o esboço de seu discurso. A cidade de Teseu, Sólon, Péricles, voltara-se para ele no ponto crucial de seu destino. E encontrou-o a postos.

Primeiro, disse ele, podiam perder o medo de que Filipe tivesse certeza quanto a Tebas. Se assim fosse, não estaria sentado em Elateia, mas, sim, ali, diante de suas muralhas, ele que sempre desejara destruí-los. Estava fazendo uma exibição de força para animar seus amigos comprados de Tebas e assustar os patriotas. Agora, por fim, tinham de esquecer a antiga hostilidade e mandar enviados oferecendo generosos termos de aliança, antes que os homens de Filipe tivessem feito lá seu trabalho maligno. Ele próprio, se convocado, não recusaria o chamado. Enquanto isso, que os homens em idade de combater pegassem suas armas e marchassem pela estrada de Tebas até Elêusis, em sinal de prontidão para ocupar o campo.

Quando ele concluiu, o sol nascia, e viram do outro lado do declive a Acrópole banhada em esplendor; o velho mármore sazonado, os nichos novos e alvos, a cor, o ouro. Uma grande comemoração percorreu a colina. Os que estavam longe demais para escutar participaram, certos de que fora proclamada a salvação.

Demóstenes voltou para casa e rascunhou uma nota diplomática para Tebas, zombando de Filipe. "… agindo como o esperado em alguém de sua raça e natureza; usando com insolência sua atual fortuna, esquecendo sua imprevisível ascensão ao poder oriundo de origens muito modestas…" Pensativo, ele mascou sua pena; depois, o estilo moveu-se sobre a cera.

Fora de sua janela, homens jovens, ainda não iniciados na guerra, partindo para se apresentar aos seus chefes tribais, gritavam uns com os outros; eram piadas de jovens cujo sentido ele já não conhecia mais. Em algum lugar, uma mulher chorava. Certamente era dentro de casa; devia ser sua filha. Se tivesse alguém por quem chorar, seria a primeira vez. Fechou a porta, aborrecido; o som era de mau presságio, e perturbava seus pensamentos.

Quando a Assembleia se reuniu em Tebas, nenhum homem que pudesse manter-se em pé estava ausente. Os macedônios, aliados formais, foram os primeiros a serem ouvidos.

Lembraram os bons serviços de Filipe a Tebas; sua ajuda na Guerra da Fócida para a hegemonia sobre a Beócia; narraram as antigas ofensas por parte dos atenienses, seus esforços para enfraquecer Tebas, sua aliança com a Fócida para pagar suas tropas com o ouro de Apolo. (Também com isso, sem dúvida, tinham dourado os escudos de Tebas que haviam erigido, numa irreverente afronta contra Tebas e o deus.) Filipe não pedia que Tebas se colocasse contra Atenas; podia fazer isso, se quisesse, para partilhar dos frutos da vitória; mas ele os consideraria amigos, mesmo que apenas lhe dessem o direito de passagem.

A Assembleia rejeitou. Estavam irados com o ataque-surpresa de Filipe a Elateia; se era um aliado, era arrogante, e tarde demais consultá--los agora. Quanto ao resto, era verdade. Os grandes temas de poder não haviam sido mencionados. Uma vez que Atenas caísse, o que valeriam para ele? Mesmo assim, tinha poder na Tessália, e não causara mal algum por lá. Combateram a longa Guerra da Fócida; Tebas estava repleta de filhos de homens mortos com o encargo de uma família, mãe viúva e filhos menores. Não bastava tudo isso?

Antípatro calou-se e se sentou. Ouviu-se um murmúrio hostil, quase uma aclamação. O marechal convocou os enviados atenienses. Demóstenes subiu ao palanque num silêncio expectante, quase antagônico. Não a Macedônia, mas Atenas, fora ali ameaçada durante gerações. Não havia casa sem dívida de sangue daquelas intermináveis guerras de fronteira.

Ele podia atingir um ponto nevrálgico; o ódio comum por Esparta. Lembrou-se de como depois da Grande Guerra, quando Esparta impusera os Trinta Tiranos a Atenas (traidores como aqueles que agora queriam paz com Filipe), Tebas abrigara os Libertadores. Comparados a Filipe, os Trinta eram meros moleques colegiais; que o passado fosse esquecido, e lembrado apenas aquele ato nobre. Sabendo da oportunidade e por ser um orador experiente, ele mencionou as ofertas atenienses. Os direitos de Tebas sobre a Beócia não seriam discutidos; se os beócios se rebelassem, Atenas enviaria tropas para os derrotar e também a Plateia, aquele velho ponto de discórdia. Ele não lembrou seus ouvintes de que Plateia, retribuindo a proteção de Atenas contra Tebas, participara da tribuna em Maratona recebendo cidadania ateniense para sempre. Não era hora de minúcias; Plateia devia ser concedida. E se houvesse guerra com Filipe, Tebas deveria comandar as forças em terra, enquanto Atenas custearia dois terços das despesas.

Não houve aplauso. Os tebanos hesitantes olhavam outros tebanos que conheciam e em quem confiavam, e não para Demóstenes. Estavam fugindo ao seu controle.

Avançando, erguendo o braço, ele invocou os mortos heroicos: Epaminondas e Pelópidas, os gloriosos campos de batalha de Leuctras e Mantineia, o registro da Sagrada Confederação. Sua voz retumbante baixou para um tom irônico. Se essas coisas já não contavam, ele tinha apenas um pedido a fazer, em favor de Atenas; o direito de passagem, para opor-se ao tirano.

Desta vez, ele os pegara. A alusão à antiga rivalidade fizera isso por ele.

Demóstenes pôde ouvir no profundo som abafado que estavam envergonhados. Aqui e ali, vozes convocavam o começo da votação; os homens da Sagrada Confederação ponderavam sua honra. Pedrinhas caíram nas urnas; fiscais manejavam seus ábacos, sob rigorosa vigilância; um negócio longo e tedioso, depois dos eficientes cálculos domésticos, feitos com ranhuras. Os tebanos votaram por romper o tratado com a Macedônia e aliar-se a Atenas.

Ele voltou para seu alojamento, mal sentindo os pés no chão. Como Zeus com sua balança, ele sustentara e decidira o destino da Grécia. Se havia provações pela frente, que nova vida podia nascer sem dores de parto? Agora, diriam para sempre que ele fora o homem certo para a hora certa.

Levaram a notícia a Filipe no dia seguinte, quando almoçava com Alexandre. O rei mandou seus escudeiros saírem, antes mesmo de iniciar o despacho; como a maioria dos homens de sua época, ele não aprendera a ler só com os olhos, precisava ouvir a própria voz. Alexandre, tenso pelo suspense, imaginava por que seu pai não treinara, como ele, para ler em silêncio; era apenas uma questão de prática. Embora seus lábios ainda se movessem com as palavras, Heféstion lhe assegurara que não se ouvia nenhum som.

Filipe leu em tom habitual, sem raiva; as linhas de seu rosto apenas acentuaram-se. Largou o rolo de pergaminho junto do prato e disse:

— Bom, se é assim que eles querem, assim será.

— Lamento, pai. Acho que tinha de ser assim.

Ele não percebia que, não importa como tivessem votado os tebanos, Atenas ainda o odiaria? Que não havia jeito de poder entrar em seus portões senão como vencedor? Como alimentara tanto tempo aquele sonho insubstancial? Melhor deixá-lo em paz e pensar na realidade. Seria, agora, um segundo plano de guerra.

Atenas e Tebas prepararam-se com fervor para resistir à marcha de Filipe ao Sul. Em vez disso, ele foi para oeste, entrando pelas ravinas e penhascos das montanhas que contornavam o maciço do Parnaso. Sua tarefa era expulsar os anfíscios da planície sagrada; era o que iria fazer. Quanto a Tebas, mandara dizer que apenas testava a lealdade de um aliado duvidoso, e sabia a resposta.

Os jovens de Atenas mobilizaram-se para a guerra; prepararam-se para ir a Tebas, ao norte. O prognóstico foi dado; o furor era latente, os adivinhos não gostavam do que viam nas entranhas. Demóstenes, sentindo o mau agouro contra ele, declarou que esses presságios destinavam-se a revelar os traidores em seu meio, subornados por Filipe para deter a guerra. Quando Fócio, ao voltar de uma missão tarde demais e sem poder mudar os fatos insistiu para que a cidade pedisse um Oráculo de Delfos, Demóstenes riu e disse que o mundo todo sabia que Filipe tinha subornado a Pítia.

Os tebanos receberam os atenienses como os lincestas tinham recebido Alexandre: com uma cautelosa cortesia. O general tebano dispôs toda a sua força para guardar os desfiladeiros do Sul e bloquear Anfissa de Filipe. Por todas as pedregosas montanhas selvagens do Parnaso e nas ravinas da Fócida, os exércitos avançavam e manobravam. As árvores ficaram castanhas, depois nuas; nos topos caíam as primeiras neves. Filipe não tinha pressa. Estava ocupado reconstruindo os fortes dos ímpios, que, agradecidos, emprestaram seus homens em troca de um corte em suas doações para o deus saqueado.

Não o instigariam a uma batalha maior. Houve um conflito numa ravina de rio, outro num desfiladeiro, ambos interrompidos quando ele viu suas tropas serem arrastadas a um território inadequado. Atenas celebrou-os como vitórias, oferecendo festas em agradecimento.

Em certa noite de inverno, a tenda de Filipe estava protegida do vento contra um penhasco, acima de um rio em cuja garganta rochosa turbilhonavam as águas da neve. Nas encostas, tinham derrubado um pinheiral para fazer fogueiras e cozinhar. Caía a noite; redemoinhos do ar puro das montanhas trespassavam os fortes odores mistos de madeira queimada, mingau de aveia, sopa de feijões, cavalos, tendas de couro mal curtido e milhares de homens sujos. Em cadeiras de couro armadas sentavam-se Filipe e Alexandre aquecendo as botas úmidas junto do fogo. O cheiro forte dos pés de seu pai misturava-se, para Alexandre, com outros aromas familiares da guerra. Ele próprio estava um pouco sujo; quando era difícil banhar-se nas torrentes, esfregava-se com neve. Sua atenção para com essas coisas criara uma lenda, que ele ainda ignorava, de que era dotado de uma fragrância natural. A maioria dos homens não tomava banho fazia meses. Suas esposas cuidariam deles, quando voltassem para casa.

— Bem — disse Filipe —, eu não lhe disse que a paciência de Demóstenes acabaria antes da minha? Acabei de saber que ele os enviou.

— O quê? Quantos?

— Todos os dez mil.

— Mas ele ficou louco?

— Não, é um político de facção. Os eleitores não gostaram de ver as tropas ordenadas pegarem provisões e dinheiro na Ática enquanto os cidadãos iam para a guerra. Tenho pensado neles; homens treinados e ágeis demais onde estavam, muito ágeis. Dez mil homens em um só golpe é um bom número. Podemos acabar com eles primeiro; estão sendo enviados direto para Anfissa.

— Então vamos esperar que cheguem lá. E depois?

Filipe sorriu, exibindo os dentes amarelos à luz do fogo.

— Você lembra como escapei em Bizâncio? Vamos tentar isso de novo. Teremos más notícias, muitas, aliás, da Trácia. Revolta, Anfípole ameaçada, o número de homens necessário para manter a fronteira. Responderei, em caligrafia boa e legível, que estamos marchando para o Norte com todas as nossas forças. Meu mensageiro será capturado, ou talvez venda a carta. As sentinelas do inimigo verão que seguimos para o Norte. Em Quitínio, vamos nos instalar quietos num lugar bem baixo e esperar.

— Depois passar sobre o Passo Grábio e atacar ao amanhecer?

— Como diz seu amigo Xenofonte, uma marcha furtiva.

Realizaram-na antes que o degelo da primavera inundasse as passagens dos rios. Os mercenários de Atenas cumpriram seu dever, enquanto havia esperança; depois, sendo profissionais, afastaram-se para a costa, ou renderam-se. Estes acabaram alistando-se com Filipe, que mandou tratar de seus ferimentos e servir-lhes uma refeição consistente.

Os anfíscios renderam-se incondicionalmente. Seu governo fora exilado, como a Liga Sagrada decidira. A sagrada planície foi libertada daquele governo ímpio e deixada para o deus.

Na calidez da primavera, no teatro de Delfos, onde atrás situavam-se os íngremes penhascos da Fedríades, e à frente o grande Templo de Apolo, mais além o vasto golfo, o rei Filipe foi coroado pela Liga com uma coroa de louros de ouro. Ele e seu filho foram elogiados em longos discursos e odes corais; um escultor desenhou-os para fazer estátuas e enfeitar o templo.

Depois disso, Alexandre caminhou com seus amigos pelo terraço. Havia rumor e mau cheiro da multidão vinda de toda a Grécia, até da Sicília, Itália e Egito. Ricos devotos vinham com suas oferendas trazidas na cabeça de escravos, cabras baliam, pombas arrulhavam em gaiolas; expressões nervosas, devotos, aliviados, cheios de ansiedade, iam e vinham. Era um dos dias do oráculo.

Naquele ruído, Heféstion disse no ouvido de Alexandre:

— Por que não vai enquanto está aqui?

— Agora não.

— Mas isso traria paz à sua mente.

— Não, não é a hora. Acho que num lugar como este deve-se pegar o vidente de surpresa.

No teatro, desenrolou-se uma encenação suntuosa; o protagonista era Tétalo, conhecido por seus papéis heroicos. Era um jovem belo e ardente, cujo sangue tessálio se misturara com alguma linhagem celta; seu treinamento em Atenas contivera seu fervor com boa técnica, e sua rusticidade natural transformara-se em boas maneiras. Muitas vezes se apresentara em Pela, era favorito de Alexandre, para quem conjurava alguma visão especial da alma do herói. Agora, no *Ájax de Sófocles*, no duplo papel de Ájax e Teucro, fazia parecer impossível que um conseguisse sobreviver à sua honra, e outro falhar na lealdade com os mortos. Depois, Alexandre foi para trás do palco com Heféstion, até os camarins. Tétalo tirara a máscara de Teucro, e limpava com uma toalha o suor de sua face bem pronunciada e esculpida e os pelos castanhos e curtos de seu peito. Ao ouvir a voz de Alexandre, apareceu reluzente, olhando-o com grandes olhos cor de amêndoa, e afirmou:

— Se você gostou, fico feliz. Foi para você que representei o tempo todo. — Conversaram sobre suas recentes viagens. No fim, ele disse: — Estou sempre nas redondezas. Se algum dia tiver um problema e precisar de alguém em quem confiar, sabe que para mim será um privilégio.

Alexandre compreendeu. Atores, servos de Dioniso, eram pessoas protegidas, muitas vezes utilizadas como mensageiros, e mais frequentemente ainda como agentes secretos.

— Obrigado, Tétalo — respondeu Alexandre. — Você é o primeiro a quem eu recorreria.

Quando se afastavam para o Estádio, Heféstion comentou:

— Sabe que esse homem ainda está apaixonado por você?

— Bem, pelo menos as pessoas podem ser educadas. Ele é sensível, não me interpretaria mal. Algum dia posso precisar da confiança dele, nunca se sabe.

Na primavera, com o tempo bom, Filipe desceu ao Golfo de Corinto e tomou Naupacto, que controlava seu canal externo. No verão, avançou pelo território atrás do Parnaso, fortalecendo bases, mantendo alianças, abrindo estradas, alimentando a cavalaria. Vez por outra simulava avanços para o Leste, onde tebanos e atenienses ocupavam, tensos, as passagens. Depois afastava-se, deixando-os nervosos e estagnados, realizando manobras ou jogos para ter certeza de que seus próprios homens estavam em forma.

Mesmo agora, mandava mais enviados a Tebas e Atenas oferecendo-se a discutir termos de paz. Demóstenes proclamava que Filipe, duas vezes repelido pelos exércitos deles, devia estar desesperado; aquelas ofertas provavam isso. Um ataque vigoroso liquidaria com ele no Sul.

No fim do verão, quando a cevada amarelava entre as árvores nos olivais da Ática e Beócia, ele voltou à sua base na Elateia, mas deixou ocupados seus baluartes. Os postos avançados de Tebas e Atenas ficavam numa passagem a dezesseis quilômetros ao sul. Até rejeitarem suas ofertas, ele apenas os provocara um pouco. Agora mostrava sua força, e flanqueados, podia detê-los quando quisesse. No dia seguinte, seus observadores viram que tinham partido; então ocupou a passagem.

Os homens da cavalaria pareciam felizes; poliam suas armas e treinavam seus cavalos. Agora, a próxima batalha seria nas planícies.

A cevada branqueava, os olivedos amadureciam. Segundo o calendário da Macedônia, era o mês do leão. O rei Filipe deu uma festa de aniversário para Alexandre, no forte. Ele completava dezoito anos.

A Elateia estava enfeitada; tecidos pendurádos na parede do alojamento real, lajes no chão. Enquanto os convidados cantavam, Filipe disse a seu filho:

— Você ainda não disse o que quer de presente. O que gostaria de ganhar?

Alexandre sorriu.

— Você sabe o que é, pai.

— Você mereceu; é seu. Agora, não demorará muito. Ficarei com a ala direita, isso acontece desde tempos imemoriais. Você comandará a cavalaria.

Alexandre colocou lentamente na mesa sua taça de ouro. Seus olhos, brilhantes e muito abertos pelo vinho e pelas visões, encontraram o olhar preto e oblíquo de Filipe:

— Pai, se você algum dia se arrepender disso, não estarei aqui para saber.

Saudaram e brindaram esse acordo. Mais uma vez, lembraram-se dos augúrios de seu nascimento: a vitória nas corridas olímpicas, a vitória sobre os ilírios.

— E o terceiro — disse Ptolomeu — é o que mais lembro, pois eu estava na idade em que se surpreende com tudo. Foi o dia em que o grande Templo de Ártemis foi queimado em Éfeso. Uma fogueira na Ásia.

Alguém disse:

— Eu nunca soube como aconteceu isso sem guerra. Foi um raio do céu ou algum sacerdote derrubou uma lamparina?

— Não, um homem fez isso, de propósito. Ouvi uma vez seu nome. Heiro... Hero... um nome maior que esse. Nearco, você se recorda?

Ninguém recordava.

— Descobriram por que ele fez isso? — questionou Nearco.

— Ah, sim. Ele lhes disse tudo, voluntariamente, antes de o matarem. Fez isso para que seu nome nunca mais fosse esquecido.

\* \* \*

A madrugada brilhava sobre as pequenas colinas da Beócia; as urzes e o cerrado queimavam com o verão, dispersados nos penedos escuros e cascalhentos. Escuros e cor de ferrugem como as urzes. Curtidos como as pedras, eriçados como espinheiros, os homens andavam pelas colinas em direção à planície. Desciam pelas encostas e agrupavam-se no vale do rio; uma enchente que aumentava, mas continuava a correr, constantemente.

Ao longo das encostas mais uniformes, a cavalaria chegava cautelosa sobre cascos sem ferraduras. Os cavalos emitiam um rumor abafado ao abrir caminho entre as urzes, costas nuas presas entre as coxas nuas dos homens. Eram as armaduras deles que tilintavam.

O céu clareou, embora o sol ainda estivesse atrás da cordilheira do Parnaso, a leste. O vale, cavado por torrentes primevas e leito coberto de lodo, começava a ficar mais plano e amplo. Ao longo dele borbulhava entre as pedras, em seu leito de verão, o rio Cefiso. A leste, logo abaixo nas encostas em terraços, com suas casas de um rosa desbotado ainda cor de malva por causa das sombras, ficava a aldeia de Queroneia.

A torrente de homens ficou mais lenta, parou e dispersou-se para os lados sobre a planície. Adiante deles estendia-se um dique. Sua grossa fila encrespava-se e brilhava aos primeiros raios de sol um dique feito de homens.

Entre eles, o espaço dos campos inocentes nutridos pelo rio. Os restolhos de cevada cortada em torno das oliveiras ostentavam belas papoulas e ervilhacas. Ouviam-se galos cantando, gado mugindo e ovelhas balindo, gritos agudos de meninos e mulheres tangendo os rebanhos colinas acima. A torrente e o dique aguardavam.

Na larga garganta do passo, o exército do Norte acampava ao longo do rio. A cavalaria seguia torrente abaixo, para molhar seus cavalos sem estragar a água para os demais. Os homens desamarravam suas taças dos cintos e tiravam o alimento para a refeição do meio-dia; bolos achatados cozidos na chapa, uma maçã ou uma cebola, uma migalha de sal sujo do fundo da bolsa.

Os oficiais olharam ao redor procurando por lanças ou dardos malcuidados, e testavam o moral das tropas. Viram que havia uma tensão saudável, como arcos retesados; os homens sentiam que aconteceria algo a qualquer momento. Eram trinta mil a pé, dois mil a cavalo; os inimigos à frente eram equivalentes; seria a maior batalha da vidas deles até então. Estavam conscientes, também, dos homens que conheciam — o capitão que era o escudeiro em sua terra natal, o vizinho da aldeia, os companheiros de tribo e parentesco que relatariam depois sua honra, ou seu opróbio.

Pela tarde, o longo comboio de bagagem desceu com dificuldade carregando tendas e camas. Podiam dormir, exceto os postos avançados; o rei mantinha todos os passos dos flancos, sua posição não podia ser mudada. O exército adiante só podia sentar-se e aguardar sua vontade.

Alexandre cavalgou até a carroça de bois com as tendas reais e disse:
— Ponham a minha ali.

Um carvalho formava sombra junto do rio; debaixo da margem havia uma piscina límpida. Seus criados disseram que isso os pouparia de carregar água. Ele gostava de tomar seu banho não apenas depois de uma batalha, mas, se pudesse, também antes dela. Um resmungão comentou que ele seria vaidoso mesmo morto.

O rei sentou-se em sua tenda para dar audiência aos beócios, ansiosos por contar-lhe tudo o que sabiam sobre os planos do inimigo. Os tebanos os tinham oprimido; os atenienses, seus aliados por juramento, acabavam de vendê-los publicamente aos tebanos; não tinham muito mais a perder se dessem um salto no escuro. Ele os recebeu, com simpatia, escutou todas as suas antigas queixas, prometeu compensações e tomou notas, pessoalmente, de tudo o que lhe disseram. Antes do anoitecer, cavalgou até o topo da montanha para ver, com Alexandre, Parmênion e o próximo no comando, um senhor macedônio chamado Átalo. A cavalaria da Guarda Real, sob o comando de Pausânias, os seguia.

Abaixo deles estendia-se a planície que um velho poeta denominara "pista de danças da guerra", onde tantas vezes haviam se encontrado ali os exércitos. As tropas confederadas espalhavam-se do rio ao sopé das colinas ao sul, uma frente de cerca de dois quilômetros e meio. A fumaça de suas fogueiras noturnas erguia aqui e ali uma labareda. Ainda não formavam uma linha de batalha, mas amontoavam-se como aves de diferentes espécies separados por cidade e Estado. Sua ala esquerda, que enfrentaria a ala macedônica direita, baseava-se firmemente no solo que se alteava. Filipe estreitou seu olho bom e observou.

— Os atenienses. Bom, tenho de tirá-los dali. O velho Fócio, seu único general que presta, recebeu a marinha; era esperto demais para agradar a Demóstenes. Mandaram Cares, que luta segundo as regras... Hum, sim; tenho de fingir um belo ataque antes de começar a recuar. Vão engolir a coisa do velho general que esconde suas perdas. — Inclinou-se com um sorriso e agarrou o ombro de Alexandre. — Isso não serviria para o Pequeno Rei.

Alexandre franziu a testa. Devolveu o sorriso e voltou a observar a longa fila de homens lá embaixo, como um engenheiro que, precisando desviar um rio, analisa uma rocha que o obstrui. Átalo, alto e de rosto magro, com sua barba amarela bipartida e olhos azuis pálidos, aproximou seu cavalo, mas logo recuou em silêncio.

— Então — disse Alexandre —, no centro temos de tudo; coríntios, aqueus, e assim por diante. Na direita...

— O alto comando. Para você, meu filho, os tebanos. Como vê, não estraguei o seu prato.

O rio brilhava à luz do céu claro, entre álamos pontiagudos e planícies sombreadas. Ao lado, em desenhos organizados, as figueiras tebanas de vigia desabrochavam em labaredas. Alexandre olhava fixo, profundamente concentrado; por um momento imaginou rostos humanos nessa fogueira distante; depois fundiram-se num grande desenho. *E todos os portões se abriram, e os guerreiros vieram numa torrente. A cavalo e a pé, e ressoava o alarido do ataque.*

— Acorde, rapaz — disse Filipe. — Vimos tudo de que precisávamos; quero meu jantar.

Parmênion sempre comia com eles; nessa noite foi Átalo, recentemente chegado da Fócida. Alexandre viu com desconforto que Pausânias estava de guarda; aqueles dois juntos num quarto sempre o deixavam alerta. Saudou Pausânias com especial afeto.

Fora Átalo, amigo e parente do rival morto, que planejara a obscena vingança. Para Alexandre era um mistério por que Pausânias, homem a quem não faltava coragem, teria procurado o rei exigindo vingança, em vez de fazer isso com as próprias mãos. Será que procurava um sinal da lealdade de Filipe? Havia muito tempo, antes da mudança, ele tivera uma espécie de beleza arcaica que poderia ter despertado aquele arrogante amor homérico, mas Átalo era chefe de um clã poderoso, bom amigo do rei e útil; a perda do rapaz morto fora amarga também. Pausânias fora persuadido e sua honra recompensada com alto cargo. Seis anos tinham se passado; ele passou a rir com mais frequência, falava mais, era uma presença mais leve, até Átalo tornar-se general. Agora, mais uma vez, ele nunca olhava ninguém nos olhos, e para ele, dez palavras eram um longo discurso. *Papai não devia ter feito isso. Parece uma recompensa. As pessoas já comentam...*

Seu pai falava da iminente batalha. Alexandre organizou seus pensamentos; mas ficara um vestígio de comida estragada.

Alexandre banhou-se na piscina de pedras e deitou-se na cama, repassando mentalmente o plano de batalha, ponto a ponto. Não esquecera nada. Levantou-se, vestiu-se, caminhou em silêncio entre as fogueiras de vigília até chegar à tenda que Heféstion dividia com outros dois ou três homens. Antes de ele tocar o pano, Heféstion já se levantara em silêncio, jogara o manto no corpo e saíra. Pararam um momento para conversar, depois voltaram para suas camas. Alexandre dormiu bem até a vigília matinal.

\* \* \*

Ressoou o alarido do ataque.

Sobre os tocos de vinhas e em torno das oliveiras, rompendo entre vinhedos semicolhidos quando os trabalhadores fugiam, esmagando as estacas e transformando as uvas num vinho sangrento, a massa de homens agitados misturava-se e fervilhava, avolumava-se e explodia como bolhas, erguendo e baixando como fermento. O ruído era ensurdecedor. Homens berravam uns com os outros, com o inimigo ou com eles mesmos urravam em uma feroz agonia muito além do que se imaginava que a carne pudesse sentir. Escudos chocavam-se, cavalos guinchavam; cada tropa dos confederados berrava suas próprias canções de batalha a plenos pulmões. Oficiais gritavam ordens, trombetas soavam. Por cima de tudo, pairava uma grande nuvem de poeira sufocante cor de ferrugem.

À esquerda, onde os atenienses mantinham-se ao sopé das montanhas que formavam a âncora dos confederados, os macedônios arrastavam seus longos aríetes de baixo para cima, as pontas de três fileiras formando uma linha de armas eriçadas como porco-espinho. Os atenienses os recebiam com seus escudos quando podiam; os mais bravos passavam entre elas brandindo sua lança curta ou cortando com sua espada, às vezes sendo dominados, outras abrindo a linha. Ao longo do flanco distante, sentava-se Filipe em seu forte cavalo de batalha, mensageiros ao lado, esperando; todos os seus homens sabiam o que esperavam. Esforçavam-se para manter a linha como se o fracasso os fosse matar de vergonha. Embora houvesse por toda parte uma imensa algazarra, entre eles era menor; tinham dito que escutassem a palavra.

No centro, a longa frente inclinava-se para a frente e para trás. As tropas confederadas, estrangeiros para seus vizinhos, por vezes rivais, partilhavam do conhecimento comum de que onde a linha se rompesse, entrariam a desgraça e a morte. Homens feridos lutavam até que, com sorte, os escudos se fechassem diante deles; ou caíam, e eram pisoteados por homens que não podiam baixar a guarda nem se deter. Aquela massa quente revolvia-se na poeira ardente, suando, grunhindo, praguejando, esquartejando, furando, gemendo e retorcendo-se. Onde a pedra se erguia no chão, a massa se amontoava ao seu redor como espuma do mar e baixava com esguichos rubros.

No extremo norte, onde o rio guardava seu flanco, estendia-se como um colar de contas a linha fechada de escudos da Confederação Sagrada de Tebas. Agora em ação, os pares eram fundidos numa só barreira, o escudo de cada homem escondendo o homem à esquerda. O mais velho de cada par, o *erastes*, guardava a direita, o lado da lança; o mais jovem dos dois, o *eromenos*, o lado do escudo. A direita era o lado da honra, para um cadáver ou um homem; embora o jovem pudesse ser mais forte, jamais pediria ao amigo que cedesse o lugar. Tudo isso era governado por leis antiquíssimas. Ali havia amantes recentes, cumprindo sua provação; e pares que fizeram parte da tropa por dez anos, pais de família respeitáveis, amantes da justiça e da camaradagem. A Liga era famosa demais para que se renunciasse a ela por um sonho efêmero. Seus votos, de toda uma vida, eram votos de batalha. Mesmo na poeira, tudo brilhava. Os capacetes beócios de bronze e os escudos redondos com beiradas trabalhadas tinham sido polidos para cintilar como ouro. Suas armas eram lanças de quase dois metros, com lâminas de ferro e espadas curtas ainda embainhadas, intactas.

Parmênion, cuja falange ficava de frente para eles, fazia o que podia para mantê-los. Aqui e ali davam um grande avanço, e podiam ter ido adiante, mas não o fizeram por medo de perder contato com os aqueus próximos a eles na linha. Eram habilidosos e ágeis como armas velhas que um homem tateia no escuro. *Depressa, Filipe; esses camaradas estiveram na escola. Espero que você saiba o que pretende que seu filho faça. Espero que ele tenha força para isso.*

Atrás da falange laboriosa, fora do alcance dos arcos, a cavalaria esperava.

Estavam amontoados numa grossa coluna, com uma cabeça afunilada, como um projétil de catapulta, cujo objetivo era um único homem a cavalo.

Os animais agitavam-se com o barulho, com o odor de sangue que o vento trazia e a tensão nos corpos de seus cavaleiros; bufavam por causa da poeira que lhes fazia cócegas nas narinas. Os homens falavam com os vizinhos ou chamavam os amigos, censuravam ou acariciavam os cavalos, esforçando-se para enxergar por entre a nuvem de poeira de três metros o curso da batalha. Deviam atacar a linha de hoplitas, pesadelo de todo cavaleiro. Cavalaria contra cavalaria, o outro homem podia cair tão facilmente quando empurrado pela lança ou perder o equilíbrio; poderia estar fora do movimento estratégico e ser talhado com o sabre, mas correr em direção a lanças firmemente apontadas era contra a natureza de um cavalo. Os homens apalpavam os peitorais dos animais certificando-se do medicamento escondido. Os Companheiros conferiam seu próprio equipamento, mas estavam contentes de terem dado ouvidos ao Menino.

O cavaleiro da frente tirou uma mosca da pálpebra do seu cavalo, sentindo com as coxas a força dele, sabendo da fúria iminente do avanço com sua verdade implícita, sua cumplicidade animal. *Sim, sim; nós iremos quando eu disser "vamos, é chegada a hora". Lembre-se de quem somos.*

Heféstion, na fileira seguinte, apalpou o cinto da espada; deveria ficar mais apertado, fazer um outro furo? Não, nada o deixava tão zangado quanto um homem arrumando suas coisas na linha. *Tenho de alcançá-lo antes que ele chegue lá. Está vermelho. Muitas vezes fica assim antes da ação. Nunca diz se é febre. Dois dias esteve assim antes que o forte caísse, e nenhuma palavra; eu podia ter trazido água a mais. Passei uma bela noite.*

Um mensageiro passou a cavalo pelos tocos de vinhas empoeirados e esmagados saudando Alexandre em nome do rei. A mensagem correu de boca em boca: "Estão engolindo a isca. Esteja preparado".

No alto da colina, acima da aldeia de Queroneia, banhada de uma tonalidade rosada, na décima fileira da força ateniense, Demóstenes estava parado com seu regimento tribal. Os jovens fechavam a frente; logo atrás, os mais fortes de meia-idade. Toda a linha estava tensa e agitada, como o corpo de um só homem quando só seu braço direito faz algum enorme esforço. O dia estava esquentando. Era como se estivessem parados e oscilantes olhando para baixo fixamente, horas a fio. O suspense doía-lhe como um dente careado. À frente, homens caíam, lanças enfiadas nas entranhas ou no peito; o choque dos golpes parecia varar as grossas fileiras, até ali onde ele estava. Quantos já tinham caído? Quantas fileiras faltavam para chegar até onde estava? *Eu nem deveria estar aqui, estou fazendo mal à cidade, arriscando-me numa guerra.* Aquela moenda esmagadora avançou, progredindo em pouco tempo; sem dúvida, o inimigo cedia terreno. Havia ainda nove fileiras entre ele e os longos aríetes; e sua linha estava oscilante. *Não ignorais, homem de Atenas, que carreguei escudo e lança no campo da Queroneia sem levar em consideração minha vida e meus interesses próprios, embora alguns pudessem julgá-los importantes, e, na verdade, vós talvez me censurásseis por arriscar-me em favor de seu bem-estar...* Um grito de dor, sufocado, veio da fileira da frente, que fora a segunda. *Homens de Atenas...*

O ruído da batalha mudou. Um berro exultante correu como fogo pela multidão. Ela começou a mover-se já não em trabalhosos avanços, mas como um deslizamento de terra que se acumulava. O inimigo recuava! As glórias de Maratona, Salamina, Plateia, lampejaram diante dos olhos dele. Homens na frente berravam: "Pela Macedônia!". Ele começou a correr com os demais, gritando em uma voz aguda e forte: "Peguem Filipe! Peguem-no vivo!". Ele poderia ser arrastado em correntes pela Ágora; depois disso, fariam-no falar o nome de todos os traidores. Haveria uma nova estátua na Acrópole, perto de Harmódio e Aristogíton: DEMÓSTENES, O LIBERTADOR. Gritou para que os que estavam na frente pudessem correr mais depressa: "Pela Macedônia! Peguem-no vivo!".

Na pressa de estar ali e ver tudo, ele quase tropeçou sobre corpos de jovens que tinham tombado na linha de frente.

Teágenes, o tebano, comandante-chefe do exército confederado, apressava seu cavalo atrás das linhas de batalha em direção ao centro. A longa frente fermentava em gritos, com o boato deturpado demais para ser útil. Ali finalmente vinha um de seus dois mensageiros. Os macedônios realmente estavam recuando, relatou ele.

*Como?*, perguntou Teágenes. *Em desordem?* Em ordem, mas bastante depressa. Já tinham se afastado das colinas, com os atenienses atrás. Atrás deles? *O quê?* Tinham deixado seu posto, sem ordens? Bem, com ordens ou não, já estavam na planície; e perseguiam agora o próprio rei.

Praguejando, Teágenes socou a coxa. Filipe! Os idiotas, os burros, cheios de vanglória, bobos atenienses. O que acontecera com a linha lá no alto? Devia haver uma lacuna do comprimento de um hipódromo. Ele enviou o mensageiro com ordens de que a preenchessem a qualquer custo e cobrissem o flanco. Nenhum sinal, em qualquer outra parte, do inimigo recuando; estavam lutando mais do que nunca.

O líder dos coríntios recebeu a ordem. Seria melhor guardar o flanco do que subir no terreno íngreme onde os atenienses tinham estado? Os aqueus, sentindo-se desprotegidos, espalharam-se em direção aos coríntios. Teágenes avançou com suas próprias tropas. Esses falastrões atenienses veriam o que são soldados de verdade. Em seu lugar de honra na ala direita, a Sagrada Confederação mudava a ordem; rapidamente, quando se moviam, mostravam-se aos pares.

Teágenes olhou a longa cadeia de homens movendo-se, agora frouxa num extremo, e por toda parte mais frágil. Diante dele, a retaguarda do inimigo estava obscurecida por um mar de aríetes, da altura de uma árvore; fileiras não engajadas sustentavam-nas bem no alto, para segurança dos da frente. Com isso, mais a nuvem de pó, não se podia ver nada. Um pensamento o feriu como um soco no estômago. Nenhuma palavra sobre o jovem Alexandre. Onde estava ele? Na guarnição na Fócida? Mourejando na linha, sem ser notado? Sim, quando o ferro flutuasse. Então, onde estaria ele?

Houve uma trégua na batalha à sua frente, quase uma quietude, depois do barulho, a pesada incerteza antes de um terremoto. Depois, uma falange eriçada lançou-se de lado laboriosamente, mas flexível, como uma imensa porta.

E ficou aberta. Os tebanos não saíram por ela; esperaram pelo que iria entrar ali. A Confederação Sagrada, voltando face a face antes de fechar a linha de escudos e posicionar as lanças, exibiu-se em pares, derradeiramente.

No restolhal entre as papoulas esmagadas, Alexandre ergueu o braço com a espada e berrou as notas do peã.

Vigorosa e uniforme, a voz treinada por Epícrates baixou sobre o enorme quadrado de cavaleiros. Estes continuaram o peã, que, nessa passagem, perdeu o som de palavras, ressoando como o clamor feroz de uma nuvem de gaviões em revoada. Instigou os cavalos mais do que esporas. Antes de os avistarem, os tebanos sentiram seu trovejar na terra.

\* \* \*

Observando seus homens como um pastor numa trilha de montanha, Filipe aguardava notícias.

Os macedônios recuavam cautelosa, sombriamente, lutando por cada milímetro de terra. Filipe cavalgava por ali, dirigindo sua retirada exatamente para onde ela deveria ir. *Quem acreditaria nisso?*, pensava. Se Epícrates fosse vivo, ou Cábrias... Mas seus oradores agora nomeavam os generais. Tão cedo, tão cedo! Uma geração, apenas... Ele protegeu os olhos para observar a linha. O ataque começara, ele não soube mais que isso.

*Bem, ele está vivo; se tombasse, a notícia voaria mais depressa do que um pássaro. Maldita perna. Eu gostaria de caminhar entre meus homens, estão habituados a isso. Toda a vida fui lanceiro. Nunca imaginei que geraria um general de cavalaria. Bem, o martelo ainda precisa da bigorna. Se ele consegue produzir uma retirada em luta planejada como esta... Entendia do seu ofício.* Tudo muito bem, mas só pela metade ali presente, ele tinha aquele olhar da mãe.

O pensamento mudou para imagens misturadas, como um novelo de serpentes. Ele viu a cabeça altiva deitada no sangue, o luto da sepultura em Aigai, a escolha de um novo herdeiro; o rosto de idiota de Arrideu, retorcido. Eu estava bêbado quando o gerei; Ptolomeu, tarde demais para reconhecê-lo, eu era um menino, o que podia fazer?... O que são 44 anos, ainda tenho boa semente dentro de mim. Um rapaz atarracado de cabelo preto correu até ele chamando "pai!".

Soaram gritos que se aproximavam, orientando um cavaleiro até onde estava o rei.

— Ele passou, senhor. Rompeu a linha. Os tebanos estão resistindo; mas, isolados do lado do rio; a ala direita enrolou-se. Não falei com ele, mas pediu que eu cavalgasse direto até o senhor quando visse isso, porque o senhor estava esperando essa mensagem, mas eu o vi na frente, vi sua pluma branca.

— Graças aos deuses. Quem traz tais notícias merece alguma coisa. Procure-me depois.

Ele convocou os trombeteiros. Por um momento, como um bom fazendeiro em tempo de colheita, observou o campo e a lavoura madura por seus bons cuidados, como deveria ser. Sua reserva de cavalaria aparecera nas colinas antes que os coríntios pudessem comandá-los. Sua infantaria em retirada espalhara-se na forma de uma lâmina de foice. Fechados em sua curva estavam os atenienses jubilantes.

Então, ele deu ordem de ataque.

\* \* \*

O grupo de jovens ainda resistia. Tinham encontrado um curral de ovelhas quase na altura do peito, mas os aríetes golpeavam por cima. Na imundície do chão, ajoelhava-se um rapazinho de dezoito anos, agarrando seu olho que rolava rosto abaixo.

— Temos de sair daqui — disse o mais velho no centro, insistente. — Seremos mortos. Veja, você pode ver, olhe ao seu redor.

— Vamos ficar aqui — disse o rapaz que assumira o comando. — Se quiser ir, não notaremos a diferença.

— Por que jogar fora nossa vida, que pertence à cidade? Deveríamos voltar e dedicar nossa vida à restauração de Atenas.

— Bárbaros! Bárbaros! — berrou o jovem para as tropas do lado de fora.

Responderam com o mesmo rude grito de guerra. Quando teve tempo, ele disse ao mais velho:

— Restaurar Atenas? Prefiro perecer com ela. Filipe vai tirá-la da face da terra. Demóstenes sempre soube disso.

— Nada é certo, pode-se negociar... Olhe, eles quase nos sitiaram. Vocês estão loucos desperdiçando nossa vida?

— Nem escravidão, mas aniquilamento... é o que Demóstenes dizia. Eu estava lá, eu ouvi.

Um aríete, avançando da compacta massa de atacantes, pegou-o debaixo do queixo e foi rasgando sua boca até a base do crânio.

— Isso é loucura, é loucura — disse o homem de meia-idade. — Não participo mais disso. — Largando escudo e lança, ele saltou sobre o muro. Um só homem, inerte, com braço quebrado, olhou quando ele também jogou seu elmo fora...

O restante continuou lutando até chegar um oficial macedônio, gritando que, ao se renderem, o rei pouparia suas vidas. Então baixaram as armas. Enquanto eram levados dali, entre mortos e moribundos espalhados por toda parte, para se reunirem ao rebanho de prisioneiros, um deles indagou aos demais:

— Quem era aquele homenzinho que fugiu, aquele a quem o pobre Éubio estava citando Demóstenes?

O do braço quebrado, que ficara calado bastante tempo, respondeu:

— Aquele era Demóstenes.

\* \* \*

Os prisioneiros eram vigiados, os feridos, removidos sob proteção, começando pelos vitoriosos. Isso levaria horas, e muitos estariam ali ainda ao anoitecer. Os derrotados jaziam indefesos à mercê de quem os encontrasse, para bem ou mal; muitos, não sendo achados, estariam entre os mortos no dia seguinte. Entre os mortos também havia precedência. Os conquistadores jazeriam até suas cidades os solicitarem; os corpos requeridos e garantidos eram uma admissão formal de que os vencedores eram os donos do campo.

Filipe e sua equipe cavalgaram pela longa praia coberta de destroços da batalha, do sul ao norte. Os gemidos dos moribundos soavam em lufadas intermitentes, como o vento nas altas florestas da Macedônia. Pai e filho pouco disseram; às vezes um marco da batalha provocaria uma indagação; Filipe tentava entender o evento em sua totalidade. Alexandre estivera com Hércules; levava tempo voltar daquela possessão. Fazia o possível para dar atenção ao pai, que o abraçou quando se encontraram dizendo tudo o que era adequado.

Finalmente chegaram ao rio. Ali, junto da sua praia, não havia dispersão entre os mortos apanhados em fuga. Jaziam compactos com olhos fixos em algum ponto externo, exceto para onde o rio por um tempo guardara suas costas. Filipe olhou os escudos ornamentados e disse para Alexandre:

— Você esteve aqui?

— Sim. Entre eles e os aqueus. Os aqueus aguentaram bem, mas estes aqui foram mais resistentes à morte.

— Pausânias — chamou Filipe. — Conte-os.

— Não é preciso — disse Alexandre.

A contagem levou tempo. Muitos estavam soterrados debaixo dos macedônios que haviam matado, e precisavam ser desvencilhados deles. Eram trezentos. Toda a Confederação estava ali.

— Pedi-lhes que cedessem — disse Alexandre. — Eles responderam que não conheciam essa palavra; achavam que era macedônia.

Filipe balançou a cabeça afirmativamente e mergulhou de novo em seus pensamentos. Um dos guarda-costas que fizera a contagem, um homem que apreciava sua própria inteligência, virou um dos corpos em cima de outro e fez uma piada obscena.

— Deixe-os em paz — disse Filipe em voz alta. As risadinhas inseguras morreram. — Pereça o homem que disse que eles faziam ou eram qualquer coisa indigna.

Girou seu cavalo, seguido por Alexandre. Sem que nenhum deles o visse, Pausânias virou-se e cuspiu no cadáver mais próximo.

— Bem — disse Filipe —, o trabalho deste dia foi cumprido. Acho que merecemos uma bebida.

\* \* \*

Fazia uma bela noite. As abas da tenda real foram abertas; mesas e bancos iam até lá fora. Todos os principais oficiais estavam ali, velhos amigos e hóspedes, chefes tribais e vários delegados aliados que tinham seguido a campanha.

Primeiro, o vinho foi preparado com água, porque as pessoas estavam sedentas; quando a sede diminuiu, serviram-no puro. Todos os que se sentiam felizes ou achavam bom, iniciavam uma nova rodada de brindes e homenageavam o rei.

Ao ritmo de velhas canções macedônicas entoadas quando bebiam, os convidados começaram a bater palmas, bater nas coxas ou nas mesas. Tinham a cabeça coroada com guirlandas dos vinhedos quebrados. Depois do terceiro coro, Filipe levantou-se e proclamou um *komos*.

Formou-se uma linha irregular. Todos os que podiam pegaram uma tocha, balançavam-na. Os que estavam tontos apoiavam-se no ombro do homem ao lado. Cambaleando e mancando, Filipe arrastava-se na frente da linha, de braço dado com Parmênion. Seu rosto brilhava, vermelho na luz tremeluzente das tochas, a pálpebra do olho morto caída, ele berrava a canção como ordens de batalha. A verdade do vinho brilhou para ele, mostrando a vastidão de suas façanhas; os longos planos tinham acabado, a visão do poder, a queda do inimigo. Livre das cuidadosas elegâncias sulinas, como de um manto incômodo, unido em alma com seus antepassados montanheses e ancestrais nômades, ele era agora um chefe macedônico festejando com seus companheiros de clã depois da maior de todas as roubalheiras além da fronteira.

A canção o inspirou.

— Ouçam! — berrava. — Escutem isso!

> *Demóstenes ordena!*
> *Demóstenes ordena!*
> *Demóstenes da Peônia,*
> *Filho de Demóstenes,*
> *Viva Baco! Viva Baco!*
> *Demóstenes ordena!*

Isso espalhou-se pela linha como fogo de rastilho. Era fácil de aprender, e mais ainda de cantar. Em clamores ritmados, o *komos* espalhou-se através da noite enluarada até os campos dos olivais junto do rio. Um pouco abaixo, na torrente, onde não contaminariam a água dos vencedores, estavam os prisioneiros. Acordados pelo ruído de seu sono exausto ou de suas solitárias reflexões, os homens amargurados e exauridos levantaram fitando-se calados ou trocando olhares. As tochas iluminavam fileiras de olhos silenciosos.

Perto do fim do *komos*, entre os jovens, Heféstion escapou dos braços do seu festivo vizinho e atravessou a sombra das oliveiras, procurando e esperando. Ficou perto do *komos* até ver Alexandre afastar-se dele; Alexandre olhou ao redor, sabendo que Heféstion estaria ali.

Ficaram debaixo de uma árvore velha de tronco retorcido, compacto como o corpo de um cavalo. Heféstion tocou-a:

— Alguém me disse que elas vivem até mil anos.

— Esta terá algo para lembrar — disse Alexandre. Apalpou a fronte, tirou a coroa de vinhas e esmagou-a sob o calcanhar. Estava totalmente sóbrio. Heféstion estava bêbado quando o *komos* iniciara, mas logo ficou lúcido.

Seguiram juntos. As luzes e ruídos ainda envolviam os prisioneiros. Alexandre caminhava resoluto em direção ao rio. Abriam caminho entre lanças, aríetes e dardos quebrados, rodeando cavalos e homens mortos. Finalmente, Alexandre parou junto à margem, conforme Heféstion previra.

Ninguém ainda despira os corpos. Os escudos brilhantes, troféus dos vencedores, brilhavam ao luar. Ali o cheiro de sangue era mais forte, homens que deixaram de lutar. O rio chapinhava brandamente entre as pedras.

Um corpo jazia isolado, rosto voltado para baixo, pés em direção ao rio; um rapaz de cabelo escuro e crespo. Sua mão morta ainda segurava o elmo que estava a seu lado, virado, cheio de água que não caíra porque ele rastejara ao morrer. Um rastro de sangue delineava o caminho que o ligava à pilha de mortos adiante. Alexandre pegou o elmo, carregou a água com cuidado e seguiu a trilha de sangue até o fim. Aquele homem também era jovem; seu sangue formava uma larga poça, pois a safena em sua coxa fora seccionada. Sua boca aberta revelava a língua seca. Alexandre inclinou-se, com a água pronta, e tocou nele, largando depois o elmo.

— O outro já estava rígido, mas este aqui mal esfriou. Teve uma longa espera.

— Mas certamente soube por quê — disse Heféstion.

Um pouco adiante, dois corpos estavam cruzados, um por cima do outro, ambos voltados para cima, onde estivera seu inimigo. O mais velho era um homem forte, de barba bem aparada; o mais jovem, sobre quem ele tombara ao morrer, fora decapitado. De um lado, o crânio exposto; um golpe de sabre de cavalaria, de cima para baixo, fendera seu rosto, exibindo os dentes. Do outro lado ainda se entrevia a beleza que ali existiu.

Alexandre ajoelhou-se e recolocou o naco de carne como quem ajeita um traje. Ela aderiu, grudenta de sangue. Ele se virou, olhou para Heféstion e disse:

— Fui eu quem fez isso, eu me lembro. Ele tentou trespassar o pescoço de Bucéfalo com a lança. Fui eu que fiz isso.

— Ele não deveria ter perdido o elmo. Provavelmente a tira do queixo era fraca.

— Não me lembro do outro.

O jovem fora trespassado pela lança, ao virar o corpo para trás na urgência da batalha, dilacerando-lhe. Seu rosto contorcia-se em agonia; ele morrera consciente.

— Eu me lembro dele — disse Heféstion. — Avançou sobre você depois que golpeou o primeiro. Suas mãos já estavam bastante ocupadas, por isso eu o matei.

Houve silêncio. Rãs coaxavam nas partes rasas do rio. Um pássaro noturno cantou um canto suave. Atrás deles, ressoava o canto difuso do *komos*.

— É a guerra — disse Heféstion. — Eles fariam o mesmo conosco.

— Ah, sim. Sim, isso depende dos deuses.

Ele se ajoelhou junto dos dois corpos e tentou compor seus membros; mas estavam duros como madeira, e quando fechou suas pálpebras, abriram-se de novo. Finalmente ele arrastou o corpo do homem até depositá-lo junto ao do adolescente, com um braço rígido por cima dele. Tirando o manto do ombro, estendeu-o de modo que os dois rostos ficassem cobertos.

— Alexandre, acho que você deveria voltar ao *komos*. O rei deve estar sentindo sua falta.

— Cleito sabe cantar muito mais alto que eu. — Ele olhou ao redor, vendo as figuras imóveis, o sangue seco enegrecido pelo luar, o brilho tênue do bronze. — É melhor estar aqui, entre amigos.

— Mas é bom você ser visto. É um *komos* de vitória. Você foi o primeiro a atravessar a fronteira. Ele esperava por isso.

— Todo mundo sabe o que eu fiz. Só existe uma honra que eu desejo esta noite; que alguém diga que eu não estava *ali*. — Apontou para a luz das tochas que oscilava.

— Então venha — disse Heféstion.

Desceram até a água, lavaram o sangue das mãos. Heféstion afrouxou o manto do ombro e enrolou-se nele junto com Alexandre. Caminharam pela beira do rio até a sombra dos salgueiros nutridos pelas torrentes.

\* \* \*

Filipe terminou a noite sóbrio. Quando dançava diante dos prisioneiros, um certo Dêmades, eupátrida ateniense, dissera-lhe com calma e dignidade:

— Quando a sorte fez de você um Agamemnon, rei, não se envergonha de bancar Tersites?

Filipe não estava bêbado o bastante para não sentir, nessa grosseria, uma censura de grego para grego. Interrompeu o *komos*, mandou que dessem banho em Dêmades, além de roupas limpas, serviu-lhe o jantar em sua tenda, e, no dia seguinte, mandou-o de volta a Atenas, como enviado. Mesmo bêbado, Filipe enxergara bem; o homem era do grupo de Fócio, que trabalhara pela paz, mas obedecera à convocação para a guerra. As condições do rei foram enviadas a Atenas por ele. Foram proclamadas diante de uma Assembleia em um silêncio atônito, de alívio incrédulo.

Atenas deveria reconhecer a hegemonia da Macedônia; até então prevaleciam as condições de Esparta de sessenta anos antes, mas os espartanos tinham cortado a garganta de todos os seus prisioneiros no rio da Cabra — cerca de três mil homens —, derrubado as longas muralhas ao som de flautas e instaurado uma tirania. Filipe libertaria seus prisioneiros sem resgate; não prosseguiria Ática adentro e deixaria que escolhessem sua própria forma de governo.

Aceitaram; e receberiam na forma devida os ossos de seus mortos, que foram incinerados em uma pira comum, pois não podiam esperar os dias do tratado de paz. Era uma enorme pira; parte das tropas a provera o dia todo com achas de lenha, outra com cadáveres; a fumaça ergueu-se da aurora ao crepúsculo, e eles ficaram esgotados. Havia mais de mil homens a serem queimados. As cinzas e os ossos calcinados foram colocados em arcas de carvalho, aguardando um cortejo solene.

Tebas, despojada e desamparada, rendera-se sem condições. Atenas fora uma adversária aberta; mas Tebas, uma aliada desleal. Filipe colocou guarnições em sua cidadela, matou ou destronou seus líderes antimacedônicos e libertou os beócios de sua lei. Não havendo negociações, os cadáveres foram rapidamente reunidos. A Confederação recebeu o direito dos heróis, de uma tumba comum, e permaneceu unida; acima deles, o Leão da Queroneia sentou-se para sua longa vigília.

Quando seus enviados voltaram de Atenas, Filipe contou aos prisioneiros atenienses que eram livres para partir, e foi almoçar. Estava comendo em sua tenda, quando um oficial mais velho pediu permissão para entrar. Estava encarregado de despachar o comboio.

— Sim? — disse Filipe. — O que foi?

— Senhor, estão pedindo a bagagem.

Filipe largou seu pão molhado de sopa.

— Estão pedindo o *quê*?

— Os utensílios de acampamento, as esteiras e coisas do gênero.

A boca e os olhos do macedônio escancararam-se. Filipe deu uma risada semelhante a um latido. Agarrou os braços de sua cadeira, sacudiu a barba negra.

— Será que pensam que nós os derrotamos numa brincadeira infantil? — vociferou. — Diga-lhes que desapareçam.

Quando escutou o êxodo resmungando, Alexandre disse:

— Por que não marchar adiante? Não precisávamos ter prejudicado a cidade; eles a teriam abandonado assim que você aparecesse.

Filipe sacudiu a cabeça.

— Não se pode ter certeza. E a Acrópole nunca se rendeu enquanto estava ocupada.

— Nunca? — disse Alexandre. Em seus olhos cintilou uma aspiração fantasiosa.

— E quando se rendeu, foi para Xerxes. Não, não.

— Não. É verdade. — Nenhum deles falara do *komos* ou da saída de Alexandre; e cada um apreciara a consideração do outro. — Mas fico imaginando por que você não mandou que pelo menos lhe entregassem Demóstenes.

Filipe passou o pão na travessa de sopa.

— Em lugar do homem ergueriam uma estátua de herói. O homem será mais verdadeiro quando vivo... Bem, Alexandre, você verá por si próprio, muito em breve. Eu o estou mandando como meu enviado para devolver os mortos deles.

Os olhos de Alexandre percorreram lentamente o local; por um momento pensara ser objeto de alguma brincadeira obscura. Nunca julgara possível que, tendo poupado Atenas de invasão e de ocupação, seu pai não cavalgasse pessoalmente cidade adentro como vencedor magnânimo para receber os agradecimentos. Seria vergonha pelo *komos*? Política? Poderia ser até esperança?

— Enviar você será um ato de civilidade — disse Filipe. — A minha presença seria julgada arrogante. Agora, eles têm *status* de aliados. Pode haver um momento mais adequado.

Sim, ainda era aquele sonho. Ele queria que os portões de dentro se abrissem. Quando tivesse vencido a guerra da Ásia e libertado as cidades, seria em Atenas, não como conquistador, mas como hóspede honrado, que ele realizaria a festa da vitória. E nunca vira isso.

— Muito bem, pai, eu irei.

Um momento depois, ele se lembrou de agradecer.

\* \* \*

Ele cavalgou entre as torres do Portal Dípilo, entrando em Cerâmico. Havia, de cada lado, tumbas dos grandes e dos nobres. Antigas pedras tumulares pintadas desbotavam-se com o tempo; nas novas, os cabelos dos enlutados ornamentavam as coroas funerárias murchas. Cavaleiros de mármore cavalgavam heroicos e nus, enquanto damas em repouso lembravam beleza; um soldado olhava fixamente o mar que guardava seus ossos. Eram pessoas quietas. Entre eles, a multidão viva e barulhenta agrupava-se para olhar.

Fora construído um pavilhão para guardar as ossadas até que a tumba ficasse pronta; foram trazidas do comboio de esquifes. Cavalgando entre os rostos obsequiosos, um lamento agudo levantou-se atrás dele; as mulheres jogavam-se sobre o catafalco, chorando os mortos. Bucéfalo retesou-se; de trás de uma tumba, alguém jogara um torrão de terra. Cavalo e cavaleiro conheciam situações piores, e nenhum se dignou a virar o rosto. *Se esteve na luta, amigo, isso não é digno de você; menos ainda, se não esteve, mas se você for uma mulher, eu compreendo.*

À frente dele, alteavam-se os penhascos íngremes da Acrópole, a noroeste. Seus olhos percorreram tudo, imaginando o que haveria em outros lugares. Alguém o solicitou para alguma função cívica; ele fez sinal de que aceitaria. Na estrada, um hoplita de mármore com armadura antiga apoiava-se na lança; Hermes, guia dos mortos, inclinava-se para dar a mão a uma criança; marido e mulher despediam-se; dois amigos apertavam-se as mãos sobre um altar, uma taça ao lado deles. Por toda parte, o Amor enfrentava a Necessidade, em silêncio. Ali não havia retórica. Não importava quem viesse depois, tinham sido aquelas pessoas quem construíram a cidade.

Levaram-no pela Ágora para ouvir discursos no Salão do Conselho. Por vezes, atrás na multidão, ele ouvia um grito, uma maldição; mas o partido da guerra, suas profecias frustradas, em geral o mantinham afastado. Demóstenes parecia ter evaporado no ar. Velhos hóspedes e defensores macedônios eram levados ao ataque; ele fez o melhor que pôde naqueles encontros desajeitados. Ali vinha Aisquines conduzindo tudo bem, mas disfarçando a defensiva. Filipe mostrara mais misericórdia que o partido da paz se atrevera a predizer; foram vencidos com a ignomínia de homens corretos demais. Os arruinados, os despojados, os observavam com olhos de Argos procurando um brilho de triunfo, e tinham certeza de que o encontrariam. Também vieram os mercenários de Filipe, alguns cautelosos, alguns servis; estes acharam o filho de Filipe cortês, mas pouco inteligente.

Ele comeu na casa de Dêmades, com poucos convidados de honra; a ocasião não era para festas, mas lembrava muito a Ática: uma elegância sóbria e ostentada, divãs e mesas cuja ornamentação tinha formas perfeitas em madeira lustrosa; taças de vinho de prata antiga, fina de tanto polir; atendimento informal e hábil, conversas que ninguém interrompia, sempre no mesmo tom de voz. Na Macedônia, a falta de ganância de Alexandre o diferenciava dos outros; mas ali, ele teve o cuidado de primeiro observar os demais.

No dia seguinte, na Acrópole, ele fez as oferendas aos deuses da cidade em louvor à paz. Lá estavam as glórias fabulosas, a altaneira Atenas da Vanguarda que guiava os navios com a ponta de sua lança — onde estava, Senhora, seu pai a proibiu de lutar, como fizera em Troia? Desta vez, você o obedeceu? Ali, no templo dela, estava a donzela de marfim de Fídias, em sua roupagem de pregas de ouro; aqui estavam os troféus e ofertas de cem anos. (Três gerações: apenas três!)

Ele fora criado no palácio de Arquelau; belas construções não eram novidade para ele. Alexandre falou sobre história, e mostraram-lhe a oliveira de Atenas que brotara do dia para a noite quando os persas a incendiaram. Também tinham levado embora as velhas estátuas dos liberadores, Harmódio e Aristogíton, para ornamentar Persépolis.

— Se pudermos trazê-las de volta — disse ele —, nós as devolveremos a vocês. Eram homens bravos e amigos fiéis.

Ninguém respondeu; a bizarrice macedônica era conhecida. Do parapeito, ele procurou o local onde os persas tinham escalado, e encontrou-o sem ajuda; parecera-lhe indelicado perguntar aos outros.

O partido da paz baixara um decreto de que, para reconhecer a clemência de Filipe, erigiriam uma estátua dele e de seu filho no Partenon. Posando para o escultor fazer seu esboço, pensou na imagem de seu pai postada ali, e imaginou quanto tempo levaria para que o modelo vivo a seguisse.

Perguntaram se queria mais alguma coisa; conhecer mais algum lugar antes de partir.

— Sim, a Academia. Aristóteles, meu tutor, estudou lá. Agora ele vive em Estagira; meu pai está reconstruindo a cidade e trouxe o povo de volta, mas eu gostaria de ver onde Platão ensinava.

Ao longo da estrada, estavam enterrados todos os grandes soldados de Atenas. Ele viu troféus de batalha, e suas perguntas atrasaram a cavalgada. Também ali homens mortos em combates famosos jaziam em tumbas fraternais. Estavam preparando um novo lugar; ele não perguntou para quem seria.

A estrada entrava por um bosque de antigas oliveiras, cujo capim alto e flores do campo estavam ressequidas por causa do outono. Perto do altar de Eros havia outro, onde se lia: EROS VINGADO. Ele pediu para contar a história. Disseram que um imigrante amara um belíssimo adolescente ateniense que jurara fazer loucuras por ele. O rapaz dissera: "Então salte do rochedo". Quando viu que o outro obedecera, jogou-se também.

— Agiu certo — disse Alexandre. — O que importa a origem de um homem? Importa o que ele é.

Mudaram de assunto, trocando olhares; era natural que o filho do presunçoso macedônio pensasse dessa maneira.

Espeusipo, que herdara a escola de Platão, morrera no ano anterior. Na fria e despojada casa branca que fora de Platão, Xenócrates, o novo líder, recebeu-o; um homem alto, de ossatura grande, cuja gravidade, diziam, abria o caminho à sua frente até mesmo na Ágora em dias de mercado. Encantado com a cortesia de um eminente mestre com um aluno promissor, Alexandre sentiu que o homem era inteligente, e prestou-lhe atenção. Falaram um pouco sobre os métodos de Aristóteles.

— Um homem precisa seguir a sua verdade — disse Xenócrates —, não importa aonde ela o leve. Penso que ela afastará Aristóteles de Platão, que o submeteu. Como ao por quê. Eu permaneço no encalço de Platão.

— Conhece alguma imagem dele?

Xenócrates levou-o à tumba de Platão, sombreada de murta, atrás de uma fonte dourada. Lá estava ele, sentado, um rolo de pergaminho na mão, cabeça oval clássica inclinada para a frente, presa em ombros pesados. Até o fim de seus dias, conservara o cabelo curto de atleta que usara na juventude. Sua barba era bem penteada; seu rosto apresentava sulcos verticais e horizontais; sob o peso dela emergiam os olhos imperturbáveis de um sobrevivente que não fugira de coisa alguma.

— Mas ele acreditava no bem. Tenho alguns de seus livros.

— Quanto ao bem — disse Xenócrates —, ele próprio foi prova disso. Sem isso, o homem não encontrará nenhum bem. Eu o conhecia muito, e estou contente por você o ter lido, mas ele sempre dizia que seus livros continham os ensinamentos de seu mestre, Sócrates; jamais haveria um livro de Platão, pois o que ele tinha a ensinar só podia ser aprendido como se acende o fogo, pelo toque da própria chama.

Alexandre fitou intensamente o rosto pensativo, como se fosse uma fortaleza numa rocha inexpugnável, mas o rochedo se foi, derrubado pelas torrentes do tempo, e jamais poderia ser conquistado.

— Ele tinha alguma doutrina secreta?

— Um segredo aberto. Você, que é soldado, só pode ensinar sua sabedoria a homens cujo corpo foi preparado para durezas e a mente, para resistir ao medo; não é assim? Então, a fagulha pode acender outra fagulha. Assim acontecia com ele.

Pensativo, lamentando, Xenócrates fitava o jovem que, sentindo as mesmas emoções, encarava o rosto de mármore. Alexandre cavalgou de volta entre os heróis mortos da cidade.

Estava prestes a trocar de roupa para o jantar, quando lhe anunciaram um homem que foi deixado sozinho com ele; uma pessoa bem-vestida, extrovertida, que dizia tê-lo conhecido no Salão do Conselho. Soubera que todos elogiavam a modéstia e moderação de Alexandre, tão adequadas à sua missão. Muitos lamentavam que, por respeito ao luto público, ele tivesse se negado os prazeres que a cidade tinha a oferecer. Seria uma lástima se não lhe dessem oportunidade de saboreá-los numa inocente privacidade.

— Eu tenho aí um menino... — E descreveu as virtudes de Ganimedes.

Alexandre ouviu-o sem interromper.

— O que quer dizer com isso de ter um menino? — perguntou, então.

— É seu filho?

— Senhor! Está brincando.

— Ou talvez seja seu amigo?

— Nada disso. Asseguro-lhe de que está inteiramente à sua disposição. Veja com seus próprios olhos. Custou-me duzentos estáteres.

Alexandre levantou-se.

— Não sei o que fiz para merecer o senhor nem sua mercadoria. Saia da minha frente.

O homem obedeceu, voltando, consternado, ao partido da paz, que desejara que o jovem levasse consigo lembranças agradáveis. Malditas histórias falsas! Agora, era tarde demais para oferecer-lhe uma mulher.

No dia seguinte, ele cavalgou para o Norte.

Pouco depois, os mortos de Queroneia foram trazidos para sua tumba comum na Estrada dos Heróis. O povo debateu quem devia falar os encômios fúnebres. Propuseram Aisquines e Dêmades, mas um tivera razão demais, outro sucesso demais; aos corações feridos na Assembleia pareciam pouco sinceros e presunçosos. Todos os olhares voltaram-se para o rosto devastado de Demóstenes. Derrota total, imensa vergonha, destruíram-no, por algum tempo, de qualquer rancor; as novas rugas em sua pele curtida eram de uma dor maior que o ódio. Era aquele em que todos podiam confiar, porque não se rejubilava quando eles estavam de luto. E escolheram-no para dizer o epitáfio.

\* \* \*

Todos os Estados gregos, menos Esparta, mandaram delegações para o Conselho de Corinto. Reconheceram Filipe como supremo senhor da guerra da Hélade contra os persas, para defesa. Nesse primeiro encontro, ele não pediu mais que isso. O resto seria consequência.

Filipe marchou para a fronteira da obstinada Esparta, depois mudou de ideia. Deixe o velho cão ficar em seu canil, pois não sairia dele; mas se acuado, teria morte dura. Filipe não queria ser o Xerxes de uma moderna Termópilas.

Corinto, cidade de Afrodite, estava mais disposta a agradar do que Atenas.

Rei e príncipe foram esplendidamente tratados. Alexandre teve tempo de subir a longa trilha até o Acrocorinto com Heféstion e avistar as grandes muralhas que, de baixo, pareciam estreitas como fitas em torno do cimo da montanha. Fazia um dia claro, e ele olhou na direção de Atenas, ao sul, e de Olimpo, ao norte; observou as muralhas; viu onde podiam construir muralhas melhores e elogiou as que existiam; também o lembraram de admirar os monumentos. Bem no topo, havia um pequeno e gracioso templo branco, o de Afrodite. Algumas das famosas jovens da deusa, contou-lhes o guia, certamente teriam vindo da cidade para homenageá-la ali. Fez uma pausa e esperou, mas foi em vão.

\* \* \*

Demarato, aristocrata coríntio da antiga linhagem dória, era um velho amigo e hóspede de Filipe, e foi seu anfitrião durante o Conselho. Em sua grande mansão nas encostas do Acrocorinto, certa noite ele deu uma festa íntima, pequena, prometendo ao rei um convidado que o interessaria.

Era Dionísio, o Jovem, filho de Dionísio, o Grande, último de Siracusa. Desde que o tirano Timoleonte o expulsara, ele ganhava seu pão dirigindo uma escola para rapazes. Era um homem de rosto avermelhado, míope e desengonçado, mais ou menos da idade de Filipe; sua nova profissão e a falta de dinheiro tinham acabado com suas antigas e notórias libertinagens, mas ainda lhe deixara o nariz vermelho de um velho beberrão. Uma barba bem penteada de erudito disfarçava o queixo medíocre. Filipe, que superara as realizações de seu respeitável pai, o tirano mais velho, tratou-o com encantadora habilidade, e quando o vinho passou foi recompensado por suas confidências.

— Eu realmente não tinha nenhuma experiência quando herdei o lugar de meu pai. Ele era um homem muito desconfiado. Você deve ter ouvido as histórias; são quase todas verdadeiras. Todos os deuses podiam testemunhar que nunca pensei em fazer-lhe mal algum; mas, no dia de sua morte, mandou examinar até a minha pele antes de admitir-me na sua presença. Nunca vi papéis oficiais, nunca assisti a uma conferência de guerra. Se ele tivesse me deixado um governo em casa, como você fez com seu filho enquanto estava de campanha, a história hoje poderia ser bem diferente.

Filipe concordou balançando a cabeça, com ar grave, e disse que acreditava nisso.

— Eu ficaria satisfeito se ele tivesse me permitido pelo menos saborear os prazeres de um jovem em paz, mas era um homem duro; embora muito competente.

— Bem, muitas causas sofrem essa inversão.

— Sim. Quando meu pai assumiu o poder, o povo estava farto da democracia; e quando o passou para mim, estavam fartos do despotismo.

Filipe percebera que o homem não era sempre tão tolo quanto parecia.

— Mas Platão não o auxiliou em nada? Disseram que você recebeu duas visitas do filósofo.

A expressão em seu rosto impassível modificou-se.

— Você não acha que aprendi alguma filosofia com Platão, vendo que suporto tamanha mudança em minha sorte?

Os olhos lacrimosos tinham agora uma expressão quase digna. Filipe olhou o próprio traje, bem tecido e suntuoso, pôs a mão bondosamente sobre a do outro e mandou servir mais vinho.

\* \* \*

Em uma cama dourada de cabeceira com cisnes esculpidos, Ptolomeu deitava-se com Taís, a ateniense, sua mais nova amante.

Ela viera jovem para Corinto, e já tinha sua própria casa. Nas paredes havia pinturas de amantes enlaçados; na mesa de cabeceira viam-se duas taças rasas e requintadas, uma jarra de vinho e um frasco redondo de óleo perfumado. Uma lamparina tripla, sustentada por ninfas douradas, iluminava seus prazeres; ela estava com dezenove anos, não precisava de mistérios. Seu cabelo preto era macio, os olhos azul-escuros; a boca rosada não tinha pintura, embora pintasse unhas, narinas e bicos do seio em tom de conchas rosadas. Sua pele acetinada fora polida e amaciada, tornando-se suave como alabastro. Ptolomeu estava encantado com ela. Languidamente, pois já era tarde, acariciava todo seu corpo, não se importando que a reminiscência renovasse o desejo.

— Precisamos viver juntos. Isso não é vida para você. Não pretendo me casar ainda. Eu vou cuidar bem de você, não tenha medo.

— Mas, meu querido, aqui estão todos os meus amigos. Nossos concertos, peças teatrais... Ficarei perdida na Macedônia.

Todos diziam que ele era filho de Filipe. Nunca se devia parecer impaciente demais.

— Ah, mas em breve será a Ásia. Você vai se sentar junto de uma fonte de azulejos azuis, rodeada de rosas; eu voltarei da batalha para encher seu regaço de ouro.

Ela riu, e mordiscou sua orelha.

Aquele era um homem com quem realmente se podia fazer amor todas as noites. Pensando em alguns dos outros...

— Deixe-me pensar um pouco mais. Venha jantar amanhã; não, hoje. Direi a Filetas que estou doente.

— Meu passarinho! O que quer que eu lhe traga?

— Somente você mesmo. — Ela sabia que isso raramente falhava. — Os macedônios eram homens de verdade.

— Bem, mas você daria vida a uma estátua.

— Estou contente por você tirar a barba. Assim, pode-se ver esse rosto bonito. — Ela passou os dedos pelo queixo dele.

— Foi Alexandre quem lançou essa moda. Ele diz que a barba serve para o inimigo agarrar.

— Ah, é por isso?... Aquele lindo menino. Todos estão apaixonados por ele.

— Todas as moças, menos você?

Ela riu:

— Não seja ciumento. Eu disse todos os soldados. De coração, você sabe, ele é como nós.

— Não, não, estão enganados. Ele é tão casto quanto Ártemis; ou quase isso.

— Sim, pode-se notar; não é disso que estou falando. — As sobrancelhas dela moveram-se enquanto refletia. Ela gostava do companheiro de cama, e pela primeira vez pensava a sério nele.

— Alexandre é como os grandes, os famosos; como Láide ou Ródope ou Teódote, de quem se contavam tantas histórias naqueles tempos antigos. Eles não vivem para o amor, você sabe, mas, sim, do amor dos outros. Sei o que digo. Já vi que todos aqueles homens que ele sabe que se atirariam no fogo por ele são sangue de seu sangue. Se acontecer de um dia não o seguirem mais, ocorrerá com ele o mesmo que com alguma grande hetera quando os amantes deixam sua porta e ela afasta o espelho. Começará, então, a morrer.

A resposta foi um suspiro. Ela pegou docemente o lençol e estendeu-o sobre ambos. Ele dormia profundamente, e em breve seria manhã. Taís deixou-o ficar. Era bom começar a habituar-se com ele.

* * *

De Corinto, Filipe dirigiu-se para casa, para planejar a guerra da Ásia. Quando estivesse pronto, pediria a sanção do Conselho para começar.

A maior parte das tropas prosseguira sob comando de Átalo e dispersara-se para suas pátrias, de licença; Átalo também. Era proprietário de um antigo forte de seus ancestrais nas encostas do monte Pidna; Filipe recebeu uma mensagem dele implorando que honrasse sua rústica casa interrompendo ali sua jornada. O rei, que o julgara audaz e competente, mandou dizer que aceitava.

Quando se afastaram da estrada alta das montanhas, e a vista do oceano se ampliou, Alexandre ficou reservado e retraído. Depois afastou-se de Heféstion e cavalgou até Ptolomeu, pedindo-lhe que saísse com ele em cavalgada até as urzes e cerrado da encosta. Ptolomeu, confuso, o seguiu; estava entretido com suas próprias preocupações. Ela manteria a promessa? Fizera-o esperar pela resposta até o último instante.

— O que estará pensando meu pai, por não mandar Pausânias a Pela? Como *pode* trazê-lo até aqui?

— Pausânias? — repetiu Ptolomeu, vagamente. Seu rosto mudou de expressão. — Bem, é direito dele guardar a pessoa do rei.

— Se ele tem algum direito, é o de ser poupado disso. Não sabe que tudo aconteceu na casa de Átalo?

— Ele tem uma casa em Pela.

— Foi aqui. Desde os doze anos, sei disso. Eu estava nos estábulos, em casa, numa das baias, e ninguém me viu; os cavalariços de Átalo estavam contando os nossos. Minha mãe também me disse, anos depois; eu não lhe disse que sabia de tudo há muito tempo? Foi aqui que aconteceu.

— Faz muito tempo agora. Seis anos.

— E você acha que a gente poderia esquecer uma coisa dessas em sessenta anos?

— Pelo menos ele está a serviço, não vai sentir-se um convidado.

— Ele devia ter sido dispensado do serviço. Meu pai devia tê-lo ajudado a sair.

— Sim — disse Ptolomeu, lentamente. — Sim, uma pena... Sabe, eu não me lembraria do assunto se você não tivesse falado, e tenho menos coisas para pensar do que o rei.

Bucéfalo, sentindo que seu cavaleiro levara um choque, bufou e sacudiu a cabeça brilhante.

— *Nisso* eu não tinha pensado! Mesmo em nossa família há um limite para o que se pode trazer à lembrança de um pai. Parmênion devia fazer isso, passaram a juventude juntos, mas talvez ele também tenha esquecido.

— É só por esta noite... Tenho pensado, se tudo sair bem, a essa hora ela pode até ter vendido sua casa. Você precisa vê-la. Espere até ouvi-la cantar.

Alexandre voltou para junto de Heféstion. Cavalgaram em silêncio até que as muralhas rochosas do forte, uma ruína soturna dos tempos em que não havia lei, apareceram atrás de um penhasco. Um grupo de cavaleiros saiu do portão para recebê-los.

— Se Pausânias ficar emburrado, não se aproxime muito dele — disse Alexandre.

— Não. Eu sei.

— Nem mesmo os reis têm direito de fazer mal às pessoas e depois esquecer-se disso.

— Não imagino quem acredite que ele esqueceu — disse Heféstion. — Lembre-se de quantos combates sangrentos o rei exterminou em seu reinado. Pense na Tessália, nos lincestas. Meu pai diz que quando Perdicas morreu, não havia uma casa ou tribo na Macedônia sem pelo menos uma rixa. Você sabe que Leonato e eu devíamos ser inimigos, pois o bisavô dele matou o meu, devo ter-lhe contado isso. O rei muitas vezes convida nossos pais para jantarem na mesma noite, para provar que tudo está bem; e agora, eles já não se importam.

— Mas isso era um velho assunto de família, não pessoal.

— Pausânias deve saber que esse é o jeito do rei. Isso desfaz a afronta.

E ao chegarem ao forte, ele realmente cumpriu seus deveres, como de costume. Era tarefa sua guardar a entrada enquanto o rei banqueteava, e não se sentar com o anfitrião. Mais tarde serviriam sua refeição.

A comitiva do rei foi tratada com grande hospitalidade; ele próprio, com seu filho e uns poucos dirigentes amigos, foi levado aos aposentos interiores. O forte era mais tosco e um pouco mais velho do que o castelo de Aigai, que era tão velho quanto a própria Macedônia. Os atálides eram um clã muito antigo. Os quartos estavam bem forrados com tapeçarias persas e cadeiras marchetadas. Num supremo agrado aos honrados hóspedes, as damas entraram para ser apresentadas e oferecer doces.

Alexandre, cujos olhos foram atraídos por um arqueiro persa na tapeçaria, ouviu seu pai dizer:

— Átalo, eu não sabia que você tinha outra filha.

— Não tinha até pouco tempo, rei. Os deuses, que levaram meu irmão, nos presentearam com ela. É Eurídice, filha do pobre Bíon.

— É verdade, pobre dele — disse Filipe —, ter de cuidar de uma filha como esta e morrer antes de seu casamento.

Átalo disse, em tom casual:

— Ainda não estamos pensando nisso; estamos felizes demais com nossa nova filha para a deixarmos partir.

Ao primeiro som da voz do pai, Alexandre virara-se como um cão de guarda ouvindo um passo furtivo. A mocinha estava parada diante de Filipe, segurando na mão direita uma travessa de prata com doces. Ele colocou a sua mão esquerda na dela, como poderia ter feito um parente, e depois a soltou, talvez porque a visse corar. Ela se parecia com Átalo, mas com todos os defeitos dele transformados em beleza: em vez de faces macilentas, delicadas covas sob os ossos finos; no lugar do cabelo de palha, madeixas de ouro; ele era desengonçado, ela, graciosa. Filipe disse algum elogio sobre seu pai morto; ela fez uma pequena mesura, fitou-o e desviou seu olhar para baixo; depois seguiu adiante até Alexandre, com sua travessa de doces. Seu sorriso encantador e frágil imobilizou-se por um instante; tinha-o fitado antes de ele estar disponível.

No dia seguinte, a partida deles foi adiada para a tarde. Átalo revelara que era dia de homenagear algumas ninfas locais, e as mulheres iam cantar. Chegaram com suas grinaldas; a voz da jovem era leve, infantil, mas afinada. Saborearam e elogiaram as claras águas da fonte das ninfas.

Quando partiram, o calor era forte. A alguns quilômetros dali, Pausânias deixara a coluna. Outro oficial, vendo-o descer por uma torrente, chamou-o para que aguardasse melhores águas, um ou dois quilômetros adiante; ali, estava suja por causa do gado. Ele fingiu não ouvir, encheu as mãos em concha, e bebeu sedento. Não bebera nem comera todo o tempo que passara na casa de Átalo.

\* \* \*

Alexandre parou com Olímpia sob a pintura do saque de Troia, feita por Zêuxis. Acima dela, a rainha Hécuba rasgava suas vestes; atrás da cabeça dele, estendia-se como uma nuvem rubra o sangue de Príamo e Astíanax, o brilho da lareira incendiava as labaredas pintadas e sombreava os rostos dos vivos.

Os olhos de Olímpia estavam contornados de preto, e o rosto mostrava rugas de uma mulher dez anos mais velha. A boca de Alexandre parecia seca e rígida; também ele não dormira, mas revelava isso menos que a mãe.

— Mãe, por que me chamou de novo? Tudo foi dito, e você sabe disso. A verdade de ontem é a verdade de hoje. Tenho de ir.

— Oportunista! Ele o transformou num grego. Se nos matar porque o desafiamos, deixe que nos mate. Morreremos com nosso orgulho.

— Você sabe que ele não nos mataria. Devemos estar onde nossos inimigos querem, é só isso. Se eu for a esse casamento, se eu aprovar, todos verão que classifico isso como todo o resto, meninas trácias e ilírias e as outras. Meu pai sabe; você não pode entender que é por isso que ele me convida? Agiu assim para salvar nossas aparências.

— O quê? Com você brindando a minha desgraça?

— Eu faria isso? Aceite, pois é verdade, que ele não vai largar essa menina. Muito bem: ela é macedônia, de família tão antiga quanto a nossa; naturalmente eles querem o casamento. É por isso que a colocaram no caminho dele, eu soube disso desde o primeiro instante. Átalo venceu essa batalha. Se não tomarmos cuidado, vencerá a guerra.

— Eles só pensarão que você está tomando partido de seu pai para ter os favores dele.

— Eles me conhecem muito bem para pensar isso. — Essa ideia o atormentara metade da noite.

— Banquetear-se com a família da meretriz dele.

— Uma virgem de quinze anos. Ela é apenas a isca, como o cabritinho da armadilha do lobo. Ah, vai desempenhar o seu papel, é uma deles; mas em um ano ou dois ele terá visto outra, mais jovem ainda. É Átalo quem vai usar esse tempo. Pense nele.

— Como foi que chegamos a esse ponto! — Embora falasse com amarga censura, ele tomou isso como consentimento, pois estava farto.

Alexandre encontrou Heféstion esperando em seu quarto. Também ali muito foi dito. Por algum tempo, sentaram-se lado a lado na cama, silenciosos. Finalmente Heféstion disse:

— Você vai conhecer seus amigos.

— Já os conheço.

— Os amigos do rei deviam preveni-lo. Parmênion não pode fazer isso?

— Filotas me disse que ele tentou... Eu sei o que Parmênion pensa. Tudo o que posso dizer a minha mãe é que compreendo.

Depois de longa pausa, Heféstion disse:

— Sim?

— Desde que tinha dezesseis anos, meu pai ama alguém que nunca o aceitará. Mandou-lhe flores, ela as jogou fora; cantou na sua janela, ela derramou o penico em sua cabeça; ofereceu-lhe casamento, ela flertava com seus rivais. Finalmente ele não pôde mais suportar, e bateu nela; mas não conseguiu vê-la deitada a seus pés, de modo que a pegou de novo. Então, embora a tivesse dominado, teve vergonha de ir ao seu quarto; em vez disso, mandou-me em seu lugar. Bem, eu fui; e quando tudo acabou, ela era, afinal, uma velha prostituta muito maquilada. Tive pena dele. Nunca pensei que chegaria esse dia; mas é verdade, tenho pena dele. Ele merece coisa melhor. Essa menina, eu preferia que ela fosse uma bailarina, ou flautista, ou até um menino; assim não teríamos problemas, mas já que é ela que ele quer...

— E é *por isso* que você vai?

— Oh, posso achar motivos melhores, mas é por isso, sim.

\* \* \*

A festa de casamento realizou-se na cidade, perto de Pela, na casa de Átalo. Ele acabara de reformá-la, por completo; as colunas estavam enfeitadas com guirlandas douradas, e estátuas de bronze foram trazidas de navio de Samos. Não esqueceram nada que demonstrasse que aquele casamento do rei era diferente dos outros, exceto do primeiro. Quando Alexandre entrou com seus amigos, sondaram ao redor, e trocaram um único pensamento com os olhares. Aquela era a mansão do sogro de um rei, não do tio de uma concubina.

A noiva sentava-se entronizada entre os esplendores de seu dote e dos presentes do noivo; a Macedônia mantinha costumes mais antigos do que os do Sul. Taças de ouro e prata, rolos de tecido fino, quinquilharias e colares espalhados em lençóis de linho, mesas incrustadas com cestos de especiarias e frascos aromáticos enchiam a plataforma nupcial. Ela trajava uma túnica cor de açafrão e estava coroada de rosas brancas, olhando as mãos entrelaçadas. Os convidados davam-lhe as bênçãos rituais; a seu lado, sua tia agradecia em nome dela.

Em tempo devido, as mulheres a levaram para casa que lhe fora preparada. A procissão na carruagem nupcial fora omitida por parecer inadequada. Alexandre, vendo a família, teve certeza de que ansiavam por aquilo. Ele achou que sua raiva acabara, até notar que o observavam.

A carne do sacrifício nupcial, ricamente temperada, foi degustada, e depois as guloseimas. Embora a chaminé tivesse uma coifa, o aposento quente ficou enfumaçado. Ele notou que o deixavam bastante tempo a sós com seus novos amigos, e ficou feliz por ter Heféstion a seu lado; mas deveria ter sido um parente da noiva. Até os atálides mais jovens agrupavam-se em torno do rei.

Alexandre murmurou para Heféstion:

— Apresse-se, Dioniso, precisamos muito de você.

Mas, quando o vinho chegou, ele bebeu pouco, como sempre, moderando tanto na bebida como na alimentação. A Macedônia era um país de boas fontes, com água pura. Não era preciso chegar à mesa sedento como faziam os homens nas terras quentes da Ásia, com suas torrentes mortais.

Mas, sem anfitriões por perto para escutar, ele e Heféstion permitiram-se o tipo de piadas que convidados fazem em seu trajeto para casa. Os rapazes do seu séquito, enciumados por ele ter sido desconsiderado, compreendiam seus sorrisos e seguiam sua orientação com discrição menor. O salão do banquete tingia-se de um odor de dissensão.

Sentindo-se incomodado com isso, Alexandre murmurou para Heféstion:

— Seria melhor tentarmos ser agradáveis. — E voltou-se para os demais.

Quando o noivo deixasse o banquete, poderiam sair. Ele olhou o pai, e viu que já estava bêbado.

Cara vermelha e lustrosa, ele berrava velhas canções do exército com Átalo e Parmênion. Sua barba estava ensebada com óleo do assado. Partilhava com os outros as piadas imemoriais sobre defloramento e perícia, lançadas ao noivo ritualmente como antes se jogavam uvas passas e cereais. Conquistara sua menina, estava entre velhos amigos, prevalecia a boa camaradagem, o vinho tornava mais feliz ainda o seu coração. Alexandre, escrupulosamente banhado, esgotado e sóbrio, embora não completamente porque não comera demais, olhava com um silêncio que todos ao redor começavam a sentir.

Heféstion, controlando a raiva, conversava com os vizinhos para desviar a atenção. Pensou que nenhum amo decente teria submetido um escravo a tanta maldade. Também estava zangado consigo mesmo. Como não previra tudo aquilo? Por que não dissera nada para evitar que Alexandre viesse? Mantivera a paz porque tinha certa simpatia por Filipe, porque parecera boa política, e — agora encarava a realidade — para desafiar Olímpia. Alexandre fizera esse sacrifício num daqueles lampejos de magnanimidade total pelos quais Heféstion o amava, mas deveria ter sido protegido; alguns amigos deveriam ter interferido. Agora, ele fora traído.

Ele dizia alguma coisa em meio ao rumor que se acentuava:

— ... ela é do clã, mas não teve escolha, mal saiu da infância...

Heféstion olhou ao redor, atônito. Apesar de tudo o que tinha em mente, nunca pensara que Alexandre podia estar com raiva da menina.

— Mas em geral é assim em casamentos, você sabe; é um costume.

— Quando o viu pela primeira vez, ela ficou apavorada. Disfarçou, mas eu vi.

— Bom, ele não há de ser grosseiro com ela. Não é do seu feitio. Está habituado a mulheres.

— Posso imaginar — murmurou Alexandre dentro da taça de vinho. Esvaziou-a depressa e estendeu-a. O menino veio logo com o *rhyton*[4] contendo vinho resfriado com neve; logo depois, atento a seus deveres, voltou para servir de novo.

— Guarde este para os brindes — disse Heféstion, atento.

Parmênion ergueu-se no lugar do rei para louvar a noiva, o que seria na verdade tarefa do parente mais próximo do noivo. Os amigos notaram o sorriso irônico de Alexandre, e imitaram-no abertamente.

Parmênion falara em muitos casamentos, alguns do próprio rei. Era correto, simples, cauteloso e breve. Átalo, segurando um imenso caneco de ouro enfeitado, levantou-se de seu divã para fazer o discurso de outorga. De repente, notaram que estava tão bêbado quanto Filipe, e que não suportaria isso tanto quanto o outro.

Seu elogio ao rei foi confuso e prolixo, mais desajeitado que ofensivo; os desenlaces eram piegas e mal colocados; o aplauso, entusiasmado, era um tributo ao rei. E ficou mais descuidado quanto mais o discurso se acalorava. Parmênion desejara boa sorte a um homem e uma mulher. Átalo queria que o tivesse feito a um rei e uma rainha.

Seus partidários deram vivas, bateram as taças nas mesas. Os amigos de Alexandre falavam baixo, mas queriam ser ouvidos. Os não comprometidos, tomados de surpresa, atônitos, foram revelados pelo seu silêncio.

4. Vaso de beber em forma de chifre ou cabeça de animal. (N. T.)

Filipe, que ainda não estava suficientemente bêbado para ignorar o significado daquilo, fixou em Átalo seu olho preto injetado de sangue, lutando com sua própria lentidão, pensando em um modo de interromper o homem. Aquilo era a Macedônia; ele acalmara muitas brigas após os jantares, mas nunca tivera de lidar com um novo sogro, qualquer que fosse o seu estilo. Os outros tinham reconhecido seus lugares e sentiam-se gratos. O olho dele girou lento até o filho.

— Não dê atenção — sussurrou Heféstion. — O homem está bêbado, todo mundo sabe; amanhã de manhã já terão esquecido.

No começo do discurso, ele deixara seu próprio divã colocando-se junto do de Alexandre, que, de olhos fixos em Átalo, estava rijo e tenso como uma catapulta retesada para disparar.

Olhando para lá, Filipe viu sob a fronte corada e os cabelos dourados arrumados para festa os grandes olhos cinzentos e fixos passando do rosto de Átalo para o seu. A ira de Olímpia; não, essa não estava agitada, ela era contida. Absurdo. *Estou bêbado, ele está bêbado, todos estamos, e por que não? Por que é que o menino não pode levar a coisa sem problemas, como todo mundo num banquete? Ele que engula tudo e se comporte.*

Átalo discursava sobre o bom velho sangue nativo da Macedônia. Dirigira bem seu discurso; mas demorou-se no sorridente Dioniso, e agora iria melhorar ainda mais. Na pessoa dessa linda donzela, a amada pátria levava o rei de volta ao seu seio, com a bênção dos deuses ancestrais.

— Oremos a eles — gritou numa súbita inspiração —, para que mandem um herdeiro legítimo e verdadeiro.

Houve uma erupção de barulhos confusos; aplauso, protesto, horror, esforços desajeitados para disfarçar perigo em alegria. As vozes mudaram e dividiram-se. Átalo, em vez de brindar, botara a outra mão na cabeça; escorria sangue por entre seus dedos. Alguma coisa brilhante, uma taça de prata, retinia no chão de mosaico. Alexandre inclinara-se em seu divã, apoiado em uma das mãos, e jogara a taça sem sequer se levantar. Começou um tumulto, ecoando pelo salão. A voz dele, que sobrepujara o alarido na Queroneia, gritou:

— Seu canalha, está me chamando de bastardo?

Os jovens, amigos seus, berraram num aplauso cheio de indignação. Átalo, percebendo o que o atingira, fez um som abafado e lançou seu pesado caneco em Alexandre, que, calculando o curso do objeto, nem se moveu; e o caneco caiu a meio caminho. Amigos e parentes berravam; o tumulto começava a parecer o de um campo de batalha. Filipe, furioso e agora sabendo a quem direcionar sua raiva, berrou mais alto que aquele clamor:

— Como se atreve, rapaz? Como se atreve? Porte-se direito ou vá para casa.

Alexandre mal levantou a voz. Como sua taça, suas palavras atingiram o alvo.

— Seu velho bode imundo. Será que nunca vai criar vergonha? Toda a Hélade está impregnada com seu mau cheiro; o que vai fazer na Ásia? Não é de admirar que os atenienses riam de você.

Por um momento, a única resposta foi o som das respirações, como de um cavalo fatigado. A vermelhidão do rosto do rei tornou-se roxa. Sua mão remexeu no divã. Somente ele, no traje cerimonial, tinha uma espada.

— Filho de uma meretriz! — Ele saltou do divã, derrubando a mesa. Houve um barulho de taças e pratos de sobremesa. Filipe pegou o cabo da espada.

— Alexandre, Alexandre — murmurou Heféstion, desesperado. — Venha, vamos sair daqui, depressa, venha. — Como se ele não existisse, Alexandre deslizou para o outro extremo do divã, pegou a madeira com as duas mãos e aguardou com um sorriso frio.

Arquejante e mancando, arrastando a espada na mão, Filipe tropeçou na desordem do assoalho até seu inimigo. O pé escorregou sobre frutas caídas. Ele pisou em falso com a perna paralisada, escorregou e caiu entre frutas e doces.

Heféstion deu um passo adiante; por um momento, sentira o impulso de ajudá-lo a levantar-se.

Alexandre rodeou o divã. Mãos no cinturão, cabeça inclinada para o lado, baixou os olhos para o homem vermelho, que praguejava estatelado no meio do vinho derramado procurando a espada.

— Olhem só, homens. Vejam quem está se preparando para atravessar da Europa para a Ásia. E cai na transversal, só andando de um divã a outro.

Filipe levantou-se apoiando as duas mãos no joelho bom. Cortara a palma num prato quebrado. Átalo e seus parentes correram para ajudar, tropeçando uns nos outros. Durante essa confusão, Alexandre fez um sinal aos amigos. Seguiram-no para fora, em silêncio, imediatamente, como se fosse uma ação noturna de guerra.

De seu posto na soleira da porta, do qual não tentara se afastar durante o ocorrido, Pausânias seguiu Alexandre com o olhar fixo. Assim poderia parecer um viajante num deserto sedento, cuidando do homem que lhe dera bebida fresca e deliciosa. Ninguém notou. Alexandre, reunindo seus seguidores, nunca lhe sugerira nada. Desde o começo, ele fora um homem inflexível.

Bucéfalo relinchou no pátio; ouvira o sinal de guerra da voz do dono. Os rapazes jogaram fora suas coroas de festa sobre a estrumeira coberta de geada, montaram sem aguardar a intimação e galoparam na trilha sulcada para Pela, com suas poças cobertas de uma fina camada de gelo. No átrio do palácio, no brilho das fogueiras noturnas, Alexandre olhou para todos, lendo cada rosto.

— Vou levar minha mãe para a casa de seu irmão em Epiro. Quem vem comigo?

— Eu — disse Ptolomeu. — E por *aquele* herdeiro legítimo deles.

Hárpalo, Nearco e os outros reuniram-se; por amor, lealdade, fé na sorte de Alexandre, medo de que o rei e Átalo os tivessem marcado ou vergonha de que os outros os vissem recuar.

— Não, Filotas, você, não; você fica.

— Eu vou — disse Filotas, depressa, olhando ao redor. — Meu pai me perdoará, e se não o fizer, que importa?

— Não. Ele é um pai bem melhor que o meu, não quero que o ofenda por minha causa. Escutem, vocês todos. — Sua voz assumiu o tom formado pelo hábito, de um comando brusco. — Temos de ir embora logo, antes que eu seja aprisionado e minha mãe, envenenada. Viajaremos apenas com o necessário; tragam cavalos de reserva, todas as suas armas, o dinheiro que puderem pegar, comida para um dia e todos os criados capazes de carregar armas. Eu lhes darei armas e montarias. Todos me encontrem aqui, quando soar o toque de troca de guarda.

Dispersaram-se, menos Heféstion, que o encarava como alguém num mar sem horizonte olha para o timoneiro.

— Ele lamentará por isso — disse Alexandre. — Contava com Alexandro de Epiro. Ele o colocou no trono, e passou dificuldades por essa aliança. Agora não a precisará cumprir, até minha mãe ter adquirido seus direitos.

— E você? — disse Heféstion com ar confuso. — Para onde vamos?

— Para a Ilíria. Lá posso fazer mais. Compreendo os ilírios. Lembra-se de Cosso? Meu pai não significa nada para ele; uma vez se rebelou e o faria de novo. É a mim que ele conhece.

— Você quer dizer... — disse Heféstion, sabendo que não era preciso perguntar.

— Eles são bons guerreiros. Podem ser melhores ainda, se tiverem um general.

*O que está feito está feito*, pensou Heféstion; *e o que eu fiz para salvá-lo?*

— Muito bem, se você acha que é o melhor.

— Os outros não precisarão ir além de Epiro, a não ser que queiram. Para cada dia, um trabalho. Veremos como o Supremo Comandante de todos os gregos pretende partir para a Ásia, com Epiro indecisa e a Ilíria armando-se para a guerra.

— Vou preparar sua bagagem. Sei o que levar.

— Por sorte, minha mãe sabe montar, não temos tempo para liteiras.

Encontrou-a com sua lamparina ainda acesa, sentada em sua cadeira alta, olhando fixo para a frente. Encarou-o com ar de censura, sabendo apenas que vinha da casa de Átalo. O quarto cheirava a ervas maceradas e sangue queimado.

— Você estava certa — disse ele. — Mais do que certa. Junte suas joias; vim para levá-la para casa.

Quando encontrou sua bagagem de campanha no quarto, viu que nela estava tudo o que precisaria, conforme Heféstion prometera. Em cima, estava o estojo com o rolo de pergaminho de *A Ilíada*.

\* \* \*

A estrada alta para o Oeste passava por Aigai. Para evitá-la, Alexandre os conduziu através de passagens que conhecera quando treinara seus homens em exercícios de guerra nas montanhas. Os carvalhos e castanheiros nas encostas estavam pretos e desfolhados; as trilhas sobre as ravinas estavam molhadas e escorregadias por causa das folhas caídas.

Naquele território isolado, as pessoas raramente viam estrangeiros. Disseram que eram peregrinos indo consultar o oráculo em Dodona. Ninguém que o avistara nas manobras o reconhecia agora, num velho chapéu de viagem e manto de pele de ovelha, sem se barbear, parecendo mais velho. Descendo até o lago de Corcira com seus salgueiros, pântanos e diques feitos pelos castores, vestiram-se melhor, sabendo que seriam reconhecidos; mas sua história foi a mesma, e ninguém os interrogou. Era a mesma velha história de que a rainha não se dava bem com o rei; se queria conselho de Zeus e da mãe Dione, era assunto seu. Conheciam os boatos. Não sabiam se havia perseguidores no seu encalço, se os deixavam vagar como cães perdidos; se Filipe estava, à sua maneira usual, esperando que o tempo agisse, não sabiam dizer.

Olímpia não fazia uma viagem dessas desde sua infância, mas crescera em Epiro, onde todas as viagens eram sobre montanhas por causa dos piratas de Corcira, que povoavam suas praias. No primeiro dia, ficou pálida de fadiga, e tremia com o frio da noite; acampara numa cabana de pastores, vazia quando os rebanhos desciam para as pastagens de inverno, sem se atreverem a confiar numa aldeia ainda tão perto de casa; mas no dia seguinte acordou descansada, e manteve o ritmo como um homem, olhos e faces brilhando. Cavalgou firme até avistarem uma aldeia.

Heféstion cavalgava atrás, entre os outros, observando as figuras esguias em seus mantos, cabeças unidas conversando, planejando, confidenciando. O inimigo ocupava o campo. Ptolomeu protegia-o, sem pensamentos ruins, e mal se dava conta disso, pois conhecia bem o prestígio do sacrifício. Deixara Taís em Pela, depois de poucos meses de felicidade. Heféstion, por sua vez, fizera a única coisa que lhe era possível: como Bucéfalo, era considerado parte de Alexandre. Ninguém o notava. Parecia-lhe que continuariam viajando assim para sempre.

Dirigiram-se para o sudeste, em direção às grandes cordilheiras entre a Macedônia e Epiro, lutando contra fortes torrentes inchadas, procurando o atalho difícil entre os picos de Gramo e Pindo. Antes de escalarem a crista onde terminava a terra vermelha da Macedônia, começara a nevar. As trilhas eram traiçoeiras, e os cavalos estavam cansados; debateram se deveriam voltar a Corcira, para não passar a noite a céu aberto. Um cavaleiro desceu até eles entre as bétulas e pediu que honrassem a casa de seu patrão ausente, que, embora detido pelo dever, mandara dizer que os servisse.

— Este é território de Orestes — disse Alexandre. — Então quem é seu amo?

— Não seja bobo, querido — murmurou Olímpia; e virou-se para o mensageiro: — Teremos prazer em ser hóspedes de Pausânias. Sabemos que é nosso amigo.

No forte antigo e imponente que se destacava de um cume diante das florestas, tomaram banho quente, comeram boa comida, beberam vinho e dormiram em camas aconchegantes. Pausânias parecia manter ali uma esposa, embora todos os demais oficiais levassem suas esposas a Pela. Era uma jovem montanhesa alta, de origem simples, mas não totalmente ignorante. Seu marido, em lugar distante de onde se conheceram, fora injustiçado de uma forma que ela jamais entendera. O dia dele ainda chegaria; aqueles eram seus amigos contra seus inimigos, e era preciso recebê-los bem, mas Olímpia seria aliada dele em detrimento de quem? Por que o príncipe, que era general das tropas, estava ali? Ela os cobriu de conforto; mas sozinha, na hora de dormir, no grande quarto que Pausânias visitava duas ou três semanas por ano, ela ouviu uma coruja piar, e um lobo uivar, e em torno dela adensaram-se as sombras. Seu pai fora morto no Norte por Bardelis, seu avô no Oeste por Perdicas. Quando os hóspedes partiram no dia seguinte conduzidos por um guia, conforme Pausânias ordenara, ela desceu até os porões talhados em pedra e contou as flechas e provisões.

Escalaram uma floresta de castanheiros onde até o pão local era de farinha de castanha; depois subiram por entre samambaias até o topo do desfiladeiro. O sol brilhava na neve acumulada, enchendo o horizonte imenso; aquela era a fronteira que os deuses tinham estabelecido ao criar o mundo. Olímpia olhou para trás, a leste; seus lábios moveram-se em antigas palavras que aprendera com uma feiticeira egípcia; sussurrou-as a uma pedra de configuração peculiar que trouxera consigo, e jogou-a para trás.

A neve derretia-se em Epiro; tiveram de esperar três dias em uma aldeia de camponeses para atravessar um rio de nível elevado, com cavalos usando uma caverna como estábulo. E finalmente chegaram às terras dos molossos.

O platô era famoso por seus invernos rigorosos; mas as águas da neve formavam ricas pastagens. Um gado enorme, de chifres longos, pastava; os melhores carneiros usavam mantas de couro para proteger sua excelente lã dos espinhos; seus cães de guarda eram tão grandes quanto eles. Os carvalhos altíssimos, apreciados por construtores de navios e de casas, sagrada riqueza do país, estavam desfolhados, preparando-se para enfrentar séculos futuros. As aldeias eram bem-construídas, com bandos de crianças saudáveis.

Olímpia arrumara o cabelo e usava um colar de ouro.

— Os antepassados de Aquiles são daqui. Seu filho Neoptólemo viveu aqui com Andrômaca, quando veio de Troia. Através de mim, o sangue dele chega até você. Fomos os primeiros de todos os helenos. Seus nomes originaram-se dos nossos.

Alexandre concordou; ouvia isso desde a infância. Aquele era um país rico; não tivera Grande Rei até recentemente; e o rei, embora sendo irmão de Olímpia, devia tudo a Filipe. O rapaz cavalgava pensativo.

Enquanto o mensageiro seguia à frente para anunciá-los, os rapazes faziam a barba junto de uma piscina nos rochedos. Era gelada, mas Alexandre tomou banho. Todos tiraram da bagagem suas melhores roupas, e as vestiram.

Em seguida, escura e cintilante contra a neve meio derretida, viram uma fileira de cavaleiros. O rei Alexandro dava-lhes as familiares boas-vindas.

Era um homem alto e moreno, com pouco mais de trinta anos; sua barba densa escondia a boca, traço característico da família, mas podia-se ver o nariz também característico; seus olhos eram fundos, inquietos e alertas. Beijou a irmã e disse palavras adequadas. Estava preparado havia muito tempo para aquele momento ingrato, e agia da melhor forma possível. Devia seu reino ao casamento dela; mas desde então, havia poucas coisas que Olímpia não fizera para o derrubar. De sua carta enfurecida, ele não conseguira entender se Filipe já se divorciara dela ou não; de qualquer modo, precisava abrigá-la e defender sua inocência ferida para que a honra da família se mantivesse imaculada. Ela já era problema suficiente. Esperava que não trouxesse aquele seu filho arruaceiro, com reputação de ser o assassino de seu homem aos doze anos, e desde então nunca mais sossegar um só dia.

Com suspeita, rapidamente disfarçada por gestos educados, o rei olhou a tropa de jovens com rostos macedônios de ossatura firme, barbeados como os gregos do Sul. Pareciam duros, alertas, unidos; que problemas pretendiam criar ali? O reino fora estabelecido, os senhores tribais lhe davam hegemonia, seguiam-no na guerra e pagavam impostos; os ilírios mantinham-se do seu lado na fronteira; só naquele ano ele desalojara duas bases de piratas, e os camponeses locais tinham-lhe agradecido com hinos. Quem o seguiria numa guerra contra a força da Macedônia, quem o abençoaria depois disso? Ninguém. Se marchasse, Filipe iria direto até Dodona e faria um novo Grande Rei. Além disso, Alexandre sempre gostara dele. Ao cavalgar entre sua irmã e seu sobrinho, sentindo o ar crepitando, esperou que sua esposa estivesse em casa pronta para receber os hóspedes; ele a deixara em prantos, pois ela também estava grávida.

Descendo até Dodona, uma passagem sinuosa os separou, o rei à frente. Alexandre, cavalgando perto de Olímpia, murmurou:

— Não lhe diga o que pretendo fazer. A seu respeito, diga o que quiser. Sobre mim, você não sabe nada.

Espantada e zangada, ela disse:

— O que foi que ele fez para que você duvide dele?

— Nada. Preciso pensar. Preciso de tempo.

Dodona ficava em um vale alto sob uma longa cordilheira coberta de neve. Um vento áspero cobria-os de um granizo fino como farinha. A cidade com muralhas prensava-se na encosta; abaixo, o recinto sagrado era guardado apenas por uma cerca baixa e seus deuses. No meio, altares e nichos, pequenos como brinquedos, um vasto carvalho erguendo seu labirinto preto despido de neve no cume. O vento levava até eles, lá em cima, uma ressonância de bombas, que subia e descia com as rajadas.

Os portões abriram-se. Ao se organizarem em filas para entrar, Alexandre disse:

— Tio, eu gostaria de visitar o oráculo antes de ir. Pode informar-se quando será o próximo dia auspicioso?

— Sim, sem dúvida alguma. — Ele falou com empolgação, acrescentando a fórmula de bom augúrio: — Deus e boa sorte.

O dia auspicioso bem que podia acontecer logo. Alexandro era pouco mais que um rapaz quando Olímpia se casara; ela sempre o provocara, embora fosse o mais velho. Agora, veria que naquela casa ele era o senhor. E aquele rapazinho curtido pela guerra, coberto de cicatrizes de batalhas, com seus olhos pensativos e dementes, e sua tropa de foragidos bem arrumados, não ajudaria. Ele que seguisse seu caminho para o Hades e deixasse homens sensatos em paz.

Os habitantes da cidade saudaram seu rei com lealdade espontânea. Ele os conduzira bem contra muitos inimigos, e era menos ambicioso do que tinham sido os líderes adversários. Reuniu-se uma multidão; pela primeira vez desde que deixara Pela, Bucéfalo ouviu as celebrações familiares, os gritos de "Alexandro!". Sua cabeça ergueu-se, ele fez aquele altivo passo de desfile. Alexandre sentava-se ereto, olhando à frente; Heféstion olhou de esguelha e notou que ele estava pálido, como se tivesse perdido metade do sangue. Manteve sua postura, e respondeu com calma aos parentes; mas quando chegaram à casa real, ele ainda estava com os lábios brancos. A rainha esqueceu sua própria enfermidade e pediu que as criadas trouxessem depressa o vinho quente e temperado; um dia antes haviam encontrado um tropeiro congelado no desfiladeiro lá em cima.

\* \* \*

A neve deixara de cair, mas ainda cobria o chão com gelo, que se tornava quebradiço quando se caminhava sobre ela. Um sol forte e luminoso refletia nas massas de neve e nos arbustos; um vento gélido e tênue descia das montanhas. Na paisagem branca, como um manto velho, via-se um espaço limpo de capim queimado pelo inverno e os galhos escuros e úmidos de um carvalho. Os escravos do santuário tinham limpado a neve com pás, empilhando-a contra o tronco do carvalho; ela se amontoava em meio à sujeira, entre folhas e bolotas.

Um jovem em manto de pele de ovelha subiu até o portão aberto, de traves maciças escurecidas pelo tempo.

Uma tigela funda, de bronze, pendia do lintel, presa em cordas. Ele pegou um bastão encostado no poste e bateu habilmente. Longas vibrações de som, como círculos na água, pulsaram mais e mais; um profundo murmúrio respondeu de algum ponto além. A árvore enorme abrigava forquilhas, nós e velhos ninhos de aves cheios de neve. Altares toscos e arcaicos, ofertas de séculos, postavam-se ao redor, a céu aberto.

Era o mais antigo oráculo da Grécia. Seu poder vinha do Amon egípcio, pai de todos os oráculos, mais velho do que o tempo. Dodona falara antes de Apolo ir a Delfos.

O vento que balançava calmamente os ramos altos desceu numa lufada violenta. Um estrondo selvagem irrompeu acima; em uma coluna de mármore havia um menino de bronze segurando um açoite com correntes de bronze que, girando ao vento, batiam os pesos de suas pontas num caldeirão também de bronze. Era um vaso acústico como os que por vezes se usavam em teatros. O som era ensurdecedor. Ao redor da árvore sagrada, sobre tripés, havia bronzes ocos; o som corria ao longo deles, como trovão afastando-se depois de um grande estampido. Antes que caísse, outra lufada atingiu o vaso. De uma casinha de pedra atrás da árvore, espiaram cabeças cinzentas.

Alexandre sorriu como quando atacava em uma batalha. Avançou para o recinto trovejante. Uma terceira lufada soprou; uma terceira vez, o ciclo de ruído revolveu-se e parou. Voltou a reinar a quietude murmurante.

Da velha cabana de pedras saíram três mulheres velhas murmurando, com mantos de pele mofados em torno dos corpos. Eram as pombas, servas do oráculo. Quando avançavam arrastando os pés sobre as bolotas de carvalho pretas e úmidas, viam-se os tornozelos enrolados em trapos de lã, mas seus pés estavam nus, rachados, e incrustados de sujeira. O poder delas vinha do contato com a terra, e não o podiam perder jamais; era a lei do santuário.

Uma delas era uma anciã robusta, de ossos largos, que parecia ter feito o trabalho de homens em uma fazenda pela maior parte de sua vida. A segunda era baixa, roliça, severa, com nariz pontudo e lábio inferior saltado. A terceira era uma velhinha pequena e curva, seca e castanha como uma bolota murcha. Dizia-se que nascera no ano da morte de Péricles.

Encolhidas em suas peles, olharam ao redor, aparentemente surpresas, para aquele peregrino solitário. A mulher alta sussurrou algo para a roliça. A mais velha trotou adiante, sobre enrugados pés de pássaro, e tocou nele como uma criança curiosa. Seus olhos estavam cobertos de uma pele branco--azulada. Era quase cega.

A mais roliça disse em voz áspera e cautelosa:

— Como pretende interrogar Zeus e Dione? Quer o nome do deus a quem deveria fazer oferendas e conseguir seu desejo?

Alexandre disse:

— Farei minha pergunta somente ao deus. Dê-me as coisas para que eu possa escrever.

A mulher alta inclinou-se para ele com bondade desajeitada; movia-se como um animal de fazenda, e também cheirava a um.

— Sim, sim, só o deus verá, mas os destinos estão em dois cântaros: um para receber as graças dos deuses, o outro para obter sim ou não. Qual devemos pegar?

— Sim ou não.

A velhinha agarrou a dobra do manto dele em seu punho diminuto, com a certeza de uma criança cuja beleza a torna bem-vinda. De repente começou a cantar, perto da cintura dele.

— Cuidado com seu desejo. Cuidado.

Alexandre curvou-se para ela e perguntou brandamente:

— Por quê, mãe?

— Por quê? Porque o deus o realizará.

Ele pôs a mão na cabeça dela, uma casquinha de osso numa penugem de lã, e, acariciando-a, olhou por cima dela, para as profundezas pretas do carvalho. As duas outras entreolharam-se. Nenhuma disse nada.

Alexandre falou:

— Estou pronto.

Partiram para um santuário de teto baixo ao lado da tenda delas, a velhinha trotando atrás, emitindo sons agudos, ordens confusas, como uma bisavó que entrou na cozinha para aborrecer as mulheres que lá trabalham. Podia-se ouvi-las remexendo e resmungando, como em alguma estalagem desarrumada em que chegava um freguês que não podia ser dispensado.

Os imensos galhos antigos estendiam-se por cima dele, ramificando o sol ameno. O tronco central era nodoso e cheio de ranhuras por causa da idade; em suas fissuras, pequenos votos tinham sido enfiados por adoradores em tempo tão remoto que a casca quase os recobrira de novo. Uma parte estava esfacelada e podre, furada por vermes. O verão revelaria o que estava oculto pelo inverno, isto é, alguns ramos principais mortos. Sua primeira raiz brotara da bolota enquanto Homero ainda vivia; estava perto de cumprir seu tempo.

Um gemido e arrulho sonolento veio do centro maciço onde os galhos formavam forquilhas; em buracos e pequenos telheiros pregados aqui e ali, as pombas sagradas aninhavam-se em casais, eriçavam as penas e comprimiam-se umas contra as outras por causa do frio. Quando ele se aproximou, uma delas emitiu, da treva que a ocultava, um "ro-co-có" ruidoso.

As mulheres apareceram, a mais alta com uma mesinha de madeira baixa, a mais roliça com um cântaro antigo pintado em vermelho e preto. Puseram o cântaro na mesa debaixo da árvore. A velhinha colocou nas mãos dele uma tira de chumbo macio e um estilo de bronze.

Ele colocou a tira sobre uma velha pedra de altar e escreveu com firmeza: as letras fundas brilhavam prateadas no chumbo fosco. *Deus e boa sorte. Alexandre pergunta a Zeus do santuário, e a Dione, se a coisa que tenho em mente vai acontecer.*

Dobrando a tira em três para esconder as palavras, ele a jogou no cântaro. Antes de chegar até ali, aprendera o que fazer.

A mulher alta parou junto à mesa e ergueu os braços. Havia uma sacerdotisa pintada no cântaro, parada na mesma posição. A invocação foi feita no jargão de alguma língua estrangeira, havia muito corrompida pelo tempo e pela ignorância; as vogais eram arrastadas, imitando uma pomba. Depois, uma respondeu; houve um sussurro próximo da árvore.

Alexandre parou, observando, mente fixa no seu desejo. A sacerdotisa alta pôs a mão no cântaro e começou a tateá-lo, quando a velha aproximou-se e beliscou seu manto, censurando-a com voz aguda como a de um macaco:

— Isso foi prometido a mim, a mim — reclamou.

A outra recuou, atônita, lançando um olhar de soslaio para ele; a mais roliça soltou uma risada, mas não fez nada. A velhinha afastou o traje do braço fino como um graveto, parecendo uma dona de casa limpando panelas, e enfiou-o lá dentro. Houve um farfalhar de tabuinhas de carvalho nas quais estavam inscritos os presságios.

Durante esses atrasos Alexandre esperava, parado, de olhos fixos no cântaro. A sacerdotisa pintada em preto parava em sua retesada postura arcaica, mostrando a palma das mãos erguida. A seus pés, enroscada em torno da perna da mesa, havia a pintura de uma serpente.

Fora desenhada com habilidade e vigor, a cabeça erguida. A perna da mesa era curta, como a de uma cama baixa; ela facilmente subiria ali. Era uma serpente doméstica, que conhecia um segredo. Enquanto a velha resmungava e arranhava por ali, ele franziu o cenho ao olhar, tentando descobrir, na escuridão, de onde aquilo rastejara, a razão de alguma ira antiga, algum ferimento enorme, algum insulto mortal não vingado. Formavam-se imagens. Novamente ele enfrentava um inimigo gigantesco. O vapor de sua respiração dispersava-se no ar frio; por uma longa pausa não houve nenhuma respiração, depois escapou-lhe um som abafado, em silêncio. Seus dentes e dedos estavam cerrados. Suas lembranças expuseram-se e sangraram.

A velhinha endireitou-se. Segurava no cântaro sujo a tira dobrada e dois augúrios de madeira. As outras correram para junto dela; a lei mandava tirar só um augúrio, o mais próximo da tira de chumbo; e sibilaram-lhe alguma coisa, da forma como babás agem com uma criança que faz, por ignorância, algo indevido. Ela ergueu a cabeça — sua coluna vertebral não podia mais endireitar-se — e disse, numa voz jovem e imperiosa:

— Recuem! Sei o que tenho de fazer.

Por um momento, viu-se que outrora fora linda.

Deixando a tira de chumbo na mesa, ela foi até Alexandre, as duas mãos estendidas, em cada uma um presságio. Abrindo a direita, disse:

— Para o desejo em sua mente. — E, abrindo a esquerda: — Para o desejo em seu coração.

Cada um dos dois pequenos bloquinhos de madeira preta trazia a inscrição "sim".

A mais nova esposa do rei Filipe tivera seu primeiro filho. Era uma menina.

A parteira trouxe-a do quarto. Ele pegou nas mãos, com sinais rituais de aprovação, aquela criaturinha vermelha, nua para provar-lhe que não tinha defeito. Átalo, que rondava a casa desde que se rompera a bolsa d'água, inclinou-se, rosto também vermelho e enrugado; devia ter esperado contra toda a probabilidade, até certificar-se do sexo. Seus luminosos olhos azuis seguiram o bebê cheios de ódio, quando o levaram embora; se pudesse o teria jogado no lago como um cachorrinho indesejado, pensou Filipe. Muitas vezes ele se sentia idiota por ter gerado cinco meninas para cada menino; mas desta vez soubera da novidade com grande alívio.

Eurídice era tudo o que ele apreciava numa jovenzinha, sensual sem parecer exagerada, ansiosa por agradar sem bajulação, nunca fazendo cenas. Com prazer, algum dia, ele a colocaria no lugar de Olímpia. Pensara até, vagamente, em mandar eliminar em definitivo aquela bruxa; isso resolveria todos os problemas. Ela havia cometido delito sangrento suficiente para merecer uma justiça inclemente, e havia gente que podia ser contratada tão perita nesses assuntos quanto ela, mas, por melhor que tudo saísse, o rapaz saberia. Nada o esconderia dele; pegaria a verdade no ar. E então?

E agora? Bem, essa menininha dava-lhe um tempo para respirar. Átalo dissera-lhe uma dúzia de vezes que a família deles tendia a ter filhos homens. Agora, ele que ficasse quieto por algum tempo. Filipe adiou a decisão, como andava fazendo naqueles dez meses.

Seus planos para a guerra da Ásia progrediam suavemente. Fabricavam e armazenavam armas, chegavam recrutas, confiscavam-se cavalos para a cavalaria; ouro e prata escorriam como água para as mãos de fornecedores, tesoureiros, agentes e clientes. As tropas treinadas e manobradas, prontas e disciplinadas, contando lendas sobre a fabulosa riqueza da Ásia e os enormes resgates pelos sátrapas cativos, mas isso fora um brilho, uma ressonância, uma fagulha, um sorriso diante do perigo.

Também havia rixas mais palpáveis. Uma briga feroz, que desencadearia meia dúzia de lutas sangrentas, irrompera numa loja de vinho em Pela entre a cavalaria dos recrutas tribais de Átalo e os da tropa recentemente rebatizada de Cavalo de Nicanor, embora ninguém que valorizasse a própria vida fosse dizer isso quando seus homens pudessem ouvir. Filipe mandou chamar os principais ofensores; entreolharam-se e foram evasivos, até que o mais jovem, herdeiro de uma família antiga que ajudara uma dúzia de reis e disso lembrava-se muito bem, ergueu seu queixo barbeado e disse em tom de desafio:

— Bem, senhor, eles estavam insultando o seu filho.

Filipe disse-lhes que cuidassem de suas próprias famílias e deixassem o caso com ele. Os homens de Átalo, que esperavam ouvir "ainda não tenho filho", afastaram-se desgostosos. Pouco depois, ele mandou outro espião para descobrir o que acontecia na Ilíria.

Não mandou nenhum a Epiro; tinha conhecimento da situação lá. Recebera uma carta que compreendera perfeitamente; o protesto de um homem honrado, que ia até o ponto exigido pela honra. Quase se podia ver a linha delimitadora. Ele respondera com igual finura. A rainha o deixara por vontade própria, e por temperamento obstinado, não tendo sofrido nenhuma injúria legal. (Aqui ele pisava em chão seguro; nem todas as famílias reais epirotas tinham sido monogâmicas.) Ela jogara seu filho contra ele; o atual exílio do jovem era unicamente culpa dela. A carta não continha nenhum insulto mortal. Seria também compreendida, mas, o que estava acontecendo na Ilíria?

Alguns rapazes tinham voltado de Epiro trazendo uma carta.

*Alexandre a rei Filipe da Macedônia, saudações. Devolvo ao senhor e aos respectivos pais desses homens, meus amigos. Não são culpados de nenhum erro. Bondosamente escoltaram a rainha e a mim até Epiro: feito isso, nada mais exigimos deles. Quando a rainha, minha mãe, tiver recuperado seus direitos e sua dignidade, voltaremos. Até então, farei o que achar melhor, sem pedir permissão a ninguém.*

*Cumprimente em meu nome os soldados que comandei na Queroneia e os que serviram sob minhas ordens na Trácia. E não esqueça o homem que meu escudo salvou quando os argivos se amotinaram diante de Perinto. O senhor sabe o nome dele. Passe bem.*

Em seu escritório particular, Filipe amassou a carta e jogou-a no chão; depois, inclinando-se com dificuldade por causa da perna, pegou-a, alisou as rugas e trancou-a a chave.

Um após outro, os espiões do Oeste trouxeram notícias inquietantes, nunca fatos concretos. Os nomes do pequeno e unido grupo estavam sempre ali. Ptolomeu: ah, se eu tivesse me casado com sua mãe, a história seria diferente. Nearco: bom oficial da marinha, seria promovido se tivesse bom senso. Hárpalo: nunca confiei naquela raposa manquitola, mas o rapaz quis levar. Erígio... Laomedonte... Heféstion, bem, não se separa um homem de sua sombra. Filipe refletiu por um momento, na inveja triste e ressentida do homem que acreditava ter sempre procurado o amor perfeito, sem admitir que o preço lhe provocava rancores.

Os nomes nunca variavam; as notícias, sempre. Estavam no forte de Cosso; no castelo de Cleito, que era quase um Rei Supremo, até onde a Ilíria toleraria isso; estavam na fronteira da Lincéstida. Estavam na costa, dizia-se que pediam navios para a Corcira, para a Itália, Sicília, até o Egito. Foram vistos nas cordilheiras ao lado de Epiro. Dizia-se que compravam armas, contratavam lanceiros, treinavam um exército em alguma floresta. Sempre que Filipe precisava dispor de suas tropas para a guerra na Ásia, um desses alarmes chegava, e precisava guardar um regimento para a fronteira. Sem dúvida, o menino estava em contato com amigos na Macedônia. No papel, os planos de guerra do rei permaneciam inalterados: mas seus generais sentiam que ele estava tenso, aguardando o próximo relatório.

\* \* \*

Num castelo situado num promontório rochoso junto de uma baía ilíria coberta de florestas, Alexandre olhava para cima, para as vigas escurecidas pela fumaça envoltas na noite. Passara o dia caçando, como no dia anterior. Sua cama era de palha, cheia de pulgas, e ficava no canto do salão reservado aos hóspedes; ali, entre cães que roíam ossos de jantares amanhecidos, dormiam os solteiros da família. Sua cabeça doía. Uma lufada de ar puro entrou pela porta; o céu enluarado parecia claro. Alexandre levantou-se e jogou o cobertor nos ombros. Estava sujo e rasgado; o bom fora roubado meses antes, na época de seu aniversário. Num acampamento nômade perto da fronteira, ele fizera dezenove anos.

Passou por pessoas que dormiam, tropeçando em uma delas, que grunhiu algumas pragas. Lá fora, na falésia desértica, corria uma rampa estreita. O penhasco caía direto no mar; lá embaixo, a espuma brilhante do luar arrastava-se em torno dos penedos. Ele reconheceu os passos atrás de si, e não se virou. Heféstion inclinou-se na parede ao lado.

— O que foi? Não conseguiu dormir?

— Acordei — disse Alexandre.

— Está de novo com cólicas?

— Ali dentro fede.

— Por que bebe aquele mijo de cachorro? Eu preferiria ir para a cama sóbrio.

Alexandre lançou-lhe um olhar que parecia uma reclamação velada. Seu braço, apoiado na amurada, fora arranhado pelas garras de um leopardo moribundo. O dia todo ele estivera em movimento; agora estava quieto, olhando a descida vertical para o mar. Finalmente, disse:

— Não podemos adiar por muito mais tempo.

Heféstion franziu o cenho, mas estava contente pelo que ouvira; o que mais temia era ter de perguntar.

— Não — respondeu. — Acho que não.

Alexandre pegou algumas pedrinhas do topo do muro e jogou-as no mar cintilante. Não se viu nenhuma ondulação na superfície, som algum voltou das profundezas, nem quando atingiu a pedra. Heféstion não fez nada. Oferecia sua presença, como seus augúrios lhe ordenavam.

— Mesmo uma raposa — disse Alexandre, então — um dia acaba com todos os seus truques. E da segunda vez, as redes estão esperando.

— Os deuses lhe concederam sorte muitas vezes.

— O tempo está acabando — disse Alexandre. — É uma sensação que se adquire na guerra. Você se recorda de Polidoro com seus doze homens tentando manter aquele forte no Quersoneso. Todos aqueles elmos apoiados nas paredes... também os moviam de vez em quando. Fui enganado e cheguei a pedir reforço por dois dias, lembra-se? Então uma catapulta derrubou um dos elmos, e vimos a haste que o sustentava. Tinha de acontecer; o tempo dele acabara. O meu acabará quando algum chefe ilírio atravessar a fronteira por conta própria para pegar gado, ou por uma rixa, e quando Filipe souber que não era eu o líder. Depois disso eu nunca mais o enganarei, ele me conhece bem demais.

— Você ainda podia dirigir um ataque; não é tarde demais para mudar de ideia. Se avançar um pouco, evitando usar suas forças... com tudo o que ele tem a fazer, duvido que viesse pessoalmente.

— Como posso saber? Não, tive um aviso... uma espécie de aviso... em Dodona.

Heféstion manteve essas notícias em segredo. Era o máximo que Alexandre já lhe contara.

— Alexandre. Seu pai o quer de volta. Sei disso. Você devia acreditar em mim. Eu soube o tempo todo.

— Tudo bem. Pois então, que faça justiça à minha mãe.

— Não, não apenas pela guerra na Ásia. Você não quer ouvir falar nisso, mas ele o ama. Pode não gostar do jeito como ele age. Os deuses, diz Eurípides, têm muitos rostos.

Alexandre colocou as mãos sobre a pedra quebrada, e voltou toda a atenção ao amigo.

— Eurípides escrevia para atores. Máscaras, pode-se dizer; sim, máscaras. Algumas belas, outras não, mas um rosto. Um só.

Um meteoro atravessou seu olhar como uma labareda com a extremidade brilhante, verde-amarelada, e uma cauda vermelha que desbotava, e mergulhou no mar distante. Heféstion sentiu-se feliz, de repente, como uma taça bebida num hausto.

— Isso é um presságio para você. Tem de decidir esta noite. Você sabe: veio para cumprir isso.

— Acordei e o lugar fedia como um monte de lixo.

Um tufo de flores pálidas enraizara-se entre as pedras; ele as tocou sem notar. Como um grande peso que subitamente soltara dos ombros, Heféstion sentiu que o outro se apoiava nele, que precisava dele mais do que para o amor. Isso não lhe trouxe alegria; era como divisar o primeiro sinal de uma doença mortal. Ócio; ele suporta tudo, menos ócio.

— Esta noite — murmurou. — Não há o que esperar, você sabe de tudo. — Sem se mover, Alexandre pareceu concentrar-se em si de forma mais introspectiva que antes. — Sim. Primeiro, estou passando tempo, não usando tempo. Nunca senti isso antes. Segundo, há dois ou três homens, acho que o rei Cleito é um deles, que uma vez certos de não poderem me usar contra meu pai, vão querer lhe enviar minha cabeça. E, terceiro... ele é mortal, homem algum sabe a sua hora. Se ele morresse e eu estivesse fora da fronteira...

— Isso também — disse Heféstion calmamente. — Bom, então, como você mesmo diz, quer ir para casa, e ele o quer de volta. Trocaram provocações mortais, nenhum falará primeiro. Você tem de encontrar um meio-termo adequado. Quem vai ser?

Firme agora, como se fosse uma hora estabelecida, Alexandre respondeu:

— Demarato, de Corinto. Ele gosta de nós dois, vai apreciar a importância do encargo e desempenhá-lo bem. Quem mandaremos até ele?

Foi Hárpalo, mancando, triste e diplomático, seu rosto moreno e vivo, o sorriso rápido e a atenção grave e lisonjeira, quem cavalgou para o Sul. Mandaram-no pela fronteira epirota, por medo de assaltantes; mas não levava carta alguma. Era a essência de sua missão, que não existisse registro dela. Levava apenas sua mula, algumas roupas limpas e seu talismã de ouro.

* * *

Filipe soube com agrado que seu antigo amigo e hóspede Demarato tinha assuntos no Norte e gostaria de visitá-lo. Escolheu cuidadosamente o jantar, e contratou um bom dançarino de espadas para animar a noite. Retiraram comida e bailarino; sentaram-se diante do vinho. Sendo Corinto um posto de escuta de todo o sul da Grécia, Filipe perguntou por novidades. Ouvira falar em algum atrito entre Tebas e Esparta; o que pensava Demarato?

Como hóspede privilegiado e orgulhoso do fato, recebendo o sinal esperado, balançou sua distinta cabeça grisalha:

— Ah, rei! Como pode perguntar se os gregos vivem em harmonia se sua própria casa está em plena guerra!

O olho escuro de Filipe, ainda não muito injetado pelo vinho, virou-se rápido. Seu treinado ouvido de diplomata percebera certa nota, a sombra de algo planejado. Não deu sinal disso.

*   *   *

— Aquele menino! Incendeia uma fagulha, como breu. Palavras tolas de um homem ébrio que não valem senão uma risada no dia seguinte, se mantivesse o juízo com que nasceu, mas sai correndo, num arroubo, para sua mãe, e você *a* conhece.

Demarato emitiu palavras de solidariedade. Disse que era uma imensa lástima, que com a mãe tão ciumenta o rapaz sentisse seu futuro ameaçado pela desgraça dela. Citou impecavelmente (pois as tinha preparado) algumas elegias convenientes de Simônides.

— Cortar o próprio nariz — disse Filipe — para desfigurar sua cara. Um menino com aqueles talentos, que desperdício. Nós nos damos muito bem, exceto no que diz respeito àquela bruxa. Ele não podia ser tão tolo. Bem, a esta hora deve ter pagado por isso. Deve estar farto de fortalezas ilírias, mas se acha que eu...

Só na manhã seguinte a conversa começou a ficar mais séria.

*   *   *

Demarato era o hóspede mais homenageado do rei em Epiro. Escoltaria a irmã do rei e seu filho perdoado de volta a Pela. Sendo rico, tinha de ser pago principalmente em glória. O rei Alexandro brindou em uma taça de ouro e implorou que a aceitasse como pequena lembrança. Olímpia apresentou-lhe todo o seu encanto social; se seus inimigos a chamavam de megera, ele que julgasse por si. Alexandre, usando o único quíton bom que lhe restava, ficou mais atento; até certa noite, quando um velho rígido e cansado desceu até Dodona numa mula exausta. Era Fênix. Suportara um tempo árduo no desfiladeiro, e quase caíra da sela nos braços erguidos de seu filho de criação.

Alexandre pediu um banho quente, óleos doces e um massagista perito; ninguém em Dodona, descobriu-se então, jamais ouvira falar nisso. Então ele próprio foi massagear Fênix.

A banheira real era um objeto antigo de argila pintada, muito remendado e tendendo a vazar; não havia divã, ele teve de pedir um. Trabalhou os músculos nodosos e tensos, seguindo sua trilha como Aristóteles lhe mostrara, massageando e dando tapinhas como ensinara seu escravo. Na Ilíria, fora médico de todos os demais. Mesmo quando, falhando conhecimento ou memória, ele se apoiava em augúrios vistos em sonhos, preferiam-no à feiticeira local.

— Ai, ai, assim está melhor, é aí que sempre me dói. Você estudou com Quíron, como Aquiles?

— Não há melhor mestre do que a necessidade. Agora, vire-se.

— Essas cicatrizes em seu braço são recentes.

— O meu leopardo. Tive de dar sua pele ao meu anfitrião.

— Os cobertores chegaram em ordem?

— Você também mandou cobertores? Na Ilíria, todos são ladrões. Recebi os livros; eles não sabem ler, e por sorte não lhes faltou combustível. Os livros foram o melhor de tudo. Uma vez me roubaram Bucéfalo.

— E o que foi que você fez?

— Fui atrás do homem e matei-o. Ele não estava longe, Bucéfalo não o deixava montar.

Ele estava massageando o tendão do jarrete de Fênix.

— Você nos deixou todos tensos por meio ano ou mais. Aqui e ali, feito uma raposa. — Alexandre deu uma risada breve, sem parar com seu trabalho. — Mas o tempo passou, e você não é de desistir. Seu pai respeitou seus sentimentos naturais. Como eu lhe disse que devia fazer.

Fênix virou a cabeça para encará-lo.

Alexandre endireitou-se, limpando as mãos untadas numa toalha.

— Sim — disse devagar. — Um sentimento natural, sim, pode-se dizer isso.

Fênix retirou os pés da água funda, como lhe tinham ensinado.

— Viu a batalha no Oeste, Aquiles?

— Uma única vez, uma guerra tribal. É preciso apoiar o anfitrião da gente. Ganhamos. — Ele jogou para trás seu cabelo úmido. Seu nariz e boca pareciam contraídos. Ele jogou a toalha num canto com força.

Fênix pensou: *Ele se orgulhava de seu sofrimento com Leônidas; isso o ensinara a ser resistente; eu o escutei em Pela, e sorri, mas desses meses ele não vai se vangloriar; e o homem que sorri devia tomar cuidado.*

Como se ele tivesse falado alto, Alexandre disse numa raiva súbita:

— Por que meu pai exigiu que eu lhe pedisse perdão?

— Ora, vamos, ele é um homem de negócios. Toda negociação começa com outras requisições. No fim, ele não pressionou nada.

Fênix tirou do divã suas pernas atarracadas e enrugadas. Junto dele havia uma janela baixa, pequena, com um ninho de pássaro no canto superior; no peitoril, manchado com excrementos, havia um pente de marfim com dentes gastos do qual estavam presos alguns pelos ruivos da barba do rei Alexandro. Penteando-se, rosto protegido, Fênix examinou seu pupilo.

Ele compreendeu que pode falhar. Sim, até mesmo ele. Viu que há rios pelos quais não se pode mais voltar depois de se levantar a ponte. Em alguma noite escura nesse país de ladrões, ele se enxergou sabe-se lá como. Um estrategista de mercenários, contratado por algum sátrapa em guerra com o Grande Rei ou um tirano de terceira categoria; talvez um cometa errante, como foi Alcibíades um dia, um prodígio de nove dias a cada tantos anos, depois apagado na treva. *Por um momento, ele enxergou isso. Gosta de mostrar suas cicatrizes de guerra; esta cicatriz, ele vai ocultar como uma marca de escravo, até mesmo de mim quer escondê-la.*

— Venha! A negociação deu certo; afaste velhos cálculos e comece com tabuleta limpa. Lembre o que Agamemnon disse a Aquiles quando se reconciliaram:

> *Mas o que podia eu fazer? Todas as coisas vêm de Deus.*
> *A cegueira do coração é herança de Zeus, fatal,*
> *Que nos engana a todos.*

— Seu pai sentiu isso, pude ver no rosto dele.

— Posso lhe emprestar um pente mais limpo do que esse — disse Alexandre. Guardou-o de novo embaixo do ninho e escovou os dedos. — Bem, sabemos o que Aquiles disse:

> *Tudo foi pelo bem de Heitor e pelos troianos;*
> *Os gregos, porém, penso que lembrarão por longo tempo nossa separação.*
> *Mesmo assim, vamos considerar tudo acabado e passado,*
> *Embora ainda nos doa, abatendo a paixão interior porque precisamos.*

Ele pegou o quíton limpo da bolsa de sela de Fênix, soltou-o com elegância sobre a cabeça como um pajem bem-treinado e entregou-lhe o cinturão de sua espada.

— Ah, filho, você sempre foi bom comigo. — Fênix, de cabeça baixa, arrumou a fivela.

Queria que essas palavras inaugurassem uma exortação; mas, como o resto lhe faltasse, deixou tudo como estava.

\* \* \*

O Cavalo de Nicanor era novamente o esquadrão de Alexandre.

A negociação durara algum tempo; muitos mensageiros entre Demarato e o rei tinham cruzado as difíceis trilhas para o Epiro. Era o núcleo da negociação, obtida com muitas manobras; que nenhuma das partes protestasse uma vitória franca. Quando finalmente pai e filho encontraram-se, ambos sentiram que já fora dito o suficiente; eximiram-se de repetir tudo em palavras. Um examinou o outro com curiosidade, ressentimento, suspeita, arrependimento e uma vaga esperança, que esconderam muito bem.

Sob os olhares complacentes de Demarato, trocaram um beijo simbólico de reconciliação. Alexandre trouxe sua mãe; Filipe beijou-a também, percebendo que os sulcos de orgulho e rancor estavam mais fundos, e recordando, espantado, sua paixão na juventude por ela. Depois todos partiram para retomar suas vidas como estavam agora.

A maior parte dos homens da Corte até ali conseguira evitar tomar partido. Só pequenos grupos de partidários, atalenses, agentes de Olímpia, amigos e camaradas de Alexandre, tinham criado pequenas rixas e intrigas, mas a presença viva dos exilados era como azedume no leite. Começava a separação.

Os jovens sabiam que ele era jovem e superara os mais velhos; que quando velhos invejosos haviam tentado derrubá-lo ele resistira, e vencera. Ele expressava num fulgor todas as suas próprias rebeliões; era seu herói e vítima. Até a causa de Olímpia se tornou a dele, por ser a de Alexandre. Ver a própria mãe envergonhada, e o próprio pai, um velho de mais de quarenta anos, dar um espetáculo público com uma menina de quinze anos; por que aceitar uma coisa dessas? Por isso, quando o viram, saudaram-no com um fervor que desafiava tudo. E ele sempre o percebia.

O rosto de Alexandre estava mais magro. Durante anos fora curtido, mas aquela aparência exaurida era nova. As saudações dos homens o transformaram, e seu sorriso cálido e confiante os recompensou.

Heféstion, Ptolomeu, Hárpalo e o restante dos companheiros de seu exílio foram tratados com respeito e veneração; suas histórias começavam a tornar-se lenda. E não falharam com seu amigo. Todos os relatos eram de sucesso; o leopardo, as marchas para a fronteira, uma vitória gloriosa na guerra tribal. Investiam nele o seu orgulho, além do amor; se pudessem, teriam até mudado as lembranças dele. Embora sem nada dizer, ele lhes agradecia o suficiente; sentiam-se amados. Logo pareciam líderes reconhecidos, tanto para os outros jovens quanto para si mesmos; e principiaram a demonstrar isso, às vezes discretamente, outras, não.

Seu grupo reunia-se; feito de homens que o apreciavam ou tinham lutado a seu lado; homens a quem, feridos e meio congelados na Trácia, ele talvez tivesse cedido seu próprio lugar junto ao fogo, dando-lhes de beber de sua própria taça de vinho; ou aqueles cuja coragem estava diminuindo quando ele chegou e os reanimou; ou os que lhe haviam contado histórias nos postos de guarda, quando menino; apoiado por homens que lembravam os anos anárquicos e queriam um herdeiro forte; e também por homens que odiavam os inimigos dele. Os atalenses cresciam diariamente em poder e orgulho. Parmênion, viúvo havia algum tempo, casara-se com a filha de Átalo, e o rei fora padrinho.

Da primeira vez que Alexandre encontrou Pausânias onde ninguém pudesse escutá-los, agradeceu-lhe pela hospitalidade em sua casa. Os lábios barbudos moveram-se, rígidos, como se quisessem devolver o sorriso, caso não fossem perder o jeito.

— Não foi nada, Alexandre. Ficamos honrados... Eu faria mais que isso.

Seus olhos encontraram-se por um instante, os de Pausânias avaliando, os de Alexandre interrogando; mas Pausânias nunca fora um homem fácil de se entender.

Eurídice tinha uma bela e nova casa na encosta, a poucos passos do palácio. Haviam derrubado um pinheiral para limpar o local, e uma estátua de Dioniso, no bosque, fora devolvida à rainha Olímpia, que a erigira ali. Não fora um nicho de santidade antiga, apenas um capricho dela ao qual os boatos ligavam a algum escândalo.

Embora tendo chegado tarde demais para saber dessas coisas, Heféstion sabia melhor do que ninguém que a legitimidade de um filho depende da honra da mãe. Naturalmente precisava defendê-la, não tinha escolha; mas por que tal paixão, tamanha amargura com o pai, tal cegueira com relação a seu próprio bem? Verdadeiros amigos partilham de tudo, exceto do passado antes de terem se conhecido.

Todo o mundo sabia muito bem que ela tinha sua facção; seus aposentos eram como a casa de reuniões de alguma oposição de exilados, nos Estados do Sul. Heféstion ficava tenso sempre que Alexandre ia para lá. Ele sabia de tudo o que ela arquitetava? Fosse o que fosse, se houvesse problemas, o rei pensaria que Alexandre estava a par.

Também Heféstion era jovem; partilhara do choque dos oportunistas outrora assíduos, agora distantes. As muitas vitórias de Alexandre os advertiram. Na Macedônia, com sua história, ele tinha fama de perigoso, como uma pantera. Sempre desprezara servilismo; mas, enraizada nele, estava a necessidade de ser amado. Agora ele aprendia que homens conheciam e usavam isso. Observando a lição, com ironia silenciosa e severa, estava o rei.

— Você devia tentar resolver os problemas — dizia Heféstion. — Ele também deve querer isso, ou por que o chamaria de volta? São sempre os mais jovens que têm de dar o primeiro passo, nisso não há vergonha alguma.

— Não gosto do jeito como ele me olha.

— Ele pode estar pensando a mesma coisa, vocês dois estão tensos, mas como duvidar de que é o herdeiro dele? Quem mais existe? Arrideu?

O idiota andara em Pela ultimamente, para um dos grandes festivais. A família de sua mãe sempre o trazia, arrumado e penteado, para homenagear o pai, que o reconhecera orgulhoso quando o trouxeram da sala de parto, um bebê bonito e de aparência saudável. Agora, aos dezessete anos, ele era mais alto que Alexandre e mais parecido com Filipe, exceto quando abria a boca. Não o levavam mais ao teatro, onde gargalhava nos momentos de clímax trágicos, nem a rituais solenes, porque podia sofrer um de seus ataques, cair no chão debatendo-se como um peixe na areia e sujar-se com seus excrementos. Os acessos tinham lesado sua mente, diziam os médicos; antes fora uma criança normal. Ele apreciava os aspectos secundários das festas, era conduzido por um velho escravo da família como um menininho com seu tutor. Naquele ano, aparecera-lhe a barba escura; mas ele não largava o seu boneco preferido.

— Que rival esse! — disse Heféstion. — Por que você não consegue relaxar?

Depois desse bom conselho ele saía, topava com um homem da facção dos atalenses, ou até com um dos muitos inimigos de Olímpia; aborrecia-se com o que diziam e dava-lhes um soco na boca. Todos os amigos participavam disso; tendo temperamento perspicaz, Heféstion fazia mais. Verdadeiros amigos partilhavam tudo, especialmente suas brigas. Mais tarde, ele se censurava; mas todos sabiam que não seriam censurados por Alexandre, por aquelas provas de amor. Não que os mandasse criar problemas; apenas desenvolvia-se à sua volta aquele tipo de lealdade desafiadora, da qual saltam faíscas como uma pederneira.

Ele caçava sem parar, mais contente quando a presa era perigosa ou demorava mais para ser apanhada. Lia pouco, mas com objetivo; sua inquietação precisava de ação, e só ficava satisfeito quando preparava seus homens para a guerra iminente. Parecia estar por toda a parte, exigindo dos engenheiros catapultas que pudessem ser desmontadas e transportadas de carroça, e que não fossem largadas para apodrecer depois de cada sítio; nas linhas da cavalaria olhava cascos, examinava o solo dos estábulos e discutia sobre a ração. Falava muito com viajantes, comerciantes, se enviados, atores, mercenários que conheciam a Ásia grega e até outros países. Conferia tudo o que lhe diziam, passo a passo, com a *marcha interna* de Xenofonte.

Heféstion, com quem dividia os planos, viu que todas as esperanças de Alexandre ligavam-se a essa guerra. Estava marcado pelos meses de impotência, como se fossem um grilhão; precisava do remédio do comando, da vitória, para confundir seus inimigos e curar seu orgulho. Ainda achava certo que fosse enviado à frente sozinho com Parmênion para estabelecer um cabeça na Ásia para a força principal. Heféstion, escondendo sua própria insegurança, perguntou se falara sobre isso com o rei.

— Não. Ele que venha me procurar.

Embora também ocupado, o rei estava atento. Via mudanças táticas que deveriam ter obtido sua sanção, e esperou que lhe perguntassem, mas em vão. Via o rosto alterado do jovem e de seus amigos, estúpidos como ladrões. Nunca fora fácil ler o pensamento dele, mas outrora teria vindo procurar Filipe falando de soldado a soldado; não teria omitido isso. Como homem, Filipe ficou magoado e zangado; como governante, estava desconfiado.

Acabava de receber boas notícias; conseguira uma aliança de imenso valor estratégico. Em seu coração, ansiava por comemorar com o filho, mas se o rapaz era teimoso demais para consultar seu pai e o rei, não podia esperar ser consultado. Ele que descobrisse por si ou através dos espiões de sua mãe.

Por isso, foi através de sua mãe que Alexandre soube do iminente casamento de Arrideu.

A satrapia da Cária, na curva sul da costa asiática, era governada pela dinastia nativa sob ordens do Grande Rei. Antes de ser depositado em seu grandioso mausoléu, o importante Mausolo construíra um pequeno império na costa, em Rodes, Cós e Quios, e ao sul, descendo pela costa até a Lícia. A sucessão, embora disputada, passara firmemente para Pixodoro, seu irmão mais novo. Ele prestara homenagens formais e pagava tributo; o Grande Rei tratou de não pedir mais que isso. Depois que Siracusa recaíra na anarquia e antes da ascensão da Macedônia, a Cária tinha sido o maior poder no Mediterrâneo. Filipe a observara por muito tempo, enviando agentes secretos, manobrando com muita sutileza. Agora, estava atacando. Arrideu ficara noivo da filha de Pixodoro.

Olímpia soube disso certa manhã no teatro, durante uma tragédia encenada em honra dos enviados da Cária.

Quando chamado, Alexandre não fora encontrado logo. Estava no camarim com Heféstion para parabenizar Tétalo. A peça fora *A loucura de Hércules*. Heféstion, mais tarde, ficaria espantado por não ter entendido o augúrio.

Tétalo estava então com cerca de quarenta anos, no auge de seu poder e fama. Tão versátil que podia representar Nestor com qualquer máscara de Antígona, ainda triunfando em papéis de herói. Aquele exigira muito dele.

Acabara de tirar a máscara, e sem cuidar da aparência, por um momento seu rosto mostrou preocupação com o que via; depois da ausência apareciam as transformações. Também ouvira coisas, e quis deixar claro que sua lealdade era inabalável.

Do teatro, Heféstion foi passar uma hora com seus pais, que tinham vindo à cidade para a festa. Quando voltou, caiu no centro de um furacão.

O quarto de Alexandre estava cheio de amigos, todos falando ao mesmo tempo, indignados, adivinhando e tramando. Vendo Heféstion na porta, Alexandre varou a multidão até ele, agarrou-o pelo braço e gritou a novidade em seu ouvido. Atordoado com a ira do amigo, Heféstion emitiu sons de simpatia; certamente o rei devia tê-lo apontado pessoalmente, sim, com certeza fora uma falta de consideração. A verdade surgia aos poucos, no tumulto. Alexandre acreditava que isso provava que Arrideu fora adotado como herdeiro da Macedônia. Olímpia tinha certeza disso.

Heféstion pensou, *tenho de ficar a sós com ele*; mas não ousava tentar. Alexandre estava vermelho, como se tivesse febre; os rapazes, lembrando suas vitórias, amaldiçoavam a ingratidão do rei oferecendo conselhos insensatos, pois sentiam que Alexandre precisava deles, e não pensavam em deixá-lo agora. Ele queria de Heféstion o que queria de todos, apenas com mais urgência. Seria loucura detê-lo agora.

*A Ilíria*, pensou Heféstion. *É como uma doença que ele não consegue curar. Mais tarde falo com ele.*

— Mas quem seria a mulher? — perguntou. — Ela sabe que está prometida a um idiota?

— O que pensa? — retrucou Alexandre dilatando as narinas. — Nem o pai dela deve saber. — Suas sobrancelhas uniram-se, estava concentrado; começou a andar de um lado para o outro. Heféstion reconheceu o prelúdio da ação iminente.

Ignorando os sinais de perigo, caminhando ao lado dele, Heféstion disse:

— Alexandre, isso não pode ser verdade, a não ser que o rei tenha ficado louco. Ora, ele foi eleito rei porque os macedônios não aceitariam uma criança. Como haveria de supor que vão aceitar um retardado mental?

— Eu sei o que ele está fazendo. — Alexandre parecia irradiar calor. — Arrideu é um quebra-galho até Eurídice ter um menino. Isso é obra de Átalo...

— Mas... mas, pense! Esse menino ainda nem existe. Depois, terá de crescer, digamos até os dezoito anos. E o rei é um soldado.

— Você não sabia que ela está grávida de novo?

Heféstion pensou que se tocasse nos cabelos de Alexandre eles estalariam.

— Ele não pode pensar que é imortal. Vai para a guerra. O que pensa que vai acontecer se ele morrer nos próximos cinco anos? Quem está aí, senão você?

— A menos que ele mande me matar — disse isso como se fosse uma banalidade.

— *O quê?* Como pode acreditar nisso? Seu próprio filho!

— Dizem que não sou. Bem, então preciso me cuidar.

— Mas quem diz isso? Você se refere àquele discurso de bêbado do casamento? Acho que tudo o que o sujeito realmente quis dizer com um herdeiro legítimo foi alguém de sangue macedônio dos dois lados.

— Ah, não. Não é o que dizem agora.

— Escute. Vamos sair daqui um pouco. Vamos caçar. E mais tarde falaremos.

Olhando ao redor para ter certeza de que ninguém mais podia ouvir, Alexandre disse, em tom desesperado:

— Fique quieto, fique quieto.

Heféstion juntou-se aos demais; Alexandre, como um lobo enjaulado, caminhava de um lado para o outro.

De repente, virou-se para eles e disse:

— Saberei lidar com isso.

Heféstion, que até então nunca ouvira sua voz resoluta tão confiante, sentiu imediatamente um presságio de desgraça.

— Veremos quem vence nesse jogo de casamento — dizia Alexandre. — Imediatamente todos prestaram atenção. — Mandarei um enviado a Cária para dizer a Pixodoro em que tipo de barganha se meteu.

Houve aplausos. *Todo mundo enlouqueceu*, pensou Heféstion. Nearco, oficial da marinha, gritou acima do tumulto:

— Não pode fazer isso, Alexandre. Pode fazer com que percamos a guerra na Ásia.

— Deixe-me terminar! — berrou Alexandre. — Eu mesmo pedirei a mão da moça.

Quase em silêncio, assimilaram aquilo. Ptolomeu disse:

— Faça isso, Alexandre. Ficarei do seu lado, está aqui a minha mão.

Heféstion, horrorizado, fitava Alexandre. Contara com Ptolomeu, o irmão maior, o ajuizado. Este ultimamente andava com a sua Taís, que mandara vir de Corinto onde ela passara com ele seu tempo de exílio, mas agora estava claro que sentia tanta raiva quanto Alexandre. Afinal, embora não se soubesse, era o mais velho dos filhos de Filipe. Bem apessoado e competente, ambicioso e com mais de trinta anos, pensava que poderia ter administrado tudo muito bem na Cária. Uma coisa era apoiar um irmão legítimo e amado; outra, amparar o retardado Arrideu.

— O que dizem, todos vocês? Vamos ficar do lado de Alexandre?

Houve sons confusos de consentimento. As certezas de Alexandre eram sempre contagiantes. Exclamaram que aquele casamento asseguraria sua posição, forçando o rei a tomar cuidado com ele. Mesmo os mais medrosos, vendo-o contar as cabeças, resolveram participar. Não era um exílio ilírio, não havia nada que precisassem fazer; achavam que só ele assumiria todos os riscos.

Heféstion pensava: *Isso é traição.* Arrogante por causa do desespero, pegou Alexandre pelos ombros com a firmeza de quem reclama seus direitos. Alexandre virou-se de lado imediatamente.

— Deixe para resolver amanhã. Durma primeiro.

— Nunca adie nada.

— Ouça. E se seu pai e Pixodoro estão apenas querendo se livrar dos dois? E se ela for uma vagabunda, ou uma megera? Boa só mesmo para Arrideu? Todos ririam de você.

Ele pôde ver o esforço com que Alexandre o fitou com olhos dilatados e brilhantes. Então retrucou com controlada paciência:

— E daí? Não fará nenhuma diferença para nós, você sabe disso.

— Claro que sei! — respondeu Heféstion, indignado. — Você não está falando com Arrideu, que espécie de bobo pensa que... — *Não, não; um de nós tem de manter a cabeça no lugar. De repente, sem motivo aparente*, pensou Heféstion, *ele quer provar que pode tirar uma mulher do pai. Ela é para Arrideu, isso mantém as aparências, ele não precisa saber. E quem se atreveria a lhe dizer? Ninguém, nem mesmo eu.*

Alexandre, de cabeça inclinada em desafio, começara a calcular a força da marinha da Cária. Em tudo isso, Heféstion sentia o apelo. Alexandre não queria conselhos, mas provas de amor. E precisava ter tudo o que desejasse.

— Você sabe que estou do seu lado, não importa o que aconteça, não importa o que você faça.

Alexandre apertou seu braço, lançou-lhe um rápido sorriso secreto e virou-se para os demais.

— Quem você vai mandar para a Cária? — perguntou Hárpalo. — Se quiser, eu vou.

Alexandre foi até ele, pegou sua mão.

— Não, nada de macedônios; meu pai faria você pagar por isso. Foi uma oferta nobre, Hárpalo, nunca esquecerei.

Beijou a face de Hárpalo; estava ficando muito comovido. Dois ou três outros ofereceram-se para ir. Heféstion pensou, *é como no teatro.*

Foi então que adivinhou quem Alexandre enviaria.

Tétalo chegou à noite, e entrou pela porta particular de Olímpia. Ela queria estar presente na conferência, mas Alexandre o encontrou sozinho.

Tétalo partiu com um anel de ouro e de cabeça erguida. Olímpia também lhe agradeceu com o encanto que por vezes ainda podia demonstrar, dando-lhe um talento de prata. Ele respondeu com graça; tinha prática em fazer belos discursos quando sua mente estava ocupada com outras coisas.

*   *   *

Depois de sete dias, Alexandre encontrou Arrideu no átrio do palácio. Agora ele vinha com mais frequência; os médicos avisaram que deveria andar mais em companhia de outros, para despertar suas faculdades mentais. Ele avançou trotando para saudar Alexandre, com o velho criado, agora um pouco menor que o rapaz, vindo ansiosamente atrás. Alexandre, que não lhe atribuía mais malícia do que ao cavalo ou ao cachorro de um inimigo, retribuiu seu cumprimento.

— Como vai Friné? — perguntou, pois não via a boneca. — Tiraram-na de você?

Arrideu deu um sorriso imbecil. Gotejava saliva em sua barba preta e macia.

— A velha Friné está na caixa. Não preciso dela. Vão me trazer uma menina de verdade da Cária. — E, como uma criança tola imitando adultos, acrescentou uma piada obscena.

Alexandre fitou-o com compaixão.

— Tome conta de Friné. Ela é uma boa amiga. Você pode sentir falta dela.

— Não quando eu tiver uma esposa. — Ele sacudia a cabeça afirmativamente, olhando para Alexandre com uma confiança amigável. — Quando você morrer, eu vou ser o rei. — Seu tutor puxou-o pelo cinto; ele seguiu até o pórtico, entoando uma canção sem melodia.

Filotas estava preocupado. Vira os outros trocando olhares cujo significado daria tudo para saber. Novamente ficara de fora de um segredo. Sentia aquilo, mas todos se calavam. Sabia pelo menos quem eram; estavam contentes consigo mesmos, ou amedrontados demais, por isso o escondiam.

Foi um período difícil para Filotas. Embora tivesse vivido anos a fio próximo do grupo de Alexandre, nunca conseguira entrar no círculo mais íntimo. Tinha boa experiência em guerra, uma aparência impressionante, apesar dos olhos azuis meio saltados; era boa companhia num jantar, e andava sempre na moda; seus relatórios ao rei sempre foram discretos, e estava certo de que ninguém os detectara, mas por que não confiavam nele? Seu instinto acusava Heféstion.

Parmênion implorava-lhe notícias. Se perdesse isso, seja lá o que fosse, seria um recuo, com seu pai e com o rei. Talvez até fosse melhor partilhar do exílio, podia ter sido útil por lá, e agora estariam lhe contando tudo, mas fora súbita demais a decisão na discussão sobre o casamento; embora bravo na batalha, ele gostava de conforto longe dela, e em questões incertas preferia que outros tomassem a iniciativa por ele.

Não queria que ninguém relatasse a Alexandre ou a Heféstion, o que dava na mesma, que andara fazendo perguntas perigosas. Por isso, levou algum tempo recolhendo informações aqui e ali, procurando partes que faltavam onde não fosse muito notado, antes de saber a verdade.

\* \* \*

Fora combinado que Tétalo era conspícuo demais para relatar ele mesmo sua missão. Mandou um mensageiro confidencial de Corinto anunciar seu sucesso.

Pixodoro soubera de alguma coisa sobre Arrideu, embora não o suficiente; Filipe estava velho demais para pensar que um tratado duradouro poderia ser obtido através de fraude tão evidente. Por isso, quando viu que sem maiores custas podia trocar o asno por um cavalo de corrida, o sátrapa ficou encantado. Na sala de audiências em Halicarnasso, com suas colunas em serpentina, azulejos persas nas paredes e cadeiras gregas, a filha foi exibida modestamente; ninguém se dera ao trabalho de contar a Arrideu que ela tinha oito anos de idade. Tétalo manifestou o encanto de um procurador. Naturalmente, o casamento também teria de ser por procuração; mas, uma vez realizado, os parentes do noivo teriam de aceitá-lo. Restava apenas escolher alguém de posição adequada e enviá-lo.

Na maior parte do dia, na presença de Alexandre ou não, nada mais se falava entre seus amigos. Quando havia outras pessoas por perto, conversavam em segredo, mas esse dia forneceu a Filotas o último elo de sua corrente.

\* \* \*

Não havia nada que o rei Filipe fizesse melhor do que agir quando estava pronto e, entretanto, manter-se quieto. Não queria clamor nem gritos de arregimentação; muitos danos já haviam sido causados. Foi raro em sua vida sentir tanta raiva; desta vez, era uma raiva lúcida e moderada.

O dia passou sem acontecimentos especiais. Chegou a noite; Alexandre foi até seu quarto. Tinha de ter certeza de que estava sozinho. Assim, quando Heféstion saiu, colocaram um guarda na porta. A janela ficava a seis metros de altura, e também debaixo dela havia um guarda.

Ele não soube de nada até de manhã. Os homens tinham sido cuidadosamente escolhidos; não responderam a nenhuma pergunta. Ele esperou até o meio-dia, em jejum.

Havia um punhal debaixo de seu travesseiro. Na casa real da Macedônia, isso era tão natural quanto usar roupa. Ele o enfiou no quíton.

Se lhe trouxessem comida, não tocaria nela; morrer envenenado não era morrer lutando. Aguardou os passos.

Quando finalmente chegaram, ouviu o guarda apresentando armas. Então, não era o carrasco, mas não sentiu alívio; conhecia os procedimentos.

Filipe entrou, seguido de Filotas.

— Preciso de uma testemunha — disse o rei. — Este homem servirá.

Atrás dele, onde Filipe não podia ver, Filotas lançou um olhar de preocupação e choque a Alexandre, misturado a uma consternação perplexa. Fez um pequeno gesto, oferecendo sua lealdade indefesa naquele problema que desconhecia.

Alexandre não teve uma percepção total do fato; mas a presença do rei enchia o quarto. Sua boca enorme estava contraída no rosto largo; as sobrancelhas grossas e curvas franziam-se como asas de falcão. A força emanava dele como calor. Alexandre plantou bem os pés no chão e esperou; sentia o punhal nos nervos debaixo de sua pele.

— Eu sabia que você era tão teimoso como um porco selvagem — disse seu pai —, e tão vaidoso quanto uma meretriz de Corinto. Sabia que podia ser traiçoeiro desde que dera ouvidos à sua mãe, mas uma coisa eu não adivinhei: que você era burro.

Quando ouviu "traiçoeiro", Alexandre suspendeu a respiração e começou a falar.

— *Cale a boca!* — exclamou o rei. — Como se atreve a falar? Como se atreve a meter-se em meus assuntos com essa insolência e esse rancor infantil e ignorante, seu idiota, burro e desastrado?

— Foi para ouvir isso que você trouxe Filotas? — disse Alexandre naquele intervalo. Sentiu-se atingido por um choque, como um ferimento que ainda não começara a doer.

— Não — disse o rei ameaçadoramente. — Pode esperar por isso. Você me perdeu na Cária. Não consegue ver isso, seu tolo? Diante de Deus, já que tem tamanho conceito de si mesmo, desta vez podia ter sido mais inteligente. Quer ser um vassalo persa? Quer reunir uma horda de contraparentes bárbaros, que vão estar com você quando começar a guerra, vendendo aos inimigos os nossos planos e barganhando sua cabeça? Bem, se for assim, sua sorte acabou, pois vou mandá-lo ao Hades primeiro; lá estorvará menos. E depois disso, acha que Pixodoro vai aceitar Arrideu? Não, a não ser que seja mais burro que você, e há poucas possibilidades de isso acontecer. Achei que poderia poupar Arrideu. Bem, fui um idiota, mereci gerar só débeis mentais. — Ele respirou profundamente. — Não tenho sorte com meus filhos.

Alexandre estava quieto. Até o punhal contra suas costelas mal se movia. Então, disse:

— Se eu sou seu filho, você maltratou minha mãe. — Falava sem muita expressão; estava entretido em coisas internas.

O lábio inferior de Filipe saltou.

— Não me atormente — disse. — Eu a trouxe de volta por você, Alexandre. Ela é sua mãe; estou tentando me lembrar disso. Não me atormente diante de uma testemunha.

Filotas, ao fundo, mexeu-se, e tossiu solidariamente.

— E agora preste atenção em mim — disse Filipe. — Estou aqui para tratar de negócios. Primeiro: vou enviar um delegado à Cária. Ele pode levar uma carta formal minha recusando meu consentimento para seu noivado e outra sua, retratando-se. Ou, se você não escrever, ele levará outra carta minha dizendo a Pixodoro que você o aprecia, mas quem ele vai receber não é filho meu. Se preferir isso, diga-me agora. Não? Muito bem. Segundo: não lhe peço que controle sua mãe, você nem conseguiria. Não lhe peço que me relate suas intrigas. Nunca pedi isso, não peço agora, mas enquanto você for meu herdeiro aqui na Macedônia, isto é, enquanto eu quiser, vai ficar fora das tramas dela. Se se meter nisso de novo, pode voltar para onde esteve e ficar por lá. Para ajudar você a sair desse desastre, os jovens idiotas que você enrolou podem ir buscar problemas fora deste reino. Hoje estão arrumando seus negócios. Quando tiverem partido, você poderá sair deste quarto.

Alexandre escutou calado. Preparara-se mentalmente durante muito tempo para aguentar torturas, caso se tornasse prisioneiro numa guerra, mas pensara apenas em seu corpo.

— Então? — disse o rei. — Não quer saber quem são?

— Pode imaginar que sim — respondeu.

— Ptolomeu: não tenho sorte com meus filhos. Hárpalo: uma raposa desonesta e cheia de cobiça; eu podia tê-lo comprado, se ele valesse a pena. Nearco: sua parentela em Creta pode alegrar-se com ele. Erígio e Laomedonte... — Os nomes vinham devagar. Ele observou o rosto à sua frente empalidecer. Estava na hora de o menino entender de uma vez por todas quem era o mestre. Ele que esperasse.

Por mais que Filotas tivesse vontade de remover Heféstion, não dera seu nome; nem por justiça nem por bondade, mas por um medo inextirpável, conteve-se. O rei, de sua parte, nunca julgara Heféstion perigoso. Embora fosse certo que, numa emergência, não houvesse nada que ele não fosse fazer por Alexandre, valia a pena arriscar. Essa era a única indulgência que desagradaria a Olímpia. Além disso, tinha outra utilidade.

— Quanto a Heféstion, filho de Amíntor — disse Filipe, sem pressa —, analisei esse assunto à parte. — Parou de novo, enquanto algo dentro dele, entre desprezo e uma profunda e secreta inveja, pensava, *não existe um homem pelo qual eu pudesse sentir isso, tampouco uma mulher.* — Não há de fingir, presumo, que ele não sabia de seus planos, ou que se recusou a partilhar deles.

Na distante voz de quem sofre uma grande dor, Alexandre disse:

— Ele discordou, mas eu o contrariei.

— Ah, é? Bem, seja como for, levo em conta que, na posição em que está, ele não podia escapar de censura nem por esconder o que você fazia nem por revelá-lo. — Sua voz era seca, colocando Heféstion no devido lugar. — Por isso, por ora eu o poupei do exílio. Se ele lhe der outros bons conselhos, será melhor que você os aceite, para o bem de ambos. Pois estou dizendo tudo isso diante de uma testemunha, caso você queira discuti-lo mais tarde; se você for mais uma vez descoberto em uma conspiração, eu o considerarei parte dela, por ter conhecimento e por consentir. Vou acusá-lo diante da Assembleia dos Macedônios e pedir sua morte.

— Já ouvi — respondeu Alexandre. — Não precisava ter trazido uma testemunha.

— Muito bem. Amanhã, quando seus amigos tiverem saído daqui, dispensarei a Guarda. Hoje, pode ficar pensando em sua vida. Está mais do que na hora.

Ele se virou. O guarda lá fora apresentou armas. Saindo atrás dele, Filotas pretendia olhar para Alexandre com um apoio discreto, e um ar de indignação, mas, por fim, saiu sem virar o rosto.

*   *   *

Passaram-se dias; agora que estava livre de novo, Alexandre viu que seus seguidores tinham sido bem distribuídos. Podia custar muito estar na moda, mesmo para os jovens. Agora, o joio fora afastado; restava o trigo. Ele anotou esses amigos fiéis; jamais foram esquecidos.

Poucos dias depois, foi chamado para a pequena sala de audiências. O mensageiro disse apenas que o rei exigia sua presença.

Filipe estava na sua cadeira solene com um oficial de justiça, alguns secretários e muitos litigantes aguardando audiência. Sem falar, fez sinal ao filho que se sentasse abaixo do tablado, e continuou ditando uma carta.

Alexandre ficou parado por um momento, depois sentou-se. Filipe disse ao guarda na porta:

— Podem trazê-lo.

Quatro homens da Guarda trouxeram Tétalo. Suas mãos e pernas estavam acorrentadas. Caminhava com passo pesado e arrastado como quem usa grilhões. Seus pulsos mostravam as feridas abertas e sangrentas das algemas.

Estava com a barba por fazer, despenteado, mas a cabeça erguida. Sua mesura ao rei não foi nem mais nem menos respeitosa do que se fosse a um convidado. Fez outra mesura para Alexandre; em seus olhos não havia nenhuma acusação.

— Então você está aqui — disse o rei, severaménte. — Se fosse um homem honesto, teria vindo me dar contas daquilo para o qual foi delegado. Se fosse um homem sábio, teria corrido para além de Corinto.

Tétalo inclinou a cabeça.

— Parece que sim, rei, mas gosto de cumprir meus contratos.

— Então é uma pena que seus patrocinadores fiquem desapontados. Você dará seu último espetáculo em Pela. E vai representar sozinho. — Alexandre levantou-se. Todos os encararam; agora, entendiam por que ele estava ali. — Sim — disse o rei. — Deixe que Tétalo o veja. É a você que deve sua morte.

Alexandre disse em voz aguda e controlada:

— Ele é um artista de Dioniso. Sua pessoa é sagrada.

— Pois deveria ter se contentado com sua arte. — Filipe fez um sinal para o oficial de justiça, que começou a escrever alguma coisa.

— Ele é tessálio — disse Alexandre.

— Há vinte anos é cidadão de Atenas. Depois de assinada a paz, ele agiu como meu inimigo. Não tem direitos, e sabe disso. — Tétalo dirigiu a Alexandre um movimento de cabeça quase imperceptível, mas seus olhos fixavam-se no rei. — Se tiver seus merecimentos, morrerá enforcado amanhã — disse Filipe. — Se quiser clemência, terá de me pedir. *E você também.*

Alexandre estava rígido, de pé, com a respiração suspensa. Todos o fitavam. Deu um passo em direção ao trono.

Tétalo avançou um pé agrilhoado, com um retinir de ferros. Isso o deixou na pose de uma fortaleza heroica, amada pelas plateias. Todos os olhos prendiam-se nele.

— Deixe-me responder por tudo isso. Não se deve exceder as instruções recebidas. Eu estava oficialmente na Cária. Antes de seu filho, pedirei a Sófocles que interceda por mim. — Adiantou as duas mãos num movimento clássico que, para sua vantagem, expunha as feridas abertas. Houve um leve murmúrio consternado. Fora coroado mais vezes que qualquer vencedor olímpico, e até gregos que raramente viam teatro conheciam seu nome. Com uma voz retumbante que atingira uma plateia de vinte mil pessoas, agora perfeitamente adequada ao espaço, ele fez sua súplica.

As feições eram muito apropriadas. Não que isso importasse; era uma parte da exibição. Seu sentido real era "ah, sim, sei quem você é. E você sabe quem eu sou. Não é hora de acabar com essa comédia?".

Filipe estreitou seu olho preto e inflexível. Compreendera a mensagem. Estava atônito ao ver o filho, ardendo em emoção controlada, postar-se ao lado do ator.

— Certamente, senhor, pedirei clemência por Tétalo. Seria bem mais vergonhoso não o fazer. Ele arriscou sua vida por mim; não ficarei ressentido pelo meu orgulho. Por favor, perdoe-o; toda a culpa foi minha. E você, Tétalo, perdoe-me, por favor.

Com as mãos acorrentadas, Tétalo fez um gesto mais refinado que palavras. Pairava no ar um aplauso inaudível.

Filipe balançou afirmativamente a cabeça para o ator, como um homem que cumprira seu objetivo.

— Muito bem. Espero que isso o tenha ensinado a não se esconder atrás de um deus para agir mal. Desta vez foi perdoado; não tire partido disso. Levem-no daqui, tirem suas correntes. Em seguida, tratarei de outros assuntos.

E saiu. Precisava de tempo para recuperar a calma e não cometer erros. Os dois quase tinham conseguido fazê-lo de bobo, mas não tiveram tempo de planejar isso. Uma dupla de trágicos, um tentando roubar a cena do outro.

Naquela noite, Tétalo sentou-se no alojamento de seu velho amigo Nicerato, que o seguira até Pela caso precisasse de resgate, e agora esfregava unguento em suas feridas.

— Meu caro, sangro por aquele rapaz. A gente esquece como ele viaja pouco. Tentei fazer-lhe sinais, mas ele engolia cada palavra. Já via a corda no meu pescoço.

— Eu também. Será que você vai aprender a ter juízo?

— Ora, ora, o que pensa que Filipe é, algum pirata ilírio? Devia tê-lo visto, sendo grego em Delfos. Ele sabia que já tinha ido longe demais, antes de eu lhe dizer isso. Viagem nauseante. Vamos para casa pelo mar.

— Sabe que os coríntios estão multando você em meio talento? Aristodemo recebeu seus papéis. Ninguém vai pagá-lo por representar o rei Filipe em seu próprio palco.

— Ah, não fui só eu. Nunca imaginei que o rapaz fosse tão natural. Que talento para o teatro! Espere até ele descobrir isso; estou lhe dizendo, veremos coisas, mas foi monstruoso o que lhe fizeram. Sangrei por ele, sinceramente, sangrei.

À meia-noite, Heféstion sussurrava no quarto:

— Sim, eu sei. Eu sei, mas agora você tem de dormir um pouco. Ficarei aqui. Tente dormir.

Numa voz quente e monótona, Alexandre repetia:

— Ele me colocou contra a parede.

— E não está sendo elogiado por isso. Foi um escândalo, ele acorrentar Tétalo; é o que todos dizem. Todos comentam que você se saiu melhor que o rei.

— Ele me colocou contra a parede para mostrar que podia fazê-lo. Diante de Tétalo; diante de todos.

— Eles vão esquecer. E você precisa esquecer também. Todos os pais são injustos, cedo ou tarde. Lembro que uma vez...

— *Ele não é meu pai.*

As mãos confortadoras de Heféstion imobilizaram-se por um momento.

— Ah, não aos olhos dos deuses; eles escolhem a quem...

— Nunca mais use essas palavras.

— O deus o revelará. Tem de aguardar o sinal do deus, sabe disso... Espere até começar a guerra. Espere até vencer sua próxima batalha. E ele vai se orgulhar de você.

Alexandre deitava-se estirado, de costas, olhando o teto. De repente agarrou Heféstion num abraço tão forte que quase o sufocou, e disse:

— Eu enlouqueceria sem você.

— E eu, sem você — disse Heféstion, com ardor de amante. *Mudando o significado*, ele pensou, *evita-se o presságio.*

Alexandre não disse nada. Seus dedos fortes enterravam-se nas costelas e ombros de Heféstion; as marcas roxas ficariam por uma semana. Heféstion pensou, *eu também dependo do favor do rei, um favor que ele pode tirar.* Depois, sem palavras, ele ofereceu em seu lugar a tristeza de Eros, pois isso, pelo menos, trazia o sono.

\* \* \*

Uma jovem escrava esgueirou-se nas sombras da coluna; uma jovem negra da Núbia, num vestido vermelho. Fora dada a Cleópatra quando criança, para crescer junto dela, como se fosse um cachorrinho. Seus olhos escuros com o branco enfumaçado, como olhos de ágata das estátuas, olharam para os dois lados antes de ela falar.

— Alexandre, minha ama diz, por favor venha vê-la no jardim da rainha. Junto da velha fonte. Ela quer lhe falar.

Ele a fitou com muita atenção, depois voltou a ensimesmar-se.

— Agora não posso. Estou ocupado.

— Por favor, venha ver minha ama agora. Por favor. Ela está chorando. — Ele viu que havia lágrimas no rosto escuro e lustroso da jovem, como chuva sobre bronze.

— Diga então que irei, sim.

Era começo de primavera. As velhas roseiras emaranhadas estavam cobertas de botões vermelhos e compactos, que, no raio de luar, brilhavam como rubis. Uma amendoeira entre antigas lajes parecia pairar na sua nuvem rosa. A água sombreada esguichava da fonte com colunas num tanque de pórfiro gasto, com samambaias crescendo em suas fissuras. Cleópatra, sentada à beira da fonte, ergueu os olhos ao ouvir os passos de Alexandre. Tinha secado as lágrimas.

— Ah, que bom que Melissa o encontrou!

Ele apoiou um joelho na beirada e fez um gesto rápido.

— Espere. Antes de dizer qualquer coisa, espere um pouco.

Ela o encarou, sem entender, e ele disse:

— Um dia, eu lhe pedi que me prevenisse a respeito de uma coisa. Tem a ver com isso?

— Prevenir? — Ela pensava em outras coisas. — Ah, não...

— Espere. Não devo interferir em nenhum assunto que diz respeito a ela. Nenhuma trama. Essa foi a condição.

— Trama? Não, por favor, não vá embora.

— Estou lhe dizendo que você está livre daquela promessa. Não quero mais saber nada.

— Não, de verdade. Por favor, fique. Alexandre, quando você esteve na Molóssia... com o rei Alexandro... como ele era?

— O nosso tio? Mas ele esteve aqui faz poucos anos, você deve se lembrar dele. Um homem grande, barba ruiva, moço para sua idade...

— Sim, eu sei, mas que tipo de pessoa ele é?

— Ah, ambicioso, corajoso na guerra, eu diria, mas não acredito muito no seu julgamento. Governa bem, apesar disso, e é um observador atento.

— De que morreu sua mulher? Ele era bom para ela?

— Como é que eu vou saber? Ela morreu de parto. — Ele parou, fitou-a, e depois indagou com entonação diferente: — Por que está me perguntando?

— Porque tenho de me casar com ele.

Ele recuou. A água da fonte oculta murmurava em sua caverna colunar. As primeiras palavras dele foram:

— Quando ouviu dizer isso? Deviam ter-me contado. O rei não me diz mais nada. Nada.

Ela o fitou, calada, depois disse:

— Ele acaba de mandar me chamar. — E desviou o rosto.

Alexandre foi até ela, apertou-a contra seu ombro. Quase nunca a abraçava desde a infância, e agora era nos braços de Melissa que ela chorava.

— Lamento muito. Não precisa se assustar. Não é um homem ruim, não foi nomeado pela sua crueldade. O povo gosta dele. E você não ficará longe demais.

Ela pensou, *você sabe que pode escolher o que for melhor; quando você escolhe, basta levantar o dedo. Quando lhe arrumarem uma esposa, poderá casar-se, se quiser, ou ficar longe, com seu amante, mas eu tenho de agradecer porque esse velho, irmão de minha mãe, não tem fama de ser cruel.* Porém tudo o que ela disse foi:

— Os deuses são injustos com as mulheres.

— Sim, pensei nisso muitas vezes, mas os deuses são justos; portanto, a falha deve ser dos homens. — Olharam-se indagadoramente, mas seus pensamentos não chegavam a um acordo. — Filipe quer assegurar-se de Epiro, antes de cruzar a Ásia. O que nossa mãe pensa disso?

Ela agarrou a dobra do quíton do irmão, num gesto suplicante.

— Alexandre, é isso que eu queria lhe pedir. Pode contar a ela por mim?

— *Contar* a ela? Mas é claro que ela já deve ter conhecimento disso, bem antes que você.

— Não, nosso pai diz que não. Disse que eu podia contar a ela.

— Mas o que é isso? — Ele agarrou o pulso dela. — Você está escondendo alguma coisa.

— Não. Só que... Percebi que ele sabe que nossa mãe ficará furiosa.

— Imagino que sim. Que insulto! Por que fazer isso para desrespeitá-la, se a coisa em si... Eu devia ter imaginado...

De repente, Alexandre soltou-a. Seu rosto se transformou. Começou a andar pelo pavimento, com instinto de gato, evitando pisar nos cantos quebrados das lajes. Ela sabia que ele descobriria o segredo; melhor ele do que sua mãe, pensara Cleópatra; mas agora, mal podia suportar a espera. Ele se virou, ela notou que ele ficara pálido; seus olhos a deixaram apavorada. Ele se lembrou de sua presença e disse abruptamente:

— Vou falar com ela. — E se foi.

— Alexandre! — Ele parou, impaciente, ouvindo seu grito. — O que significa tudo isso? Diga-me o que significa!

— Não consegue enxergar? Filipe declarou Alexandro rei da Molóssia, e deu-lhe a hegemonia sobre Epiro. Por que isso não basta? São cunhados; *isso* não basta? E por que não? Por que torná-lo além disso seu genro? Não está entendendo? Aliás, não além disso... em vez disso.

Ela disse, lentamente:

— O quê? — E depois de uma breve pausa: — Ah, não. Deus não permita uma coisa dessas!

— O que mais seria? O que ele pretende fazer, em vez de transformar Alexandro em inimigo, é lhe adoçar com uma esposinha nova. Devolve-lhe a irmã para que Eurídice seja rainha.

De repente ela começou a chorar, puxando suas roupas e seu cabelo, arranhando e batendo em seus seios nus. Ele segurou suas mãos, ajeitou suas roupas, e pegou-a firmemente nos braços.

— Quieta! Não deixe que o mundo inteiro saiba disso. Temos de pensar.

Ela ergueu os olhos arregalados de horror.

— O que ela vai fazer? Vai me matar!

As palavras foram proferidas sem choque entre os filhos de Olímpia; mas Alexandre pegou a irmã nos braços e acariciou-a, como faria com um cachorro ferido.

— Não, não seja boba, você sabe que ela não prejudicaria a própria filha. Se matasse alguém... — Ele interrompeu com um movimento forte que se transformou numa carícia desajeitada. — Seja corajosa. Faça sacrifícios aos deuses. Os deuses farão alguma coisa.

Soluçando, ela disse:

— Eu achei... que... se ele não for um homem mau... poderei levar Melissa comigo... pelo menos sairia daqui, mas com *ela* junto naquela casa, e depois de tudo isso... Ah, prefiro morrer, prefiro morrer!

Seu cabelo desgrenhado caía sobre a boca de Alexandre, que pôde senti-lo úmido e salgado. Olhando adiante, viu atrás de um arbusto de loureiro um vislumbre de tecido vermelho, e soltou um braço para acenar. Melissa apareceu rapidamente, mas, pensou ele, não devia ter escutado nada que não lhe fosse contado em seguida. E disse a Cleópatra:

— Sim, vou falar com nossa mãe, agora mesmo.

Colocou as mãos de sua irmã nas escuras mãos estendidas. Olhando para trás, a caminho do fogo em que iria se meter, ele viu a jovem escrava sentada na beira da fonte de pórfiro, inclinada sobre a cabeça da princesa que se encolhia em seu regaço.

*   *   *

As notícias do noivado espalharam-se rapidamente. Heféstion imaginou o que Alexandre pensaria daquilo, e adivinhou certo. Ele não aparecera no jantar; disseram que estava com a rainha. Aguardando no quarto dele, Heféstion adormecera na cama antes que o som da fechadura o acordasse.

Alexandre entrou. Seus olhos estavam fundos, mas exibiam uma exaltação febril. Andou até ele, estendeu a mão e tocou Heféstion como um homem que toca um objeto sagrado para ter sorte ou bom augúrio, mas profundamente preocupado com outra coisa. Heféstion olhou-o e manteve-se calado.

— Ela me contou — disse Alexandre.

Heféstion não perguntou "O que foi agora?", porque sabia.

— Finalmente, ela me contou. — Ele lançou um profundo olhar a Heféstion, transpassando-o, incluindo-o em sua solidão. — Ela fez uma adjuração e pediu que os deuses me contassem. Ele sempre fora contra isso. Que eu nunca soubesse antes.

Sentado na beira da cama, imóvel e completamente absorto na figura de Alexandre, Heféstion o observava. Percebera que esse ser era tudo o que tinha a oferecer. Não se podia interpelar um homem que estava subindo das sombras, ou poderia cair nelas de novo, para sempre. Todos sabiam disso.

Com lúcida consciência, Alexandre notava o corpo quieto, o rosto mais belo ainda pela concentração, os tranquilos olhos cinza-escuros, o branco iluminado pela lamparina. Deu um suspiro profundo, e passou a mão no rosto.

— Estive presente durante a adjuração. Por longo tempo o deus manteve-se calado... não disse sim nem não. Depois falou, na forma de fogo, e de... — De repente, pareceu notar a presença de Heféstion como separada da sua própria. Sentou-se a seu lado, e colocou a mão em seu joelho. — Ele me deu permissão de ouvir, se eu jurasse não revelar nada. O mesmo acontece com todos os Mistérios. Eu dividiria qualquer coisa minha com você, mas esta pertence ao deus.

*Não, pertence àquela bruxa*, pensou Heféstion, *foi por minha causa que ela impôs essa condição*. Colocou a mão de Alexandre entre as suas, e apertou-a apaziguadoramente. Estava quente e seca; manteve-a entre as suas, confiante, mas sem procurar consolo.

— Então, você tem de obedecer ao deus — disse Heféstion, e pensou, não pela primeira nem pela última vez, quem sabe? Nem mesmo Aristóteles negara a existência dessas coisas; e não seria tão ímpio. Se um dia foi possível, pode ser ainda hoje, mas a carga é grande para os mortais. Ele agarrou a mão do outro com mais força. — Apenas me diga se ficou satisfeito.

— Fiquei. — Ele concordou com um gesto nas sombras da lamparina. — Sim, fiquei satisfeito.

De repente, seu rosto expressava exaustão e fadiga; suas faces pareceram encovar-se enquanto o outro olhava, a mão esfriava. Começou a tremer. Heféstion já presenciara isso depois das batalhas, quando os ferimentos dos homens esfriavam. Pensou que aquilo precisava do mesmo remédio.

— Você tem vinho por aqui?

Alexandre sacudiu a cabeça. Retirou a mão para esconder o tremor, e começou a caminhar de um lado para o outro.

— Nós dois precisamos de um gole — disse Heféstion. — Eu preciso. Jantei cedo. Venha, vamos beber com Pólemon. Sua esposa finalmente teve um menino. Ele estava à sua procura no átrio. E sempre foi leal.

Era verdade. Nessa noite, por estar feliz, entristecia-o ver o príncipe tão exaurido pelos seus problemas, e manteve sua taça bem cheia. Alexandre ficou alegre, até barulhento; era uma festa entre amigos; a maioria lutara no ataque à Queroneia. No fim, Heféstion o levou para a cama e ele dormiu até de manhã. Por volta de meio-dia, Heféstion foi ver como Alexandre estava. Ele lia na sua mesa, com uma jarra de água fria ao lado.

— Que livro é esse? — perguntou Heféstion inclinando-se sobre seu ombro; o outro estivera lendo tão silenciosamente que mal se podiam ouvir as palavras. Ele largou o livro depressa.

— Heródoto. *Costumes dos persas.* Deveríamos entender o tipo de homem com quem se vai lutar.

As beiradas do rolo de pergaminho uniam-se, em espirais, no lugar onde ele estivera lendo. Um pouco depois, quando Alexandre saíra do quarto, Heféstion o desenrolou e leu.

> *... os préstimos do transgressor devem sempre ser comparados a suas iniquidades; apenas se estas predominarem, a parte injustiçada deve partir para a punição.*
>
> *Os persas afirmam que ninguém ainda matou seu próprio pai ou mãe. Estão certos de que se cada um desses casos fosse minuciosamente investigado, iria se descobrir que ou a criança era trocada, ou nascera do adultério; pois é inconcebível, dizem, que o verdadeiro pai morra pelas mãos de seu filho.*

Heféstion deixou o papel enrolar-se cobrindo o texto. Por algum tempo, ficou olhando através da janela, fronte comprimida contra a moldura, até que, ao voltar, Alexandre sorriu vendo em sua pele as marcas das folhas de louro esculpidas na madeira.

\* \* \*

As tropas exercitavam-se para a guerra. Heféstion, que havia muito a desejava, agora suplicava por ela. As ameaças de Filipe provocaram-lhe mais raiva do que medo; como qualquer refém, ele valia mais vivo do que morto, e os soldados do Grande Rei o matariam sem muito esforço; mas ali era como se todos fossem conduzidos através de uma garganta que se afunilava cada vez mais, com uma torrente violenta abaixo; a guerra revelava-se como um território aberto, de liberdade e fuga.

Depois de quinze dias, chegou um enviado por Pixodoro de Cária. Sua filha, revelou, fora atacada por uma enfermidade devastadora. Grande parte de sua dor era que, além da expectativa de sua morte, ele precisasse renunciar à grande honra de uma união com a casa real da Macedônia. Um espião, que chegara no mesmo navio, relatou que Pixodoro enviara ao novo Grande Rei, Dario, garantia de sólida aliança, e noivara a menina com um de seus sátrapas mais leais.

Na manhã seguinte, sentado na escrivaninha de Arquelau com Alexandre postado à sua frente, muito ereto, Filipe contou a notícia sem qualquer comentário, e ergueu os olhos, esperando.

— Sim — disse Alexandre em tom imparcial. — Tudo acabou mal, mas lembre-se, senhor, de que Pixodoro estava satisfeito comigo. Não foi escolha minha desistir.

Filipe franziu a testa; mas sentia uma espécie de alívio. O rapaz andara quieto demais ultimamente. Aquela insolência era mais parecida com ele, exceto pelo controle. Sua raiva sempre se havia revelado.

— Está tentando se justificar, mesmo agora?

— Não, senhor. Apenas estou dizendo o que nós dois sabemos ser a verdade.

Ele não levantara a voz. Havia muito que a fúria de Filipe fora consumida na expectativa daquelas más notícias, não gritou. Na Macedônia, insulto era questão de morte, mas falar francamente era direito do súdito. Ele o aceitava de homens simples, até de mulheres. Uma vez, quando depois de um longo dia no tribunal ele dissera a alguma velha megera que não tinha mais tempo para ouvir seu caso, ela gritara:

— Pois então deixe de ser rei!

E ele ficara escutando-a. Agora, também escutava; era tarefa sua: ele era o rei. Devia ter sido mais; mas superou sua dor, quase antes mesmo de a sentir.

— Proibi esse casamento por boas razões, que você conhece. — Ele guardara para si mesmo o melhor; Arrideu teria sido seu instrumento, Alexandre podia ter sido uma ameaça. Cária era poderosa. — Acuse sua mãe — declarou. — Foi ela que o conduziu a essa maluquice.

— Ela pode ser acusada? — Alexandre ainda falava calmo; havia uma espécie de perquirição em seu olhar. — Você reconheceu filhos de outras mulheres. E Eurídice está agora no oitavo mês. Não é?

— É. — Os olhos cinzentos estavam fixos em seu rosto. Se houvesse neles qualquer súplica, Filipe podia ter-se abrandado. Já tivera bastante trabalho treinando aquele jovem para ser rei; se ele próprio caísse na próxima guerra, quem mais poderia ser seu herdeiro senão ele? Mais uma vez examinou o rosto à sua frente, tão reservado, tão diferente do seu. Átalo, macedônio de uma estirpe já consagrada quando a linhagem real ainda estava em Argos, contara-lhe histórias sobre festas báquicas, costumes trazidos da Trácia, que as mulheres guardavam em segredo. Na orgia, nem elas mesmas lembravam do que tinham feito; e as consequências eram atribuídas ao deus, fosse em forma humana, ou em forma de serpente; mas em algum lugar havia um homem, um mortal, rindo. Filipe pensou: *Esse é um rosto estrangeiro*; depois lembrou-se dele, corado e brilhante, descendo do cavalo preto para seus braços. Dividido e zangado, pensou: *Ele tem de ser repreendido; como se atreve a tentar me acuar? Ele que pegue o que lhe é dado, e fique agradecido pelo que eu der. O que mais merece?* — Pois muito bem, então — disse —, se eu lhe dei rivais para o reino, melhor para você. Mostre sua qualidade, mereça sua herança.

Alexandre fitava-o de forma penetrante, quase dolorosa.

— Sim — retrucou. — É isso que tenho de fazer.

— Muito bem. — Filipe pegou seus papéis, num sinal de que o estava dispensando.

— Senhor. Quem mandará para a Ásia, para comandar a força avançada? Filipe ergueu os olhos.

— Parmênion e Átalo — disse lacônico. — Se não o estou enviando para um lugar onde não o posso vigiar, agradeça isso a você mesmo. E à sua mãe. É só. Tem minha permissão para sair.

\* \* \*

Em seu forte nas Colinas dos Linces, os três garotos da Lincéstida, filhos de Aéropo, estavam parados sobre seus baluartes de pedra marrom. Era um local aberto, ninguém os poderia escutar. Tinham deixado seu hóspede lá embaixo, depois de ouvirem o que tinha a dizer, mas sem responderem ainda. Em volta deles, estendia-se um céu enorme, de nuvens altas e brancas como torres nascendo das montanhas. Era fim de primavera; nos picos nus, sobre a floresta, só as ravinas mais fundas ainda mostravam sinais de neve.

— Digam o que quiserem, vocês dois — disse o mais velho, Alexandro —, mas não confio. E se isso for trama daquela velha raposa, para nos testar? Ou uma armadilha, já pensaram nisso?

— Por que faria isso? — perguntou o segundo irmão, Herômenes. — E por que logo agora?

— Onde está sua inteligência? Ele está levando seu exército para a Ásia, e você pergunta por que agora?

— Bem — disse o mais jovem, Arrabeu —, isso lhe bastaria, sem agitar o Oeste? Não, se fosse isso, teria acontecido dois anos atrás, quando ele planejava marchar para o Sul.

— Como *ele* disse — comentou Herômenes, virando a cabeça para a escadaria —, agora é a hora. Uma vez que Filipe deu a partida, terá um refém conosco. — Olhou para Alexandro, cujo dever feudal era conduzir seus recrutas tribais na guerra do rei.

Ele correspondeu o olhar ressentido; antes disso, pensara que uma vez que tivesse voltado as costas, os outros partiriam para alguma incursão maluca que lhe custaria a cabeça.

— Estou dizendo que não confio nessa história. Não conhecemos esse homem.

— Mesmo assim conhecemos os que nos deram referências dele — objetou Herômenes.

— Pode ser, mas aqueles pelos quais ele diz estar falando, *eles* não assinaram coisa alguma.

— O ateniense, sim — disse Arrabeu. — Se vocês dois esqueceram como ler grego, podem acreditar em minha palavra.

— O nome *dele*! — tornou Alexandro bufando como um cavalo. — O que valia ele para os tebanos? Ele me lembra o cachorrinho de minha esposa, que faz os grandes brigarem entre si e só fica latindo.

Herômenes, que tinha ideias extravagantes quando coisas assim chegavam ao limite, disse:

— Ele vai enviar alguém para adoçar nossas bocas.

— Engodo para pegar passarinho. Temos de devolver-lhe isso. Se vocês soubessem avaliar cavalos, não deveriam aos negociantes. Não acham que a cabeça de vocês vale mais do que uma bolsa de daricos persas? O verdadeiro preço, o valor do risco, isso ele não tem para dar.

— Podíamos pegá-lo para nós — disse Herômenes, ressentido —, com Filipe fora do caminho. Homem, o que é que o está afligindo? É o chefe do clã, ou nossa irmã mais velha? Querem nos devolver o reino de nosso pai, e você só sabe resmungar como uma ama-seca quando o bebê começa a caminhar?

— Pois ela cuida para que o bebê não quebre a cabeça. Quem disse que podemos fazer isso? Um ateniense que correu como uma cabra ao cheirar sangue. Dario, um usurpador que mal se estabeleceu em seu trono, que já tem muito o que fazer sem uma guerra ainda por cima. Pensam que se importam conosco? E mais ainda, pensam que *eles* sabem com quem temos de lidar na sala de Filipe? Claro que não; julgam-no um principezinho mimado a quem dão crédito por vitórias alheias. O ateniense sempre diz isso em discursos, mas nós sabemos. *Nós vimos* o rapazinho agindo. Tinha então dezesseis anos, e uma mentalidade de trinta; e isso faz três anos. Não faz um mês, estive em Pela; e acreditem, desgraça ou não, botem-no no campo de batalha e os homens o seguirão a qualquer lugar, eu vi isso. E podemos combater o exército real? Vocês sabem a resposta. Ele está envolvido na questão, como esse homem diz, ou não está? Essa é a única dúvida. Esses atenienses venderiam suas mães a prostíbulos se o preço fosse bom. Tudo depende do rapaz, e não temos provas.

Herômenes quebrou um pedaço de giesta da raiz entre as pedras, e sacudiu-a. Alexandro olhava as colinas do leste com as sobrancelhas franzidas.

— Há duas coisas de que não gosto — prosseguiu. — Primeiro, ele tem amigos íntimos no exílio, alguns cuja distância não ultrapassa Epiro. Podíamos encontrá-los nas montanhas, e ninguém saberia o que fazer; e então veríamos onde estaríamos. Por que enviar esse intruso, um homem que nunca vi perto dele, por que confiar em um homem com tal mentalidade? E a outra coisa que não me agrada é que ele promete demais. Vocês o viram. Pensem.

— Primeiro deveríamos pensar se ele o poderia fazer — disse Arrabeu.
— Nem todos os homens poderiam. Acho que ele, sim. E se o quiser fazer, está numa posição excelente.

— E se for um bastardo como dizem — insistiu Herômenes —, será um negócio perigoso, mas não haverá derramamento de sangue. Acho que ele poderia, e que o faria.

— Eu ainda digo que isso não combina com ele — disse Alexandro. Distraído, coçou a cabeça, pegou um piolho, esfregou-o entre o polegar e o indicador. — Mas se fosse onde a mulher dele...

— Mulher ou filho, pode ter certeza de que estão nisso juntos — disse Herômenes.

— Não sabemos. Sabemos que a nova mulher está grávida de novo. E dizem que Filipe está dando sua filha como propina ao rei de Epiro, para que ele suporte que a bruxa seja liquidada. Portanto, pensem em qual dos dois a intolerância é maior. Alexandre pode. Filipe gera mais meninas, todo o mundo sabe. Mesmo que Eurídice tenha um menino, o rei pode dizer o que quiser enquanto for vivo, mas se morrer os macedônios não irão aceitar um herdeiro que ainda não esteja em idade de combater; *ele* deve saber disso, mas Olímpia, isso é outro assunto. *Ela* não pode esperar. Se investigarem bem, e aposto o meu melhor cavalo, descobrirão que ela está metida nisso.

— Se eu achasse que o assunto vem da parte *dela* — disse Arrabeu —, então eu pensaria duas vezes.

— Esse rapazinho só tem dezenove anos — disse Herômenes. — Se Filipe morrer agora, sem outro filho além do idiota, então *você* — ele brandiu o dedo para Alexandro — será o primeiro na linha de sucessão. Não consegue ver que é isso que esse cara lá embaixo estava tentando lhe dizer?

— Ah, Hércules! — bufou Alexandro de novo. — Quem é você para falar em idiotas? O outro tem dezenove anos, e você o viu quando tinha dezesseis. Desde então ele conduziu o ataque à Queroneia. Vá à Assembleia, por favor, e diga-lhes que ele é jovem demais para a guerra, e que eles têm de votar num adulto. Acha que eu viveria para chegar lá e contar meus votos? É melhor parar de sonhar e observar bem o homem com quem tem de lidar.

— Estou observando — disse Arrabeu. — Por isso eu afirmei que ele está decidido a cumprir seu negócio. Não importa se é bastardo ou não.

— Você diz que ele pode se dar ao luxo de esperar. — Os olhos azuis de Herômenes no rosto coroado pelo vinho contemplavam com desdém Alexandro cuja posição invejava. — Há homens que não conseguem esperar para chegar ao poder.

— Eu apenas digo, pergunte a si mesmo quem terá mais vantagens. Olímpia ganhará tudo porque esse casamento vai fazer com que ela perca tudo, caso o rei sobreviva. Demóstenes recebe a estirpe do homem que odeia mais que a morte; os atenienses ganham uma guerra civil na Macedônia, se desempenharmos nosso papel, com o reino em disputa ou transmitido a um rapaz que não levam muito a sério, cairá em desgraça rapidamente. Dario, cujo ouro você quer guardar mesmo que isso o prejudique, ganhará mais ainda, pois Filipe está se armando para lutar contra ele. Fora esses, ninguém dará a mínima se, feito tudo isso, nós três formos crucificados em sequência, mas você aposta em Alexandre. Não admira que não consiga vencer nem uma briga de galo.

Ficaram mais um tempo remoendo o assunto. No fim, concordaram em recusar a intervenção e devolver o ouro, mas Herômenes tinha dívidas, e uma fração de filho caçula: concordou aborrecido; e foi ele quem levou o hóspede em seu caminho para a passagem leste.

\* \* \*

Pairava no ar o cheiro de sangue quente misturado com os aromas frios de uma manhã úmida, e de resina de pinheiro, alguns lírios e tomilho silvestres. Cães grandes e pesados como homens roíam ossos de cervo, satisfeitos; por vezes dentes fortes tiravam lascas, com um estalo, para chegar ao tutano. O rosto triste e vazio do veado morto rolava na grama. Sobre um fogo aromático, dois dos caçadores grelhavam bifes para o desjejum; o resto fora procurar um rio. Dois servos esfregavam os cavalos.

Num rochedo saltando da turfa coberta de flores, Heféstion estendia-se ao lado de Alexandre, ao sol da manhã, os demais os avistavam na linha do horizonte, mas ninguém os podia escutar. Assim, em Homero, Aquiles e Pátroclo tinham-se afastado de seus camaradas para partilhar seus pensamentos, mas fora o espectro de Pátroclo que lembrara isso, quando partilharam sua dor; portanto Alexandre achava que os versos eram de mau agouro, e nunca os citava. Estivera falando de outras coisas.

— Era como um labirinto escuro — disse — com um monstro esperando. Agora é dia.

— Você deveria ter falado antes. — Heféstion passou a mão vermelha sobre um canteiro de musgo úmido para limpar o sangue.

— Seria apenas uma obrigação para você. E foi.

— Sim, mas por que nunca disse nada?

— Teria sido covardia, naquele tempo. Um homem tem de saber lidar com seu próprio demônio. Quando revejo minha vida, sempre me lembro daquilo ali, esperando em cada encruzilhada, onde sabia que iria encontrá-lo. Desde quando era bem criança. Mesmo o desejo, nunca realizado, o mero desejo, era uma coisa terrível de suportar. Às vezes sonhava com os *Eumênides*, como estão em Ésquilo; eles tocariam meu pescoço com suas longas garras, frias e escuras dizendo: "Um dia você será nosso para sempre". Pois essa coisa me atraía, o simples horror de tudo; alguns homens parados num rochedo sentem que o vácuo os puxa. Parecia ser o meu destino.

— Conheci isso por um longo tempo. Eu também sou o seu destino; você esqueceu?

— Ah, falamos muitas vezes disso, sem palavras, e foi melhor. As coisas ficam fixadas em palavras, como o fogo endurece a argila. Por isso, eu prosseguia; às vezes pensava que podia me libertar, depois duvidava de novo. Tudo isso acabou, agora me foi revelada a verdade do meu nascimento. Uma vez que eu soube, ele não era mais meu parente. Comecei a pensar o que deveria ser feito. E desse momento em diante meu pensamento ficou claro. Por que fazê-lo? Com que finalidade? Por que agora? Com que necessidade?

— Tentei dizer-lhe tudo isso.

— Eu sei; mas meu ouvido estava fechado. Era mais do que o homem me oprimindo. Era o "você não pode" divino paralisando o "eu preciso" de minha alma. E a ideia do seu sangue circulando em mim, como uma doença. Agora estou livre dele e o odeio menos. Bem, o deus me libertou. Se eu o quisesse fazer, nenhum momento seria pior que este, nessa maré baixa de minha sorte, com a maré alta pronta para voltar. Ele não me deixará como regente aqui quando for para a Ásia; estou em desgraça e, além disso, duvido de que ele se atrevesse. Precisa me levar para a guerra. Uma vez no campo de batalha, espero poder lhe mostrar algo, e aos macedônios também. Ficaram muito satisfeitos comigo na Queroneia. Se sobreviver, irá mudar em relação a mim quando eu vencer algumas batalhas por ele. E se cair, eu estarei lá, com o exército ao meu redor. Isso, acima de tudo.

Seus olhos foram atraídos por uma florzinha azul na fissura de uma pedra. Ergueu-a delicadamente em seu caule, disse seu nome e acrescentou seu uso em poções contra a tosse.

— Naturalmente, vou matar Átalo assim que puder. Será melhor fazê-lo na Ásia.

Heféstion balançou a cabeça afirmativamente; ele próprio, aos dezenove anos, perdera a conta dos homens que já matara.

— Sim, ele é seu inimigo mortal; terá de se livrar *dele*. Aí aquela mocinha não significará nada, pois o rei encontrará outra assim que estiver em campanha.

— Eu disse isso à minha mãe, mas... Bem, ela que pense como quiser. Pretendo agir quando chegar minha hora. Ela foi muito injustiçada, é de se esperar que queira vingança; embora naturalmente tenha sido o que fez o rei ao enviá-la para fora do reino antes de partir, e tudo isso já *me* prejudicou bastante... Ela vai fazer intrigas até o fim, não pode evitar, tornou-se a vida dela. Agora há outras questões, ela faz alusões de me envolver na história; mas eu a proibi de sequer me dizer do que se trata. — Atraído pelo novo tom de sua voz, Heféstion lançou-lhe um olhar de soslaio. — Preciso pensar e planejar. Não posso ser arrastado por esses ataques e manias. E ela tem de entender isso.

— Acho que isso acalma a mente dela — disse Heféstion com a sua própria mente aliviada. (Então ela fez sua adjuração, e quem respondeu foi o espírito errado; eu bem que gostaria de saber o que ela pensa.) — Bem, o casamento só pode ser um dia de honra para ela, pois trata-se de sua filha e seu irmão. Seja o que for que o rei sinta ou pretenda fazer, terá então de lhe dar sua nobreza, por bem do noivo. E assim, você terá de lhe dar a sua, Alexandre.

— Sim, mas será principalmente o dia dele. Memória e história superadas. Aigai está fervilhando de artesãos; os convites já foram enviados para tão longe que só me admira que não os tenha mandado aos hiperbóreos também. Não importa, é uma coisa que se tem de suportar, antes de atravessarmos a Ásia. Então, tudo parecerá como *aquilo*. — Ele apontou para a planície abaixo e os rebanhos minúsculos àquela distância.

— Sim, então tudo isso não será nada. Você já fundou uma cidade; lá encontrará seu próprio reino. Sei disso, tão certo como se um deus me tivesse contado.

Alexandre sorriu para ele; sentou-se ereto, e com as mãos cruzadas nos joelhos, olhou a mais próxima cadeia de montanhas. Onde quer que estivesse, jamais podia manter os olhos muito tempo afastados do horizonte.

— Você lembra quando Heródoto relata como os jônios mandaram Aristógoras ao encontro dos espartanos, implorando-lhes que viessem libertar as cidades gregas da Ásia? Gritaram quando souberam qué Susa ficava a três meses de marcha do mar. Cães de fazenda, não cães de caça... Agora, chega. Deite!

Um cão de caça de um ano de idade, que acabava de seguir sua pista até ali depois de fugir dos caçadores, parou de lhe fazer festas e deitou-se, obediente, apertando o focinho contra ele. Alexandre o ganhara ainda filhote na Ilíria, e passara suas horas vagas adestrando-o; chamava-se Peritas.

— Aristógoras trouxe-lhes um mapa de bronze — continuou — de toda a terra com o oceano ao redor, e mostrou-lhes o império persa. *"Verdadeiramente a tarefa não é difícil; pois os bárbaros são um povo despreparado para a guerra, enquanto vocês são os homens melhores e mais bravos no mundo.* (Talvez naqueles dias isso fosse verdade.) *É assim que combatem: usam arcos, flechas e uma lança curta, entram no campo de calças e cobrem as cabeças com turbantes* (não se puderem usar um elmo*); isso demonstra como são fáceis de conquistar. Digo-lhes também que o povo dessas regiões tem mais riqueza do que todo o resto do mundo* *junto.* (Isso é verdade.) *Ouro, prata e bronze; roupas bordadas; asnos, mulas e escravos; se quiserem, poderão possuir tudo isso.*" Então ele anda por todas as nações mostrando-lhes seu mapa, até chegar à Císsia, junto do rio Coaspes. *"E em suas margens está a cidade de Susa, onde situa-se a Corte do Grande Rei e onde estão os tesouros e sua fortuna. Uma vez senhores dessa cidade, vocês poderão desafiar o próprio Zeus para ver se supera suas riquezas."* Ele lembrou os espartanos de como estavam sempre em guerra nas fronteiras por pedaços de terra sem valor, contra homens que não possuíam nada que valesse uma batalha. Vocês precisam fazer isso, disse-lhes, quando podem ser senhores da Ásia? Deixaram-no esperando três dias, depois disseram que ficava longe demais do mar.

Da cozinha soou um clarim, avisando que a refeição matinal estava pronta. Alexandre continuou olhando as montanhas; por mais faminto que estivesse, nunca tinha pressa para comer.

— Somente Susa. Nem ao menos o deixaram falar em Persépolis.

\* \* \*

Em qualquer lugar ao longo da rua dos Armeiros, no Pireu, porto de Atenas, era difícil fazer-se ouvir sem gritar. As lojas eram abertas na frente para deixar sair o calor das forjas e exibir os trabalhos. Não eram as fabriquetas baratas com hordas de escravos; ali os melhores peritos fabricavam sob medida, com moldes de argila, sobre o corpo do cliente nu. Parte da manhã podia-se passar ajustando tudo e escolhendo, a partir de livros, os modelos do desenho que seria gravado. Só poucas lojas faziam armaduras para a guerra; as mais modernas trabalhavam para nobres que queriam ser notados na procissão das Panateneias. Traziam todos os seus amigos, se pudessem aguentar o barulho; pouco se notava quem ia e vinha. Nos aposentos acima das lojas, o alarido não ficava muito menor; mas homens podiam conversar, se ficassem próximos; e sabia-se muito bem que armeiros ficavam surdos, o que reduzia o temor dos espiões.

Num desses aposentos acontecia uma conferência. Era um encontro de agentes. Nenhum dos chefes podia ser visto com os outros, ainda que todos pudessem participar. Três dos quatro homens estavam debruçados sobre uma mesa de oliveira, apoiados nos braços cruzados. O pé de suas taças de vinho balançava aos golpes dos martelos que abalavam o assoalho; o vinho tremia, às vezes uma gota respingava.

Os três que conversavam tinham chegado às últimas fases de uma longa discussão sobre dinheiro. Um era de Quios; sua palidez cor de oliva e barba preto-azulada vinham da longa ocupação pelos medos. Um era ilírio, de perto da fronteira da Lincéstida. O terceiro, o anfitrião, era ateniense; usava o cabelo amarrado num topete sobre a fronte, e o rosto estava discretamente maquiado.

O quarto homem reclinava-se em sua cadeira, mãos nos braços de pinho, esperando que terminassem; seu rosto parecia dizer que tolerar esse tipo de coisa era parte de sua tarefa. Seu cabelo e barba claros tinham um matiz avermelhado; era do norte da Eubeia, que por muito tempo tivera relações com a Macedônia.

Sobre a mesa havia uma tabuleta de cera e um estilo com uma extremidade afiada para escrever, e a outra plana para apagar o que fora escrito, na presença dos quatro, antes de saírem do aposento. O ateniense tamborilava impacientemente com o estilo na mesa, depois em seus dentes.

— Não é como se esses presentes dignificassem o fim da amizade de Dario — disse o homem de Quios. — Como eu disse, Herômenes sempre pode contar com um lugar na Corte.

— Ele está procurando ascender na Macedônia — disse o ilírio —, e não se preparar para o exílio. Pensei que isso estivesse entendido.

— Certamente. Concordamos numa generosa fiança. — O de Quios fitou o ateniense, que concordou com um gesto, baixando as pálpebras. — A enorme quantia vai seguir uma revolta na Lincéstida, conforme combinado. Não me agrada que seu irmão, o chefe, tenha concordado com isso. Preciso insistir em pagamento pelo resultado.

— Razoável — disse o ateniense, tirando o estilo da boca. Ele balbuciou, discreto. — Agora vamos considerar tudo isso arranjado e voltar ao homem que mais nos interessa. O meu chefe quer certificar-se de que ele agirá no dia combinado... e em nenhum outro.

Isso fez o eubeu inclinar-se sobre a mesa como os demais.

— Você disse isso antes, e respondi que não faz sentido. Ele está sempre junto de Filipe. Tem acesso livre ao quarto de dormir. Pode ter oportunidades melhores, tanto para fazer a coisa quanto para escapar. É exigir demais.

— Minhas instruções — disse o ateniense, tamborilando com o estilo na mesa — são de que aconteça naquele dia, ou não lhe ofereceremos asilo.

O eubeu bateu na mesa que já tremia, fazendo o ateniense cerrar os olhos num protesto.

— E por quê, me diga? Por quê?

— Sim, por quê? — repetiu o ilírio. — Herômenes não pergunta. As novidades podem chegar até ele a qualquer hora.

O homem de Quios ergueu as sobrancelhas escuras.

— Qualquer dia serve para o *meu* amo. Basta que Filipe não cruze a Ásia. Por que insistir tanto no dia?

O ateniense ergueu o estilo pelas duas pontas, repousou o queixo nele e sorriu confiante.

— Primeiro, porque naquele dia todos os possíveis candidatos ao trono, todas as facções, estarão em Aigai para os rituais. Nenhum estará livre de suspeita; vão se acusar mutuamente, e provavelmente lutar pela sucessão; isso nos será útil. Segundo... Acho que meu chefe merece um pouco de satisfação. Isso vai coroar toda a sua obra, como pode ver qualquer um que saiba de sua vida. Ele acha adequado que o tirano da Hélade seja derrubado, não em alguma noite escura quando tropeça para a cama bêbado, mas no clímax de sua arrogância; e concordo com isso, permitam-me dizer. — Ele se virou para o eubeu. — E, sendo como são as ofensas sofridas pelo seu homem, imagino que também ele ficaria contente.

— Sim — disse o eubeu, devagar. — Sem dúvida, mas talvez não seja possível.

— Será. O protocolo cerimonial acaba de chegar em nossas mãos. — Detalhou-o, até alcançar determinado evento, e ergueu os olhos de forma significativa.

— Você tem bons ouvidos — disse o eubeu, arqueando as sobrancelhas.

— Desta vez pode confiar neles.

— Acho que sim, mas nosso homem terá sorte se se sair bem nisso. Como digo, ele podia ter melhores oportunidades.

— Nenhuma tão importante. A fama adoça a vingança... Bem, bem, já que falamos de fama, quero lhes confiar um pequeno segredo. Meu chefe quer ser o primeiro a receber as notícias em Atenas, antes mesmo de serem divulgadas. Cá entre nós, ele planeja dizer que teve uma visão. Mais tarde, quando a Macedônia recair em seu barbarismo tribal... — Ele notou o olhar zangado do eubeu, e disse depressa: — ... quer dizer, quando for um rei disposto a manter-se na nação... então ele poderá proclamar, para uma Grécia agradecida, sua parte na libertação. Enquanto isso, se lembrarmos sua longa batalha contra a tirania, poderemos negar-lhe essa pequena recompensa?

— E que risco *ele* está correndo? — gritou de repente o ilírio. Embora as marteladas lá embaixo fossem ruidosas, os outros começaram a gesticular, zangados, mas ele ignorou. — Aqui está um homem arriscando-se a morrer para vingar sua honra. E só Demóstenes tem de escolher a hora para profetizar na Ágora.

Os três diplomatas trocaram olhares de escândalo e repulsa. Quem, senão um homem do mato, da Lincéstida, teria mandado aquele homem rude do seu clã para uma conferência daquelas? Ninguém sabia o que ele poderia dizer logo depois, de modo que interromperam a reunião. Tudo o que importava foi acertado.

Saíram separadamente da casa, em intervalos. Os últimos a ficar foram o de Quios e o eubeu.

— Você tem certeza de que o homem cumprirá sua parte? — questionou o homem de Quios.

— Ah, sim — disse o eubeu. — Sabemos como administrar isso.

\* \* \*

— Você esteve lá? Você mesmo escutou?

A noite de primavera soprava fria das colinas da Macedônia. A fumaça das tochas espalhava-se com o ar canalizado da janela, as brasas da lareira sagrada clarearam e bruxulearam em seu antigo suporte de pedra enegrecida. Era tarde. Quando as sombras se adensaram em cima, as paredes de pedra pareciam inclinar-se para dentro, querendo escutar.

Os convidados tinham partido, todos menos um; os escravos mandados para a cama. O anfitrião e seu filho tinham empurrado três divas para perto de uma mesa de vinho; os demais, empurrados de lado, davam ao aposento um ar de desordem.

— Você está me dizendo que esteve lá? — repetiu Pausânias.

Sua cabeça e seus ombros avançavam para a frente; tinha de agarrar-se na beira do divã para manter o equilíbrio. Os olhos estavam injetados devido ao vinho; mas o que acabara de ouvir o deixara sóbrio. O filho de seu anfitrião sustentou seu olhar; um homem jovem, de olhos azuis expressivos e boca maligna debaixo da barba preta curta.

— O vinho atrapalhou minha dicção — disse. — Não falarei mais nada.

— Peço perdão por ele — disse seu pai, Deinias. — O que foi que lhe deu, Heirax? Tentei dar-lhe um sinal.

Pausânias virou-se como um urso ferido por uma lança.

— *Você* também sabia de tudo?

— Eu não estava presente — disse o anfitrião —, mas as pessoas falam. Lamento que vocês tenham ouvido isso aqui em minha casa. Mesmo entre eles, em segredo, vocês acham que o rei e Átalo teriam vergonha de se gabar de uma coisa dessas? Quanto mais diante de outras pessoas; mas ninguém melhor do que vocês sabe como são quando bebem muito.

As unhas de Pausânias enterraram-se na madeira, fazendo recuar o sangue.

— Ele jurou na minha frente, oito anos atrás, jamais permitir que fosse proferido em sua presença. Foi isso que me persuadiu a não me vingar. Ele sabia, pois eu lhe disse.

— Então ele não perjurou — disse Heirax com um sorriso amargo.

— Não deixou que fosse proferido, ele mesmo o disse. Agradeceu a Átalo os bons serviços. Quando Átalo ia responder, pôs a mão sobre a sua boca, e os dois riram. Agora estou entendendo.

— Ele jurou para mim, junto do rio Aqueronte — disse Pausânias, quase num sussurro —, que não soubera antes.

Deinias sacudiu a cabeça.

— Heirax, retiro minha acusação. Se tantos já sabem, é melhor que Pausânias saiba primeiro por intermédio de amigos.

— Ele me disse — a voz de Pausânias estava mais grave — "em poucos anos, quando você for honrado, duvidarão dessa história; e hão de esquecer".

— E o que valem juramentos quando os homens se sentem seguros? — perguntou Deinias.

— Átalo está seguro — disse Heirax, em tom casual. — Seguro com suas tropas na Ásia.

Pausânias fitava as brasas vermelhas na lareira, atrás deles. E, parecendo conversar com o fogo, disse:

— Será que ele pensa ser tarde demais?

\* \* \*

— Se você quiser — disse Cleópatra ao irmão —, poderá ver meu vestido.

Ele a seguiu até o quarto, onde estava pendurado num cabide em forma de "T", fino linho tingido de açafrão, bordado com flores de pedras preciosas. Ela não tinha culpa de nada; logo, raramente voltariam a se encontrar. Ele lhe deu um tapinha na cintura. Apesar de tudo, as pompas iminentes começavam a seduzi-la; instantes de prazer irrompiam como verde na encosta; sentiu que seria rainha.

— Olhe, Alexandre. — Ela ergueu da almofada a coroa nupcial, trigo e ramos de oliveira em ouro puro, e foi até o espelho.

— Não! Não experimente. Dá azar, mas você ficará linda. — Ela perdera quase toda a gordura que caracterizava a puberdade, dando indícios de superioridade.

— Espero que em breve a gente suba até Aigai. Quero ver as decorações; quando a multidão chegar, não se poderá mais andar por lá. Alexandre, você ouviu falar na grande procissão até o teatro, para consagrar os Jogos? Serão oferecidos aos doze Olímpicos, e as imagens serão carregadas...

— Não doze — disse Alexandre, lacônico. — Treze. Doze Olímpicos, e o divino Filipe, mas ele é modesto, sua imagem seguirá por último... Ouça, que barulho é esse?

Correram até a janela. Um grupo apeara de suas mulas e reunia-se formalmente para aproximar-se do palácio. Os homens foram coroados com louro, e o líder trazia um ramo dessas folhas.

Deslizando do parapeito, Alexandre disse, ansioso:

— Tenho de ir. São os arautos de Delfos, com o oráculo a respeito da guerra.

— Beijou-a rapidamente, e virou-se para a porta. Sua mãe estava entrando.

Cleópatra viu o olhar da mãe perscrutar Alexandre com a velha amargura. Alexandre, que recebeu o olhar, conhecia-o havia muito. Ele o chamava para um segredo.

— Não posso ficar agora, mãe. Os arautos de Delfos chegaram. — Vendo-a abrir a boca, acrescentou depressa: — Tenho direito de estar lá. Não queremos que esqueçam isso.

— Sim, é melhor você ir. — Ela estendeu as mãos para o filho, e quando este a beijou, sussurrou alguma coisa. Ele recuou dizendo:

— Agora não, vou me atrasar. — E soltou suas mãos. Antes de ele sair, ela ainda lhe disse:

— Mas temos de nos falar, ainda hoje.

Ele saiu sem dar sinal de que ouvira. Ela sentiu os olhos atentos de Cleópatra e obteve como resposta algum comentário sobre o casamento; em muitos anos, ocorreram muitos momentos assim. Cleópatra pensava neles, mas manteve a serenidade. *Muito antes de Alexandre ser rei*, pensou, *se é que isso iria acontecer, eu serei rainha.*

\* \* \*

No Aposento de Perseu, os adivinhos principais, os sacerdotes de Apolo e Zeus, Antípatro e todos os que tinham direito de estar ali por posto ou hierarquia tinham se reunido para que o oráculo fosse pronunciado. Os arautos de Delfos pararam diante do pórtico. Alexandre, que correra a primeira parte do caminho, entrou devagar e ficou à direita do trono, chegando um pouco antes do rei. Hoje em dia, ele mesmo tinha de administrar essas coisas.

Houve uma pausa de expectativa e sussurros. Aquela era uma delegação real. Não era por causa da multidão que solicitava casamentos, terras, viagens marítimas e filhos, assuntos que podiam ser resolvidos por meio de loteria, mas, só para aquela única questão, a experiente Pítia entrara na caverna enfumaçada sob o templo, montara o tripé ao lado da Pedra Central envolta em suas redes mágicas, mastigara seu louro amargo, aspirara o vapor da fenda na rocha e emitira sussurros de loucura divina diante do sacerdote de olhos penetrantes que os interpretaria em versos. Velhas lendas funestas esvoaçavam como névoa de uma mente a outra. Os de temperamento mais forte aguardavam alguma resposta habitual, que se fizessem sacrifícios aos deuses adequados, ou oferecidos a um altar.

O rei entrou mancando, foi saudado e sentou-se, a perna rígida esticada à frente. Agora que não podia exercitar-se muito, começava a engordar; quilos em excesso depositavam-se em sua figura atarracada, e, parado atrás dele, Alexandre notou que seu pescoço engrossara.

Os cumprimentos ritualísticos começaram. O arauto principal abriu seu rolo de pergaminho.

— "A Pítia de Apolo, responde assim a Filipe, filho de Amintas, rei dos macedônios: *O touro fora cingido para o altar, o fim cumprido. E também o assassino está preparado.*"

O grupo pronunciou as frases de bom augúrio prescritas para tais ocasiões. Filipe meneou a cabeça a Antípatro, que devolveu o sinal, aliviado. Parmênion e Átalo tinham problemas na costa da Ásia, mas agora a força principal partiria com bons presságios. Houve um murmúrio de satisfação. Esperava-se uma resposta favorável; afinal, o deus devia muito ao rei Filipe; mas Apolo de Duas Línguas só aos muito honrados falava com tanta clareza.

\* \* \*

— Coloquei-me no caminho dele — disse Pausânias. — Mas não recebi seu sinal. Cortês, sim; mas isso ele sempre foi. Soube da história por uma criança. Eu costumava ver isso em seus olhos, mas não dá sinal. Por que não, se tudo é verdade?

Deinias encolheu os ombros e sorriu. Temia aquele momento. Se Pausânias estivesse preparado para jogar fora sua vida, teria feito isso oito anos atrás. Um homem apaixonado pela vingança queria sobreviver ao inimigo e saborear a doçura em sua língua. Deinias sabia disso, e estava preparado.

— Certamente isso não o surpreende? Essas coisas são vistas e lembradas mais tarde de determinada forma. Pode estar certo de que será vigiado como amigo; naturalmente, sujeito a uma boa apresentação. Olhe, trouxe-lhe algo que o fará relaxar. — E abriu a mão.

Pausânias olhou e disse:

— Um anel se parece muito com outro.

— Olhe bem para este. Esta noite, durante o jantar, você poderá olhar novamente.

— Sim — disse Pausânias. — Eu ficaria satisfeito com isso.

\* \* \*

— Por que está usando seu anel de leão? — perguntou Heféstion. — Onde estava? Procuramos por toda parte.

— Simão encontrou-o na minha cômoda. Devo ter mexido em minhas roupas, tirando-o do lugar.

— Mas eu mesmo verifiquei.

— Suponho que tenha caído numa dobra.

— Você não acha que ele o roubou e depois ficou com medo?

— Simão? Não seria tão bobo; todo mundo sabe que esse anel é meu. Parece ser um dia de sorte.

Referia-se ao fato de que Eurídice acabara de dar à luz novamente, e era outra menina.

— Que Deus realize os bons augúrios — disse Heféstion.

Desceram para jantar. Alexandre parou para cumprimentar Pausânias na entrada. Era sempre um triunfo conquistar um sorriso de um homem com expressão tão amargurada.

\* \* \*

Era a treva que precedia o amanhecer. O velho teatro em Aigai brilhava com os lampiões de bronze e archotes. Pequenas tochas oscilavam como mariposas quando os servos guiavam os convidados para seus lugares nos bancos almofadados. A leve brisa das florestas da montanha carregava a fragrância de resina de pinheiro queimando e de pessoas aglomeradas.

Embaixo, na plateia circular, estavam os doze altares dos Olímpicos em círculo. Fogos os iluminavam, adoçados com incenso, fazendo reluzir os trajes de seus heróis e o corpo forte dos que fariam os sacrifícios com seus cutelos faiscantes. Dos campos vinham balidos e berros das vítimas já ornadas de suas guirlandas, inquietas por causa do movimento e da luz das tochas. Acima de todos os sons ouvia-se o mugido do touro branco do rei Zeus com seus cornos dourados.

No palco, com enfeites ainda obscurecidos pelo crepúsculo, instalara-se o trono do rei, ladeado por cadeiras imponentes para seu novo genro e seu filho.

Nas fileiras superiores ficavam os atletas, os condutores de bigas, os cantores e músicos que competiriam nos Jogos quando o ritual iminente os tivesse inaugurado. A multidão de convidados do rei e os participantes lotaram o pequeno teatro. Os soldados e camponeses, os homens das tribos que tinham vindo das colinas para ver o espetáculo, perambulavam agitados na encosta nevoenta da colina em torno da concha do teatro, ou aglomeravam-se no caminho da procissão. Vozes oscilavam alternadamente, como ondas batendo nos seixos da praia. Os pinheiros, pretos na tênue claridade do leste, estalavam sob o peso de meninos ali encarapitados.

A velha estrada acidentada fora nivelada e ampliada até o teatro para a grande procissão. Contida pelo orvalho da montanha, a poeira tinha um cheiro doce no penetrante ar da madrugada. Soldados enviados para abrir caminho chegavam com tochas; os esbarrões eram bem-humorados, muitas vezes aconteciam entre companheiros da mesma tribo. As tochas foram apagadas quando a aurora clara e límpida de verão irrompeu.

Quando um matiz rosa tingiu os picos além da saliência de Aigai, os esplendores do desfile brilharam à vista de todos; os altos mastros escarlates com pontas douradas de leão ou águia, as longas bandeiras flamejantes; as grinaldas e guirlandas de hera; o arco triunfal esculpido e pintado com os Trabalhos de Hércules encimado por uma Vitória, estendendo suas coroas de louro douradas; do outro lado, dois meninos de cabelos dourados, vivos, estavam vestidos como Musas, com trombetas nas mãos.

Parado no átrio diante do castelo, sobre a antiga Acrópole de pedra, estava Filipe, em manto purpúreo com broches de ouro, coroado com uma grinalda de louro dourado. Sua cabeça virava-se para a leve brisa da manhã. Cantos de pássaros, chilreios, sons de instrumentos sendo afinados, vozes de espectadores e de oficiais dando ordens chegavam até ele, tendo como fundo o bramido das cataratas de Aigai. O olhar fixo atravessava a planície que se estendia a leste até Pela e o mar que espelhava o amanhecer. Diante dele avistava-se as pastagens verdes e viçosas; quebrara os cornos de seu rival. Farejava com narinas abertas o ar denso e saudável.

Atrás dele, numa túnica escarlate e cinturão de espada cravejado de joias, Alexandre ladeava o noivo. Seu cabelo luminoso, recém-lavado e penteado, ostentava uma guirlanda de flores de verão. Metade dos Estados da Grécia enviaram ao rei coroas de ouro trabalhadas como presentes de honra; mas nenhuma lhe fora entregue.

Ao redor do átrio, instalavam-se os homens da Guarda Pessoal, prontos para formar a escolta. Pausânias, seu comandante, caminhava diante das fileiras. Aqueles por quem passava arrumavam ansiosamente seus uniformes, ou ajeitavam seu equipamento; depois postavam-se mais relaxados, percebendo que ele nem os fitara.

No baluarte norte, entre suas mulheres, estava a noiva, que acabara de sair de seu leito nupcial. Não tivera prazer nele; mas estivera preparada para coisa bem pior. Ele fora tolerável, não estava bêbado demais, tinha muita consciência de sua pouca idade e de sua virgindade, e não era tão velho assim. Ela já não o temia. Erguendo-se sobre o áspero parapeito de pedra, via a extensa serpente da procissão formando-se ao longo das muralhas. A seu lado, sua mãe olhava o átrio lá embaixo; seus lábios moviam-se num murmúrio débil quando expirava. Cleópatra não se esforçou para escutar as palavras. Sentia a bruxaria como calor proveniente de um fogo oculto, mas estava na hora de ir para o teatro — as liteiras estavam prontas. Logo estaria em sua lua de mel; essas coisas já não teriam mais importância. Mesmo que Olímpia fosse a Epiro, Alexandro saberia lidar com isso. Ter um marido, afinal, representava alguma coisa.

As trombetas das Musas ecoaram. Debaixo do arco da Vitória, entre gritos de admiração, os Doze Deuses Olímpicos avançavam até seus altares. Cada carro alegórico era puxado por cavalos iguais, com capas vermelhas e douradas. As imagens de madeira eram da altura dos deuses, dois metros, e tinham sido pintadas pelo mestre ateniense que pintara para Apeles.

O rei Zeus entronado com báculo e águia, fora copiado em escala menor do Zeus gigante de Olímpia, trono dourado, traje engomado com joias e franja de fios de ouro torcidos. Apolo vestido como músico, com lira de ouro. Poseidon vinha numa carruagem que imitava um cavalo-marinho. Deméter sentava-se coroada com grânulos de ouro, rodeada de tochas. A rainha Hera trazia seus pavões; piadistas comentavam que a consorte do rei Zeus vinha bastante atrás na fila. A virgem Ártemis, arco no ombro, segurava um veado pelos chifres. Dioniso vinha nu sobre uma pantera malhada. Atena trazia escudo e elmo, mas não sua coruja ática. Hefesto brandia seu martelo; Ares, com seu pé num adversário prostrado, brilhava sob seu elmo de penacho; Hermes amarrava uma sandália alada. Vestida num estreito véu, com o pequeno Eros ao lado, Afrodite sentava-se numa cadeira de flores. Comentou-se em voz baixa que ela se parecia com Eurídice. Esta ainda estava na sala de repouso, não apareceria naquele dia.

O último dos doze foi saudado por sua trombeta. Chegava o décimo terceiro.

A imagem do rei Filipe vinha num trono de cabeça de águia com leopardos agachados servindo de braços. Seus pés pousavam em um touro alado com uma tiara persa e rosto humano. O artista embelezara sua figura, escondera as cicatrizes e reduzira em dez anos sua idade. Fora isso, era extremamente parecido; seus olhos pretos pintados pareciam que iam mover-se a qualquer momento.

Ouviram-se vivas; mas como uma torrente fria em um mar cálido, sentia-se também um sopro de silêncio. Um velho camponês murmurou para outro:

— Deviam tê-lo feito menor. — Olharam de soslaio para a linha de deuses à frente, e trocaram antigos sinais para disfarçar o assunto.

Os chefes da Macedônia vieram atrás, Alexandro da Lincéstida e o restante. Via-se que mesmo aqueles das montanhas mais longínquas usavam sua boa lã bem tecida com ornamentos nas bordas, e um broche de ouro. Os mais velhos lembravam dias de mantos de pele de ovelha, quando alfinetes de bronze eram artigos de luxo; e ficavam boquiabertos, entre dúvida e admiração.

Ao ritmo de flautas de tom penetrante tocando uma marcha dória, chegou a linha de frente da Guarda Real, Pausânias liderando. Os homens exibiam-se em sua armadura de desfile, sorrindo para amigos na multidão; um dia de festa não exigia a severidade das manobras, mas Pausânias olhava adiante, para o alto umbral do teatro.

Ouviram o clamor de clarins arcaicos e gritos de "Viva o rei!".

Filipe veio marchando num cavalo branco, com seu manto purpúreo e coroa de oliveira feita de ouro. Logo atrás, de cada lado, cavalgavam seu genro e seu filho.

Os camponeses faziam sinais fálicos para o noivo, desejando-lhe boa sorte, e boa prole, mas junto do arco, uma tropa de jovens que estivera esperando com pulmões cheios de ar, berrou em uníssono:

— Alexandre!

Ele virou a cabeça sorrindo e fitou-os com amor. Muito depois, quando fossem generais e sátrapas, ainda se orgulhariam disso, despertando uma silenciosa inveja.

Depois vinha a retaguarda da Guarda Pessoal; e encerrando a procissão, as vítimas do sacrifício, uma para cada deus, conduzidas pelo touro com guirlanda em torno da papada, cornos folheados a ouro.

O sol pairou acima de suas redes de luz; tudo cintilava; o mar, o capim orvalhado, teias de aranha de cristal sobre o campo castanho; as joias, os dourados, o frio brilho do bronze polido.

Os deuses entraram no teatro. Pelo alto pórtico do párodo, os carros seguiram contornando a plateia; os convidados aplaudiram; as imagens resplandecentes foram erguidas e colocadas em bases perto de seus altares. A décima terceira divindade, que não tinha direito a nicho, mas possuía o recinto, foi depositada no centro.

Fora, na estrada, o rei fez um sinal. Pausânias emitiu uma ordem. A Guarda Real virou-se agilmente para a esquerda e para a direita, e voltou para a retaguarda, atrás do rei.

O teatro ficava a cerca de cem metros dali. Olhando para trás, os chefes viram a Guarda afastar-se. Parecia que o rei confiava neles para aquela última etapa. Contentes com o elogio, abriram fileiras para ele.

Notado apenas pelos seus próprios homens que achavam que não era assunto deles, Pausânias continuou avançando em direção ao párodo.

Filipe viu os chefes à espera. Dirigiu seu cavalo até eles, saindo das tropas da Guarda, e abaixou-se, sorrindo.

— Adiante, amigos. Irei depois.

Começaram a mover-se; mas um proprietário de terras mais velho, parou junto do cabresto de seu cavalo, e disse com franqueza macedônica:

— Nada de guardas, rei? Com toda essa multidão?

Filipe abaixou-se e deu um tapinha no ombro dele. Esperava alguém dizer isso.

— O meu povo é guarda suficiente. Quero que todos esses estrangeiros vejam isso. Obrigado pela sua bondade, Areu; mas, prossiga.

Quando os chefes avançaram, Filipe reduziu o passo de seu cavalo, retomando o lugar entre o noivo e Alexandre. De cada lado da multidão vinha um rumor de vozes amistosas. Adiante ficava o teatro, lotado de amigos. O rei sorria; ele esperara muito aquele momento de uma prova pública. Um rei eleito, a quem aqueles sulinos tinham-se atrevido a chamar de tirano; veriam se ele precisava da esquadra de lanceiros de um tirano. Eles que contassem a Demóstenes, pensou.

Endireitou-se e fez um sinal. Dois servos foram até os mais jovens, e aprontaram-se para segurar os cavalos deles.

— Meus filhos, vocês sabem.

Alexandre, que observara os chefes avançando, virou-se bruscamente:

— Não vamos com você?

— Não — disse Filipe asperamente. — Não lhes disseram isso? Entrarei sozinho.

O noivo desviou o olhar, para esconder seu constrangimento. Será que iam discutir sobre a precedência agora, na frente de todos? O último dos chefes sumira de vista. Filipe não podia ir até lá sozinho.

Sentado ereto sobre a sela escarlate de Bucéfalo, Alexandre olhou ao longo do trecho da estrada, erma ao sol; ampla, solapada, sulcada pelas rodas, marcada de cascos; ressoando no vazio. No ponto extremo, no triângulo de profunda sombra lançada pelo párodo, estava um brilho de armaduras, uma sucessão de mantos rubros. Se Pausânias estava lá, devia ter recebido ordens.

Bucéfalo levantou as orelhas. Seu olho, brilhante como ônix, olhou para o lado. Alexandre tocou seu pescoço com um dedo; o cavalo ficou imóvel, como bronze. O noivo hesitava. Por que o rapaz não se mexia? Havia momentos em que se podia entender os boatos. Alguma coisa em seus olhos. Houve um dia, em Dodona; um vento gélido, uma camada alta de neve, ele com um manto de pele de ovelha...

— Pois então desça; seu cunhado está esperando — disse Filipe, impaciente.

Alexandre olhou de novo o pórtico escuro. Pressionou com o joelho, aproximando Bucéfalo, e encarou o rosto de Filipe com profunda preocupação.

— É longe demais — disse calmamente. — É melhor eu ir com você.

Filipe arqueou as sobrancelhas sob a grinalda de ouro. Agora estava evidente o que o rapazinho pretendia. Bem, não o merecera ainda; e não conseguiria nada pressionando.

— Isso é assunto meu. Eu decido o que é melhor.

Os olhos com profundas olheiras procuraram os dele. Filipe sentiu-se invadido. Era uma afronta qualquer súdito encarar assim o rei.

— É longe demais — disse a voz clara e aguda, inexpressiva e firme. — Deixe-me ir com você, minha vida será penhor da sua... Juro por Hércules.

Murmúrios débeis e curiosos começaram a se ouvir entre os espectadores, que percebiam algo inusitado. Embora zangado, Filipe controlava a expressão de seu rosto. Mantendo a voz baixa, disse asperamente:

— Agora basta. Não estamos indo ao teatro encenar uma tragédia. Quando precisar de você, avisarei. Obedeça a minha ordem.

Os olhos de Alexandre desistiram de questionar. Ficaram ausentes, como vidro claro e cinzento.

— Muito bem, senhor — disse e apeou. Alexandro seguiu, aliviado.

Pausânias, no alto pórtico, saudou quando chegavam. Alexandre retribuiu ao passar, enquanto falava com Alexandro. Subiram a curta rampa para o palco, recebendo aclamações, e sentaram-se.

Lá fora, Filipe pegou sua rédea. Com um andar elegante e nobre, seu cavalo treinado de ataque avançou, sem se perturbar com o alarido. O povo sabia o que o rei estava fazendo, admirava-o, e manifestava isso. A raiva dele passou; tinha coisa melhor em que pensar. Se o rapaz tivesse escolhido uma hora mais adequada...

Continuou cavalgando, agradecendo às saudações. Preferia caminhar, mas sua perna rígida tirava-lhe a dignidade. Através do párodo de seis metros de altura, já divisava a plateia com seu círculo de deuses. A música começou a tocar para ele.

Do pórtico de pedra, um soldado avançou para ajudá-lo a apear e pegar seu cavalo. Era Pausânias. Em honra àquele dia, devia ter-se colocado naquele serviço de pajem. Há quanto tempo... Era sinal de reconciliação. Finalmente, estava pronto a perdoar. Gesto encantador. Nos velhos tempos, ele tivera o dom de fazer esses atos elegantes.

Filipe deslizou do cavalo, rígido, sorriu e começou a falar. A mão esquerda de Pausânias pegou seu braço num aperto forte. Seus olhos se encontraram. Pausânias tirou a mão direita debaixo do manto, tão depressa que Filipe nem viu o punhal, exceto nos olhos de Pausânias.

A Guarda estrada acima viu o rei cair, e Pausânias inclinar-se sobre ele. Talvez tenha tropeçado devido a seu pé manco, pensaram os homens, e Pausânias fora desajeitado. De repente, Pausânias endireitou-se, e começou a correr.

Estivera na Guarda por oito anos, e em cinco deles a comandara. Um fazendeiro na multidão foi o primeiro a gritar:

— Ele matou o rei!

Como se ele liberasse o juízo deles, os soldados correram em direção ao teatro, com berros confusos.

Um oficial chegou junto do corpo, fitou-o, gesticulou feito louco, e berrou:

— Atrás dele!

Uma torrente de homens apareceu dobrando a esquina, atrás dos bastidores. O cavalo do rei, bem adestrado, mantinha-se imóvel junto do párodo. Ninguém se atrevera a montá-lo.

Num trecho de terra atrás do teatro, consagrado a Dioniso, seu deus-guardião, os sacerdotes cultivavam vinhas. As grossas cepas velhas e pretas estavam cobertas de brotos novos e flores verde-claras. O elmo de Pausânias, jogado fora na corrida, retiniu na terra; seu manto vermelho enroscou-se numa vinha. Ele disparara pelos torrões duros em direção à antiga muralha de pedra e seu pórtico aberto. Além dele, aguardava um homem montado, com um cavalo de reserva.

Pausânias era muito bem treinado, e ainda não tinha trinta anos, mas na caçada havia jovens que ainda não completaram vinte, que aprenderam a guerrear nas montanhas com Alexandre, e treinaram muito. Três ou quatro estavam bem à frente; a distância começava a se reduzir.

A redução acontecia devagar. O portão estava próximo. O homem com os cavalos já os virara no sentido da estrada aberta.

De repente, como se atingido por uma lança invisível, Pausânias caiu para a frente. Uma raiz nodosa, em arco, o fez tropeçar. Ele caiu estatelado; depois ergueu-se sobre mãos e pés, tentando tirar a bota do pé, mas os jovens já estavam em cima dele.

Ele se contorceu, olhou de um para outro, procurando. Não teve sorte, mas agarrara a primeira oportunidade que teve. Limpara sua honra. Puxou a espada, mas alguém colocou o pé sobre seu braço, outro pisou em seu colete. Nem tivera tempo de sentir orgulho, Pausânias pensou quando todo aquele ferro começou a despedaçá-lo. Não tivera tempo.

O homem com os cavalos, lançando um rápido olhar, soltara o de reserva, chicoteara sua própria montaria, e disparara pela estrada, mas a pausa de estarrecimento acabara. Cascos retumbavam na estrada além dos vinhedos. Os cavaleiros corriam atrás dele, pelos portões, sabendo quanto valeria aquele prêmio.

No vinhedo, a multidão alcançara os perseguidores da frente. Um oficial baixou os olhos para o corpo que, como num sacrifício antigo, sangrava sobre as raízes das vinhas.

— Vocês acabaram com ele. Seus idiotas. Agora não poderá ser interrogado.

— Nem pensei nisso — disse Leonato, saindo da embriaguez daquela caçada sangrenta. — Tive medo de que ele escapasse.

— Eu só pensei no que ele tinha feito — disse Perdicas, limpando sua espada na roupa do morto.

Quando se afastavam a pé, Arato disse aos outros:

— Bem, foi melhor. Vocês conhecem a história. Se ele falasse, isso só poderia desgraçar o rei.

— Que rei? — disse Leonato. — O rei está morto.

\* \* \*

A cadeira de Heféstion ficava no meio do anfiteatro, perto dos degraus centrais.

Os amigos que tinham esperado para saudar Alexandre corriam de um lado para o outro e entraram numa confusão no portão de cima. Aqueles eram, por regra, assentos para os camponeses; mas os da Companhia do Príncipe eram poucos na Assembleia daquele dia. Ele perdera a grandiosa entrada dos deuses. Seu pai sentava-se mais embaixo; sua mãe devia estar no meio das mulheres, no outro extremo. As duas rainhas já estavam ali, na fileira da frente. Heféstion podia ver Cleópatra olhando à sua volta, para apreciar a vista, como as outras jovenzinhas; Olímpia parecia julgar isso inferior a ela. Olhava para a frente, fixamente, para o párodo do outro lado.

Este ficava fora da visão de Heféstion; mas podia ver bem o palco com seus três tronos. Era magnífico; o fundo e as laterais tinham colunas com capitéis esculpidos, sustentando cortinas bordadas. A música vinha de trás delas, pois tantos deuses não permitiam que os músicos ficassem na plateia.

Heféstion aguardava Alexandre, para lhe saudar outra vez; se começassem bem, todos acompanhariam. Seria bom para ele.

Lá vinha Alexandre agora, com o rei epirota. As celebrações espalharam-se por todo o teatro. Não importava que os dois tivessem o mesmo nome; Alexandre reconheceria pelo som o que era para ele.

Soube, e sorriu. Sim, isso lhe fizera bem. Era um teatro pequeno; Heféstion notara que Alexandre ao entrar não estava em seu estado normal. Submergira em um daqueles sonhos, um sonho mau, e ficara contente por despertar. O que se poderia esperar naquele dia? *Vou falar com ele depois, se conseguir chegar perto dele antes dos Jogos. Tudo será mais simples quando tivermos atravessado para a Ásia.*

Lá embaixo na plateia estava a efígie do rei Filipe em seu trono dourado, sobre um pedestal coberto de louros. O trono que o aguardava no palco era exatamente igual. Ouviram-se gritos de vivas da estrada; a música secreta tocou mais alto.

Atingiu um clímax cheio de esplendor. Houve um intervalo, a sensação de uma deixa perdida. De repente, do bloco das mulheres onde as arquibancadas curvavam-se para ficar de frente para o párodo, veio um grito agudo.

Alexandre virou a cabeça. Seu rosto, que perdia a expressão de surpresa, alterou-se. Ele saltou do trono e desceu rapidamente para a plateia, de onde podia ver além das laterais. Correu rampa abaixo, e atravessou a plateia entre os sacerdotes, altares e deuses, antes que começassem os berros lá fora. Sua grinalda caiu do cabelo esvoaçante.

Enquanto os espectadores se moviam e falavam em confusão, Heféstion saltou pelos degraus até a galeria no meio do caminho, e correu ao longo dela. Os amigos seguiram-no imediatamente; estavam treinados para nunca perder tempo. Ao redor da galeria, os jovens com sua velocidade e objetivo eram um espetáculo por si, suspendendo o pânico até passarem. Chegaram aos últimos degraus, que levavam para baixo, na direção dos párodos. Estes já estavam lotados, com as fileiras inferiores repletas de convidados estrangeiros, atônitos. Heféstion abriu caminho rudemente como se estivesse numa batalha, com cotoveladas, empurrões, cabeçadas. Um homem gordo caiu, derrubando outros; as escadarias estavam apinhadas; as arquibancadas eram uma confusão de gente correndo para cima e para baixo. No centro silencioso do caos, esquecidos por seus hierofantes, os deuses de madeira em seu círculo fitavam o rei de madeira.

Imóvel como eles, ereta em sua cadeira de honra esculpida, ignorando a filha que agarrava seu braço e chorava alto chamando por ela, a rainha Olímpia mantinha-se sentada olhando fixamente para os párodos.

Heféstion sentia uma raiva cega por todos os que atravessavam seu caminho. Sem prestar atenção no que fazia e com todos os companheiros atrás, ele lutava abrindo caminho até seu objetivo.

Filipe estava deitado de costas, o cabo do punhal aparecendo entre as costelas. Era uma obra celta, com elaboradas incrustações de prata. Seu quíton alvo estava quase imaculado; a lâmina indicava a ferida. Alexandre estava debruçado sobre ele, apalpando a região do coração. O olho cego do rei estava semicerrado, o outro erguido para os olhos vivos por cima dele. Sua face transparecia uma expressão de choque e de perplexa amargura.

Alexandre tocou a pálpebra do olho aberto. Ela cedeu aos seus dedos.

— Pai — dizia ele. — Pai, pai.

Pôs sua mão sobre a fronte fria e úmida. A coroa de ouro escorregou e caiu com um retinido no pavimento. Por um instante seu rosto ficou hirto, como se esculpido em mármore.

O corpo retorceu-se. A boca se entreabriu, como se fosse falar. Alexandre abaixou-se mais; levantou a cabeça do pai entre suas mãos, inclinado sobre ela, mas do cadáver só saía ar, liberado por algum espasmo pulmonar ou abdominal; um arroto, com um pouco de espuma sanguinolenta.

Alexandre recuou. De súbito, seu rosto e corpo se transformaram. E disse, duramente como uma ordem de batalha:

— O rei está morto. — Levantou-se e olhou ao redor.

Alguém gritou:

— Eles o pegaram, Alexandre, e o cortaram em pedaços.

A larga entrada dos párodos estava cheia de chefes desarmados para a festa tentando, confusamente, formar uma parede de proteção.

— Estamos aqui, Alexandre. — Era Alexandro da Lincéstida, postado em toda a sua imponência. Já conseguira uma panóplia, que lhe servira; era a sua. A cabeça de Alexandre parecia apontar, silenciosa, atenta como a de um cão de caça.

— Alexandre, vamos escoltá-lo até a cidadela; talvez nos revelem os traidores.

*Sim*, pensou Heféstion, *quem serão? Esse homem sabe de alguma coisa. Por que tinha sua armadura preparada?* Alexandre olhava a multidão em volta; procurando os outros irmãos, pensou Heféstion. Estava acostumado a ler os pensamentos de Alexandre.

— O que é isso?

A multidão afastou-se. Antípatro, forçando passagem através da multidão de convidados apavorados, chegara até os macedônios que prontamente lhe abriram caminho. Havia muito fora indicado único regente da Macedônia, para o momento exato em que partisse o exército real. Alto, com sua grinalda, vestido com suntuosidade discreta, envolto em autoridade, ele olhou em volta.

— Onde está o rei?

Alexandre respondeu:

— Aqui.

Por um momento, sustentou o olhar de Antípatro, depois recuou para deixar o corpo à mostra.

Antípatro inclinou-se e levantou.

— Está morto — disse incrédulo. — Morto. — Passou a mão pela testa. Tocou sua grinalda festiva; com um gesto convencional, assombrado, jogou-a no chão. — Quem...?

— Foi Pausânias quem o matou.

— Pausânias? Depois de tanto tempo? — Parou abruptamente, constrangido pelo que dissera.

— Encontraram-no vivo? — perguntou depressa demais Alexandro da Lincéstida.

Alexandre demorou para responder, observando o rosto dele.

— Quero que fechem os portões da cidade e ocupem as muralhas. Ninguém sai até que eu ordene. — Examinou a multidão com o olhar. — Alcetas, sua divisão. Posicione-os agora mesmo.

*O que eu previa está acontecendo*, pensou Antípatro.

— Alexandre, você corre perigo aqui. Quer subir até o castelo?

— Na hora certa. O que estão fazendo aqueles homens?

Lá fora, o segundo em comando da Guarda Real tentava controlá-los com a ajuda dos jovens oficiais que podia encontrar, mas os soldados tinham perdido inteiramente o juízo, e escutavam um deles berrando que todos seriam acusados de conspirar o assassinato. Viraram-se amaldiçoando os jovens que mataram Pausânias; pareceu que o tinham feito para que não falasse. Os oficiais tentavam em vão acalmá-los com gritos.

Alexandre saiu da forte sombra azul do párodo para a luz clara e fria da manhã. O sol aparecera pouco, desde que entrara no teatro. Ele saltou sobre a parede baixa junto do pórtico. O ruído mudou, morreu.

— Alexandre! — disse Antípatro asperamente. — Cuidado! Não se exponha assim.

— Guardas, à direita, formar falange!

A massa se ordenou com arrastar de pés, como um cavalo assustado que o cavaleiro acalma.

— Honro sua dor, mas não chorem feito mulheres. Vocês cumpriram seu dever; sei quais eram suas ordens. Eu mesmo as escutei. Meléagro, uma escolta para o corpo do rei. Levem-no ao castelo, para o pequeno salão de audiências.

Vendo que o homem olhava ao redor procurando uma liteira, ele disse:

— Atrás do palco há um esquife para a tragédia.

Inclinou-se sobre o corpo, puxou uma dobra de manto purpúreo amassado debaixo dele e cobriu o rosto com aquele olho tão amargurado. Os homens da escolta fizeram um círculo ao redor dele, ocultando-o.

Postado diante das tropas silenciosas da Guarda, ele disse:

— Aqueles que mataram o assassino, adiantem-se.

Divididos entre orgulho e medo, avançaram indecisos.

— Temos uma dívida com vocês. Não pensem que será esquecida. Perdicas? — Seu rosto abrandou-se, aliviado; o jovem se adiantou. — Deixei Bucéfalo na estrada, lá fora. Por favor, cuide dele para mim. Leve uma guarda de quatro homens.

— Sim, Alexandre. — Ele partiu num fervor de gratidão.

Houve então um silêncio palpável; Antípatro tinha um olhar estranho, debaixo das sobrancelhas.

— Alexandre. A rainha sua mãe está no teatro. Não seria bom que *ela* tivesse uma guarda?

Alexandre passou por ele e olhou dentro dos párodos. Parou ali, totalmente imóvel. Perto da entrada houve um movimento; os soldados tinham encontrado o esquife trágico, pintado e envolto em panos pretos.

Colocaram-no junto do corpo de Filipe e depositaram-no ali em cima. O manto caiu-lhe do rosto; o oficial baixou os olhos e pressionou-os até fecharem-se.

Ainda imóvel, Alexandre continuava olhando para o interior do teatro. A multidão se fora, achando que aquilo não era lugar para ficar. Permaneciam os deuses. No tumulto, Afrodite fora derrubada de seu pedestal e jazia numa posição grotesca e hirta ao lado. Eros, tombado, apoiava-se em seu trono caído. A imagem do rei Filipe mantinha-se firmemente sentada em seu lugar, olhos pintados fixos nas arquibancadas vazias.

Alexandre virou-se. Mudara de cor, mas a voz permanecia normal.

— Sim; estou vendo que ela continua lá.

— Deve estar muito angustiada — disse Antípatro, numa voz monótona.

Alexandre fitou-o, pensativo. Depois, como se alguma coisa atraísse seu olhar, olhou para o lado.

— Tem razão, Antípatro. Ela deveria estar em mãos mais seguras. De modo que ficarei grato se você mesmo a escoltar até a cidadela. Leve os homens que julgar suficientes.

Antípatro abriu a boca. Alexandre esperou, a cabeça inclinada de leve para o lado, olhos impassíveis. Antípatro disse:

— Se você quer assim, Alexandre... — E foi cumprir sua missão.

Houve um momento de tranquilidade. Heféstion apareceu sem fazer nenhum sinal, apenas oferecendo sua presença, como mandavam seus augúrios. Não houve mensagem de volta; mas entre um passo e outro, ele viu que deus agradecia por ele. Seu próprio destino também se descortinava à sua frente em panoramas imensuráveis de sol e fumaça. Não olharia para trás, não importava onde esse caminho o levasse; seu coração o aceitava com toda sua carga, claridade e escuridão.

O oficial do grupo fúnebre deu uma ordem. O rei Filipe, sobre seu esquife dourado, dobrou a esquina. Das vinhas sagradas, homens da tropa trouxeram Pausânias, deitado sobre tábuas e coberto com seu manto rasgado, sangue gotejando entre as frestas. Também ele seria exposto ao povo. Alexandre disse:

— Preparem uma cruz.

Os rumores transformaram-se num sussurro inquieto, misturado ao bramido das cataratas de Aigai. Elevando, por cima de tudo isso, seu grito estridente e sobrenatural, uma águia dourada pairava. Trazia nas garras uma pequena serpente que apanhara nas rochas. As duas cabeças buscavam-se, procurando em vão dar o golpe mortal. Alexandre, ouvindo o grito, olhou para cima, um olhar intenso, para ver o resultado da luta; mas, ainda sem combate, as duas antagonistas subiram em espiral para o céu sem nuvens, acima dos picos das montanhas; tornaram-se um pontinho na luz, e perderam-se de vista.

— Aqui tudo foi cumprido — disse ele, e deu ordens de marcharem para a cidadela.

Quando chegaram aos baluartes de onde se divisava a planície de Pela, o sol de verão estendeu sua trilha cintilante até o mar do Leste.

# Nota da autora

TODOS OS REGISTROS DE ALEXANDRE FEITOS POR SEUS CONTEMPORÂNEOS desapareceram. Dependemos de histórias que foram compiladas três ou quatro séculos depois desse material perdido, que algumas vezes fornecem referências e outras, não. A fonte principal de Arriano foi o Ptolomeu desta história, mas sua obra inicia apenas na ascensão de Alexandre. Os primeiros capítulos de Cúrcio desapareceram; Diodoro, que oculta a época certa e nos conta muito sobre Filipe, diz pouco sobre Alexandre antes do início de seu reinado. Nas primeiras duas décadas, quase dois terços de sua vida, a única fonte existente é Plutarco, com poucas alusões retrospectivas em outras histórias. Plutarco não cita Ptolomeu nessa fase da vida de Alexandre; ele teria sido uma testemunha principal, portanto provavelmente não o incluiu.

Aqui, o relato de Plutarco foi colocado diante de seu conhecimento histórico. Com o devido ceticismo, usei os discursos de Demóstenes e Aisquines. Algumas anedotas envolvendo Filipe e Alexandre foram tiradas dos *Ditos de reis e comandantes*, de Plutarco; algumas poucas, de Ateneu.

Inferi a idade em que Alexandre recebeu os enviados persas e a surpresa deles, registrada, ao verem que suas perguntas não eram infantis. Sobre o caráter de Leônidas e sua procura nos baús do menino para que ele tivesse os confortos da casa materna, Plutarco cita Alexandre textualmente. Sobre os outros mestres, que são descritos como numerosos, só Lisímaco ("Fênix") é mencionado pelo nome. Plutarco parece não lhe dar muita importância. A opinião de Alexandre surge mais tarde. Durante o grande sítio de Tiro, ele deu um longo passeio na colina; Lisímaco, gabando-se de que era tão bom quanto o Fênix de Aquiles, e não mais velho que ele, insistiu em ir também. "Quando Lisímaco ficou fraco e cansado, embora a noite avançasse e o inimigo estivesse perto, Alexandre recusou-se a deixá-lo; encorajando e ajudando-o com uns poucos companheiros, inesperadamente viu-se apartado do corpo principal das tropas e obrigado a passar a noite num local selvagem, na escuridão e no frio extremo." Sozinho, atacou uma fogueira de vigia do inimigo, para desencadear um incêndio; o inimigo, pensando que suas tropas estavam próximas, retirou--se; e Lisímaco pôde dormir junto de uma fogueira. Leônidas, deixado para trás, na Macedônia, recebeu apenas uma carga de caro incenso com um irônico rótulo dizendo que dali em diante não precisaria mais feder diante dos deuses.

Plutarco, que diz que o menino nunca mais tocou, é quem relata que Filipe disse a Alexandre que devia envergonhar-se de cantar tão bem — possivelmente em público, pois o episódio foi registrado. A rebelião tribal depois disso foi inventada; não sabemos onde nem quando Alexandre teve o primeiro gosto pela guerra. Pode ser apenas datado retroativamente partindo de sua regência. Aos dezesseis anos, o primeiro general da Grécia lhe confiou um comando de importância estratégica vital, sabendo, pois, que tropas experientes o seguiriam. A essa altura, devia conhecê-lo muito bem.

O encontro com Demóstenes em Pela é fictício, mas é verdade que o orador, último a falar, portanto tendo algumas horas para compor, teve um colapso depois de gaguejar algumas frases e, embora encorajado por Filipe, não conseguiu prosseguir. Com oito testemunhas para essa história, Aisquines é confiável; mesmo que fosse acusado — a essa altura já eram velhos inimigos —, não saberíamos. Demóstenes nunca gostou de falar de improviso, mas não há razões que o obrigassem a fazê-lo. Voltou com um ódio mordaz de Alexandre, coisa notável tratando-se de um rapaz tão jovem, e parece ter ironizado Aisquines por adulá-lo.

A doma de Bucéfalo é fornecida por Plutarco com tantos detalhes que somos tentados a acreditar que a fonte tenha sido uma das histórias favoritas de Alexandre após o jantar. A única coisa que acrescentei foi supor que o cavalo só tardiamente fora maltratado. Segundo a data de Arriano, ele já tinha onze ou doze anos; não se concebe que oferecessem ao rei uma montaria com longo registro de vícios. Cavalos de guerra gregos eram elaboradamente adestrados, e isso já deveria ter sido feito, mas não posso acreditar no preço astronômico pedido de treze talentos. Cavalos de ataque eram muito sacrificados (embora Alexandre amasse Bucéfalo até os trinta anos). Filipe pode ter pagado essa imensa quantia pelo seu cavalo de corrida vencedor dos Jogos Olímpicos e as histórias terem sido confundidas.

Os anos de fama de Aristóteles em Atenas começaram só depois da morte de Filipe; as obras preservadas datam de um período posterior a esse. Não sabemos exatamente o que ensinou a Alexandre, mas Plutarco fala do interesse deste, que durou a vida inteira, pela ciência natural (quando esteve na Ásia mantinha Aristóteles bem provido de espécimes) e pela medicina. Presumi que as ideias de Aristóteles sobre ética já estavam formadas quando foi seu mestre. Entre suas obras perdidas havia um livro de cartas a Heféstion, cujo *status* especial ele deve ter reconhecido.

O fato de Alexandre ter salvado seu pai dos rebeldes provém de Cúrcio, dizendo ainda que Alexandre se queixava amargamente por Filipe jamais ter admitido essa dívida, embora tivesse de se refugiar numa morte vergonhosa.

Diodoro e outros escritores descrevem o *komos* de vitória de Filipe depois da batalha da Queroneia; mas nenhum dos relatos menciona a presença de Alexandre.

Os costumes sexuais de Alexandre foram muito discutidos, seus difamadores tendendo a afirmar que era homossexual, seus admiradores rejeitando o fato com indignação. Nenhuma das partes ponderou muito em que medida o próprio Alexandre julgaria isso uma desonra. Numa sociedade que aceitava a bissexualidade como norma, seus três casamentos políticos o qualificavam como normal. Sua moderação era muito comentada; mas, para contemporâneos, sua peculiaridade mais marcante era a recusa em explorar vítimas indefesas, como mulheres cativas ou meninos escravos, prática universal naquele tempo.

Seu envolvimento emocional com Heféstion está entre os fatos mais incontestáveis de sua vida. E exibia isso com orgulho indisfarçado. Em Troia, na presença do seu exército, homenagearam juntos as tumbas de Aquiles e Pátroclo. Embora Homero não mencione que esses heróis foram mais do que amigos, o fato teve muito crédito na época de Alexandre; se ele julgasse essa imputação vergonhosa, não se teria exposto assim. Depois de sua vitória em Isso, quando mulheres cativas da família de Dario julgavam seu senhor morto, Alexandre foi até a tenda acalmá-las, levando Heféstion. Segundo Cúrcio, entraram juntos, vestidos de modo semelhante; Heféstion era mais alto, e segundo padrões persas, mais imponente; a rainha-Mãe prostrou-se diante dele. Prevenida de seu erro por sinais frenéticos de seu criado, ela se virou para o verdadeiro rei, aflita e confusa, e este lhe disse: "Não se enganou muito, mãe; ele também é Alexandre".

Está claro que se comportavam de modo parecido em público (embora oficiais de hierarquia mais elevada se ressentissem quando viam Heféstion ler as cartas de Olímpia por sobre o ombro de Alexandre, sem que este reclamasse). Não se comprovou nenhuma relação física, e aqueles a que tal ideia perturba são livres para rejeitá-la. Há um dito registrado de Alexandre dizendo que sono e sexo lhe lembravam de que era mortal.

Alexandre sobreviveu cerca de três meses ao amigo, dois dos quais passou viajando com o cadáver, de Ecbátana à Babilônia, onde pretendia sediar seu império. A louca extravagância dos rituais fúnebres, a imensa e grandiosa pira, a exigência ao oráculo de Zeus, Amon, de conferir ao morto o *status* divino já concedido ao próprio Alexandre (Amon só concedeu a Heféstion a condição de herói), sugerem que a essa altura Alexandre já não estava em seu juízo perfeito. Pouco depois, contraiu uma febre, mas ficou a noite toda sentado numa festa. Embora prosseguisse com seus planos de campanha, enquanto pôde manter-se em pé e ainda depois, não há registro de que tenha requisitado médico. (Mandara enforcar o de Heféstion por negligência.) Sua teimosa falta de cuidado com a própria enfermidade parece autodestrutiva, de forma consciente ou não.

Sua experiência nas festas de Dioniso em Aigai é fictícia, mas expressa, penso eu, uma verdade psicológica. Olímpia cometeu muitos assassinatos; sua própria morte foi confiada por Cassandro aos parentes de suas vítimas. Ela matou Eurídice e seu bebê no momento em que Alexandre virou as costas, depois da morte de Filipe. Sua cumplicidade nesta última foi objeto de muita suspeita, mas não houve provas. A "visão" profética de Demóstenes é histórica.

O leitor que deseja acompanhar a carreira de Alexandre como rei encontrará em Plutarco nas *Vidas paralelas* (volume II) ou na *História de Arriano*.

# Nomes próprios

NATURALMENTE, O VERDADEIRO NOME DE ALEXANDRE ERA ALEXANDRO; era tão comum no norte da Grécia que três outros homônimos aparecem somente neste relato. Por esse motivo, e por dois mil anos de associações, dei-lhe a forma em latim tradicional.

Mantive também formas tradicionais para outros nomes muito familiares: Filipe em vez de Filipo, Ptolomeu por Ptolemaio; o mesmo ocorreu com alguns nomes de lugares. O termo Bucéfalo, porém, aparece através de nebulosos clichês do século XIX, e preferi traduzi-lo: Boukephalas seria a forma dórico-macedônica. Na história de Alexandre, provavelmente nenhum sistema de nomenclatura agradará a todos; assim, pedindo desculpas, fiz o que me agradava mais.

Usei o nome de Eurídice para a noiva de Filipe, embora fosse um nome honorífico que ele lhe concedera em lugar de seu nome verdadeiro, Cleópatra, para evitar confusão com a irmã de Alexandre.

# LEIA TAMBÉM

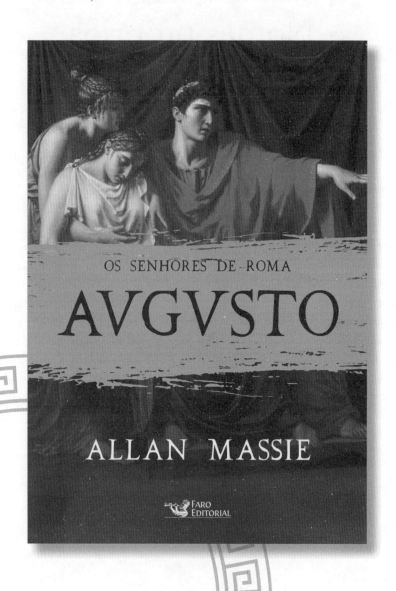

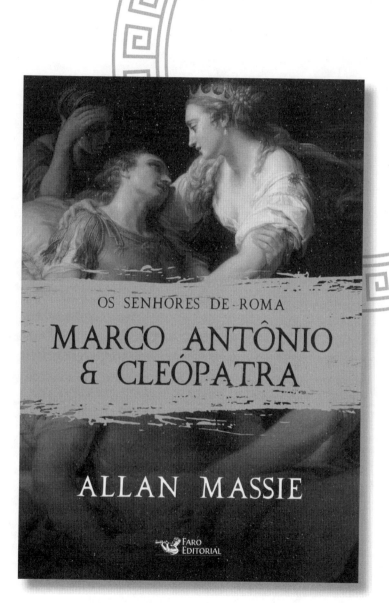

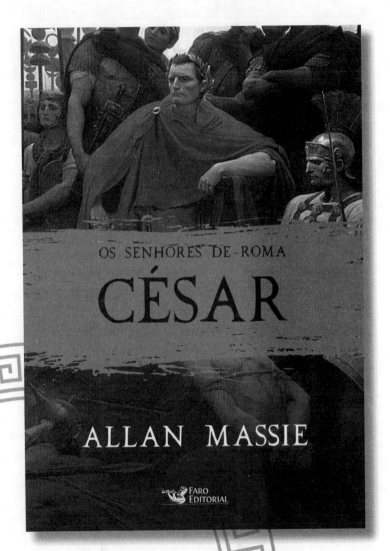

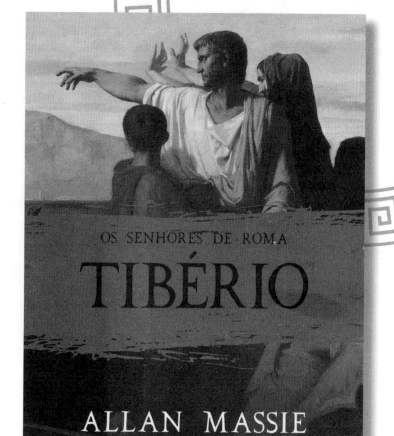

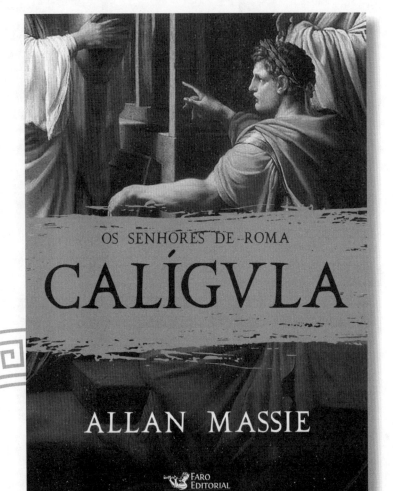

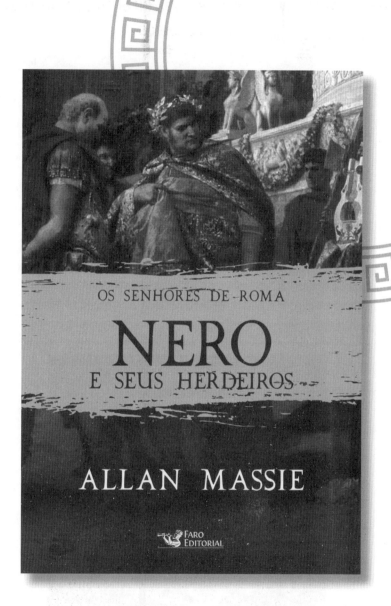

ASSINE NOSSA NEWSLETTER E RECEBA INFORMAÇÕES DE TODOS OS LANÇAMENTOS

www.faroeditorial.com.br